今天，不下課

一個教師成為母親的最後一步

黃國榮◎著

原書名：城北人

遭遇

——《今天，不下課——一個教師成為母親的最後一步》臺灣版序

前輩和師長教導晚輩後生，總會告誡他，命運靠自己把握。這話對，也不對。說這話對，是說人可以決定自己做什麼，不做什麼。選擇對了，可以給自己的智慧和才能找到用武之地，或許人盡其才，心想事成，功成名就，一生順利。說這話不對，是說人把握不了自己的命運，命運不會按個人的意願來去。人生之路，除了自己個人的理想、意志、追求、努力外，還有一個很重要的因素——外部條件，這要看運氣，要靠碰。有人說，碰對了師長，收穫一輩子；碰對了領導，順當一輩子；碰對了朋友，樂呵一輩子；要是什麼都碰不對，那就只能倒楣一輩子。這還僅僅是人際關係，除此，還有一個主宰人類命運的大自然。大自然暗藏著無數人類不可抗拒的玄機，而且這種玄機不可知，對人來說，往往是遭遇。

遭遇自然不能預見，也沒有邏輯可言，意外得無法避免，巧合而沒法解釋。人對解釋不了的事情，只好歸咎於天，叫天意。天意，其實也沒解釋。天是什麼？天意又是什麼？連地球上的事情還沒有搞明白，更不用說天了。但人們有一點是明白的，地比人

大，天比地大；人擰不過地，地擰不過天，人只能老老實實聽天由命。的確如此，戴安娜那天登上轎車時，她怎麼會想到，前面有車禍在等著她，而且她將就此結束一生。梅豔芳藝術生涯正如日中天之時，誰又會料到，病魔已悄悄進入她體內，而且很快就奪走了她生命。王樹林、朱曉平等八名中國員警帶著人道主義的理想奔赴海地維和，地震卻讓他們的生命終止在二〇一〇年一月十二日下午的海地，他們連句遺言都沒能留給親人……

我不知道臺灣有沒有民工，內地有數以億計的農民已經湧入城市，在內地各大城市的城鄉接合部落腳，駐紮成了一個新的群落。民工們揣著希望漂流到城市，尋找自己的夢，可他們會遭遇什麼呢？他們不知道，別人也不知道。除了生存之外，一個現實的問題讓他們頭痛。他們的孩子也跟著到了城市，孩子一天天長大，可他們沒學校可上學，數以千萬計的兒童沒學上，成為現實和未來的社會問題。臺灣或許沒有民工子女上學的問題，但我相信臺灣也有底層貧民，也有城鄉之間差異，他們也會有各種境遇。

《今天，不下課——一個教師成為母親的最後一步》去年初在內地出版，還拍了24集電視劇（名字叫《城北人》），說實話那種電視劇拍得我非常失望。有人說小說很感人，但覺得林佳玲這人太高大了，讓人得仰視。我在想一個問題，是林佳玲太高大，還是我們自己滑落了。林佳玲並不是「舉世皆濁我獨清，眾人皆醉我獨醒」那種叱吒風雲、力挽狂瀾、救世救難的英雄。她不過一名普通的中學教師，因為夫妻兩地分居，結婚七年還沒有孩子，想做母親，想要一個孩子，她從別的城市調回到丈夫身邊，打算經營一下自己的小家庭，過點平靜溫馨的日子。就在她去學校報到回來的路上，她遭遇了暴雨洪水，民工子弟學校教室倒塌，孩子和老埋到瓦礫之中。林佳玲沒有時間考慮其他，她扔下自己的事情去救那些孩子，但她卻因此陷入無法擺脫的糾紛和矛盾之中。接著她又遭遇為孩子們擔保醫藥費，結果醫藥費賴到了她頭上。傷殘民工子女家長聯合告校長路富根，她答應讓丈夫免費為他們當律師，方卓然不但拒絕她請求，反為路富根做辯護律師，讓民工們輸掉官司。民工子弟學校撤銷，大量民工孩子失學，她請求校長接收民工學生，又遭校長拒絕。她看著未成年少年兒童失學流浪街頭，有的淪為小偷被人毆打，她只好辭職自己辦學校，又遭婚姻破裂。她終懷孕有了孩子，可她患了絕症……這一個個遭遇，她不能無視，只能把生命的分分秒秒全部預支出去。學校辦起來了，失學兒童們又回到了學校，她的兒子也降生人間，她卻永遠離開了這個世界……

　　林佳玲高大嗎？她是高大，她在平凡中做出了不平凡的事。她所做的一切，所有常人都該做、也都能做，現如今卻不大有人去做這些事情。汶川大地震讓國家、民族、民眾經受了一場考驗、歷煉和洗禮。遵道鎮幼稚園老師瞿萬容等三名老師，用自己身體擋住水泥板，保護了身下的兒童，孩子獲救了，三名老師卻都獻出了生命。什邡市中心小學年僅20歲的青年女教師袁文婷，一連救出了13名學生，自己的青春卻終止在20歲上。還有譚千秋、張米亞、張輝兵、吳忠紅等等等，無數老師捨己救人，把死亡危險留給自己，把生的希望留給學生。他們的高大出自平凡，他們的高尚緣自遭遇。要是沒有這種遭遇，他們永遠默默無聞地做著自己的事情。這種對生活、對人類發自內心的愛，才是人的真正情感。

經濟的高速發展，讓我們的心態發生了微妙的變化。面對國際競爭，人們有了強國之心，要尊嚴，要國格，要國際地位，也有了向超級大國表示不高興的情緒。另一面，生活的富裕，讓人們滋生了種種欲望，官場腐敗，社會道德缺失，導致部分民眾善良之心淪喪。好人不香，壞人不臭，在各個稱為當地政治、經濟、文化中心的城市中，行兇打架、盜竊搶劫、坑蒙拐騙在光天化日之下屢屢發生，圍觀者如潮如湧，卻少見有人主持公道干預制止。有人寫文章提出了一個疑問：中國人缺什麼？他的回答是，缺教堂。中國人現在真是不缺吃，不缺衣，不缺房，不缺車，一句話不缺錢，但缺信仰。教堂，不就是信仰嘛！

我在封底寫了這樣一段話：你害過人嗎？你坑過人嗎？你竊過人嗎？你騙過人嗎？相信絕大多人不曾有過這類惡行。但當有老弱者乞求幫助時，你是如何？當你面對醜惡時，你又是如何？人之所以群居擠一處，是因為生命太脆弱，需要相互依存交互滋養。草木禽獸都是如此，何況人呢？

為平民英雄放歌

《今天，不下課——一個教師成為母親的最後一步》的創作歷時了三年時間。三年中三易主題和中心事件，寫了三個完全不同的作品。開始可以說是命題作文，叫《燃燒的紅燭》，根據二〇〇四年溫家寶總理「中學教師吳玲事蹟感人，應該廣泛宣傳」的批示，以鄭州第22中學優秀中學女教師吳玲的感人事蹟為素材，寫成了一部紀實小說。成稿後發現，真人真事局限太大，也容易對號入座。於是拋開真人真事，用小說手法寫出了《燦爛無華》，投給了一家著名的出版社，責任編輯讀後說很感人，可以出版，但覺得好像少點什麼，人物好得讓人產生距離。我讓責編停止運作，用了半年時間重新進行思考，現實讓我意識作品缺少的是時代性和現實性，必須徹底拋開原型的束縛，從現實出發，從生活出發，重新構思了《今天，不下課——一個教師成為母親的最後一步》。選題受到了中國作協關注，被確定為二〇〇八年重點扶植作品。小說這個過程，是我認識生活，挖掘主題的過程，生活從三方面給了我啟示。

一、社會生存結構形態的變化，凸顯教育幫助未成年少年健康成長已成為刻不容緩的社會問題。改革開放以來，社會階層格局發生和正在發生著前所未有的變化，城市建設引來無數民工、產業創業大量招工、城裡居民提高生活品質普遍雇保姆小時工、數以十萬百萬計的城市流動人口的生活需求又給農民工提供了廣闊的生存空間。大量農民湧入城市，在各城市的城鄉接合部，形成了一個新興的特殊社會群落——城市邊緣社會。這個邊緣社會中生存著一個特殊的群體——城市平民、農民土地工、民工、四海漂泊的自由職業者等混合而成的平民階層。

這一階層的突然出現，讓政府和社會、國家的政策和制度、包括人們的觀念都相形倉促突兀、應對不及，由此而產生的未成年少年教育、民工子弟上學、農民醫療、計劃生育、社會治安等等一系列問題成為社會熱點問題，嚴重影響著社會的和諧發展，亟待關注解決，尤其是未成年少年的教育和民工子弟上學問題直接關係著祖國的未來，許多有識之士憂心忡忡。

二、社會道德缺失，導致部分民眾善良之心淪喪。世風日下的症候是，好人不香，壞人不臭，在各個稱為當地政治、經濟、文化中心的城市中，行兇打架、盜竊搶劫、坑蒙拐騙在光天化日之下屢屢發生，圍觀者如潮如湧，卻少見有人主持公道干預制止。就社會的大多數民眾而言，人們儘管不去做傷天害理的惡事壞事，但面對周圍需要幫助、也能夠幫助的人和事，卻很少有人伸出溫暖的雙手，更多人只報以麻木或冷漠。面對一些不正之風，除了慷慨激昂的牢騷和指責，很少想過自己該做什麼？自己又做了什麼？

道德的缺失，導致黨風、民風滑落。現實生活中，鑽營的小人常常春風得意，善良的君子卻每每四處碰壁，好人做不得已成相當一部分人的人生教訓。

三、平民英雄的出現，證明信念尚未泯滅，時代和民眾呼喚崇高企盼英雄。河南鄭州第22中學吳玲老師那句名言讓我感動，她說：「讓他人因自己的存在而幸福，讓自己因今天的努力而無悔。」我到那裡採訪，所見老師學生，沒有一個不為她掉眼淚，沒有一個不說她好。

去年汶川發生特大地震，對汶川人民來說是一場災難，但對我們國家、民族和民眾來說是一場考驗、曆煉和洗禮。遵道鎮幼稚園老師瞿萬容等三名老師，用身體擋住水泥板，保護了身下的兒童，孩子獲救了，三名老師卻獻出了生命。什邡市中心小學年僅20歲的年輕女教師袁文婷，一連救出了13名學生，自己卻獻出了年輕的生命。還有譚千秋、張米亞、張輝兵、吳忠紅等等等，無數老師捨己救人，把死亡危險留給自己，把生的希望留給學生，大愛無邊，感人至深，他們讓人們發現教育戰線上還有一片淨土。

基於這些考慮，我找到了新的主題，「育人先得育靈魂」，老師的責任不是培養幾個高分學生，而應該讓每一個少年兒童健康地成長為合格公民。我沒有把作品中的中學女教師林佳玲寫成「舉世皆濁我獨清，眾人皆醉我獨醒」那種叱吒風雲、力挽狂瀾、高大無比、救世救難的英雄。她只是一名普通的中學教師，因為夫妻兩地分居，結婚七年還沒有孩子，為了要孩子，為了支持丈夫創業從別的城市調回到丈夫身邊，想用心經營一下自己的小家庭，過點平靜溫馨的日子。但就在她到學校報到的路上，遭遇了暴雨洪水，教室倒塌，學校師生被埋在瓦礫中。林佳玲沒有時間考慮其他，她扔下自己的事情，做了常人都該做、也都能做、現今卻不大有人做的事情，但她卻因此陷入無法擺脫的糾紛和矛盾之中。死傷學生的醫藥費誰來承擔？民工子弟學校撤銷民工子弟失學怎麼辦？她想接收分流民工學生但說不服校長，大量未成年少年失學流落街頭有的甚至淪為小偷。這些不能無視的問題炙著她的心，最後她為了這些孩子，毅然辭職自己辦學。學校辦起來了，孩子們一個一個被她重新找回學校，但她和丈夫的感情卻進入危機，積勞成疾她患了再生障礙性貧血，卻發現有了身孕。她把生命的分分秒秒全部預支出去，用超然的堅強和毅力，爭得了做母親的權利。她的善良與不屈感動了蒼天，人們紛紛向她伸出援助之手，丈夫把她接回家中。孩子降生人間，她卻永遠離開了這個世界。她留給學生的最後一句話是：今天就不說下課了……

孟子說：「民為貴，社稷次之，君為輕。」還說「天下之本在國，國之本在家，家之本在身。」民眾是國家的基石，基石不堅，難蓋高樓大廈。構建和諧社會，法制、政策、路線和政府管理固然是主導，但社會公德和國民精神的自我完善是不可缺少的前提和基礎。教育下一代，培養未成年少年健康成長，是每個公民義不容辭的責任。讓每個人心存善良，心存崇高，心存敬畏，心存感激，心存關愛，我們的世界才會真正充滿愛，我們的社會才能更加文明和諧。這是這部作品的出發點和落腳點。

但願林佳玲這位平凡而偉大的女性，光而不耀燦爛無華的不朽生命，她那平淡平常的行為，善良純樸的品格，能夠感召人們對社會、對事業、對人生、對情感、對婚姻作些思考，喚起人們的良心和良知，讓中華民族的優秀品質世代傳承，光照千秋。

目錄

遭遇——《今天，不下課——一個教師成為母親的最後一步》臺灣版序

為平民英雄放歌

第一章　震　009

第二章　訟　037

第三章　謙　089

第四章　坎　145

第五章　蠱　203

第六章　睽　241
第七章　履　303
第八章　損　345
第九章　兌　383
第十章　巽　423
第十一章　蹇　461
第十二章　夬　525
第十三章　未濟　581
後記

第一章

震

（下震上震）

彖曰，震驚百里，驚遠而懼邇也。

象曰，洊雷，震。君子以恐懼脩省。

——《周易》

注：

震，八卦之一，象徵雷。

《彖傳》（彖，音ㄊㄨㄢˋ）說，震驚百里，是使遠方的人吃驚，使近處的人害怕。

《象傳》說，（洊，音ㄐㄧㄢˋ，通薦，再的意思。脩，同修。）一雷緊接一雷，就是《震》卦的卦象。君子（觀此卦象），恐懼戒慎，不斷自我反省，努力修養德行。

方卓然從康妮手上接過請柬，誰這麼胡作？請柬有半張晚報那麼大，金屬鏤空字、鏤空花，十分的精緻。打開一看，方卓然噗嗤笑了。

牛鑫他這是搞的哪一齣？

如今請客算啥，連叫花子都上飯店擺席，問題是牛鑫這請柬送得沒道理。假若律師幫客戶打贏官司，客戶請律師吃頓飯答謝一下，人之常情，順理成章。可牛鑫不是方卓然的客戶，牛鑫是被告，方卓然是原告律師，方卓然愣是讓牛鑫在法庭上大丟臉面，輸了官司賠了十幾萬，他反過來請方卓然，除非腦子進了水，要不就是設鴻門宴。

事情已經過了兩個禮拜。三個月前颶風襲擊平海市，把鑫源房地產開發集團公司「嶺岫花園」三號工地的腳手架給掀倒了，砸傷十幾個民工。民工砸就砸了，反正都是農民工，給倆錢撫恤一下也就了事。事情卻並不這麼簡單，那十幾個受傷的人裡面，有一個砸丟了一條腿。夏本柱不只是撿破爛兒，他還是五代祖傳皮鞋匠。

五代祖傳皮鞋匠撿破爛兒！牛鑫你可以不信，儘管你牛鑫咳嗽一聲，平海市東南西北哪都會晃蕩，夏本柱那條腿還不及一條狗腿，但人家有政府頒的執照在那裡掛著呢。做鞋的時候，他是五代祖傳皮鞋匠；撿破爛的時候，他是地道的叫花子。人家就這麼個活法，也礙不著你牛鑫啥，憑啥把人家一條好好的腿給砸丟了。

夏本柱落魄到如此地步都是襠裡那東西不老實。不老實並不是風流惹事壞了名破了財，問題出在第六代鞋匠的夢想上。老婆秦梅珍吐嚕咕嚕一氣給他生了四個，四個清一色全只能蹲著撒尿。房子都讓「計生辦」推倒了，攆得無處藏身，不認罪也得認命，只好躲到平海混日子。一雙手修鞋做鞋，糊不住六張嘴，沒咒念，只能早晚加班加點撿點破爛兒作補貼。該著他倒楣，腳手架倒就倒唄，偏偏那腳手架上有塊厚兩釐米，長兩米多，寬一米半的鋼板，是架在腳手架與樓殼間專供運料人和小鐵車當跑道的。不早不晚，不偏不倚，就在夏本柱上前去搶那只紙箱時那鋼板咬了他的腿。這他娘砸下來，比西方古代斷頭臺上砍頭那鍘刀還厲害。咔嚓！夏本柱啥也沒感覺，那條右腿就跟一截爛木頭一樣滾到一邊讓野狗叼走了。

「嶺岫花園」是市里規劃的重點工程，事故是天災，工地民工本來就怕丟飯碗，給了倆錢就都乖乖地大氣不出，照舊上工地拼命流汗。牛鑫把夏本柱的事交給了他的司機喬師傅。喬師傅給夏本柱付了醫藥費，另外拿出兩千塊扔給夏本柱，說算是驚嚇安慰費。夏本柱啥也沒說，把那兩千塊錢照著喬師傅那樣扔還給了他。喬師傅不客氣地問，你還嫌少？夏本柱開了口，他問喬師傅，砸斷一條狗腿要賠多少錢。喬師傅說，那要看啥狗了，要是純種洋狗，你一百條不頂牠一條。要是那種野狗，即便砸死也是白死，一分錢用不著賠。這話傷了夏本柱，他氣得說不出話來，但心裡在吼，我倒要讓你看看，我到底是人還是狗！

夏本柱沒本事跟牛鑫拼，也沒錢跟牛鑫打官司，反正腿斷了，也幹不了啥活掙不了啥錢，他只能幹他能幹的。夏本柱從喬師傅見他的第二天起，天天胸前掛一塊牌子，露著那半截斷腿，趴到市政府大門口的臺階下面，不哭，也不喊，只讓進進出出的市政府的公務人員們還有來市政府辦事的各色人等天天看他牌子上那幾個字：「我是人還是狗？」

方卓然為註冊律師事務所的事去司法局辦事，進去時，他只是朝趴地上的夏本柱掃了一眼，到上級機關喊冤的有的是，他沒當回事。方卓然辦完事出來，才看到夏本柱胸前那塊牌子。是人還是狗？在政府大門口問這種問題，事情小不了。方卓然駐了足，他蹲到夏本柱面前，問了他前因後果，問完之後，他跟夏本柱說，你別在這兒趴著了，趴一年也不一定能解決問題，我免費替你打這場官司。

方卓然之所以要免費替夏本柱打這場官司，同情只是很小很小的一個因素，更多的他還是為自己著想。他想撿破爛兒的跟億萬富翁打官司，雞蛋要是能撞破石頭那就是搶手新聞，陳大平是牛鑫的鑫源房地產開發集團公司的常年律師，他要是幫夏本柱告牛鑫，對手便是陳大平，假如在法庭上把陳大平擊敗，他離開大平律師事務所自立門戶就名正言順。這麼一謀劃，方卓然就下定決心要打好這場官司。

陳大平沒為這官司用多少心思，一撿破爛兒的，明明腳手架要倒下來了，明明人家把他拉到了一邊，他卻為搶一只紙箱故意往死裡撞，這顯然是故意「碰瓷」，想訛人，責任完全應該自負。再說對手是方卓然，自個兒的屬下，打這種官司，小菜一碟。

法庭辯論時方卓然一直微笑著等陳大平說，讓陳大平問，直到他說完了問夠了，再沒有話可說可問了，方卓然才慢條斯理地站起來。方卓然一語驚人，他先向法官聲明，他只問牛鑫一句話，也只要牛鑫回答是，或者不是。全場頓時靜了下來，把眼睛都盯住了方卓然，看他要問一句啥話。

方卓然不慌不忙來到牛鑫面前，他問，夏本柱那條右腿是不是他們集團公司三號工地腳手架上那塊供運料人和小鐵車奔跑的大鋼板掉下來砸斷的。牛鑫當時就傻著眼睛看著方卓然開不了口，方卓然也不再重複，只拿兩眼盯著牛鑫的眼睛等他回答，牛鑫憋了半天，沒辦法，他回答了那個字，是。

方卓然當場就向審判長宣佈，他要問的問題完了，大家都聽清了牛老闆的話，我當事人這條右腿是被告集團公司三號工地腳手架上那塊大鋼板掉下來砸斷的。《平海日報》當日的大標題是「**方卓然律師一句證詞贏官司**」。

卓然律師事務所正在裝修，裡外一片忙活。

方卓然看完牛鑫送來的那個請柬，一笑之後順手把請柬扔進了裝修垃圾堆裡。康妮卻彎下修長苗條的細腰，順手又把請柬撿了起來，她是方卓然從大平律師事務所帶過來的祕書。

老闆，人家誠心誠意請你，不去就失禮了。康妮把請柬仍舊給了方卓然。

方卓然看著康妮，妳說該去？

該去，絕對該去。

有那個必要？

有，即使鴻門宴，更得去，理已經讓你佔了，不去就輸了。

方卓然看了看康妮，愣一下神，覺得有道理，那好，我去會會這個牛老闆。

牛鑫公司辦公大樓門前的臺階，真跟北京天安門廣場西側人民大會堂的臺階差不多。人家牛鑫卻還很注意謙虛，每每人家拿這臺階說奉承話時，他總是樂呵呵地說，哪裡哪裡，少五級呢！少五級呢！誰也不知道人民大會堂的臺階究竟有多少級，這麼說，設計這辦公樓前，牛鑫準是刻意數過人民大會堂的臺階，而且他是故意要比人民大會堂少五級臺階，就這事，細想想，不難想像他的內心世界。

方卓然上高臺階，迎面陳大平正好下臺階。兩人在這臺階上狹路相逢，多少有些尷尬。

方卓然主動招呼，陳律師，你好！

陳大平看著方卓然，冷冷地開腔，方律師，沒想到你除了過河拆橋，還有撬人飯碗的本事。

方卓然有點莫名其妙，但他不輸人，天地變了，抱著老皇曆過日子恐怕只能跟著夕陽西下了。

陳大平更來了氣，做事別太絕，太陽呢不會一直只盯著一個人頭頂照。說完他轉身就走了。

方卓然也不是吃素的，回過頭去送了他一句，那你就好好總結經驗教訓吧！

牛鑫的辦公室有近一百平方米，裝飾豪華，那張特大的老闆臺可能比國務院總理的辦公臺還大。老闆臺上最顯眼的是一個紫檀木雕——鬥牛。遺憾的是只有一頭牛，沒有對手。老闆臺背後是一排紫檀木書櫥，裡面大多是裝潢門面的大部頭古籍書和工具書。老闆臺前擺幾把皮製軟椅。另一側靠牆是一圈真皮沙發。辦公室各處恰到好處地擺著花木和盆景。牛鑫修了頭髮，一身挺括西服，戴一條藍色真絲領帶，坐老闆臺後抽著雪茄，似乎某種得意還沒有消退。

方律師，你好！沒想到這麼準時。

方卓然謙和地道，牛老闆召見，誰敢怠慢，不知有何吩咐？

感謝光臨，有要事相商，中午略備薄酒。牛鑫一副大老闆的派頭。

方律師，咱們都挺忙，我就不客套浪費時間了，今天請你來，是要告訴你兩件好事。

方卓然滿腹狐疑，牛老闆這裡還會有我的好事？

我牛某做事向來不計恩怨，這次你雖然讓我輸了官司，但我欣賞你。

方卓然十分意外。

牛鑫似乎早就準備好了，他就手拿過一文件夾，從裡面拿出兩份合同，這是第一件好事，我要聘你為本集團公司常年律師。

方卓然這才明白陳大平剛才的態度。牛鑫太商人、太實用主義了。方卓然很坦誠地回答牛鑫，牛老闆，如果你是辭掉陳大平而轉聘我，我不想接受。

牛鑫研究起方卓然來，如果說他原來決定聘方卓然，只是看上了方卓然在法庭表現出來的才華，那麼現在讓他打定主意的是方卓然的人品。

好好好，你能這麼想，我欽佩。但是，你多慮了，我不是中途辭退陳大平，他的聘任期限已滿，我們當然有重新選擇律師的權利。

方卓然更是開誠佈公，牛老闆，我現在自己開了律師事務所，作為法人，我不能只顧個人利益，只顧自己，我要對我的所有員工負責。請你另選別人。

牛鑫從老闆臺後站了起來，他一邊走一邊繼續勸說，我知道你志向很高，我這裡不會妨礙你奮鬥創業，你只須兼職，用不著坐辦公室，有事就請你來處理，平時你完全可以在你事務所全職上班，照常經營你的律師事務所，工資我照發。牛鑫表達了他的一片誠意。

方卓然看出牛鑫的誠意，他略作思考，覺得沒有理由拒絕，既然牛老闆這麼看得起我，恭敬不如從命。不過，不坐班當常年律師不合適，那麼，我兼做你集團公司的法律顧問可以考慮。

牛鑫微笑著點頭，我沒有看走眼。好，那就當法律顧問，這裡的業務，對你來說區區小事。牛鑫說完，從容地再從老闆臺的抽屜裡拿出一串鑰匙，噹啷放到方卓然面前的臺面上。

方卓然不明白他啥意思，牛總，我用不著專門的辦公室……

牛鑫故作姿態，這是第二件好事，據說你夫人很快要調回平海，你還住在關帝廟舊區，那邊用不了多久就要拆遷開發，我開發的生態富人區嶺岫花園C座已經封頂，一單元一八一九，一百五十平米，三室兩廳兩衛。

方卓然十分吃驚，一百五十平米的房子，要近二百萬，他只能實話實說，牛老闆！別跟我開玩笑了，我哪買得起這種高級住宅。

牛鑫哈哈大笑，你買不起，我可以優惠啊！你可以享受本集團公司老員工的成本價！

方卓然毫不猶豫地拿起鑰匙放回到牛鑫面前，牛老闆，請你給我一點自尊。我愛人這兩天就調來平海，我現在是住在城北貧民窟，我們的確需要房子。但我絕對不會接受別人這種恩賜，買嶺岫花園的住宅只能是我的奮鬥目標，請相信我，將來我會買的。

完全出乎牛鑫的意料，從政府到商界，牛鑫真還是頭一回碰上過拒絕他幫助的人，他欣賞地點著頭，看來你不光有才，還很講人格，這麼說，我就不勉強你，不過，我把心裡話擱這桌面上，不管有啥困難，你只管跟我說。

方卓然看牛鑫挺義氣，但他對商人還保持著清醒的頭腦，他只是附和，牛老闆，謝謝，這合同我拿回去看了再說。

好的，有不妥的地方你改，然後咱們再簽約。

兩個熱絡得像鐵哥兒們。

2

天氣預報說颶風明晚登陸，方卓然清晨去車站接林佳玲，出門先看天，太陽在東邊露了臉，方卓然這才跟著陽光一起燦爛。

方卓然開車把林佳玲接回家，進屋放下行李，方卓然已急不可待，轉身就把林佳玲抱上了床。兩人久別重逢，自然是你歡我愛做得驚天動地。做完事，方卓然讓林佳玲換衣服跟他去事務所參加掛牌儀式，林佳玲羞答答地說她想先去學校報到。方卓然想了想，也好，反正掛牌十點半才開始。他抱歉不能開車送她去學校，囑咐她報了到就直接搭車去事務所。

方卓然幹啥都求最好。他一到事務所，立即逐項檢查掛牌儀式準備工作。卓然律師事務所大門前的牌子上已經蒙上了紅綢布，那是為政法委書記準備的，只要他將這紅綢布一揭，一切就成了。

康妮今天穿一身紅色的套裙，指揮著員工們把花籃擺到大門兩邊。方卓然跟康妮正核實嘉賓名單，幾個記者趕到，一起圍住了方卓然。

方卓然和記者們然剛進屋，西天湧起一塊烏雲，風懷著一個巨大的陰謀，推著烏雲迅速擴散，沒幾分鐘便滿天烏雲密佈。沉重的烏雲掛不住，鋪天蓋地壓下來，壓到房頂樹梢，伸手就能拽著。一點過程都沒有，接著銅錢大的雨點一個一個砸了下來。

康妮立即讓員工把花籃往屋裡搬！一陣狂風把沒來得及搬的花籃刮得東倒西歪，有個花籃被狂風卷著骨碌碌滾出幾丈。方卓然聽到悶雷聲，扔下記者衝出屋，親自去追趕那只花籃。老天有意逗他玩兒，刮走花籃引他出了門，接著嘩啦啦！大雨點頃刻變成傾盆大雨，兜頭澆下來，一點緩衝都沒有，方卓然和康妮眨眼工夫全身都濕了。

方卓然無奈地看著狂風大作，暴雨掃射，門前美麗的花籃都澆成了垃圾。狂風伸出手來，把那塊覆蓋在事務所牌子上的紅綢布揪起拋向天空，像一道天書扶搖飄蕩，不知在昭示什麼。

方卓然律師事務所掛牌儀式泡了湯，暴雨把他的願望澆得無法收拾。方卓然心情糟透了，辭職、申請、租房、裝修、註冊、招聘員工、籌畫經營、打通人情關係，為這律師事務所開張，他費盡了心血。好不容易一切就緒，他就要在平海的電視臺上露臉了，哐啷！來這麼一場歷史罕見的大暴雨，把他的一切都給毀了。方卓然心灰意冷，儀式搞不成，客請了，飯得讓人吃啊！他只好辛苦老同學伍志浩，讓他先冒雨駕著摩托車去海天大酒店落實午宴。

伍志浩淋到海天大酒店，皮鞋成了水鞋。一個客人還沒到，總算沒晾著客人。

轎車帶著一股氣衝上海天大酒店的門廳口，方卓然和康妮、凱瑞還有三個記者一起下了車，方卓然的皮鞋和褲子都濕了，他跺著腳走進大廳，嘴裡不住地牢騷。伍志浩立即過來安慰，卓然，還好，沒耽誤，客人都還沒到。方卓然聽著挺彆扭，一個客人沒到？康妮有些擔心，這麼大雨，客人肯定來不了這麼多了，要不要退掉兩桌？方卓然已沒一點情緒，讓她看著辦吧。

一輛寶馬開上門廳，方卓然弄不清是不是他的客人，兩眼盯著寶馬車門。服務生打開門，牛鑫在車門處露了臉。方卓然忙不迭抹掉臉上的陰沉，堆起微笑，趕緊過來迎接。牛鑫下車開懷大笑，說開門大雨！方律師看來有大喜啊！

方卓然知道牛鑫是來給他捧場，不過是有口無心說些安慰話，事到如今，不能讓大家跟著不開心，方卓然強打起精神招呼牛鑫。

方卓然突然想起了林佳玲，她咋到現在還沒出現。林佳玲竟關了機。康妮提醒他，很可能手機沒電了。方卓然想，就算手機沒電，她是知道海天大酒店的，她咋會到現在還不來呢。

就在這時，一輛賓士緩緩開上門廳。方卓然和康妮趕緊迎過去開門。方卓然拉開車門，從車上下來那人讓他心裡不由得罵了一句髒話。方卓然咋也想不到陳大平居然不請自來。

陳大平自家兄弟一般抱怨起來，卓然，這麼大的事你居然不請我，我可是厚著臉皮來討酒喝了！共事這麼幾年，合作不成情義在嘛！我給你賀喜來了！

方卓然像咬了舌頭。聽聽這話說的，方卓然比嚼了蒼蠅還噁心，可他沒法把噁心吐出來，兩國交戰還不斬來使呢，他咋好趕上門客呢！

客人寥寥無幾，加上全部工作人員只湊了一桌。方卓然這時橫豎如此了，他豪爽地端起酒杯，牛老闆，陳老闆，諸位記者朋友，今天本該是我方卓然大喜日子，事務所掛牌開張，算是個人事業的一件大事，但天公不作美，把一場喜事泡了湯。老天無情人有情，這麼惡劣的天氣，諸位冒大雨賞光捧場，足見大家重情重義，我發自內心真誠感激大家，來，我敬大家一杯！方卓然很激動地一口喝下了一大杯酒。大家助興，也都喝了杯中酒。

牛鑫立即端起酒杯，笑容可掬，很讓方卓然感動，方律師剛才說天公不作美，把喜事泡湯，這話不對！常言道，禍兮福所倚，福兮禍所伏。要我看，今天的暴雨，預示著你明天要暴發！來，我敬你一杯！祝你風調雨順！

方卓然真誠地感激，不，牛總，我敬你，感謝你的支持，咱們乾雙杯！

好！咱們喝雙杯！

牛鑫舉杯與方卓然碰杯乾杯。

陳大平接著端起酒杯，牛老闆說得好，是禍是福全在人，事在人為，我敬方律師一杯，願你審時度勢，把握好天時地利還有人和，逢凶化吉，遇難成祥！

方卓然沒法接他那話，這他媽啥意思，啥事在人為？啥審時度勢？啥天時地利人和？還逢凶化吉遇難成祥，我逢啥凶啦？遇啥難啦？你明打明是來看熱鬧的。但他啥也不能說，只能端起杯子跟他喝酒。

伍志浩看出，陳大平實際是來向卓然宣戰的。他不想讓他們在這種場合對峙，他立即端起酒杯，今天是我老同學卓然的大喜日子，律師事務所掛牌是一喜，夫人林佳玲從外地調回平海夫妻團圓是二喜，我想這場雨水是趕來道喜！祝我老同學從此事業步步登高興旺，家庭日日和美幸福！

伍志浩與方卓然碰杯乾杯，發現方卓然已經喝了不少，急忙勸阻，卓然，你喝得太多了，我乾杯，你隨意。方卓然卻不依，仰頭一口又喝了杯中酒，接著一個一個打通關，每人一杯，沒廢話，端杯就乾，人來了情緒都會意氣用事，而且別人越勸阻越適得其反。

方卓然當場醉了，是伍志浩和康妮一邊一個把方卓然架出酒店。方卓然臉色慘白，他的兩條腿已撐不住身子，神志還有，但身上的一切都不再聽他的大腦指揮，說話舌頭都懶得配合。

方卓然上車就在後座上打起了呼嚕。

3

林佳玲推著自行車走出城北中學大門，天色已經難看得像死了爹娘。烏雲密密層層像口鐵鍋從天上扣下來，遠處不時傳來陣陣悶雷，地上的一切生靈都立即慌亂起來。林佳玲急忙蹬車往家趕，她要回家換衣服趕去參加丈夫事務所的掛牌儀式。

天陰沉，林佳玲心裡倒是陽光明媚。清晨下火車到現在，她一直沉浸在興奮之中。儘管校長還沒有給她安排具體工作，而且毫不掩飾地流露出城北中學接收她完全是衝著教育局處長伍志浩的面子，學校不缺人，班主任位置都滿著，暫時不好給她安排位置。整個談話給林佳玲一個印象，她是走關係硬塞給城北中學的多餘人。儘管如此，林佳玲心情依然很好。夫妻分居生活終於結束了，方卓然見到她還跟新婚一樣衝動，跟蜜月一般甜蜜，林佳玲心裡美不可言。她向校長明確表示，她放棄那裡的年級組長和班主任調平海，是為了支持丈夫創業，結束夫妻兩地分居，他們結婚七年還沒有孩子，她想建立一個完美的家，學校安排她幹啥都行。正巧８（３）班班主任崔靜休產假，代她的俞老師也感冒歇病假，校長應付她，讓她臨時頂替一下。

林佳玲老遠就看到了城牆上那座老城門的門樓，「北門」兩個字依舊醒目。老城門幾經修葺，仍保持一色陳磚，破敗斑駁象徵著它古老的歷史。老城門外是一條熱鬧的農貿商業街。沿街賣菜的在兜售剩菜，五塊錢一堆，掙一塊是一塊，爛了一分不得。小吃店、速食店、油條攤、煎餅攤、豆花攤、烙餅攤、麻辣燙沿街擺了一大溜，各忙各的，不少乘機撿便宜的人買剩貨。林佳玲看天色不好，可街上車多人多，想快快不了，只能緩緩前進。路兩邊托運站、寄存店、網吧、桑拿、髮廊、足療、按摩、歌廳、旅店，五花八門、五顏六色，行行業業，應有盡有，都各自在忙活。

風是突然旋轉著卷過來的，地上的塵土雜草樹葉連帶街上商店的幌子、招牌一齊被旋風卷起，攪得天昏地暗，烏煙瘴氣。街上立即雞飛狗跳，大呼小叫。嘩啦啦一聲驚雷，雨點就像銅錢一樣砸下來。緊接著一道道閃電彎的直的，豎著劈橫著掃，織成電網，張牙舞爪；雷聲驚天動地，震耳欲聾，似乎打響了太空大戰，讓人心驚膽戰。嘩啦！路邊一棵大樹被狂風推倒，電線、電話線，一一被刮帶割斷，路燈水泥杆子也一起撞倒。哪個店的招牌被狂風揪下，飛毯一樣掀起在空中亂竄，一傢伙撞著誰家窗戶，哐啷啷！玻璃碎片四濺。滿街的亂七八糟的東西被風雨卷著在地上翻滾，混亂一片。

哐啷！林佳玲連人帶車被狂風掀倒。林佳玲從地上爬起來，推著車子衝進路旁一個大門洞，渾身上下像從河裡撈起，好在大家都這副模樣，也就沒啥好難為情。不大的門洞裡面已經擠滿了人，自行車沒法推進去，只好放到屋簷下，這樣她才勉強在門洞擠到插足的地方，這時她才看到身旁的那塊木牌，木牌上寫著，城北民工子弟學校。

林佳玲站在門洞裡看雨，旁邊的教室裡面擠滿了學生和老師，他們已無法上課，站在教室的窗戶口看這罕見的暴雨。孩子畢竟是孩子，出世還沒見過這麼大的雨，一個個欣喜得跳腳拍手，嘰嘰喳喳好不快活。林佳玲擰了一把頭髮上的雨水，呆呆地看著瘋了的暴雨。林佳玲想起該給丈夫打個電話，手機已沒了電，她非常著急，掛牌儀式肯定也讓暴雨破壞了。

嘩嘩的暴雨越下越歡，帶著一種獸性的狂野。街道變成了河流，大車小車都像船一樣漂在街河裡。洪水夾帶著門板、桌椅板凳、籮筐等各種雜物在街河裡洶湧澎湃，趁火打劫，危害著地面的一切。

民工子弟學校的位置在大街S路拐角的低窪處，街上的洪水一股一股奔瀉而來，直接先衝撞到民工子弟學校教室的牆壁上，然後再拐彎泄去。暴雨已經下了近一個小時，林佳玲和門洞裡的人只能眼巴巴看著暴雨毫無辦法。

轟隆隆！一股激流沖來，撞在民工子弟學校教室的牆上，一排教室轟然倒塌，教室裡發出一片慘叫和驚呼。林佳玲再看教室，房子不見了，那些跳腳拍手的學生也不見了，她再隔著雨簾看過去，教室變成了廢墟，那一片瓦礫中伸出一隻隻手和腳，還有一些人頭，他們在拼死掙扎。林佳玲一下反應過來，她聲嘶力竭地高喊，不好啦！房子塌啦！學生埋地下啦！快來救人哪！快來救人哪！

林佳玲喊著，她先把自個兒喊出了門洞，衝向倒塌的教室。就在這時，躲雨那個門洞也發出一聲開裂的聲音，門洞裡躲雨的人紛紛驚叫著自顧逃命。

林佳玲冒著大雨衝進倒塌的教室，教室裡一片哭叫。趙漢山被埋在一堆瓦礫中，兩隻腳露在外面不住地在掙扎，但他無法推開壓在他身上的那些桌椅和水泥梁、瓦礫。郭小波被水泥檁條壓在地上恐怖地在喊救命。夏紅雲的一隻小手伸在瓦礫之外，無聲地在抓撓著。還有一些不知名的學生橫七豎八被埋在斷桌椅板凳、水泥檁條和瓦礫之中……

林佳玲毫不猶豫地伸出雙手幫就近的趙漢山扒身上的水泥板和瓦礫。一張沒壓斷的課桌保護了夏青苗，她只是頭上砸破了皮。她從桌子底下鑽出，滿頭滿臉都是泥水，頭上流著血。她脫險後立即找妹妹，拉著嗓門喊，紅雲！紅雲！林佳玲終於挪開壓在趙漢山身上的水泥板，幫他從廢墟中爬出來，但他顯然受了內傷，他說不出話，也爬不起來。林佳玲扶他在一邊躺下。林佳玲再幫郭小波搬壓在他身上的水泥檁條，林佳玲搬不動，她回頭從瓦礫中找到一根斷桌子腿，她拿桌子腿撬水泥檁條。

劉玉英拉著路富根等幾個人趕到現場，路富根一看這場面手都發抖，他立即喊劉玉英，劉主任！妳快組織人搶救埋在底下的師生！我去叫人！

劉玉英發現趙漢山躺在地上，她不顧腳下亂石斷瓦，沒命地撲過來，腳被桌椅板凳絆倒，她索性沒站起來，在地上連滾帶爬爬到趙漢山身邊，抱住趙漢山喊，漢山！漢山！漢山！你咋啦？趙漢山聲音很微弱，快，快救學生……

林佳玲終於搬開水泥檩條，把郭小波救出，郭小波的左臂已經骨折，痛得不能動。那邊夏青苗又發出驚叫，快來救我妹妹！我妹妹壓在水泥板底下啦！林佳玲從廢墟上跨過去，夏紅雲的那隻伸在外面的小手已經不再抓撓。林佳玲和夏青苗一起用雙手扒瓦礫，有兩個學生也來幫忙，他們一起搬開水泥板，搬開壓散了架的桌子。夏紅雲躺在那裡一動不動。林佳玲抱起夏紅雲，她拿臉貼到夏紅雲的鼻子上。林佳玲焦急地喊，誰有手機，快打電話叫救護車！

幾個家長圍向林佳玲，都以為她是這個學校的老師，都哭著求她想辦法。

4

被埋的師生一個個被扒了出來，傷了十好幾個。人扒出來了，流血的還在流血，斷胳膊傷腿的鬼一樣在叫，趙漢山和那個紅雲卻死了一樣沒一點生氣。街道變成了河，急救中心的救護車遲遲來不了，那個校長路富根去叫人再沒露面，林佳玲抱著小紅雲想回家卻走不開，她在擔心丈夫的事，但眼前的慘叫聲讓她抬不起腿。

熬了三個小時救護車才到，林佳玲幫著劉玉英把趙漢山、郭小波、包小天等十幾個受傷師生抬上救護車。林佳玲看受傷的人都上了車，她喘了口氣，該做的事她做了，該盡的力也盡了。林佳玲轉身去找自行車，夏青苗一聲「老師」把她叫住了。

夏青苗抱著她妹妹夏紅雲哀求，老師幫幫我吧！我妹妹她快不行了……夏青苗要哭了。我家沒有電話，老師，妳幫幫我吧，我得回去叫我媽。

林佳玲扭頭看了看，除了劉玉英和救護車上的工作人員，再沒有別人，她無奈地抱起夏紅雲，好吧，妳快去吧。讓妳媽直接去市人民醫院，我家裡還有急事，送他們到醫院我得趕快回去。夏青苗轉身就跑。

十幾個受傷師生把急救室外的走廊擠得滿滿當當。

林佳玲抱著夏紅雲坐在走廊裡，不見夏青苗和她媽趕來，她也沒法跟方卓然聯繫，心裡很著急，可她懷裡的夏紅雲情況越來越不好，呼吸越來越微弱，她不能把孩子扔給劉玉英。

夏青苗領著秦梅珍和郭全民等一幫學生家長救火一樣跑進醫院急診室走廊，秦梅珍抱住夏紅雲，恐怖地叫喊起來。其他學生見了父母也都委屈地哭喊起來，急診室的走廊裡響起一片哭聲。

林佳玲看著這一片哭喊，她也無能為力，好在已經進了醫院，有醫院和醫生就好了。林佳玲想跟他們打聲招呼，但看他們都在傷心著急，這些人她誰都不認識，她默默地看他們一眼，默默地為他們祝福一聲，然後轉身離開。

林佳玲剛轉身，醫生在喊誰是學校負責人。劉玉英眼巴巴地看著醫生沒法回答。家長們把醫生支到了林佳玲面前。醫生很不滿地衝著林佳玲來了，喂！老師！妳咋走呢？這些人咋辦啊?! 林佳玲好尷尬，她一時不知該咋跟醫生說。

趕緊想辦法拿支票來繳押金，每人三千！不繳錢，辦不了入院手續，沒法搶救，耽誤了是你們的事啊！

大夫，我是城北中學的老師。林佳玲尷尬地向醫生解釋。

我不管妳是哪個學校的老師，送病人來就得負責，要搶救，得先繳錢，趕緊辦理入院手續。

林佳玲轉身問劉玉英，妳是不是城北民工子弟學校的？

城北民工子弟學校是路富根私人辦的學校，我和丈夫都只是在那裡臨時打工，他不來，誰也做不了主。

林佳玲一聽急了，那他們咋辦？

醫生也說，趕緊跟校長聯繫啊！不繳押金可沒法搶救啊！醫生說完就回了診室。

受傷的學生和家長都眼巴巴把求助的目光盯著林佳玲，林佳玲讓他們看得很不自在，倒像這事該她負責，她只能向他們解釋，真對不起，我不是城北民工子弟學校的，我還有事呢，我愛人的律師事務所今天掛牌，我還沒顧得去呢！我得趕緊去，你們趕緊跟學校領導聯繫吧。

家長們一聽慌了，一齊圍住林佳玲不讓她走

郭全民擋著林佳玲的道，老師，妳可不能走啊！妳咋好見死不管呢！

秦梅珍也求她，老師，妳幫幫我們吧，我們跟學校聯繫，他們不會理睬我們的。

家長們七嘴八舌，圍著林佳玲不讓她走，弄得林佳玲哭笑不得，沒想到做好事會做出這等麻煩來。

林佳玲看著這些乞求的目光，她真受不了，各位家長，趕緊先給受傷的人辦入院手續吧！要耽誤了治療咋辦！

劉玉英也一臉愁苦，每人要先繳三千塊押金才能入院搶救治療。

郭全民火了，去偷啊！偷也偷不來呀！

夏紅雲開始抽搐，秦梅珍拽住林佳玲，老師，快想想辦法吧，先救救我的孩子吧！

醫生正好出來，秦梅珍抱著孩子撲通雙膝跪到醫生面前，現在我們上哪去弄三千塊錢啊！孩子快不行了，先救救她吧！我求你了。

這、這、這搞啥！這是醫院規定，找你們學校領導啊！醫生趕緊逃似的離開。

林佳玲看著眼前這一切，心裡已十分著急，她默默地來到劉玉英跟前。妳有校長的電話嗎？給校長打個電話，得讓他來。

劉玉英十分為難，他的電話是有，不過，我和愛人趙漢山都是下崗沒工作才到學校打工，我不敢對他說啥。林老師，他要是想負責，早跟咱一起來了，他是故意躲避，我把他電話告訴妳，妳可千萬別說是我告訴妳的。

我的手機沒電了，用妳的手機打一下行嗎？

用我的打？那他不就知道是我了嘛……

拿我的卡，裝妳手機上，這樣他就不知道了。林佳玲無奈地搖搖頭，關了機。

家長們氣憤不已，都圍住了林佳玲，倒像她就是校長。林佳玲有口難言，可她沒法埋怨那些心急的家長。

劉玉英出來阻攔，你們搞錯了！林老師是城北中學的老師，她路過躲雨，碰上教室倒塌，是她救的人，是她把孩子們送醫院來的。

幾個農民工家長並沒有不好意思。

林老師，妳既然管了這事，好事就得做到底！

是啊！妳要不管，我們找誰去啊！

林佳玲叫上劉玉英，一起闖進醫院院長韓志善辦公室，林佳玲已經有了怨憤，儘管她努力冷靜地表達，請求醫院立即搶救受傷師生，但這種情況韓志善見多了，他既沒有計較林佳玲的態度，也沒有怪她們私闖他辦公室，他很冷靜地向她們解釋。

不是我們不管，醫院有醫院的規定。咱還沒發展到全民免費醫療的階段。我們是企業，藥要錢買、器材要錢買，醫生護士要發工資吃飯。如果真按你說的先救治再收費，醫院都得倒閉關門。先繳押金再治療，正是醫院為大眾服務的基本保障！要是倒閉關門了，那就啥也服務不了了，目前救死扶傷還離不開經濟保障這個後盾。

傷殘的師生不及時救治，出了生命危險咋辦？林佳玲的話帶上了責問的口氣。

你要是負責，就該找這個學校的負責人來。

學校的負責人找不到，醫院要先繳錢後搶救，就這樣拖下去，真要是有人死在你們醫院的走廊上，我想政府不會不管！這是天災，要是媒體給你們曝光，對你們醫院也不好吧！

韓志善愣了一下，但他還是堅持，不是一個兩個人，十幾個人哪！起碼也得有人有單位擔保。

林佳玲被逼得無路可走，她默默地從包裡找出個人的信用卡，我今天剛到城北中學報到，身分證和工作證還是原來城市的，我丈夫方卓然是卓然律師事務所的法人，用我的信用卡和我丈夫律師事務所的名義擔保行不行？

韓志善被林佳玲感動了，衝妳這精神，我們就破一回例，不過妳明天必須負責把押金全繳出來。

我絕對負責！林佳玲再也無法離開醫院，辦完擔保手續，醫生們立即投入對師生的救治。

手術室的門開了，醫生叫夏紅雲的親屬，秦梅珍一聽就毛了，問是啥事，醫生告訴她，孩子的內臟破裂，出血太多，心跳已經停止。秦梅珍一口氣沒喘過來，一頭暈倒。夏青苗抱住母親哭喊，林佳玲雙手抱起秦梅珍，輕輕地叫她。秦梅珍慢慢緩過氣來，啊的一聲痛哭不已，那悲痛讓人心裡一陣陣心酸……林佳玲也忍不住流下了眼淚。

林佳玲走出醫院大門，外面的世界漆黑一團，她辨不出東南西北，不知道該咋回家。

5

方卓然睜開眼睛的一剎那，腦子裡一片空白。他睜開眼睛看到的是一片黑暗，不知道身在何處，也不知道發生了啥。他眨了眨眼睛，啥也看不見，伸手一摸，摸到了床，他這才明白，他在家裡的床上。他歪過身子伸手去摸電燈開關，居然沒有電，他腦子一下又亂了，不知發生了啥事故。他呼地翻身下床，拉開窗簾，窗外也是一片漆黑。他使勁眨了眨眼睛，看到了下面黑暗中影影綽綽的房屋和街道。他驚異，這世界是咋啦？咋不見燈光，連路燈都沒有。他再抬頭看天，這天也出了問題，天上也是一片黑暗，不見月亮，連一顆星星都不見，整個世界沒有一點亮色，一片漆黑。他摸到了打火機，打著，抬起手腕看錶，已是夜裡十點二十分。回轉身來，借著打火機光，他看到臥室裡放著旅行箱和包，這一天發生的事情立即從他的心底浮起。

方卓然摸著黑進了廁所，他聞到了那股異味，那是酒菜進肚後經過胃液腐蝕再嘔吐出來的氣味，能熏死蒼蠅。他不敢喘氣，他趕緊拉水沖刷。他只記得在海天大酒店敬酒之前的事情，不知道他是咋回的家，也不知道是誰送他回的家。他知道自個兒肯定是喝醉了，而且醉得一塌糊塗，回家後吐了，肯定吐得一塌糊塗。他依稀記得是伍志浩和康妮架他出的酒店，其餘啥也不記得了。

方卓然突然想，佳玲呢？她去學校報到就沒再回來，佳玲現在在哪？她咋一直沒有回來呢？方卓然立即走出廁所。習慣性地摸客廳的電燈開關，開關再一次告訴他全城停電。窗外也還是沒有一處亮燈，偶爾有人家的窗戶裡閃著鬼火一樣的燭光。

方卓然慌了，著急地喊佳玲，屋裡沒有一點回音。方卓然回到臥室，拿起手機打林佳玲的手機，手機回答，對方已經關機。他想起來了，白天下暴雨時他在飯店打電話給佳玲，她的手機就關機，咋到現在還沒回來呢？方卓然慌張起來，他立即來到客廳，坐到沙發上，打著打火機撥查號臺。他查了城北中學的電話，在茶几的報紙邊上記下城北中學的電話，然後再撥城北中學。學校那邊有人回話，他說他不認識林佳玲。方卓然告訴他是今天去學校報到的那個女老師，特意提醒她長得特別漂亮，這時他也沒忘老婆漂亮。那人說，聽說學校是新來了一位漂亮女老師，但他那時不在班上，遺憾沒能見著，現在學校除了他和另外的保安，再沒有別人。方卓然好不容易查到學校電話，他不死心，又問晚上學校有沒有組織啥活動。那人說暴雨颱風把教室的窗戶都他媽刮壞了，學校裡亂得不成樣子，神經病才會有心情搞活動。

方卓然遺憾地扣下電話，他明白再沒完沒了問下去，那人要罵娘了。方卓然再撥伍志浩的電話，跟伍志浩一接通電話，方卓然的聲音就變了聲，他告訴伍志浩，佳玲到現在還沒回來，佳玲失蹤了！佳玲可能出事了！伍志浩安慰方卓然不可能出事。方卓然就跟他爭辯，一天不回家，手機關機，學校不見，平海也沒有她啥親戚，連個電話都沒有，不出事才怪呢！肯定是出事了！這麼大暴雨，這麼大狂風，房子倒了，電線杆倒了，樹也倒了，咋會不出事呢！好像是林佳玲不出事他心不甘似的。其實方卓然非常著急慌亂，說著說著，眼淚就流了下來，他不是希望林佳玲出事，他是怕林佳玲出事，他是急於要證實林佳玲沒有出事。他責怪自個兒，不該讓她去學校報到，他不該喝這麼多酒，醉了一天也沒去找她。這麼一說，沒有答案，沒有下落，那林佳玲就真出了事，方卓然便嗚嗚地哭起來，越哭越傷心，彷彿他再也見不到林佳玲了，這世上再沒有他的那個漂亮的老婆了。

伍志浩讓方卓然哭得沒了主意，他讓他趕快報警。伍志浩提醒了他，方卓然立即停住哭，隨即向派出所報案，員警詳細紀錄了林佳玲的情況。方卓然報完案，更是坐立不安，他在屋裡轉，他不知道下一步該咋辦。方卓然在屋裡轉著轉著，刷！客廳裡的電燈突然亮了，把方卓然嚇一跳，他像躲避炸彈一樣歪到沙發上。他立即打開電視機，電視裡正在播暴雨襲擊平海的新聞，方卓然顧不得看，他一會兒看牆上的鐘，一會兒看電話，他忍受著時間和電話的煎熬。煎熬中，他突然被電視裡新聞主持人的話給鎮住了，主持人說，這場暴雨，讓平海市全市停電八個多小時，城北區停電長達十四個小時。據初步統計，全市有三十六處房屋倒塌，倒樹、倒電線杆不計其數，死亡人數已超過二十人，受傷人數超過二百六十人……

方卓然呼地站了起來，他嘴裡念著，死了二十人，傷了二百六十人……他突然吼了起來，佳玲一定出事了！佳玲出事了！

方卓然忍受不了折磨，他立即又拿起了電話詢問派出所。派出所回答目前的死亡人員名單裡，還沒有發現林佳玲的名字。

方卓然放下電話，仰到沙發上。他躺著對天棚吼，老天爺！為啥要這樣對我？我們過得容易嗎？我做錯了啥?!

門吱呀一聲響。方卓然躺沙發上扭過頭來，林佳玲疲憊不堪沒精打采地走進家門。方卓然從沙發上蹦起來，連鞋都沒穿，他激動地叫了起來。

佳玲！佳玲！

你還沒睡啊？林佳玲疲倦得說話都沒精神了。

方卓然撲過去一下抱住林佳玲，妳可回來啦！

對不起，我手機沒電了，沒法給你打電話。林佳玲的話非常溫柔。

這一天，妳上哪去啦？

一言難盡，我快累死了，我得先沖個澡，身上髒死了。林佳玲的確太疲勞了。

方卓然內心湧起劫後餘生般的激動，他一下蹦到沙發上，激情無法表達，他嗷嗷地連吼了三聲。

洗過澡的林佳玲，如出水芙蓉，秀氣地端坐在客廳的沙發上，拿著一盒餅乾吃著。方卓然坐在她旁邊的沙發上，聽林佳玲一邊吃一邊說一天的經歷。方卓然聽著聽著，突然感覺不認識林佳玲了，他十分新奇地看著她，一句話都說不出來。這是我的老婆嗎？說好了從學校一回來就去參加掛牌儀式，她卻不哼不哈去做了這些事，他為她急得放聲大哭，她卻沒想到要給他打一個電話報一個平安，他無法理解，情緒一下子轉到另一頭去了。

林佳玲忽然發現了方卓然疑惑的眼神，她停下回憶，也停下咀嚼，半塊餅乾還在手裡，眼巴巴地看著方卓然。方卓然的眼神讓她感覺她好像做了很錯誤的事，她在等待丈夫的理解和支持。

方卓然把林佳玲看了半天，然後不知所以地收回目光，他抬起右手，悶頭挨個兒看自個兒右手的指甲，像在欣賞一件藝術珍品，一邊看一邊不經意地問，妳冒著狂風暴雨去救了民工子弟學校的學生？

嗯。教室倒塌了，老師和學生都埋在廢墟裡，那一片掙扎的手腳，把我都嚇暈了。

方卓然繼續看著自個兒的手指甲問，救出來之後，妳又把他們送去醫院？

嗯。他們學校找不到一個管事的。

方卓然還是看著自個兒的指甲問，他們學校不管，妳又幫他們找了醫院院長？

嗯。孩子有生命危險，醫院非要先繳押金才搶救。

方卓然仍然看著自個兒的指甲問，沒有人管，你就拿自個兒的信用卡和我律師事務所的名義為他們擔保了醫藥費？

要不咋辦呢？民工子弟學校的校長手機關了，眼看孩子就要出事。

方卓然看完右手指甲，再挨個兒看左手的指甲，一邊看一邊繼續問，這一天妳一直在醫院陪著受傷的學生？

一個女孩子傷特別重，我沒法離開，最後她還是死在手術臺上了。林佳玲很難過。

生。

方卓然問完這些，他站了起來，在客廳裡走。林佳玲看著他走，不知他在想啥，她感覺到丈夫有些陌

方卓然走著走著，突然仰頭哈哈大笑。林佳玲坐在那裡被方卓然笑得不知所以，只好跟著他也傻乎乎地咧開嘴角做著笑的動作。方卓然笑過之後轉過身來，感慨地發起了議論。

見義勇為，捨己救人，無私無畏，高尚！

林佳玲苦笑著臉，看著方卓然。

一天連飯也顧不上吃，連老公事務所掛牌的事都顧不得問一下，連給丈夫打一個告平安的電話都抽不出空來，連自個兒的自行車都讓人偷走，累了一天，餓著肚子摸黑一步步走著回家，天底下竟還有這麼一位平凡而又偉大的人！太模範、太英雄了！

林佳玲心裡被針扎了一下，很不是滋味。方卓然的態度讓她吃驚，讓她難過，但她仍非常溫柔地輕聲解釋，卓然，我也沒想到會遭遇上這些，一點辦法都沒有。

你很有辦法，這種事，你咋能不管呢！

卓然，你不高興啦？是不是覺得我很傻？

我咋會不高興呢！我太高興了！你這樣的傻子太可貴了，社會文明需要妳這樣的傻子，建設和諧社會離不開妳這樣的傻子。妳的事蹟很快會上報紙的，電視臺說不定明天就來採訪妳。

林佳玲低下頭，她不再看方卓然，她的話仍舊很溫柔，卓然，不管你是正話反說，還是反話正說，我知道你在笑我，你要是不滿意就直說，用不著這樣挖苦我。

挖苦？妳說我挖苦妳？

我一點不英雄，也沒啥高尚可言，我只是一個普通老師，今天我救學生，送他們去醫院，拿信用卡和

你事務所的名義替他們擔保醫藥費，都是一種遭遇，誰能見死不救呢？要是讓你遭遇上，你也會這麼做；不管是誰，只要他還正常，遭遇上這種事，誰都會這麼做的！

那妳知道我今天遭遇啥了嗎？

林佳玲一怔。

妳想過我今天會遭遇啥了嗎？

林佳玲慚愧。

妳想到要瞭解我遭遇啥了嗎？

卓然，對不起，我真的沒顧得上。林佳玲非常抱歉。

方卓然突然十分激動，我的事務所掛牌泡湯了！我訂了三桌酒席，花上萬塊錢，啥人都沒來，我自請了！我為了誰啊？我，我容易嗎？我的痛苦向誰訴！我只能用酒精燒自個兒的心！我醉得像一條死狗！我需要妳的時候，妳在哪裡?!

林佳玲的眼睛裡已經噙滿淚水，對不起，真的對不起……

我們結婚七年了，在一起生活的日子加起來不到一年，好不容易調到一起，我以為一切都好了。發生這麼大災難，妳卻一點都沒有想到我，沒想到這個家。

真的對不起……

佳玲，我手裡捧的不是鐵飯碗啊！我把自個兒的一切都押上了！

……

我酒醒後，發現妳一天不歸，我都快急瘋了，我跟伍志浩吵，我向派出所報了案！妳、妳卻沒事人一樣……

卓然，對不起，我在那裡沒法知道你這些。是我錯。你累了，休息吧。林佳玲很內疚，也很委屈，她不想頭一天見面就吵個沒完沒了，她站起來主動扶方卓然去臥室。

方卓然情緒十分低落，佳玲，我心情不好，讓我獨處一會兒。

林佳玲一怔，狐疑地問，獨處？你讓我睡哪？

妳上臥室睡吧，我在客廳靜一會兒。

林佳玲很不理解，她有些生氣，我真的做錯了嗎？

方卓然沒有退讓，他仍是那種口氣，妳沒有錯，妳一點都沒有錯，妳咋會有錯呢？我只是想一個人靜一靜，可以嗎？

林佳玲愣了片刻，痛苦地進了臥室。方卓然看著林佳玲的背影，有些失落地一屁股坐到沙發上。

6

房間裡彌漫著床頭燈溫馨柔和的光，林佳玲孤獨地自依著床頭躺在床上，手裡捧著一本《南懷瑾講經》。她看不進去，腦子裡不時閃著這一天的事情，檢討自個兒做錯了啥。她是沒有時間顧得關心事務所掛牌的事，沒有跟他一起承受挫折，可是，這比起夏紅雲的死，比起受傷的那些孩子們，又算得了啥呢？就因為這，第一天團聚，就要分開獨處……結婚七年，他咋反變得陌生了，過去沒發現他這樣……兩行淚水緩緩地從林佳玲的眼睛裡流出，從臉上一直流到睡衣領子裡。

方卓然穿著睡衣，坐到寫字臺前，頭上戴著微型麥克，他已經在ＱＱ上跟人聊天。說話的聲音很輕，對方是一位叫青山綠水的女性，顯然是很熟悉的網友。

青山綠水，妳知道男人排解心中煩惱和鬱悶的最佳方法是啥嗎？

做愛。

動物的本能嘛！

妳嗜好肉體宣洩？

妳對這事的態度是專一，還是感情用事？

只要是我真喜歡的人。

青山綠水，妳剛才的回答錯誤。

暴風驟雨，何以見得？

暴風驟雨，那是你！

男人煩惱鬱悶的時候根本就沒有性欲。

除非他只有獸性。

那你的最佳方法是啥呢？

獨處。

獨處？獨處只會更加鬱悶！

不，獨處可以實現性別隔離。

哦，這麼說你老婆就在你身邊？

是的，她今天剛回來。

你對女性沒興趣？

不，人的煩惱鬱悶百分之六十以上是異性造成。性別隔離是解除身心困惑樊籬的前提。

你不會是同性戀吧？

雖還沒有接班人，但一切都正常得很。

一定是大男人主義。

非常尊重女性。

不可思議。能不能接上視訊？

沒有。

騙人！

就是有，我也不會讓網路上的異性看到我的面目。

長得對不起人民對不起黨？像《巴黎聖母院》裡那個鐘樓醜八怪？

不，應該是那裡面的青年衛隊長的形象。在街頭行走，八〇後姑娘的回頭率保證百分之九十五以上。

獨處，咋會排除鬱悶呢？

獨處是給身心鬆綁的最佳方法。妳可以閉上眼睛，想妳想去的任何世界，做妳想做的任何事情。

喔，原來是做白日夢。

第二章

訟

（下坎上乾）

彖曰，訟，上剛下險；險而健，訟。

九四，不克訟，復即命，渝，安貞吉。

——《周易》

注：坎，八卦之一，象徵水。乾，八卦之一，象徵天。

《彖傳》說，《訟》卦上卦為乾，剛健 ；下卦為坎，險陷。心險而形健者易爭訟，故稱《訟》卦。

第四爻（爻，音同堯）（九四），不能勝訟，回心依從正理，改變爭訟的態度，安於正道則吉。

1

方卓然清晨在沙發上醒來，昨天發生的那些糟糕透頂的事都落在了夢裡，一身輕鬆，心情舒暢。他撐起身子，奇怪自個兒咋會睡在沙發上，昨天發生的事情又重在腦子裡慢慢還原。一想起那可惡的暴雨，他的心情立即陰暗下來。

掛牌儀式泡湯了，事務所不能泡湯，儀式沒搞成，事務所不能不成。另立門戶掛牌營業，這一步邁出來了，邁出來就不能收回去，別說好馬不吃回頭草，站著不往前走都不成。多少人在看著呢！尤其是那個陳大平。他炒了他的魷魚，跟他掰了，旁人都知道那是他看不上自個兒這老闆，等於撕了陳大平的臉皮子，踹了他的褲襠，叫誰誰心裡都不會舒服，要不咋天冒大暴雨趕去海天大酒店，真是去祝賀？真是討杯酒喝？騙鬼呢！那是去出氣！去看熱鬧！聽聽他那話，要審時度勢，把握天時地利人和，不就是說他不識時務，說他違背天時地利人和，遭老天報應嘛！換了阿Q都聽得出來。他這一手玩得真他娘漂亮，不聲不響，朝他腰眼上捅一暗拳，痛得他喘不過氣，也說不出話，真他娘解氣，回家準偷著樂。

想到這一層，方卓然牙根都痛。他咋能在家睡懶覺呢！咋敢懈怠，咋能善罷甘休！

方卓然套上褲子站了起來。管他儀式搞沒搞成，事務所已經開張了。開弓沒有回頭箭，開張就得有個開張的樣，要不咋給員工發工資？

方卓然進廚房經過餐桌，本能地朝餐桌瞧了一眼，嘿！還是老婆在身邊好。儘管晚上吃了氣，早飯卻還是給他做好了。他瞅廚房，沒人；回臥室，也沒人；再回餐桌，餐桌早餐盒上有林佳玲留下的便條。方卓然一笑，這就是知識份子。方卓然伸手拿起了便條。

卓然，

早上好！我去學校上班了，早餐給你備好，若起晚了，你放微波爐裡熱一下。

剛團聚就惹你生氣，我只能求你諒解。我堅信，你會理解我的。我們的愛情不會漂白，感情也不會蒸發，我永遠愛你。祝你今天開心！

佳玲。即日晨。

方卓然看完便條，一摸餐盒，還熱，揭開蓋，熱狗，另一微波爐餐盒是牛奶。方卓然不管三七二十一，拿起就吃，一邊吃一邊心裡說，還是得老婆。

2

林佳玲是全校第一個到校，她比校長王海清還早到二十分鐘。

不管校長是有一搭沒一搭應付她，也不管她臨時頂8（3）班班主任是一天還是兩天，林佳玲是認真的。哪怕校長現在就告訴她，這班主任就頂今天上午這半天，林佳玲同樣會對這一上午班主任盡心盡責。娘肚皮裡生出來就這脾氣。

林佳玲放下包獨自上了操場。操場上的水泥球場又光又平，林佳玲情不自禁地獨自跳起了國標，引來了各種各樣的目光。林佳玲沒注意到那些目光，她從來不注意別人的目光，跳國標是她的愛好，別人喜歡不喜歡與她無關。

林佳玲額頭上貼著塊紗布，手裡捧了一疊作業本來到8（3）班門口，8（3）班教室裡熱鬧得像戲院。路海龍雙手高舉著掃帚，正指揮著陳英傑、徐光平、劉剛幾個關窗。一隻燕子飛進了教室，他們在撲抓燕子，小燕子被他們圍剿得惶惶不安，他們卻一個個興高采烈，對林佳玲的出現毫無反應。

林佳玲走上講臺，她拿黑板擦，敲擊了講臺。大部分同學注意到這聲音，看到一位陌生的老師已經站在講臺，一個個收斂地回到座位上。路海龍和陳英傑、徐光平幾個卻意猶未盡，他們也聽到那聲音，但這種聲音對他們來說是家常便飯，他們從來不把老師的敲擊、吼叫和訓斥當回事，在學校，除了外面那天，再來就是他們大了，他們毫不顧及任何人。他們仍揮著掃帚，舉著竹竿在撲打燕子。

林佳玲敲黑板擦不見效，只好將老師的權威升級，她吼了一聲，停止！

路海龍和陳英傑、徐光平等這才被林佳玲的吼聲驚住，他們奇怪這教室裡除了他們之外，竟還會有人發出如此尖厲的吼聲，這吼聲不光尖厲，而且具有一種威懾力，他們倒要看看發出這尖厲吼聲的人是誰，她是不是吃了豹子膽。

林佳玲看到路海龍幾個收住了動作，這才把聲音放到正常音量，燕子這麼可愛，好容易到我們教室前搭窩壘巢，按中國人的傳統觀念說，這該是喜事，你們為啥反要抓牠呢？

路海龍發現是個新老師，她想管他們，他來了興趣，立即接話，好玩唄！

你們是中學生了，應該懂得保護鳥類的道理，燕子是可愛的益鳥，為啥用毀滅它的生命來玩呢？快坐下，上課了！林佳玲的話說得心平氣和。

路海龍掃興地擺了一下頭，陳英傑、徐光平和劉剛都回了座位。

請靠窗的同學把窗戶打開。

靠窗的同學立即打開窗戶，燕子飛了出去。林佳玲也意猶未盡，她想藉機給同學們講一點道理。

既然剛才發生了這件事，那麼我想多說幾句。大自然是啥？有同學能回答嗎？

教室裡一片沉默。

沒人回答，那我告訴大家，大自然是不依賴人類思維客觀存在的世界。陽光、空氣和水養育了各種生命，萬物間形成了一種交互滋養的天然和諧關係。人類僅僅是自然界中的成員之一，我們應該與自然界的一切生靈和睦相處，如果我們人為地破壞這種和諧，生態就會失去平衡。自然災害的發生，就是自然界對我們人類破壞自然的報復。

路海龍來了勁，他發問，老師，妳吃雞嗎？

林佳玲感覺這學生思維挺活躍，她沒有壓制他，繼續說，雞和燕子不同，雞是人工飼養，專供人食用的副食。燕子是自然界的飛禽，我們應該保護。

路海龍還不甘心，那妳吃野雞野鴨嗎？

我到現在還沒有吃過。好了，我們以後有時間再討論這個問題。林佳玲轉過身來，同學們，初次見面，大家一下都認識了我，可我，目前一個都還不認識，如果沒有猜錯的話，剛才誇我漂亮的那位同學，是不是叫路海龍？

路海龍一愣，嘿！剛到就有人給我上眼藥？

林佳玲報以微笑，好，我認識了路海龍，認識大家還需要一段時間，請原諒。不管我頂替幾天班主任，以後我就是你們數學課的任課老師。現在我要你們做一件事，請大家把作業本翻到上次作業結束那一頁。

學生們都拿出作業本，翻到作業結束那一頁。

林佳玲說，請你們在最後一道作業題後面的空白處寫上，結束是新的開始。

學生們不知道為啥要寫這句話，但都寫了這句話。

林佳玲說，請大家把舊作業本收起來留作紀念。學生們有些不明白，都疑惑地看著林佳玲。林佳玲說，已經過去的事情，只代表過去，從當下起，一切要重新開始。

路海龍也奇怪，老師，這作業本妳還看不看？

林佳玲說，我不看了。

路海龍毫不猶豫地把作業本撕了。有的同學把作業本收到書包裡，有的同學細心地收藏起來，陳英傑、徐光平和劉剛幾個看到路海龍撕了作業本，他們也快樂地把作業本撕了。林佳玲沒反對，反而親自拿起紙簍，讓撕了作業本的學生將碎本子扔進紙簍裡。又白又胖的崔靜來到了8（3）班教室門口，她不解地看著林佳玲，不明白她別出心裁搞這種把戲幹啥。林佳玲一邊收廢作業本，一邊說，我讓大家這樣處理舊作業本，不是要你們討厭數學，也不是從此不要再做作業，我是想換一種作業方式，有個新的開端。班長，請你把這些新作業本發下去。

班長走上來，取了講臺上那一疊新本子，分到各排第一名，一個個往後傳。學生們領到新本子，新鮮地看到，新作業本的扉頁上寫著一句話，學生們互相詢問著。

林佳玲說，不用互相問，寫的都是同一句話。數學，是生命的精靈，讓我們來瞭解它，認識它，掌握它吧……同學們，作業本，絕不是數學符號、方程式的羅列，而是我們體驗這個精靈的紀錄。我的任務，就是要讓你們體會到這個精靈的可愛，並抓住這個精靈。今後，我安排的作業，每一個同學都進行面批面改。

學生們都不解地看著林佳玲。

林佳玲繼續解釋，面批面改，就是當面批，當面改。不管哪位同學錯題，我都會單獨與他交流，讓他明白認識錯誤，當面改正……

站在窗外的崔靜，不高興地轉身離開了8（3）班。

3

秦梅珍和郭全民一幫民工家長到城北中學來找林佳玲，把校長王海清給搞糊塗了，林佳玲昨天才報到，今天就有一幫民工找上門來，他不明白林佳玲咋會認識他們，也搞不清她是個啥樣的人。秦梅珍和郭全民把前因後果一說，王海清很為林佳玲抱屈。

你們這樣做不覺得過分嗎？林老師不是城北民工子弟學校的老師，她昨天救孩子，把孩子送到醫院，還拿自個兒的信用卡為你們擔保醫藥費，已經仁至義盡了，你們要是再纏著她，再讓她去幫你們找那個學校要賠償，這太不近人情了吧？

郭全民非常慚愧，校長，說心裡話我也不想再麻煩林老師，可是路富根這傢伙太壞了，他躲著人都找不到，林老師為我們孩子擔保著醫藥費，要是路富根不出面，就讓林老師為了難，我們想應該讓林老師知道這件事，跟我們一起去找路富根，要不，林老師也要吃大虧。

王海清耐下心來勸他們，現在見義勇為的人本來就不多了，要是誰伸頭就賴著誰，以後誰還敢出來主持正義做好事啊！

又白又胖的崔靜惱怒地嘭一下推開王海清的門，她也沒管這一屋子老百姓，見面就沒好氣地對王海清發起牢騷來，校長！8（3）班教室裡的那個新老師是誰呀?!

崔老師！妳來上班啦？那是新調來的林老師，林佳玲！我以為妳還要歇幾天呢！讓她頂幾天，兼你們班的數學課。

她搞啥搞呀！讓學生把作業本都撕了！標啥新，立啥異啊！

王海清還沒回到辦公桌跟前，桌子上的電話鈴響了。電話是醫院打來的，問城北中學有沒有林佳玲這個人，王海清告訴他林佳玲是他們的老師，那邊說讓林佳玲趕緊去醫院繳那十幾個死傷師生住院的押金！王海清說他們搞錯了，她是城北中學的老師，死傷的師生是城北民工子弟學校的，讓他們找民工子弟學校。那邊說他們一點沒搞錯，是林佳玲在那裡押的信用卡做的擔保。反問王海清，他們不找擔保人找誰。問得王海清反沒話可說。

王海清放下電話，他替林佳玲頭痛。這年頭，好事做不得，做好事反而惹麻煩。王海清只能搖頭苦笑，這算啥事啊！辦公室門又讓人嘭地推開，王海清以為又是崔靜回來了，他想說她不講禮貌，結果進來的是伍志浩。王海清生氣的臉立即換成笑臉，趕忙起身迎接。

喲！伍處長，你大駕光臨咋也不打個招呼？

招呼？手機不開，電話佔線，你讓我咋招呼啊！伍志浩很不滿意。林佳玲呢？讓她趕快跟我走。

你也找林佳玲？王海清不明白咋都來找林佳玲。

你沒看新聞啊！城北民工子弟學校教室倒塌都砸死了人，市長親自到學校開現場辦公會，林佳玲是現場見證人，趕緊讓她跟我走。

她正上著課呢！

找人替她。

4

路富根的辦公室充分體現著鄉鎮企業家的風格，屋裡到處擺放著工藝品，但都是地攤上撿來的冒牌貨，整個一土包子開花。路富根坐在老闆臺後面手忙腳亂地在撥電話，電話一通他忽地起立，畢恭畢敬地立在寫字臺後的坐椅前，似乎這麼打電話，方顯出他對通話者的敬重。

哥！不得了啦！昨晚一個學生在醫院死了！你可得幫我哪！

接電話的是他堂哥路紅旗，老市長現人大主任的司機，他正開著車要去接領導上班，他邊開車邊接電話，老弟，我看到新聞了，這事鬧大了，我先教你一招。

路富根點頭又哈腰，好像路紅旗能看到他的樣子，哥，你快說，啥招？

閃！路紅旗玩味地拖著長音。

閃？路富根品味著，但不完全明白他的意思。

天上掉下石頭來，你咋辦？

我躲開呀！

躲太慢，也太笨，要閃。

哥，你說得對，閃，要閃。

你不閃，會把你砸成肉醬；你要是閃開呢，那就逢凶化吉，你還是你。

哥，這事我咋閃啊？我還是躲起來算了。

你躲哪去啊？你躲得了嗎？太膚淺了，你躲得了今天，躲得了明天嗎？你能在平海消失？

哥，我是頭笨豬，是躲不了，那你說咋個閃法？

閃，不是躲；躲是藏，不讓人發現你，但這事你躲不得，越躲問題越大。明白了嗎？

是是。

閃，是一種為人處世的韜略，閃是不對抗，是避其鋒芒；閃是人在，卻不照面，處處在，又處處不在，好漢不吃眼前虧，明白了嗎？

路富根如獲聖旨，茅塞頓開一般，哥，我明白了，我明白了。就是跟上面捉迷藏，耍刁，玩滑頭。不是耍刁，捉迷藏也不對，也不是耍滑頭，要好好動動腦子，閃是做人的一種藝術，是人生訣竅，要悟，悟透了才能得心應手。要玩得好，你閃了，別人還看不出來。

路富根一個勁點頭，哥，我知道了，我知道了。

路富根扣下電話，如釋重負地一屁股坐到圈椅裡，他端起泡好的茶，茶太燙，他正拿嘴吹著。哐啷！劉玉英急匆匆推開路富根辦公室，路富根一驚，手中杯子裡的熱茶灑到兩腿上，燙得他吸著氣站起來拍褲子。

你他媽慌啥!?

市、市長他們來、來了！劉玉英有點語無倫次。

啊！到哪兒啦？

剛才市政府辦公室來電話，說市長帶著十幾個局長要到咱這裡開現場辦公會，已經出發了。

路富根想起了堂哥教的那個招，立即眯起眼，做出一張笑臉，玉英啊！剛才人大主任辦公室來電話要我去彙報呢，都是領導，我已經先答應了主任，答應領導的事不能反悔啊！我分不得身哪，你在這裡替我接待市長。

劉玉英更慌，我！讓我接待市長！我哪行啊！

你行！這事好辦，領導說啥，你就聽啥；領導咋要求，你就咋答應。要是問起我，就說我上市人大彙報去了。路富根說著立即夾起包溜出辦公室。

市長一行近十輛轎車浩浩蕩蕩開到城北民工子弟學校，交通警早在侍候，把民工子弟學校大門外兩邊街道都清空，指揮著車輛依次停到路邊。市長打頭，一群局長前呼後擁走進城北民工子弟學校。市長先找好自個兒的位置，站到廢墟的制高點。一群轎車呼呼隆隆開來城北，老百姓不知出了啥大事，紛紛放下手裡的活，停下要辦的事，從四面八方擁過來，一圈一圈在城北民工子弟學校聚集起一片人海。城北區地處郊區，平常的日子很平淡，沒啥熱鬧可看，有點事情他們就情緒高漲，不管有沒有好處，得不得便宜，跟自個兒有沒有關係，看看西洋景也是挺有意思的。

市長理解成萬民擁戴，異常興奮，情緒激昂，他站在廢墟上親自在點名，媒體記者立即都圍了上去，攝影機、照相機成排的鏡頭都對準了他。

公安局來了嗎？

到了！公安局長響亮回答。

教育局！

來了！教育局長響亮回答。

工商局！

在！工商局長響亮回答。

衛生局、環保局、消防局、市容局，一個部門一個部門依次點到，點到的部門都立即有人響亮回答。市長十分滿意，品嘗到了沙場點將的滋味。不錯，有呼有應，都按時到達。市長點完名，最後才問，這個學校的校長幹啥去了？

劉玉英膽怯地抻著脖子回答，到人大彙報去了。

人大彙報？你是幹啥的？

我是學校行政辦主任。

知道當時的情況嗎？

伍志浩立即接過問話，市長，這位林老師是現場第一目擊證人。

市長扭過頭來看林佳玲，妳是民工子弟學校的老師？

不是，我是城北中學的老師。

妳咋會知道這裡的情況？

我路過，雨太大沒法行走，我到這裡躲雨來著。

妳把情況說說。

林佳玲把自個兒路過躲雨，目擊大水沖塌教室，十幾個學生在醫院搶救，一個女孩子死在手術臺上等經過說了一遍。

市長聽完林佳玲的介紹，往廢墟的制高點挪了挪，撐著腰聲情並茂地開始作指示。各位局長、伍志浩、劉玉英和相關人員一邊聽一邊都還認真地做著紀錄。攝影機和照相機劈裡啪啦，閃光燈閃得老百姓們眼花繚亂。市長卻非常適應這種場面，人越多，閃光燈閃得越亮，他情緒越高漲。

同志們！鄉親們！這場兩百年沒遇過的災難，也給我們敲響了警鐘！它也暴露了我市抗災工作中方方面面的問題，不只是城北民工子弟學校，全市有四十多處房屋倒塌；死傷人數現在統計已經超過六百人；全市停電達八個小時，部分地區停電長達十六個小時之久……

劉玉英手忙腳亂，她咋也記不全市長的講話，急得頭上直冒汗。記者們都把答錄機、採訪筆伸向市長。

今天，政府的各位局長都來了，你們要認真履行職責，積極行動起來，針對問題，拿出整改措施，變壞事為好事。第一，要安撫好死傷群眾家屬，處理好後事。第二，迅速救災，消除災情。第三，深入現場調查研究，當場解決問題，消除隱患。要對全市的民工子弟學校做一次檢查，凡是不符合規定不具備辦學條件的民工子弟學校，應該立即撤銷解散；像商品交易市場這種早期開發的市場，環境很差，治安很亂，建築不合要求，事故隱患嚴重的，要關門限期修葺，不合要求的，堅決取締。第四，對那些違章經營，社會治安混亂的地區和經營單位，要限期整改，不合格的堅決關停……

市長很年輕，有點少壯派氣魄，調查完情況，當場做完指示，立即轉場。十幾輛小轎車一溜煙魚貫離開。市長一走，看熱鬧的城北區老百姓卻炸了窩。當地居民、商販、打工農民都嚷嚷起來。

學校撤銷解散，我們民工的孩子到哪去上學啊！

市場關門，我們喝西北風啊！

說話輕巧，兩片嘴唇上下一吧嗒，老百姓的死活誰管啊！

……

伍志浩和林佳玲從人群中擠出來，伍志浩很關心林佳玲。

妳看，剛到這裡，就撞上這種事。

林佳玲擔心的是方卓然，我沒有啥，卓然他挺懊喪，你們是老同學，有空去安慰安慰他。

那天我在，我抽空再去看看他。

兩個正說著，秦梅珍和郭全民領著幾個民工子弟的家長追了上來。

林老師，學校不想管這事，我女兒還在太平間裡躺著哪！秦梅珍一說就哭了。

我兒子的胳膊斷了，學校也不管！郭全民很氣憤。

伍志浩不高興了，你們找林老師幹麼？去找路富根啊！他是這個學校的校長。

我們去找了，他不見我們哪！

林老師，您是好人，您幫幫我們吧！

伍志浩不想讓林佳玲管這種事，林佳玲也十分無奈，林佳玲朝伍志浩揮了揮手，轉身和秦梅珍他們一起去城北民工子弟學校找路富根。

5

路富根把路紅旗教的招用活了，他對傷殘學生的家長也閃，一概不照面。

林佳玲從劉玉英那裡得知消息，領著家長們在城北民工子弟學校後院最後一排平房角落那間屋裡找著了路富根。路富根沒事人一樣，在玩麻將。路富根慶幸老天爺讓他有了這個哥，儘管死了人，他一點也沒感覺到有啥壓力，也沒啥好愁，該咋玩還咋玩。

林佳玲敲開門，屋裡烏煙瘴氣，麻將打得熱火朝天，她心裡真來了氣。她讓家長們在外面等她，她獨自走了進去。

路校長，你好難找啊！林佳玲不卑不亢。路富根坐在那裡沒起來，連眼睛都沒瞧她一眼。正輪著他莊，他兩眼盯著牌，一邊抓牌一邊說，妳是誰呀？我好像不認識妳啊！

我叫林佳玲，是城北中學的老師。

林老師對我們民工子弟學校這麼關心，是不是想跳槽來我們這兒哪？要是想上我們這兒來，沒問題，寫份簡歷放這兒就行，我有空研究研究。

林佳玲沒工夫跟他兜圈子，直截了當說，夏紅雲同學是你學校的學生吧？

路富根照舊只顧打麻將，我們學校學生三百多呢！我的腦子再好使也記不住這麼多學生的名字啊！

林佳玲十分不滿，夏紅雲同學現在躺在太平間裡呢！你這麻將也打得下去？

路富根仍不以為然，天有啥來著？噢，天有不知道的風雲，人有料不到的禍福，我操心管啥用呢！林老師妳這麼有能耐，不是也擋不住老天爺颳風下雨嘛！要是沒有這場暴雨，能出這種事嗎？這是天意！沒辦法的。

十幾個師生在醫院搶救，作為學校的校長，難道打麻將比孩子們的性命還重要？

路富根打出一張白板，對門胡了牌。

學生們的家長在門外等著你呢！林佳玲說完轉身出了門。

路富根把麻將一推，晦氣！路富根站了起來。女人一攪和，沒有不輸的。小六子，你來玩吧，我出去驅驅晦氣。

路富根叼著根菸走出屋子，來到後院院子裡。他看一幫學生家長都來了，心裡有點煩，他不明白他們咋會知道他在這裡。但他一點沒著急，不就是一幫民工嘛！他有哥在後面做靠山，還怕他們不成。路富根想到這一層，立即踏實下來，他悠悠蕩蕩來到家長們面前，拿腔拿調開了口。

我說林老師啊！這事妳真的是搞錯了。我辦民工子弟學校，跟妳救人一樣，都是為打工的農民兄弟排憂解難，替他們著想，為他們著急，幫他們解決困難。我這人沒啥本事，就只有一個優點，心善。看著這麼多孩子沒學上，心裡著急哪！這關係到他們一生的前途啊，關係到國家的百年大計哪！我自籌資金辦起這學校，是積德行善哪！

誰也沒說你辦學不好，現在師生死的死，傷的傷，都在醫院躺著哪！你校長咋能不管呢？林佳玲不想跟他瞎扯。

路富根瞟了林佳玲一眼，他認定是這個女人在跟他過不去，他就故意逗她，林老師，我倒是想管來著，可這事不該我管啊！不是說名不正，言還不順嘛！房屋倒塌是天災，不是我路富根讓老天下這麼大雨，也不是我路富根讓它刮這麼大風，我遭這麼大損失想哭都找不著地方呢！

家長們一看路富根那不負責任樣，一個個都氣歪了嘴。

郭全民頭一個忍不住了，他上前責問，你是這個學校的校長，學生在你的學校上課，教室倒塌砸傷砸死了，你學校當然要負全部責任！

路富根更不把家長當回事，他一點都不跟郭全民急，反嬉皮笑臉說，這位家長的話沒錯，學校的事我是得負責。可這不是學校的事哪！我的教室好好的，是老天爺把教室弄倒的呀！你得找老天爺去哪！哎，你讓我明白了。老天爺不好找，政府不是咱們的天嘛！找政府啊！人民政府不就是為人民辦事的嘛！咱不是人民嘛！政府不就得給咱辦事嘛！對吧？

秦梅珍也急了，我的孩子就是在你學校砸死的，你總得有個說法吧？

路富根假裝同情，小雲這孩子太可憐了，讓人心痛啊！可是，冤有頭，債有主，啥事都得分清責任。妳女兒夏紅雲不是死在學校哪！她是死在醫院的手術臺上，那是醫院延誤治療造成的，是醫院的責任，妳得去找醫院哪！這帳咋好算到我的頭上呢！

林佳玲看著路富根一副耍無賴的樣，忍無可忍，路校長，你要是抱這種態度，只怕法律不會容許。

路富根丟掉了菸頭，他滿臉堆著笑，林老師，妳要這麼說，就太不友好了。話說白了，救人不是我路富根求的妳，妳送受傷的師生去醫院，也不是我路富根請的妳，妳拿自個兒的信用卡擔保醫藥費，更不是我路富根逼的妳。妳見義勇為，妳捨己救人，妳助人為樂，一切都是妳自願的！現在要是後悔了，好辦，妳去醫院把信用卡撤回來就是了！用不著領一幫人來跟我鬧，是不是啊？咱們無冤無仇的，何必呢！

秦梅珍說，你這麼不講理，我們只能跟你到法庭上去說話！

路富根兩手拍起了巴掌，非常歡迎，法律面前，人人平等，妳去告就是了，我隨時恭候。

林佳玲一看路富根這無賴勁頭，已經沒有跟他說話的興趣。林佳玲跟家長們說，既然他是這樣一種態度，我們也沒有再說下去的必要了。咱們走吧。

路富根居然笑臉相送，慢走啊！走好！恕不遠送啊！

路富根回到牌桌上，這一番交涉，反讓他添了情緒。

小六子，還是我來吧。

小六子立即把位置讓給了路富根。

她是誰啊？

城北中學新調來的一個教師，你們知道她傻成啥樣嗎？

上床不要錢？

比這還傻！

倒貼？

比倒貼還傻！

那傻成啥樣啦？

房屋倒塌她去救人，還拿自個兒的信用卡押到醫院，給這幫打工農民的孩子擔保醫藥費！

那可真成國寶級傻瓜了，如今還有這種人？

哼，她愛管閒事，那就讓她去管吧！

林佳玲悶悶不樂，領著秦梅珍、郭全民等家長走出城北民工子弟學校大門，現在這事像根繩子一樣纏到了林佳玲身上，可她畢竟剛來平海，她也不知道這事該咋辦。路富根這麼不講理，交涉肯定解決不了問題，唯一的辦法只能通過法律來解決。家長們一聽打官司一個個都直搖頭，他們哪有錢請律師。林佳玲已讓路富根氣壞了，這事她不幫也得幫了，她十分有把握地告訴家長們，我丈夫是律師，他懂，我回去跟他商量一下，看他能不能免費幫你們當律師。

家長們愁苦的臉上立即有了笑容，有林佳玲這樣的好人，對他們是最大的安慰。

6

林佳玲回家早早做好晚飯，為了那些受傷師生，她準備主動向方卓然妥協。方卓然下班回家，林佳玲已經把兩菜一湯擺到了小客廳一角的餐桌上。

卓然！吃飯了！林佳玲叫得非常親切，像一對恩愛小夫妻。

方卓然一聽林佳玲甜甜的喊聲，心裡那點不快立即土崩瓦解，他隨即放下包，洗了手來到餐桌。一看桌子上擺著紅燒魚、清炒雞毛菜、沙鍋排骨豆腐湯，沒坐下先拿筷子嘗了一下魚，又拿調羹喝了一口湯，味道十分鮮美。

嗯，今天我算體會到了小家庭小日子的滋味。

只要我有空，天天給你做愛吃的。

兩人高高興興吃起來。吃著吃著，林佳玲憋不住心裡那事，她一邊吃一邊向方卓然請教。

卓然，有件事我要向你請教。

方卓然聽林佳玲這麼一說，覺得見外了，他爽快地說，太貶我了吧，夫妻之間還說請教，要我做啥，只管吩咐。

民工子弟學校那校長是無賴，拉起來一條，放下去一攤，受傷師生的醫藥費，他一分錢不想出，你說這種人咋對付好？

方卓然似乎早有所料，把妳套住了吧？對付這種人唯一的辦法就是用法律來維護自個兒的權利。

這些學生家長都是打工的農民，他們沒錢請律師啊！

這些農民啊！出了事，只知道吵架，吵架要是能解決問題，那還用法律幹啥呢？告訴他們，只有法律才能維護他們的權利，要不打官司，啥問題都解決不了。

林佳玲不好意思地說，卓然，他們不是不想打官司，只是沒錢請律師，你幫幫他們好嗎？讓我免費替他們當律師？

行嗎？他們真的挺可憐的。

我的林老師，現在還有免費的午餐？

所以，我才請教你，求你幫忙呀！

方卓然有些為難，我個人好說，老婆的指示，白幹就白幹。可我現在是掛了牌子的律師事務所哪！

你不願意？林佳玲十分意外。

我的太太，這絕不只是個收不收律師費的簡單問題，這要關係到我的名聲，關係到我律師事務所今後的經營哪！

林佳玲不解地看著方卓然，咋會呢？你這是做好事啊！

方卓然竭力想讓林佳玲明白，我的夫人，妳應該明白，我是炒了老闆自立門戶的，如果我接這樁官司，這是我事務所開張的第一樁官司，要是免費，傳出去，我的事務所成啥啦？沒業務，免費服務，不讓陳大平笑歪嘴！今後我還咋在這圈裡混啊？

林佳玲沒完全理解，她還是拿懇求的目光看著方卓然。

方卓然繼續解釋，我從大平事務所殺出來獨立掛牌，多少人在看著我，有人巴不得我失敗，有人蹺起腳後跟在等著看我的笑話。我的第一樁官司，律師費不是免費，而是要高於大平事務所，而且必須在別人打不贏的情況下我把官司打贏，這樣，我才能在競爭中立住腳！

聽方卓然這麼一說，林佳玲一點情緒都沒有了，對不起，我沒想那麼多。

方卓然發現了林佳玲的情緒，耐心地勸她，佳玲，現在是市場經濟，競爭時代，強勝弱汰，我要是按妳的思想來經營，我的事務所用不了半年就得關門。咱還哪來錢買新房子？還咋小康？

兩個人已經走上了兩條岔道，越說離得越遠。林佳玲不想讓自個兒難堪，也不想讓方卓然為難，她意識到這事已沒有再商量的必要，她裝作沒事地收了話。方卓然發現林佳玲真的不高興了，他還是解釋，佳玲，妳別搞錯了，這不是我一個人的事，這家得靠咱們兩個來創造哪！林佳玲端起剩菜和碗進了廚房。夫妻兩個表面平靜，心裡都彆扭著，又是一夜無話。

清晨，林佳玲依舊五點二十起床。這一夜她沒有睡好，不高興歸不高興，林佳玲還是恪守婦道，她依舊早早起來，給方卓然備好早餐，然後背著包步行去上班。

7

開庭通知書是劉玉英直接送給路富根的。路富根拆開特快，一看是法院開庭通知書，他還是相當的意外。大話哪個人不會說，可真讓人告上法庭，那也不是件光彩事。他一看，原告的名單裡居然還有劉玉英，還不露聲色親自把通知書給他！路富根的氣頂到了腦門，他把通知書狠狠地摔在辦公桌上，兩眼瞪著劉玉英，劉玉英不敢抬頭看他。

好啊！弄半天，我花錢養了個家賊！

校長，出啥事啦？劉玉英裝作不知道。

你自個兒送來的快遞，還裝傻啊！

我、我沒做啥呀！劉玉英心中已經有愧。

路富根把法院開庭通知書扔給劉玉英，這是啥？

劉玉英低下頭一看，不敢再抬起頭來與路富根對視，我不是真心要告你，他們硬拉我，我要是不同意，他們更會懷疑你不一視同仁，說你背後捂了我們的嘴，所以我就簽了字。

這麼說，你到法院告我，我還得感謝你囉？

劉玉英低下頭……說，說實話，那些農民真的挺難的……

你這麼可憐他們，咋不救濟救濟他們啊！劉玉英說這種話，路富根更火。

我們漢山的醫藥費我還不知道咋辦呢？

我不是跟你說了嘛！趙老師的事我不會不管。

劉玉英嘟囔了一句，那你也沒給一分錢……

有困難你不來求我，跟著別人一起告我，你還想不想幹？
請校長體諒，我真的很難，林老師是我女兒的班主任。
我警告你啊，你再吃裡扒外，就別在這裡幹了！
我知道了。劉玉英低著頭離開了路富根的辦公室。
路富根想這事肯定是那個林佳玲在背後煽動的，這幫農民借他們十個膽都不敢告他，也不會有這腦子。現在人家真告了，開庭時間都有了，這可不是鬧著玩，法庭上可不管你是誰弟弟，市長兒子也不一定行。十幾個師生受傷，而且死了一個，市長又在學校開過現場辦公會，明令要安撫好死傷家屬，可他啥也沒安撫，無論從法律還是從行政命令論，他都不佔理哪！路富根感到事情嚴重，立即向路紅旗求救。
路富根走進路紅旗家，路紅旗正坐在紅木沙發上接電話。說是兄弟，路富根進路紅旗家卻不能跟進自己家一樣，一聽他在接電話，立馬就閃到一邊，他跟他也學會了閃。人閃了，路富根的耳朵沒閃，一直聽著那電話，他不只想掌握近前的時間，也稍帶注意著那電話的內容。路紅旗坐在紅木沙發上，蹺著二郎腿，一副官腔。
你們的事，不是很好辦哪！我已經跟工商局長打招呼了，你們想辦法約他見見面，最好呢把他請出來，做事情嘛！不要那麼死心眼。你們好好跟他溝通溝通，要是還不行，你再告訴我。好吧，我很忙，還有人在等著呢，不聊了。
路紅旗放下電話。路富根不失時機地提著兩瓶酒兩條菸，躬著腰湊過來。路紅旗知道他提來了啥，很不以為然。
富根，又咋啦？
路富根立即哭喪著臉，把屁股挨到沙發上，哥！這幫窮光蛋把我給告了。

打工農民還會打官司？

都是城北中學那個姓林的老師挑唆的，法院開庭通知都來了，哥，你可要幫我啊！

路紅旗一邊聽著一邊想，法院的事不能亂來。

路富根急了，那咋辦？十幾個人受傷，還死了個小女孩子呢！我看報紙上有過這種事，一賠就二三十萬哪！

這樣吧，你去鑫源房地產開發集團公司找總經理牛鑫。

找他管用嗎？

我聽他說過，他請了一個常年法律顧問，十分了得，說那小子把一場國際官司都打贏了，還會一口英語，要是請到他當律師，啥官司都能打贏，請他幫忙協調一下。

路富根心裡不踏實，哥，我跟他不熟呀！還得你跟他說才行啊。

路紅旗滿不在乎，我這就給他打電話，這點菸酒你帶上給他吧。

路富根沒看出路紅旗那不屑，我另外再買。

買啥買！我要這些破玩意幹嘛？放著也是浪費。

那我……

8

路富根提著菸酒，一邊點頭哈腰，一邊走向坐在老闆臺那邊的牛鑫，此時的路富根比孫子還孫子。

牛老闆，我求你幫忙來了。路富根臉上擠滿了笑。

其實牛鑫根本沒看路富根那臉，他正在批閱一份文書，簽完他那大名收起筆，才不冷不熱地回應路富根，路祕書來過電話了。嘴上稱路紅旗為祕書，內心卻知道他不過是一個司機，這祕書叫得不免有一種諷刺的意味。路富根自然聽不出那意味，聽牛老闆稱他哥祕書，他反倒感覺找到了一點本錢，像煞老市長祕書的弟弟似的，立時就不那麼孫子了。牛鑫卻把路富根那點心理看得一清二楚，他不想讓路富根在他面前有那種感覺，他在他面前只能當孫子，於是他接著便問，他是你嫡親哥？

堂兄，我大伯家的哥。路富根並不知牛鑫的用意，一副傻乎乎的樣子。

牛鑫點著頭繼續剝他們哥倆的關係，他跟老市長有些年頭了吧？

路富根更來了勁，老市長在區裡當副局長我哥就給他開車，從區裡的副局長開到局長、再開到副區長，再跟著開到市里當局長、一直跟他開到當副市長、市長，再跟著開到人大主任，差不多三十年了。

牛鑫玩味地點著頭，嗯，這年頭，行行出狀元啊！怪不得市里那些局長都這麼買他的帳。

路富根神祕地要告訴牛鑫一個秘密，那是！那些局長，差不多都是老市長在臺上的時候提拔的。

牛鑫一語雙關，嗯，我明白了。

路富根這才想到他來找牛老闆的正事，立即又孫子起來，牛老闆，也沒給你帶啥東西，這兩瓶酒兩條菸，一點心意。路富根跟沒見過世面一樣，還特意把菸酒拿出來過目，菸是中華菸，酒是五糧液，他就把菸酒放到牛鑫的老闆臺上。

牛鑫皺起了眉頭，但嘴上卻還是說，跟我還客氣啥呢！菸酒不分家嘛！你放那邊吧，誰來誰抽，誰想喝就喝。

路富根這才感覺到了人家大老闆的身分，趕緊把菸酒裝進袋子，放到老闆臺一邊。

牛鑫又恢復到不冷不熱的狀態，你的事，路祕書說了，好辦。

路富根一副虔誠討教的樣子，牛老闆，這事你說該咋辦呢？

牛鑫有點故意賣關子，這官司要想打贏，你必須請到這個人，只要請到了他，一切都會煙消雲散。

你說請誰？

方卓然。

方卓然是幹啥的？

方卓然你不知道？

路富根十分慚愧，不，不知道。

方卓然是律師，別看他年輕，還沒大紅大紫，但他一定會成為名律師大律師的！只要你能請到他當辯護律師，你這官司準贏。

真的！路富根喜出望外。

在平海市法律界，他已經小有名氣了。

路富根很窘，可我不認識他呀！

牛鑫靠到靠背上，我跟他有些交往。

牛老闆，你得好好幫我聯絡聯絡。

牛鑫故意吊他胃口，可以。不過，他這人不同常人。

路富根一怔，試探地說，你是說他胃口特別大？這不要緊，只要他認錢就好辦，咋給，你說。

他不受禮。牛鑫回頭給了他一棍。

喜歡女人？

你。

人家是律師，一不受禮，二不來歪的，就是律師費要得很高。

路富根鬆了一口氣，我當啥呢，律師費沒問題。

牛鑫看出路富根的膚淺，有些看不上眼，這些都還在其次，能不能請動他，關鍵還要看他能不能看上你。

路富根一驚，啊！他還要看人？

牛鑫在吊他胃口，那是！他對合作對象特別挑剔，他要是看著你順眼，合他心意，他會痛快答應；他要是看不上你，你給多高的律師費他也會拒絕。

路富根被牛鑫隨手扔進了河裡，他急了，哎喲！我的牛老闆哎！我一個土包子，他咋會看上我呢！你可得幫我啊！

牛鑫滿足地說，可以。方律師現在兼著我們集團的常年法律顧問。

是嗎？那就好辦了，這還不是你牛老闆一句話的事！

不。他是有個性、有抱負的人，現在自個兒開著律師事務所，他要專撿那種有影響的官司打。

路富根又犯了愁，牛老闆，我那官司不知他感不感興趣，你得親自出馬啊！

牛鑫把路富根徹底制伏後才轉入辦事程序，這麼著，我呢，給你先鋪路打招呼；你呢，好好做些準備，把要說的話都想好了；掌握一條原則，他問啥，你就老實說啥，千萬不要自作聰明，瞎說八道。

路富根用心地記著……

9

路富根來到卓然律師事務所門前，進門之前，他先停下腳，整理一下衣服，提了提氣，默默地告誡自個兒，見了女的叫小姐，見了男的喊先生。路富根像個老實巴交的農民一樣走進卓然律師事務所。進門迎面是祕書臺，康妮見路富根走進屋來，立即起身笑臉相迎。康妮的光彩照人讓路富根有些犯暈，一下子竟忘了叫小姐，他都不敢正眼看她的眼睛。

歡迎光臨卓然律師事務所，先生，請問你有啥需要幫助的？康妮的氣質、禮儀和這裡的現代氣息，再加上牛鑫那些話，搞得路富根不由自主地拘謹起來。

小、小姐，我、我找方律師。小姐，請、請妳通報一下，看看他是、是否有空，噢不，是不是方便見我。

請問，你事先有約嗎？

約？我，我沒跟他約。

要是沒有預約，那得麻煩你先等一下，要看方律師能不能擠出時間。

噢！小姐，鑫源房地產集團的牛總牛老闆給方律師打過電話的。

請問先生貴姓？

不貴不貴，姓路，叫路富根，爹娘起的，別見笑。

路先生，你請坐，稍候。康妮示意路富根坐廳裡的沙發，然後按內線電話。老闆，有位路富根先生要見你，他說鑫源集團的牛老闆有給你電話？……好的。康妮放下電話。路先生，請。

路富根受寵若驚地站起來，跟在康妮身後往裡走，他兩隻眼睛裡全是康妮豐滿漂亮的臀部和秀腿。

路富根把案子的情況有用的沒用的一古腦兒全說了一遍，他心裡沒一點底，說完之後收起兩手夾到大腿中間，拘謹地坐在方卓然寫字臺前，眼巴巴等著方卓然表態。

方卓然不需作啥思考，直接問他，學校校址的土地是你的責任田？

路富根記住了牛鑫的話，要實話實說，他用勁地點頭，似乎這樣更肯定一些，是的，責任田規定的使用權是五十年不變，有些人不想種地，我就花了一些錢把他們的責任田都轉到了我的名下。

方卓然再問，學校的房子也是你蓋的？

路富根本能地說，是，連商品交易市場的房子都是我蓋的。

方卓然再問，你是這個學校的校長？

路富根有些牛哄哄地說，是。我還是交易市場的總經理。

方卓然再問，學校由你個人獨立經營？

路富根得意地說，對，連那個交易市場，都是我一個人說了算。

方卓然再問，你咋想到要辦民工子弟學校的？

路富根賣弄地說，咱城北區現在有好幾萬外地打工的農民，我看到好多農民領著孩子到公辦學校，求爺爺告奶奶都上不了學，多好的賺錢機會，我一動腦子，就拿出這些房子，辦了城北民工子弟學校，有三百多孩子來上學呢！

方卓然再問，你的收費比公辦高還是比公辦低？

路富根沒有隱瞞，比他們高，公辦不收農民工的孩子，他們只能上我這裡來，再高農民也得讓孩子上學啊！

方卓然已經問完，他對這案子沒一點興趣，直率地告訴路富根，這官司用不著打，你給那些民工子弟學生賠錢吧，沒啥好商量的。

路富根急了，哎喲！他們十好幾個人哪，還死了一個小女孩，我咋賠得起啊！牛老闆說你神通得很，方律師，你幫幫我吧？要不我就完了！

方卓然實話實說，我咋幫你啊！土地是你的責任田，房子是你蓋的，學校是你辦的，是你個人獨立經營，錢收得比公辦還高，你不負責誰負責啊？

路富根乞求地說，方律師，這不是天災嘛！你要不幫我，我就完啦！我求你了，你救救我吧！

方卓然再說，你又沒有合夥人，也沒有合作單位，誰能幫你呢？

路富根一警覺，合夥人？方律師，啥樣算合夥人呢？

跟你合辦學校，或者給你投資。

有個情況，不知能不能算合夥人？

啥情況？

當初辦學，我是借趙家墳村委會的名義向上面打的報告？

方卓然一聽，有了一點興趣，這個學校是以趙家墳村委會的名義向上面打的申請？

是，我請了好幾頓飯呢！還送了不少菸酒！村委會就幫我寫了申請報告，村委會的牌子不是比我大嘛！上面批起來容易些。

方卓然再問，你是說村委會幫你申請？

對呀。

村委會是以啥名義往上打的申請？

就是以趙家墳村委會辦學校的名義往上寫的申請呀！

除了寫申請，他們還給你別的支持了嗎？

路富根照實說，他們能支持我啥？就是幫我以趙家墳村委會名義給學校註了冊，申請以是趙家墳村委會名義打的，註冊肯定要與申請一致，也就只好用趙家墳村委會名義註冊。

方卓然再問，那麼學校的法人是誰呢？

只能是村支書，當時我不同意來著，上面說學校是趙家墳村委會主辦，註冊法人必須是有任命書的村委會領導，說我不行，我過去是當過大隊會計，現在啥也不是了。

方卓然再問，招生是以誰的名義招的？

招生材料，蓋的也是趙家墳村委會的章。

方卓然再問，你跟村委會有合同協議嗎？

路富根不敢說假話，合同是有，不過那都是做樣子糊弄人的。

方卓然再問，合同上趙家墳村委會簽名蓋章沒有啊？

村支書是簽了字的，也蓋了趙家墳村委會的章。

方卓然再問，招生簡章蓋章簽名了嗎？

招生簡章也是印上了趙家墳村委會大印的，還印上了村支書的簽名，讓他體面風光了。不過，那都是蒙人的幌子，啥權我都沒有給他們，招生、收費、管理，我都沒讓他們摻和，他們也不管。

方卓然再問，合同上寫你要給村裡交管理費了嗎？

他們倒是提出來了，我沒同意，就沒往上寫。

方卓然再問，你給過村委會錢嗎？

寫那個申請報告的時候，給了三千塊錢；過年過節，我都象徵性地給村幹部進點貢；村裡修路的時候，我也給了村裡一萬塊錢。

方卓然再問，村裡收你這些錢，都給你收據嗎？

給他們個人的好處費沒收條，給村裡公家的都應該有收據。

方卓然說，這案子我可以接。

路富根反而有點傻了，方律師！你答應幫我啦?!

是啊！

路富根站起來朝方卓然鞠了一躬，十分感激地說，方律師，謝謝！謝謝你！

有一點需要說明。

方律師，你有啥要求只管說。

本事務所的律師費比大平律師事務所高百分之三十，大平律師事務所比一般律師事務所要高百分之二十。

路富根好不容易有了顯露他農民企業家風采的機會，這沒問題！完全沒問題！只要官司能贏，高兩倍三倍都沒問題！

我不能給你一定贏的承諾，只能盡力爭取。

是是。我大老粗，說話直，你別見笑。

方卓然拿起電話，叫了康妮。康妮立即進屋。方卓然給康妮交代，給路先生兩份協議，路先生回去先看一下，要是可以，我們再簽。

不用看，不用看，現在就簽，咱們立即就簽。路富根十分爽快，生怕方卓然突然變卦。

既然路先生對本事務所完全信任，那當然也可以。

需要我做啥，你只管說。

你跟康妮小姐去把合同簽了，另外回去後，你立即把當初辦學校的一切相關手續，凡是原始的資料，特別是村委會簽字蓋章的手續，包括你給村委會錢的收據都找出來。

這些東西好像都應該有，我回去好好找找。

尤其是申辦學校的報告、批覆、合同協定之類的資料都必須找到。

方律師，這些東西能管用嗎？

只要簽了名蓋了章，就有法律效用。

路富根心裡撲通一聲，一塊大石頭終於落了地。

10

林佳玲進王海清的辦公室門有些遲疑，昨天已經請了半天假，請校長幫著調了課，今天又要請假，又得請人跟她調課，的確有些不好意思。王海清明顯有些勉強，又有啥事啊？我要到局裡去一趟。林佳玲很抱歉。林佳玲一副十分為難的樣子，王海清倒有點同情，還是民工子弟學校的事？

是，那些家長要跟民工子弟學校打官司，他們都是民工，請不起律師，我得再請半天假，幫他們聯繫，請人免費為他們當律師，我下午的課，麻煩你還得再調一下。

王海清有些為難，昨天崔靜就很不高興。不過林佳玲的精神還真打動了王海清，一個新來的教師，遭遇了這麼麻煩的事，而且不是為了自個兒，而是幫助別人，幫人幫出這麼大麻煩。王海清不但准了假，還安慰她別著急，辦成辦不成心意到了就行。他還十分關切地規勸了林佳玲。社會的事情不是不能管，但要適可而止，咱不能本末倒置啊！本職工作做不好，社會工作做得再好，那也不能算是個稱職的教師哪！

林佳玲覺得校長的意見在理，她明確表態，校長，我知道了，謝謝你的關照，我一定會注意的。

王海清再告訴她，崔靜老師已經來上班了，8（3）班的班主任妳就不用代了。學校商量了，年級組長發揚風格，她不兼班主任了，把8（1）班班主任讓給她。

林佳玲有些不安，這樣不好吧？我任課就行了。

你也用不著客氣，年級組長年底就退休了，8（1）班是初二五個班裡的雙優班，妳得好好把它抓才行。

王海清走進語文教學組辦公室，又白又胖的崔靜正在辦公室裡接電話，她生了兒子，同學要給她賀喜，約她下午出去。崔靜滿臉笑容，下午正好沒有課，一口就答應了。崔靜放下電話，看到校長不哼不哈來到她跟前，跟他開玩笑是不是又要她調課。王海清說她心有靈犀。崔靜沒想到真又是讓她給林佳玲調課，她都答應同學了，她一口回絕，說對不起，她調不了，下午有事。王海清問她啥事。崔靜說個人隱私不需要向領導彙報。王海清說既然是個人的事，那就沒有商量，得服從學校的工作需要，下午給林佳玲調課。崔靜不服，說林佳玲憑啥就可以不服從工作需要。王海清毫不客氣地說，她的事不是個人的事，那也是工作。崔靜還是不服，說她個人多管閒事，惹一堆麻煩，也能算是工作。王海清說，是教育局讓她去的，上級安排就是工作。王海清說完，不管崔靜同不同意，轉身就走了。崔靜愣在那兒，非常氣憤，發牢騷，二流的學校，三流的管理，還想轉重點，做夢！

那個曾替崔靜頂班主任的俞老師立即神祕兮兮地湊過來悄悄說，不知道吧，人家局裡有後臺呢！是局裡安插來的。年級組長年底要退了，這位置本來非妳莫屬，現在看，弄不好得讓她搶走了。

嘿！搶就搶，一個破年級組長，誰還稀罕啊！

俞老師再伸出那根挑火棍，朝火堆上撥拉一下，年級組長是沒啥稀罕的，可坐上這個位置，才有可能上教導主任的位置啊，還有副校長呢！

俞老師這火撥大了，把崔靜冒出來那火一下壓滅了，壓成了濃煙，悶在那裡攪，攪得濃煙滾滾卻起不了火光，真讓崔靜難受。

林佳玲把路富根如何耍無賴，民工學生家長如何無奈，自個兒如何向民工學生家長誇口讓方卓然免費給他們當律師，方卓然又如何拒絕的事一一向伍志浩作了彙報。伍志浩聽林佳玲把情況一說，他認為方卓然這麼為律師事務所打算，從經營的角度看沒有啥問題。於是他當即答應林佳玲他免費給那些家長當律師。這完全出乎林佳玲意料，她不知道伍志浩也當過律師，現在還有律師證，他給民工學生家長當律師，當然是最好不過了。

林佳玲當即就領著伍志浩見了那些民工學生家長。

11

方卓然家宿舍是二十世紀八十年代蓋的那種老式居民宿舍樓，兩室沒廳，只好拿出一間做客廳兼做餐廳和書房，兩面牆，一面放沙發，一面擺一排三個書架，角落裡放一臺電視機，吃飯只能用折疊小餐桌，吃的時候放開，吃完收起。頂窗臺放一張寫字臺。書架上擺滿了書。沙發上面牆上掛著一幅漢隸：道法自然。

方卓然今天在家辦公，他坐在寫字臺前，敲著筆記型電腦，電腦兩邊，鋪滿了卷宗和各種原始證據。方卓然打字的速度很快，他的思路似乎已經理得非常清晰，鍵盤敲擊聲沒有一點停頓和休止。

林佳玲下班進屋，見方卓然正埋頭劈裡啪啦敲著鍵盤，她立即放輕腳步，沒跟方卓然說話，悄悄進了臥室，換了家常服，立即進廚房做飯。

林佳玲手腳俐落地先在電飯煲上燜米飯，再在煤氣灶一個灶上放上沙鍋燉雞，另一個灶上放上炒鍋，正在做青炒菜心。方卓然笑咪咪地走進廚房，看他那一臉開心樣，證明他要做的事情很順手。林佳玲見方卓然來廚房，以為他餓了。

稍等會兒，半個小時就好。

方卓然今天興致很好，滿臉微笑，我不餓，我是來跟妳學烹飪的。

你的技術不比我差。

那是七年分居逼的。我弄個涼菜，來個水果沙拉咋樣？

好啊！

方卓然立即動手，洗蘋果、黃瓜。方卓然一邊做一邊跟林佳玲聊起來。

佳玲，那些民工兄弟找律師了嗎？

林佳玲故意冷落地說，他們哪來錢請律師。

沒律師咋打官司啊？方卓然倒真關心起來了。

請不動大律師，只能麻煩伍處長啊。

伍志浩！方卓然一怔。妳請伍志浩給這幫農民當律師？這麼說，我要跟老同學作一次較量啦……

林佳玲手裡的鍋鏟噹啷掉到鍋裡，她轉過身來，不相信地看著方卓然，你！你要給路富根當律師！？

方卓然也扭過頭來看著林佳玲，不行嗎？

林佳玲心裡那火點燃，開始冒煙，你明知道我在幫那些民工學生，你居然還要接這個案子？

這個案子對我來說很有意義。

很有意義……讓這些受傷害的農民失敗對你很有意義？讓你的妻子丟人現眼很有意義？

這事與妳有啥關係呢？

我為他們擔保醫藥費你不知道？我領他們找路富根你不知道？路富根耍無賴你不知道？

我知道，可是這事跟妳沒一點關係呀！妳根本沒有必要去管啊！

林佳玲心裡的火一股一股往上竄，對，跟我沒有關係，跟我沒一點關係……那些民工子弟受傷活該，夏紅雲夭折也活該！你有意義，你打贏官司，又賺錢，又揚名！又添彩！

林佳玲說著，把菜心鏟起來，關了沙鍋的火，她把兩個做好的菜一個一個端到餐桌上。解下圍裙，走出了廚房。方卓然不以為然地繼續做他的水果沙拉，方卓然一邊拌沙拉，一邊進客廳。砰！大門的關門聲讓方卓然一怔。他放下水果沙拉，追到門口，發現林佳玲已經下了樓。

林佳玲穿一條深藍色連衣裙，在岫水公園內的林蔭小道上走著。這是一個美麗的大眾公園，是城北區的一個景區。這裡的樹有雪松、檜柏、白皮松、油松、銀杏、白臘、龍爪槐，木本花有白玉蘭、西府海棠、紫薇、榆葉梅、碧桃，草本花有牡丹、菊花、美人蕉、蘭花……這裡是向市民開放的大眾公園。公園裡已有不少人在散步。

青山綠水牽著一條「法國貴夫人」名犬悠閒地走在林蔭道上，林佳玲的裝束和外表引起青山綠水的注意，青山綠水的美豔也引得林佳玲向她注目。兩個相視擦肩而過。青山綠水沒完全分散林佳玲的思維，只是掃了她一眼，並沒有要觀察或欣賞她，她沒有那情致。方卓然把她快氣暈了。

林佳玲卻讓青山綠水產生了興趣，擦肩而過後，她又扭過頭來把林佳玲細細察看，林佳玲讓她無可挑剔，她的氣質多少有一點讓她忌妒。

林佳玲一邊走著，一邊摸出手機打電話。林佳玲問伍處長在不在家，那女的反問她是誰。林佳玲客氣地問她是不是伍處長的愛人，介紹自個兒是城北中學的老師林佳玲，是方卓然的妻子。那女的沒好氣地回她，正吃飯呢，讓她半個小時之後再打，沒等林佳玲回話，那女的就掛了電話。這電話像砸在林佳玲臉上，她愣在那裡，遲疑地收起手機。

林佳玲前腳離開岫水公園，方卓然後腳就步入岫水公園，他走得有些急，腳下急匆匆，還伸著脖子來回轉，兩隻眼睛四下裡搜尋，一眼就知道他不是在散步，而是急著在找人，而且要找的那人像是要出問題，急得他不敢耽擱。方卓然的舉動立即吸引了青山綠水的目光，她遠遠地看著方卓然，有些身不由己卻又像下意識地牽著小狗轉彎朝方卓然走去，一邊走一邊招呼她的小狗，跟小狗說著話。青山綠水跟小狗說著話，眼睛卻盯著方卓然。方卓然卻沒注意到她，他的目標只有林佳玲。方卓然與青山綠水擦肩而過。青山綠水同樣扭頭看了方卓然的背影，方卓然也讓她無可挑剔。方卓然在公園裡匆匆轉了一圈，沒有發現林佳玲，他很著急，旋即掉頭朝公園外走，又與青山綠水重逢擦肩而過。

你在找那位穿深藍色連衣裙的女士吧？

方卓然已經走過去了，身後飄來這麼一句話，他一頓，扭過頭來，青山綠水的美豔讓他一愣，他再轉頭看了看四周，近處沒別人。

妳是在問我？方卓然問。

青山綠水點點頭。

方卓然不知為啥搖了頭，不是，謝謝。方卓然說完大步流星朝公園大門走去。

青山綠水看著他的背影好笑，哼！不是才怪呢！來晚了，人家等急了，走了……

林佳玲和伍志浩面對面坐在茶館裡。林佳玲受了伍志浩愛人閒氣，她沒有放棄，硬著頭皮打電話把伍志浩拽了出來。伍志浩似乎有些不相信，他問，是卓然親口這麼說的？

林佳玲一邊吃糕點一邊說，是。我真不明白，他為啥要這樣跟我較勁。

這就是卓然的個性。他向來喜歡逆向思維，做別人不想做，或者不忍心做，或者不敢做的事情。他追求絕處逢生，獨領風騷。

也許我們在一起的時間太少，回來之後，越來越感覺我們之間隔著許多東西。

其實做夫妻跟做朋友一個樣，如果只交往不共事，很難真正瞭解一個人的內心世界。

難道他為了自個兒的追求，為了自個兒的名譽，為了儘快致富，就一點不顧及周圍人的感受，連我的感受都可以不顧？

有一點。這事，我得說說他，讓他退出。

12

伍志浩和方卓然一見面就接上了火，兩個的大嗓門把窗戶震得哐啷啷響，驚得康妮推門探頭去看望。兩個都意識到有點失態和過火，但誰也不想退讓，兩個相背站在屋裡大口大口抽菸，把屋裡搞得煙霧騰騰。

方卓然突然轉過身來，繼續說，佳玲不明白，難道你也不明白？法律能承認道德嗎？

伍志浩立即接火，法律承認是非！

是非是法律的準繩？

但它是法律應用的依據。

狂熱的時代早已結束，你的思維咋還脫離不開狂熱的慣性？

肯定一切或否定一切都是絕對論，不管到哪個時代，社會的公德是做人的標準。

社會公德只能是願望，並不是法律。

你別忘了，法律是道德的最低下限，如果只拿法律來約束自個兒的行為，尤其是你這樣從事法律工作的知識份子，那社會永遠進入不了高度文明！

你想要全社會的人都成為活雷鋒，那只能是空想！

兩個人針鋒相對，各不相讓，兩人一時又沉默。

伍志浩轉過身來，緩和地說，我請你冷靜地考慮一下，你給路富根當律師，會是啥效果？這官司無論打輸打贏，對你們夫妻兩個都沒有一點好處。為啥要做這種讓彼此尷尬的事呢？

志浩，你咋一會兒那麼超脫，一會兒又這麼世俗？我是在創業，我是在奮鬥，而不是在討誰的好，害哪個人，做事業必須超凡脫俗！維護法律尊嚴更是要超凡脫俗。

她是你妻子！

為了妻子的面子，我就要放棄律師的原則？

這牽涉不到原則，僅僅是一種迴避。

迴避？咋能迴避，學校教室倒塌掩埋了學生，佳玲她能迴避嗎？

你要她見死不救？

那你要我放棄職業道德？

不是一回事！

有啥不同呢？她面對需要幫助的受災難傷害的學生，盡自個兒的能力，伸出救援之手；我同樣面對一個需要法律幫助，我又有能力提供幫助的客戶，我咋就可以故意放棄，不提供法律保護呢？

伍志浩搖搖頭，我說不過你。

不是說不過，而是不佔理。

你認為佔理，你就做吧，但它的後果，你要想清楚。伍志浩真生氣了。

佳玲她應該理解我，我也相信她會理解我。是不是你要面子怕輸？

你不可理喻，我告訴你，你這樣一意孤行，是一定要付出代價的！

伍志浩氣憤地離開了方卓然的辦公室，本想說服他放棄，結果誰也說服不了誰，兩個老同學不歡而散。

13

方卓然下班回到家，林佳玲已經把飯菜都端到餐桌上，依舊是兩菜一湯。方卓然進了廁所，他在裡面洗了把臉，一邊搓臉皮一邊朝外走，他想讓自個兒放鬆，不想讓自個兒太難堪。

兩個人坐到餐桌邊，一人一面，默默地吃著。差不多吃到一半，方卓然憋不住了，一邊吃一邊問，是妳讓伍志浩來找我的吧？

吃飯的時候不要談事。

方卓然只好作罷，兩個繼續默默地吃飯。兩個默默地吃完飯，默默地收拾桌子，林佳玲默默地洗碗，方卓然默默地擦桌子收桌子。林佳玲繼續在廚房默默地收拾，方卓然在客廳打開電視默默地看新聞聯播。林佳玲收拾好廚房走進客廳。

方卓然拿出姿態，佳玲，希望妳能理解我。

我們普通百姓，理解不了法律專家的胸懷。

既然是普通老百姓，咱就說普通老百姓的道理。

普通老百姓只知道黑白不能顛倒，是非不能混淆。

作為律師，既然我要維護法律的尊嚴，我就不能選擇客戶，不管他地位高低，不論他身價貴賤，不分他是小人君子，只要他是我的客戶，我都必須竭誠為他服務。

他要是個流氓呢？你也要為他服務？

即使是流氓，只要沒剝奪他的政治權利，他同樣可以受到法律的保護，這是我們的職業道德。

我還沒有學習到保護流氓和壞人的法律。

妳的理解太絕對化。

你要我咋理解？

佳玲，妳坐下，咱們心平氣和地聊聊好嗎？

林佳玲看了一眼方卓然，在沙發上坐了下來。

在學校，老師講刑法時說的第一句話，我至今記得清清楚楚。他說，法律的宗旨是讓人生活得更自由。為啥？因為所有法律，管的都是道德的最低下限。

林佳玲很覺新鮮，法律是道德的最低下限？

是啊。法律對人的行為的制約標準都是如此。比方就說乘公車吧。有的年輕人不給老人讓座，周圍的乘客和售票員對這個年輕人就很不滿，其實這樣是不對的。

林佳玲不解，咋不對？

因為他沒有犯法，也沒有違法，他花錢買了票，有權利享受座位。

那就不要尊老愛幼？

尊老愛幼需要，但那是社會公德，而不是法律要求，只能提倡，不能強行制約。

照你這麼說，有了法律，我們就不要講道德了？

當然要講，人類社會既離不開道德，但更離不開法律。道德只能提倡，法律才能制約；道德靠教育來培養，法律則用強迫來執行。在讓不讓座這個問題上，我們只能掌握這樣的尺度，讓座是高尚的，不讓座是合法的，搶佔座位是缺德的，用武力搶奪人家座位才是犯法的。

林佳玲認真聽著……

任何事情都是這樣。前三個層次的行為屬於道德範圍，所以，只能提倡和教育。對讓座高尚者表揚鼓勵，對不讓座合法者提醒建議，對搶座佔座缺德者批評教育；只有對用武力奪佔別人座位的犯法者才可以給予打擊制裁。

林佳玲無言。

我們切不可把道德標準和法律標準混為一談。佳玲，我希望妳別再生活在那種天真的理想之中，踏踏實實做好分內的事情，別再去多管別人的閒事；好好過咱們的日子，好嗎？咱們年齡都不小了，該有個孩子了，讓我們有個完美溫暖的家庭，這才是咱們的共同理想。

林佳玲沉默，她既沒說「對不起」，也沒說「添為難」，她對方卓然這番精闢的理論沒作任何回應，毫無表情地看著電視。林佳玲的沉默更刺激了方卓然，他看林佳玲根本沒把他的話當話聽，氣得站起來出了大門。

14

無論是上課還是下課，8（3）班的教室裡永遠是亂哄哄的。上課鈴響了，路海龍有預謀地走上講臺，全班同學都看著他，路海龍拿起粉筆，在黑板上寫：林佳玲＝0+0＝無。路海龍得意地回到座位上。

林佳玲拿著教案走進8（3）班教室，8（3）班裡異樣安靜，林佳玲有些好奇，今天咋啦。有同學在笑，眼睛都看著黑板。林佳玲轉身看黑板，她看到了那個等式。林佳玲念了等式，陳英傑和徐光平領著全班恣意大笑，路海龍非常得意。

林佳玲微微一笑，反而稱讚道，不管寫這個等式的人抱啥目的，有一點必須要肯定，他的聯想比較豐富，腦子不笨，用在學習上，他會有出息的。林佳玲的態度讓全班同學一愣。林佳玲繼續說，先不論對錯，也不管這個等式成立不成立，應該感謝這位同學給我們提出了一個很值得研究的等式，其實，零和無裡面，有很高深的學問，我們不妨一起探討一下。

全班學生很覺新奇。

路海龍！林佳玲點了路海龍的名，路海龍一愣，這完全出乎他的意料，林佳玲的判斷力讓他驚奇，他懶懶地站了起來。

你知道零是啥嗎？

路海龍沒想到她會反過來給他出難題，零？零就是一圈唄，零有啥？零啥都沒有。

回答錯誤！坐下。零是啥？有誰能回答？

全班的學生相互觀望，沒有人回答。

有一女生舉手站了起來，零是整數，是有理數。

林佳玲立即表揚，好！很好！回答正確。有理數我們已經學過了。有理數包括整數和分數。整數又包括正整數、零和負整數。零不是啥都沒有，零是整數與負數之間的第一個數，是整數和負數的開始，零之前是-1、-2、-3、-4；零之後才有1、2、3、4；我以為零是負零點九九九，以至無限，至零點九九九九以至無限的整個狀態。

學生們都聚精會神地聽著。

林佳玲繼續提問，那麼無是啥呢？路海龍，請你回答，無是啥？

路海龍又站了起來，無就是沒有。

回答錯誤！坐下。無是啥？有誰能回答？

教室裡再沒有人回答。

林佳玲看沒人回答，就沒拖時間，她自我解釋，無，是宇宙的本源。林佳玲轉身寫到了黑板上。

全班學生都被吸引。

啥是宇宙？宇宙就是無。老子，大家知道嗎？老子是道教學說的創始人之一。老子說，天下萬物生於有，有生於無。他說有一個渾然天成的東西，在天地形成之先就存在了。它既沒有聲音，也沒有形體，它不依靠外力超越一切之上永久不變，無時無刻地迴圈運行永不停止。它可以成為天下萬物之源，如果要給它起個名字，那就叫做道。

全班學生都新鮮地聽著。

林佳玲繼續說，宇宙叫「道」，「道」就是「無」。「無」不是事物，也不是啥都沒有，而是一種狀態，一種規律。老子說，「無，名天地之始；有，名萬物之母。」他說，無，可以算作天地開始的名；有，是萬物的根源。無，是宇宙的本源，有，產生於宇宙本源的無。宇宙的內在規律就是，無中生有。

學生們都聽入神了。

無就相當於數學上的零，它表面看來似乎不能確切地代表任何東西，但天下的萬物就是從這無的混沌中產生，正負１、２、３、４、５，以至無限的數，也都是從零的兩端產生。

林佳玲的一番話反把搞洋相的路海龍鎮住了。

由此可見，無和零不是沒有，這個等式是錯誤的，林佳玲是客觀存在的人，現在就活生生地站在你們面前正說著話，她既不等於整數零，更不能等於宇宙的本源無，這個命題不成立。林佳玲立即拿起黑板擦把路海龍寫的命題全部擦掉，她一邊擦一邊說，這裡說明一個道理，命題不是隨意可以出的，需要知識和學問。

同學們都回頭看路海龍，路海龍強裝英雄昂著頭，其實他心裡已經很虛。放學前，林佳玲把路海龍叫到了辦公室。林佳玲找路海龍並不是因為路海龍寫了那個等式，當然她估計是路海龍寫的，但她認為這沒有必要證實。林佳玲找路海龍是因為他的數學作業，她已經實行了面批面改。

林佳玲拿著路海龍的作業本，對路海龍說，路海龍，三道應用題，你一道都沒有做對。

路海龍油頭滑腦，林老師，妳不能怨我呀！

那我要怨誰呢？

得怨我爸媽。

做錯題怨你爸媽幹啥？

我爸整天喝酒，暈暈乎乎給了我這麼個腦子，他們不搞優生，不怨他們怨誰呢？

林佳玲哭笑不得，你真的承認自個兒笨嗎？

笨，笨得跟榆木疙瘩一樣，天生就不是上學的料。

能把我的名字跟零和無聯繫起來，這不像是木頭的腦子啊！

有人告我？

這等式是你臨上課前寫的，誰也沒有出教室，哪個會告你狀呢？

妳能掐會算？

用不著掐算，我進教室，你的眼睛就告訴我了。

路海龍不時地扭頭朝辦公室外瞅，林佳玲也發現陳英傑、徐光平等幾個學生在辦公室外面朝裡探頭探腦。

林老師，我還有事，作業我帶回去改行嗎？

不行！啥叫面批面改？面批面改必須當面搞清錯在哪裡，當面改好。

親愛的林老師哎！那妳今天就下不了班啦！

你啥時間改好，我啥時間下班。

我一晚上改不好呢？

我一晚上不下班。

林老師，我真有急事，我回家改，要是改不對，妳明天再留我面改行不行？

啥事比學習還急？

你看，他們不是在等我嘛！

那不行，咱們一道題一道題來。

路海龍一看沒轍，於是就實話實說，林老師，妳就別白費勁了，我實話告訴妳，啥一元一次方程式，我根本就不懂！我連多位數乘法還沒學會呢！六年級蹲了班，初一也蹲了，妳沒發現我比班裡的同學大兩歲嗎？妳就是一個月不睡覺，也補不完我的課！

林佳玲問，上兩次作業你咋做對了？

我那是蒙妳，上兩次作業我都是抄人家的。

林佳玲看著路海龍這油條樣真沒了辦法，她想了想，那你走吧！明天再說。

路海龍急著離開學校，是急著去網吧。昨天陳英傑、徐光平幾個上網吧，碰上了另一夥人，他們的老大染著黃髮，他們叫他黃毛，黃毛他們比陳英傑他們大兩歲，跟路海龍一般大，昨天路海龍沒去，結果陳英傑他們輸了，一人輸了三十多塊，今天他們約好要去報復撈回來。

15

林佳玲沒有參加庭審，年級組長正式把8（1）班班主任移交給了她，她不想再為這事請假。上課前，林佳玲先找了路海龍，她為他犯愁，初中二年級了，高小的算術他都沒學會，這學咋上。林佳玲這才知道路富根是他爸，真是有其父必有其子，但這話是路海龍替她說了，說到上課也毫無結果，林佳玲告訴路海龍，其實他很聰明，只是沒用在學習上。路海龍讓林佳玲說得不認識自個兒了，上學到現在沒有一個老師說他聰明，只有林佳玲才說他聰明，他不相信她說的是真話，於是回林佳玲，就算她奉承他，他也不會原諒她告他爸。林佳玲坦誠地告訴路海龍，十七歲孩子應該懂事了，人的天資有差異，但無論誰，做人要講是非，她支持家長們告他爸，不是與他爸過不去，更不是故意要整他爸，那是因為他爸太無視民工子弟學生的權利，太無視民工子弟學生的生命，誰都沒有權利無視別人。

法庭按時開庭。法庭調查一開始，伍志浩先聲奪人，他向路富根提出了一連串問題。

伍志浩問，請問被告，夏紅雲、郭小波這十幾個死傷學生，是不是城北民工子弟學校的學生？

路富根回答，是。

伍志浩再問，你是不是城北民工子弟學校的校長？

路富根回答，我是承包經營。

伍志浩再問，你向誰承包？

路富根回答，我向我們趙家墳村委會承包。

伍志浩再問，有沒有承包合同？

路富根回答，沒有。

伍志浩抓住機會追問，那你是向法庭說謊。我再一次問你，你是不是城北民工子弟學校校長？

路富根回答，是。但我不是法人。

城北民工子弟學校校址的土地產權是不是你的？

路富根有些緊張，頭上有了些汗，是我的。

伍志浩再問，民工子弟學校是不是你個人獨立經營？

路富根回答，是。

……

林佳玲捧著一疊新作業本走進了8（1）班的教室。8（1）班跟8（3）班截然不同，學生整齊地坐在教室等候林佳玲的到來。林佳玲沒有立即上課，她說上課前她要宣佈一件事，學生們都打起精神了，不知道新班主任要宣佈啥事。

林佳玲說，國有國法，家有家規，我的前任搞了班規。搞「學生星級管理」。按德、能、勤、技、績五個方面紀錄你們的綜合素質，每項滿十面小紅旗為一星，五項滿五十面小紅旗者為五星，五星學生為當然三好學生。這不失為一種時髦的管理方法。但是，從今天開始，我宣佈，本班的學生星級管理到此為止，從今後，我們班不再評星。

同學們立即一片譁然。

林佳玲繼續說，在初中學生中評星，的確挺時尚，但我感覺這太過於偏重形式，評了又咋樣呢？8（3）班不是照樣有人曠課，有人請人代做作業，照樣有人蹲班！

趙一帆和全班同學都注視著林佳玲。

學校已經有「三好學生」的評比活動，班裡就不必再搞啥評比。

有學生悄悄地議論起來。

當然。取消學生星級管理，並不是不要抓德、能、勤、技、績培養。我想在班裡建立一個師生聯絡感情，交流思想的管道，叫「師生直通車」，也挺時髦是吧？

全班學生都笑了。

按說在網上郵箱交流更好，既方便，又快捷，還保密，但據瞭解咱們班學生家裡還很少有電腦，本子上有我的郵箱位址，有電腦的可以通過郵箱跟我交流，沒有的就用這個本子。每人一個本子，我們就在這個本子上自由交流，你有啥想法，有啥困惑，有啥困難，有啥高興事，有啥不開心的事，有啥秘密想要跟我商量，都可以通過這個本子跟我交流，可以暢所欲言，直抒己見。我只有一個要求，說實話，不說假話。我在這裡要向你們表明的是，一，我想成為你們真正的知心朋友，我會像對自個兒的弟弟妹妹一樣對待你們，如果你不信任我，我只能表示遺憾。二，我會為你保密，上面所說的事情，只有天知地知，你知我知。趙一帆，請你來把本子發給大家。

趙一帆到講臺捧起一疊本子，發給大家。

輪著被告律師方卓然調查，方卓然不慌不忙站起來，他向審判長聲明，他只需要證人證實一件事。方卓然來到證人席村支書跟前，他沒有立即提問，而是拿出一疊證據，一件一件讓村支書和大家看。

方卓然說，請證人看清楚了，這是當初趙家墳村委會向區政府寫的開辦城北民工子弟學校的申請，這是區政府同意開辦城北民工子弟學校的批覆，這是註冊村支書為城北民工子弟學校法人的任職證明，這是以趙家墳村委會名義印的城北民工子弟學校招生簡章，這是趙家墳村委會收取路富根上繳款的收據……

方卓然不厭其煩，細緻地將一份一份證據都讓村支書過目，同時向法庭所有人展示，等所有證據展示完畢，方卓然才提問。

村支書同志，為了節省時間，你對我的提問只要回答是或者不是就可以，聽清楚了嗎？

清楚了。

那麼我問你，你剛才看到的這十四份證據上都有你代表趙家墳村委會的簽名，這些簽名是不是你的親筆？

是我的親筆簽名。

十四份證據都蓋了趙家墳村委會的印章，是不是都是你同意後才蓋上的章？

是的。

大家都聽到了，審判長，我的問題問完了。

旁聽席上議論紛紛。

旁聽甲說，這個方律師真狡猾！

旁聽乙說，這個村支書真傻！

旁聽丙說，這傢伙厲害啊，上次打牛鑫那官司，他也只提問一個問題，結果一個問題就把對方律師的全部證據推翻。

旁聽甲說，我看這一回，他這一個提問，把原告律師那些證據差不多也都否決了。

下課鈴聲響了，林佳玲走出教室，她打開手機，手機立即響起來電子音樂，林佳玲焦急地接電話。電話是伍志浩打來的，林佳玲著急地問，喂！伍處長，咋樣？

伍志浩非常沮喪地回答，咱們輸了。

林佳玲十分意外，也非常吃驚，她頓時心灰意冷，她失神地往樓下走去，她似乎連路都走不動了。趙一帆等學生發覺了林佳玲情緒的異常變化，不知道發生了啥事。趙一帆追了上來，一下扶住了林佳玲。

林老師，妳咋啦？

林佳玲茫然地說，我們輸了，法庭上真的不承認道德……

第三章

謙

（下艮上坤）

《彖傳》曰，謙，亨。天道下濟而光明，地道卑而上行。天道虧盈而益謙，地道變盈而流謙，鬼神害盈而福謙，人道惡盈而好謙。謙，尊而光，卑而不可逾，君子之終也。

——《周易》

注：艮（ㄍㄣˋ），八卦之一，象徵山。

坤，八卦之一，象徵地。

《彖傳》說，謙虛則亨通。天的規律是下濟萬物而愈顯光明，地的規律是位置低下而地氣上升。天的規律是虧損盈滿而補益謙虛，地的規律是變更盈滿而充實謙虛，鬼神的規律是危害盈滿而保佑謙虛，人的規律是討厭盈滿而歡喜謙虛。謙虛的人位尊而光照四方，位卑則不可逾越，所以君子始終保持謙虛的美德。

林佳玲走下公共汽車就聽到了秦梅珍揪心的哭聲，聽起來十分瘆人。林佳玲雙手摟住秦梅珍，沒開口鼻子先已酸了，別，你別太難過，身子要緊。

林老師啊！天下咋沒有公理啊！我的孩子就這麼白白地死了嗎？……

路富根這輩子沒這麼痛快過，他一踏進家門就喊，老婆子，給我炒幾個菜，我要喝酒。路海龍母親不知所措地看著路富根，路富根把手包往桌子上一扔，看老婆站在那兒沒行動，立即吼了起來。妳傻啦，沒聽見啊，老子今天太高興了，要喝個痛快。路海龍母親轉身進屋去做菜。路富根在太師椅上坐下，得意揚揚地掏出菸來，他一邊吸著菸一邊想，官司原來就是這麼打的，啥是非對錯，全他媽憑律師的一張嘴。這個方律師真他娘的厲害。

林佳玲攙扶起秦梅珍，心裡那氣憤已無法按捺。

她問伍志浩，法庭還講不講公正？

法庭重的是證據，就算有理，要是沒有證據，那也沒有辦法。

林佳玲十分焦急，那這事咋辦呢？

按照這些證據，要告只能重新告趙家墳村委會。

他們跟學校根本沒有關係，方卓然不講原則，我們不能誣賴村委會。

郭全民產生了疑惑，他有些不好意思地問，林老師，那個方律師真的是您丈夫？

林佳玲沒有迴避，是我丈夫。

一個家長覺得奇怪，這算是咋回事啊？你們夫妻總不會合夥耍我們吧？

林佳玲當頭挨了一悶棍，她心裡被扎了刀。

另一個家長說，都說現在的律師吃了被告再吃原告，要是這樣，你們就把我們害苦啦！

又一個家長問，林老師，你們沒鬧離婚吧？

秦梅珍一聽生了氣，你們還有沒有良心？林老師救咱們孩子，幫咱們打官司，她為了誰啊！

伍志浩十分氣惱，好了好了！有這麼傷人的嗎？林老師這麼幫你們，圖你們啥啦？你們不感激，反說這種昧良心的話，太讓人心寒了。你們的事我也不想管了。佳玲，妳盡心盡力了，這件事讓他們自個兒看著辦吧。伍志浩生氣地離開了。

伍志浩一走，郭全民也急了，他莫名其妙地朝其他家長發火，還站這兒幹啥呢！還不快去讓孩子們出院！一天一百多塊呢！家裡錢多得沒處花啊！

家長們都跟著郭全民立即去醫院。林佳玲心裡很難受，但她沒有走，她沒法計較民工們的牢騷，看著這幫走投無路的農民工，她不忍心不管。林佳玲跟家長們說，你們別著急，既然我在醫院押了信用卡，醫藥費我會負責想辦法解決的！

家長們已經不再相信林佳玲，紛紛離去，只有秦梅珍過來跟林佳玲打招呼，她拉住林佳玲的手，林老師，請您別見怪，我們真的太難了。

沒有事，妳別太傷心，我也沒料到事情會是這樣的結果。林佳玲看著離去的家長們，心裡很不是滋味。

郭全民和幾個家長神出鬼沒地偷偷摸摸分別進了病房。郭全民不放心地朝門外走廊又察看了一番，沒發現醫生護士，他徑直來到郭小波病床前。

快起來！咱們的官司打輸了，沒人給你出醫藥費，快收拾東西跟俺回家！

郭小波坐起來，十分不願意地嘟囔，我本來都回家了，你非要來住。

俺能知道他學校這麼無賴啊！不是想賠倆醫藥費嘛！

趙漢山在病床上欠起身子，不結帳，醫院能讓出院嗎？

郭全民搖搖手，別聲張，那就逃啊！住一天一百多塊呢！躺這兒讓他們宰啊！

病房裡立即亂起來，郭全民有點指揮意識，這樣不行，得一個一個分開走，要是讓醫生護士看破了，一個都走不成！小孩子能走的，跟大人分開走，不能走的，大人背著走。

2

林佳玲把做好的菜端到餐桌上，是方卓然愛吃的糖醋魚、清炒苦瓜、豆腐湯。她拿出保鮮膜，把一個個菜封好。林佳玲不想跟方卓然說話，連他的人都不想見。林佳玲換了裙服，開門離開了家。

方卓然沒回家吃晚飯。林佳玲在岫水公園孤獨地散步時，方卓然正雙手捧著麥克風與康妮合唱，十分投入地在唱《廣島之戀》，凱瑞和一女同事還分別給方卓然和康妮獻了鮮花。

林佳玲在岫水公園的林間小道苦悶地走著，她突然感覺，這個城市裡沒有屬於她的個人空間，只有這裡，她的心才能暫時平靜下來。

林佳玲想，方卓然今天實際是做了路富根的幫兇，兩人沆瀣一氣，以小人的卑劣手段，鑽了村委會法律觀念淡薄的空子，坑害了無辜正直的農民兄弟。如果他還因此而高興，因此而自豪，那麼他成啥人啦？

林佳玲走著想著，迎面又走來了青山綠水。青山綠水依舊牽著她的那條「貴夫人」，三百六十天，她似乎總是那麼悠閒。青山綠水早就看到了林佳玲，兩人漸漸接近，林佳玲毫無察覺，她也沒心思關注別人。青山綠水則不然，她喜歡觀察別人，喜歡猜測別人。青山綠水並不是啥人都願意關注，她只關注她喜歡的人，她看不上的人，在她眼裡連狗都不如，眼睛眼睛都不睄。林佳玲是她喜歡關注的人，兩人相遇時，青山綠水主動打了招呼，您好！

林佳玲一怔，她不知道青山綠水跟誰打招呼，她沒有立即回應。

青山綠水已經來到林佳玲跟前，咱們是第二次相遇了。

林佳玲這時才明白青山綠水在跟她說話，噢，您好！林佳玲一點也沒有想與她說話的心情，她沒有停留，點了一下頭就直接跟青山綠水錯了過去。

方卓然盡興回家，到了家門口他才想起，打贏這官司，林佳玲肯定不會理解，他的心陡然懸了起來。方卓然小心謹慎地推門進家，屋裡黑著燈，方卓然打開燈，發現小廳裡沒有林佳玲。方卓然換了鞋，輕輕把臥室門推開一條縫往裡瞧，臥室裡也沒林佳玲，他去廚房時經過餐桌，發現餐桌上擺著菜，兩菜一湯，菜盤子上都封著保鮮膜，他小心地揭開保鮮膜，菜沒人吃過，菜都涼了。方卓然心裡一動，佳玲她是做了飯沒有吃，這飯顯然是專為他做的，而他不回家吃飯卻連個招呼都沒打，跟人家喝酒慶賀，還唱歌跳舞，全然不顧她的感受。方卓然不免有些愧疚，林佳玲肯定是真的生了氣。

方卓然心事重重地坐到寫字臺前，百無聊賴地隨意翻著書。大門口傳來了開鎖聲響，方卓然立即轉身，林佳玲已經進屋。

方卓然特別熱情地迎過去，佳玲，妳上哪去啦？

林佳玲沒搭理他，熟視無睹地進了廁所。

方卓然碰了一鼻子灰，但他沒有放棄，站到廁所門口檢討，佳玲，對不起，我忘了告訴妳不回來吃飯，妳吃了嗎？

林佳玲依然不搭理他，從廁所出來，她直接去了廚房，方卓然跟進廚房。

方卓然繼續主動溝通，佳玲，我知道妳不高興。可是，妳要理解，今天的官司，不是我方卓然的勝利，是法律再一次向公眾展示它的尊嚴。不是我方卓然包庇了路富根，是法律保護了他。

林佳玲任方卓然說啥，她臉上沒有一點表情，只顧刷牙洗臉。

方卓然繼續表白，村委會和學生家長的失敗，是因為他們完全沒有法律意識，不懂得用法律保護自個兒。這樣的官司，非常有實際意義，我希望媒體能全面報導，對公眾來說，這是一次非同尋常的普法教育，我充當了一名法律宣傳員……

林佳玲仍沒有一點反應，不管方卓然說啥，她一句話都不回。她洗完臉從廚房出來，進了臥室。方卓然又跟進臥室，見林佳玲拿起毛巾被和枕頭。

方卓然一下擋住，佳玲，妳別這樣，妳要我咋樣？妳是不是認為我助紂為虐，為虎作倀？

林佳玲沒有聽到他說話一樣，她繼續往臥室外走，方卓然擋著不讓。

方卓然繼續說，妳是不是要說我顛倒黑白，混淆是非？方卓然張開雙手抱住了林佳玲，林佳玲惱怒地狠勁一晃身子，掙脫了方卓然的摟抱。

方卓然很沒有面子，他不高興了，妳究竟要我怎樣才肯說話？

林佳玲仰起了頭，怒目看著方卓然，聲音很輕但斬釘截鐵地說，我想獨處！行不行？

方卓然轟然崩塌，他全身的一切都軟了，蔫在那裡。林佳玲抱著毛巾被和枕頭走出了臥室，方卓然依舊蔫蔫地站在臥室裡。林佳玲躺到沙發上，打開落地燈，她拿出那本《南懷瑾講經》，靜心地讀起來。

方卓然不再說話，他拿起他的手提電腦包進了臥室，隨手把門關死。方卓然打開電腦上了網，立即進了ＱＱ聊天室，青山綠水在網上，他立即加了她。可是咋加她也沒反應，查看，她又不是在跟別人聊天。

青山綠水幾乎是撲向電腦桌，進入ＱＱ，戴上麥克和耳機，今天是她跟方卓然約定的聊天日。她發現了暴風驟雨，立即加了他。

青山綠水一邊喘著氣一邊說話，暴風驟雨！對不起，讓你久等了。

幹我想幹又不想幹的事。

這麼喘，妳幹啥啦？

費解。

生理上想幹，情感上不想幹；情感上不想幹，職業上必須幹。

噢，我明白了，痛並快樂著！

智商很高啊！

潛質很好。

最近沒有鬱悶煩惱？

現在就有。

又獨處？

是人家以牙還牙，她要求獨處。

找我解悶來了？

轉移心理焦點。

不是轉移情感？

不可能。

理由是啥？
網上沒法談情說愛。
想見面？
目前還沒有這個願望……
……

3

醫院那一男一女找到王海清辦公室時，王海清辦公桌前圍著好幾個人，一男一女沒好意思闖進去湊熱鬧，在門口等著。王海清一一處理打發，屋裡終於只剩王海清一人，那男的敲了一下王海清辦公室的門。王海清朝外看，見是陌生的一男一女。
你們找誰？
男士回答，我們找林佳玲老師。
你們是哪的啊？
女士回答，我們是人民醫院的。
找她啥事？
是醫藥費的事。
王海清一聽明白了，請進來吧。這事你們應該找城北民工子弟學校才對啊。

男士說，我們聯繫過，人家不理會我們，他們說法院都已經判了，這事與他們無關，讓我們去找趙家墳村民委員會。

女士說，現在這些傷殘師生，沒結帳都跑了，我們也不認識他們，是林佳玲老師擔保的，我們只能來找林老師。

王海清無奈地搖搖頭，情況你們是知道的，咋能讓林老師給這些人付醫藥費呢？

男士說，校長，你別誤會，我們並沒有一定要林老師本人付這些醫藥費，因為是她作的抵押擔保，城北民工子弟學校現在又不管，村民委員會我們去找誰呀！這些傷殘學生的家長都是打工農民，我們只能找林老師。

也是啊，一共多少錢？

女士說，住院費一萬二千三百八十七元，手術費一萬七千四百五十二元，醫療費一萬五千二百元，藥費一萬一千六百九十一元，一共五萬六千七百三十元整。

王海清替林佳玲犯愁，她剛從外地調來，你們讓她去找誰要啊！

男士說，我們更沒有辦法啊！這帳總不能就這麼掛著啊！既然她擔保了，那就得承擔責任。

就在這時，林佳玲推開了王海清辦公室，校長，他們是找我吧？

妳看，醫院來要醫藥費呢！

這是我的事，別在這裡耽誤校長工作，咱們走吧。校長，對不起。

林佳玲把人民醫院一男一女送至學校門口，林佳玲跟他們揮手告別。

林佳玲說，明天我上完課過去，十點半一定到。

男士說，林老師，明天在醫務處見。

女士說，明日見。

語文教學組的窗戶正對著學校大門，幾個老師都在屋裡看著林佳玲送那一男一女。

呂老師說，聽說那一男一女是人民醫院的？

俞老師說，是，直接找校長了。

崔靜說，我真有點不理解，你們說林老師這麼做，究竟圖個啥？

俞老師說，人家在原來的學校是模範教師。

崔靜說，花幾萬塊錢買個助人為樂的榮譽？

呂老師說，人家是見義勇為！

俞老師說，是做善事吧！林老師家聽說挺有錢的。

呂老師說，她家是豪門？

俞老師說，人家老公是律師，能賺得很，聽說有私車，幾萬塊錢，九牛一毛，算啥呀！

呂老師說，我倒是聽說，是他丈夫給民工子弟學校校長當的辯護律師，等於是她丈夫打贏了她幫的民工。

崔靜說，是嗎？要這麼說，她丈夫也不贊同林老師這麼幹，是故意要給她教訓？

俞老師說，這麼說，他們夫妻之間，有點同床異夢啊！

呂老師說，別瞎說啊，我倒是覺得林老師太善良，如今好人難做啊！

俞老師拿手指做了個噤聲的動作，噓！

屋裡的幾個教師一起扭頭，林佳玲默默無聲地走進了語文教學組辦公室，幾個教師立即回到各自的位置上做事。林佳玲來到崔靜辦公桌前。

崔老師，你們班路海龍、陳英傑等幾個同學的數學作業，一直是抄人家的。
崔靜不以為然，他呀！蹲班生，就這德行。
林佳玲不解地問，那他咋畢業呢？
他還想畢業？能不能念完初中還說不定呢！崔靜說完就不再理林佳玲。
林佳玲站在那裡欲言又止，十分尷尬，那妳先忙吧。林佳玲轉身離開語文教學組辦公室。
俞老師又立即站起來，這人這麼愛較真啊！
崔靜沒理他。

4

方卓然回家見林佳玲不在，心裡反覺輕鬆，方卓然張開雙臂振臂啊了一聲。嘭！身後的廁所門突然開了，方卓然嚇一跳，原來她在廁所裡。方卓然趕緊收起雙臂，悄悄地走向寫字臺前，打開電腦，目不斜視，幹他沒幹完的活。
方卓然幹著活，耳朵卻傾聽著林佳玲的動靜。她從廚房裡端出兩個菜擺到折疊小桌上，再端出一盆湯，把碗筷和飯鍋也放到餐桌上。方卓然用餘光注視著，看她盛一個人的飯還是盛兩個人的飯。要是盛一個人的飯，說明她不想跟他一起共進晚餐；要是盛兩個人的飯，這就給他留了一點靠近的餘地。林佳玲沒盛飯，放下碗筷就到沙發那裡去了，她拿起電話，撥了兩個號，又把電話掛下，她走進了臥室。方卓然起身，踮著腳尖挨近臥室門側耳聽。林佳玲在臥室裡打電話，跟伍志浩在通話。

有件事不知你能不能幫個忙？……醫院來要醫藥費了……我手裡沒有那麼多錢……缺三萬多……

方卓然聽明白了，醫院真的把那些師生的醫藥費賴到了她頭上，她沒有那麼多現金，她在跟伍志浩借錢。聽明白後方卓然立即踮著腳尖離開臥室門口，他不想讓林佳玲發現他偷聽她電話。

方卓然回到寫字臺前，心裡來了事。她這麼不理我想咋著呢？要離婚？老婆走投無路了，不跟丈夫說，去跟外人借錢，這不是丟我方卓然的臉嘛！讓人家說起來，天下男人都死光啦！要找這種丈夫！再說，一票借人家三萬塊，這情咋還啊？不行，絕對不能讓她順著這條道走下去，要讓她這麼走下去，這老婆肯定是要走到別人懷裡去的。要是走到這一步，我他媽方卓然還算是男人嗎？還能他媽的站著尿尿嗎？

方卓然悄悄地從抽屜裡找出了一張銀行卡，林佳玲已經若無其事地走出臥室，她沒來餐桌吃飯，卻在換鞋出門。這麼說他們是約好了要見面，伍志浩這狗日的要給她錢，這他媽還了得！不能讓他們這麼幹。方卓然立即轉過身來。

佳玲，妳這是要上哪去？

林佳玲理都沒理他，拉開門只顧往外走了。方卓然追到門口，拉開門，林佳玲已經下了樓。方卓然氣得在屋裡轉，必須制止！必須立即制止！

方卓然拿起電話，撥了伍志浩的手機，手機一通他就吼，伍志浩！你他媽要敢借給佳玲錢，我跟你沒完沒了！

伍志浩在手機裡也挺氣憤，你他媽不讓我借給她，你想逼她死啊！

我還沒死呢！我沒有錢啊！

你為啥不給她錢？

我他媽還沒說完她就跑了，你讓她立即回來，你要是敢借給她錢，我就跟你拼命！

方卓然說完就把電話掛上了，他氣得在屋裡大喘氣。喘著氣，他想，佳玲肯定馬上就回來，別在這裡尷尬了，還是迴避一下，先把事情辦了，讓她接受了錢再說。於是，方卓然拿出銀行卡，拿過一張信箋，留了話和密碼，把銀行卡擱上面，立即轉身換鞋出門迴避。

林佳玲接到了伍志浩的電話，伍志浩把她勸了回來。林佳玲進家門不免有些尷尬，剛才方卓然是問她了，但她沒理他，現在她心裡恨方卓然，覺得他連旁人都不如，不想要他的錢。但伍志浩不借給她錢了，明天上午十點半她必須去醫院，一分錢憋倒英雄漢，她讓這錢憋倒了。除了伍志浩和方卓然，她不可能再去跟別人借這錢，沒路可走，她只能回來。

林佳玲發現方卓然不在了，她奇怪，看到了茶几上那張紙和銀行卡。林佳玲拿起了銀行卡和紙，紙上寫：

佳玲：

不管妳現在心裡多麼氣我恨我，我仍是妳丈夫，咱們是夫妻，妳的困難就是我的困難，我的財產就是妳的財產，這上面有五萬多塊錢，妳拿去付醫藥費吧，按這密碼取款。

民工學生的醫藥費，我可以付；但官司我不認為錯，妳想的是民工，我想的是社會法律。咱們的觀點不同，所以想不到一起。但這都是另一回事，我們是夫妻，不應該影響我們的正常生活，我們這樣相互作對，社會上誰知道呢？誰又能理解呢？咱們的日子也只有靠咱們自個兒過。

卓然　即日

方卓然回家，林佳玲已經在洗漱準備睡覺了。方卓然悄悄地像個倒楣蛋一樣進了屋，他看到桌子上的飯菜還沒有收，他上廚房洗了把手，坐下就吃。林佳玲沒說話，不聲不響過來把兩個菜端走，方卓然以為不讓他吃，他放下了筷子。他誤解了，林佳玲是去給他重新熱菜，方卓然聽著鍋鏟的聲音，心裡多少有了一點溫暖。

林佳玲把菜熱好重又端到餐桌上，放菜的時候，順便悄悄地說了一句，這錢，我先借用一下。要說借，說明我們感情上真有了問題。

林佳玲避開了方卓然的目光，沒再說啥。方卓然就大口大口吃飯，他真餓了，餓極了。

5

林佳玲去醫院繳那筆醫藥費，王海清正在局裡開會。會議結束王海清一出會議室就直奔伍志浩辦公室，伍志浩也正要找王海清，兩個找對方都是因為林佳玲。

你推薦的的確是個好人，不光人好，也有能力。可她這樣愛管社會上的事，沒法在學校待下去啊！

伍志浩聽王海清這麼一說，不禁一驚，又發生了啥事啦？

一來就陷入官司，這就不說了，是幫人，是做好事，可這麼做好事，別人也是有看法的，這我可以幫她擋，可她不該把老班主任搞的「學生星級管理」給取消啊！也沒商量，就自作主張決定要搞面批面改，讓學生把原來的數學作業本都撕了。

王校長，搞面批面改是好事啊！這是老師的責任心和奉獻精神哪！這有啥不好呢？

就算是好事，那也要講效果啊！你不是不明白，現在跟人相處，比做工作更重要，她這樣不顧別人感受，想幹啥就幹啥，事情做了，把人也得罪光了，這咋辦呢？

林佳玲絕對是個好人。

現在做好人難，幫民工子弟結果咋樣，自個兒貼了五萬多塊錢，差不多抵一年的工資。我現在把重點班交給她了，指望她在教學品質上好好突破，這個樣子下去，讓人心裡沒一點把握。你得好好找她談談，讓她安下心來，踏踏實實在教學工作上下點工夫。

好的，我勸勸她。

哐啷！兩人正說著，路富根推門闖了進來，伍處長，叫我來有啥指示？

王海清看他們要談事，就先走了。伍志浩讓路富根坐下，他沒跟路富根說啥，從文件夾裡拿出一份文件，給了路富根，你先好好看看。

路富根拿過材料，一看標題就火了。

伍處長，你們還講不講實事求是！我們學校哪是這個樣啊！

伍志浩很平靜地說，你們有一個正式教師嗎？你們是按國家的教學大綱施教嗎？你們的教室像個學校嗎？看清楚了，這是市長的親筆批示，這種不具備辦學條件的民工子弟學校，必須立即撤銷，這不是解決民工子弟上學的辦法，而是誤人子弟。看看，是必須撤銷，沒有商量的餘地。

路富根十分委屈，我辦一個學校多不容易，這麼一句話就撤銷了？

學生我們可以協助想辦法分流到別的學校。

那我的損失呢？

你損失？你損失啥呀？辦不了學校，你可以辦別的啊！就算有損失，也只能自負，那幫學生的醫藥費還是林老師付的呢！伍志浩拿出局裡的另一份檔給了路富根，這是局裡的正式決定，你拿一份回去，區裡鄉裡村裡都有，你就認真執行吧。

路富根一出教育局門立即向路紅旗求救，路富根趕回商品交易市場，路紅旗已經把奥迪車停到商品交易市場外街道的路邊，他搖下車門悠閒地抽著菸等路富根。路富根看到奥迪車如同見了救星，狗顛屁股飛快跑過去，來到車前，立即哈下腰。

哥，你可來了！

上車吧。

路富根從車頭前繞到副駕駛車窗外，拍打掉身上的灰，又跺腳上的泥，生怕弄髒了路紅旗的車，哥，別弄髒了車，還是你下來說吧？

路紅旗十分有身價地下車，按電子鑰匙鎖了車門，一邊朝街邊的樹下走，一邊說，口頭說的，還是教育局下的正式檔？

辦這種學校有油水嗎？

路富根小聲說，有啊！一年賺三四十萬沒問題，加上別的收費，一共五十來萬呢！

那些民工和孩子願意到你學校上學？

當然願意啊！公辦學校不收民工子弟哪！武大郎賣燒餅，不管好賴，獨一份呢，他們離了我這學校，到哪去上學？

路紅旗用心琢磨著，要是民工和民工子弟有這個要求就還有迴旋的餘地。

路富根一聽有迴旋的餘地，立即樂了，是嗎，你說咋辦吧？

路紅旗開始賣弄，人活一輩子不容易啊！要活明白就更不容易。我再教你一招。

路富根十分恭敬地挺直身子，哥，又有啥新招？

在領導面前要學會一個字。

啥字？

乖。

路富根用心琢磨著，乖？

路紅旗像教導晚輩一樣，對，乖。啥叫乖呢？乖，不只是老實聽話，老實聽話只是一個低層次的乖。

乖，還能乖出學問？

對。高層次的乖，是隨時會讓領導下臺階。

路富根用心體會著，下臺階。

你想想，撤銷不合格的民工子弟學校，不是伍志浩說的，他說話算個屁，你可以不聽。但這話不是他說的，是市長說的。市長說的話你就不能不聽！市長說了話，下面就得有動靜，要沒動靜，那市長的話不也成放屁啦！市長說了話，下面要是不聽，市長就下不了臺啦！市長要是下不了臺，那下面的人就得下崗。明白嗎？

路富根一邊聽一邊琢磨，噢，是這道理。哥，你真是高人哪！

不是我高，這是慈禧老佛爺傳下來的理兒。記得老佛爺是咋說的嗎？

我哪能知道！

老佛爺說過這樣的話，小李子啊！你記住，誰要敢讓我不舒服，我就叫他一輩子不舒服！

對！那個電視劇裡，她是這麼說的。

你看人家小李子一輩子多乖啊！好好學著點。

是，是。怪不得老市長幾十年一直帶著哥呢！是哥修成正果了。

路紅旗得意地點頭微笑。

哥，我咋能讓市長下臺階呢？

你當然不能，但有人會讓他下臺階。

誰？

路紅旗胸有成竹，人大主任。

人大主任能管市長？

人大是幹啥的啊？人大是專門代表人民群眾的，要經常聽群眾的呼聲，替群眾說話，監督政府執政。

這麼說人大主任還管著市長哪！

這不叫管，是監督政府執政，人大可以把群眾的意見反映給政府。你呢，回去請人起草一份學生家長反對撤銷學校的信，這信呢，是寫給市人大的，以學生家長們的口氣向人大呼籲，你明白嗎？呼籲，就是要帶一點告狀喊冤的味道。

明白明白，就是反映群眾呼聲。

不是反映，而是直接以群眾呼聲的口氣寫，要寫得有點煽動性，有點喊冤叫屈，發兩句牢騷也無所謂，但目的是請人大為民辦事。矛頭不要對著市長，就說民工子弟沒地方上學這件事，幾百名孩子沒有學上咋辦？

讓學生家長們都簽名，人越多越好，這樣力量就大了，人大就可以幫群眾說話了。人大主任出面替群眾說話，市長就不好不給面子，市長糾正自個兒的指示，也就有理由了，這樣你的學校就不用撤銷了，市長不也下臺階了嘛！

哥，你真高！好，明天我就辦。

寫好就給我，我直接交給老市長。

路富根高興得拿手拍屁股，太好了！

我還有事要辦，越快越好啊。

路富根感激不盡，好，好。

路紅旗上車呼地駕車離開。

6

林佳玲接受了方卓然的銀行卡，但兩個人仍不說話，林佳玲依舊睡客廳沙發，方卓然也沒想辦法把林佳玲弄到床上。夫妻倆彆扭著，方卓然在事務所做事就上不來情緒，心情不好做啥都沒興趣。林佳玲比方卓然更痛苦，她心裡扎著根刺，不想碰它卻時不時碰著它，一碰著心裡又酸又痛好難受。

方卓然百無聊賴地在電腦上處理案子，效率大打折扣，打字速度慢，還老出錯。方卓然心裡煩透了，他一拳砸在寫字臺上。方卓然突然拿起電話，撥了伍志浩的電話。

志浩嗎？你在哪？

在辦公室啊！

我要見你。

正忙著呢！

我不管！

啥急事，下了班不行啊？

方卓然沒有商量的餘地，不行！二十分鐘後，我在岫水公園門口等你。

有你這麼不講理的嗎？

我不管。方卓然說完掛了電話。

岫水公園裡有座小山，小山邊有個小湖，小湖邊有個茶館。茶館是亭式建築，與其說茶館，不如說是茶亭。茶館依山傍湖，瀕水而建。沿湖柳條垂水，湖面睡蓮朵朵，讓人疑是江南。伍志浩和方卓然在靠水邊的一張雙人茶桌相對而坐，品茶說事。

方卓然一臉痛苦，這日子我受不了了！你知道嗎？佳玲她跟我分居了。

伍志浩一驚，分居！她搬哪去啦？

家沒有搬，但她睡沙發，至今不理我，我頭一次發現她這麼固執。

伍志浩本來就一直想教訓他，聽方卓然這麼一說，正好逮著機會，不是我沒有提醒你吧？我早說了，這官司無論打輸打贏，對你們夫妻兩個沒有一點好處。你聽我勸了嗎？

我以為她能理解我。

你理解她了嗎？

方卓然無話回答，我……

你想去理解她了嗎？

為了這些民工孩子，她至於要這樣嗎？

連你都這麼誤解她，她能不難過嗎？你是不是也認為她是爭榮譽出風頭？

我沒這麼說。

你說實話，心裡是不是這麼認為？

我只是覺得她太愛管閒事。

那你就該給路富根當律師？

這是我的職業！

是職業，但說到底，你還是自私。

我自私？

別不承認，你應該比我更瞭解佳玲，她去做這些，不是去想啥榮譽，她僅僅是同情弱者，不忍心看著這些無辜的民工和孩子們被人欺負，可你壓根兒就沒有去想她為啥要管這件事。你只想著自個兒出人頭地，只想著事務所打開局面，不去理解她，反而誤解她，她心裡是啥滋味？

我不反對她去關心別人，可有她這麼關心別人的嗎？要這樣關心下去，不說我的事務所要關門，我們家也得傾家蕩產。

夫妻間鬧了彆扭，總得有一個先妥協，相互體諒才是感情的潤滑劑。要是兩個都較真兒，誰也不願主動讓一步，那還算啥夫妻呢？

夫妻之間也得講理。

夫妻之間沒理可講！兩口子睡一個被窩裡，有啥理可講的？想講理，到法庭上去講。

不講理，日子咋過？

兩口子不講理才好過日子，兩口子要講理，那就各爭各的理，日子才沒法過。

方卓然不認識似的看著伍志浩，你們兩口子不吵架？

經常吵，但不較真兒，不往心裡去。

那你說咋辦？

我來安排，今天晚上咱們三個一起吃飯。

伍志浩把地點定在鄉村酒吧。方卓然按時走進酒吧，拿眼搜索伍志浩。伍志浩已經找好了一張四人吧桌，伍志浩朝他招手，方卓然走了過去。

伍志浩不見林佳玲，佳玲呢？

她沒坐我的車。

這又是你不對了，咋不主動請她呢！

不是還沒說話嘛！

非要她先開口啊？她先開口，你就贏了，你先開口就輸了，是不是？

人爭一口氣嘛！

爭？爭啥？輸贏在法庭、在戰場、在賽場、在商場，夫妻之間爭啥？贏了又咋樣，輸了又咋樣？

這回你算是佔理了。

待會兒她來了，主動點。

兩人正說著，林佳玲亮麗地走進酒吧。伍志浩捅方卓然，方卓然站了起來，沒去迎，也沒招手，伍志浩只好招手。林佳玲走了過來。伍志浩朝方卓然使眼色，方卓然才勉強地起身在她旁邊的一面給林佳玲挪開椅子請她坐。林佳玲大大方方坐了下來。三人一人一面，空出靠過道的一面。

伍志浩主動開場，佳玲，今天是不是也來杯啤酒？

林佳玲沒有猶豫，好啊。

伍志浩為林佳玲倒了一杯啤酒，接著給方卓然倒，方卓然反捂住了杯子，我開車。

伍志浩瞪眼，今兒個說啥也得喝，把車扔這裡。

方卓然只好把手拿開，伍志浩給方卓然倒了酒。

伍志浩主動端起杯子，佳玲調來平海，咱們三個還沒一起喝過酒。

林佳玲很過意不去，你幫這麼大忙，本來應該好好請你。

伍志浩爽快地說，那就今天一起補上。我跟卓然是穿開襠褲的哥們兒，妳是弟媳婦，這場意外天災，讓你們夫妻之間發生一點不愉快，舌頭和牙齒也有磕碰的時候，今天喝了這杯酒，就讓它煙消雲散，卓然，你說呢？

方卓然有些勉強，對，一切都是我的錯，佳玲，妳別往心裡去。

伍志浩鼓勁，好，咱們把它乾了！

三個人站起來碰杯，一起乾杯。伍志浩喝得最快，林佳玲喝得最慢，但三個都喝完了杯中的酒。伍志浩又把三個人的杯子滿上啤酒。

林佳玲端起酒杯，伍處長，一謝你幫忙調動，二謝你工作支持，我敬你。

伍志浩還沒說話，林佳玲端起酒杯就乾。方卓然也吃驚，他從沒見林佳玲這麼喝酒。伍志浩趕緊喝完，他立即朝方卓然使眼色。

方卓然遲疑地端起杯子，佳玲，請妳原諒，我可能有點自私，沒理解體諒妳，反讓妳生氣受委屈。

方卓然忘了碰杯，也沒說敬，就把一杯啤酒喝了。林佳玲有些尷尬地拿起杯子喝了一口。方卓然放下杯子，其實每個人做事，你有你的道理，我有我的原則……伍志浩皺起了眉頭，方卓然沒注意，繼續說，就官司這件事來說，你們都沒有完全明白我真正的目的。

林佳玲說，我倒想聽聽你真正的目的。

我們的社會一直是人治，而不是法治，人大於法，權大於法，腐敗越反官場越黑，文明越建設社會越不文明，為啥？先聖韓非子早就說了，「今有不才之子，父母怒之弗為改，鄉人譙之弗為動，師長教之弗為變。故父母之愛，不足以教子；必待州部之嚴刑者，民固驕於愛，聽於威。」韓非子說明一個道理，法就是威。可是我們大部分人都還是把法律當兒戲，所以法在我國沒有威。我接這官司，就是想讓人們看看法律的威力，看到法的力量。

林佳玲接上話，那你也選錯了對象，不應該讓這些可憐的農民做你的教育工具，讓他們蒙受屈辱。

伍志浩對方卓然使勁擠眼，但方卓然沒聽。

事情不在於對象，而在於理。

林佳玲爭辯，這事有啥理？欺負了掙扎在最底層的老百姓，錯怪了村委會，幫助了無賴，有啥理？

方卓然也不退讓，妳太偏激了。

伍志浩一看又接上了火，正好酒吧響起了《藍色多瑙河》樂曲。伍志浩主動起身。做出邀請林佳玲跳舞的動作，佳玲，我請妳跳個舞好嗎？

林佳玲非常樂意地站了起來，好啊！我好久沒跳舞了。

兩人一起走進酒吧的小舞池，把方卓然一個人閃在吧桌上。

林佳玲吃驚，伍志浩會跳國際標準舞，而且動作剛柔相濟，對音樂旋律的運用遊刃有餘。林佳玲發自內心地讚美，沒想到你跳得這麼好。

伍志浩也吃驚林佳玲舞姿這麼優美，這麼富有情感，他由衷地誇獎，妳肯定受過專門訓練。

林佳玲沒有矜持，音樂喚起了她的激情，她完全放鬆，隨著伍志浩的意願，完全陶醉在波浪的起伏之中。方卓然坐在那裡看傻了，他是舞盲，心裡一陣刺痛，他一點都不知道林佳玲的舞跳得這麼好。酒吧裡周圍的人慢慢都靜了下來，觀賞著他們兩個的表演。林佳玲和伍志浩一見如故，很快進入了忘我的境地，只有舞步隨著旋律在激蕩。他們成了這個酒吧的主宰。一曲結束，酒吧裡響起熱烈的掌聲。林佳玲和伍志浩回到吧桌。方卓然不在了，林佳玲沒在意。伍志浩覺得奇怪，他不好意思地跟林佳玲打招呼去了洗手間。

伍志浩上洗手間是托詞，他到洗手間去找方卓然。

伍志浩尷尬地回到吧桌，不知道該咋跟林佳玲說。林佳玲一看伍志浩那表情，啥都明白了。

他走了，是吧？

可能。伍志浩很內疚。

林佳玲倒十分體諒伍志浩的心情，她主動端起酒杯，一番好意，結果適得其反，是吧？這跟你沒有關係，來，我再敬你一杯。

伍志浩已沒有喝酒的興趣，他勉強地端起酒杯。

林佳玲卻是誠心誠意，謝謝你的好意。

兩人碰杯，一起喝完了杯中酒。

佳玲，咱們也走吧？我騎摩托車送妳回去。

好吧。

方卓然真的回了家，他話沒有說完，林佳玲卻跟伍志浩跳舞去了，把他閃在一邊，而且兩個一拍即合，跳得讓他嫉妒，他實在忍受不了酒吧裡那些目光，他們都把林佳玲和伍志浩看成了情侶，他實在待不下去，再待下去只有自卑，只有嫉妒，他悄悄地離開了酒吧。方卓然一回到家，立即進ＱＱ聊天室找青山綠水，正好青山綠水今天沒任務，她在等他。

開門聲讓方卓然一怔，他知道林佳玲回來了，他放低了聲音。

是不是老婆回來了？

可能。

你咋不說話？

今天先聊到這兒，改日再聊。

怕老婆的貨，沒勁！

方卓然立即關好電腦，他從臥室出來，林佳玲已經換了睡衣走向沙發。林佳玲沒看方卓然，站在沙發前往沙發上鋪床單。方卓然突然從後面一下抱住林佳玲，臉緊緊地貼著林佳玲的後背。

林佳玲掙扎了一下，沒能掙脫，你幹啥？

志浩說得對，夫妻在一個被窩裡沒有啥理可爭，夫妻應該丟掉一切尋開心。

林佳玲轉過身看著方卓然，那你為啥不辭而別？

我不會跳舞，我吃醋了，我愛妳。別再鬧彆扭了，別再浪費咱們的青春了。

方卓然突然不由分說地抱著林佳玲就親，林佳玲的抵觸慢慢軟弱下來。

7

家長們坐滿大教室後，路富根才端著校長的樣大搖大擺走進來。路富根的樣子似乎心裡很有底了，他按照路紅旗的教導，已經把一切都謀劃好了。一走進大教室，他就站到講臺上，聲嘶力竭地開始實施他的計畫。

各位家長同志們，今天把你們叫來，是要告訴你們一個壞消息。

家長們立即議論紛紛，不知道發生了啥事。

市教育局把我叫去了，他們給了我一個文件，我一看真想跟他們動手。後來我想，動手不是好辦法，那是犯法的事，動手更要壞咱們的事，我就忍著氣回來了。這是個啥檔呢？內容我就不念了。

路富根把家長們的胃口吊起來了，他們都瞪著牛蛋一樣的眼睛盯著路富根。

檔就一個內容，我沒想到，你們也不會想到，他們要把咱們城北民工子弟學校撤銷解散！你們的孩子從明天開始就別來上學了，在家裡愛幹啥就幹啥吧。

家長們一下都急了，教室立即亂成戲園子。

郭全民頭一個站了起來，路校長，說實話，你這人不咋樣，你的學校也不咋樣，大凡有個學校能上，俺就不會讓孩子到你這裡來上學。可現在除了你這個學校沒有別的學校可上啊！要是把你這個學校也撤銷了，俺的孩子上哪去上學啊？

路富根對郭全民的話滿不在乎，他腦子裡非常清楚，他今天的任務就是挑火。

好！既然你們對我不滿意，對我的學校也不滿意，正好哪！上面把學校撤銷了，你們滿意了，我也用不著操這份心，大家就回去吧。路富根說完轉身就朝外走。

其他的家長急了，一齊站起來喊路校長，要他別走，孩子沒學上咋行呢。前面幾個家長竟跑過去拉他。

路富根裝著十分生氣的樣，我好心好意辦學校，讓你們孩子有學上；今天好心好意把你們請來一起商量咋辦，你們卻說這種不中聽的話。

秦梅珍也站了起來，學校條件是差，可比沒學上強啊！

一家長說，是啊！學校撤銷，孩子都沒學上了，這麼小孩子幹啥呢？不能他們說撤銷就撤銷啊！

路富根繼續挑火，家長同志們哪！說實在話，學校撤不撤銷跟我路某人關係不大。我的兒子在城北中學上學，學校撤了也不影響我兒子上學；學校不讓辦，我賠就賠吧，這是市長的批示，誰敢違抗，不讓我辦學校，我搞商品交易市場賺錢還多。

家長們一聽更著了急。

另一家長說，你不是老說為我們民工排憂解難嘛！學校突然解散，孩子的學習不就半途而廢了嘛！

又一家長說，你得向上反映哪！撤銷得有條件哪！

郭全民說，三百多孩子呢！群眾的呼聲，市長也不能不聽啊！

路富根看家長們讓他忽悠起來了，他覺得還欠把火候，於是他繼續挑火，家長同志哪！我都想跟教育局動手了，可我一個人著急有啥用呢！說多了，人家還以為我賺多少錢呢！我何必呢？

秦梅珍說，你一個人說不行，我們大家去說啊！

一家長說，要是集體去上訪不行，我們可以寫信啊！

路富根來了勁說，家長同志們！你們得給我個底，你們說，大家是不是真的都不同意撤銷？

家長們亂喊，不同意撤銷！

路富根看火候到了，大家本來對學校就有意見，要說過了，家長們真灰了心喪了氣就完了，他立即收住話，好！如果大家真想保住學校，那我就再給大家辦一件善事，再幫民工兄弟一次忙。我想啊，市長定的事，我們直接去找市長肯定不行，這樣等於跟市長對抗，咱們應該曲線保學校。

一家長說，要我們做啥，你說吧！

路富根看家長都上了套，非常得意，市長不能找，咱們可以找人大。人大不是給咱人民說話的嘛！人大不是要監督政府的工作嘛！

家長們說，對，咱們找人大！

路富根故弄玄虛，咱們一塊去找不行，那是鬧事，是給政府示威，這種添麻煩的事咱們不能幹。

郭全民說，你說能幹啥吧？

路富根達到了目的，有位家長給學校寫了一封信，不同意學校撤銷，我覺得他說得挺好，劉主任，你去把我桌上那封信拿來！

劉玉英立即跑去拿信。

路富根繼續煽動，等劉主任拿來信，我給大家念一遍，大家要是同意，咱就把這封信改一下，改成咱們全體家長寫給人大。

劉玉英拿來信交給了路富根，路富根拿出信，我把信念一念，要是大家同意，就簽名。

郭全民說，別念了，肯定沒問題，拿紙來，俺簽名吧！

家長們紛紛站了起來，主動簽名。家長們正簽著名，伍志浩騎著摩托車不早不晚開進了城北民工子弟學校院子，他停好車，拿著文件包朝路富根辦公室走來。路富根發現了伍志浩，靈機一動，立即抓住這個機會。

路富根立即煽動，各位家長！各位家長！咱們學校撤銷不撤銷的事，具體由市教育局的伍處長管，你們看他正好來了！就是他帶著工作組到咱們學校來考核檢查的，然後向市長寫了報告，市長就作了批示，有意見大家可以直接跟他提，機會難得啊！沒簽名的繼續簽名，簽了名的去找伍處長！

家長們一齊擁出大教室。伍志浩還沒弄清是咋回事，就被家長們團團圍住。

郭全民說，伍處長，城北民工子弟學校撤銷？我們的孩子上哪去上學呢？

伍志浩說，能轉到其他學校的趕緊轉學。

一家長說，你站著說話不嫌腰疼，轉學，哪個學校收我們農民的孩子啊？

另一家長說，誰眼裡有我們農民啊！市裡啥時候為我們的孩子上學想過？

一家長說，要是不把這裡的孩子安排好，誰撤銷這個學校我們就找政府去算帳！

又一家長說，要是不講理，我們就到市政府靜坐去！

伍志浩急了說，你們別弄錯了，政府完全是為你們好，是對孩子負責！

一家長說，對孩子負責，公辦學校就要對民工子弟開放！

路富根擠到人群中間舉起雙手搖擺。哎哎哎，有話慢慢說，慢慢說，這可是咱們的父母官哪！大家的意見，伍處長也聽到了，這麼吵吵也解決不了問題。再說這事也不是伍處長個人能做得了主的，好了，大家先回去吧！先回去吧！

家長們憤憤地離開。家長把伍志浩這麼一圍攻，路富根十分得意。這回你可是親眼見了，不是我路富根不想撤，是學生家長不讓我撤哪！

伍志浩真有點頭痛，但他一眼就看穿，路富根是在借家長的名義給政府施加壓力。他想家長們的意見不能不考慮，但絕不能讓路富根藉機鬧事。

伍志浩直截了當地說，路校長，學校撤銷是上面定了的事，我今天來，就是要跟你商量學生分流的事。一、二、三年級，你們先可以暫時保留，四年級以上，尤其是初中，必須停辦，動員家長們想辦法轉學，實在沒地方轉的，只好動員他們回老家上學。

路富根一副滿不在乎的樣子，伍處長，我早跟你說了，撤銷不撤銷，跟我路富根沒有啥關係，你們領導咋決定，我咋辦。

伍志浩說，你有這個態度就好。

8

林佳玲的自行車在城北民工子弟學校那裡丟了，她只好步行上下班。學校放學，林佳玲走出學校大門，發現秦梅珍和郭全民幾個民工家長猥瑣地縮在路邊，林佳玲走了過去。

你們咋在這兒？

林老師，我們是來找您的。秦梅珍一臉愁苦。

郭全民有些不好意思，林老師，怕耽誤妳工作，俺們就在外面等妳。

林佳玲說，又有啥事啊？

秦梅珍說，林老師，我們幾個的孩子都上初中，在路富根的這種學校上學絕對考不了高中。能不能把我們幾個的孩子轉到城北中學上學。

林佳玲為了難，不瞞大家說，我剛來不久，也不知道學校是啥規定，能不能收我說了不算。

郭全民說，就俺們這幾個初中的孩子，孩子們學習也挺用功的。

林佳玲不敢答應，我真的做不了主。

秦梅珍說，林老師，您也認識我們的孩子了，麻煩您幫我們說說。

林佳玲無法拒絕，這樣吧，我明天跟王校長說說看，成不成不好說。家長們都很感激。

第二天一上班，林佳玲找了王海清，她還沒把事情說完，王海清一揮手，把她的話打斷。讓民工子弟上咱們學校來？這咋行呢！王海清一下把口封死。

林佳玲替他們求情，就他們六七個初中的孩子，學習都還不錯，在那種學校上學，真是耽誤。

王海清耐著心向林佳玲解釋，林老師，不是我沒有同情心，妳應該知道義務教育的規定，義務教育是就地就近上學，他們都是外省的人，咋好上咱們學校來上學呢？不說素質高低，就算他們幾個都是優秀學生，咱也不能接收！

林佳玲不解，為啥不能接收呢？

這妳應該明白。義務教育經費，是按行政區域下撥的。那些農民工子女的教育經費，都在他們原籍的縣教育局，如果接收他們來咱們學校上學，這會直接侵佔本校學生的利益，這咋可以呢！

校長，我覺得這個問題不是不能解決，如果怕侵佔咱們學生的利益，可以通過收費啊！

林佳玲這話把王海清頂到了牆邊，沒了迴旋的餘地，頂得他挺難堪，王海清就只好實話實說，教育經費只是其一，妳報到的時候我就跟妳說了，咱們正在申請重點，硬體差不多了，就只教學品質一條還差點。如果讓這幫農民工孩子來咱們學校上學，他們會直接影響咱的教學品質，會影響咱們升重點。

林佳玲被王海清擋了回去，擋得她再沒話好說。

林老師，要是升了重點，每個教師的待遇都會有提高。妳讓農民子女來咱學校，妳是做了好事，可損害了大家的利益，別人會咋想？為啥先進模範總是牆裡開花牆外香，就是這個道理。林老師，我是為妳好，聽我勸，還是安心把本職工作做好，社會上的事，妳解決不了，得讓政府去解決。聽說，妳把年級組長搞的學生星級管理活動取消了？

是啊，有評「三好」的活動了，沒有必要再搞星級評比。

妳跟年級組長商量了嗎？

沒有。既然讓我當班主任，班裡的事我就不想麻煩領導了。

理可以這麼說，但為人處世不能這樣做，換了妳，妳會咋想呢？

那我跟年級組長解釋一下。

妳都在班裡宣佈了，先斬後奏就更不好了，這事，我幫妳解釋了。否定別人的東西，要特別謹慎。

謝謝校長關心。

林佳玲鬱悶地向校長告辭。事情不過就這麼一說，可消息像長上了翅膀，立即在全校傳開。

崔靜聽說林佳玲要接收農民孩子來城北中學上學，還把年級組組長搞的星級管理也取消了，她覺得她真是吃飽了撐的。

9

桑拿包廂休息室的床上四仰八叉躺著路富根和路紅旗，他們蒸完桑拿，正躺在包廂裡享受著足底按摩服務。路富根給路紅旗點上菸，路紅旗美滋滋吸了一口。

富根啊！學校看樣能保住。

路富根喜不自禁，市長同意不撤？

很可能不僅不撤銷，還要給你們撥救災款，還要發動各界支持你們！

路富根喜形於色，呼地坐了起來，哥！你真偉大！

路紅旗慢條斯理地說，正式檔還不知道咋下，到時候局裡會通知你的。

路富根非常得意，要是這樣，不等於搧了伍志浩他們的耳光，他們肯定不會積極的。

路紅旗又給路富根出主意，你得早作準備，一旦批覆下達，你得有所行動啊！

路富根側起身子，哥，要我幹啥你說。

人大主任找了市長，市長是有理由下臺階了，可他心裡肯定不會太舒服，說起來是否定自個兒的批示，當領導的心裡能舒服嗎？

路富根有點擔憂，那咋辦？

我不是要你學乖嘛！你得想辦法讓市長心裡舒服。

讓市長舒服？請他吃飯？

笨！他能吃你的請啊！

是笨。

這哪是讓他舒服，你這是要他難堪！

對對對，臭招！路富根搧自個兒的耳光。哥你支招。

我再教你一招。

哥，你快說，啥招？

路紅旗又開始賣弄，還是一個字。

啥字？

哄。

哄？哄小孩子那個哄啊？

是啊！領導也是人，也有生氣的時候。

領導生氣不是想訓誰就訓誰嘛！

領導也有那種不能訓人的氣，人大主任是老市長，讓市長否了自個兒的批示，他就不好隨便朝人發火，那就需要下面的人哄哄他。

你是說讓我想辦法哄哄市長？

是的。

領導這麼高官，又這麼高明，我這笨嘴拙舌，咋哄得了他呢？

我看你是真傻，你的話能哄得了他嗎？

是啊，那咋哄啊？

哄，也是一種做人的技巧，是讓領導心裡舒服的技巧！

哥，你知道我這豬腦子，你就別繞彎了，直說讓我幹啥吧。

你不是發動學生家長給人大主任寫了信嘛！你再發動學生給市長寫信啊！

學校不撤了，還寫啥呢？

感謝啊！歌頌啊！給市長歌功頌德啊！你把這信一寫兩份，寫給敬愛的市長，一份直接寄給市長，一份給我，我讓《平海日報》登出來，這不是市長的政德嘛！他能不高興嗎？

路富根連連點頭，對對對，你看我這豬腦子。

一接到正式通知，你就在學校門口搞點氣氛。

放鞭炮？

放你個屁！

那放啥？

不是放，要貼。

路富根不解，貼？貼啥？

貼標語啊！字要大，一個字一張報紙那麼大，用紅紙，寫白字，請人寫，寫好一點。

寫啥呢？

路紅旗思考著，學校大門口，一邊一條。一條寫擁護市政府決定，堅決辦好城北民工子弟學校！還有一條嘛，寫獻愛心助教育，感謝各界關心支持幫助民工子弟上學！

10

路富根喜氣洋洋地進了辦公室，立即吩咐劉玉英。

劉主任啊！今天他說話都特別客氣。你趕快去辦，把學生都集合到院子裡！

劉玉英不知道發生了啥事，出啥事啦？

好事，好事哪！市長同意咱們學校不撤銷了，還要動員各界支持幫助咱們。要派工作組來咱們學校考核。

劉玉英疑惑不解，既然不撤銷了，還來工作組幹什麼？

這回跟上回不一樣，上次是來整撤銷材料，這次是來確定幫助的方案，我要給學生們訓話。
劉玉英站在那裡沒有動，她好像有事。
你咋還不去啊？
劉玉英為難地說，我們趙漢山，教不了書了。
路富根瞇起眼看劉玉英，很有些不滿，劉玉英啊劉玉英，妳憑良心說，我對你們夫妻咋樣？
路老闆，我們挺感激你的。
上次的醫藥費我給了吧？補助費也給了吧？萬把塊錢哪！還嫌少？
不是為這，是我們老趙的身體不行了。
他咋啦？
受傷後沒得到及時治療，他的肺結核又犯了。
路富根警惕起來，妳的意思是，我還得讓他再住院治療？
我不是這意思。我一直在給他買藥打針，可這些日子開始吐血了。不能讓他再來學校教書了，要是傳染給學生就不好了。
路富根沒說話，仔細地看著劉玉英，他突然發現，劉玉英還很年輕，而且很有幾分姿色，尤其是她的身材，該鼓的地方都鼓著，該凹的地方都凹著，看到這，他的話就軟了許多。妳要是這麼想，還算有良心。既然這樣，那就別讓他來上課了，好好在家養病，我再給他點補助，有啥困難，妳跟我說。
謝謝路老闆。
劉玉英離開路富根辦公室。
路富根耀武揚威地出現在城北民工子弟學校大院子時，全校三百多學生都站在了院子裡。隊伍高高低低，歪歪扭扭，小學、初中混雜一起，個兒高的超過了一米七，矮的上公共汽車還不用買票。路富根看著面前三百多學生，隊伍儘管不那麼齊整，人也一個個不那麼精神，但他卻還是很有成就感，這是他的學生，這學校是他辦的，老子只上到小學，小時候見到校長腿都哆嗦，今天老子也當校長了。他端著架子走到隊伍面前，站在地上覺得不夠高大，扭頭對旁邊一位老師吼：搬兩把椅子來！

路富根把兩把椅子擺到一起，他踩了上去，高高在上地對著全校學生亮開了他的公鴨嗓。

同學們！今天，我要跟大家隆重地說一件事，這件事，關係到你們一輩子。

學生們好奇地看著站在椅子上說話的路富根，他們對他說的話一點不感興趣，人站在那裡，心不知在哪裡飛。路富根面前的兩個學生在嘿嘿地笑，路富根看到了，他低下頭來，很生氣地吼，你們兩個不好好聽講話笑啥?!

一個學生說，你下面。

路富根低下頭看，他很火，我下面不是你們兩個嘛！

另一個學生說，你下面褲子。

路富根再低頭看，是他沒拉上拉鍊，露著裡面的花褲頭，他一邊拉拉鍊一邊說，狗日的，講話不好好聽，專門看那裡。接著他又放開公鴨嗓吼起來。

現在！我要告訴你們一個好消息，市長親自批准了，咱們的學校不撤銷了！你們說要不要感謝市長啊！

學生們有的喊，要感謝！有的喊不知道。

要感謝！市長關心我們咋不要感謝呢？上面明天就要派工作組到咱們學校來調查，他們調查是要幫助咱學校解決困難，幫咱解決困難。幫咱解決困難好不好啊？

全體學生說，好！

對！那咱們就要讓他們知道咱們有啥困難。你們要記住，一，要想上學，就要誇咱們學校好；要是不想上學，想回你們農村老家，你們就說不好！明白了嗎？

學生說，明——白——了！

不光是說好，還要訴苦，說咱們學校缺的東西，啥籃球架啊！乒乓球臺啊！課桌椅子啊！就是要跟工作組要錢，有了錢，咱們就能把學校建得更好！知道了嗎？

學生說，知——道——了！

路富根說，為了感謝市長對咱們學校的關心，學校起草了一封給市長的信，大家在信後面簽名，解散之後，一個班一個班地簽。簽完名，咱寄給市長，市長會更支持咱們！

路富根給全校學生訓完話，公鴨嗓子更公鴨了。他親自拿著大紅紙寫的標語，指揮著劉玉英等幾個人兩人一組兩人一組在學校大門口的牆上貼標語。一個人往牆上刷糨糊，一個人往牆上貼，一張對開的紙一個字。路富根在一旁監督，看他們貼得正不正。

路富根說，政府的政往上翹了！右邊往下一點！

劉玉英趕緊下一點。

標語貼好了，學校大門左側的標語是，擁護政府決定，堅決辦好城北民工子弟學校！學校大門右側的標語是，獻愛心助教學，感謝各界關心、支持、幫助民工子弟上學！

路富根兩手撐著腰看著牆上的大標語，得意洋洋。

11

方卓然終於把林佳玲弄回到床上，睡進了一個被窩。夫妻倆再氣再恨，只要兩口子能摟到一起，抱到一起，親到一起，睡到一起，多大的氣，多深的恨，一做那事，一切都煙消雲散滅。他們的事情算是壓下來了，但這件事並沒有在兩個人心裡完全消除，它在雙方心裡劃下了一道深深的痕印，觸到它還會隱隱作痛。其實兩個和好都有些勉強，為了婚姻，為了名聲，為了這個家，都委屈自個兒作了讓步，把心裡的東西硬壓住沒再堅持，真正和諧還需要時間，需要雙方好好修補。

方卓然這幾天搜腸刮肚一直在尋找修補感情的機會，機會終於來了，林佳玲生日到了。方卓然打算好好利用這個機會表現一下，沒想到有案子在外地開庭，他得出庭，必須提前一天去做準備，事情碰得巧，他出差的這天恰恰正是林佳玲生日。

出庭是大事，他不能不去，也沒法推遲，他也沒權更改，法院不會聽他指揮。生日更不能改日，他只能另想辦法。於是他讓凱瑞訂了晚上最晚一班飛機，讓康妮幫他辦了三件事，買一束百合花，特別交代百合花要白色，只中間一支是粉紅色；訂一個蛋糕，蛋糕上寫佳玲生日快樂；再買一輛女式電動自行車，要暗紅色。

康妮領受任務後，詭祕地一笑，和好了？

方卓然笑笑，還要作些修補。

老闆，百合花和電動自行車的顏色這麼刻意要求，能不能透露一點其中的含義，讓我也長點知識。

方卓然微微一笑，這是男人的事，對妳來說作用不大。百合，百年好合嘛！白的裡面要一朵粉紅色，那叫百（白）裡挑一。自行車要紅色，這是女士的象徵，暗紅是林老師的性格，她內向，不喜歡張揚，追求光而不耀。

康妮十分驚訝，哎喲喲！這麼多學問啊！

那就勞駕了。

方卓然早早回了家，他要給林佳玲一個驚喜。

方卓然先把那輛暗紅色電動自行車推進客廳，擺到客廳中央。然後拿起那束百合花放到車筐裡，再解下車座上綁著的那一盒蛋糕，放到了餐桌上。

方卓然紮著圍裙，親自下了廚房，殺魚、洗蘿蔔，又從速凍櫃裡拿出一盒雞翅。他已經打算好了，他要做一個沙鍋蘿蔔絲燉鯽魚，再做一個可樂雞翅……

方卓然做好晚餐，再試音響。他在辦公室已經複製了「生日歌」，他將製作好的光碟插入CD機，客廳裡立即響起「生日歌」。

做好這一切，方卓然看客廳的鐘，已經是晚上七點，林佳玲還沒有回來，方卓然有些急。他的手機突然響了，方卓然急忙接手機。結果是凱瑞電話，凱瑞告訴他該上機場了，要不就晚了。

方卓然收起手機，先將CD機設置到連續播放上，把音量調低，屋裡彌漫著輕柔而富有情意的「生日歌」的歌聲。他再把電動自行車放到客廳中央，把鮮花和蛋糕放到餐桌，把做好的菜也都封上保鮮膜。方卓然準備好這些，拿出一張信箋，給林佳玲留了言。一切準備停當，他才拉起小行李箱出門。臨關防盜門時，他又回望家裡，把客廳的中央吊燈開到低檔，燈光柔和的客廳裡，響著柔和舒緩的「生日歌」歌聲。一切令他滿意後，他才關上了防盜門離開。

12

林佳玲忘了今天是生日，她從來沒把生日當回事，她哪知道方卓然在等她回去過生日，林佳玲被伍志浩指名抽到教育局民工子弟學校考評工作小組，小組一共五個人，伍志浩任組長。考評小組的任務是貫徹落實市長批示，對全市民工子弟學校進行一次全面考核評估，據實向市政府提出解決民工子弟上學難的意見。

他們去的第一所學校就是城北民工子弟學校，路富根早早在學校大門口迎接他們。伍志浩跟路富根說明了這次考評工作組的任務，要路富根好好配合。路富根知道上面有了文件，知道他的學校撤不了了，心裡有了底，他就顯得十分大度，要他們實事求是，如實考核評估，向市領導如實彙報。

林佳玲和一名男老師負責考核評估初中教學情況，他們一起先與民工子弟學校的教師進行座談，瞭解情況。他們找的第一名老師是教語文的男老師，小夥子三十來歲，挺自信。

你教啥？林佳玲問。

初中語文。男老師答。

你是啥學校畢業？

初中。男老師不好意思。

初中畢業教初中，你感覺咋樣？

還行吧，我是很喜愛文學的，看過許多名著。男老師十分自信。

都讀過哪些名著？

美國的、法國的、俄羅斯的，反正看了不少。

都讀過哪些作家的作品呢？

嗯，高爾基的《鋼鐵是怎樣煉成的》、巴爾扎克的《基督山恩仇記》、還有法國誰的《復活》，反正看了好多好多，都記不住了，這些書，我家裡有一紙箱，都是咱們國內名畫家畫的。

男組員忍不住了，畫的？你看的是小人書吧？

是名著連環畫，不光有文字，還有圖畫，好讀好記。

男組員說，看小人書不叫讀名著。我告訴你，《鋼鐵是怎樣煉成的》的作者不是高爾基，是奧斯特洛夫斯基；《基督山恩仇記》的作者是大仲馬，不是巴爾扎克；《復活》是俄羅斯作家托爾斯泰的作品，托爾斯泰不是法國人。

男老師有些臉紅，看的太多了，記混了……我最喜歡《復活》了，那個吉卜賽姑娘真慘，這麼美麗，卻讓那個醜八怪給弄死了，死了還跟她睡一起。

林佳玲忍不住也笑了。

男組員有些不高興，你是咋看的？《復活》裡居然會有吉卜賽姑娘？是不是《巴黎聖母院》？

喔，對，我是看電影的。

艾斯米拉達也不是敲鐘人弄死的呀！

我記得很清楚的！他不是一直癩蛤蟆想吃天鵝肉嘛！他把她弄死了，把她拖到地下室，摟著她一起睡的。

你就這麼教語文啊！這不誤人子弟嘛！

林佳玲和男組員找老師們座談完，一起組織初中班測驗。許多學生看著卷子一籌莫展。林佳玲意外地發現郭小波、夏青苗等幾個同學基礎很不錯。

如果林佳玲批完測驗試卷就離開城北民工子弟學校回家，要是路富根不胡攪蠻纏，她是能碰上方卓然的，也不會給方卓然留那麼多遺憾，但林佳玲沒能立即離開城北民工子弟學校。不是林佳玲不想離開，是路富根耽誤了時間，再加上郭小波和夏青苗他們又找她。

林佳玲批完卷子分數一統計，除了郭小波和夏青苗幾個學生成績還說得過去，其餘都不及格，平均分數不到五十分。伍志浩和工作組的同志一起跟路富根重新見了面。

路富根開始叫屈，算帳給他們聽，說他集資蓋房辦這所學校欠了多少債，一年利息要多少，他要多少年之後才能收回成本，還說別以為只有他們才關心民工子弟上學難，真正幫助民工兄弟的是他路富根。最後他很不高興地表態，想咋彙報就咋彙報，領導支持我們一塊錢，我們不嫌少；幫助我們一百萬塊，我們也不嫌多；能幫就幫，不能幫我們也不埋怨。上面咋決定我就咋辦。領導說路富根你不要做好事了，那我就不做唄；領導說路富根你不要賠錢賺吆喝了，那我就謝謝領導。沒有問題，咋決定我都堅決擁護……

伍志浩不管他愛不愛聽，等路富根發完牢騷，他還是把要說的話當著路富根的面說了。會議結束，已經六點半多了。林佳玲隨著他們一起走出會議室門，郭小波、夏青苗和幾個同學立即迎了過來。他們除了想知道測驗的分數，更想請林佳玲幫忙，讓他們到城北中學上學。

郭小波心事重重，林老師，在這裡上學，幾乎等於自學。我們能不能上你們城北中學去上學？

林佳玲說，上次我已經向學校領導反映了你們的請求，看來不行，你們的義務教育經費在老家。這次來考核，教育局會想辦法提高學校教學品質的。

夏青苗說，就這些老師，咋提高啊！

另一個同學說，沒有義務教育經費，我們可以交學費啊！

他們一起走出城北民工子弟學校，林佳玲發現伍志浩在等她，郭小波和夏青苗他們也不好再耽誤老師，都依依不捨地跟林佳玲告辭。

伍志浩騎摩托車送林佳玲回家，林佳玲坐在後座，兩個人為這些孩子的事爭論了一路。林佳玲要伍志浩趕快想法增加師資力量，如果不提高教學品質，這幫孩子都要被耽誤了，太可惜了。

兩個一路討論著到了林佳玲家。林佳玲請伍志浩上去看看，伍志浩倒也想看看方卓然。林佳玲打開大門，屋子裡傳出「生日歌」的歌聲，客廳裡灑滿柔和溫暖的燈光。林佳玲和伍志浩兩個都愣了。伍志浩跟著林佳玲進了屋。客廳茶几旁放著一輛嶄新的電動自行車，餐桌上那百合花格外鮮豔美麗。

伍志浩一下反應過來，今天是妳的生日？

林佳玲一怔，哎喲，我都忘了。

兩個人進屋不見方卓然。

林佳玲笑了，以為方卓然在搞惡作劇，林佳玲放下包輕輕地喊方卓然，屋裡沒有回音，林佳玲奇怪人咋不在家。林佳玲拿起遙控關了音響，她來到電動自行車旁，再看那束白百合花，簽上有字，佳玲，祝妳生日快樂！妳是百（白）裡挑一。林佳玲看到了餐桌上的蛋糕和做好的菜，蛋糕盒上有一封信。林佳玲放下花，拿起了信，拆開看。

佳玲，

今天是妳的生日，本想與妳共度，但我要出差去外地，有案子要開庭。九點的航班，不能再等了。妳只好單獨過了。佳玲，調回平海，我原想拿一點時間和精力，好好經營一下咱們的家庭和情感生活，我們該有孩子了。這次出差，又要錯過機會了。

咱們兩個，對家庭之外的事情都太忘我，太執著，說起來人家也許不會相信。這倒並沒有啥不對，但對我們夫妻來說不好，妳調來後，心情可能一天都沒有輕鬆過，我也不好。當然主要是我的責任，但我們都需要調整。外面的事情做得再好，夫妻感情搞糟了，是人生最大的失敗。

佳玲，請妳原諒，我沒能給妳愉快與溫暖。妳不想要摩托車，我給妳買一輛電動自行車，表達我一點心意，願妳喜歡。

我要走了，回來再見！

卓然。即日晚

林佳玲讀完信，兩行熱淚湧出，落到信箋上。林佳玲流著淚摸出手機，按了方卓然的手機號碼，手機回音，對方已經關機。

伍志浩發現林佳玲很難過，他有了一種當大哥的責任，卓然走了，當大哥的，我代替卓然給妳過生日！

伍志浩在蛋糕上插上蠟燭，打著打火機，點亮蠟燭。然後打開音響，屋子裡迴響著「生日歌」的音樂。伍志浩快樂地拍著巴掌唱生日歌，林佳玲被伍志浩感染，也拍著巴掌一起唱生日歌。林佳玲雙手合十，閉上眼睛，許了個願，然後吹蠟燭。伍志浩打開一瓶紅酒，倒了兩杯酒，然後端起酒杯。

佳玲，代表卓然，也代表我，祝妳生日快樂！

林佳玲微笑著端起酒杯與伍志浩碰杯，謝謝！

兩人一起乾杯，吃菜。

沒想到卓然的手藝現在這麼好。

林佳玲很內疚，他是被逼出來的，這七年，他幾乎是一個人獨立生活，我們在一起的時間太少了，作為妻子，我真對不起他。

說到這，咱也不是外人，我真得勸你幾句。

你是大哥，有啥話就說。

天底下，像妳這樣的妻子真是不多。

你這是批評我還是表揚我啊？

批評也表揚。妳有才能，做事執著，妳秀美，妳善良，別說百裡挑一，是千里挑一，萬里挑一。

別拿我開玩笑了。

不是奉承，我說的是實話。但是，妳最大的不足也是男人最不能接受的，妳不能算一個賢慧的妻子。

作為妻子，我是不夠稱職。

不是不夠稱職，而是極不稱職。

林佳玲一怔。

卓然找我，要我幫忙把妳調回平海，妳知道他是咋跟我說的？

他說啥？

他說結婚七年，他感覺一直跟打光棍一樣，連個孩子都沒有，下班回到家，孤身一人，一點沒有家的感受，要不是對妳感情深，他早犯作風錯誤了。

林佳玲一驚。

伍志浩的手機響，伍志浩接電話，哎呀！老婆，對不起，忘記告訴妳了，我吃了晚飯回去。伍志浩收起手機，繼續說，人都想有個完美的家庭，妳聽我一句勸，妳也應該來個重點轉移，教學妳已經輕車熟路，用不著費多少心；社會的事情不是妳的責任，妳應該把精力多用點到家庭生活上，儘早生個孩子，好好過日子，這才是正經大事。卓然說得對，外面的事情做得再好，夫妻感情搞糟了，是人生最大的失敗。

林佳玲一片茫然，我是不是不該管民工子弟那些事？

是的。這種可管可不管的事還是不管為好。

我能見難不幫嗎？

見死要救，見難可以幫，但不必像妳那樣，把誰的事都當自個兒的事來做，人家不會理解妳，妳累死了都沒人同情。

林佳玲只能苦笑，感歎，碰上需要幫助、自個兒也能夠幫助的人，誰能不伸出雙手？碰上社會的不良風氣，只是抱怨、牢騷、指責，有啥用呢？難道不應該想想個人該做啥？自個兒又做了啥？

我承認，現實社會的大多數人不會去做壞事，也不做犯法的事，但對社會也缺少責任感，對人也缺少熱情。可憑妳一個人是改變不了的。

林佳玲把伍志浩送出門。回到屋裡，心情反而沉重起來。她走上陽臺，朝窗外凝望，西面是富人生態區，高樓林立，霓虹燈，五顏六色，燈火通明，勝似天堂。東面近處，一片黑暗，在漆黑中隱約能看到低矮的小樓、平房、民工的窩棚。黑暗中，燈火星星點點，讓她思緒萬千……

林佳玲一下想起小時候跟著媽媽隨著父親走進軍營裡。父親肩扛著箱手提著包，媽媽也是大包小包。父親領著他們走進一個舊筒子樓，樓道裡一片髒亂，各家各戶的門口都放著煤氣灶，過道兩邊都堆放著雜物，中間的過道勉強走過人。父親放下包，打開房門。他們一家三口只有一間小屋。林佳玲關心的是自個兒的床，爸爸，屋子這麼小啊！我的床放哪？

父親說，玲玲，妳跟爸爸媽媽一起睡，等以後有了房子，一定讓妳住單間。

林佳玲說，媽媽，還不如咱們老家的房子多，咱們還是回老家吧。

媽媽說，玲玲，不要怕苦，天底下比咱們更苦的人還有好多好多呢！

林佳玲看著樓下那一片昏黃稀疏的燈火，滿腹惆悵……

13

路紅旗在電話裡給路富根下了一點毛毛雨，上面很可能撥救災款二百萬！幾家大企業捐助二百三十萬，一共四百三十萬哪！路富根高興得恨不能叫路紅旗爹。

路富根立即提著補品去見路紅旗，路紅旗倚躺在沙發上抽菸，一看路富根又拿著一些補品來看他，心裡很不高興，你小子把我當啥啦，拿些蒙人的東西來打發我。儘管是兄弟，這話也說不出口。他只好換個角度告誡路富根。

富根啊！以後不要買這些東西，騙人的假貨多，別浪費這種錢。

路富根這方面並不傻，聽話聽聲，鑼鼓聽音，他明白了路紅旗心裡那意思，知錯道，哥，以後我給你打卡上。

路紅旗看事情已經說破，就有些不夠體面，他就只好順著他剛才告誡的角度圓滑一下，我無所謂，自家兄弟，還計較這些幹啥呢？我是說跟別人打交道要注意，別花錢不落好，如今最實惠的還是錢。

哥，我知道了。

路紅旗立即轉換話題，富根，聽說這救災款只能撥到教育局，說村委會是主辦單位，要村委會掌握開支，局裡管理。

路富根心裡涼了半截，到他們手裡，我不是空歡喜一場。

不會。這是專項經費，主要還是捐助你們學校的，不准扣留，不過要由主管部門監督協調使用。讓他們一監督一協調，就到不了我手裡了。

你呢，實實在在做好使用計畫，比如重蓋倒塌教室，新添教學設備，做課桌椅子，搞半自動黑板，增添體育鍛煉器材，還有死傷師生的醫藥費啊，先把他們的嘴捂住。專案立細一點，就照著四百三十萬列，計畫做超一點也不要緊，做成四百五十萬。

路富根不住地點頭。

回去你先別露，只當不知道，等局裡找你，你立即拿出計畫，要是讓他們先拿計畫就被動了。

哥，知道了。

路富根兔子一樣竄回學校，一到學校立即把劉玉英幾個叫到辦公室佈置任務，給他們分工分項，連夜搞學校建設計畫，要求所有專案，價格要貨真價實，要經得起上級審核，明天一早就交給他。交代完任務，他又把劉玉英留下，劉玉英不知道他還有啥事要交代。

你安排人印一個預收下學期學雜費的通知。

劉玉英疑惑地問，提前收下學期的？

是。這段時間，學校一會兒撤銷，一會兒又不撤銷，搞得人心很亂，學校不撤了，咱提前收下學期的錢，等於以實際行動落實了政府的決定，可以穩定人心哪！這也是安定大局哪！

劉玉英明白了他的用意，她覺察，路富根鬼心眼真多。劉玉英非常同情民工們，不是很積極地答應了一聲就往外走，劉玉英的態度讓路富根看出來了。

又不收妳家的錢，咋有氣無力的？

沒有啊。

路富根故意關心，趙老師的病好點了嗎？

好啥呀！還吐血。

沒住院啊？

這種富貴病，誰住得起啊！

有困難就說。

劉玉英看了看路富根，沒開口。

收費的事抓緊，要不人心會浮動。

知道了。

教育局接到市政府檔，伍志浩立即去找了村支書。上次官司輸了，村支書一直覺得對不起伍志浩和民工，見他來到，十分客氣。伍志浩讓村支書看了檔，把情況作了介紹。伍志浩交代了這錢的具體管理使用辦法，錢主要歸民工子弟學校使用，其中三百三十萬修繕城北民工子弟學校，一百萬補助其他民工子弟學校。城北民工子弟學校的款由村委會管理，局裡監督，這錢咋使用村委會和學校商量拿個方案報局裡。

村委會通知路富根開會，說研究撥款捐款使用方案，路富根一聽，哐啷就掛了電話。他一口氣竄到村委會，闖進屋就吼了起來，你們想幹啥？我哥說了，這二百萬撥款，二百三十萬捐款，是專門捐給我們城北民工子弟學校的！你們想剋扣，我到市長那裡告你們！

村支書一點沒著急，他慢悠悠地問，富根啊，有理不在聲高。我問你，路紅旗他代表哪級政府啊？

路富根急了，他、他，他是老市長的司機！

屋裡的人都哈哈大笑。

村支書問，照你這麼說，他這司機，想要當政府的家啦？

路富根急了眼，你們這是想剋扣，想挪用，我要告你們！

路富根急眼，村支書反更沉得住氣，他問，你連我們的使用方案都沒聽，咋開口就說我們挪用、剋扣，你有證據嗎？

路富根自覺沒理，他絕不能服輸，就算有方案，那也是矇騙上面，我還不知道你們，就算有帳，肯定也是造的假帳！

坐在一邊的伍志浩，一直沒開口，聽到這時，他開了口。

伍志浩問路富根，路富根，我問你，城北民工子弟學校是不是趙家墳村委會主辦的？

路富根又急了，你這是公報私仇，官司輸了拿這事來報復！

伍志浩再問，學校是村委會辦的，村支書是法人，這是不是你在法庭上說的？這是不是你們出具的證據？啥叫法人，啥叫主辦，他們的權利是啥，你好好地去學學。監督協調捐款使用，是局裡的責任。計畫必須經村委會集體討論，帳目要全部公開，誰也別想從中牟取私利！你要願意打官司，我可以繼續奉陪。

路富根傻了，一句話也說不出來。他無理可辯，又感覺寡不敵眾，吼了一聲我就是不同意，轉身跑出了村委會辦公室。路富根跑出村委會辦公室，立即掏手機給路紅旗打電話。

路富根帶著哭腔，哎呀我的哥哎！不得了啦！他們把錢都截走啦！

路紅旗一聽也蒙了，別急，好好說，咋回事？

教育局那個處長伍志浩，讓村委會做了撥款捐款使用方案，教育局一下抽走了一百萬，光給死傷師生撫恤加醫藥費就拿出近五十萬哪！蓋教室、做桌椅板凳還必須由村委會找施工隊，由他們買材料！我啥也撈不著啦！

路紅旗也十分意外，但他清楚，人家是公事公辦，合理合法，他無法與他們抗衡，只好勸路富根，要這麼弄，事情就不好辦了。撫恤費、醫療費是要給的。退一步說，教室蓋起來，桌椅板凳做起來，還不是你的……

我要那破房子破桌椅板凳有啥用啊！到時候領導一不高興了，一句話學校就撤了，桌椅板凳只能當柴火啊！

行動還是晚了，該早點把村委會和伍處長的嘴堵上啊……這回就算了吧，小不忍則亂大謀。事情已經這樣了，你也別跟他們作對，想辦法出錢落好唄……

第二天，林佳玲上班就被校長叫去，她走進王海清辦公室，見路富根坐在那裡，她實在不想跟這種人打交道，只當沒有看見。

校長，你找我？

王海清還沒說話，路富根倒先站了起來，他一副慈善家樣子，林老師，是我找妳，我給妳送錢來了！

林佳玲皺起眉頭，錢？

妳不是給我們學校住院的學生付了醫藥費嘛！我這人最講義氣，捐助款一到，我做的第一件事情就是給受傷的師生發撫恤金，救災款一共才二百萬，我一下拿出五十萬做撫恤金付醫藥費。夏紅雲一人就給了五萬哪！這是六萬塊醫藥費。妳打個收條就行了。

林佳玲沒有接錢，醫藥費沒有六萬塊，我那裡有發票，該多少是多少。

路富根充大方做好人，我知道。衝方律師的面子，我咋也得表示點感激之情哪。

林佳玲還是沒接錢，我知道，這是企業的捐款，要是你的錢，我一分錢都不接受。你也別拿捐款充大方，照發票給就行了。

林佳玲說完轉身出了王海清辦公室。

路富根拿著錢僵在那裡，嗨！這人，狗咬呂洞賓，不識好人心哪！

林佳玲放學回家，心情很好，醫藥費終於落實，城北民工子弟學校不撤，郭小波和夏青苗他們上學也有了著落。她做了兩菜一湯，還燜了米飯。做好飯，她想起今天還沒給方卓然打電話，她撥方卓然的手機，結果手機關機。林佳玲正準備吃飯，門鈴響。林佳玲以為方卓然回來了，立即去開門。打開門，站在面前的不是方卓然，而是伍志浩。

林佳玲有些意外，伍處長，是你啊！我還以為卓然回來了呢！

伍志浩一臉沉重地進了屋，他該回來了吧。

沒來電話。

妳沒打電話？

昨天打了，他只簡單說了開庭情況，沒說回來的事，剛才打，關機了。你吃飯沒有？

沒有啊。

我剛做好，在這兒一起吃吧。

好吧。

林佳玲給伍志浩盛了一碗米飯。伍志浩從廚房洗了手來到餐桌。

林佳玲問，喝白酒還是啤酒？

卓然不在，不喝了吧。

想喝就喝，卓然不在我陪你啊！

妳能喝白酒？

白酒不行，可以喝啤酒啊！

那就喝杯啤酒吧。

林佳玲從冰箱裡拿出一瓶啤酒，拿出兩只啤酒杯，我再加個菜。

伍志浩阻止，行了行了，別麻煩了。

我只準備一個人吃的，再拍個黃瓜。林佳玲立即進了廚房。

伍志浩喊，別複雜啊！一複雜我就坐不住了。

立即就好。

伍志浩開啤酒，一人倒了一杯。林佳玲把拍黃瓜端了出來。

伍志浩端起杯子，兩人碰了一下，喝起來。

醫藥費給妳了？

給了。剛才進門，我看你咋一臉沉重？

我到今天才鬧明白，城北民工子弟學校一會兒撤，一會兒不撤銷，都是路富根他那個堂哥搞的鬼。

他堂哥是幹啥的？

人大主任的司機。

一個司機有這麼大能力。

現在領導的祕書司機也會玩權術。

他這麼神啊！

我們一天到晚做些啥破事！市長讓撤銷，家長不答應；管理的角度不撤銷不行？可撤銷了，農民工子女就沒學上。我們咋做都是錯誤，真沒勁。

倒楣的還是這些民工的孩子。像郭小波、夏青苗這三百多孩子，隨著父母從農村來到城市，如果能進一所好學校上學，他們的人生命運或許從此就改變了；但是如果連上學的機會都不給他們，他們不知道會走向何處——

大門傳來了開門聲。林佳玲和伍志浩扭頭看，方卓然已經走進屋子。林佳玲和伍志浩立即放下筷子迎出來。

卓然，你回來啦？

方卓然看林佳玲和伍志浩成雙成對一起從餐桌邊走來，他不禁一怔。林佳玲過來接方卓然的行李，悄悄地說，我打電話你關機，回來咋也不告訴一聲？

方卓然心裡有點醋意，妨礙你們了嗎？

林佳玲心裡咯噔一怔，她抬頭看方卓然。

伍志浩走過來，卓然，快洗手，咱喝兩杯！

方卓然十分冷淡，我現在沒有食欲，你們吃吧。

方卓然轉身拉著拖箱進了臥室，伍志浩和林佳玲被閃在那裡，十分尷尬。

第四章

坎

（下坎上坎）
習坎，有孚，唯心亨，行有尚。
《彖曰》，「習坎」重險也。水流而不盈，行險而失其信。

——《周易》

注：坎，八卦之一，象徵水。
《坎》卦，《坎》卦有重重險難之象，但只要心懷誠信，且思想亨通，努力前行必受尊敬。
《彖傳》說，所謂「習坎」，就是重重險難的意思，水向前流，灌不滿坑坑坎坎，行走在險境而不喪失誠信。

1

清晨，老天下起了綿綿細雨，雨絲密密匝匝，如絲如線，細雨把世界浸潤得十分陰冷。趙一帆家裡沒一點生氣，跟屋外的天一樣陰冷。趙一帆正值荳蔻年華，她一點也沒冷的感覺，獨自在小餐廳裡吃著早餐。

趙漢山一聲急似一聲的咳嗽傳進小餐廳，趙一帆一驚。她立即端著稀飯碗走進父母的房間。趙漢山臉色蠟黃，側身趴在床沿邊，止不住地咳，咳著咳著，一攤鮮紅的血吐到地上。趙一帆手裡的稀飯碗跟著掉到地上，她嚇得臉變了色，撲過去扶住父親。

爸！爸！你咋啦？媽！快來！妳快來呀！

劉玉英不緊不慢地來到房間，她沒有去看趙漢山，而是撿起了趙一帆掉地上的碗。趙一帆對媽的不以為然非常不滿。

媽！爸吐了這麼多血！

一帆，不是今天的事了，我和妳爸怕影響妳學習，沒告訴妳。妳爸是肺結核復發了，一葉肺已經穿孔，一直在吃藥，妳上學去吧。劉玉英毫不奇怪。

趙一帆慌了，她撲通朝劉玉英跪下，哭著哀求，媽媽，我求妳了，送爸爸到醫院去住院吧。

醫院早去過了，咱住不起，押金要先繳五千塊錢，我們哪來這筆錢，這種慢性病，在家打針吃藥一樣治。

媽，就是借錢也要給爸治病。

已經借三千塊錢花了，一直在打針吃藥。

媽，爸吐這麼多鮮血，一定是加重了，說啥也要立即送爸去醫院看，要不，我不上學了！

林佳玲每天都是五點二十分起床。昨晚，方卓然回來就跟林佳玲鬧了不愉快。方卓然不陰不陽地說，謝謝幫他照顧老婆，讓她開心不寂寞。伍志浩坐不住了，啥也沒說轉身就走了，方卓然送都沒送。

林佳玲對方卓然那小男人樣十分討厭，卓然，你這是幹啥？讓老同學這麼難堪有啥意思？

方卓然反問她，我不難堪是不是？乘人家出差，跟人家老婆喝酒聊天，難道還要感激他不成。

林佳玲看方卓然那樣太討厭無聊，她扭身再不跟他說話。

方卓然卻不算完，妳跟伍志浩聊夠了，哪還有情緒跟我說話。

林佳玲忍無可忍，請你打住，我不想再說下去。

林佳玲轉身去收拾餐桌上的碗筷，兩個人雖然沒分床，但一宿無話。

林佳玲早早站到8（1）班教室門口，「星級管理」讓她取消了，但她還是要抓紀律。她看了一下表，錶針正指七時整。同學們陸續到了學校，林佳玲手裡的學生花名冊很快打滿了鉤。

趙一帆走出醫院，雨仍在密密匝匝地下。正是上班高峰，路上的汽車、自行車、行人潮水一般。趙一帆騎上車，拼命蹬車往學校趕。來到十字路口，正巧趕上綠燈，趙一帆加了把勁，想衝過路口。斜裡一輛左拐的三輪車闖過來，地面有水剎不住車，一傢伙把趙一帆撞倒。趙一帆連人帶車哐啷倒在泥水裡，自行車壓到身上。騎三輪的嚇壞了，急忙下車幫趙一帆扶起車，拉趙一帆。旁觀者看到趙一帆腿上流了血，說騎三輪的，還不送人家上醫院。趙一帆掀起裙子，腿被劃破了，她看了看，傷口不深，只劃破了皮，她啥也沒說，推起車子就走。騎三輪的過意不去，直喊對不起。趙一帆啥也顧不得了，飛車離去……

最後幾個學生有的拿著雨傘，有的拎著雨披，匆匆走來，不好意思地跟林佳玲打招呼。林佳玲看了一眼花名冊，全班的學生都到齊了，唯獨不見趙一帆。林佳玲看表，眼看就到上課時間，她十分焦急，往樓下的學校大門看。雨還在下，學校門口已沒人進來。上課鈴響，趙一帆還沒到，林佳玲再一次看學校大門，仍不見趙一帆的人影，林佳玲遺憾地走進了教室。

儘管下雨，但大家都作了努力，除了班長趙一帆，全班同學都按時到校，應該表揚。我相信，趙一帆班長不會無故遲到，她肯定遇到了特殊情況。但是，不管啥情況，遲到就是遲到，班長也不能搞特殊——

林佳玲發現同學們的目光都轉向教室門口，林佳玲轉過身來。趙一帆狼狽地站在教室門口，因為遲到，她自覺地站在門口沒有進來。

妳進來吧。

趙一帆走進教室。

林佳玲繼續講評，取消了「星級管理」，班長帶頭遲到，這是很不應該的。不管妳有啥理由，都是違反規定的行為，我在這裡對趙一帆同學提出批評，希望妳把情況寫在「師生直通車」上，妳入座吧。

全班鴉雀無聲，都默默地看著林佳玲，同時又為趙一帆遺憾，班長從來沒受過批評。趙一帆轉身走向座位，眼睛裡已經含著眼淚。林佳玲看到趙一帆的後背和裙子上都是泥水，她一愣。

林佳玲心痛地問，趙一帆，妳身上是咋回事？林佳玲說著急忙走下講臺，來到趙一帆身邊。趙一帆委屈地哭了。林佳玲發現趙一帆裙子下的腿上有血。被車撞了嗎？林佳玲拉起她的裙子，發現趙一帆腿上受了傷。李莉！妳趕快帶班長到學校醫務室。李莉立即過來，扶著趙一帆去醫務室。

林佳玲回到講臺上，同學們，情況歸情況，遲到就是遲到，違反紀律就應該受到批評。

醫院門診部各診室前的過道裡擠滿了人。劉玉英拿著X光胸片，扶著趙漢山回到內科專家診室，趙漢山已經十分疲憊。劉玉英扶著趙漢山走進診室，把胸片交給了戴眼鏡的大夫，大夫把胸片夾到看片儀器上，打開了燈光，胸片立即顯得清清楚楚。趙漢山漠然地坐在醫生面前，劉玉英擔心地看著醫生。醫生看完X光片和化驗單，放下片子和化驗單。

必須立即住院治療，要作進一步檢查。

啥時間住呢？

這病可耽誤不起，明天正好有床位空出來，今天我先按急診收治。

住院要繳多少押金？

像他這情況，需要繳五千塊。

劉玉英很為難，沒有帶這麼多錢啊。

醫生極富同情心，帶了多少錢？

只帶了一千塊。

床位很緊張，要是錯過，不知道哪天能住上，他的病可一天都耽誤不起。

我得去借錢。

醫生考慮了一下，這樣吧，妳先去繳上這一千塊錢，我按急診先收治，妳去弄了錢，再辦住院手續。

趙漢山情緒低落，上哪去借錢啊！算了，回家吧。

醫生勸說，你可別拿性命開玩笑，你目前的病情，不住院不行。

劉玉英說，醫生，床位給我們留著，今天我們先回去想辦法，要弄到錢，我們明天上午就直接來辦理住院手續；要是弄不到這麼多錢，我明天上午也來配藥，在家打針吃藥。

這病不能再耽誤，還需要進一步檢查，話我都說了，你們看著辦。

2

方卓然清晨醒來，林佳玲已經上班走了，方卓然忽然就陷入了後悔的情緒之中。昨天太衝動了，一衝動，思維就沒法從容，智商急劇下降，想想晚上說的那些話，做的那些事，十分幼稚可笑。出差前借過生日機會精心做的補償，進門就全給砸了。當時的確是痛快了，可這痛快讓他前功盡棄，一切又都回到出差之前，比不補償還退過三分。

方卓然進辦公室坐下沒幾分鐘，伍志浩來了。伍志浩進事務所直接闖進了方卓然辦公室，康妮和凱瑞正在向方卓然彙報工作。方卓然見伍志浩突然來找他，一切都是因他而起，他故意看都不看他一眼。

伍志浩卻不管他那一套，他厲聲說，方卓然！你出來一下！

對不起，我正忙著呢，有事請你到外面等候。

伍志浩更不客氣，少跟我來這一套，我還急著上班呢！你出來一下，我有幾句話說完就走。伍志浩說完也不管方卓然同意不同意，轉身就朝外走。

方卓然看伍志浩的氣比他還大，他本來想藉機出氣，冷落他，但他知道，他要不出去，伍志浩就不會再找他，他們兩個就真的鬧掰了。沒轍，方卓然只好讓康妮和凱瑞等會兒。

方卓然無奈地走出事務所的大門，伍志浩轉過身來，話像刀一樣劈下來，你信任過我嗎？

方卓然迎著伍志浩的目光，過去，我一直很信任你。

伍志浩非常嚴肅，現在，我問的是現在，你還信任我嗎？

方卓然沒有迴避，正在考量，你是否還值得我信任。

伍志浩十分坦率，好，那麼我告訴你，現在我已經不敢再信任你了。

理由呢？

過去我信任你，是因為你坦誠，自小到大，你好勝心強，就算跟我爭吵，也不記仇，一貫如此，你所有的行為是恆定不變的。

現在我依然如此。

不，你已經變了，名利讓你變得十分自私。它讓你失去了穩定的性格和心態，對周圍的人，連朋友，甚至對妻子都漠不關心，只相信自個兒，不相信別人，對一切都懷疑，都淡漠。

那是你的感覺。

是我的感覺，是我把現在的你和過去的你比較之後，產生的這種感覺。不管你是不是還信任我，我都要對你忠告，如果你還愛林佳玲，如果你真的不想失去她，那麼必須給她信任感，只有信任才能收穫忠貞不渝的愛。如果你要是不在乎她了，那麼你就按你現在的心態去為人處世，但你再不要找我，我沒有你這個同學，也沒有你這個兄弟。再見，我上班去了。

伍志浩說完就走向他的摩托車。方卓然若有所思地看著伍志浩，看著騎摩托車的伍志浩遠去。

3

崔靜是語文老師，學校畢業分配來城北中學再沒有挪地方，在城北中學是老資格了。她對教案已經非常熟悉，上課用不著備課。崔靜很放鬆地在8（3）班教室的課桌間走動，一邊走一邊講課，她根本用不著看教案。

戰爭是屠殺人類毀滅世界的魔鬼，可為啥要把孫犁先生的《蘆花蕩》、西蒙諾夫的《蠟燭》等五篇戰爭題材的文章，放在八年級語文的第一單元呢？……

8（3）班教室裡的狀況跟8（1）班是兩種截然不同的景象。崔靜在講課，下面學生在說話、做小動作、睡覺，幹啥的都有。崔靜熟視無睹，繼續講她的課。

之所以第一單元都是戰爭題材文章，因為人類五千年的文明史，實際是一部戰爭史。五千年中，有記載的大大小小的戰爭有一萬四千五百一十三次，平均每年要發生三次戰爭。現在全世界核武器的能量相當於一百八十多億噸梯恩梯炸藥，也就是說，世界上平均每個人的頭上頂著三噸炸藥在過日子。戰爭這個魔鬼並沒有離我們遠去！我們天天都能聽到這個魔鬼的喘息聲……

路海龍在一張小紙條上寫了啥，把紙條揉成團，乘崔靜轉身之際，準確無誤地把紙團扔給了陳英傑。陳英傑接住紙團，看了，仍揉成團，乘崔靜走過去，扔給了徐光宗。徐光宗展開紙團看了，也再揉成團，乘崔靜不注意時，扔給了劉剛。劉剛展開紙團，紙條上寫「睡覺」兩個字，劉剛又把紙團扔給別的學生。教室裡差不多有三分之一的學生都趴桌上睡覺，崔靜依然在認真地講課。

但是戰爭有正義和非正義——

崔靜的話突然戛然而止。順著崔靜的視線可以看到，林佳玲拿著一個筆記本，從8（3）班教室後排的門口走了進來，她輕手輕腳，毫無動靜地坐到了最後一排的空位上。崔靜走上了講臺，放下教案，停止講課，默默地看著後排的林佳玲。崔靜突然停止講課，路海龍反而醒了，他抬起頭看崔靜。陳英傑也抬起了頭，徐光宗抬起了頭，劉剛也抬起了頭，睡覺的人都抬起了頭。全班的學生都看著崔靜，以為那些睡覺的人惹崔靜生了氣。可崔靜一直不發話，盯住了最後一排。於是同學們扭頭順著崔靜的目光一齊看向後排，他們看到了坐在最後一排的林佳玲。

林佳玲面對著8（3）班全體學生異樣的目光，非常尷尬。她站起來朝崔靜點了一下頭，默默拿著筆記本，又悄悄地從後門離開了8（3）班教室。

崔靜目送林佳玲離開，臉上露出一絲不易覺察的微笑，然後繼續講課。

下課後，崔靜在語文教學組辦公室，酣暢地喝著茶。

俞老師神神祕祕地湊向崔靜，十分敬服地問崔靜，妳就這樣愣把她給逼走了？

崔靜不以為然，是啊。

俞老師佩服得五體投地，妳真了不起。

林佳玲手拿著筆記本出現在崔靜辦公室門口。崔靜朝俞老師丟了個眼神，俞老師扭頭，發現林佳玲已站在門口，回過頭來朝崔靜伸了一下舌頭，自說自話，那我上課去了。轉身又跟林佳玲打招呼，林老師，妳好！林佳玲微笑相對。

屋裡只剩崔靜和林佳玲兩個，雙方都有些尷尬。

崔老師，有空嗎？我想跟妳討教一些事情。

崔靜很警惕，她搞不清林佳玲葫蘆裡究竟賣的是啥藥，她分析十有八九是因拒絕她聽課的事，她乾脆攤開，是不是我太過分了，有意見妳說吧。

林佳玲發現崔靜已經把她當做冤家對頭，她想把氣氛緩和下來，和顏悅色地開了口，那是我不禮貌，事先沒跟妳打招呼，擅自闖入，請妳原諒。

崔靜感覺林佳玲十分狡猾，她反處於被動，只能應付，別客氣。

崔老師，我來找妳，並不是為這事，妳是城北中學的老教師了，有些事情得請妳多指教。

客氣啥，有事妳只管說。

我對咱們8（3）班作了一些調查，這個班的生源基礎參差不齊。我們原來的學校試驗過分層教育，效果還不錯，不知咱們這兒有沒有這個考慮？

崔靜一邊聽一邊在琢磨林佳玲的話，她以玩笑的方式應對，林老師，我知道妳是模範教師；妳也知道，我們8（3）班是紀律差、學習差的雙差班，我在教學上有啥問題，妳就直說，用不著拐彎抹角。

林佳玲沒注意崔靜態度的變化，反而真誠地說，我初來乍到，啥情況都不掌握，妳是經驗豐富的老師，我是想解決路海龍這樣一些學生的問題，可是我又沒有好的辦法，想聽聽妳的建議。

崔靜認為林佳玲是變著法故意在考她，她一點沒興趣跟林佳玲浪費時間，冷冷地站起來收拾東西，建議？林老師，妳是不是在考我啊！我這個人只知道做個人分內的事情，從來不去關心別人的事。

林佳玲撞了南牆，崔老師，我是真的希望妳能一起幫我解決路海龍這些同學的問題。

崔靜的諷刺毫不掩飾，林老師的事業心責任心真值得我學習，如今像林老師這麼熱愛事業，關心他人的人快要成國寶了。

林佳玲已感到崔靜完全把她拒之於千里之外，十分苦惱，她克制了，一點也沒有表現出來。但場面冷得她沒法再待下去。

崔老師，妳有事就先忙吧，咱們找機會再聊，打擾了。

林佳玲毫無收穫，走出崔靜辦公室時，她心裡非常難過。她心裡沉甸甸的，腳步邁得少了以往的自信。

4

林佳玲正想去找趙一帆瞭解早晨遲到的事，趙一帆心事重重地來到她辦公室。

林老師，中午我想請假回趟家。

一帆，早上是咋回事？是不是因為撞車受了傷？

趙一帆遲疑了一下，下雨，我起晚了。走得太急，我的英語書和作業本忘在家裡了，中午我想回去取。

咋會搞得這麼匆忙呢？家裡要是有事就跟老師說。

趙一帆不想說，沒有事。

沒有事就好。那妳快去快回，不要耽誤上課，路上小心。

哎。林老師，我走了。

趙一帆走了，林佳玲心卻仍不踏實，趙一帆是班長，她咋會起晚呢？更不會把書本和作業落家裡，肯定家裡有啥別的事。

劉玉英在家走投無路，借錢的事真把她難住了。不借，醫生一再說趙漢山的病再不能耽誤；她認識的人，能有錢借的只有路富根，但她真不想跟他借錢；可不跟他借，趙漢山就住不了院，不住院治療，他的病就要耽誤。掂量再三，實在沒有別的辦法，劉玉英只好硬著頭皮向路富根開口。

劉玉英低著頭站在路富根辦公桌前，路老闆，老趙要住院，我得求你幫個忙。

路富根坐在圈椅裡，兩眼盯著劉玉英，是不是想借錢啊？要借多少？

五千。

路富根似乎有些為難，玉英啊，學校裡錢是有一點，但那些錢都在村委會那裡掐著，倒塌的教室正在重蓋，學校的開支妳也都知道。再說五千塊，這也不是個小數，你們兩口子一時半會兒是還不了的。我掙一點還一點。

那也不是一年半載的事，妳得給我個借給妳的理由呀！

劉玉英一怔，她有些誤解，理由……我不是在你這兒打工嘛！

路富根內心不想借，可又不好拒絕，在我這兒打工的女人不只妳一個，而且都挺困難的，我不借給別人，單單借給妳，總得有個說法呀！

我會盡心盡力為你做事。

嗯，做事嘛，妳還是挺認真的，可是，妳跟我可沒一條心啊！

劉玉英抬起頭疑惑地看著路富根，我從來沒二心啊！

上次，妳不是還跟他們一起告了我！

劉玉英一怔，沒說話。

玉英啊，我是跟妳說著玩，妳還是挺不錯的，我嘛，挺喜歡妳的。妳的困難我知道，這樣吧，妳讓我考慮考慮，中午妳在家等我，要是可以，我把錢帶過去，妳看咋樣？

劉玉英有了為難，中午到我家？

是啊，免得在這裡讓人看見。

你，你開個條子，我直接上會計那兒取不好嗎？

不能這麼辦，會計會有想法的，憑啥借這麼多錢給妳呢？

劉玉英猶豫了一下，但想說的話沒說出來。

我儘量想辦法，妳在家等著我，啊？

吃過中午飯，趙漢山有氣無力蔫蔫地躺在那張破躺椅上，劉玉英在修補趙漢山的一件舊毛衣，牆上那掛鐘像個催命鬼，每一聲滴答都敲在她心口上，不能再拖了，得讓趙漢山離開家，他在家這錢咋借哪？

漢山，你不要老這麼躺著，下過雨，外面空氣新鮮，你出去走走好嗎？

錢要是不好借，就別借了。

能借，還是要想辦法借，醫生還給你留著床位呢！你出去走走吧。

哎，渾身沒一點勁，真不想動。

劉玉英放下毛衣，過來扶他，這樣窩憋家裡更不好，拄著那根拐杖，出去走走。

趙漢山站起來，拄著拐杖一步一步出了屋。劉玉英看著趙漢山被她攆出去，心裡很酸痛。

雨後的街道略顯清靜，沒有那麼多車，也沒有那麼多人，空氣也變得清新。趙一帆的車騎得飛快，街兩邊一排排商店刷刷地讓她拋到身後。趙一帆騎得很專注，她啥也不看，只顧往前趕。

趙漢山拄著拐杖在院子裡一步一步走著。路富根開著他的那輛奇瑞進了他們院子，他把車停到停車場。趙漢山看到路富根朝他們那排平房走去，他不由自主地一步一步遠遠地跟過去。趙漢山跟到他們那排房子這一頭的牆角，他靠牆角站住，倚著牆看著路富根。路富根邁著鴨步徑直朝他們家走去。

趙漢山眼睜睜地看著路富根走到他們家門口，看到他抬手敲了門。門開了，路富根走了進去，門又關上了。趙漢山心裡一怔，兩眼一閉，轉身痛苦地靠到山牆上，渾身無力……

劉玉英把門推上了鎖，低著頭走過去為路富根泡茶。

老趙呢？

他出去了。

路富根坐到那張舊沙發上，玉英啊，說真的，這筆錢借給妳，等於肉包子打狗，出手是回不來了。說心裡話，我是不想借。不過，妳向我開了口，說明妳沒把我當外人，我很同情妳哪！年紀輕輕，老公得這種病，怪可憐的。我對妳印象一直挺好，不借給別人，我不能不借給妳呀！

錢帶來了嗎？

錢是帶來了……我這麼幫妳，不知妳咋對我——

劉玉英心一橫，我知道你心裡想啥，你推來磨去，不就是想要佔我便宜嘛！你要，我現在就給你！

路富根萬分驚喜……

趙一帆騎車急速進了院子，進院子也沒下車，直接朝自家門口騎去。趙漢山發現女兒回家，他想叫住女兒，但他發現她時已經晚了，趙一帆已經把鑰匙插進了門鎖。

趙一帆開門進屋，屋裡靜靜的沒一點聲響，趙一帆順便掃了一眼父母房間，房門關著，她估計父母還在醫院。趙一帆正要進房間，她忽然聽到父母房間裡傳出一種聲音，她一下意識到父親沒有住院。哐啷！趙一帆推開房門，當頭挨了一悶棍，腦子裡嗡的一響，她傻了，站在那裡不知該如何是好。父母的房間裡，站著一個光膀子的男人，手裡拿著一疊錢，正遞給她媽，她媽上身只戴著胸罩，正在穿褲子。劉玉英抬頭見是女兒，驚慌失措地喊，一帆！

劉玉英的驚叫把趙一帆喚醒過來，趙一帆啊的一聲尖叫，扭頭跑出門去……劉玉英啥也顧不得了，披著衣服追出門，撕破嗓門喊，一帆！一帆！喊叫驚動了鄰居，趙一帆卻沒回頭，她連自行車都沒顧得拿，像逃離災難一樣狂奔出宿舍院。路富根也慌了，放下錢，立即奪門而出。

趙漢山站在牆角邊，看到女兒瘋了一樣從家裡跑出來，一扭頭，見路富根又從他家裡慌張出來。趙漢山心裡被捅了一刀，他痛苦地閉上眼睛，一下蹲到牆根邊。趙一帆啥也不顧，一口氣跑出宿舍院。院子裡的幾個老人被她的奔跑驚呆，不知道趙家發生了啥事情。

5

林佳玲發現趙一帆沒有回學校，也沒人知道她家的電話，林佳玲急得坐立不安。

俞老師臉上的笑，完全是幸災樂禍。他拿著教材腳步匆匆地回到語文教學組的辦公室。俞老師的嗜好看熱鬧傳祕聞，對別人的家事、私事和隱私如饑似渴。俞老師一點不自私，他想得到新聞祕聞，並不是要獨自享受，他是想給同事帶來快樂。這是他每天看得比上課還重要的事情。城北中學教師間有句話，你要想讓某件事情以最快的速度讓全校老師知道，那麼你只要把這件事告訴俞老師。

一進語文教學組辦公室，看到崔靜在，俞老師神祕兮兮地挨了過去。

崔老師，妳知道嗎？林佳玲開場鑼鼓敲瞎啦！

崔靜不是很喜歡俞老師故弄玄虛，咋啦？

林老師一取消星級管理，嗨，班長趙一帆帶頭遲到，下午又曠課。

崔靜不信，趙一帆！她是優秀學生的代表啊！不可能吧。

有好戲看了，妳等著瞧吧。

崔靜對俞老師的話半信半疑，她在教學樓走廊裡正好碰上校長，立即跟王海清證實，兩人正說著，林佳玲悶悶不樂地朝他們走來。崔靜見林佳玲走來，轉身離開。

王海清著急地朝林佳玲迎過去，林老師，趙一帆咋會曠課呢？

早晨遲到，中午請假回家取課本再沒回來，我想她家裡準出了事。校長，你有她家裡的電話嗎？

我咋會有呢！王海清覺得該說說林佳玲。林老師，我呢，在城北中學待二十多年了。咱們雖然是城市中學，但五六年前，學校的周圍都還是一片莊稼地，種著瓜菜和莊稼。現在它成了都市裡的村莊，咱們學校的生源非常複雜，有富人生態區白領階層的孩子，有城市平民的孩子，還有農轉非土地工的子女，學生素質參差懸殊，學校千方百計在加強管理，妳接了班主任，班長咋就帶頭遲到曠課呢！

林佳玲聽得有點莫名其妙，但仍然聽下去。

林老師，我知道，妳是個要強的人，出發點也很好，但做事情光憑個人意願是改變不了現實的。妳一取消星級管理，連優秀學生都散漫起來了！

林佳玲一點情緒都沒有了，校長，我想趙一帆曠課，絕不是因為我取消了星級管理，她家裡肯定發生了啥事情。

行了行了，妳就別固執了，別聽不得別人的意見，這可不好。趙一帆的事一定處理好，要不影響太大了。

校長，你放心，我會瞭解處理的。

6

趙漢山沒有回家，他很想回家躺下，但他不敢回家，他怕見老婆，他拿不准劉玉英見他會是副啥模樣。他在院子裡走得挪不動步了，在牆根邊坐下。劉玉英來找他，心疼地把他領回家。劉玉英告訴他，錢借到了，明天就去住院。趙漢山裝聾作啞問跟誰借的，劉玉英說跟路富根借的，趙漢山說他的錢不好借。劉玉英說，又不是不還他。兩個人就沒啥可說了。

趙漢山仍舊有氣無力地躺在小客廳的沙發上。劉玉英心神不定地拆著趙漢山的舊毛衣，心裡比趙漢山更痛苦，她啥都不能說，說也說不清，眼淚只能往肚子裡流。她只盼著趙一帆不出事，趙一帆咋對她無所謂，只求她別把這事告訴趙漢山。門外響起了輕輕的敲門聲，劉玉英急忙去開門，她沒想到敲門的是林佳玲。

劉玉英不見趙一帆，很著急，林老師，一帆呢？

林佳玲一聽更急，她咋啦？家裡出啥事啦？

劉玉英收住淚，妳看，她爸病了。

啥病啊？

肺結核，左右肺都穿孔了，一直瞞著她，今天她爸咳了一攤血，讓一帆看到了，她逼著我送她爸去醫院。

那得趕緊住院治療啊！

趙漢山體虛力衰，住不起啊，押金就要先繳五千塊，得這種病，讓女兒著急，真對不起她。

林佳玲也無能為力，那也不能就這麼拖著啊。

劉玉英很內疚，錢已經借到了，明天就去住院。可這孩子，她咋能不上學呢！她這是上哪去了呢？

趙漢山肺痛，心裡更痛。女兒進門又憤然逃出，女兒看到了啥，完全可以想像。趙漢山不願想，一想這種事他就想到死。一聽女兒沒去上學，趙漢山心裡更痛。

林佳玲從趙一帆家出來，心情十分沉重，她的估計沒有錯，趙一帆家果然出了事。她立即跟劉玉英商量，他們負責跟親戚打聽，林佳玲負責跟同學聯繫。林佳玲騎上電動自行車，沿街緩緩地漫無目的地走著，她在傻想，為啥人一生總要遇到那麼多苦和難。小時候總聽信佛的姥姥說，人生是苦，人生是難，人生下來第一聲為啥哭，而不是笑，是因為人一生下來就在經受苦難，從生的那天開始，人一生實際是一步一步在走向死亡，他無法笑，只能哭，這話有一定的道理。

放學後，路海龍和陳英傑又去了網吧，玩餓了，他們悠悠蕩蕩拐進了小吃街，這是他們常來的地方，大排檔隨意，也便宜。

老大，你看那是誰啊！

路海龍抬頭看過去，他有點不敢相信，靠牆的一張小桌上，趙一帆背著身獨自一人在喝啤酒。他倆立即走過去，沒錯，真是趙一帆，她在喝啤酒，面前只有一盤拍黃瓜。

路海龍覺得不可思議，嘿！真他媽眼睛一眨，老母雞變成鴨！太陽也會打西邊出來？

陳英傑說，班長也是青春小妞嘛！

他們兩個來到趙一帆桌子前，趙一帆沒抬頭，只顧悶頭喝酒。

路海龍說，趙班長，妳咋在街頭喝起酒來了，這演的是哪一齣啊？

趙一帆不理睬。

路海龍發現趙一帆一臉痛苦，拽了拽陳英傑，趙班長，妳一個人喝多沒勁啊！咱們雖然不是一個班，但也是城北中學的同學哪！我們陪妳喝好嗎？

趙一帆突然吼起來，想喝就坐，不喝就走！別廢話！

路海龍一怔。陳英傑沒心沒肺地做了個鬼臉，立即在趙一帆旁邊這一面坐下。坐下後，一看路海龍沒坐下，他立即又不好意思站了起來，把挨著趙一帆這一面座位讓給路海龍，自己坐到趙一帆的對面。

路海龍坐下，舉手打了個響指，小姐！先來一打啤酒！上幾個小菜！葷的素的妳看著搭配，速度要快！

服務員幸喜地答應著離開。

趙一帆略帶酒意，路海龍，今天我明白了一個道理，每個人都會有不得意不痛快的時候。

路海龍和陳英傑對望一眼。

路海龍、陳英傑，以前，我真看不起你們，說過你們不少壞話，對不起，我向你們道歉。趙一帆站起來向他們倆鞠了一躬。

路海龍立即站起來，反不好意思，別別別！我們本來就不是好學生。

陳英傑說，咱們今天能坐到一起喝酒，也算是朋友了。

路海龍說，今天我買單，酒菜管夠。陳英傑，來，咱們一起敬趙班長，咱們倆吹了，班長隨意……

路海龍說著拿起一瓶啤酒，陳英傑也不甘示弱，兩個拿瓶子一起跟趙一帆碰杯，兩個一口氣把一瓶啤酒吹了。趙一帆也把杯中酒乾了。

夜悄悄地降臨。林佳玲仍推著電動自行車沿街道漫無目標地走著。路燈和霓虹燈把城市裝扮得格外美麗，城市的夜比白天更熱鬧繁華，但林佳玲無心觀賞，她抱著某種僥倖，在街上走著找著。

林佳玲也走進了大排檔小吃街，她朝對面的大排檔察看。林佳玲先發現了路海龍。路海龍和陳英傑兩個，架著一個女生，那女生在路邊不停地嘔吐。林佳玲立即推車橫插過去。

林佳玲來到跟前，她萬萬沒想到，那個喝得爛醉的女生竟是趙一帆。林佳玲一下急了，放好車子，過去一把從路海龍手裡扶過趙一帆的手臂，十分不高興地責問路海龍和陳英傑。

咋搞的！誰讓她喝這麼多酒？

路海龍一臉無辜，林，林老師，妳可別冤枉好人哪！是她要喝的，我們還不知道她是為啥呢！

林佳玲扶過趙一帆，一帆，一帆？

趙一帆邊嘔邊哭出聲來，林老師，我心裡好難受啊……

一帆，老師理解，妳這樣就能治你爸的病嗎？

路海龍和陳英傑疑惑地對望一眼。

林老師，妳，妳別管，我，我要喝喝酒，我想醉……趙一帆又吐起來。

林佳玲把趙一帆扶到電動自行車後座上，路海龍，你們也回家吧，學生咋能在外面喝酒呢！林佳玲推著自行車剛走了兩步，哐啷！趙一帆摔了下來。

路海龍有些怯意，林老師，我們幫妳一起送她回去吧？

不用！你們回去吧。林佳玲把趙一帆再次扶到電動自行車上。一帆，妳坐好，我送妳回家。

趙一帆突然從車上跳下來，一下又摔到地上，她發瘋一般吼叫，我不要回家！我沒有家！

林佳玲立即放下車，摟著把她抱起來，一帆，妳這樣，對妳爸的病也無濟於事啊！妳媽已經借到錢了，妳爸明天就可以住院了。

趙一帆一聽到媽更憤怒了，她不是我媽！我沒有媽！我不要她的臭錢給我爸治病！

妳這孩子，妳喝醉了，咋這樣說妳媽呢？

趙一帆流著淚懇求，林老師，我不要回家！我不想回家！

妳不願回家，上老師家，好嗎？

不！不麻煩老師。

那我送妳回家。

我再也不想回那個家……

7

家對方卓然來說，現在反倒成了負擔，一進家門，他就不是真正的方卓然。方卓然下班回家，又不見林佳玲，廚房沒有，臥室沒有，廁所也沒有。

看來氣不小啊……方卓然走進廚房，身不由己地拿起圍裙……

方卓然做了兩葷一素一湯，在客廳等了林佳玲半個多小時，不見她回來，拿起一本書，邊看邊繼續等。

林佳玲打開門，攙著臉色慘白的趙一帆走進屋。方卓然立即起身，一看趙一帆這模樣，十分驚奇。方卓然還沒有開口發問，趙一帆嘩地吐了一地污穢。

方卓然的心情一下壞到了極點，這是誰啊！幹啥呢？

我的學生，趙一帆。林佳玲沒法顧及方卓然的心情，她攙著趙一帆進廁所。

方卓然已沒有一點胃口，他生氣地進了臥室，那一聲關門聲響得嚇人。林佳玲攙著趙一帆走出廁所，扶她在客廳的沙發上躺下，又到臥室裡拿出一條毯子給趙一帆蓋上。林佳玲趕緊拿著抹布和簸箕，清理地上那一攤髒東西。林佳玲把地板擦乾淨，打開前陽臺的窗戶，拉開一點門通風。

林佳玲回到廚房洗臉，突然也一陣噁心。她幹嘔兩下，沒吐出啥。漱了口，洗了臉，雙手撐著洗漱池對著鏡子發愣，呆呆地看著自個兒。林佳玲對著鏡子問，為啥總讓我碰上這種無奈的事呢？

林佳玲來到餐桌前，發現方卓然已經做好晚飯，而且做了三菜一湯，她理解他的心情。林佳玲拿手摸盤子，菜都已經涼了。林佳玲心裡掠過一陣內疚。她端起菜進廚房，重新點火加熱。林佳玲熱好菜，推開臥室門，方卓然在上網。

卓然，飯菜我熱好了，吃晚飯吧。

我沒有食欲。

林佳玲進了臥室，趙一帆是我們班的班長，學習很優秀的學生，她爸病重要住院……她爸病重就得喝醉酒？就得到老師家來吐？

具體啥情況我還沒來得及瞭解。

情況還沒瞭解，妳就把學生往家帶？

她不願意回家啊。

不願意回家的學生妳就往家帶，咱們家成學生招待所啦？

她說啥也不願回家，口口聲聲說她沒有媽，不想再見到媽，她們之間肯定出了啥事。沒辦法，只好領她臨時來住一晚，你就將就點，很晚了，快吃飯吧。

我不想吃。

林佳玲不高興了，你又要獨處？

妳別管我，妳陪妳的學生吧。

林佳玲無奈地出了臥室，給他把臥室門輕輕關上。林佳玲給趙一帆熬了粥，她吃完飯，摟著趙一帆，拿調羹一口一口餵她吃了半碗粥。林佳玲心疼地看著熟睡的趙一帆，給她蓋好毯子。林佳玲倚在一邊的沙發上，一片茫然。

林佳玲拿起手機，她忍不住打開手機蓋，她按鍵打出文字，卓然，真沒想到，我們同在一個屋裡，卻要用這種方式對話。自從我調回平海後，我所做的事情，沒有一件讓你喜歡。我也不知道為啥，我偏偏會遇到這麼多不幸的事。

林佳玲發出簡訊後，立即收到方卓然回覆，佳玲，是的，妳讓我越來越感覺陌生，我們之間似乎很難對話。

林佳玲又回覆，卓然，陌生是因為彼此內心有隔膜，隔膜讓我們疏遠，疏遠讓我們陌生。我們之間的隔膜是啥呢？

方卓然回覆，佳玲，我們之間的隔膜是道不同，道不同，不相與謀，妳又沒有溝通的願望。

林佳玲再回他，卓然，究竟是我缺乏溝通的願望，還是你根本就不想溝通，你只想獨處……

廚房的窗外一片朦朧。林佳玲紮著圍裙在做早餐。她煎雞蛋，做了三個漢堡包，熬了稀飯。一切都做好後，她解下圍裙。林佳玲輕手輕腳地刷牙，輕輕地漱口，輕輕地洗臉，生怕吵醒了別人。林佳玲從廚房出來，客廳沙發上已沒有趙一帆。林佳玲一驚，她急忙去廁所，廁所的門開著，裡面沒有人。林佳玲急急地到大門口，門口已沒有趙一帆的鞋。打開門朝外看，走廊裡也沒有人，林佳玲只好遺憾地回屋。

林佳玲吃了早餐，給方卓然留了個便條就上學校去了。

卓然，對不起，這又是意外遭遇。我的學生很知趣，一早獨自悄悄地跑了，我得趕緊去學校。早餐在微波爐盒裡，你再熱一下。佳玲。

8

清晨，劉玉英早早起了床，做好早飯，準備好趙漢山住院的東西，料理趙漢山吃了早飯，正要送趙漢山去住院，趙一帆推開門進了家。劉玉英見女兒回來，心裡那塊懸著的石頭撲通落了地。

一帆，昨晚妳住林老師家了嗎？

趙一帆繃著臉，不理母親，直接上廚房洗臉。

一帆，妳吃早飯了嗎？

趙一帆只顧洗臉，只當沒有聽見。

劉玉英小著聲說，一帆，我這就送妳爸去住院，我知道妳恨媽，可我所做的一切都是為了妳爸，我告訴妳，妳媽不是犯賤的人！

趙一帆突然吼，我不想看到妳！

劉玉英忍了忍，妳小點聲好不好！妳想氣死妳爸嗎？這事等妳爸住了院我再跟妳說。妳安心去上學。

趙一帆流著淚，突然朝媽媽吼，我不會再去上學了！我要找工作！我會用自個的雙手掙錢給爸治病！

劉玉英耐著心勸女兒，妳別逞強了，找工作？妳這麼點年紀找啥工作啊！誰能要妳啊？

趙一帆壓著氣憤，我不用妳管！

一帆！妳咋這麼不懂事？劉玉英十分痛苦。

趙一帆咬著牙，妳不要臉！我沒有妳這個媽！

趙漢山在房間裡實在聽不下去了，一帆，妳咋這樣跟媽媽吼呢！妳要不去上學，我就不去住院！

趙一帆和劉玉英都被趙漢山的話鎮住了。趙一帆來到父親身邊，軟下聲來跟父親說，爸，你病得這麼重，我哪有心思上學呢，我先送你去醫院再說，要是不把爸的病治好，我上學還有啥意思……

女兒的話，說得趙漢山流下了眼淚。劉玉英更是心如針扎，眼淚止不住地流。

趙漢山在是傳染科普通病房，每張床上都有病人，加上陪床的家屬，病房裡顯得很擠，也很亂。趙漢山躺在病床上打著點滴，一臉憂鬱。趙一帆坐在父親的病床前，拿著課本在看書。

一帆，有醫生護士，我又不是不能動，妳快上學去。

趙一帆撒謊，我請假了，書我都帶著呢。

一帆，咋突然對妳媽媽不講理呢？我這病，讓妳媽夠為難的了。

趙一帆不吭聲。劉玉英拿著一疊化驗單走到門口，聽到父女兩個在說話，她在門口停住了。

我病了，家裡的事都要妳媽操心，咱們家妳媽最累最辛苦，妳不體諒她，咋反沖她耍脾氣呢？

趙一帆只顧悶頭看書。

這個家弄成這樣，都是因為我。趙漢山十分難過。

爸，病不是你自個兒要得的，你不要這樣想好不好？

那你更不應該怨你媽呀！

我討厭媽。

趙漢山很生氣，丫頭！妳媽這麼愛妳，妳過去也那麼親她，咋突然變得這樣呢？妳媽她很難，我病成這樣，一點都幫不上她，她又要工作，又要顧家，要怪只怪我沒本事，家裡這麼窮，還得這種病，妳要再不體諒她，連我都要生氣了。

趙一帆無法向父親開口，她看父親不高興，擔心他的身體，只好安慰他，爸，我以後改就是了，你千萬別往心裡去，治這種病，心情一定要好。

這樣才好，你們開心，我心裡才能開心，你們鬧彆扭，我心裡更難受。

爸，我再不惹你生氣了。

劉玉英在病房門外聽著父女的話，眼淚直往下流。她擦了擦眼睛，拿著一疊化驗單走進病房。劉玉英儘量平靜地跟他們說，醫生說要轉到內科去。

趙漢山奇怪，肺結核咋轉內科呢？

你已經不在傳染期，為了保險，醫生說還是手術好。

趙漢山很吃驚，手術？肺結核咋要手術呢？是不是病變了？要是得了那種病，咱可沒有錢治，我現在就出院回家。

趙一帆也急了，醫生到底咋說？

你們急啥？醫生說了，就是怕長期炎症引發病變才做手術！

9

趙一帆連續曠課兩天。林佳玲心情很不好，與她家裡也聯繫不上，鄰居說好像住人民醫院。

夜晚的燈火成了城市的盛裝，燈光把城市打扮得花枝招展。林佳玲騎著電動自行車從趙一帆家回來，百貨商場的霓虹燈讓她想起了一件事情，騎車進了商場前的停車場。

林佳玲走進燈火輝煌的商場，驚奇地看到伍志浩也陪著妻子來逛商場。

伍處長！林佳玲熱情地主動招呼。

伍志浩回頭見是林佳玲，立即迎過來，妳也來逛商場？

我就不能逛商場？

我以為妳不會逛商場呢！卓然呢？

他在家吧，我去學生家回來順便路過。那是你愛人吧？

伍志浩轉身要介紹，結果妻子已經離開，伍志浩有些尷尬。

你快去吧，夫人好像有意見了。

伍志浩有些顧此失彼，他正要走，扭頭發現方卓然和康妮正在旁邊的化妝品櫃檯買東西。伍志浩驚得目瞪口呆，他顧不得愛人生氣不生氣了，立即轉身擋住林佳玲的視線。

佳玲，妳要買啥？我陪妳去買。

伍志浩的舉動，反讓林佳玲覺察出他的異常，林佳玲設身處地地為他著想，不陪夫人，陪別的女人逛商場，哪個女人能受得了，你就別裝了，快去，別讓你愛人誤會。

伍志浩卻主動請林佳玲，沒事，走，我先陪妳去買東西。

就在這時，方卓然和康妮買好了化妝品走過來。四個人碰個正著，大家都愣了，他們誰也沒想到會在這裡相遇，一時都無法開口。林佳玲啥也沒說，扭頭就往商場深處走去。

伍志浩推方卓然，還不過去！

方卓然沒有動，反拿懷疑的眼睛看著伍志浩，你們這是……

伍志浩知道他又誤會了，你想啥呢！我就是為了給你遮擋，才扔下你嫂子沒管，你嫂子在那邊還生著氣呢！快去呀！康妮明白過來，她把買的化妝品給了方卓然。

方卓然是特意請康妮陪他來商場的。方卓然要向林佳玲表示一點歉意，不知道買啥好，請康妮參謀。

沒想到這麼湊巧，在這裡撞上了。

康妮十分平靜地告訴方卓然，只怕是好事變成了壞事，林老師肯定誤會了，你快去吧。

誤會不只是林佳玲，反應更強烈的是伍志浩妻子胡芳。伍志浩鵝頸樣伸著脖子，一邊急急地走，一邊四下裡找尋。伍志浩終於發現胡芳在看一條裙子，他立即趕了過去。

伍志浩來到胡芳身邊，悄聲責怪，咋不打招呼就走呢！是卓然愛人林佳玲，我正要給你們介紹呢。

胡芳一扭頭走向別處，伍志浩跟過去。

妳又咋啦？

胡芳一扭身又走向別一邊，伍志浩忍著，又跟過去。

大庭廣眾的，妳幹啥呢？

我用不著你陪，快去陪別人。

伍志浩喘了一大口氣，哎，有話回家說好不好？不嫌丟人啊！

方卓然朝林佳玲去的方向走去，他一邊走，一邊搜尋林佳玲的身影。方卓然終於發現，林佳玲在賣布的櫃檯前選布。方卓然沒有直接接近林佳玲，他只是遠遠地看著林佳玲，林佳玲選中了一塊湖藍色的確良布。

林佳玲拿著布要走，方卓然突然出現在她面前。

方卓然問，妳買這種布幹啥呢？

林佳玲沒給他好臉色，不去陪你的朋友，到這兒來幹啥呢？

方卓然發現林佳玲誤會了，她是我事務所的康妮。

應該是小祕吧？

方卓然見林佳玲一臉醋意，反而高興了，是小祕不錯。我特意請她來當參謀，那天我不夠禮貌，特意向妳道歉，讓她幫著選了化妝品，喏，香奈兒，喜歡嗎？

方卓然把香奈兒化妝品小兜遞到林佳玲面前，林佳玲不想讓方卓然在眾人面前尷尬，她沒有發作，但也沒接方卓然遞過來的東西。

隨機應變借花獻佛吧？

方卓然一怔，他有些生氣，妳不想接受道歉？要是不想接受，我就扔垃圾箱去。

林佳玲不想在公眾面前出洋相，她立即往外走。

方卓然緊趕幾步，妳不想接受是不是？

誰知道你給誰買的！

妳！方卓然一點沒猶豫，扭頭走向垃圾箱，真的把幾百塊錢的化妝品連兜一起扔進了垃圾箱。

林佳玲更生氣，轉身去推電動自行車，騎上車一溜煙離開。方卓然立即去開他的車，朝林佳玲走的方向追去。

10

林佳玲天天是第一個到校。她捧著一疊湖藍色桌布直接去了8（1）班教室，教室裡還沒來一個學生，林佳玲把桌布一塊一塊鋪到學生的每一張課桌上。幾個學生走進教室。

李莉高興地問，林老師，這桌布是妳做的嗎？

林佳玲笑著反問，不好嗎？

好，太好了。

學生們陸續走進了教室，每個人看到課桌上的桌布都很驚喜。學生差不多到齊後，林佳玲走上了講臺。

同學們，大家都看到了，課桌上鋪了小桌布，鋪小桌布有三個目的，一是方便大家寫字，原來桌上坑坑窪窪，試卷常常被劃破；二是保護課桌桌面；三是統一美觀。希望大家愛惜桌布，髒了洗，弄破了自個兒重買布做。

林佳玲說著話，門口有人影晃了一下，她扭頭看，趙一帆突然出現在教室門口，林佳玲喜出望外。

一帆！快進來！

趙一帆神情沉重地走進教室，她沒拿書包，也沒去座位，直接走到講臺前，交給了林佳玲一封信，啥也沒說，轉身就跑了。林佳玲追出教室，喊聲一聲一聲追到趙一帆面前，但這喊聲沒能制止住趙一帆，她連頭都沒回，一口氣跑下樓去。

林佳玲沮喪地回到教室，趙一帆送來的不是啥信，也不是請假條，而是休學申請。林佳玲心情沉重地站在講臺上，全班學生的目光裡都是疑問，也有擔心。

林佳玲心痛地向同學們宣佈，同學們，趙一帆父親病了，她向學校申請休學。

全班同學大驚，議論紛紛。

趙一帆一直跑出學校大門，跑上大街她才放慢腳步，她抹掉眼淚，搓了一把臉，理了理頭髮，開始了她另一種生活。趙一帆申請休學，絕不是一時衝動，這是她反復思考後做出的抉擇。這個抉擇讓她心裡痛。母親過去在她心目中完美無缺至高無上，他們家，母親是當家人，她一直把母親當做人生楷模，她的那點心勁，學習那種努力，都是跟母親學的，也是讓母親逼出來的。那種逼不是語言，而是行動。她決心也要像母親那樣堅強，那樣過日子。但是，那天那一幕，把一切都粉碎了。母親的形象徹底顛覆粉碎了，她讓她傷心、痛心、噁心，要不是為了父親的病，她立即就跟母親斷絕關係。她不相信母親會做出這種噁心的事！但現實把母親的慈愛、尊嚴徹底毀滅，她感覺已沒臉見人，她再叫不出那聲媽。她想透了，用那種錢，即使給父親治好了病，那也等於用刀子捅他的心窩。為了父親，為了這個家，她決定休學，她決定用自個兒的雙手掙錢來給父親治病。

趙一帆充滿自信地走進一家餐廳，直接來到櫃檯跟前。

小姐，請問你們老闆在嗎？

妳找老闆有啥事？

你們招服務員嗎？

招呢，門口不是貼著嘛！招聘兩名女服務員，誰想來啊？

我。

櫃檯上的年輕女子驚奇地看著趙一帆，妳！妳多大？

十五了。

這咋行呢！招童工，查出來是要罰款的。再說了，別人二十塊錢一天，給妳多少啊？

我還是直接跟你們老闆談吧。

我就是老闆，對不起，我們不能招童工，妳走吧。

老闆，你讓我在這兒幹吧，我需要錢。

妳需要錢也不行，這是法律，違法的事我們咋能幹呢？

趙一帆走出餐廳跟來時判若兩人，她的自信全部讓這位老闆沒收了。趙一帆不服氣，你不招，不等於別的地方也不招，她接連跑了五家飯店餐廳，竟沒有一家要她。趙一帆像考試不及格一樣走回醫院。她很生氣，居然讓她媽說準了，真的沒人招她。

趙一帆經過醫院院務處，看到一幫人坐在門口的聯椅上，男的，女的，年輕人，中年人，都是鄉下人，像是在等著辦啥事。趙一帆想，是不是醫院也要找打工的。趙一帆正想打聽，院務處辦公室走出一個穿白大褂的工作人員，手裡拿著一疊表格。工作人員說，大家聽著，有想當護工的就填表，按表上的要求填寫清楚，尤其是身分證號碼，現在的住址，聯繫方式一定要寫清楚。

趙一帆問身旁一位姑娘，當護工一天多少錢。姑娘正在看表填表，沒工夫抬頭跟她說話，只說了三十來塊，就沒再理她。

趙一帆聽了一喜，立即走過去也要了一份表。趙一帆填好表交給了工作人員，跟應招護工的人一起在院務處門口等著。一位西服革履的中年人走進了院務處，不一會兒，西服革履跟院務處那工作人員一起走出院務處。

工作人員拍了拍手招呼大家，這位先生要招一名護工，大家聽清楚了，病人是癌症危重病人，大小便不能自理，需要招力氣大一點又不怕髒的人，他願意出五十塊錢一天。

趙一帆一聽立即擠到西服革履面前，我願意！

西服革履看了看趙一帆，搖了搖頭，妳太小了，弄不動我母親，也收拾不了大小便。

趙一帆不想放棄，我行！

西服革履還是搖頭，不行。

一位身體健壯的中年男子站了起來，我試試吧。

西服革履看了看中年人，朝工作人員點點頭。那中年人跟在西服革履身後走了，趙一帆遺憾地看著他們離去，心裡很懊喪。

趙一帆回到病房，在父親的病床前看書，心裡悶悶不樂，看書的效果也不好。趙一帆有點心神不寧，她惦著護工的事，她放下書，輕輕挨近父親。

爸，你睡一會兒，我到院子裡遛一會兒。

去吧，帶著書，到院子樹林裡找個安靜地方看書，別玩啊。

趙一帆答應著離開了病房。趙一帆一離開病房，立即撒腿跑向電梯，生怕錯過機會。趙一帆認識的那位姑娘也還坐在那裡，趙一帆把她當同伴，很親熱地挨著她坐到一起，悄悄地打聽情況。姑娘告訴她招走了兩個，趙一帆有些遺憾。她們說著話，那位西服革履又來了。

趙一帆覺得奇怪，他咋又來了？

姑娘做出一副噁心的樣子，那老太太髒了，尿屎都在床上，後背全是褥瘡，流膿，臭得人不敢喘氣，那男的一進去就吐了，他說不是人幹的活，給兩百一天也不幹。

趙一帆卻在認真考慮。西服革履和工作人員從屋裡出來。工作人員宣佈，這位先生的母親是髒一點，但是他願意加價，六十塊錢一天有沒有人幹。在座的沒有人應招。西服革履對工作人員耳語。工作人員立即又宣佈，七十塊錢一天有沒有人幹。在座應招的人仍沒人吭聲。西服革履急了，自個兒直接說，一百塊錢一天有沒有人幹。在座的還是沒有吭聲。

趙一帆站了起來，叔叔，還是要我吧，我幹！

西服革履看著趙一帆，妳太小了，咋幫我媽翻身啊！

我既然說能幹，我自然有我的辦法，不就是給她擦尿擦屎，擦背上藥嘛！我會。

西裝革履無奈地再看了看趙一帆，我可把話說在前面，我們沒一個人能幫妳，一切都必須妳獨立完成。

沒問題。這樣吧，你們看著我幹，滿意就要我，不滿意再說。

西服革履無奈地點點頭，那就試試吧。

趙一帆隨西服革履來到特護病房前，穿著高貴的一弟兩姐站在病房門口一邊等他們。西服革履停住腳步，朝趙一帆指了指門。其實用不著他指，趙一帆已經聽到病房裡傳出老太太一聲聲驢叫般的吼聲，一聲哎喲，一聲狼心狗肺，節奏分明，底氣十足。

趙一帆推開門，一股臭氣隨同叫聲一起撲來，她本能地緊閉住嘴，憋住呼吸往房間裡走。門口那些兒女，都捂住鼻子目送趙一帆替他們去盡孝。趙一帆進門就衝向病房的窗戶，救火一樣先推開右邊的窗戶，再推開左邊的窗戶，然後對著窗戶大喘了幾口氣。風從視窗吹入，再從門口吹出，門口那些兒女一個個都避瘟疫一樣躲開了。老太太閉著眼睛，除了那張嘴裡不時地發出驢叫一樣的吼聲外，哪兒都動不了。

趙一帆掀開被子，一股臭氣嗆得她立即嘔起來。趙一帆急忙從床下拉出痰盂，對著痰盂吐了兩口，嘔得眼淚鼻涕一起往外流。西服革履捂著鼻子在門口探了一下頭，立即又退了回去。趙一帆吐完，走出病房門。西服革履以為她不幹了，緊張地走過來。

姑娘！我可是有言在先啊！

趙一帆不慌不忙，有口罩和膠皮手套嗎？

西服革履喜不自禁，有！有！就在那床頭櫃裡！

趙一帆回到屋裡，從床頭櫃裡拿出口罩戴上，再套上膠皮手套。揭開被子，老太太的大小便把床上搞得一塌糊塗。趙一帆咬著牙幹起來。她先拿過臉盆到廁所兌好一盆溫水，回到床前擰乾毛巾，先擦淨老太太的雙腳和腿，然後再撤出沾滿大小便的尿布，雙手兜著尿布送進廁所。

趙一帆再換一盆水，擦洗老太太身上的污物。擦洗完身子，趙一帆再替老太太撤換床單，然後再換上乾淨的尿不濕。自始至終，老太太依然不斷驢一樣吼叫，一句哎喲，一句狼心狗肺，非常規律，次序一次都不亂。趙一帆清理完大小便，走到窗口喘了一會兒氣。

西服革履又在門口手捂著鼻子探了一下頭。趙一帆再回到床前，拿手抄到老太太的頭下，抱著她上身往外拉，再挪她的下身，然後到床的那一邊，雙手攥著床單，把老太太拽側過身子。掀開老太太上身的內衣，背上一片皰瘡，一個個都化膿流水，又臭又髒，趙一帆戴著口罩都不敢喘氣，她再一次嘔吐起來。西服革履也再一次手捂著鼻子在門口探頭。趙一帆吐完後，接著再幹。為了父親，為了尊嚴，為了還債，趙一帆咬著牙，不顧一切。

趙一帆拿棉球醮著酒精，一點一點替老太太擦背上的膿水……

一直在門外看著趙一帆幹活的西服革履，轉身來到躲避在一邊的弟弟妹妹跟前。

這丫頭還真行，別看她人小，真堅強。

二姐斜了他一眼，錢也是錢哪！一天一百塊呢！

西服革履說，給妳兩百一天，妳幹嘛？

二姐知道他故意在拿她尋開心，哼了一聲，不再搭理他。

趙一帆滿頭汗水走出屋來，你們進去看看吧，已經收拾好了。

西裝革履和他的姐弟們捂著鼻子進了屋。他們感覺屋裡已沒有啥異味時，才慢慢把手拿開。屋子裡一切都已井然有序，連腳下的地板，也已經擦得乾乾淨淨。他們驚奇，老太太居然不再吼叫了。再看老太太的臉，已經擦乾淨有了原來的人模樣，趙一帆在拿調羹餵老太太喝水。

西服革履很滿意，小姑娘，幹得不錯。

二姐有點心疼趙一帆，姑娘！少給她喝水，喝了又得尿！

放你娘的臭狗屁！老太太這一聲罵，把幾個兒女嚇一愣，誰也沒想到老太太居然又清醒了！

二姐更是哭笑不得，我的天哎！她又醒過來了！

狼心狗肺！想叫我死，我就不死！

幾個兒女全都傻了。

11

林佳玲和方卓然兩個悶頭吃著晚飯，飯當然還是林佳玲做的。方卓然感覺形勢嚴峻，儘管他把那幾百塊錢的香奈兒化妝品一氣之下扔進了垃圾箱，當時是挺解氣，可他發現這並沒有讓林佳玲心疼，她不吃這一套。那勁頭表明，你愛咋扔咋扔，有錢你把那輛汽車扔河裡她都不管，反正不是她的。男人就怕女人軟硬不吃，女人軟硬不吃，男的就沒了招，因為他還在意她。

方卓然緊扒幾口吃完飯，他放下碗，拿餐巾紙抹了一下嘴，看林佳玲碗裡也吃完了，主動開了口。

佳玲，那天妳領趙一帆回來，我態度不夠冷靜。

林佳玲看了方卓然一眼，有的女人會得理不饒人，踩著鼻子上臉。林佳玲不是那種女人，她是知識婦女，看方卓然主動檢討，她立即把繃著那勁鬆了幾鬆。

你知道趙一帆現在的情況嗎？

她咋啦？

她休學了。

方卓然十分吃驚，就因為我態度不好？

當然不是因為你的態度，她父親病重住院，家裡貧窮，要借錢給她父親治病。為了減輕家裡負擔，主動給學校寫了休學申請。她成績很好，學習也很用功，可是她不能上學了！

我讓妳在學生面前丟了面子。

卓然，你對我做啥都用不著道歉，夫妻之間還計較啥呢？我只是想，咱們應該實實在在待人。

妳的意思是我待人很差？

咱們生活的地方，不只是咱們兩個，我們要和周圍的人一道生活，一起做事。人與人之間不可能沒有交往，如果只按照法律準繩來做人處事，連惻隱之心、憐憫之心都沒有，這種人能算是心理健康的人嗎？

你認為我心理不健康？

我沒這麼說。咱們都過而立之年了，做事情肯定都有個人的想法，我們應該相互體諒，相互支持，而不是動不動就找彆扭。

我不是道歉了嘛！

扔東西的方式很粗野，我不能接受。

方卓然有些失望，是因為康妮吧？

林佳玲非常坦率，也為，也不為。你想想，我用啥東西，你不問我，卻叫別的女人去為我挑選？反過來，我要是這樣做，你能接受嗎？

方卓然語塞。

12

趙一帆回到父親病房，趙漢山醒著躺在床上。

爸，喝點水吧？

趙漢山搖搖頭，他看著女兒，忽然聞到女兒身上有一股異味，一帆，妳身上啥味啊？

趙一帆一驚，立即搪塞，哦，剛才在外面，幫別人搞衛生來著。趙一帆給父親倒了杯水。趙漢山接過杯子喝了一口，他又發現女兒的臉色蠟黃。

一帆，你的臉色咋這麼黃……

趙一帆立即拿手搓臉，剛才我們一起在下面玩秋千來著，有點頭暈。爸，我交了個護工朋友，她可好了，她在內科特護病房，離咱很近。那病房裡就一個病人，有床睡覺，她夜裡一個人孤單讓我跟她做伴，這樣，我就不用在這裡搭活動床了。

你剛才咋下去這麼長時間？

我帶著書呢，剛才就在她那裡看書來著。

一帆，妳還是回學校上學去吧。

爸，咱們不是說好了嗎。等你動完手術出了院，我就立即去上學。

趙漢山歎了口氣，住院不是一天兩天的事，妳要是為了照顧我，耽誤了上學，爸一輩子不會心安。

爸，不會的，我有空就多看書。等爸的病徹底治好了，我上學就沒思想負擔了，我跟得上，保證耽誤不了學習。

爸爸真是難為妳了。

誰讓我是你女兒呢，對吧！你休息，我再到她那裡看書。

林佳玲提著一兜水果走進趙漢山病室，六張床上都躺著病人，林佳玲一時分辨不出誰是趙一帆的父親。趙漢山倒是認出了林佳玲，他先喊了林佳玲。

林佳玲立即走過來，不知道你住哪個醫院，沒能及時來看你，咋樣？

林老師，讓妳費心了。趙漢山很過意不去。

林佳玲不見趙一帆，一帆呢？

她交了個護工朋友，到她那兒看書去了。

老趙，一帆正是上學的年齡，她在這裡也幹不了啥，還是讓她回學校上學吧，家裡經濟有困難，只能慢慢來，孩子不能不上學啊！

不知勸她多少次了，這孩子一直很聽話的，這次不知為啥這麼倔，我的話，她媽的話都不聽。

一帆是個聰明孩子，是班長，優秀學生的代表，要是耽誤了多可惜啊！

是啊，我也是這麼想啊。林老師，我看孩子聽妳的話，妳好好勸勸一帆吧，她聽妳的話。

林佳玲從趙漢山病房出來，一個病室一個病室張望著找，正巧碰上一名護士，跟她打聽特護病房的位置，護士給她指了位置。林佳玲還沒走到特護病房就皺起了眉頭，那個房間門開著，向樓道飄散著濃烈的屎尿臭氣。林佳玲見西服革履中年人戴著口罩站在門口的一邊，林佳玲上前打聽。

先生，這是特護病房嗎？

西服革履反問，妳有啥事？

我找人。林佳玲說著就往病房裡瞅，病房裡趙一帆正在對著痰盂嘔吐，林佳玲捂著鼻子跑了進去。林佳玲二話沒說，拉住趙一帆的手就往外走。

一帆，妳在這兒幹啥呢？走！

西服革履在門口一下把林佳玲擋住，他很生氣，哎！妳是幹啥的呀？

我是她姐！

趙一帆一愣。西服革履依然挺神氣，姐又咋啦？姐也得講理嘛！我是花錢雇她的，是有協議的。

林佳玲更氣憤，花錢？花錢又咋啦？讓孩子幹這種活，你自個兒咋不幹？

西服革履氣歪了嘴，嘿！妳這人真是不講理，我告訴妳，妳別搞錯啊，這活是她纏著我硬要幹的，可不是我逼她幹！不信，妳問她自個兒！

趙一帆掙脫林佳玲的手，是我自個兒要幹的，我要掙錢給我爸治病！趙一帆說完，立即回病房繼續幹她的活。

西服革履很得意，我沒騙妳吧？她出力受累，我出錢盡孝。

林佳玲白了西服革履一眼，哼，盡孝！盡孝就自個兒幹！林佳玲沒辦法跟他理論，她走進了病房，捋起袖子，既然妳要幹，我就陪妳一起幹。

趙一帆擋住了林佳玲，老師，這兒太髒，妳快走，妳哪能幹這種活。

林佳玲火了，妳能幹，我咋就不能幹，給我副手套。趙一帆愣在那裡，林佳玲到床頭櫃裡找了一副手套，她連口罩都沒戴，幹啥？妳說。

趙一帆不忍心讓老師跟她幹這種活，她懇求林佳玲，林老師，妳走吧。

妳不是要幹活掙錢嘛！快幹啊！

趙一帆沒辦法只好去翻老太太的身子給她擦膿抹藥。林佳玲過去幫趙一帆一起把老太太側過身來。一股臭味嗆得林佳玲當即蹲到痰盂前嘔吐起來。西服革履在門口探頭看她們，見林佳玲在幫趙一帆一起幹，這才放心。林佳玲吐完，繼續跟趙一帆一起幫老太太抹藥。林佳玲看著十五歲的學生，肩負著如此沉重的家庭壓力，她不能不管，她是她的學生，她是她的老師。林佳玲陪趙一帆一直把活幹完，服侍老太太睡下，然後她跟西服革履打招呼，她要跟妹妹到樓下去走走。

醫院的院子像個花園，林佳玲和趙一帆走在樹林的林蔭小道上，路邊是塔松、銀杏、玉蘭、冬青。她們大口大口地呼吸著，呼出肺腔裡的那些臭氣，吸進樹林裡的新鮮氧氣。

林佳玲耐心地勸趙一帆，一帆，妳真打算放棄學業，就這麼幹下去？

林佳玲的話，觸到了趙一帆的傷心委屈處，她忍不住哭了，老師，說真的，我做夢都想回去上學，但是，我現在真的不能回學校。

一帆，就靠妳掙的這點錢，能治了妳爸的病？

住院的五千塊押金，是我媽跟人家借的，現在爸又要動大手術，手術費還沒有，我必須先掙出手術費來。

可是，妳還是個孩子啊！妳媽同意妳這麼幹嘛？

別提她，林老師，我沒有她這個母親。

妳說啥？為啥要這樣呢？

老師，我真不想說，我說不出口。

趙一帆低下了頭，她，她不要臉！

妳媽究竟咋啦？

林佳玲不相信自個兒的耳朵，咋這樣說媽媽呢？

趙一帆流下了眼淚，老師，我只跟妳一個人說，千萬別讓我爸知道。

妳相信我，天大的事，妳跟我說。

趙一帆低著頭不好意思看林佳玲，為借這五千塊押金，我媽……她……她，她賣身……

趙一帆的話像晴天霹靂把林佳玲震呆了，林佳玲不能再說啥，她一時也想不出啥話能安慰趙一帆。

趙一帆抽泣著，老師，家裡發生這種事，我咋能安心讀書，我只求老太太能在醫院再活八十天，這樣我就能先掙夠爸爸的手術費。林老師，妳千萬別去找我媽，也絕對不要讓我爸知道我當護工。

林佳玲啥也說不出來，她只能默默地陪著趙一帆流淚。林佳玲忽然想到了院長韓志善。林佳玲去找韓院長，韓志善正在開會，林佳玲不好打擾，一直等到他們會議結束。

韓志善他們開會，就是研究趙漢山的手術，他告訴林佳玲，趙漢山肺部已經病變，是肺癌，原打算儘快手術，最後檢查，發現已經擴散，肝臟已經有了癌細胞，正在向大腦擴散，隨時都會有生命危險，已無法手術。只能化療做保守治療。

13

劉玉英提著幾個飯盒走進病房，為了省點錢，劉玉英堅持中晚送飯。劉玉英進病房啥也不說，先料理趙漢山吃了飯，不見女兒，問趙漢山女兒去了哪裡。趙漢山很無奈，他說可能又找特護病房的護工玩去了。他告訴劉玉英，林老師來了，他請林老師幫著勸一帆，不知道為啥，林老師沒再來他病房回話。劉玉英心裡很清楚，現在誰都勸不了女兒。

劉玉英拿過一個飯盒，先給趙一帆留了飯，自個兒吃剩下的飯。趙一帆疲憊地來到病房門口，一看母親在，她轉身又走了。趙漢山看到了，他叫趙一帆，趙一帆沒有回頭，也沒有答應。趙漢山很不高興，可又不能說啥。劉玉英只當啥也沒見，悶頭吃完飯，然後收拾飯盒。

玉英，問醫生了嗎？手術啥時間做？

劉玉英一邊收拾一邊回答，我去問了，這次檢查，醫生發現你的病沒那麼嚴重，說不用做手術了，輸液打針就行，醫藥費我已經續了。

又是跟路富根借的？

別人去跟誰借啊！

趙漢山痛恨不已，唉，前世我不知造了啥孽！他的錢不好借啊！

劉玉英聽出趙漢山話中有話，她放下了臉，漢山，你說這種話幹啥呢？好借不好借，病總得治。來醫院前，劉玉英硬著頭皮又去找了路富根，彙報了提前收下學期學雜費的情況，路富根正好問趙漢山咋樣，劉玉英把已經擴散不能手術的情況告訴了他。路富根主動打開包，從裡面拿出兩千塊，說算是他的一點心意。劉玉英卻不要他啥心意，她說一共七千塊，她一定會還。

趙漢山望著劉玉英，很內疚，他知道她難。

劉玉英說，誰都想堂堂正正做人，可這日子你不向人低頭行嗎？你呀！別再去想三想四了，有了病，想拿也拿不掉，一家人都在為你著急，你要是不好好配合，誰都對不起。劉玉英的眼淚像斷線的珍珠，一串串滾落下來。

趙漢山見劉玉英流淚，心裡也很難受，可他沒法給她安慰。劉玉英抹了一把淚，收拾起空飯盒，默默地走了。

劉玉英一走，趙一帆立即就回到病房，其實她一直在外面注意著，她不想跟母親一起在父親面前待著，她怕讓父親看出破綻。

趙漢山見趙一帆進來，很不高興，一帆，你不吃飯跑哪去啦？

趙一帆不看父親，我在下面隨便走走。

趙漢山心疼女兒，妳快吃飯，再不吃要涼了。

趙漢山躺病床上看著女兒吃飯，他忍不住說，一帆啊，我病成這樣，是我的命，妳媽她千方百計在給我治病，已經很不容易了。好孩子，妳已經長大了，啥事都該有主見，就算妳媽做了啥錯事，她也是為了我，妳也不能這樣對她，她是妳媽。

我明白，爸。趙一帆狼吞虎嚥吃完飯，把碗筷洗好放到床頭櫃裡，給父親的杯子添滿水。做完這一切，她立即站起來要走。爸，妳早點休息，我一早再過來。

剛吃完飯，妳急啥，陪爸坐一會兒，到那兒也是病房。

趙一帆只好撒謊，那個護工還沒吃飯，我得去替她看一會兒病人，我到那邊好看書，這裡人多，亂。

那好，妳去吧，晚上別下樓玩啊。

哎，爸，我走了。

趙漢山待女兒離開，他心裡很不放心，掙扎著下了床。趙漢山走到門口朝外探頭看，發現女兒急匆匆地小跑著往那裡趕。趙漢山覺得不大對頭，他走出了病房。病區正是開飯時間，走廊裡人來人往，趙漢山覺得女兒不會發現他，放心地遠遠跟著女兒走。趙漢山發現女兒越走越快，幾乎跑了起來。為了不讓女兒發現，趙漢山躲躲閃閃地跟著。趙漢山來到拐彎處，他沒有直接跟過去，貼著牆角探頭看，剛探頭，又縮了回來。特護病房門口，有位西服革履的人正在訓斥趙一帆，趙一帆做錯了事一樣任他訓斥。

吃飯吃這麼長時間啊？我還沒吃飯呢！快去看看！

趙一帆啥也沒說，立即進了病房。趙漢山一聽頭都炸了。

西服革履在門外探頭問，又拉了吧？快弄啊，晚上睡醒著點，我走了！西服革履說完夾著手包，大搖大擺走過來。拐過走廊，趙漢山拉住了他。

先生，剛才那小女孩是你雇的護工？

西服革履有點不耐煩，咋啦？

她這麼小年紀，能幹得了嗎？

別看人小，幹活還行。你誰呀？

我……我是這裡的病人。

西服革履白了他一眼，繼續向前走去，趙漢山又一把拖住了他。

你不能這樣！

咋著，老子是花錢雇她，礙你啥事？

你給她多少錢一天？

一天一百呢！

西服革履說完神氣地走了。趙漢山捂著胸口靠牆站著，心裡說不出有多難過。趙漢山一步一步悄悄地來到特護病房門口，他從門縫裡往裡看。他見趙一帆戴著口罩、戴著膠皮手套在給老太太擦身子，擦著擦著，趙一帆噁心起來，蹲到痰盂前把剛吃的飯都吐了。

趙漢山兩腿發軟，他站不住了，順著牆往下滑，癱坐在地上。他突然意識到啥，急忙爬起來，走進了特護病房。趙漢山一把拉住女兒的手，趙一帆愣住了。

一帆，爸就是死，也不能讓妳幹這種活。

趙一帆手足無措地解釋，爸爸，你聽我說……

趙漢山直跺腳，妳跟我回去。

趙一帆掙脫父親的手，冷靜地說，爸，要走也得明天走。你看，老人是危重病人，家裡沒人在，我能丟下她不管嗎？

趙漢山看了看病人，病床上老人神志不清。趙漢山再看女兒，趙一帆一臉懇求的神情。趙漢山鬆開了女兒，心疼地看著女兒。趙一帆對著父親微笑，爸，我沒事的。

趙漢山回到病房，在床上輾轉反側難以入睡，一閉眼趙一帆就戴著口罩出現在他眼前。忽然，鄰床的家屬發現病人出了問題，連忙摁呼叫器，大聲奔到門口喊醫生。醫生很快趕到，做檢查。醫生一看病人的眼睛，說，不好，趕快送急救室。

一陣忙亂，病人推走了，後面拖著家人的哭喊，趙漢山聽著，心裡亂糟糟的。病房裡重新安靜下來，趙漢山仍沒一點睡意，他呆呆地望著天花板犯愣……

14

方卓然躺床上聽了趙一帆家的遭遇，仰在那裡沒有出聲，趙一帆家的境況已經讓他同情。化療一次就得七八千塊啊！林佳玲替趙一帆擔憂。病就是災難。如今老百姓真看不起病，何況他們兩口子都是下崗職工。一帆這孩子，心地這麼純正，又這麼懂事，真苦了她了，你說咋辦呢？

應該把真實病情告訴她，別再為父親做無謂的犧牲了。

是啊！她心靈上受著雙重傷害。

經濟上咱也只能救急，沒能力救他們的窮啊，妳從卡上取兩千塊給他們表示點心意吧。

林佳玲用手撫摩方卓然的臉龐，卓然，還是你理解我，謝謝你。

妳不是說夫妻之間不用謝嘛！

你看我，一晚上只顧跟你說這些讓人揪心的事。林佳玲拿臉貼到方卓然的胸膛上。方卓然緊緊地抱住了林佳玲，林佳玲主動地吻方卓然……

劉玉英趕到醫院走進病房，趙漢山已經換下了療養服，他把一切都收拾好，痛苦地坐在病床上。劉玉英一看趙漢山那樣，著了急，漢山，你想幹啥？

趙漢山兩眼失神地指了指已經空了的鄰床，劉玉英看了看旁邊的空床，他咋啦……夜裡死了。玉英，這個病房裡住的都是那種惡病，我也是，我不住了。

劉玉英急忙安慰他，你又瞎想啥呢？你跟他們不一樣，你只是防止病變，沒有事。妳別騙我了，我不怕死，是那個病，妳就說，我不能拖累妳和女兒。

劉玉英又心疼又生氣，我咋說你才信！劉玉英生氣地流下了眼淚，說著就去剝趙漢山的衣服。你咋像個孩子似的！我辛辛苦苦為啥呀？不就是為了治你的病嘛！你想把我氣死啊！快給我老老實實換上！

一帆這孩子把我快氣死了……

劉玉英心驚，一帆跟你說啥啦？

一帆她，她在給一個快要死的老太太當護工！我再住下去就是害女兒了。趙漢山說著流下了眼淚。劉玉英也驚得啥也說不出來，她立即跑出病房。

劉玉英跑進特護病房，趙一帆正在給老太太擦臉。劉玉英二話沒說，拉下臉一把把趙一帆拉出病房。

劉玉英心裡有一股火在燃燒，她非常氣憤卻盡力壓低著聲音。

我是做了見不得人的事，可是，我不是不要臉！我不答應他，就借不來這些錢，沒有這些錢，妳爸就住不了院，我為了誰啊？我是為了治好妳爸的病，為了讓妳能安安心心上學！

趙一帆咬牙切齒低著聲說，我爸不需要這種髒錢來治病，我也不需要這種髒錢來供我上學！

趙漢山不放心母女倆，掙扎著從病床上爬起來下了床，他跟著劉玉英來到特護病房外的拐角處，見她們母女倆啞著嗓門在打嘴仗。

妳嫌這錢髒，妳可以不用，但妳爸不能不用！乾淨的錢，我也要，有嗎？

我會掙出這筆錢來的！

等妳掙到這筆錢，妳爸早死了！

趙一帆睜大眼睛盯著劉玉英。

妳以為我在嚇唬妳啊，妳多長時間掙來這筆錢？三個月？半年？還是一年？妳爸的病能拖嗎？我告訴妳，他是晚期，已經擴散，不能手術了，只能化療控制，隨時都有生命危險！等妳掙來錢，早晚三秋了！

轟隆！趙漢山的腦子裡爆炸了一顆原子彈。他的兩條腿立時酥軟下來，他倚到牆上才勉強立住沒倒下。

你給我聽清楚了，妳媽不是犯賤的人，妳要是還承認是我生的，就好好地跟我回去。

趙一帆仍擰著脖子不理她。

劉玉英再放低聲音，別再讓妳爸為我們倆的事操心……妳要是想讓他再過幾天平靜的日子，妳就老老實實回學校上學；妳對我咋著都無所謂，但妳不能讓妳爸知道這些，是不是要我跪下求妳？

妳要是再敢做那種見不得人的事，我就死給妳看！

我不用妳操心，妳媽是啥樣的人，妳心裡應該清楚！我心裡有多苦，妳也應該懂！妳必須停止當護工，立即回學校上學，要是不上學，就辜負了我和妳爸的一片心，要是沒文化，將來也擺脫不了我這樣的命運！

我就是要飯當叫花子，也絕不做那種下賤的事。

撲騰！拐角處的趙漢山聽了母女兩個的話，他一臉絕望。一陣頭暈，他再也站不住了，轟然倒地。走廊裡的人大呼小叫，驚動了整個樓道。

劉玉英和趙一帆發現了拐角處一團忙亂，不知道發生了啥事。劉玉英試著要努力說服女兒，她伸手扶趙一帆的肩膀，趙一帆立即把她的手甩掉。

劉玉英苦苦哀求，相信媽媽，一帆。

趙一帆低著頭根本不理睬，然後扭身重回病房。劉玉英無奈地望著女兒的背影吼，妳這是在害妳爸！

15

林佳玲第二天再去醫院看趙漢山，趙漢山躺在病床上正背著儀器在往體內輸化療藥劑，劉玉英坐在一邊看著。趙漢山見林佳玲來看他，想坐起來，讓林佳玲按住了。林佳玲從包裡拿出兩千塊錢，表達了他們兩口子的一點心意。劉玉英和趙漢山不知道說什麼好。林佳玲拉上劉玉英，她們一起去找那位西服革履中年人。

趙一帆已經從醫生那裡證實了父親的病情，她失神地回到特護病房，啥也不想幹了。西服革履發現趙一帆精神恍惚，立即來了火。

妳這丫頭是咋回事？咋不幹活呢？

趙一帆心裡很痛苦，我爸也已經晚期擴散了，連手術都不能做了。

西服革履一愣，妳是說，妳不想再做護工了？

趙一帆一片茫然，我、我也不知道咋辦。

林佳玲和劉玉英急匆匆進了特護病房，趙一帆失神地在餵老太太吃東西，西服革履在一邊看著。林佳玲沒有喊，她悄悄地走過去，輕聲跟西服革履說，先生，到門口說話好嗎？

西服革履無奈地隨林佳玲來到門口。

情況你都清楚了，她是我的學生，我得對她，對她父母負責，她不能不上學，你明天重新找人好嗎？

你看我媽這個樣，不好找啊！

我相信，你也是有同情心的，這樣不只是耽誤她的學習，而要耽誤她的一生。

我們是有協議的。

當時她不知道她爸的病情，她也沒跟你說實話，她才十五歲哪！我求你了。

……

趙一帆去父親病房打招呼，一個饅頭和一碗菜涼在床頭櫃上，她爸一口都沒有吃。趙漢山睜著兩眼，平靜地躺在病床上，眼淚從兩個眼角靜靜地流到枕頭上。趙一帆撲到父親身上，緊緊拉住父親的手，爸，你咋不吃飯呢？

趙漢山的淚更加洶湧，一帆，爸對不起妳，我連累妳連學都不能上。一帆，爸求妳一件事行不行？

爸，你說。

家裡再窮再苦，妳得上學，妳要上高中，要考大學，要不，爸我死不瞑目。

趙一帆跪在了床前，爸，我答應，我這就回學校去上學，你好好治病。

還有，妳不能這樣對妳媽，她是咱們家最累最苦的人，那天妳回家從家裡跑出來，我看見了。

爸！你咋不在家待著？

就算妳媽做了啥不好的事情，那也是為了給我看病。

趙一帆很驚慌，她反過來安慰父親，爸，媽她沒有做對不起你的事。

我知道，妳媽她是個賢慧的女人。一帆，妳答應我，一定要對妳媽好。

爸，我答應你。

一帆，還有件事。

趙一帆很緊張，爸，啥事？

算了，不說了。

趙一帆急了，爸！你說，啥事？

爸本不應該說，但妳是我的女兒，我要女兒為我做一件事。

爸，你說，你要我做啥都行。

聽人家說榴槤特別好吃，我這輩子還沒吃過榴槤。

爸，我知道了……

趙一帆跟著林佳玲去了學校。

16

趙一帆又回到學校繼續班長的職責。自修課上，林佳玲發覺趙一帆神情異常，同學們都在教室裡埋頭做作業，趙一帆卻呆呆地坐在座位上愣神兒，眼淚不斷線地往下流。林佳玲悄悄地來到趙一帆身邊。

一帆，咋啦？

我對不起爸爸。

妳又想啥呢？

我爸跟我說，榴槤特別好吃，他這輩子還沒有吃過，就這麼個要求，我都沒法滿足他。

一帆，妳別難過。妳爸想吃榴槤，不是妳不孝順，是妳沒有這個能力，妳不要自責，也不要難過。林佳玲說著從身上摸出一百塊錢。一帆，妳拿著，放學後，去給妳爸買個榴槤。

林老師，妳已經給我家兩千塊錢了，我不能再要……

拿著，妳爸之所以跟妳說，他是想要享受一下女兒對他的孝敬。

趙一帆含著眼淚接了一百塊錢。同學們看到這情景，紛紛走過來，向趙一帆伸出了援助之手，有的拿十元，有的拿五元，有的兩元一元。趙一帆受不了了。

林佳玲說，李莉！趙一帆父親在醫院化療，化療一次要六七千塊，大家能幫助的就幫一下，一百不嫌多，一元也不嫌少，妳負責一下，做好登記。同學們自願，有想捐助的，就請交給李莉同學。

班裡的同學都圍向李莉，有的給了一百元，有的給了五十元，有的給了三十元……

林佳玲從教室出來，她去找了校長王海清，她覺得這事應該向校長彙報。王海清也被趙一帆的行為感動，也為她擔憂，他當即下了決心，學生有困難，學校不能不管，應該在老師中間發動一下，讓大家獻愛心，其他班的學生就算了。林佳玲十分感激。

全校的老師都捐了款，俞老師最少也捐了五十元，崔靜捐了兩百元，呂老師捐了三百元。林佳玲正跟李莉在辦公室統計捐款，路海龍在數學教學組辦公室門口探頭探腦，林佳玲發現了，問他有啥事。路海龍走進辦公室，來到林佳玲辦公桌前，從褲袋裡摸出一把錢，放到林佳玲辦公桌上就走了。林佳玲一看是五百元，她立即追到門口喊住路海龍。

路海龍！你這是幹啥？

你們班不是給趙一帆家捐款嘛！我也給她捐點。

學校規定別的班學生不捐，你這錢不能接受，你咋會有這麼多錢？

林老師，我路海龍學習是不好，但不至於去偷錢。我們家現在多少有點錢，這錢是我爸給我的零用錢，趙一帆挺倒楣的，她這麼聰明，不應該這麼倒楣。

說完路海龍轉身跑了出去，林佳玲看著離去的路海龍，他讓她深思。

趙漢山緊閉著眼咬著牙躺在病床上。趙一帆戴著口罩套著膠皮手套給老太太擦身子、趙一帆蹲到痰盂前嘔吐、西服革履訓斥趙一帆……一個個鏡頭閃在他眼前。「妳爸的病能拖嗎？我告訴妳，他是晚期，已經擴散，不能手術了，只能化療控制，隨時都有生命危險！等妳掙來錢，早晚三秋了！」母女吵架的聲音一句句在他耳邊迴響。

趙漢山的牙越咬越緊，眼淚從兩個眼角悄悄地湧出。趙漢山不聲不響爬起來，他拉開床頭櫃，拿出了趙一帆的書包，他從書包裡找到了紙和筆，他坐在床頭櫃前，在紙上寫著啥。

趙漢山放下筆，把寫好的紙疊好，夾到趙一帆的書裡，把書放進了床頭櫃裡。趙漢山從床頭櫃裡拿出衣服，換下了療養服。

鄰床奇怪，趙老師，你這是要做啥呢？

趙漢山換好衣服，來到病房的窗戶前，他推開塑鋼窗，抬頭看天，他高聲喊，今天天氣真好！是個好日子啊！選都選不著的好日子啊！

趙一帆雙手捧著一只榴槤，林佳玲背著五千多塊錢捐款，兩個人高高興興地走進醫院大門。

林老師，一到病房，我就切開來給我爸吃。

哎，妳爸肯定會很高興。

嗯，我爸要知道全班同學和老師給我家捐款，他一定會很激動。

哎！咱們趕緊去叫他高興高興。

林佳玲和趙一帆小跑起來。她們來到醫院住院部樓下，樓下圍了一大片人，人堆裡有人在哭喊，不知發生了啥事，兩個急忙走過去。

漢山！你幹嘛要這樣！你幹嘛要這樣啊！

林佳玲和趙一帆一聽那哭聲，頭髮都豎了起來，趙一帆雙手緊緊地抱著榴槤慌忙跑過去，她看到母親趴在地上呼天搶地地哭得死去活來。

我的天啊！我把化療的錢都交齊了啊！你這是幹啥呢！你這叫我們咋活啊！……

趙一帆擠進人堆，她一下傻了，手裡的榴槤啪地掉到地上。趙漢山頭部出血，躺在地上已經死了，醫護人員正在給他蒙上被單。

趙一帆撲過去趴在趙漢山身上，爸！爸！爸！

林佳玲也擠了進去。

我的天啊！你咋這麼想不開啊！……劉玉英哭得更加傷心。

趙一帆抱著父親遺體，哭得喘不過氣來。林佳玲也淚流滿面。

趙漢山的遺書是林佳玲發現的。她回到病房，幫小帆整理她爸留下的遺物。林佳玲從趙一帆的書裡發現了趙漢山寫的遺書。

一帆，爸爸給妳起這個名字，是期望妳的人生一帆風順。可是爸爸太沒用了，讓妳這麼小就經受逆風。爸爸害了妳，連累得妳連學都沒法上。我不配做父親。

我真不想死，但我卻得了這種病，這是天意。我不久就要離開人世了，這倒解除了妳和妳媽的苦難。一帆，妳媽是正派的賢妻良母，不論她做錯了啥，都不是她的本意，妳媽是為了我，她是妳的好媽媽，妳一定要原諒媽媽。我唯一的願望就是盼望妳上學，妳一定要上高中，上大學，要不我死不瞑目……

林佳玲讀到這裡已是滿臉淚水。

17

林佳玲幫著劉玉英和趙一帆安排好趙漢山的一切後事，走出太平間，她要計程車送劉玉英和趙一帆回家。趙一帆獨自只顧朝醫院大門外走。

劉玉英趕緊跑過去拉趙一帆，趙一帆一扭身子，轉身憤怒地衝著母親吼，妳不要碰我！爸知道妳做的醜事，爸就是叫妳逼的！

劉玉英快氣暈了，一帆，妳、妳……

妳讓他沒臉見人！

林佳玲見母女倆吵了起來，急忙跑過來拉住趙一帆，一帆！咋能這樣跟母親說話呢！

我沒有她這樣的母親！

劉玉英一屁股坐到地上，我好命苦啊！我前世作了啥孽啊……

一個坐地上哭，一個要跑，弄得林佳玲顧此失彼，她只能拖住趙一帆，耐心地勸她，一帆，妳媽正在悲痛之中，陪妳媽先回家，好嗎？

我不回家！

你不回家上哪？

反正我不回家！

一帆，聽話，妳媽心裡很悲痛，妳再要這樣遷怒她，她會承受不了的！

趙一帆沉默……

一帆，妳應該相信媽媽，就算她有錯，也是一時無奈，她已經很痛苦了，妳要是再這樣對她，是往她傷口上撒鹽。

趙一帆痛苦地說，林老師，我沒法原諒她。

妳媽再錯，也是妳媽，這個時候，妳更應該體諒她。

林老師，我真的不想回家，我回家，只會更加痛苦。

林佳玲摟著趙一帆，要是妳真不想回家，那就先到老師家住幾天再說。

趙一帆抬起淚眼，老師，上妳家，會給妳添麻煩的……

那妳就跟媽一起回家。

趙一帆很堅決，我不回家……

不回家就上老師家，但我們必須先把妳媽送回家。

第五章

蠱

（下巽上艮）

彖曰，蠱，剛下而柔上，巽而止，蠱。

象曰，山下有風，蠱，君子以振民育德。

——《周易》

注：巽，（音ㄒㄩㄣˋ）八卦之一，象徵風。

《彖傳》說，《蠱》卦剛艮在上，而陰柔巽在下，柔則情不能上達，剛則情止於身（上下不通情而致亂），所以卦名為蠱。

《象傳》說，山下有風，這就是《蠱》卦卦象。君子（觀此卦象），於是賑濟百姓，培育道德。

林佳玲想跟方卓然先打個招呼，領趙一帆到家裡去住，免得突然又弄出不愉快，但電話沒能打通。林佳玲只好先搭車和趙一帆一起把劉玉英送回家，安頓好劉玉英，再和趙一帆一起回家。

林佳玲正做飯時門鈴響了，林佳玲立即關掉爐灶的火先跑去開門，她怕方卓然一見趙一帆意外冒失，讓趙一帆尷尬。方卓然今天喜氣洋洋，手裡捧著一只精緻的盒子，他的喜氣把林佳玲要說的話給壓住了。

佳玲，妳猜我拿的是啥？

林佳玲當然是猜不著，你買啥啦？

方卓然一邊換鞋，一邊小心地把那盒子放到茶几上，然後輕手輕腳小心地解開包裝盒，從盒裡拿出一尊包公的黑陶雕塑，十分得意，咋樣？

林佳玲看了一眼，不錯，哪買的？

方卓然把黑陶包公放茶几上，幫人家打贏了官司，人家就送了我這個，是名家的作品。真的不錯。

快弄飯吃，我買了票，美國大片《撞車》，吃了咱去看電影。

方卓然一高興，順手摟住林佳玲想親一口，林佳玲急忙搖頭，拿手朝後指。方卓然沒反應過來，仍要繼續。哐啷！身後廁所門響，趙一帆走出廁所，很是尷尬。

方大哥！

方卓然趕緊放開林佳玲，渾身的喜氣全跑了。他嗯了一聲，把黑陶包公捧到寫字臺上。卓然，你來一下。林佳玲進了臥室，方卓然跟了進去。

卓然，我給你打電話，你手機一直沒開。

我一下午都在法庭上。

趙一帆她爸去世了……

方卓然一怔，是嗎？這麼快！

是跳樓，他知道得了癌症，不想拖累妻子和女兒。一帆跟她媽更彆扭了，我只能領她來咱們家。

事情確實意外，方卓然很同情趙一帆，真是屋漏偏遭連陰雨啊！

一帆得在咱們家住些日子。

我理解妳的心情。

沒有別的辦法可想。林佳玲懇切地看著方卓然。

沒辦法就住吧，我睡客廳沙發。

不用，讓一帆睡沙發就行。

不好，既然在這兒住，她也不小了，睡客廳沙發不方便，我睡沙發，妳跟她睡臥室。

林佳玲很感動，卓然，謝謝你。

妳又謝，夫妻之間，禮太多了反而有問題。咱們兩個可千萬不要在感情上撞車啊！哎，電影票咋辦？

我陪你去看啊！

那趕緊弄飯吃。

飯做好了。

林佳玲和方卓然一起走出臥室。客廳裡沒有看見趙一帆，林佳玲慌了，方卓然也奇怪。林佳玲一看趙一帆放在沙發上的書包不見了，到門口一看，她的鞋也不見了。

卓然！她走了，可能聽到咱倆剛才說的話了。

方卓然有些愧意，哎喲，弄不好她誤會了。

你吃飯吧，我得去找她。我不能陪你看電影了，讓康妮陪你去看吧。

妳吃了飯再去吧。

我不吃了。林佳玲說完，急急忙忙出了門。

林佳玲騎著車，沿路找到趙一帆家，趙一帆沒回家，劉玉英悲傷又加上了著急。劉玉英要跟林佳玲一起去找，林佳玲沒讓，讓她在家好好休息，她去找，一有消息就告訴她。林佳玲騎車趕到學校，保安說沒見到趙一帆，林佳玲不放心，特意爬上教學樓到8（1）班教室看了才死心。林佳玲叮囑保安，要是趙一帆來學校，立即打電話告訴她。林佳玲給幾個學生打電話詢問，都沒見趙一帆。林佳玲沒了辦法，她不知道趙一帆會上哪去。林佳玲忽然想到了醫院，趙漢山的遺體在醫院太平間，這傻丫頭會不會去醫院呢？林佳玲立即騎車趕去醫院。

趙一帆是去了醫院。她貿然從廁所出來，讓老師和方大哥尷尬，自個兒也尷尬。她意識到，她在這兒，只能給老師添麻煩，會把他們的生活攪亂，於是她悄悄地離開了。走上大街，趙一帆一片茫然，偌大一個世界，卻沒有她去的地方。她在街上徘徊，孤獨中她更想父親，於是她去了醫院太平間。值班的當然不會讓一個小姑娘進太平間，也不可能讓她看父親的遺體。趙一帆沒有可去的地方，就坐到太平間外面的屋簷下，坐在那裡她情不自禁地嚶嚶地哭起來，一邊哭一邊喃喃地對父親訴說心裡的痛苦。

趙一帆的哭聲很輕，但在寂靜的夜晚，這哭聲傳得很遠。太平間值班室的值班員本來就寂寞難熬，屋外再有個女孩在嚶嚶地哭泣，煩不煩人。

喂！小丫頭，妳在這兒叫啥魂啊？

趙一帆停住哭。

鬼哭似的，煩不煩？快走！

趙一帆坐在那裡不吭聲。

妳不回家幹啥？姑娘家，半夜三更的，也不怕碰上流氓啊！要碰上流氓，妳這輩子就完啦！快回家！

趙一帆害怕地站了起來。

林佳玲找到太平間，趙一帆又不知去向。方卓然打來了電話。方卓然也替她著急了，問她找著趙一帆沒有。林佳玲說趙一帆來過醫院太平間，現在又不知上了哪，還沒找著。她問他是不是去看電影了。方卓然跟她說電影他沒去看，他現在在辦公室，要是能找著趙一帆，讓她直接領她回家，他住辦公室。林佳玲過意不去，不同意他住辦公室。方卓然說辦公室可以睡，這樣好，一來可以騙趙一帆他出差了，二來趙一帆住他們家會比較踏實。方卓然這一舉動讓林佳玲很感動，她反覺得太委屈方卓然了。電話上感謝了方卓然。方卓然說她的感謝越來越多了，不是好事。

林佳玲打完電話，心裡輕鬆了許多，她覺得方卓然這次表現真不錯，一切都為她考慮，寧願委屈自個兒，看來他真的改變了。林佳玲心裡熱乎乎的，走出醫院，她忽然想到，趙一帆會不會去特護病房。

趙一帆實在想不出能去的地方，她就去了特護病房。

西服革履前腳走，林佳玲後腳就推開了病房門。她驚奇趙一帆真的在這裡。

一帆，妳咋上這兒來了？妳讓我好找啊！

林老師，對不起，我沒有說就走了。

妳咋走了？

妳家裡太擠了。

沒關係，妳大哥今晚就出差了，他要一個多禮拜才回來呢！

他咋突然出差呢？

當時我也不知道，還沒來得及跟妳說，妳就走了，妳到這兒來算啥事呢？

趙一帆想了想，林老師，明天再說吧，我已經讓那個叔叔走了，今天晚上我就在這兒了，妳快回家吧。

妳真是個好孩子，好吧，那妳今晚就在這裡吧。

明天一早，我直接去學校。

2

辦完父親的後事，趙一帆才正式上學。林佳玲陪著趙一帆一起走進教室，惻隱之心人人都有，同學們的目光裡都飽含著同情。趙一帆沒有直接去座位，她走到講臺前，默默地向全體同學三鞠躬致謝。

謝謝林老師！謝謝各位同學！謝謝學校的每一位領導和老師！謝謝！趙一帆熱淚盈眶，她走向座位，眼淚撒了一路。

林佳玲看著這場面，心裡一陣陣發酸，為了調節氣氛，她想給同學們講點什麼。

同學們，孝敬父母，是我們中華民族的優良傳統，但是，有許多時候，忠孝往往不能兩全。我還記得這個典故。從前，楚國有個才子叫申鳴，他在家盡孝侍奉父親，國君請他去當宰相，他不去，說他是父親的兒子，他要在家盡孝道，孝敬父親，不能去做官。父親說國比家更重要，讓他去當宰相。申鳴就遵從父命去做了宰相。白公作亂，申鳴帶兵去討伐。戰無不勝，攻無不克。白公知道他是孝子，就劫持了他父親，提出條件，如果他退兵，他們就放了他父親，還給他封地；如果要是死打，他們就先殺他父親。申鳴寫信給父親，說過去他是父親的孝子，現在他是國君的忠臣，做忠臣就不能再盡孝保全父親的身體。最後他平定了內亂，殺了白公，但他父親卻也被白公殺了。申鳴十分悲痛，他說既然忠孝不能兩全，我有何臉面站在天底下，於是他自殺而死。

趙一帆和全班同學都聽出了神。

趙一帆也碰上了兩難的事情，她很愛學習，可父親病重沒錢治，為了孝敬父親，她只好放棄上學，去當護工，掙錢為父親治病，而且她對那位垂危的老人充滿了愛，做著常人不能做的髒活。我為她的精神和品質驕傲，我建議大家為她鼓掌。

同學們熱烈鼓掌，趙一帆流下了感動的眼淚。

下課後，趙一帆跟著林佳玲出了教室，她默默地把「師生直通車」本給了林佳玲，林佳玲會意地向她點頭。林佳玲回到辦公室，她立即看了趙一帆的直通車本。

林老師，妳真是我的好大姐，要不是妳，我真不知道自個兒會走到哪一步。我會用功補上耽誤的課程。有件事，妳可能會不高興，但我沒有辦法。我還是不想回家，一看到媽，我就會想到爸爸，我就傷心。我沒法接受她……

林佳玲立即拿起筆給趙一帆回覆。

一帆，我完全理解妳的心情，但是妳應該明白，人來到這個世界，啥都可以選擇，唯父母不能選擇。父母給了妳生命，母親用乳汁把妳養大，她就是犯了罪，也是妳的母親，血肉之情，養育之恩，當終生相報。

一帆，為了調理心情，這些日子妳就在老師家住，妳方大哥已經出差了，妳不要有啥顧慮，咱們也可以好好交流一下。但我希望妳不要任性。

林佳玲正寫著，有人敲門，林佳玲讓敲門的人進來，但沒人進來。林佳玲走過去打開門，郭小波和夏青苗等幾個學生拘謹地站在門口。

你們咋來了？

郭小波不好意思地代表大家說，林老師，幫我們說說，讓我們來城北中學上學吧？

你們學校不是不撤銷了嘛！

夏青苗說，林老師，學校是不撤了，可我們在那裡上學，絕對考不上高中。

林佳玲十分為難，情況你們也知道，我已經幫你們跟校長說了。

郭小波說，我們繳費還不行嗎？

林佳玲說，教育經費不是你們繳一點費就能解決的。

夏青苗說，林老師，妳要是不幫我們，我們就沒有指望了。

其他學生懇求地說，林老師，妳幫幫我們吧。

林佳玲說，你們先回去，我把你們的情況跟教育局的伍處長反映一下，看看他有沒有解決的辦法。有了消息，我再告訴你們，好嗎？

林佳玲還沒去找伍志浩，路富根倒是先去教育局找了伍志浩。路富根這回嘴上抹了蜜，說出的話那麼甜，進門先把兩眼笑瞇成月牙，又敬菸又哈腰。

伍志浩有些奇怪，你今兒個是咋啦？有啥事？

路富根在伍志浩對面端正坐下，過去我是沒找著組織啊，像沒頭蒼蠅到處亂撞；現在有了組織，有了管我們的父母官，我是撥開烏雲見太陽啊！有了組織，有了父母官，我們就有了家，有了依靠啊。有了依靠我就得緊靠哪，不是說要跟黨中央保持一致嘛！我得先跟你一致哪，我來向領導彙報工作來了！

伍志浩抽著菸，看著路富根，琢磨著他的話，他感覺他幕後有人在支招。

路校長，你是不是請了高參啦！從受災到學校撤銷，又改成不撤銷，還要各界支持，師生傷殘你沒賠一分錢，反從政府那裡得到一筆捐助款，一步一步你很有計劃，沒受損失，反發了財。

伍處長，你這是說哪裡去了呢！我們在下面，位置低，眼睛就瞅著鼻子尖，想的就那一畝三分地，我們全要靠你們指點哪！

提高教學品質是你們的當務之急，你們必須增加師資力量，你報計畫吧，我們來跟師範學校聯繫。

伍處長，遠水解不了近渴哪，就算進一個兩個人來，也改變不了面貌呀！我倒是有個主意，不知行還是不行。

啥主意？

市長不是要各界支持嘛！局裡應該發動那些公辦教師到我們那裡兼課啊！我給一點補貼，既提高了我們的教學品質，老師們也增加點額外收入，一舉兩得，再說這事伍處長你發個令就成了。辦成了，我路富根不是白眼狼！

伍志浩看著路富根沒有說話，還別說，他這主意還真是個解決問題的辦法，不過他這鐵公雞，哪個老師願意去呢。伍志浩只好先搪塞一下。

那你回去先搞一個計畫，哪些課不行，需要多少老師，我們再研究解決。

路富根拍屁股感謝，然後離開了教育局。

3

趙一帆暫時在林佳玲家住下了，但心裡還是不踏實，住老師家不是一個長法，可她又沒別的去處，不知究竟如何是好。

放學後，林佳玲在樓下沒等到趙一帆，她到教室來找，趙一帆獨自一人在教室看書。

一帆，妳咋不下樓呢？

趙一帆不好意思地站了起來，林老師，妳說得都對，可想來想去，我還是沒法跟她在一起生活。不是說好，先到老師家住些日子再說嘛。

住老師家也不是解決問題的根本辦法。

那妳上哪？

我在學校不回家行不行？

那咋行呢！教室咋能當宿舍呢？跟我回家吧。

趙一帆只好收拾起書包，跟林佳玲一起走出教室。

一帆，妳知道過去堯和舜的故事嗎？

不知道。

堯是主動把帝位禪讓給舜的，妳知道堯為啥要把帝位禪讓給舜嗎？

沒聽說過。

因為舜是天下最孝敬父母的人。舜的父親是個蠻不講理的瞎子，舜是重瞳，母親生下他就去世了。他父親認為舜是怪物，說他剋死了母親，是個災星，從小就整天打罵舜，甚至要殺舜。舜的後母更是惡毒，為了兒子象的利益，一心想害死舜，落井下石、上房抽梯放火，都是她和象害舜的典故。但舜一點不抱怨，他父親眼瞎打不著他，他就主動靠近他，讓他打起來方便一些。舜對後母和弟弟象始終以德報怨，盡心盡孝。堯把兩個女兒嫁給了舜，再讓九個兒子都跟著舜到曆山耕作，兩公主都盡兒媳的孝道，九個王子也都敬服舜的管理。一個人齊家，才能治國，堯這才看中舜，把帝位也禪讓給了舜。舜得到全國百姓的愛戴，又擁有美女、財富和尊貴的地位，但他仍然憂愁，因為他沒得到父親和後母的歡心。孔子和孟子都稱舜是天下大孝之人。

趙一帆聽了默默無言。一回到家，林佳玲就進廚房做飯，趙一帆也一起幫忙。劉玉英從來不讓趙一帆做飯，連碗都不讓她洗，林佳玲就教她做飯，林佳玲掌勺炒菜，趙一帆洗菜、切菜。吃過晚飯，林佳玲想找伍志浩彙報郭小波和夏青苗他們轉學的事，伍志浩正好來電話找她。林佳玲讓趙一帆在家看書做作業，她去見了伍志浩。

林佳玲和伍志浩在一個茶館見了面。伍志浩把路富根想請公辦老師兼課的事告訴了林佳玲，伍志浩沒想到林佳玲會支持路富根的想法。

不管路富根搞啥名堂，我想學校已經辦了，幾百個學生已經招來了，要害的問題是咋讓這些民工子弟學生學到真知識。今天郭小波他們幾個又到學校找我來著，還是想轉到我們學校去上學，王校長不可能同意。他們仍在民工子弟學校上學。這些學生真的考不上高中，這麼多孩子上不了高中咋辦？

所以我還是堅持撤銷這種學校。

學校要是撤銷了，這些學生連上學的機會都沒有了。我倒是覺得，發動公辦學校的教師到民工子弟學校兼職代課，是提高民工子弟學校教學品質的好辦法。

讓公辦學校教師到民工子弟學校兼職矛盾太大，時間、補貼，再加上路富根這種人，意想不到的事情多得很。

可以靈活掌握，正課有空，就正課時間去兼課，正課時間要不行，可以利用業餘時間給民工子弟學生補課。我可以去，初中班的數學課我負責補。

林佳玲是第一個到城北民工子弟學校補課的老師，郭小波、夏青苗等同學非常高興。林佳玲的粉筆字就讓學生們暗暗讚歎。林佳玲從有理數運算開始補起。

同學們，我要先問大家一個問題，大家每天都看新聞聯播嗎？

同學們回答，看。

新聞聯播後每天都有天氣預報，一到冬季，很多地區氣溫就降到零度以下，那麼請問零下一度，這數咋記呢？……

郭小波和夏青苗交換了一下眼神。郭小波舉手，林佳玲讓他回答。

郭小波站起來，在一前面加減號，讀負一度。

林佳玲微笑著點頭。很好，回答正確。林佳玲完全脫開了教案，她手拿粉筆，邊說邊在黑板上寫。我再問，某同學的父親從甲地進了一百斤桃子，進貨的批發價是一塊五毛錢一斤，拿到乙地賣兩塊錢一斤。結果，天氣太熱，桃子爛掉了三十斤。請問這位同學的父親是賺了還是賠了呢？

同學們沒有回答。林佳玲指名讓夏青苗回答。

夏青苗站起來說，應該是賠了。夏青苗看著黑板上的數邊計算邊回答。進一百斤桃子，一塊五毛錢一斤，一共花了一百五十塊錢；爛了三十斤，剩下七十斤，每斤兩塊錢，可以賣到一百四十塊錢，同學的父親賠了十塊錢。

夏青苗同學回答得很對，賠十元錢。那麼，賠十元錢，用數字記帳咋記？

夏青苗說，賠十元。

請坐下，口語表達可以說賠十元錢，但財務規範的記帳方法，應該是記負十元。林佳玲在黑板上寫了「－10元」。

林佳玲講完課，路富根卡著時間走進教室。

路富根說，林老師辛苦了，讓老師先走，大家留一下，我還有點事。

林佳玲和學生們相互告別，路富根看著林佳玲離開教室之後，他走上了講臺。

路富根說，同學們，林老師補的課咋樣啊？

郭小波說，林老師講課可好了，一邊講，一邊啟發我們思考，講得透，我們也記得深。

林老師是用休息時間給大家補課，老師這麼辛苦，咱不能讓老師白辛苦哪！得給老師發補課費。回去跟你們父母說，學校請公辦的模範老師給你們補課，提高學習成績，每人要繳補課費，每節課每人繳五塊錢，這不多吧？咱先按每天一節課繳，雙休日加課另外再說，每人每月先預交一百五十元，明天就帶來！

學生們立即議論紛紛。

路富根揮手制止，別說話！有啥問題嗎？

一男生說，要是爸媽不給補課費咋辦？

這很簡單，現在是市場經濟，誰花錢，誰受益；不花錢，不受益；不繳補課費的就不補課唄。

林佳玲發現民工子弟學校的學生求學欲望特別強烈，上課也專心，這更讓她替他們擔心，如果要是有更多的老師來幫他們補課，他們的學習肯定會有很大的提高。第二天課間，林佳玲在走廊碰上了崔靜。

崔老師，妳去上課？

是啊，林老師，有事啊？

民工子弟學校的師資力量很弱，落實不了教學大綱的教學要求。

學校不是誰都能辦的。

那裡的學生有的天資並不差，要不幫他們，可能會被耽誤，挺可惜的，教育局想多動員一些公辦學校的老師去給他們補課。

崔靜疑惑地問，妳啥意思？

我想請妳也去幫他們補課。

妳想讓我去幫民工子弟學校的學生補課？崔靜好驚奇。

是啊。妳有教學經驗，知識豐富，幫他們補語文，他們準會有很大提高。

補一堂課給多少錢？

錢暫時還沒有，他們都是打工農民的孩子。

崔靜輕蔑一笑，沒錢白幹？

這些孩子太困難了，教育局說可能會給一點補助。

林老師，我的境界沒有你那麼高。就算是給錢，我也沒空去陪這幫農民孩子浪費時間，我有吃奶的孩子。對不起，上課時間快到了。崔靜說完夾著教案離去。

林佳玲望著崔靜離去的背影，有些不可思議。

4

劉玉英整整瘦了一圈。中年喪夫是一大悲傷，女兒又與她斷絕關係，更成一大心病。她嚼著痛苦咽著苦澀度日，痛苦中她做出了一個決斷。

劉玉英上班去了路富根辦公室。路富根見劉玉英主動來見他，很高興，他也發覺她瘦了。

玉英啊，這些日子妳瘦了，人死不能復生，你也用不著這麼為他痛苦。咱們這事都做了，妳就把我當親人，有困難就跟我說。

劉玉英沒理他，她從手包裡拿出一疊錢，放到路富根寫字臺上。路富根這才知道她是來還錢的，路富根很喜歡錢，但劉玉英欠他的這筆錢，他並不急著要。他已經向她表白過了，他喜歡她，儘管是他要脅，儘管她十分不情願，但他們畢竟已經有過交合。現在趙漢山死了，劉玉英也沒有再嫁，他心裡早生出一個非分之想，更願意用這一筆錢，換她的感情。若是她能想開，她一個寡婦，無憂無慮，多好的事情。現在劉玉英來還他錢，證明她根本沒有這意思，是拒絕。路富根十分遺憾，但他還想再爭取一下。

妳這是幹啥呢？

劉玉英沒有一絲笑意，數數，整三千，剩下的我會一點一點還你。

路富根很尷尬，故作心疼狀，妳不過日子啦？

劉玉英不想跟他磨牙，你打收條吧。

路富根看這招不靈，又來另招，咋，傍上大款啦？

別以為天下男人都跟你一個德行！快寫收條吧。

路富根看事情已沒迴旋餘地，只好無奈地寫了收條，收起錢。劉玉英接著從包裡又摸出一串鑰匙，把鑰匙放到路富根的桌子上。

從明天起，我就不來上班了，你另請高明吧。

路富根沒想到劉玉英會辭職，劉玉英做事很認真，不耍滑，不刁鑽，難得，他真捨不得。

這，這是咋說呢！買賣不成情意在，這又何必呢？我對妳不薄啊！有意見妳可以說，感情上的事妳要是不願意，我也不會強迫妳。

你是對我不薄，但在你手下做事，我女兒都要丟了。我不能為了你，不要女兒。

這麼說，你本人是並不願意離開我這兒的。

我要是不願意還辭啥職呢？你去找別人吧。

妳辭職起碼也提前打個招呼啊！這麼突然，不是拆橋嘛！我找人都來不及啊！

這個月工資我不要了，我在這裡做的事情也對得起你了！

路富根想說的話還沒說完，劉玉英就離開了。路富根遺憾地搖頭，但牛已過河，拽尾巴也無濟於事了。

5

林佳玲再到城北民工子弟學校給初中班補課，奇怪教室裡的學生少了一半多。林佳玲先沒上課，走上講臺問郭小波，小波，今天人咋沒到齊？

有些同學繳不起補課費，他們不來了。

誰說要繳補課費？

夏青苗說，校長說要繳，每人每月先繳一百五十元，雙休日加課還要增加。

林佳玲很氣憤，但她不好在課堂發作，她先忍住氣上課。

林佳玲到路富根在辦公室找他，路富根脫了鞋盤腿坐在圈椅裡，拿一副撲克牌在算命。林佳玲推門進屋，來到路富根辦公桌前，他仍沒停止他的撲克遊戲。

林老師，課補完啦？

林佳玲對他的做派實在看不慣，我跟你說了，我是免費為學生補課，你為啥要向學生收這麼多補課費？

路富根連頭都不抬，一邊繼續他的遊戲一邊應付，林老師啊！妳是模範教師，妳盡義務，得榮譽，有失有得，說起來也合得來。我呢，不是啥模範，也不想當啥先進，我是農民，農民辦企業幹啥？一件事，賺錢，我現在還虧著本哪！

你口口聲聲給打工農民做好事，幫他們忙，你就這麼做好事，就這麼幫忙啊？

林老師哪！我不是慈善家啊！妳補課是不要錢，可妳想過沒有？妳補課，要不要用我的教室啊？要不要用我的電啊？要不要用我的桌椅板凳啊？妳來補課，我們的工作人員能下班嗎？加班要不要給他們發加班費啊？我收費哪一點不合情？哪一條不合理啦？

林佳玲反讓路富根問得沒法回答。

路富根看林佳玲被他問住了，更來了勁，林老師哪！妳是公辦教師，妳老公是名律師，咱不能飽人肚裡不知餓人饑啊，做事情不能只顧自個兒不顧別人哪！

林佳玲讓他說得有氣沒處出，你要是這樣，這課我不想補了。

哎！林老師，妳可不能拿把啊！妳來補課是教育局伍處長通知我的，我都告訴了學生和家長，妳這樣中途反悔可不行。再說，這也是市長的指示，是落實市長各界支持民工子弟學校的行動，教育局都報到市長那裡了。現在妳要是反悔，要重新再報到局裡，報到市長那裡，批准了才行啊！這樣影響不好吧！

林佳玲不容商量，要我補課，就不能向學生收錢！

路富根這才放下手裡的撲克，變了腔調，林老師，妳是說了補課不要錢，可我不能這麼做呀！現在是市場經濟，按勞取酬，妳不要工錢，我們也得給妳攢著哪！到時候，妳真要是不想要，就把這錢反過來支援我們學校建設，那也是妳的一份貢獻哪！

我不需要你搞這種名堂。

路富根看林佳玲軟硬不吃，只好來實的，既然妳想管我們學校的事，那妳就管到底。如果妳確定不來我們學校補課，我沒法阻止妳，但妳要讓伍處長正式通知我，因為妳來是他通知我的，中途中斷，我也好向學生和家長有個交代。再說，下一步來代課補課的不只妳一個老師，妳不要錢，不等於別的老師也不要錢。如果妳硬不同意向學生收費，那好啊，就請妳替學校向教育局申請，讓教育局給我們補助，解決我們學校補課所用的電費、教室用具的折舊費、學校管理人員的加班費、學校的管理費。這樣可以吧？

林佳玲不想再跟他廢話，生氣地離開了路富根辦公室。路富根看著林佳玲的生氣樣，十分得意，他在辦公室哈哈大笑。

林佳玲走出民工子弟學校，街上路燈已經亮起。林佳玲心情十分鬱悶，她掏出手機給伍志浩打了電話。伍志浩在工人文化宮參加一個聯誼活動，讓她過去。林佳玲心情不好，她想把這事立即告訴伍志浩，騎上電動自行車去了工人文化宮。

伍志浩幫林佳玲要了一份漢堡套餐，兩人在快餐廳吃飯。林佳玲一邊吃一邊把路富根趁火打劫藉機向學生收補課費和她找他的事都說了一遍。

伍志浩聽了之後卻笑了，笑得林佳玲摸不著頭腦。

佳玲，我看妳的觀念也需要調整了。

林佳玲一愣，我調整！調整啥？

我有啥說啥，補課費是應該收的。

林佳玲相當意外，她沒想到伍志浩會是這種態度，啥？你也認為路富根的做法是合理的？

妳別著急，聽我跟妳說。

路富根趁火打劫不對，但補課收一定費用是應該的；崔靜把民工子弟當成傻瓜，認為教他們是浪費青春不對，但她要報酬也是合理的。妳如果一味強調不准收補課費，這事可能就辦不成，妳幫助這些孩子的願望很可能就實現不了。

伍志浩的話讓林佳玲心悅誠服，但她還是著急這幫學生補課的事，就是收費也不能收這麼多，老師不能光靠自願，這些孩子耽誤不起啊！要不補課，他們真上不了高中。

我會找路富根，讓他合理收費。補課的老師我已經做了個方案，報給了局領導，等局領導批准後，就把任務派給各個學校，這樣行了吧？

林佳玲笑了，這倒成我的事了。

是啊！妳做事情太執著了。走，放鬆一下，咱們下去跳一會兒舞。

好的。

6

趙一帆看著做好的三菜一湯快涼了，還不見林佳玲回來。她拿出保鮮膜把菜都封了起來。趙一帆無事可做找事做，她打掃衛生，把客廳紙簍裡的廢紙、廚房垃圾桶裡的垃圾袋和廁所的手紙袋一起收起下樓扔到了垃圾箱裡。她再擦窗戶，擦桌子，拖地。趙一帆把屋子的衛生清掃好，看牆上的鐘，七點半多了。她進廁所洗了手，然後到寫字臺上拿一本課本，在客廳的沙發上一邊看書，一邊等林佳玲。

大門傳來了開鎖聲，趙一帆趕緊放下書，迎向門口，她以為林佳玲回來了，打開門，沒想到是方卓然。

方大哥，你回來啦？

趙一帆習慣地伸手接方卓然手裡的包，方卓然沒給，他急匆匆進屋，換了鞋急急地朝寫字臺走去。趙一帆不知發生了啥事，在一邊忐忑不安地看著方卓然。方卓然著急地把寫字臺上的一疊東西，一件一件翻了一遍，又把包裡的卷宗全部拿出來，一樣一樣查了一遍，沒有找到他要找的東西。方卓然看寫字臺旁邊的廢紙簍，紙簍是空的。

一帆！

趙一帆立即跑過去，方大哥，啥事？

紙簍裡的廢紙呢？

我剛才倒樓下的垃圾箱裡了。

哎喲！妳咋倒了呢！

方卓然說著立即換鞋跑出門去。趙一帆也立即跟著跑出去。方卓然和趙一帆一起跑下樓，打開垃圾箱，兩個垃圾箱都新換了黑色垃圾袋，裡面空空的啥都沒有。

趙一帆做了錯事一樣，十分內疚，方大哥，清潔工把垃圾拉走了，是啥東西呀？

一份證據，可能夾在廢稿紙裡了。

我去找。

垃圾都拉走了，妳上哪去找？

趙一帆把飯菜重新熱過，端到餐桌上。

方大哥，飯菜我熱好了，快吃飯吧。

方卓然坐在寫字臺前，冷冰冰地說，妳吃吧……

趙一帆被僵在那裡，不知如何是好。

方卓然沒有回頭，也沒起身，又補充了一句，妳吃吧。

趙一帆來到餐桌前，盛了一小碗米飯，一個人坐在那裡吃起來。趙一帆吃著吃著，眼淚從眼睛裡流了出來。趙一帆不擦，任眼淚流。眼淚伴著她把飯吃完，她連菜都沒吃。趙一帆洗好碗，來到客廳，她抬頭看看牆上的鐘，已經八點四十了，林佳玲還沒有回來，她到廁所拿拖把拖餐桌那裡的地板。

一帆！妳不要拖地，妳不是保姆，好好看書做作業吧。

趙一帆又被僵在那兒，有些不知所措。停頓片刻，她踮起腳尖，輕手輕腳地把拖把送回廁所。趙一帆坐在臥室的桌子前，兩眼茫茫……

林佳玲到家已經九點多了。她打開門進家，發現家裡一片寂靜，見方卓然在寫字臺前做事。

卓然，你回來啦？

方卓然很冷淡，哎。妳才回來？

我找伍處長去商量補課的事了。

又去跳舞了吧？

林佳玲先是一怔，接著坦然地說，是跳舞了，他們正好在工人文化宮搞活動。你吃了嗎？

沒有。

咋還不吃呢？沒做飯？

一帆做了。

林佳玲放下包，直奔餐桌，見幾個菜都原封不動地放在餐桌上。林佳玲就手熱菜，熱飯。

這會兒，我真有點餓了。

我吃了，你快吃吧。

方卓然坐下來吃飯。

一帆吃了嗎？

我讓她先吃了。

林佳玲離開餐桌去臥室。推開臥室門，屋裡黑著燈。林佳玲打開燈，屋裡沒有趙一帆，床上的床罩罩得整整齊齊。屋裡也沒有趙一帆的東西。林佳玲看到桌子上有一張紙，她走過去看，是趙一帆寫的。

老師，妳是我的親大姐，比我媽還親。我想明白了，狗不嫌家貧，兒不嫌母醜。妳說得對，她再錯，也是我的生身母親。我回家了。本想等妳回來再走，妳可能有事，太晚了，我先走了。這些天，有麻煩老師的地方，請多原諒。一帆。

林佳玲心情沉重地來到餐廳，方卓然還在吃飯。林佳玲平靜地問方卓然，一帆走了，你不知道啊？

方卓然一怔，他停下筷子，她走了嗎？沒說啊！

林佳玲看著方卓然，發生啥事了嗎？

沒啥事啊！噢，我案子的一份證據找不著了，懷疑夾在作廢的訴訟書裡扔進了廢紙簍，一帆把紙簍裡的廢紙倒垃圾箱裡了，我們去找，垃圾已經運走了。

你說她了，是吧？

我沒說她。她叫我吃飯，我讓她先吃。她吃了飯，我在整理資料。她拖地搞衛生，我叫她不要做這些，別像保姆似的，讓她好好看書做作業。

這還不是說她？一帆是個自尊心特強的女孩子，她雖然有家不能歸，那是她有自尊。你感覺不到嗎？住咱們家她心理上已經有寄人籬下的不安，她是個姑娘，不是要飯的叫花子，你咋這樣不尊重人呢？

方卓然呼地站了起來，一下把筷子扔桌上，佳玲！妳太過分了吧！妳是不是要我為世界上每一個人的心情活著?!

方卓然的火讓林佳玲震驚，她含著眼淚看著方卓然，突然扭頭跑進了臥室。

7

劉玉英拿遙控器流覽著各個頻道，她不知道究竟想看啥。這個家一下少了兩個人，一個一去不復返了，一個人不知啥時候才能再回到這裡，屋子空了許多，她的心也空了許多，做啥都不踏實，幹啥都沒意思。

有人在開大門，劉玉英本能地警惕起來，把那個遙控器捏手裡當防身武器，她緊緊地攥著。大門打開，進來的是趙一帆，劉玉英喜出望外，她伸雙手迎過去。

心肝！妳可回來啦！

趙一帆抬起右手一下擋住了母親伸過來摟她的手，她綳著臉，我永遠不會原諒妳！我回來住，是沒有辦法。

一盆冷水潑來，劉玉英的心都涼了，但她還是強忍著，回來就好，免得我整天牽掛妳。

趙一帆不理母親，徑直上了自個兒房間，劉玉英跟到趙一帆的房門口。

一帆，我已經辭掉了那份工作，轉租了一個服裝店，再用不著跟那種人打交道了。欠的錢我也還了三千，我賣服裝，用不了多少時間就會還清債，妳放心上學吧。

趙一帆始終不理母親。電話鈴響了，劉玉英立即接電話。電話是林佳玲打來的，她不放心趙一帆。劉玉英高興地告訴她，趙一帆已經回了家，家裡一切都好，她把辭職的事也說了。林佳玲很為她高興。

林佳玲打完電話心裡輕鬆了許多，方卓然走過來坐到林佳玲旁邊的沙發上。

佳玲，剛才我發火不對，咱們聊聊好嗎？

心想不到一處，聊也聊不到一起。

分居七年，我們天天想著能調到一起過安寧的日子。我不明白，現在到了一起，咋反倒亂了套呢？

過去分居，一年在一起也就兩個月，相聚時彼此都只顧補償，激情掩蓋了一切。伍志浩說得對——

方卓然非常警惕，他說啥？

他說人與人之間，包括夫妻，只交往不共事，不能完全認識對方。

他啥意思？

我真的感覺你越來越陌生，我想瞭解你，可我走不進你的心靈。你真的瞭解我嗎？

方卓然愕然，為這，我查了許多資料。我屬虎，妳屬龍，也許龍虎真的相鬥；我巨蟹，妳是天蠍，也許巨蟹與天蠍也真的針鋒相對。我們兩個的個性相近，不能相互吸引，反而相互排斥。

林佳玲十分疑惑，你想把我們這幾年的感情儲存？

方卓然驚奇，儲存？

是啊！你不想儲存，難道想格式化？

妳想到哪去了。

你不是說咱們相互排斥嘛！你咋儲存？把我們的感情儲存到哪個檔夾裡呢？

算了算了，今天咱們沒有溝通的氣氛，打住！方卓然做了個暫停的手勢，咱們改日再聊，好嗎？

林佳玲有點心灰意冷，隨你便。林佳玲起身進了臥室。

方卓然仍回到寫字臺前，拿手機發簡訊。林佳玲已經在臥室倚著床頭躺到床上，她又在看那本《南懷瑾講經》。手機傳來簡訊信號，林佳玲看看內容。

手機螢幕顯示，佳玲，我不明白，我一心一意地愛妳，妳卻為啥感受不到呢？

林佳玲立即回覆，卓然，愛是彼此包容，是你感受不到我的愛，或許我們的感情已經漂白，或許我已經讓你厭倦，或許我讓你失望，我沒能為你生孩子……林佳玲流下了熱淚。

方卓然立即又回覆，佳玲，我不解的是妳為啥要把學生看得比我重要，妳想改變世界，妳改變得了嗎？妳為啥不愛我們的家……

林佳玲一邊流著淚一邊看簡訊。林佳玲看完簡訊關了機，她趴在枕頭上，痛苦地抽泣。

8

青山綠水邁著貓步，款款地走進牛鑫辦公室。沒人敢這樣進牛鑫辦公室，她敢，她就要這樣走。青山綠水本名申盈，原本是牛鑫公司業務部的業務員。牛鑫是那種一心做大事，賺大錢的人。他發現申盈有一種特殊氣質，豔而不俗，媚而不卑，嬌而不嗲，秀而不阿。她對男人有一種不可抗拒的吸引力，但又會讓你感覺她可望而不可即的抗拒力。這種女人對有征服欲的男人來說，是一種吸引，越是難得到的東西，往往越想得到。牛鑫精心把她調教了三年，他對她沒流露一點邪念，她是他手上的一塊玉，無價之寶。一年前老市長年齡到杠，牛鑫向市政府報去城北開發區一期開發工程方案之際，跟申盈攤了牌，把她獻給了老市長。老市長退二線前想建政績，有名有利有美女，何樂而不為，何況申盈獻給他時，的確還是塊無瑕的白玉。一期工程到手，牛鑫的公司一下升為集團，資產在平海舉足輕重。

牛鑫坐在大老闆臺的後面，見青山綠水進來，他居然有禮貌地起身。青山綠水沒有客套，一屁股坐到老闆臺前的皮椅裡。沒有客套，也沒有廢話，牛鑫直接向青山綠水交代任務。

牛鑫拿出一份文件遞給青山綠水，這是咱們集團公司給開發區政府的申請報告，後面附著城北開發區二期開發工程的方案。

青山綠水接過文件，看了一眼，把文件放到一邊。

牛鑫再拿出一份檔遞給青山綠水，這是開發區政府轉呈給市土地局的報告。

青山綠水接過文件，又看了一眼，把文件放到了一邊。

牛鑫又拿出一份檔遞給青山綠水，這是咱們集團公司同時給土地局的申請報告，後面也附著城北開發區二期開發工程的方案。

青山綠水接過文件，又看了一眼，把文件放到一邊。

牛鑫再拿出一份檔遞給青山綠水，這是土地局轉呈市政府分管副市長的報告。

青山綠水接過文件，又看了一眼，把文件放到一邊。

沒有啦？

沒有了。前期的手續已經辦完了，下面就看妳的了。

要市政府的紅頭文件批覆？

一點不錯。

總讓老頭子赤膊上陣，我看他有點畏難，他畢竟到了人大。

牛鑫不住地點頭，學歷真不只是一張紙，肚裡有墨水就是不一樣。不一定事事要老市長親自出馬，有時候借他的關係和威望，更好辦事。妳呀，只要讓他知道這件事就行了，妳要是不想親自見副市長，有一個人可以使喚。

誰？

路紅旗，人大主任的老司機。

我看他是隻老狐狸，狡猾得很。

妳給他點甜頭就行。

青山綠水理解成那個意思，他敢嗎？

那事他當然不敢做，我是說這個。牛鑫拿手指做了個點錢的動作。

老頭子的呢？

牛鑫從抽屜裡拿出三張卡，兩張是妳的名字，一張是他老伴的名字，現在密碼六位數全都是零，你們去銀行啟動改密碼。

門外響起敲門聲。青山綠水立即把文件裝進袋子，不露聲色地站起來，那我走了。

一切拜託。牛鑫對門外喊，請進！

方卓然推開牛鑫辦公室門，與青山綠水對了個正著。兩人都驚疑地愣眼看著對方。牛鑫立即離開座位走過來。

你們還不認識吧？我介紹一下，這位是咱們集團公司的常年法律顧問，著名律師方卓然先生，這一位是咱們集團公司業務部的申盈小姐。

方卓然和青山綠水握手，幸會，幸會。

青山綠水說，客氣客氣。你們有事，我走了。

握完手，青山綠水出門而去，牛鑫和方卓然各就各位。

你們兩個沒見過？

好像在岫水公園碰過面，但不認識。召我來有啥事？

方律師，我也是養兵千日，用兵一時啊！城北開發區開發的一期工程就要結束，立即要上馬二期工程，二期工程拆遷牽涉城區居民住宅，拆遷任務相當繁重，這裡面會遇到許多法律問題，特意找你來商量一下。

政府的批件下來了嗎？

快了。

有批件就好辦，批件下來後，出臺拆遷方案，一切照方案辦就行。

9

教育局下達了抽調公辦學校教師到民工子弟學校代課補課的任務，王海清把任務派到了崔靜頭上，崔靜看校長喜滋滋那樣，以為有什麼好事。

校長，有啥好事？

當然是好事，派妳到城北民工子弟學校幫初中班補課。

讓我去補課？咋不讓別人去？

分配給咱的任務就是數學和語文教師，數學林佳玲去了，語文自然得妳去。

林佳玲她去當模範，憑啥要拉上我？

別瞎說啊！這是局裡統一安排的，是當任務下達給各學校的，不光是咱們學校。

騙鬼呢！局裡知道啥，她找過我。

妳講課得過獎，在局裡掛著號呢！不會讓妳白辛苦，不過，不會太多。

我有吃奶的孩子哪！

局裡派的任務，有困難也得克服啊！

崔靜憋著一肚子氣走進8（3）班教室。班長喊了起立，全班一些人像拉不動的老牛一樣站不起來，路海龍只是抬了抬屁股，根本沒站起來就坐了下去，椅子的聲音跟下餃子一樣，亂七八糟。崔靜一看就來了氣，崔靜已經站到了講臺上，但陳英傑仍旁若無人地隔著排扭頭跟路海龍說著話，昨天沒找著你，上網吧啦？

路海龍犯睏地點了點頭，他兩眼通紅。

崔靜拿起教案，今天學習朱自清先生的《背影》，我要求大家預習課文，大家都預習了沒有？……崔靜突然聽到了一聲巨響的呼嚕聲，她一邊講，一邊順著聲音看去。路海龍趴在桌子上呼呼地睡著了。

我想請四位同學，分別找出課文中四次寫父親背影的文字……崔靜沒有停頓，講著課來到路海龍身邊。她伸手拽了拽路海龍的耳朵。

哎喲！幹嘛拽我耳朵！路海龍繼續睡覺。

崔靜平時上課不管課堂紀律，尤其是不愛聽她講課睡覺的學生她更不管，他願意拿青春開玩笑，那就讓他開去，最後倒楣的是他自個兒。但今天她心裡不舒服，對路海龍的呼嚕聲特別反感。路海龍不高興，她更火，到前面站著去！

路海龍不耐煩地說，人家睏死了，妳幹嘛呢？路海龍說著仍趴到桌上睡。路海龍昨天泡網吧，今天真睏了，他知道崔靜只反對說話，不反對學生睡覺，他就放心大膽地睡了。沒想到今天崔靜看啥都不順眼，她也來了強勁，路海龍越不服管，她越要管。崔靜又拽路海龍的耳朵，而且拽著耳朵把他提了起來。

路海龍很氣憤地打掉了崔靜的手，啥毛病？不是妳的肉，妳不痛是不是？

崔靜有點下不了臺了，夜裡泡網吧，上課睡大覺，我不信就管不了你。崔靜一把拉住路海龍的胳膊。走！下樓到操場給我跑上三圈再回來。

路海龍拼命向後撤，崔靜放下教案，兩隻手抓住路海龍的胳膊使勁往前拉。路海龍終於被崔靜拖出了教室，一直拖到樓梯口。

下樓去，繞操場跑三圈再回來！

憑啥跑？我就不跑！

你不跑不要進教室。

我偏要進。

崔靜伸出兩手推路海龍下樓梯，路海龍奮力抗拒著，崔靜用力一推，路海龍一閃，崔靜推了個空，身體失去重心，往前傾倒，她想抓樓梯扶手沒抓住，骨碌碌滾下樓梯。路海龍嚇壞了，追下樓梯。崔靜躺在樓梯拐彎處，額頭磕破流血，左胳膊壓在身下。

路海龍趕忙扶崔靜，崔老師，可不是我推妳啊！

路海龍扶住崔靜的胳膊要拉她起來，崔靜發出一聲慘叫，崔靜的左胳膊痛得不能動。路海龍嚇得束手無策，同學們聞聲一齊趕來，有人立即叫來學校的醫生。

醫生扶住崔靜的左胳膊，動一下大拇指。

崔靜想動，可是胳膊痛得她無能為力。

醫生說，動一下中指。

崔靜也痛得動不了。

王海清也趕到現場，咋啦？咋回事？

崔靜說，路海龍他……

醫生說，崔老師的左胳膊已經骨折，得送醫院。

王海清說，崔老師，先上醫院，別著急。

崔靜忍著痛對王海清說，這種學生我不想管了，城北中學有他沒有我，有我沒有他，你看著辦吧。

學校領導的緊急碰頭會由王海清主持，專題研究路海龍的問題。

最後作出決定勸路海龍退學，由老主任找路海龍談話。

老主任沒含糊，從會議室出來，當即就讓人把路海龍叫到她辦公室。不知是因為崔靜斷了胳膊，還是路海龍感覺事情已經鬧大，他聽話地上了老主任辦公室，老老實實站到寫字臺前。

老主任嚴厲地說，你說，這是不是你的責任？

崔老師受傷，我有責任，但責任要分清，她摔下樓梯，不是我推的，是她用力過猛撲了空。

這僅僅是原因之一，根據你的一貫表現，給你個開除學籍的處分你覺得過分嗎？

路海龍很坦然，按你們的標準論，不過分。

那你的標準是啥呢？上學就是胡鬧？就是跟老師作對？就是曠課？就是打架鬥毆？

路海龍毫不在乎，沒那麼嚴重吧。

還不嚴重，說句不好聽的話，送你去少管所都夠格。但是，學校考慮到你年紀還小，傳出去影響不好，學校本著對你負責的態度，決定勸你退學。你看咋樣啊？

路海龍反解脫了一般輕鬆，行，我沒有意見，我啥時間可以離開學校？

你現在就去教導處的處分決定上簽字，明天你就不要來學校了。

好，謝謝主任。

10

路海龍被學校勸退，竟像得了全市優秀學生獎一樣自豪。放學後，路海龍背著書包，大搖大擺走出城北中學校門，沒有一點留戀，更沒有一點遺憾。走出校門，路海龍看到陳英傑、徐光平等一幫小哥們兒，早已經在路邊等他，他心裡很得意。

路海龍拿出老大的派頭，來到小哥們兒面前，他非常滿意，不錯，有句古話叫啥來著，意思是危難的時候才可以看出手下人的忠誠。

徐光平說，時危見臣節。

路海龍說，對對對，時危見臣節，亂世識忠良。我要離開學校了，弟兄們還能準時在這裡等我，可見弟兄們心裡還有我，我很高興。

陳英傑說，你待我們也不薄。

路海龍說，今天，我要鄭重地宣佈一件事，我離開學校後，班裡不能沒有「老大」，從今後，陳英傑是8（3）班的「老大」，誰要是不聽他號令，我會對他不客氣。大家聽清楚了沒有？

眾人說，聽清楚了。

咱們總得有個儀式啊，我這裡有一瓶白酒，咱們一人一口，把它乾了。

眾人回答，好！

路海龍從書包裡拿出一瓶白酒，擰開蓋，他先舉起瓶，咕嘟咕嘟一口喝了有二兩。接著陳英傑舉起瓶子，一口氣也喝了有二兩。徐光平再接過瓶子，舉起來就喝……

路富根牛哄哄地駕著「奇瑞」急速朝城北中學開來，眼看就要撞著城北中學的大門才緊急刹車，他不滿地一個勁按喇叭。保安急忙跑出傳達室，他沒給路富根開門，而是從小門繞出了大門。保安不慌不忙來到路富根車門前，對著車裡的路富根擺擺手。

車不讓進！

路富根搖下車門玻璃，我是城北民工子弟學校的校長！有急事要找你們校長！你快把門給我打開！又不是國家機關，一破中學，牛啥牛！

你跟校長約好了嗎？

路富根很不耐煩，約？約啥？我也是校長！一個破中學校長，又不是啥廳長局長，也不是外企老闆！你去給他打電話吧，就說民工子弟學校的路校長要見他，他要不見我，我就直接上教育局找局長了，快點！我還有別的事呢！

保安只好去打電話。

路富根氣沖沖地闖進王海清辦公室，一副財大氣粗的樣子。

王校長，你不認識我啦？

咋會不認識呢！你不是路校長嘛！路海龍的父親，對吧？王海清以笑臉相迎，路富根挨得太近，他後退了一步，主動拿出香菸來遞給路富根一支。路富根一看是「紅塔山」，立即掏出「中華」，神氣活現地說，還是抽我的吧。

王海清只好接他的菸，兩人點上菸。

路校長，其實咱倆十多年前就認識了，你那時是趙家墳生產大隊的會計，當初為了學校操場的那塊地，咱倆可沒少吵啊，你忘了？

路富根讓王海清揭了短，有些尷尬，唉，這都是十幾年前的事了，我都快認不出你了。

你不但發福了，而且發財了。聽說你很有經營頭腦，土地責任到戶時，很便宜地轉包了別人家的責任田，現在又建商品交易市場，又辦學校，還蓋公寓樓出租，成大老闆了！

路富根聽不出王海清在揭他的底，還以為誇他呢，有些飄飄然，財沒發，小錢嘛倒是賺了一點。我這人啊，要說超前意識不敢當，經營頭腦嘛，還是有一點的，一個人沒有眼光成不了大事。

生意做得不錯，你這兒子可管教得不行啊！

我就是為這事來的。我兒子咋啦？聽說學校要開除他？有這事兒？

不是開除，是勸退。為了給你們面子，勸他退學，你不是有學校嘛！讓他到你們學校算了。

王校長，你們這麼做，就有點太過分了！九年義務教育是國家的基本國策，是可以拿到聯合國去顯擺的啊！這是路海龍他們這一代人的福分哪！他就是個榆木疙瘩，但國家說要對他盡義務，那就是他的權利；他就是個驢屎蛋，你們也得兜著哪，要不，咋叫義務教育呢？路富根非常得意地坐到沙發上。

不錯，你兒子是有權利享受義務教育，誰也不能剝奪，可他不願意接受教育咋辦？

他再蠢也不至於蠢到這程度啊！他咋會不願意接受政府的優待呢？

你可以去問問你兒子，他不但不願接受教育，反而跟教育對著幹，打架、曠課、翹課，在學生中間搞幫會，屢教不改，你說他這是在接受義務教育嗎？

路富根有點急了，王校長，咱誰也別糊弄誰了。我只問一句話，盡義務還能講條件嗎？義務當兵，能講條件嗎？義務獻血，能講條件嗎？做義工，能講條件嗎？路海龍在學校表現不好，那是老師沒本事，沒盡好義務，沒把他教好哪！……

王海清就坡下驢，是的，我們是有責任，我們這裡的老師也許在他眼裡不行，所以才要請他上你的學校去哪！

這，這……這是兩碼事，你別忽悠，辦這幾年學校我多少懂點。你是公辦中學，我們海龍的義務教育經費就撥在你們學校；我是私立學校，政府不給一分錢。你咋能把他往我那兒推呢？

我們對你兒子已經盡力了。

如果盡力咋會發生這樣的事呢？好教的就教，不好教的就一腳踢開，這符合義務教育平等的原則嗎？路富根猛地冒出這麼一句，倒把王海清給問住了，路富根很得意。王校長，別跟我兜圈子啦！這個理講到教育局，講到區政府，講到市人大，講到市政府，到哪你們都沒理……

林佳玲急匆匆上樓來，看到老主任站在校長辦公室外面，聽到爭吵聲，她也停下腳步，問是咋回事。

老主任說，路海龍的父親來鬧了。

這事本來就不該這麼處理！

要讓路海龍繼續上學，崔靜能接受嗎？

不管咋說，這樣把學生往學校外面推，是很不負責任的。

林佳玲說著就推開了王海清的門，她的出現把路富根和王海清的談話打斷了。林佳玲儘管非常討厭路富根，但對路海龍的事她很認真，她沒繞彎子，直截了當問路富根，你想要路海龍繼續在城北中學上學？

路富根抱有敵意，不行嗎？讓他離開城北中學，是妳的主意吧？

林佳玲沒理他，他可以繼續在城北中學上學。

路富根不相信，妳說了算嗎？

我可以讓學校把路海龍調到我們班。

王海清生氣地望著林佳玲。

路富根不放心，妳是啥班？

8（1）班，全校的雙優班。

路富根甚是意外，他情不自禁地伸手要跟林佳玲握手，林佳玲沒理他。路富根沒趣，但還是很高興，那好啊！妳要是能教好我兒子，繳啥費都行。

林佳玲鄭重地對路富根說，這不是錢能解決的事，路海龍要繼續在城北中學上學，我是有條件的。

路富根十分警惕，啥條件，妳說。

我首先要告訴你，你兒子在學校的表現的確極差，傷害老師是違法的，是可以送少管所的，你知道嗎？

路富根一下軟了下來，我聽說過。

既然你要求兒子繼續上學，那教育孩子不只是學校單方面的責任，家長也要負責。我得跟你簽協議。

路富根一愣，簽啥協議？

你必須負責監督路海龍按時上學，保證他不曠課，不翹課，不遲到，不早退。

路富根滿口答應，這可以，這些我一定能做到。

我負責路海龍的教育和學習，他就是塊頑石，我也要讓他開竅。

路富根高興了，他誇口，只要學校能讓路海龍考上高中，學校要多少錢我就給多少錢。

林佳玲提醒他，你別只想著兒子考高中，要多想想咋讓孩子成人，成長為一個能自立生存的合格公民。

路富根不由自主地點頭，是，是。

第六章

睽

（下兌上離）

象曰，睽，火動而上，澤動而下；二女同居，其志不同行。天地睽而其事同也，男女睽而其志通也，萬物而其事類也。

——《周易》

注：

睽，（音ㄎㄨㄟˊ）違的意思。

兑，八卦之一，象徵澤。

離，八卦之一，象徵火。

《象傳》說，睽違，比如火向上燃燒，澤向下浸滲；又如二女同居一家，但志向不相同。天地乖違，但化育萬物之事是共同的；男女不同，但交合的意志是溝通的；萬物的形體、特性各不相同，但它們秉承陰陽二氣發展變化卻是類似的。

學校領導集體作出勸路海龍退學的決定，而林佳玲卻把路海龍攔下，俞老師在電話這頭還沒把事情說完，崔靜在電話那頭就吼了起來，問林佳玲到底想幹啥。

崔靜不顧左臂上著夾板，特意從家裡趕到了學校，到了學校就直奔校長辦公室。

校長！城北中學到底是誰當家？

王海清一愣，一時沒反應過來，咋啦？又出啥事啦？

學校領導集體研究決定的事，她一句話就給否啦？你們說話還算不算數？

崔靜連珠炮一般的質問，問得王海清無話可答，他乾脆就啥也不說。崔靜更來了氣。

你們就是欺軟怕硬！要是她讓學生推下樓摔斷了胳膊，你們能這樣嗎？你們這麼欺負人，我不幹了！

王海清依然沒有聲，崔靜下不了臺，扭頭跑出校長辦公室，去了語文教學組辦公室。俞老師和呂老師正好都在，她衝進去，拿起她桌子上的教案使勁摔在寫字臺上。

崔靜氣憤難耐，她不是成心要跟我過不去嘛！

俞老師一看不妙，立即過來和事，哎呀！崔老師，妳咋跑學校來了呢！妳的胳膊還斷著呢！

她要管，都讓她管去，我不幹了！

哎喲！崔老師妳可千萬別說這種話。妳要把人家趕出學校，人家卻要把他留下，這就已經顯出水準來了，妳要是再不幹，不是更顯出她來了嘛！

一直沒開口的呂老師說了話，崔老師，這事妳也用不著生這麼大氣，林老師不是把路海龍調到8（1）班了嘛！帶好帶不好，那是她的事，跟妳也沒關係了。

我生氣的是這幫領導，他們為啥就這麼怕她呢？集體研究決定的事，她又不是校長，又不是書記，也不是局裡派的特派員，咋一句話就否了呢！而且，這幫領導沒一個站出來說話，這不是凌駕于領導之上嘛！

呂老師說，事情沒這麼嚴重，不就是一個學生嘛！再說，妳是摔斷了胳膊，但確實不是路海龍故意推的妳，就因為這件事要人家退學，妳覺得合適嗎？

俞老師一看呂老師幫林佳玲說話，他也不好再添火，也反過來勸崔靜，崔老師，人是攔下了，但別以為是好事，要是管不了，再鬧出好看的來，那才熱鬧呢！

崔靜讓他們這麼一說，心裡那氣平了許多，她就適可而止，自個兒找臺階下，好吧，我把話說這兒，林佳玲她要是能把路海龍教育好了，我的崔字倒著寫！

2

林佳玲攔下路海龍，並不是想跟誰鬥氣，是因為路海龍有三件事讓她感到他是可以教育好的。一件是趙一帆一個人苦悶在大排檔喝酒，他主動去陪她，怕她出事；另一件是他不在捐款範圍之內，卻主動給趙一帆家捐了五百塊；再一件是，他居然會想到「林佳玲＝〇＋〇＝無」這個等式。她覺得路海龍的本質並不壞，他有道德底線，而且他也並不笨，只是沒有把心思用到學習上，基礎沒打好。她不忍心讓一個初中還沒畢業的學生到社會上遊蕩，這等於毀了他的一生。

中午，林佳玲叫趙一帆到學校的池塘邊散步。這裡是城北中學一處幽靜的小景。池塘、假山、花木，給人一種詩意的鬧中取靜的感受。林佳玲和趙一帆順著林間小徑，漫步在池塘邊。

一帆，妳能和母親和好，真讓我高興，妳真是個懂事的孩子。

趙一帆低著頭不說話。

妳大哥沒有說妳？

沒有說我，他說可能有個證據資料混在作廢的訴訟書裡，讓我倒垃圾箱裡了，我真粗心。

還說沒有說妳，妳真的原諒妳媽了？

我媽已經離開民工子弟學校了，她轉租了一個服裝店，再不會受人欺負了。

林佳玲很高興，這樣好，好好跟媽過日子。

趙一帆又是無言。

我還要跟妳商量件事情。

啥事？

路海龍要到咱們班上來，妳知道了嗎？

趙一帆顧慮重重，讓他上咱們班來，咱們班不讓他搞亂啦？

咱們四十九個人勝不了他一個人，說明路海龍很有能耐啊！

他啥都不凜，想幹啥就幹啥，油鹽不進，不著調，沒法對話。

不能帶著偏見看人。路海龍還是有道德底線的，妳不妨分析一下。

還用分析，老師他都敢打。

崔老師並不是他推下樓的，再說，當他看到妳獨自喝悶酒時，他咋會不帶任何個人目的主動陪妳？

這倒是，那天喝酒，他沒有說一句玩笑話。

他陪伴妳，讓妳忘卻孤獨，這說明啥？

妳說他也有同情心？

林佳玲點點頭，這是一，在妳家困難時，沒人動員他捐獻，他為啥會主動給妳家捐五百塊錢，這又說明啥？

這麼說，他心裡也有助人為樂的一面。

對。一帆，我想讓你說明路海龍。

趙一帆沒想到，她很意外，我幫他？咋幫啊？

讓他挨著妳坐。

哎喲！讓他挨著我坐?!趙一帆很吃驚。

林佳玲拉趙一帆一起坐到假山邊的石頭上。

妳是班長，要他轉化，妳得打頭陣。再說，你們也已經有了交往，他給妳家捐款，不只是看到妳家困難，他說妳這麼聰明的人，太倒楣了，這一點說明他敬佩妳。一帆，妳要幫他轉變。

趙一帆沒有理由拒絕老師，我咋幫他？

可以從補課入手，從頭補起。

趙一帆點了點頭。

路海龍背著書包，手裡抱著幾本書，跟在趙一帆身後走進8（1）班教室。

趙一帆搶先走上講臺，同學們！歡迎路海龍同學加入8（1）班集體！

教室內響起一陣熱烈的掌聲。

路海龍同學，你是不是跟大家說幾句見面的話？

向來天不怕地不怕的路海龍頭一次感到不好意思，這麼多人給我鼓掌，還是頭一次，挺不好意思的；開玩笑可以，要我在大家面前正兒八經說話我實在沒話可說，我是8（3）班的差生，到你們這裡來，請大家多擔待，謝謝大家的掌聲。

大家再一次給他掌聲，路海龍向大家鞠了一躬。趙一帆把路海龍領到座位旁。

你就坐這張課桌，我坐你這邊。

路海龍有些為難地說，我坐這兒？

不好嗎？

你是班長，我坐這兒會影響你吧。

我不怕妳影響。坐吧。

路海龍磨蹭著沒坐，其實，坐在女生旁邊，不太習慣，也不太自由，還是坐後面的位置吧？

趙一帆不容商量，就坐這兒，慢慢就習慣了。

路海龍只好放下書包。路海龍坐在趙一帆身旁，渾身不自在。趙一帆感覺到了路海龍的不適應，她拿過一張紙寫下幾行字，衝你助人為樂的精神，學習上我會盡力幫助你，但你必須痛改前非、脫胎換骨。路海龍看後，收起了這字條。

3

路紅旗抬手按那個門鈴時，手忍不住地微微顫抖，按老市長家的門鈴也從沒有過這種緊張。

今天，申小姐親自打電話給路紅旗，約他直接到她家。這一年多下來，他見過申小姐，他只知道她美豔無比，別的啥都不知道。申小姐從來沒給他打過電話，今天主動給他打電話，約他去她那裡，不說啥事，這就讓路紅旗心裡沒了底。他設想了幾十種可能，好事他想了，壞事他也想了，連主動邀他上床他都想到了。啥都設想了，但他還是沒法肯定申小姐約他究竟有啥事。

路紅旗一路上猜測的時候，青山綠水穿一條領口低得露著一半乳房的連衣裙在客廳裡晃悠，她在檢查小時工幹的活，檢查得十分挑剔。小時工垂手立在客廳一邊，等待著青山綠水的檢查結果，就在這時路紅旗按響了門鈴。

青山綠水沒回頭也沒轉身，去開門。

小時工立即走去開大門，路紅旗腳下探地雷一樣探進門來。

青山綠水說，行了，你走吧。

路紅旗不知所措地向青山綠水望過去，他要判斷青山綠水是在向誰發話。

小時工說，小姐，那我走了。小時工自說自話地開門離去，路紅旗沒事找事地目送小時工離去。

路師傅……

路師傅？她這樣稱呼！她為啥不叫我路祕書?!路紅旗沒時間斟酌，接到命令一樣轉過身去，申小姐，我在。

你過來呀！你老是送他來這裡，可從沒進過我的門啊！

這門不是我可以進的。

你咋不能進呢？過來呀！

我還是站這兒好些，有啥事，妳只管吩咐。

我叫你過來，你咋不過來呀！你離我這麼遠咋商量事啊？

商量事？路紅旗受寵若驚。哎，哎，哎，那我就冒昧了。路紅旗躬著身子，一邊點頭一邊靠過去。

青山綠水已經在大沙發上坐定，她坐下後，裙子向兩邊瀉去，大半個豐滿的胸脯扎眼地露在外面，兩條蔥一樣白嫩的腿像沒穿啥東西，看得一清二楚。

你坐呀！青山綠水聲音依舊嬌滴滴的。

青山綠水的聲音鑽進路紅旗的耳朵，像一隻小蟲爬進耳朵，耳朵眼兒裡有些癢癢，但他不能拿手摳，他只能孫子一樣，哎，哎。他在青山綠水旁邊的沙發上坐下，低垂的目光正好落在青山綠水蔥樣嫩的兩條腿上，他眼睛像被燙著了一樣迅速縮了回來。

路師傅，我是不是很可怕啊？

不不不不，申小姐美麗動人，傾國傾城。

那你咋不敢看我？

看？我想看，但妳不是給我看的，我不，不敢。

那還是怕啊！

不，不，那不是怕，是敬畏。

你是敬畏老頭子吧？

不不不，是敬妳畏他。

他又不在，而且我幫你請了假，他也看不到，你畏他幹啥！

路紅旗一聽這話，膽子頓時就大了許多，他慢慢地抬起眼睛，直勾勾地看到了那兩隻露出一半的潔白的乳房，他把目光停在那裡不敢動了，那目光在顫抖。

青山綠水有意要滿足他的欲望，坦然地讓他看個夠。看得路紅旗情不自禁地咽了兩口唾沫。

路師傅……

路紅旗如夢中驚醒一般打了一個激靈，在，在。路紅旗回到了現實。

那報告老頭子給你了嗎？

給了，給了。

有困難嗎？

我已經辦了。

咋說？

副市長祕書說這兩天就上會研究。

你覺得有把握嗎？

一般問題不大。為了保險，可以再直接給副市長加加溫。

咋加？是你去加？還是我去加？還是老頭子去加？

路紅旗獻媚，妳去只能代表公司，有諸多不便；老市長出面，有些掉價；還是我去方便一些。

聽說副市長挺正？

那咱就按正的辦，發展是硬道理，這是總設計師說的，咱不是為了平海市的發展嘛！

青山綠水很佩服，怪不得老頭子待你這麼好，你還真是個高參哪！

不敢，不敢。

你需要點啥呢？

要鑫源集團公司的業績，聽說副市長特喜歡名人字畫，想辦法給他弄兩幅國家級的名人字畫就行。

青山綠水站了起來，站到路紅旗面前，我是問，你想要點啥？

路紅旗十分緊張，我，我不，不要啥。路紅旗語無倫次，但頭腦還是十分清醒。你真的怕老頭子。

路紅旗頭上冒出了汗，悶下頭不敢看，青山綠水的絲質內褲正對著他，我心裡想，是男人都想，但我想就行了，妳是主子的人，我是奴才，不能亂了綱常……

青山綠水十分得意，老頭子沒看錯你！拿到紅頭文件，會有你的好處。

路紅旗呼地站了起來，謝謝申小姐！謝謝申小姐！

4

一輛七字頭寶馬神氣地直接開進城北民工子弟學校，神氣地停到了路富根辦公室的門口。誰這麼橫行霸道，路富根不滿地走出大門。

誰啊！誰啊！咋擋人大門呢？

司機下車，打開後車門，從車上下來了牛鑫。牛鑫下車沒跟路富根打招呼，卻拿眼掃視四周，一副大老闆的架勢。路富根一看是牛鑫，拉長的臉立即往回收，滿臉的肉嘻笑成一個個大括弧小括弧，立即哈著腰迎了過去。

哎喲！是牛老闆！你可是稀客稀客，你咋有空光臨我這破地方？

路富根這話說得很得體，牛鑫身價百倍地看了看四周，然後才回路富根話，來看看你啊，路老闆生意挺紅火啊！

啥來著？你是大貓，我是小鬼，沒法比啊！快進屋，快進屋。

路富根的辦公室當然不在牛鑫眼裡，牛鑫把屋裡掃了一眼，勉強地在他的沙發上坐下。路富根給他泡茶。

牛鑫毫不客氣，路老闆，你這裡有點跟不上時代了啊！

路富根把茶杯端給牛鑫，嗨，我們也就混口飯吃，弄倆小錢。牛老闆，你這大老闆，能有閒空專程來看我？是不是有啥事找我啊？

是啊！給你送財運來了！

路富根不信，有這種好事？

牛鑫不慌不忙從皮包裡拿出了市政府的紅頭文件，我啥時候騙過你啊？

牛鑫把紅頭文件遞給了路富根。路富根接過檔看，《關於同意鑫源房地產開發集團公司城北開發區二期開發工程方案的批覆》，我操！市政府的大印敲在上面，真牛B！路富根看完檔，啥反應也沒有，他根本沒看懂檔附件上寫的那些方位和標的圖，看不懂自然就不明白，那就等於對牛彈琴。路富根傻呵呵地說，是牛老闆有了大財運啊！

牛鑫不知道他沒看明白，還以為他很明白道理，他就收回原件，把一份影本給了路富根。

路富根不明白，這文件還給我一份？

牛鑫笑了，你倒是挺幽默，這文件不給你咋行呢？

路富根還是不明白，這事跟我有關係？

牛鑫這才發現路富根這傻瓜根本沒看明白，這檔你是咋看的？你看看後面那個附件，二期工程開發的範圍，從現在嶺岫花園以東一直到你們趙家墳，你的商品交易市場和民工子弟學校全在二期工程開發範圍之內。

路富根傻瓜一樣，你是說，我的商品交易市場和民工子弟學校也都要讓你開發？

沒錯。

路富根一下跳了起來，這咋行呢！這麼大事，你咋沒跟我商量呢？咋連個招呼都不跟我打就批了紅頭文件呢？這土地使用權是我的啊！你看看，讓暴雨沖倒重蓋的教室剛剛完工，你這不是讓我白扔錢嘛！

牛鑫直搖頭，好了好了，路老闆，我呢還有許多事情要去辦，這檔影本呢給你留下，你仔細地再好好看看。你記住，這不是我牛鑫要規劃，這是市政府要規劃，那上面敲著市政府的大印呢，那可不是橡皮圖章，你看清楚了。你要是真搞不明白呢，趕緊去請教請教你哥，有啥問題呢，你跟我們法律顧問方律師聯繫，方律師，你總認得吧？我就走了。

哎！你，你咋這就走呢？……

牛鑫根本不理他，說完就徑直出了大門，寶馬車呼地朝路富根放了一大串屁，噌地走了。路富根傻乎乎地捧著那份文件不知咋好。

牛鑫走得沒影了，路富根才回過神來，他轉身進辦公室，立即給路紅旗打電話，一遍又一遍，路紅旗的手機一直關機，打辦公室電話沒有人接。路富根氣得摔電話，他他媽幹啥去了！

哐啷！路富根的辦公室門被撞開，兩個手下人闖進來。

老闆！不好啦！開發公司一幫人，在咱們房子的牆上號字啦！

號啥字？

號拆字，說咱們的房子立即要拆！

這狗日的！動作倒快！叫一幫人去，咱們的房子不讓他們號！

路富根吼著立即往外跑。

郭全民和三個民工，一人提著一只白灰桶，在民工子弟學校的外牆上寫「拆」字。路富根一看急了眼，親自跑過去，奪過一民工手裡的白灰桶，把一桶灰漿都倒在地上。

路富根氣哼哼地吼，誰讓你們寫啦？啊！這是你家的房子嗎？你想寫就寫啊！

郭全民走過來，路校長，你跟俺發不著火，也不是俺要寫，是公司老闆讓俺來寫的。

這是我的房子，我還沒同意呢！你們寫啥？

路富根手下就來了勁，把他們桶裡的白灰水都倒在地上。

郭全民急了，不讓寫就不寫，倒俺的白灰幹啥！

路富根手下說，就倒！倒了又咋的啦？

推拉中相互動起了手。

路富根火了，住手！誰也不准寫！要寫，讓你們牛老闆來寫！

郭全民看他們人多勢眾，只好領著三個民工提著空桶憤憤地離開。

路富根到晚上才找到路紅旗，他那嫂子跟路富根訴了一晚上苦，說給領導做事，說起來好聽，其實沒一點好處，整天跟孫子似的。叫啥時候出車就啥時候出車，要啥時間到就得啥時間到，飯顧不上吃，覺顧不得睡。領導不管是在哪裡開會還是跟人聊天，還是跟別人睡覺，讓你等，不管春夏秋冬，天再熱地再冷，你就得乖乖地在那兒等，一步都不能離開，要等多久就等多久，一宿不睡也得等，根本就不是人幹的活。

路富根頭一次知道他哥還這麼辛苦，以為他整天跟著領導吃香的喝辣的，不知有多舒服呢！原來，誰都難，人人都有本難念的經。

說著大門響，路紅旗回來了，路富根盼著了救星。誰知路紅旗立即還要走，他是要去給領導拿東西，順便回來告訴他一聲，今晚別等他了，還不知道啥時間回來。

路富根哭喪著臉跟著他屁股出來，哥，你說我這事咋辦？我的商品交易市場和民工子弟學校都要泡湯啦！

路紅旗若無其事，這事我知道。

路富根急了，哥，你知道啊！咋不跟我說？要知道這樣，這教室就不重蓋了！白花那些錢幹啥呢？

路紅旗一邊朝外走一邊說，知道啥叫大腿，啥叫小腿嗎？

學校和交易市場都拆了，我啥都沒有啦！

你呀！就一根筋。牛鑫的背景硬著呢！我得趕緊走，領導等著呢！你有空到嶺岫花園看看A座一門頂樓複式豪宅裡住的是誰就明白了。路紅旗說完匆匆地出門而去。

5

路紅旗不過隨便一句話，卻讓路富根費了一晚上腦子。他咋也想不明白，咋到嶺岫花園A座一門頂樓複式豪宅看看住的是誰就會明白呢？

路富根走進A座門廳，保安沒有攔他，他就直接朝電梯間走去，沒想到電梯間外面那玻璃門帶密碼鎖，路富根沒有開門的卡，進不去，他只好回過頭來請保安幫忙。保安一看路富根不是這個單元的住戶，再看他那個農民企業家樣兒，他不但不願意幫這個忙，反而讓他出去。

路富根有他的狡猾，最後搬出了市長祕書路紅旗，保安認識路紅旗。

路富根立即拿手機給路祕書打電話，撥通了手機，路富根把手機給了保安。

保安接完電話，給路富根開了門。路富根隨著電梯升到了頂層，路富根從電梯出來，他看著樓層琢磨著，複式兩層？住的會是誰呢？路富根來到門口，喘了口氣，按下門鈴。

防盜門慢慢打開，露出了青山綠水美麗的臉蛋兒，青山綠水的美麗讓路富根發呆。

你找誰？

路富根沒法理解，你是房主嗎？

青山綠水有些警惕，是啊！你是誰啊？

路富根非常狡猾，我是物業，方便進去看一下嗎？

我沒讓你們幹啥呀！你要看啥？

看看有啥需要維護修理的。

主衛的浴缸漏水有點問題。

我進去看看好嗎？

青山綠水看路富根挺像物業的工人，她給他開了門，路富根進了屋，實木地板鋥光瓦亮，他不敢往前走。

青山綠水很不滿意，你沒帶鞋套啊！

對不起，忘帶了。

青山綠水用腳踢給他一雙公用拖鞋。路富根一邊換鞋一邊賊溜溜地觀察，他從沒見過這麼豪華的住宅。

小姐，妳認識我們牛老闆嗎？

青山綠水稍一愣神兒，有些防備，啥牛老闆馬老闆？我不認識。

路富根一邊往裡走一邊說，牛鑫啊！這房子都是他開發的。

我不認識，我買房要認識他幹啥？你快看了走。

青山綠水根本不領他去，路富根壓根兒不知道主衛在哪，時間長了他怕露餡。

這房子弄這麼乾淨，我就不進去糟蹋了，讓他們直接來修理吧，別的還有啥問題嗎？

沒問題。

妳不出去吧？我讓他們立即就來檢修。路富根立即轉身退出來，換了鞋出門。青山綠水毫不客氣地關上了門，順嘴罵了一聲，二百五。

路富根大功告成，得意揚揚地走出A座門廳，為了給保安顯示他不是騙他，他又回過頭來向保安交代，要他立即通知物業，她主衛的浴缸漏水有問題，叫他們立即上去修理。保安很負責任地立即給物業打電話。

路富根立即跟路紅旗通了話。

哥，我偵察了，還進了她的屋。

路紅旗在轎車裡仰靠在座位上休息，顯然他在等領導，他似睡非睡地接電話，偵察到啥啦？

我見到牛鑫的小二奶了。

牛鑫的小二奶？

是啊！真他媽漂亮，這輩子我還沒見過這麼水靈的丫頭。哎哥，她還死不承認，說不認識牛鑫。哥，我不明白，牛鑫養二奶，跟我的學校和交易市場有啥關係？

我是要你動動腦子。

他牛B牛唄，他有錢養「二奶」養唄，跟我搗啥亂？

你真是根木頭。牛鑫就算有「二奶」，他敢這麼養？

這丫頭不是他養的二奶還能是他女兒？

我告訴你，那丫頭是他手裡的一張牌！

牌？拿她做肉彈到官場去打人？

不是打人，是去打通總開關。

總開關？

咱平海的總開關是誰啊？你好好琢磨去吧，我晚上老開車去嶺岫花園A座幹啥呢？

路富根一下明白過來，啊！她，她是你領導的……

不要對外瞎傳，我告訴你，牛鑫開發的所有工程項目，批件全都是這丫頭辦的。

她這麼神通啊！

能批紅頭文件的人都是啥人啊？這事你不要鬧了，你得學會一個字？

哥，哪個字？

忍。

忍？

小不忍，則亂大謀。我再教你一招。

哥，啥招？

撞上一個比你還壯的人，你要是打不過他咋辦？

打不過？打不過我就咬他一口跑唄！

笨！記住，撞上打不過的，你就抱住他叫親哥啊！

你是讓我抱著牛鑫叫親哥？

叫他親哥沒你虧吃！這是政府規劃，不可抗拒。你那交易市場沒啥發展前途，學校也賺不著幾個錢。這麼一規劃，不只是牛鑫找到了發財的機遇，你也撞上好運了！

路富根沒明白，我？牛鑫也說是給我送財運，我咋沒覺出來呢？

這一帶的民房都要拆遷，你可以跟牛鑫合作啊！我來跟牛鑫說，由你來負責拆遷，當他的拆遷辦主任，讓他給你個底價，壓下來的歸你，這還不由得你賺！

路富根的嘴又咧開了，哥，我聽你的。

6

路富根當天下午就去拜訪了牛鑫，見面先九十度鞠躬道歉。牛鑫沒端架子讓路富根難堪，他想到路紅旗為他出了力，這點面子是要給的。於是牛鑫坐沙發上，特意給他沏功夫茶。路富根聞著茶香，等不及地端起茶盅，一口就喝了。

牛鑫藉機教導他，功夫茶不是解渴，得慢慢品。盅太小，不解渴啊！

喝茶，你還得好好修煉修煉。

太粗俗，是吧？

想解渴去喝涼白開，喝茶，要品，茶只有品，才能喝出味來。路祕書跟我說了，我牛某做事爽快，有啥想法你說吧。

路富根喝了一通茶，然後放下茶盅開了口，牛老闆，你是知道的，這一片土地，是我的命根子哪！十幾年前，我一家一戶說服他們，費盡了心機才把地轉讓下來。

牛鑫有意想玩他，這我知道，要不，今天你能坐我這兒喝茶？別繞圈子，說說你的想法吧。我的地，我的房，你打算咋個規劃法？

你是想當大老闆呢，還是只想當農民企業家？

誰不想當大老闆！

想當大老闆，那你就先把那些眼前的蠅頭小利擱下，咱們合作，一起規劃咱們的大事。那我的地和房算啥？

算投資啊！

投資？我啥錢都看不見，投資還不知道是虧還是賺呢？

別鼠目寸光。我知道你不放心我，怕我騙你。我讓國家機關來給你評估，這你該相信吧。他們評估出你的地和房產的產值，作為固定資產投入城北開發區二期工程。學校呢，你別想了，規劃中有公辦學校。你不是想搞交易市場嘛！我給你蓋一個現代化的交易大廈，專門做交易市場，不比你的那些窩棚強？

路富根半信半疑，我的地和房產抵不過你的新大樓咋辦？

你這就不懂了吧？大樓也讓國家機關評估啊！抵不過，你可以佔股份啊！

那都是看不見摸不著的呀！這種鬧玄的虛事我不幹！我要見的是錢。牛鑫十分失望，局限啊！局限啊！這是沒辦法的事。那你這輩子就只能當個農民企業家。我明白你的心思。你想的是地能給多少錢？房能折多少錢？我花多少錢買是吧？

路富根喜形於色，對對對對，是啊是啊！

完全可以，評估好了，你不想當大老闆，你要錢，我就給錢；你要房，我就給房。

路富根十分快活，這樣好！這樣好！

不過你想想，你要了錢能幹啥呢？炒股你不懂，也不敢，只能存銀行裡吃利息，通貨膨脹一來，一夜之間，你的錢也許只值原來的十分之一，甚至百分之一。

路富根不信，能有這種事？

這是資本發展的必然趨勢！

路富根自知不懂，有點擔憂，這通貨膨脹啥時候來啊？

你上網上去查查看看就清楚了。

我哪會上網啊！

再說，你去開發投資新項目，我不是看不起你，你還真沒有這個能力，很可能幾百萬扔進去，眨眼工夫就打了水漂！

路富根有些害怕地點點頭。

最好的出路是跟我合作。到時候我蓋好新樓，辦起全國有影響的商品交易市場，你還可以當總經理啊！

你能讓我當總經理？

不是我讓你當，是你的資產股份讓你當，是股東會讓你當，你有地和房產，肯定是大股東啊！

路富根還是不放心地說，我當總經理，那你幹啥？

牛鑫笑了，商品交易大廈，只是我集團的一個項目啊！

噢，你是集團公司的董事長，我是商品交易市場的總經理。

一點沒錯。你不是想要眼前利益嘛！也有啊！我可以讓你當我的拆遷辦主任啊！

讓我負責拆房子啊？那多累？

有利啊！不累能賺錢嗎？再說句實話，讓你搞設計、讓你搞統籌、讓你搞行銷，你連電腦都不會，你幹得了嗎？

路富根很自卑，那是那是。

那一片居民房都要拆遷，我給你個標準額度，要是你能再往下壓，壓下來的收益全歸你賺，你只能做做這種簡單的生意，你覺得咋樣？

路富根的嘴一下咧得就合不攏了，牛老闆爽快！咱們這就簽合同！我就喜歡耳聽為虛，眼見為實。

老奸巨猾的牛鑫不急，你別急，好好想想，再跟路祕書商量商量，你不懂，他懂！

路富根儘管對路紅旗唯命是從，但在錢上他是左手不相信右手，他心裡的主意是眼見為實，耳聽為虛，再加上牛鑫這種在生意場上混得泥鰍一樣滑頭的人，說變卦就變卦了，於是他當機立斷，牛老闆，我哥太忙，房和地的事我能做主，咱們這就簽合同。

那好，既然你只想當農民企業家，我也沒辦法，你要簽，咱們立即簽合同！

牛鑫跟路富根簽了合同，但他在條款上做了手腳，把房地產折款的兌現方式，改成另行協定。

路富根拿著合同心滿意足地顛兒顛兒離開時，牛鑫臉上露出狡猾的微笑。

當天晚上，牛鑫在豪華酒店的豪華包廂宴請了路紅旗和青山綠水。服務小姐手捧著XO站立一邊服務。路紅旗美不可言地在吃鮑翅撈飯。

牛鑫端起洋酒，二位勞苦功高，我再敬你們一杯。

路紅旗急忙放下飯叉，端起酒杯，牛老闆，我開車呢！

我已經安排了，你就只管暢飲，會有人幫你代駕，送你回家。

青山綠水說，就是沒人幫你開，誰還敢攔你的車，吃豹子膽啦！

這倒是，這倒是，喝，喝！路紅旗主動乾了。

牛鑫說，路祕書，你那位老弟，還真得搞點智力投資，農民企業家那點無師自通的精明，那是搞不了現代經營的。

是啊！我不知開導他多少回了，朽木不可雕啊！只好當條獵狗使喚。

青山綠水說，你就直接操舵得了！

牛鑫說，你要是沒工夫，可以物色個人當他的副總啊！你當後臺老闆嘛！

沒問題，他的事我完全可以替他做主，全部投資到商品交易大廈，牛老闆，你放心就是了。

酒、錢和青山綠水的色，把路紅旗徹底搞暈了，當天晚上，在豪華酒店的豪華包廂裡，瞞著路富根，路紅旗代表路富根簽了投資合同。

7

路紅旗那一招，路富根越琢磨越他媽絕，打不過人家就抱住他叫親哥，這真他媽高！叫他親哥了，他他媽還能打我嗎？我叫了他親哥，我就是他親弟，他有飯吃，就不會只叫我喝湯。路富根還沒叫牛鑫親哥，他僅僅只是不跟他對抗，願意跟他合作，他就把這麼多好處給了他。路富根想起來滿心歡喜，清晨上班，他拿著一塊牌子走出辦公室，吆喝手下。

夥計們！把牌子換下來！

兩個小夥子立即跑過來，接了牌子。一看那牌子，上面寫「城北開發區二期開發工程拆遷辦公室」，心裡好是疑惑。前天老闆還領著他們跟開發公司的人打，才兩天工夫，這裡竟變成他們的拆遷辦了！

老闆，你說換成這？

啊對！把原來那個商品交易市場辦公室的牌子摘下來，掛上這新的。

咱們不跟他們抗啦？

抗你娘個毬！你沒看，我現在是幹啥的啦？路富根手裡拿著一個紅胳膊箍，套到了左胳膊上，兩小子看那紅胳膊箍上的字，「二期開發工程拆遷辦主任」，路富根套上這紅胳膊箍，身價百倍地神氣。

老闆，你投靠牛老闆啦？

你他媽會說話嗎？啥叫投靠？這叫合作！合作懂嗎？好好去學學啥叫市場經濟。

老闆，我早明白了，啥叫市場經濟？有奶便是娘，有錢就是爹！

路富根撲哧笑了，不錯！小子哎，你會有出息。叫上他們，開始幹吧，把這一帶要拆的房子全都寫上那個字！喏，你們也戴上這！路富根把幾個紅胳膊箍扔給了小夥子。

兩個小夥子搶似的把紅胳膊箍撿起來，好呀！

路富根戴著紅胳膊箍耀武揚威走在前面，身後四個嘍囉喜氣洋洋抬著白灰桶，提著黑墨桶走出民工子弟學校大門。路富根發令，把咱們的房子先寫上，幾個手下就加倍賣力地開始在學校教室的外牆寫上「拆」字。他們寫得特別帶勁，跟孩子們做遊戲一樣開心。人骨子裡都有劣根性，荀子說性本惡，人是猴子變過來的，多少帶點獸性。野獸不會製造工具，野獸只會破壞，在破壞中求生存。人的骨子裡就殘存著破壞性，這個「拆」字，裡面含著強迫的意味，帶有毀滅破壞性，會讓當事人十分痛苦。冠冕堂皇毀滅一種不該毀滅的東西，而且不要負責任；幹一種讓別人痛苦的事，而且別人還沒法埋怨，別人只能看，只有自個兒能幹，這就讓幹的人十分痛快，他們的獸性便會得到充分的張揚，酣暢地發洩得淋漓盡致。四個小夥子好不自在，他們幹得歡欣鼓舞。

路富根指揮著他們寫下那些拆字，像給一家家屋裡扔了炸彈，街上登時就亂成了一片。路富根很快被這一帶居民團團圍住，他一點都沒有緊張，反而十分得意，他可又一次找著了顯威的機會。路富根找著一高臺階站了上去，亮開了他的破鑼嗓子，讓別人聽他訓話，他特別得意。

鄉親們！噢不對，先生們！女士們！大家不要嚷嚷，聽我說，大家靜一靜。大家看到了這個拆字，心裡不舒服，好好的房子要拆掉，叫誰都不會舒服。但是，不舒服也得拆！我沒有權力讓他們寫這個字，那是政府讓我寫的！你們看看，我的商品交易市場和學校的房子，也都寫上了拆字，我好好的市場，好好的學校，我願意拆嗎？我有病啊！

下面議論紛紛。

男的不要吵吵，女的也不要嚷嚷，吵沒有用，嚷也沒有用。你們想想，啥叫小腿？啥叫大腿？大腿要往東走，小腿能往西去嗎？政府是大腿，咱們是小腿，政府要咱們往東走，咱們能往西走嗎？政府的事咱們能對抗嗎？不要說拆遷，就算是現在要你下鄉，讓你去支邊，你不照樣得去嘛！大家不要急，開發集團公司有政府批准的拆遷檔和拆遷辦法，會跟每一家簽拆遷合同的，你們也是會有新房子住的，大家別瞎耽誤工夫了，快去忙該忙的事去吧……

路富根說完就下了臺階，轉身去了他那個拆遷辦公室。路富根回到辦公室，剛給自個兒續上水，還沒坐下來喝，郭全民和秦梅珍急匆匆進了他辦公室。

郭全民說，路校長！

路富根對郭全民指指紅胳膊箍，從今天開始，我不再是校長了，我跟你成一家了，我是拆遷辦主任。

秦梅珍說，學校拆了，孩子們上哪去上學啊！

路富根根本沒把這當回事，對不起，這事你問不著我了，你得去問教育局。我現在是泥菩薩過河，自身都難保了，咱們就八仙過海，各顯神通吧！

8

郭小波、夏青苗等二十來個民工子弟背著書包圍著城北中學院子裡的花壇坐了一圈。他們的學校解散了，三百多孩子放了羊。二十來個想繼續上學的學生就纏著郭小波和夏青苗，一起到城北中學來找林佳玲。

林佳玲想管管不了，不管又於心不忍，她硬著頭皮再一次找了校長。

校長，我已經核查了，這些民工子弟，初中班適齡的學生就二十名，不行就把他們都放到我們班吧？這不是開玩笑嘛！你們班咋能坐下七十個學生呢！

從我們班抽一些學生上別的班，勻一勻不就行了。這種特殊情況只能這麼特殊處理。

林老師，我理解妳的心情，但咱們做事情得實事求是，妳別意氣用事了。這不是人數多少的問題，是政策問題。哪怕只接收一個打工農民子女，它說明一個問題，我們城北中學可以收民工子女了。到時候咋掌握？收了這個，不收那個行嗎？今年收了，明年不收行嗎？

林佳玲非常失望，那我們就眼睜睜看著這幫孩子失學？

這事政府不會不管的，妳就別再操這份心了。

林佳玲在王海清那裡碰了釘子，沒精打采地回到院子裡，她勸郭小波他們先回去。

夏青苗說，學校已經停課了，我們回去也只能待在家裡閒著。

幾個學生一起說，林老師，可憐可憐我們吧，幫我們跟校長說說，收下我們吧！

林佳玲十分同情他們，可她又沒辦法，我已經跟校長說了，這恐怕不是學校能解決的問題，你們必須先離開學校，這樣坐在這裡要影響學校的正常秩序。

郭小波帶頭站起來，其餘學生也都站了起來。林佳玲送他們離開，大家心裡一片灰暗。

林佳玲回到辦公室，立即給伍志浩打了電話，伍志浩正在開會，他告訴林佳玲局裡正在研究這件事，局裡不會不管這些學生，等有了情況他再告訴她。果然，王海清第二天就到局裡開了會。從教育局開會回來，王海清心事重重。說心裡話王海清不願意接收民工子弟，不是他沒有同情心，他是擔心接收這些民工子弟影響教學品質，教學品質下降他們升重點的事就要泡湯。一個人在位置上，總想做點事情，把名字留在崗位上，這是他退休之前想做的最後一件事，對他來說也是最重要的一件事。現在局裡把任務派下來了，他有話也沒法說，何況林佳玲已經幾次請求他。

王海清回到城北中學，沒有立即召集學校領導開會，他先把林佳玲叫到辦公室。他明白，學校其他領導和老師的心裡，對這種事都是多一事不如少一事，除了林佳玲，沒一個人會打心底裡積極接收這幫民工子弟。他得先找林佳玲商量。林佳玲一聽學校同意接收郭小波他們，心情就格外舒暢，不管校長說啥她都願意聽。

林老師，不是我埋怨妳，這事妳要是不那麼積極，這些學生或許就不一定分流到咱們這裡來。

這我承認，該承擔的責任我承擔。

這幫學生的底子這麼差，分插到各班去，誰要啊？

校長，我不是表態了嘛！都放到我們班。再說，從教學的角度考慮，也是放在一個班好，便於統一補課。

妳能這樣想就好了，別以為我故意要妳難堪。

校長，我不會這麼想的。

從妳班原來的學生中調出十五個人來，不要好的，但也不要差的，中不溜兒的就行，把他們插到二班和三班，四班、五班就不動了。這樣民工子弟就都放在你們班，五十五個人，人多一點，妳就辛苦點；好也罷，差也罷，要亂就亂在你們一個班算了。

林佳玲非常樂意接受，校長，沒問題。

王海清還是有些遺憾，別忘了，8（1）班原來是雙優班，這樣，很可能就保不住了。

這我真沒法保證，我只能盡力。

消息立即在學校傳開，反映強烈的還是語文教學組。俞老師一進辦公室，立即發佈新聞。

崔靜說，成舊聞啦！王校長到教育局把任務都領回來了。

俞老師問，哪個班敢要這些民工子弟？

崔靜回答，這事是林佳玲主動攬來的，她肯定有打算。

俞老師說，是啊，她把二十名民工子弟都要到她們班去了！

崔靜說，我的話說這兒，這些民工孩子來了會有一點好處，我的崔字倒著寫！

林佳玲聽了這些心裡很不舒服，但她克制了。既然接受了任務，林佳玲就不管這些閒言碎語了，她立即找著伍志浩一起到城北民工子弟學校要那些學生的檔案。

路富根兩眼珠子咕嚕一轉有了鬼主意，他說學校已經解散，我得另找人整理啊！現在是市場經濟，我也用不著瞞著掖著。這些學生是我招的，現在轉給城北中學，等於我替城北中學做好了招生工作，那麼城北中學應該給我點報酬，按人頭付點招生費吧？

伍志浩和林佳玲十分意外。

林佳玲好奇地問，我們幫你們學校分流，幫你們解決困難，反要給你們付招生費？

路富根一臉無辜，是啊，招生、整理檔案不能不要費用吧！

伍志浩道，學生說，你把下學期的學雜費都收了，解散也不退，還要別人給你付招生費？你不覺得太過分了嗎？

路富根不以為然，這過分嗎？學校突然解散也不是我做的決定，是政府規劃，我的損失還不知道跟誰要呢！

林佳玲已經失去了跟這種人商量事情的興趣，伍處長，算了吧，這麼談沒一點意思。

路富根說，林老師，妳這麼說話就不友好了，這不是我去求你們，是你們來求我啊！

伍志浩說，既然這樣，我們就不求你了，行吧？

路富根說，那我就不送了。

9

林佳玲的好心情讓路富根給攪了，這種唯利是圖的人她從心裡反感。

林佳玲和伍志浩走出民工子弟學校，迎面碰上了劉玉英。劉玉英拉著她去看她的服裝店。林佳玲不好推辭，只好告別伍志浩，跟劉玉英去看了她的服裝店。

小服裝店店堂面積不大，款式品種卻不少，三面牆上都掛滿了樣品，中間是兩排衣架，進店的顧客也不少，但林佳玲更關心她們母女倆的事。一提起趙一帆，劉玉英的臉立即就陰沉下來，沒開口先流了淚。林佳玲這才知道趙一帆騙她，她壓根就沒跟媽和好，到現在不跟她媽說一句話，說回家住是沒有辦法的辦法。劉玉英滿肚子委屈，都不想活了。

林佳玲回到學校，心情壞透了。她立即找了趙一帆，把她帶到學校那個池塘邊，趙一帆以為老師找她要瞭解路海龍的情況，沒想到林佳玲上來就問她究竟為啥離開她家。趙一帆無話可答，她只能承認騙了老師，她只是不想給老師添為難。林佳玲要趙一帆理解母親的心，要她知道，要是她爸還活著，她媽早以死來證明心跡，她要趙一帆別再逼母親。趙一帆請求林佳玲再給她一點時間。

這兩件事弄得林佳玲心裡疙疙瘩瘩很不舒服，尤其是方卓然，太可恨了，既然商量好了，為啥又對趙一帆耍態度。林佳玲在車棚放好電動自行車出來，方卓然正好開著車回來，兩人不期而遇，方卓然居然滿面春風。

林佳玲本想當面責問趙一帆的事，看方卓然特別高興，她不忍心打擊他情緒，改變了主意，她想還是讓方卓然主動說好。於是她儘量熱情地朝他迎去，方卓然正好停好車過來。

佳玲，今天回來得好早啊！

這麼興高采烈，是不是又打贏了官司？

啥事都瞞不過老婆啊！

又贏誰啦？

方卓然得意地笑笑，唉，冤家路窄。

不會又撞上了陳大平吧？

就是他，這是天意，天意啊！

林佳玲想起了趙一帆的事，她故意提醒方卓然，好像聽你說丟了啥證據，是這樁官司嗎？

方卓然有點不好意思，是啊，就是這樁官司，那證據後來找著了。

找著了？

是康妮在我的寫字臺底下找著的。

你咋一直沒說？

一帆回家了，人也不在。

林佳玲顯然在意起來，我在吧？你咋也不跟我說？

方卓然看林佳玲又要較真兒，他壓了壓內心的不快，以放棄自我的姿態爭取林佳玲的原諒，這事當時我態度是不夠冷靜，一帆可能有誤會。事情已經過去，人也已經走了，妳又總不那麼高興，我就沒再提這事，怕沒事惹事。

當天晚上，我是咋提醒你的，我請你體諒趙一帆內心的感受。她一個十五歲的小姑娘，面對父親去世，面對母親那種事，就是成人，又有多少人能經受得起？你以為她願意來我們家住嗎？我是怕她出事才硬把她拽來的！結果你讓她沒法住下去，她只好騙我已原諒母親，回家住了，今天我見到她媽了，她到現在都不跟她媽說一句話，她媽都不想活了……

沒想到事情會這麼嚴重。唉，愛情這條道沒有規則，太難走了，咱們老是撞車。

撞車？你用心走了嗎？

方卓然扭頭看林佳玲，妳也這麼說？

誰說過嗎？

康妮也這麼說我來著。

她咋說？

她說，只要用心，啥樣的路都會暢通。

這麼說，你請她當你的愛情維修工？

妳會掐算？

說準了？

我真的請教她了。

她一個未婚女子，能懂得愛情？

她還真有研究。她說感情上要避免撞車，必須學會放棄。

放棄？她要你放棄啥？

她要我放棄妳不喜歡的東西。這是她給我的第一個建議。

林佳玲故意試他，你一個男子漢大丈夫，放棄了自我還有啥呢？

她說妳不會要我放棄事業，也不會要我放棄理想追求，男子漢大丈夫，不是表現在愛情上，而是在事業上。

林佳玲對這個康妮有了興趣，那麼你覺得她的話有道理嗎？

我覺得很有道理，但做起來有點難。光說這事了，我還沒問妳呢？我看妳今天心情也很好，有啥好事？

你看我心情好嗎？那你猜猜。林佳玲親暱地挽住了方卓然的胳膊，兩人一起進了屋子。

方卓然用心地想。

最多只准猜三次，如果要是三次還猜不著的話，證明你根本就不瞭解我。林佳玲這麼一說，方卓然就不好隨意亂說，他認真地考慮了一下。

評上先進了？

錯，差距太大了！一次。

方卓然有些緊張，略作思考，加薪了？

林佳玲有些失望，不是，習慣性思維，還有最後一次。

方卓然更緊張，我都不敢猜了，那就或許是妳想做的事情做成了。

林佳玲側過臉來看了看方卓然，方卓然很擔心。

還是錯？

沾點邊，這麼說，你多少還有一點點瞭解我，沒讓我完全失望。

方卓然急於想瞭解結果，到底啥事讓妳這麼開心？

民工子弟學校初中班的二十個學生上學的事落實了！

方卓然頓悟。

這裡的二期工程要開工了你不知道？

我當然知道，我是鑫源房地產開發集團公司的常年法律顧問，這些日子我幫他們處理了好幾個拆遷中的法律手續問題呢！咱們的房子也要拆遷。

那民工子弟學校撤銷你肯定知道啊！

是的。不光民工子弟學校撤銷，商品交易市場也全部要拆掉。

我經常給伍志浩打電話說這事，你應該會想到這事的。

現在解決了？

王校長終於同意接收民工子弟學校初中班的二十名學生，放到我們班。當然，這是局裡作為任務下達的。

妳是為這開心……

卓然，這些日子你就沒感覺到，咱們雖然結婚七年，因為兩地分居，彼此之間其實並不完全瞭解。

有點。

你看，你第一次猜的，對我完全是一種誤解，你跟旁人一樣，在你心目中，我盡心盡力做事，真心誠意待人，就是為了當先進，你一點都不瞭解我的內心世界。

方卓然有些慚愧。

第二次猜的，人之常情，長工資誰都高興，你算是把我看成了普通的人。

我沒想這麼複雜。

這不是複雜，夫妻之間的心應該是相通的。第三次算是沒讓我失望。

說真的，我都不敢猜了，只好籠統地這麼說。

這起碼說明你對我多少還有一點瞭解，知道我想做事，知道我在認真做事。

兩個人說著一起走進了廚房。林佳玲換好衣服穿上了圍裙準備做飯，方卓然也來到了廚房。林佳玲從冰箱裡往外拿菜，方卓然主動幫著洗菜。

你去忙你的事吧。

咱們一起做。方卓然挽起袖子洗菜。

林佳玲挖米淘米。兩人一起做飯，一邊繼續說話。

看來，你是接受了康妮的建議。

咋說呢？

你這不是在放棄嘛！

兩個人都會意地笑了。

10

路海龍坐在趙一帆旁邊，比關進籠子的老虎還難受，連動都不能隨便動一下。如今二十名民工子弟插到班裡，座位更擠了，他更不自由了。

是崔靜的語文課。發生那件事之後，路海龍和崔靜都儘量不再跟對方接觸。路海龍不想惹事，可他還是惹了事。

路海龍對崔靜心有抵觸，課就聽不進去，坐在那裡不動腦子就犯睏，瞌睡蟲立馬就把他的思維完全麻痹，兩眼皮不可抑制地往一起黏合，腦袋也失去控制地磕下來。他努力抵抗，拿兩手掌托住下巴，不讓腦袋磕下來，兩眼使勁往大裡睜，可眼皮沉得撐不起來。他晃了晃頭，兩眼勉強地睜著，不一會兒，兩眼皮又黏到了一起。路海龍實在控制不住瞌睡，他拿手捏住嘴唇，吹出了一聲尖厲的口哨聲。

全班學生為之一驚。

崔靜停下課，把教案放到講臺上，瞪著眼睛把學生掃了一遍，她看到路海龍大睜著眼睛看著她。崔靜沒有發火，她只是表示了不滿，拿起教案繼續上課。

下課後，崔靜拿著教案下樓，在樓梯上碰著林佳玲上樓。

林老師，我上課的時候，你們班有人在課堂上吹口哨。我課上得不好，可以提意見，何必這麼諷刺人呢！

林佳玲挺驚奇，是誰？

我不想耽誤大家，沒有查，你們可是雙優班啊！

林佳玲很抱歉，崔老師，對不起，我會查清楚的。

8（1）班全體學生提前集合，林佳玲嚴肅地在講吹口哨的事。

我們8（1）班是學校評定的雙優班，雙優，是品學雙優。最近班裡的人員作了一些調整，但原來8（1）班全體同學創造的榮譽，今天8（1）班的全體同學有責任保持發揚。路海龍有些不自在，郭小波認真地聽著，趙一帆臉上有些慚愧，夏青苗有些著急。

常言說少小不努力，老大徒傷悲。大家應該珍惜個人的青春，珍惜學習的機會。上課吹口哨，這太不尊重老師，也影響同學學習，說明我們課堂紀律有問題。我希望吹口哨的同學自覺地站起來承認錯誤。林佳玲默默地站在講臺前，她看了一下表，這時上課鈴響了。

我在這裡已經站了一分鐘了，上課鈴也響了，居然沒有人站起來承認。這更說明我們這個雙優班裡，還有很不自覺的學生。好，我今天倒要看看這個人還有沒有集體觀念，心中還有沒有他人，如果他想要全班人陪他一起浪費時間，那麼我們就耐心地等他，直到他認識錯誤為止。

路海龍正為難之時，郭小波站了起來，全班學生一齊把目光投向他。

林佳玲不相信地看著郭小波，是你吹的？

郭小波低著頭，是我吹的。

夏青苗非常惋惜地扭頭看著郭小波，趙一帆也十分驚奇地扭頭看著郭小波，路海龍不解地看著郭小波。

你在民工子弟學校是優秀學生，到這裡上課為啥要吹口哨呢？

我有些犯睏，無意中吹了。

你現在再當著全班的面，吹一次給大家聽聽。

我現在吹不出來。

這事，希望你在「師生直通車」上跟我交流，現在上課。

郭小波偷偷地流下了淚……

下課後，趙一帆跟著林佳玲出了教室，她告訴林佳玲，郭小波的位置在她右邊，而口哨聲是從她左邊發出，絕對不是郭小波吹的，她懷疑是路海龍。林佳玲也不相信郭小波會做這種事，可郭小波跟路海龍並不熟悉，他為啥要替路海龍承擔責任。林佳玲讓趙一帆先找路海龍談談，看看他是啥態度。

路海龍一下課就去了廁所，但他沒有立即進廁所，他想在這裡等郭小波。郭小波主動替他攬責任，路海龍一點都不感激，他最討厭這種沽名釣譽的人。當時，路海龍並沒有不想承認，但他在猶豫。人的思維空間是不一樣的，老子的思維空間或許是整個宇宙，孔子的思維空間或許是人類社會，普通人的思維空間或許是單位，或許是家庭。一個人的思維空間也不是固定的，此一時彼一時，一時跟一時不一樣。或許某時他想得很寬廣，某時卻想得很狹窄。路海龍在這件事上一下鑽到了牛角尖裡。他不是不想承認，他在想是承認了對林老師好，還是不承認好；是當著全班人承認好，還是背後單獨跟林老師承認好。他當時的思維就陷在這麼一個空間裡，很難拿定主意。結果沒等他想好，郭小波就站起來替他承認了，他要問問郭小波憑啥他要承認。

路海龍終於等到郭小波走出教室，他從走廊那頭走來，路海龍就慢慢地往廁所門口挪。郭小波剛走出幾步，橫裡冒出個夏青苗，她一下把郭小波叫住。路海龍心裡來了氣，這小妖精整天黏黏糊糊纏著郭小波。路海龍無奈地先進了廁所，他從廁所的窗子縫裡繼續朝外望，夏青苗在郭小波面前搔首弄姿，說起來沒完沒了。路海龍忍著氣摸出一根菸。路海龍倚靠在廁所門口的牆上，悠閒地抽起了菸。陳英傑不緊不慢走進廁所，路海龍從煙盒裡抽出一支菸丟給陳英傑。陳英傑接過菸，從褲袋裡摸出打火機，熟練地給自個兒點著。徐光平急步跑進廁所，來到路海龍跟前，喘著。

路海龍一副黑老大的派頭，崔老師上課我吹了口哨，郭小波這小子在我面前逞能，主動替我攬了。

陳英傑說，小子還挺仗義。

路海龍說，狗屎！

徐光平變得快，那是故意讓老大下不了臺！

路海龍說，破打工農民，他逞英雄，咱們往哪裡擺啊？

陳英傑拍腦袋，我沒想到這一層！

路海龍說，你們說這事該咋辦？

陳英傑回答，哪還有啥好商量的，扁他唄！

徐光平說，讓他破相！

路海龍說，犯法的事咱不能幹，不過，咱男子漢大丈夫，也不能隨便讓一個農民工小子踩啊！這臉面往哪擱！我初到8（1）班，手下還沒人，弟兄們得給我壯壯威，咋著也得給他點教訓才是，要不，他不會認識咱，是吧？

陳英傑說，你說得對，你說咋著就咋著。

路海龍一招手，三個人的頭湊到了一起。

11

路海龍回教室，趙一帆已經提前坐到位置上在等他。路海龍偷偷瞄了她一眼，不好，趙一帆臉上有文章，她可能知道是他吹了口哨，一副要拿他是問的樣子。路海龍好笑，啥大不了的事，他故意不當回事，大大方方地在趙一帆旁邊坐下。

趙一帆轉過臉輕聲問他，是不是你吹的？

路海龍故意逗悶子，妳說呢？

郭小波是代你受過。

那是他顯能。

吹了，為啥不承認？

妳知道我為啥要吹嗎？

上課吹口哨還有理由啊！

妳跟林老師報告了？

冤枉人行嗎？

妳為啥不問問我再彙報？

敢做要敢當，做了錯事，就別怕人說，男生應該有男生的樣。

妳咋知道我不想說？

事實是你沒有站起來。

不站起來有不站起來的理由。

不認錯，反倒怪別人？

妳就這麼幫我啊？

別找理由了，快去找林老師認錯。

路海龍不再說話。他默默地收拾書包，然後背起書包離開了教室。路海龍剛離開，林佳玲就來教室找路海龍。

趙一帆說，我讓他找妳去了。

林佳玲疑問，他沒來呀?!

趙一帆意識到出了問題，哎喲！他拿了書包，難道他離開學校了！

路海龍對趙一帆的行為非常不滿，他又鑽進了牛尖角裡。他想，林老師指定趙一帆幫他，她這哪是幫他，憑啥不先問問他就向林老師報告？至於他吹口哨是對是錯，在課堂上不勇於承認錯誤是對是錯，他一概考慮不到，他只考慮趙一帆為啥要這麼做。路海龍最後鑽不出來了，他收拾書包背起來就離開了學校。

學校放學正值下班高峰，街道上公共汽車、小轎車、自行車和行人來去匆匆，如流如潮，充滿著活力。郭小波、夏青苗隨著一群學生推著自行車走出校門。

路海龍率陳英傑、徐光平等五個人早站在人行道一邊，等著郭小波到來。路海龍看到郭小波已經接近，朝陳英傑等幾個擺了一下頭，幾個人搖頭晃腦地站到了自行車道中間。郭小波騎在前面，一下被路海龍他們擋住去路，只能剎車下車。

郭小波說，路海龍！你們想幹啥？

路海龍兩隻手的大拇指摳在腰帶裡，他悠蕩著來到郭小波跟前，把頭伸向郭小波的臉，伸得很近很近，郭小波已經能感受到他的鼻息。

路海龍咬著牙一個字一個字說，小子哎，是你吹的口哨嗎？

夏青苗有些膽怯，她立即躲到郭小波的身後。

郭小波鎮定一下，你不承認，還不讓別人替你承擔？

路海龍冷笑一聲，嘿！他挺英雄啊？

陳英傑幾個起哄，你算老幾啊？在我們老大面前逞英雄！

徐光平說，你懂不懂規矩？眼裡還有沒有我們老大？

一同學架起自行車，你們是黑社會啊！

路海龍嬉皮笑臉，哎！從哪個破窟窿裡鑽出你來了？

那同學十分氣憤，流氓！

路海龍變了臉，啥？這也是你罵的？你他媽算哪棵蔥！

郭小波說，你們的行為還不夠流氓嗎？

路海龍說，好！那我教教你，流氓這兩個字咋寫！

路海龍突然揮拳，打在郭小波的臉上。郭小波的鼻子立即流出血。郭小波抹了一把血，他火了，也揮拳向路海龍還擊。

路海龍一揮手，上！給我扁他！

陳英傑幾個立即衝上來。郭小波的幾個同學也趕緊擋架，幾個人打成了一團。夏青苗一看真打起來了，她掉轉車頭向學校騎去……

林佳玲正好騎著電動自行車出城北中學校門，夏青苗老遠就喊，不好啦！他們打郭小波啦！林佳玲發現馬路邊一群學生在打群架，她立即騎車衝過來。林佳玲剛放下車轉過身來，一只礦泉水瓶迎面射來，正砸在林佳玲額頭上。林佳玲用手捂著額頭，看到路海龍和陳英傑兩個在圍打郭小波。

林佳玲衝上前振臂怒吼，住手！

12

方卓然收拾好包正準備下班，林佳玲來了電話，說班裡發生了一點事，她要晚一點回去。沒等方卓然回話，林佳玲那邊就掛了手機。

方卓然拿著電話很不是滋味，妳看，我還沒說話，她就……

康妮幫林佳玲說話，她肯定是有急事要處理吧。

那起碼也得聽我說句話吧！她調回平海後，我找不到一點團聚的感覺，還跟兩地分居差不多。走，我請客。

老師就是孩子頭兒，跟保姆差不多。

妳讓我放棄，我努力了，我主動幫她洗菜，主動承認錯誤，可她咄咄逼人，步步緊逼。單方面的放棄，我看並沒有作用。

其實你並沒有放棄，要是不能放棄自我，那就得放棄她喲？

難道真有「七年之癢」這一說？

康妮有些驚奇，你研究了「七年之癢」？

是一位網友跟我說的。

方卓然說的那位網友就是青山綠水，那天他跟青山綠水在網上討論了愛情與婚姻這個話題。方卓然說有朋友給他建議，夫妻之間發生不和諧，男的應該主動放棄妻子不喜歡的東西，他問青山綠水，男人為了愛放棄自我的東西，妻子會不會被感動。青山綠水回答他那是犯賤，她說男人越放棄，女人就越把你當蘿蔔切。方卓然問她有啥高見，青山綠水反問他結婚幾年了，方卓然說七年，青山綠水說他們的感情已經進入危險期。方卓然說她危言聳聽，結婚七年，至多進入疲憊期，咋會是危險期呢。青山綠水問他看沒看過美國電影《七年之癢》，方卓然說沒看過。青山綠水讓他趕緊找個光碟看一看，是夢露主演，片名就叫《七年之癢》，現在中外婚姻心理學家已經把這確認為「婚姻之癢」。她要方卓然別聽那位朋友的建議，人生下來就有自利心，人的兩隻手就是用來爭東西的，與天爭，與地爭，與人爭，剛生下來的孩子和躺床上不能動的老人都想爭，只是他們沒爭的能力罷了，人的德行是一輩子都改變不了的。方卓然不明白為啥是七年。青山綠水說這是事物發展的內在規律，毛澤東老人家都說過，七八年來一次，社會矛盾如此，家庭婚姻也是如此。她還告訴方卓然，德國巴伐利亞州菲爾特市女市長保利已經提出建議，將婚姻的時間限制為七年，結婚七年之後，婚姻自動解除，如果雙方想繼續維持，可以延長婚姻期限。方卓然不信有這等事，青山綠水讓他「百度」一下就明白了。

康妮笑了，現在有的都說「四年之癢」了。

讓你們這麼一說，這些年，我根本就沒有入世啊！

夫妻兩地分居，成全了你的事業。七年之癢並不是詛咒愛情和婚姻，「一高三多」是時代的現實。

一高三多？

是啊，離婚率越來越高，獨身者越來越多，同居不結婚者越來越多，結婚不生孩子的頂客家庭越來越多。

還真是。

你們是不是也想做頂客家庭啊？

沒有啊！我們是沒有機會。

光你想不行啊！你得問問林老師，或許她想頂客呢！

方卓然頓悟，我還真沒問過她。

那該問問她啊！

方卓然覺得很有道理。

林佳玲疲憊地回到家，家裡黑著燈。林佳玲打開燈，換了鞋，放下包。她徑直走進餐廳。餐桌上啥也沒有，走進廚房，廚房裡也冷冷清清，方卓然沒有回來。林佳玲換了衣服，從廚房吊櫃裡拿出一包速食麵，拿鍋接了點水，坐到煤氣爐上。林佳玲木然地拿著速食麵，看著沒有燒開的鍋犯愣。

林佳玲煮好速食麵，坐到客廳沙發上，一邊吃麵，一邊打開電視機看電視。大門突然打開，方卓然醉醺醺地進了門，一股濃烈的酒氣衝進屋裡。林佳玲立即放下筷子，過去扶方卓然進臥室。方卓然一進臥室，衣服還沒脫，一頭就橫躺在床上睡了。林佳玲皺著眉頭替方卓然脫鞋、脫衣服。方卓然暈暈乎乎地說醉話，康，康，康妮，別，我，我自個兒會脫……

林佳玲一怔。林佳玲站在那裡怔怔地看著醉睡的方卓然，心裡很不是滋味。林佳玲替方卓然蓋上被子，然後走出臥室。林佳玲坐到沙發上繼續吃速食麵，她再吃不出一點滋味。

13

路海龍到了8（1）班，打架又曠課，印證了崔靜的預言，崔靜十分得意，她的崔字可以更加堅挺地立著，用不著倒著寫了。崔靜跟俞老師說得正得意，有人來叫她去校長辦公室。

崔靜走進王海清辦公室，林佳玲一臉嚴肅地已經在那裡坐著。她們班出事，讓她陪綁，心裡老大不高興。她要不高興不能悶著，必須泄出來，我早說了，讓這幫農民的孩子來學校，不鬧事那才叫怪呢！

林佳玲解釋，崔老師，責任完全不在那些民工子弟，而在路海龍他們。

崔靜說，是啊！他本來就是害群之馬，當時要是把路海龍勸退了，還會有今天這事？

林佳玲說，人的轉變不是一朝一夕的事。

王海清也不耐煩了，你們就別爭了，現在好了，有了這幫民工生，弄出了城市生和民工生兩派！

林佳玲說，責任還在我，我沒能讓路海龍轉變。

王海清說，林老師，妳就不要再自責了，妳老這樣自責是解決不了問題的。對路海龍這些屢教不改的傢伙，一定要嚴肅處理。崔老師。

崔靜不以為然，有我啥事啊？

王海清說，妳說呢？陳英傑、徐光平不是你們班的嗎？

崔靜回答，要沒有路海龍唆使，我們班的這些人絕不會去打8（1）班的人。

王海清很不高興，不管哪個班，只要參與了打架，每個人都給我寫檢查！

崔靜在校長那裡討了沒趣，悶著一肚子氣回到8（3）班教室，那張臉繃得像鐵板，她一進教室就厲聲喊，陳英傑！到前面來站著！

陳英傑家常便飯地悠悠蕩蕩從座位那裡來到講臺前面，轉身面對全班同學，很英雄地站著。

徐光平！

徐光平也離開座位，懶懶散散地走到講臺前，兩人相視一笑，徐光平在左、陳英傑在右，一左一右站定。

還有誰參與了打架，都站到前面來！

劉剛和另一個學生站起來，走到前面，跟陳英傑、徐光平站到一起。他們站在講臺前面向同學，一點沒有難堪尷尬，陳英傑還悠悠地抖著腿。

崔靜厲聲喊，陳英傑！站直了！

陳英傑嬉皮笑臉極不嚴肅，崔老師，我倒是想站直呢！可我爸媽不知咋弄的，給我弄了兩條羅圈腿，想站直它直不了呀！要站直，只怕得回爐才行。

全班大笑。

別笑！有啥好笑的？我告訴你們四個，今天必須寫出檢討來。

陳英傑說，老師，問一個問題成嗎？

說！

這檢討是寫成記敘文，還是議論文？

夾敘夾議，敘是如實交代事情的過程，議是分析批判自個兒的錯誤，深挖思想根源，聽明白了嗎？

聽明白了。

崔靜說，另外，你們必須向8（1）班的同學賠禮道歉！

陳英傑說，啥？賠禮還道歉？老師，寫檢查可以，賠禮道歉就算了吧！

為啥？

徐光平說，妳曾經教導我們，凡事都有因果。這事是8（1）班的同學路海龍發出求援，我們也是助人為樂哪！

你們打人還助人為樂？聽著，這是校長的決定！

陳英傑說，老師，這件事，還有沒有商量的餘地？

沒有！除非你們不想再走進城北中學。

陳英傑說，好！老師的這個決定好！這是給我們出路，給我們選擇的餘地，太好了，老師，再見！

陳英傑說著就朝外走，徐光平也跟著走出去，劉剛和另一個學生看了看崔靜也跟著走出教室。

崔靜急了，站住！你們想幹啥？

陳英傑已在教室外面站住，妳不是讓我們選擇嘛，要麼向他們道歉，要麼不進這個學校，那我們就選擇不進這個學校了，我們不上學還不行嗎？

四個人立即跑下樓去。

陳英傑等四個背著書包正要出學校大門，讓保安給攔住了，他們四個就跟保安吵起來，正好讓林佳玲撞上。

林佳玲很客氣地招呼，陳英傑，你們不去上課，在這兒鬧啥？

陳英傑四個沒理睬林佳玲，繼續要出學校大門，保安擋住了他們。

林佳玲說，你們出不去，學校有了新規定，上課期間，學生要離開學校，必須有班主任批准的條子。

陳英傑理直氣壯地說，我們四個不上學了，是崔老師同意的。

林佳玲很吃驚，不上學了！我不相信崔老師會同意你們不上學，啥理由呢？

陳英傑說，林老師，妳不是我們班主任啊！

林佳玲嚴肅起來，城北中學的老師，對本校學生不遵守紀律的行為，都有權利管！

陳英傑說，我們違反哪條紀律啦？

林佳玲回答，上課期間，無故離開學校。

陳英傑說，我們不是無故，是崔老師讓我們選擇的。要麼給8（1）班的同學賠禮道歉，要麼別上學，我們選擇了不上學。

學齡期間不想上學，你們想幹啥？學齡期間不願意接受教育，想接受啥？你們選擇不上學，徵求父母的意見了嗎？

四個人無言以對。

你們才十五歲，是未成年人，受父母監護，你們沒有權利選擇上不上學的，這是法律給你們父母的權利，你們懂不懂？你們說，不上學，你們想做啥呢？你們又能做啥呢？

四個人又無法回答。

你們想過沒有？現在該你們學習的時候你們不學習，以後你們咋找工作，就是當街道清潔工，那也是環境保護，也都是電氣化管理，你們行嗎？連初中都沒有畢業，以後找對象，哪個姑娘願意嫁你們？到那個時候再後悔，還來得及嗎？

四個人讓林佳玲說住了。

林佳玲越說越激動，你們真不想上學是吧？好，那我現在就送你們回家，把你們一個一個當面交給你們父母，如果你們的父母都同意你們不上學，學校也算盡到了責任，咱們現在就走！

四個人沒想到林佳玲會給他們來這一手，他們面面相覷。

林佳玲火了，走不走？不走，給我老老實實回教室去上課！

四個人灰溜溜地朝教學樓走去。自個兒跑出來，老師沒有來追，再自個兒回教室去，很沒面子。到了樓梯拐角處，陳英傑停下了腳步。

陳英傑說，咱們這樣回去挺沒意思的。

徐光平說，全班同學會笑話咱們。

劉剛說，好馬不吃回頭草。

陳英傑說，哎！咱們也上一班算了。林老師不是攔咱嘛！那咱就上她的班去。

徐光平說，對，好主意，這樣咱也不會丟面子了。

劉剛說，崔老師也不稀罕咱，咱直接去找校長。

陳英傑說，嗯，就說崔老師不要咱，林老師歡迎咱，校長同意了，崔老師和林老師也就沒話可說了。

陳英傑和徐光平四個真的直接去闖了王海清辦公室。王海清本來要訓他們沒機會，他們等於主動找上門來挨罵。王海清不但不同意他們去８（１）班，反把他們批了一通，要他們寫出檢查來，四個人老老實實退出了校長辦公室。下課鈴救了他們，趁著下課混亂，四個人乖乖地混進了教室。

陳英傑四個找校長要求調８（１）班的事偏偏讓俞老師知道了，俞老師知道了這事，就等於全校老師都知道了這事，崔靜當然是俞老師頭一個要告訴的。崔靜本來心裡就有氣，她在班上沒治住陳英傑四個，反讓他們藉口跑了，她以為陳英傑四個早溜出學校了，沒想到竟又讓林佳玲給攔了回來。林佳玲攔住陳英傑四個，不讓他們翹課曠課是幫了崔靜，要換了別的老師，崔靜會感謝的，但偏偏是林佳玲，林佳玲這麼做，在崔靜那裡就成了讓她看笑話了。聽俞老師說，這四個人還要求上８（１）班去，崔靜的氣就更盛了。

好啊！林老師這麼喜歡他們，那就讓他們去啊！你還以為我稀罕他們啊！

俞老師已經覺察，他的話在崔靜那裡產生了作用，煩惱已經在崔靜心裡攪動。不早不晚，郭小波和夏青苗進了語文教學組辦公室，他們繃著臉直接來到崔靜面前，崔靜一看他們的神氣心裡就不耐煩。

這兒是商店還是公園啊！你們想進就進，想出就出！

郭小波說，崔老師，昨天的事咋處理？

崔靜對他們的口氣和態度更反感，你們來興師問罪？

夏青苗說，必須賠禮道歉。

崔靜心裡也是這麼想的，但他們這樣要求她，她很不舒服，夏青苗，他們又沒打妳，妳摻和在裡面攪啥熱鬧啊！賠禮道歉，我看就算了吧，事情是你們班路海龍挑起，是路海龍請他們幫忙，要追究責任，你們應該去追究路海龍啊！

郭小波忍住不滿，崔老師，我就這麼被他們白打啦？難道崔老師也怕他們？你這孩子咋說話呢？我怕他們啥？

夏青苗說，如果讓他們賠禮道歉都做不到，我們只好去找校長。

崔靜也來了氣，她撒手不管了，好啊，有本事你們找去啊！

14

路海龍翹課了，連續兩天沒來學校，也不請假。林佳玲找路富根，路富根已有七分醉意，在電話上就罵這小王八蛋，每天都在騙他。林佳玲要他負起責任，認真履行協議上的職責。路富根說路海龍肯定又泡網吧去了，晚上他就收拾他。

路海龍確實在網吧，他正跟黃毛和寸頭幾個在玩電子對抗遊戲。路海龍居然贏了他們，他興奮地尖叫了一聲，得意地向對方伸出了手。黃毛很不情願地把錢拍到他手上。路海龍贏了錢，得意揚揚地朝外走，黃毛和寸頭擋了他的路。

路海龍滿不在乎，他毫不在乎地抬起頭，咋，想跟我過不去？

黃毛說，贏了就走，太不仗義了吧？

路海龍說，我有事兒，明天你可以翻本啊！

寸頭說，有事可以走，把錢留下。

路海龍說，只怕我的拳頭不答應。

黃毛說，那我們想辦法讓它答應。

黃毛的話音剛落，一暗拳捅在路海龍腰眼上，路海龍痛得喘不過氣，彎了腰。寸頭藉機一抬腿，用膝蓋從後面頂了路海龍的襠，路海龍一下趴到地上。黃毛很內行地從路海龍兜裡掏出錢包，連他錢包裡的錢也一起拿走，把空錢包扔給了路海龍，他們又進了網吧。

路海龍哪受過這種委屈，從小到大，他還沒被人這麼欺負過，這口氣實在咽不下去，他立即在門口打了陳英傑的手機，讓他趕快過來，多叫幾個人來，他就在網吧門口等他們，要他們快點，越快越好。

十月的夜晚，天氣已經很涼，涼得有些冷意。路海龍站在風口裡感覺身上冷，他把衣服裹了裹。路海龍朝通向學校的馬路看去，就是不見他們人來。他在心裡罵陳英傑，關鍵時刻總是掉鏈子，不是辦事的人。路海龍怕黃毛他們離開，氣可鼓不可泄，事情過一夜，可能一切就發生了變化，就上不來這股復仇的氣勢。一輛計程車停到網吧門前，從車上下來了陳英傑、徐光平、劉剛三個人。

路海龍一看很不高興，這麼慢！不是讓你多叫幾個人嘛！

陳英傑說，唉！別提了，這幫人，要他們玩真格的了，一個個都軟了襠，拉都拉不來，有咱四個，一般的人可以對付了。

路海龍說，他們也四個呢！

陳英傑說，怕啥！軟的怕硬的，硬的怕愣的，愣的怕不要命的，咱跟他們玩命，還怕他們不成！你指到哪我們打到哪！

路海龍說，咱們不能在裡面打，弄壞東西得賠，出事也不好撤，咱們就在外面候他們。

路海龍他們四個人在門口的一邊等候，天氣越來越涼，他們一個個都緊裹起衣服。

陳英傑說，老大，他們咋還不出來，不會從後門溜了吧？

路海龍說，地下室沒有後門。

正說著，黃毛、寸頭、小辮等四個人從網吧朝外走。

路海龍說，他們來了！集中對付黃毛和寸頭，上！路海龍一揮手，走上前去。

陳英傑一看，那四個人比他們年紀大，他一下沒了底氣，老大，你們先理論著，我他媽剛才忘撒尿了，憋不住了。

陳英傑一溜，徐光平和劉剛也縮在了路海龍後面。路海龍顯得勢單力薄，但他咽不下這口氣，依然走上前去。

路海龍說，黃毛！識相點，把錢給爺爺留下，免得受苦！

黃毛冷笑一聲，嘿！就憑你們三隻瘦猴？給我扁！

陳英傑不知上了哪個廁所，四個打他們三個，人又比他們大，三個都被他們打趴在地上。最慘的是路海龍，兩個對付他一個。幸虧他有準備，他突然從褲腰裡拔出了兩節棍。黃毛挨了路海龍兩下很痛，他火了，解下了褲腰帶。兩人對打起來，黃毛一腰帶抽到路海龍額頭上，皮帶頭劃破了路海龍的額頭，當即皮破流血。路海龍一見血，真玩了命，他揮動兩節小棍耍了起來，黃毛和寸頭都挨了他的棍，痛得嗷嗷地叫娘。路海龍一把揪住了黃毛兩肩的衣服，咬牙朝黃毛背上抽了一棍，黃毛一聲慘叫，倒在地上。小鬍子不知哪裡找到一根木棍，從後面給了路海龍當頭一棍，路海龍也倒在了地上。

陳英傑不知從哪竄了出來，他吹響哨子，厲聲喊，巡警來了！

小鬍子、寸頭架起黃毛，四個一起鑽進了一輛計程車，一溜煙逃了。

陳英傑很得意，咋樣？我這一手還是挺管用的。陳英傑彎腰去攙路海龍。路海龍瞪起眼看著陳英傑，啪地把一口血痰吐到陳英傑臉上。滾！

陳英傑自知理虧，沒計較，把血痰抹掉，我這是毛澤東的兵法，打得贏就打，打不贏就走，硬拼不行，咱就智取……

路海龍拍了拍徐光平和劉剛的肩頭，啥也沒說。陳英傑內心有愧，主動要護送路海龍回家，路海龍火了，你再跟著我，我跟你拼！

陳英傑三個無奈，眼睜睜看著路海龍一步一拐地離去。

15

第二天路海龍還是沒來上學，他連家都沒有回，路富根也沒給林佳玲打電話回話。學校放學了，數學教學組辦公室裡只有林佳玲一個人，她坐在辦公桌前犯難。路海龍是她攔下的，而且等於向領導立了軍令狀。軍令狀立了，人沒改好，卻又打人惹事，接連三天曠課，人不見，連音信都沒有。學校裡議論紛紛，崔靜和俞老師一唱一和好笑。林佳玲真坐了蠟，話說出去了，不能收回，最大的難題也只有她自個兒去解。

林佳玲毫沒情緒地拿起了電話，卓然，真不好意思，我留下的那個學生，就是你那客戶路富根的兒子，三天沒來上學了，我得去找。

妳去找吧！我，妳就不用管了，七年分居都過來了。方卓然主動掛了電話。林佳玲拿著響著嘟聲的話筒，心裡很不是滋味。

秋夜已經寒意十足，林佳玲冒著寒冷騎著電動自行車，一個網吧一個網吧挨個兒去找，出了一個網吧，再進一個網吧，順著大街一路找下去。林佳玲在一個不顯眼的地下室網吧裡找著了路海龍，他額頭和嘴兩處帶傷，額上包著紗布，嘴有些腫。

林佳玲沒有喊他，悄悄來到路海龍身邊，輕聲對他說，路海龍，跟我回家。

路海龍一驚，看是林佳玲，他沒有理她。

林佳玲拉他的胳膊，你都受傷了，快跟我回家。

路海龍本來心裡有火沒處出，我用不著妳管。路海龍順手將林佳玲一推，林佳玲沒防備，釉面瓷磚地打滑，失去重心，一下摔倒在地上，膝蓋磕得很痛，捋起褲腿看，膝蓋破了。旁邊一小夥子看不過去，站起來揪住路海龍衣服，說他太不講理，人家好心來叫你，你反把人推倒。林佳玲立即爬起來，拉開那小夥子，給人賠笑臉解釋，說她是他姐。路海龍愣住了。小夥子罵路海龍不是個東西，打姐。林佳玲拉著路海龍離開了網吧。

方卓然回家泡了兩盒速食麵，坐在寫字臺前，打開電腦進入聊天室，沒發現青山綠水。他放下滑鼠，一邊吃速食麵，一邊等青山綠水。沒等方卓然吃完速食麵，青山綠水出現了，方卓然立即放下速食麵加她。

暴風驟雨！對不起，來客人了，讓你久等。

啥貴客啊？都九點多了！

當然是男客啦！

不會是嫖客吧？

正是嫖客啊！咋，吃醋啦？

我吃鹽，鹹（閒）的。

別不承認，你的語氣已經有變化喲！

那是妳心理作用。

言歸正傳。我今天要為你提供破解婚姻之癢的方法。

這可是及時雨。

人的感情是非常複雜的，用那些所謂的婚姻理論是闡釋不清「七年之癢」的問題的，但婚姻之癢是可以量化的。

咋量化？

導致夫妻感情疏遠的原因有十個，有專家設定，每條原因分值為2分，當有三條原因達到6分時，就很有可能發生「婚姻之癢」，導致感情破裂。你想記下來嗎？

你說吧。

林佳玲和路海龍一起走出網吧，林佳玲去推電動自行車，路海龍扭頭撒腿跑了。林佳玲看他拐進了另一條胡同，她騎車趕過去，卻不見路海龍的影兒。林佳玲在胡同裡兜了兩圈，沒有找到路海龍。林佳玲無奈地給路富根撥了電話。路富根在歌廳唱歌，林佳玲在手機裡都能聽到狼嚎一般的聲音。林佳玲告訴他，她在網吧找著了路海龍，可他又跑了，不知又跟誰打架了，頭上有傷。讓他對兒子負點責任，他連學校都不去，她咋教他。路富根說明天保證一定讓他去上學。林佳玲警告他，要想自個兒的孩子健康成長，當父母的該給孩子做個好樣子。

林佳玲回到家，客廳寫字臺那裡亮著燈，方卓然趴寫字臺上睡著了，她下意識地抬頭看了一下客廳牆上的鐘，十一點多了。林佳玲輕輕地換好鞋，放輕腳步走了過去。方卓然睡著了，電腦沒關。寫字臺上放著兩個吃完的速食麵空盒，裡面還有少許剩湯。林佳玲心裡一酸，她內疚地拿起空盒，放到了垃圾桶裡。林佳玲想讓方卓然到床上去睡，桌子上的那張紙吸引了她。林佳玲輕輕地拿起那張紙，新奇地看起來。上面零亂地寫著，

七年之癢，夫妻感情疏遠的十個原因：①空間上的分離；②某一方偷偷有了外遇；③發現了對方的缺點或人格上的不良特點；④相互回報水準的變化……每條原因分值為二分，當有三條原因達到六分時，就很可能發生「婚姻之癢」，導致感情破裂……

方卓然慢慢醒來，看林佳玲站在他身邊，妳回來啦？

林佳玲放下那張紙，晚上就吃速食麵？

我懶得做，妳吃了嗎？

還沒吃。卓然，我再做點，咱們一塊兒吃點？

已經很晚了，妳自個兒弄點吃的吧，我不吃了。

林佳玲內疚地扶方卓然，卓然，我是個很不稱職的妻子。

方卓然奇怪地看著林佳玲，反有點不適應，妳今天咋啦？

結婚七年分居，你一直獨自湊合著生活。好不容易團聚了，我卻不斷遭遇意想不到的事情，還是讓你自個兒照顧自個兒，很對不起……

方卓然反有些不習慣，妳今天是咋啦？做了啥對不起我的事嗎？

沒有啊！我去找路富根的兒子，好容易找著了，可他卻又跑了。

方卓然一聽沒了興趣，我睡了，很晚了。方卓然關電腦，然後走向臥室。

林佳玲沒再做飯，只喝了一袋奶，吃了一片麵包。林佳玲脫衣服時，發現膝蓋磕破了，她到客廳找藥，找到了一瓶紅花油，坐在椅子上搽藥。方卓然沒睡著，不知她在幹啥，出來看，發現了她膝蓋上的傷。方卓然看到她的膝蓋破了皮，他拿過「紅花油」，一邊給她搽，一邊有點心疼地勸她。

人好比一臺發動機，負荷也是有極限的，不能老是透支！透支大了，機件就會損壞。

沒有事，咱不是材料好嘛！

方卓然和林佳玲脫衣躺下，方卓然沒了睡意，他想了想，開了口，佳玲，我一直沒跟妳交流。

啥事？

妳是不是想過頂客家庭的生活？

頂客？啥叫頂客？

就是兩人家庭，不要孩子。

卓然，你誤解我了，我想要孩子，我很想做媽媽。

哦，我不過問問。既然你很想做媽媽，那咱們就一起努力吧。

方卓然伸手摟住了林佳玲。

16

路海龍還是沒來學校，林佳玲沒有再找王海清彙報，不用人說，她先已抬不起頭，路海龍的無限期曠課，等於向全校宣佈，林佳玲管閒事，又失敗了。

人心都是肉長的，路海龍的事弄得林佳玲整天悶悶不樂，崔靜和俞老師也都看在眼裡。

崔靜竭力想證明自個兒正確，俞老師，妳說句公道話，我當時要求學校勸退路海龍，是意氣用事嗎？路海龍就是根不可雕的朽木，林老師願望再好，他也成不了器。

崔靜心理上得到安慰，想創造先進事蹟也不應該是這個思路啊！別抓雞不著反蝕了米。有機會，妳好好勸勸林老師，林子大了，啥樣的鳥都有，合格公民十幾億哪，不缺路海龍他們幾個，讓林老師別再白費心血了。

學校放學，林佳玲又跟方卓然請了假，她還是決定去找路海龍，非把他找回來不可。到車棚去推自行車正好遇上俞老師。

俞老師關心地問林佳玲，林老師，路海龍今天還沒來上學？

林佳玲搖了搖了頭，這孩子，腦子裡不知哪根筋又擰了。

這樣的人不可救藥！

可他還是孩子呀。

他可不是孩子了！他蹲過兩次班，已經十七歲了。妳別為他費心血了。崔老師還讓我勸妳呢！

崔老師讓你勸我？

是啊！她說合格公民十幾億呢，也不缺路海龍一個。

總說咱們學校是熔爐，老師當然希望多出好鋼。可社會複雜，我們只能盡老師的一份責任，出多少好鋼不敢說，但總不能出鋼渣啊。

俞老師只好附和，是啊是啊，林老師起點跟我們就是不一樣啊。

當老師的不做這些，還做啥呢？

林佳玲在第六家網吧又找到了路海龍，林佳玲來到路海龍身邊，啥也沒說，在一旁看著他在網路上打遊戲。路海龍知道林佳玲已經站在他身邊，玩起來就沒有興趣，他很不高興。

妳整天盯著我幹嘛？討厭不討厭？

林佳玲一句話不說。

學校讓我退學，我都簽字了，而且離開了學校，妳非要把我攔下，還把我調到雙優班，妳這不是拿我擺到火爐上烤嘛！

林佳玲任他說，她一句話不說。

本來在8（3）班，成績雖然不好，可手下還有一幫弟兄聽我吆喝，妳非把我調8（1）班來，現在來了一幫農民子弟，我連農民子弟都不如，除了難堪，沒有我的立足之地。林老師，其實，妳也夠累的了。我有我的活法，妳有妳的活法，咱們兩便行吧？

路海龍看林佳玲不說話，他也不說了。

林佳玲看他不說了，這才開口，有話只管說，把心裡想說的話都說出來！

路海龍看著顯示幕，沒了話。

說呀……沒有要說的了？沒有要說的就跟我走。

路海龍裝作沒聽見。

我早說了，既然我攬下了這件事，我就不能不管。今天你要是不走，我就在這兒陪你，你一夜不回，我也一夜不走。

路海龍沒話可說。坐了一會兒，站了起來，夥計！刷卡。

林佳玲和路海龍一起走出網吧。外面有風，天有些冷，路海龍裹了裹衣服。路海龍側臉看了看林佳玲的自行車。趁她沒注意，突然拔腿扭頭就跑。林佳玲急忙推車掉頭，慌忙中褲腿掛到電動自行車上，連車帶人倒在地上。一巡警看到了路海龍的舉動，一把將路海龍扭住。林佳玲沒顧上扶自行車，爬起來立即跑了過去。

巡警扭住路海龍問林佳玲，他搶妳啥啦？

林佳玲立即賠笑臉，巡警同志，你誤會了，他是我弟弟，正跟我嘔氣呢。

路海龍又一驚，他睖睜著兩眼看林佳玲。

巡警生氣地訓路海龍，有你這樣的弟弟嗎？扳倒自個兒姐，簡直不成體統！

巡員警放手鬆了路海龍，轉身嚴肅批評林佳玲，當姐的也不能這樣慣弟弟，慣不是愛，是害！

林佳玲只好檢討，是，您批評得對。剛才不是他扳我，是我自個兒不小心摔倒的。

你別護他了，我看著他把妳的車扳倒的，今天對自個兒姐這個樣，將來對別人還不知道咋樣呢！

林佳玲說，謝謝你。

等巡警走後，林佳玲恨鐵不成鋼地看著路海龍，痛心地說，你是不是要我求你啊?!

路海龍慚愧地低下了頭，妳為啥要對我這麼好？

林佳玲不說話，默默返回自行車旁。林佳玲彎腰去扶自行車，可她沒扶起來，反無力地坐到了地上。

路海龍跟了過來，他彎腰去扶自行車，忽然發現林佳玲在流淚。路海龍有些不知所措……

你……你都十七歲了！咋還這麼不懂事啊……再過一年，你都有公民選舉權了……

這感慨的聲音，讓路海龍不由得一怔。

林老師，您別難過了……

林佳玲止不住地落淚，你啥時間才能明白老師的心啊……

路海龍慚愧地低著頭。

林佳玲站了起來，你並不是不懂事的孩子。看到趙一帆獨自一個人喝酒，你咋會想到要陪她？

路海龍低著頭，現在壞人挺多，她一個女孩子在外面喝酒，挺危險的。

趙一帆爸病重，你為啥想到要捐五百塊錢？

她太可憐了，像她這麼聰明的人，將來應該上大學，她太倒楣了。

這些事你都明白，你也有惻隱之心，但是這還不夠。孟子說人必須有四心。

四心？

人要有惻隱之心，羞恥之心，禮讓之心，是非之心，沒有這四心，人就是個心理殘缺的人。你想想，人家郭小波為了不影響大家學習，主動替你承擔責任，你卻要打他，還分不分是非？還有沒有羞恥感？

路海龍有些不解，林老師，我爸這麼跟你作對，你為啥還要對我這麼好？

你是我的學生，我必須對你負責。

路海龍的鼻子酸了，林老師，我向郭小波道歉。

第七章

履

（下兌上乾）

彖曰，履，柔履剛也。說而應乎乾，是以「履虎尾，不咥人」。

象曰，上天下澤，履。君子以辨上下，定民志。

——《周易》

注：

《彖傳》說，履，指陰柔跟在陽剛後面。《履》卦下兌愉快地順應上乾，所以才會「履虎尾，不咥（ㄉㄧㄝˊ迭，咬的意思）人」。

《象傳》說，上面是青天，下面是水澤，這就是《履》卦的卦象。君子（觀此卦象）明辨上下，幫助民眾確立志向。

1

路海龍終於重又走進8（1）班教室，林佳玲發現無論路海龍本人，還是趙一帆、郭小波，心裡都有幾分尷尬，班裡的同學也不免竊竊議論，她感覺有必要調整一下大家的情緒和氛圍，她沒有立即上課，跟大家閒聊起來。

同學們，今天開課前，我想先跟大家閒聊一會兒。請大家把你們的雙手都放到桌子上，伸開手指。大家都看到了，我們每個人都有兩隻手，每只手都有五隻手指，大拇指和其餘四個手指分成兩邊。我再請大家做一個動作，將兩手的五個手指合攏起來，這個動作叫啥呢？林佳玲兩手也握成拳頭。

夏青苗說，抓！

趙一帆說，握！

林佳玲說，抓也可以，但握更準確一些，比如握拳，這個動作叫握。林佳玲轉身在黑板上寫了「握」字。握，是人在生活中實現物質生活願望所用的一個最基本的動作，為了便於握，人類生活用的工具便都有一個把。林佳玲又轉身在「握」字後面寫了個「把」字。比如鋤把、車把、錘把、刀把、槍把、搖把等等，握住了把，便握住了實現物質生活願望的途徑。

同學們聚精會神地聽著。

然而，人除了物質生活，還需要啥生活？郭小波你說。

郭小波站起來，略一思考，精神生活。

對，人還需要精神生活。人的精神生活的願望有些是有形的，比如看書、聽音樂、看電影電視、跳舞、娛樂；有些精神生活願望是無形的，眼睛看不到，手摸不著，沒有可握的把，比如機會、理想、命運、前途、感情。那該咋辦呢？路海龍，你說。

路海龍站起來，說不清，靠本事，也要靠運氣。

有道理，坐下。實現這種精神生活願望，其實也有「把」，這個「把」就是事物發展的內在規律，人們憑藉自個兒的聰明才智、思想意志和生活經驗，辨別、尋找、認識、摸索這些事情的內在規律，這種尋找認識的整個過程叫做把握。林佳玲又轉身在黑板上寫了「把握」兩個字。如果你能把握住願望所涉及事物的內在規律，你就握住了實現願望的把。

同學們聽著覺得很新鮮。

物質生活願望的實現，靠人的手來把握；精神生活願望的實現，要靠人的心靈、智慧和毅力來把握。越王勾踐為了伐吳雪恥，他默默地臥薪嚐膽十年之久，因此有了「君子報仇，十年不晚」的名言。古人孫敬和蘇秦為實現自個兒的抱負，發奮學習，頭懸梁，錐刺股，留下了懸梁刺股的典故。我們每個同學，可以說沒有一個不想有個燦爛的青春，都有各自的美好理想，我希望咱們班的每個同學，好好地把握自個兒的青春，把握好生命的每一寸光陰，為實現理想而努力……

學生們聽了林佳玲這一番話，像春天的禾苗遇了一場春雨，清新蓬勃。這一堂數學課效果特別好，課堂裡很靜，只有林佳玲一個人的話語在教室裡迴響。

學校放學，趙一帆和路海龍兩個不約而同都沒有立即離開學校。

決心下定了沒有？趙一帆問路海龍。

下定了。

趙一帆拿出路海龍的數學作業本給他。

上個單元的作業我都看了，應用題全都錯了，你看。趙一帆拿過作業本，指給路海龍看。這是一道工程題，你不能光陷在具體的計算中，得先搞清楚工程題幾項要素的內在關係。

路海龍不明白，啥關係？

趙一帆非常有耐心，基本要素之間的相互關係啊！

工程題的基本要素是啥？

工程題有三個基本要素，工程量、工作效率、工作時間。你想想，完成一個工程，你得先知道這工程的總量吧？

路海龍居然在趙一帆面前老實得像個小學生，用心地在聽趙一帆輔導。路海龍拿出本子，慢點慢點，我得記下來。

陳英傑領著徐光平、劉剛等在8（1）班教室門口探著頭。

陳英傑一腳門裡，一腳門外，老大，我們在等你呢！

路海龍沒理他，認真地在做作業。

已經偵察好了，黃毛他們還上那個網吧。上次，我沒盡力，讓你吃了虧，這次我要將功補過，多叫了幾個弟兄，一定為你報仇。

我要補課，我不去了。

嘿！林老師幾句好話就把你給哄住啦！

你們也別去了，回家吧。

陳英傑嘿嘿一笑，趙班長，妳用啥手段把我們老大一下給迷住了？

趙一帆不理睬他們。路海龍站起來離開座位走了過來，陳英傑，你就別充英雄了，我最痛恨的就是關鍵時刻臨陣脫逃這種膽小鬼，我不想再和你這樣的哥們兒做事了。

陳英傑讓路海龍說得下不了臺，好！不是我不給你面子，是你自個兒不要面子，咱們到此為止。

陳英傑說完一揮手，領著徐光平幾個離去。

2

林佳玲和方卓然的夫妻生活像清湯掛麵一樣無滋無味地過著，兩個人有了這許多磕碰，心裡都有了一些傷痕，有的還挺深，一時無法消除，誰也沒有主動去消除，生活就這麼平平淡淡地過著。

晨曦讓室外一點一點明亮起來，光亮從窗簾的縫隙間鑽進了屋，看熱鬧似地一點一點讓清晨甜睡中的林佳玲和方卓然清晰起來。林佳玲那面床頭櫃上的手機突然顫動起來，還發出了嘀嘀嘀三聲提示音。林佳玲立即醒來，她先伸手把手機鬧鐘關掉，沒開燈，輕手輕腳穿衣服，努力不弄醒方卓然。方卓然還是醒了，他睜開朦朧的睡眼，一臉不高興。

佳玲，妳非得五點二十起床？

林佳玲很過意不去，非常抱歉地說，這些年習慣了，我一直是五點二十起床。要不，以後我睡客廳，省得吵醒你。

空間隔離好嗎？

設鬧鐘，會吵醒你；要是不設鬧鐘，我怕誤時間。

要求幾點到校？

老師七點半。

七點半到校，妳六點二十起床綽綽有餘。

這些年，我都是七點到校，好做課前準備。

過去分居在外地，妳一個人獨來獨往，咋著都可以。現在妳身邊不是有個丈夫嘛！可不可以把清晨這最甜最美的一個小時給妳丈夫呢？

林佳玲想了想，為了愛情她做出讓步，卓然，這樣吧，我以後六點起床，給你四十分鐘，行嗎？

方卓然翻過身去，重新闔上眼睛。林佳玲輕手輕腳地走出臥室。

林佳玲是上完第一節課碰到伍志浩的，他來找王海清瞭解民工子弟分流到學校後的教學情況，跟校長瞭解完情況，他找了林佳玲，二十名民工子弟全都在林佳玲的班裡。伍志浩從王海清辦公室出來就直接上了數學教學組辦公室。林佳玲如實把民工子弟學生來學校後的情況向伍志浩作了彙報，民工子弟的文化基礎、接受能力與原城北中學的學生有很大差距，而且民工子弟學生與城市學生之間有隔閡，城市學生輕視民工子弟學生，民工子弟學生除了自卑，也看不慣城市學生。伍志浩對他們學校的做法很滿意，比別的學校好得多。伍志浩透露，有的學校問題很大，分流去的學生，不一樣看待，有些重又失學。林佳玲非常吃驚，問他是咋回事。伍志浩說一方面是學校不積極，對接收民工子弟有抵觸情緒；另一方面，有些民工子弟基礎確實差，跟不上教學進度，自卑心理，主動退學。初步統計，單城北民工子弟學校分流出去的三百多名學生，已經有一百多學生失學，而且大多數是小學學生。林佳玲聽了十分擔心，這麼多孩子不上學，他們今後咋辦。伍志浩說現在政府也沒有辦法，只能先摸摸情況再說。

談完公事，伍志浩再關心他們兩口子的情況，一觸及這個問題，林佳玲沒了情緒。

林佳玲坦言，我們很不好。

伍志浩感到意外，是啥問題？

雙方很難交流，老是撞車。

夫妻兩個不交流咋行呢！

主要是我的問題，整天忙，跟他在一起的時間太少。不過……林佳玲猶豫起來。

咋啦？

林佳玲想了想，她不想說，算了吧，不說了。

伍志浩發現了問題，他和方卓然是一起長大，他不能不問，有啥就說嘛！他和我是從小認識，他的事情，我不能不管。

林佳玲有點不好意思，有一次他喝醉了，嘴裡念叨一個女人的名字。

念誰？

康妮。

那是他公司的祕書，妳不認識？

那次在百貨商場見過一面。

對，就是她。康妮還沒有結婚，卓然我相信，這方面他不會出格。

我看他對我似乎失去了信心。

咋會呢？

他可能懷疑我不想要孩子，他還在研究七年之癢，還列出夫妻感情疏淡的十個因素。

伍志浩不解，七年之癢？

我們結婚快七年了，有個理論，說結婚七年是婚姻發生變故的期限。

有這說法？

是中外婚姻心理專家研究的成果。

這麼說，我還真得找他談談。我得走了，還有事。

啥事啊這麼急？

有家廣告公司要拍白妹牙膏的廣告，想讓我到二中找學生模特兒。

哎！這可是好事啊，已經找好了嗎？

還沒呢，這不是想去聯繫嘛！廣告公司挺急，急等著要確定。

嗨！還去二中幹嘛，我們班裡漂亮丫頭有的是。

伍志浩頓悟，還真是，在你們這裡選不是更省事嘛！

這是好事，還可以宣傳宣傳我們城北中學呢！

是啊，那讓他們直接來找妳。

沒問題，包他們滿意。

一言為定。我這就回去通知他們。

3

郭小波，把你的數學作業本給我！

夏青苗那嬌滴滴的聲音，聽起來很親暱，但口氣卻不是借，也不是請求，而是命令，不容商量。

郭小波沒有應答，卻從抽屜裡拿出了數學作業本，乖乖地走過去給了夏青苗。夏青苗接過數學作業本，親暱地跟郭小波說，謝謝，一會兒，我就給你。聲音不大，但路海龍聽得清清楚楚。郭小波不露聲色，悄悄地回到座位上。路海龍看出了一點苗頭。

路海龍問郭小波上不上廁所。郭小波沒有應聲，但他站起來跟著路海龍出了教室。路海龍故意等一步，跟郭小波並肩走著，他側過臉，悄悄地問郭小波。

小波，跟夏青苗Kiss過嗎？

郭小波的臉頓時通紅，你說啥？我不懂。

裝傻？接吻還不懂？

無聊。郭小波很不高興。

別生氣，哥們兒問問怕啥！我看她挺黏你的。

你跟趙一帆不也挺好嘛！

兩碼事啊，那是林老師逼她幫我。我看夏青苗可是真喜歡你。

別瞎說。

好，不說了。我找你不是要說這事，我是要向你正式道歉。

不是已經在班上道歉了嘛。

那是應付，這回是真的。你替我受過，我還打你，對不起。

當時我不知道是你吹的。

不管知道不知道，說明你為人仗義，衝這件事，我路海龍認你這哥們兒，這份情我以後肯定會報答你。

算了吧，我可不敢要你報答。

看不起我？路海龍不高興了。

我哪敢啊！你是老大。

兩個人一起進了廁所。

小波，老大在你眼裡是不是就是流氓……

郭小波看路海龍當了真，我是說著玩。

我已經把老大讓給陳英傑了。

4

林佳玲好久沒這麼開心了。王海清也覺得是好事，林佳玲一彙報王海清當即就表了態。好事，的確是好事。讓咱的學生出名，也等於宣傳了咱們學校。

我想推薦趙一帆和夏青苗，你說好嗎？

這兩個丫頭都不錯，到時候你領她們去，讓他們挑選。

廣告商帶著攝影師一起來到學校，他們對趙一帆和夏青苗兩個都比較滿意，他們又進一步看了身材，牙齒，試了廣告詞，最後試了鏡頭。第二天電話通知，他們最後確定要夏青苗拍，同意注上學校名，並給一萬元報酬。本來是好事，可有了這一萬元報酬，林佳玲就感到了事情的為難。趙一帆家還欠著債，很需要這筆錢。夏青苗家是外地民工，妹妹被壓死。推薦兩個人，只一個人拍，她擔心好事變成壞事。

林佳玲找王海清商量，王海清說只能尊重人家的意見。林佳玲提出，能不能從學校的角度，從一萬元報酬中，抽一部分作為推薦費，分給趙一帆。王海清覺得這樣做不太好，事情是學校和老師給找的，學校抽一點推薦費倒是說得過去，但要是給趙一帆就容易產生矛盾。他讓林佳玲做做趙一帆的工作，孩子的可塑性大，除了經濟利益，還有個榮譽和面子問題，別因為這事兩個人鬧矛盾。拍的不要驕傲，沒拍的不要嫉妒懊喪。

林佳玲先找了趙一帆，她把事情告訴了趙一帆。趙一帆表現很不錯，當即表了態，說夏青苗的確是比她更適合，夏青苗長得比她活潑漂亮，牙齒也比她好，她絕不會因為這事跟夏青苗鬧矛盾。但她感覺夏青苗愛出風頭。

趙一帆說的這個情況引起了林佳玲重視，夏青苗還愛吃零嘴，經常看到她嘴裡不停地吃東西。林佳玲沒見過她爸，但見過她媽，感覺她們家裡挺貧困的，咋會很有錢呢？是不是因為有了那五萬塊撫恤金？

夏青苗拍完廣告穿著白襯衫，藍學生裙，靚麗地出現在教學樓走廊裡時，教學樓走廊上的學生們眼前一亮，不知道誰喊了一聲校花回來了。趙一帆、郭小波、路海龍等都一齊把目光投向夏青苗。路海龍拉了拉身旁的郭小波，哎！你的馬子真厲害啊！

別胡說八道啊！

是不好意思，還是沒那個意思？

啥呀！本來就都是同學嘛！

你知道嗎？路海龍學夏青苗的廣告語。白妹爽口、增白，防蛀！白妹，真白！就這麼一下，一萬塊哪！

市場經濟，商品社會，人家有這本事。

哎，他們評了，夏青苗是城北中學的校花。你小子豔福不淺啊！拍拖上校花了！

郭小波轉身進了教室，路海龍衝著郭小波後背說，假正經，你敢說真的不喜歡她！

夏青苗買了一大包糖果，在教室裡發給大家吃。發到郭小波的位置時，故意多抓一些。郭小波反而很緊張，路海龍發現了，朝郭小波壞笑。夏青苗發到趙一帆位置時，也多抓了一些，還說了聲謝謝班長。趙一帆奇怪地說，我有啥值得妳謝，夏青苗說妳對我關心呀。

夏青苗特意給林佳玲送去了一包糖，林佳玲想起趙一帆的話，把夏青苗留下了。她先跟她瞭解了拍廣告的情況，然後問起了她家裡的情況。

聽說你爸是皮鞋公司的老闆？

夏青苗沒在意，一點小生意，很小的小公司，不過，找我爸訂做皮鞋的人倒是不少。

不管家裡條件好壞，學生時期還是節儉一些好。

夏青苗低下了頭。

這次拍了廣告，可能會收穫許多讚美。愛美之心，人人都有；讚美之言，人人愛聽。但要看妳咋美，咋聽。

老師，我的一切與老師的關心分不開，我真不知道咋感謝老師才好。

老師不需要學生感謝，老師只希望學生走好自個兒的路。老子有一段名言，我希望妳能記住。

老師，你是說道教的那個老子？

是啊！道教也是一門學問，老子的話充滿著哲學道理。老子說，五色令人目盲，五音令人耳聾，五味令人口爽，馳騁畋獵，令人心發狂，難得之貨，令人行妨。

老師，我不懂。

大體意思是，過分追求色彩的享受，最後必定弄得視覺遲鈍，視而不見，像盲人一樣；過分追求音樂的享受，最後必定弄得聽覺不靈，聽而不聞，像聾子一樣；過分追求美味的享受，最後弄得味覺喪失，食而無味；過分縱情騎馬打獵，最後必定弄得心神不寧，魂不守舍；過分追求金銀珍寶，最後必定敗壞道德，身敗名裂。我會給妳寫在師生直通車的本子上。

老師，是不是物極必反的意思。

對。一個人從小應該養成做人的本分，不要過分追求虛名，我們應該做一個光而不曜的人。

老師，我記住了。

5

學校放學，8（1）班教室裡又只剩下趙一帆和路海龍，這些日子，趙一帆一直在認真給路海龍補課。今天，路海龍沒有拿出書和作業本，反而收拾好了書包。

趙一帆有些疑問，今天不補啦？

路海龍狡猾地笑了笑，補。

補，你收拾書包幹啥？

路海龍嬉皮笑臉，咱今天換個地方。

趙一帆看著路海龍笑了，是不是怕陳英傑他們諷刺你？

諷刺倒無所謂，我是怕他們搗亂干擾。

麥當勞餐廳是孩子和學生的天堂，他們對這種外國速食非常適應。趙一帆跟著路海龍走進麥當勞，他們來得早，裡面人還不算太多，母子、同學和情侶散坐在各處。路海龍主動走在前面，他找了一個靠窗的面對面雙人座，路海龍有預謀地放下書包。

班長，妳先坐一下，我去買點東西。

趙一帆生怕他要東西吃，我只要一杯可樂。

路海龍只點頭沒在意，他只顧去櫃檯。不一會兒，路海龍端著兩杯飲料回來，把一杯鮮奶給趙一帆。

我沒給妳要可樂，鮮奶更適合女生。

路海龍自個兒要了一杯茶。

趙一帆一笑，你心眼兒挺多的。

是嗎？咱們補課吧。

你先做作業，我看會兒書，做完我檢查。

遵命。

路海龍埋頭做作業，他看題做題，精力集中，旁若無人。趙一帆在一邊看書。天色漸漸暗下來，麥當勞餐廳裡亮起了燈。路海龍做完了作業，把作業本交給趙一帆。

趙一帆還沒有檢查完路海龍的作業，路海龍已經買好了食品，端著托盤回到他們的座位。趙一帆看路海龍買了餐，有些不高興。

你這是幹啥？

差不多到吃飯時間了，妳幫我那麼多，我請妳吃頓麥當勞總可以吧！

我看你早有預謀，是吧？

用詞不當，應該說早有心願。麥香魚、鳳梨派、可樂，這些是妳的。

趙一帆誇張地做出不高興的樣子，買這麼多東西，你擺啥闊氣啊！下回說啥也不來了。

路海龍十分坦誠，這些日子辛苦妳了，表示一點心意。

其實，你的心眼子多得很，只是沒用在學習上。

林老師苦心教導，妳耐心幫助，我不是正在涅槃嘛！

今天還真怪了，在這裡，作業做得快，差錯還少。

還鍛煉抗干擾能力。

趙一帆對他有點刮目相看，你的變化是不小。

路海龍不好意思，我從來沒有過現在這種感覺，這些日子，我真覺得自個兒變化挺大的，心裡有個東西好像慢慢融化了。

趙一帆笑了，你真的在涅槃。

路海龍特高興，有林老師這麼好的老師，有妳這麼好的同桌。我要再不變，我對得住誰呀！

這是你自個兒努力的結果。

不是說近朱者赤，近墨者黑嘛！我真的挺感謝妳的。路海龍舉起飲料杯子，來，咱以水代酒，一帆，謝謝妳。路海龍跟趙一帆碰了一下杯。

趙一帆臉一紅，你叫我啥呢？

路海龍不以為然地說，叫妳一帆啊！

在班裡可不允許這麼叫啊，要不叫班長，要不叫趙一帆。

哎，我知道了，就咱兩個人的時候叫。

趙一帆故意嗔怪，兩個人的時候，也不行。

路海龍十分嚴肅，是，遵命。

6

夏青苗拍的白妹牙膏廣告上了電視，她在班裡比以前更活躍了。儘管林佳玲跟她談了一次話，要她嚴格要求自己，但她那種驕傲和自我良好感覺是由衷的，有些不由自主。課間，林佳玲正在辦公室準備教案，夏青苗高高興興走進了辦公室。

林老師！夏青苗不光人長得漂亮，說話也柔聲細氣的，挺招人喜歡。

林佳玲很喜歡夏青苗，青苗，來來來。

夏青苗有點不好意思，林老師，妳看沒看⋯那個⋯廣告？

看了，看過好幾次了，挺好的。

謝謝老師。

還別說，妳還真有點文藝細胞，很不錯！班裡選妳當文藝委員是選對了。

夏青苗主動積極地建議，林老師，上次路海龍跟郭小波發生衝突後，事情是解決了，但我覺得咱們班，有些城市生還是看不起民工生，我們二十名民工學生很難跟他們融洽相處。

林佳玲很重視她的意見，又有啥表現嗎？

明顯的表現倒是沒有。我想在班裡組織一次篝火晚會，搞一次聯歡，唱歌啊，跳舞啊，朗誦詩歌啊，講笑話啊都行。激發大家的熱情，密切同學之間的關係，消除城市生和民工生的隔閡。

林佳玲非常滿意，好，很好啊！妳能積極為班裡的建設想點子出主意，很好。妳跟趙一帆好好商量一下，策劃一個簡單的方案。

夏青苗非常興奮，哎！

午飯時間，食堂裡擠滿了人，初中的學生，正是長身體的年齡，他們第三節課就餓了，一到開飯時間，一起都爭先恐後湧進餐廳，在打飯窗口排了四條長龍。夏青苗拿著不銹鋼飯盒，在飯堂裡找趙一帆。夏青苗發現了趙一帆，立即主動地走過去。

夏青苗來到趙一帆跟前，滿腔熱情，班長，剛才我跟林老師彙報了，我建議咱們班組織一次篝火晚會，融洽同學關係，消除城市生和民工生的隔閡——

夏青苗還沒說完，趙一帆堅決反對，別閒著沒事找事，搞啥篝火晚會呀！

夏青苗的一腔熱情遭當頭一盆冷水，委屈地說，林老師覺得很好。

還是多在學習上多下點工夫吧。

趙一帆這當頭一棒，把夏青苗砸蒙了，一片好心好意，老師都很支持，班長卻這麼不理解她，還諷刺她，言外之意她學習不好。夏青苗想得很多，她想到了那個廣告，儘管她從沒有流露過戰勝趙一帆的得意，但她想趙一帆心裡肯定會不高興，又掙錢，又出名，這種好事傻瓜都想爭。當著這麼多人遭班長數落，她覺得很沒面子，她拿著飯盆扭頭走出餐廳，迎面正好碰上了林佳玲。夏青苗一看見林佳玲，滿肚的委屈都往上湧。

林老師！一聲林老師剛叫出口，夏青苗的眼淚就流了出來。

咋啦?誰欺負妳啦?

林老師，文藝委員我不幹了。

林佳玲感到莫名其妙，剛才還好好的，咋啦？

趙一帆根本不配合，我沒法跟她合作。

林佳玲不相信，咋會呢？

我看她本人對我們民工子弟就有成見。

林佳玲耐心地安慰夏青苗，趙一帆心裡可能有啥事，別計較，我來協調。快吃飯去，一掉眼淚，我們的漂亮女生就變醜了。

夏青苗破涕而笑。

林佳玲端著飯盆，一邊拿調羹吃飯一邊朝外走，趙一帆噘著嘴跟著。她們兩個來到操場邊白楊樹下的聯椅旁，林佳玲坐了下來。

剛才是咋回事？夏青苗一腔熱情想為班裡做事，妳咋潑她的冷水呢？

那幫民工生，學習都還跟不上，搞啥篝火晚會呢！

妳是班長，這樣看民工子弟學生不應該。

我是替他們著急。

那也應該好好商量啊！咋在這麼多同學面前讓她下不了臺呢？

這事本來就不該在飯堂裡說，我就看不慣她好出風頭。

那只是方式方法問題，首先要肯定，她的動機是為了融洽同學之間的關係，消除民工生和城市生之間的隔閡，應該鼓勵，而不應該打擊她的積極性啊！

趙一帆低下了頭，我是不夠冷靜。

妳說晚會不應該搞？

要搞也得到學期結束時候搞才行。

這也不一定，找個週末晚上不就行了，也影響不了學習。城市生和民工生之間的確有些隔閡，應該儘快消除。

趙一帆是放學後找夏青苗的，林佳玲的話對她有觸動，想想是自個兒不對，對夏青苗看不慣，不應該在那種場合說，自個兒反對這事也帶情緒，容易讓人產生誤會。她故意在放學後找夏青苗，免得在班裡和學校找她，讓別的同學注意，好像她們兩個鬧了啥矛盾一樣。放學後，趙一帆背著書包在學校大門外等夏青苗。

夏青苗和郭小波推著自行車喜笑顏開地一邊說一邊朝外走，她一點都沒注意趙一帆。趙一帆一直注意著夏青苗，夏青苗整天黏著郭小波她也看不慣，但為了班裡的事，趙一帆忍了。待夏青苗和郭小波挨近過來，趙一帆主動叫了夏青苗。

夏青苗！

夏青苗看是趙一帆，先是一怔。

我跟妳說點事。

夏青苗毫不示弱地靠過來，啥事？

篝火晚會的事我態度不好，對不起。我跟林老師商量了，趁個週末咱們搞，哪個週末妳定。

夏青苗有點不冷不熱，妳是班長，妳說啥時候搞就啥時候搞，不搞也無所謂。

郭小波聽著彆扭，班長都向妳道歉了，妳何必還這樣呢！

我沒有說啥啊！班長是城市人，看不起我們民工子弟是應該的。

夏青苗，啥城裡人農村人，咱們都是城北人。像我這樣的城市平民家庭，還趕不上妳們外地打工的老閫呢！我的態度不好已經向妳道歉了，接受不接受隨妳便。再見！趙一帆騎上自行車就走了。

郭小波說夏青苗，妳看妳，人家班長都道歉了，妳陰陽怪氣，這樣不好。

郭小波不高興地騎上車就走，夏青苗慌忙上車追趕。

小波，你等等我！

7

林佳玲再一次發現陳英傑、徐光平、劉剛三個人的數學作業對錯都一樣，不用問，他們三個仍在抄人作業。林佳玲把他們三個叫到辦公室一起面批面改。

林佳玲非常嚴肅，你們自己說，作業是不是抄的？

陳英傑三個低著頭。

你們這樣對待作業，看起來在糊弄我，其實你們在糊弄你們自個兒，在拿自個兒的寶貴生命開玩笑。

路海龍已經意識到了這一點，所以他在不斷進步。

陳英傑找到了機會，林老師，路海龍有趙一帆在幫他，我們有誰幫啊，讓我們四個也上你們班吧？

不可以隨便調班，你們自個兒可以在班裡找學習好的同學幫學啊！

徐光平說，老師不安排，同學誰願意啊！

林佳玲若有所思，今天先把錯題都改過來，不改完不放學。

陳英傑、徐光平、劉剛三個讓林佳玲頭疼，頭疼的不是他們學習差，而是他們缺乏上進心。他們讓她頭疼，她又放不下他們，連初中都不能畢業將來咋辦。她也想找人跟他們結對幫學。但崔靜對她排斥，她的主意再好，崔靜也不會接受。這事讓她為難，她還是決定請校長出面。

王海清覺得林佳玲的建議很好，也很切合實際，而且這樣一對一幫學補課，既不增加課時，也不增加老師和學生的負擔，的確是個好辦法。

王海清明白了林佳玲的意思。

立即把崔靜叫到辦公室，崔靜不知道校長找她啥事，進了王海清辦公室，很隨意地打招呼。

校長，你找我啊？又啥事啊？

王海清卻很認真，妳坐。

崔靜看王海清一臉嚴肅，有些摸不著底，哎喲，這麼嚴肅啊！啥事啊？

王海清想藉機跟崔靜好好談談，陳英傑他們四個的檢討寫了沒有啊？

崔靜打馬虎眼，校長你真逗，事情都過這麼長時間了，你咋又想起來了呢？

王海清卻依然嚴肅，當時我是咋說的？

崔靜找托詞應付，當時，林老師好像說她瞭解了情況再說，她沒再跟我說情況，沒有情況，我就用不著再說囉。

崔老師，妳不覺得這已經說明了一個問題嗎？

啥問題？

說明妳做事極不認真。

哎喲！校長，你可真冤枉人了。我第二天就在全班講了這事，嚴厲批評了他們四個，不光讓他們檢討，還讓他們向８（１）的郭小波道歉來著！

王海清接過她的話，妳還把陳英傑他們四個趕出了教室，讓他們回家離開學校是吧？

崔靜不高興了，她感覺後面有人在跟她過不去，誰這麼能編啊！我哪趕他們啦？是他們自個兒不想上學。校長，我覺得咱學校最近的風氣很不好，屁大點事，添油加醋，傳得滿城風雨，不是還有人讓他們找你調班嘛！

天下本無事，庸人自擾之。誰跟妳說有人讓他們找我調班。我看這風源就在你們辦公室！人家林老師在路海龍身上下了多少工夫？事情處理得非常好，路海龍不光在全班作了檢查，人也發生了變化，現在路海龍成啥樣啦？

崔靜不服氣，要不人家是模範教師呢！

不服氣是好事，證明還有一點自尊，嫉妒可不好。

崔靜不屑，我嫉妒？校長，你太不瞭解我了。

我要的是工作，要的是忠於職守，要的是學生的學習成績。那四個人思想沒有解決，學習更加散漫，這能說妳盡心盡責了嗎？

崔靜來了氣，那讓他們去8（1）班就是了。

這是應有的態度嗎？我同意林佳玲的觀念，沒有天生的差生，而是我們還沒有發現他們的優點。我們當老師的，不光是教學生知識，更要教學生做人。路海龍的轉變，跟趙一帆的幫助分不開，妳為啥不讓學習好的學生幫他們四個呢？

崔靜已經有點坐不住了。

崔靜從王海清辦公室出來，憋了一肚子氣。氣沒處出，她只能拿陳英傑四個撒氣，一上課，她再一次讓陳英傑、徐光平、劉剛等四個學生站到全班學生面前，崔靜把他們再一次訓了一通，然後逼他們向全班檢討，可是四個人像電線杆一樣站著，沒有任何反應。

你們咋不說話?!崔靜又火了

陳英傑說，妳一天到晚就知道訓人，就知道體罰學生。

徐光平說，妳啥時間跟我們談過心？

崔靜一下蒙了，好啊！教訓起我來了。

陳英傑說，人家林老師對學生就是關心，妳搞過家訪嗎？

崔靜無法控制地說，那你到她們班去呀！

陳英傑說，我們都想去呢！

崔靜受不了了，她走下講臺，好，我現在就把你們送8（1）班去，你們不願意要我這老師，我還不願意要你們這樣的學生呢！

崔靜的確有些衝動，她賭氣地把陳英傑四人領到8（1）班，也不顧裡面正在上課，咚地推開了8（1）班教室的門，把他們四個推了進去。林佳玲正在上課，她和全班學生被崔靜突然的舉動搞蒙了，他們都驚奇地看著教室門口的崔靜和陳英傑四個，沒等林佳玲走過來問，崔靜竟說，我等著給你們喝彩！說完扭頭就走。

林佳玲感到莫名其妙，崔老師妳這是幹啥呢？

崔靜一邊走一邊說，我沒有責任心，我也沒有能力，我改變不了他們，也幫助不了他們，妳不是想要他們嘛！我送來了，這下妳有用武之地了！

崔靜扔下陳英傑四個走了，林佳玲只好讓陳英傑四個先回班裡。林佳玲繼續上課，她經過路海龍課桌時，發現路海龍把數學課本都揉爛了，林佳玲皺了眉頭。

林佳玲一下課拿著教案直接去找了王海清，她非常氣憤，不知道校長是咋跟崔靜說的，她一再跟校長交代別提她，結果搞成這樣，她竟闖課堂去將她的軍，她氣沖沖闖進了王海清辦公室。

校長！你是咋跟崔靜老師說的？

王海清不知道發生了啥，他當然不以為然，咋啦？

她把陳英傑他們四個推到我們教室去了！

王海清一聽反笑了，坐坐坐，我已經批評崔靜了，一個人的轉變，需要時間，妳也不要太急。

林佳玲一聽這話更急了，你根本就沒把這事當事辦！

王海清也讓林佳玲說急了，妳這人做事也太急了，啥事情總得先讓人接受，哪能說著風就是雨呢！

王海清的態度讓林佳玲大失所望，她頓時火起，掉頭就走，嘭地摔了校長的門。王海清也被她摔火了，追出辦公室，在門口對著林佳玲背影吼，林佳玲！妳站住！林佳玲沒有理他，騰騰騰只管朝前走。王海清有些下不了臺，妳，我看妳也是頭強騾子！

王海清哪知道林佳玲沒辦法理他，她的眼睛裡已經噙著眼淚，她要是回頭，肯定會流下眼淚。正好路海龍在走廊裡，他看著流淚的林佳玲，心裡很著急。

8

路海龍來到語文教學組辦公室門口，看辦公室裡沒人，就默默地站在門口。崔靜拿著教案心情鬱悶地朝辦公室走來，看到了站門口的路海龍，崔靜本來就討厭路海龍，加上心情不好，她只當沒有看見，來到門口只管掏鑰匙開門。

路海龍很有禮貌，說話聲音也很輕，崔老師，耽誤妳幾分鐘行嗎？

崔靜正專注地開門，路海龍的話竟把她嚇一愣，她心裡有些莫名地緊張，你想幹啥？

路海龍依然很有禮貌，崔老師，我求妳件事行嗎？

崔靜好奇怪，求我？啥事啊？

路海龍真誠地懇求，我求妳別再跟林佳玲老師作對好不好？

崔靜一聽又來了氣，笑話，我跟她作啥對？

作沒作對，妳心裡明白，今兒個我在這兒求妳了。過去我對妳是很不敬重，今天，我是誠心誠意把妳當老師來懇求的。

嘿！你求我？我跟林老師的事，用得著你來摻和？

路海龍似乎早想好了要說的話，也許妳至今看不起我，我也不要求妳看得起我。但我要把話說明白，我是求妳了，把妳當老師給妳尊嚴了。但如果妳再要跟林佳玲老師作對，別怪我不尊敬妳，我會讓8（3）班集體曠課向妳抗議，信不信由妳。崔老師，妳忙吧。

崔靜瞪眼把路海龍端量了半日，輪得著你來教訓我，心裡很想給他記耳光，但她沒有，既沒給路海龍耳光，也沒對路海龍說啥，她連辦公室也不進了，掉頭離開。路海龍不解地看著崔靜離開，不明白她是啥意思，該說的話他說了，聽不聽由她。

崔靜直接去了王海清辦公室。她心裡堵得慌，妳林佳玲自個兒跟我作對還不算，竟讓一個壞學生來威脅我，妳把我當啥人啦！崔靜找校長。王海清聽她把前因後果一說，竟撲哧笑了，這一笑把崔靜笑傻了。

路海龍真是這麼說的？

崔靜還傻著，有半句假話我負責。

王海清收起笑臉，這麼說，路海龍這小子真不賴。

崔靜的思路跟王海清擰了，啥！你還誇他？

我看他這麼做，起碼說明白三個意思。

我看就一個意思，他想當林佳玲的幫兇！

崔老師，妳太意氣用事了，妳不覺得路海龍變了嗎？

他變不變我咋會知道？

妳憑良心說，就他的這個行為，他是變好了，還是變壞了呢？

還變好?!

是啊。一，這證明路海龍真的變好了，過去他跟老師抵觸、對抗，如今他在關心老師，對妳也是以禮相待。二，他發自內心敬仰林佳玲老師，他想幫她。三，他有了是非觀念，而且很講義氣。

崔靜聽了更生氣，他講義氣跟林佳玲講去，輪不著他跟我講！

林佳玲摔門的火本來就窩憋在王海清心裡還沒出，崔靜把他心裡的火又挑了起來。

這麼說，妳是專門趕來跟我告狀的？

崔靜一怔，我……

我跟妳說，妳還真就是小肚雞腸！林佳玲她有啥錯？她替你們班的學生學習著急不對嗎？她怕妳誤解轉著彎讓我跟妳說結對幫學的事，她為了誰啊？這要妳啥難堪啦？她想的是你們班的學生！她不只是這麼說，而且認認真真在做，路海龍就是事實！

王海清把崔靜給問住了，她反沒了脾氣。

老師之間、同事之間不應該相互猜忌，還有你們組那個俞老師，啥時候我得好好敲敲他，哪像個男人，像個婆娘，就愛傳話，這裡不是農村，也不是街巷，這裡是城北中學；你們也不是村婦，不是胡同裡的老大媽，你們是人民老師！是靈魂工程師！林佳玲她想得比妳高，她讓我出面協調，還囑咐我千萬不要說是她說的，人家是為了啥？

王海清把崔靜劈頭蓋臉一頓臭訓，崔靜讓他給訓蒙了。崔靜本想訴訴苦，沒想到反被校長揪住了尾巴，倒過來把她訓了一通，崔靜心裡好委屈。

王海清批崔靜那會兒，路海龍又惹了事。路海龍警告了崔靜。路海龍到操場找陳英傑，陳英傑正在打乒乓球，陳英傑驕傲地把球拍交給接手的一位同學，路海龍又來到陳英傑跟前。

叫上徐光平、劉剛，到那邊說話。路海龍說完先自掉頭走向足球場。陳英傑和徐光平、劉剛來到足球場邊，路海龍已經站在那兒等他們。

想明白啦？想明白了好，想明白了咱們就一塊兒玩。陳英傑的話有點挑釁意味。

路海龍繃著臉，陳英傑，你是不是以為天底下就你大了？想幹啥就幹啥！我告訴你，這「老大」我讓你當就當，不讓你當我可以廢。

嘿！這「老大」成你家的東西啦！想送就送，想收就收，你不成老大的太上皇了嘛！

徐光平出來主持公道，海龍，咱得講規矩，你是當著我們的面把「老大」交給陳英傑的，出爾反爾不好。再說，你現在有趙一帆了，不是不願意跟我們玩了嗎？

你們聽著，從今後，你們跟哪個老師搗蛋我都不管，但是，誰要是敢給林佳玲老師添亂，誰就是我的死敵，我會讓他活得不舒服。

陳英傑說，海龍，你忽然由狼變成小綿羊了，難道還要我們也陪著你做羊羔？

路海龍一步跨上前，一下把陳英傑的胳膊擰到背後。陳英傑勾著腰，哎喲哎喲！你輕點，你輕點。我沒有跟林老師作對，我還要求上你們班了呢！

路海龍沒鬆手，這還不是添亂是啥？誰要是對林佳玲老師不敬，就是對我姐不敬。

徐光平問，你認她姐了！

對！她就是我姐！

徐光平說，有這麼個乾姐，那你爸可樂了！

路海龍丟開陳英傑向徐光平逼來。

徐光平往後倒退，別別別，開個玩笑嘛！何必當真呢？你不當老大了，開個玩笑總可以吧？不當老大不等於不能管事。路海龍揮手一拳，徐光平沒能擋住，正打在他額頭旁邊，立即鼓起個包。

徐光平生了氣，你憑啥打我？

我要你記住，先用腦子想好了再開口。

徐光平說，說明白點。

你們他媽的四個咋跟崔靜鬧我不管，我們班已經五十五人了，你們又想去，往哪兒坐，這不是添亂是啥？

路海龍憤憤地離去。俞老師正好經過，他親眼看到路海龍打了徐光平，他攔住了路海龍。

你咋又打人？

路海龍理直氣壯，我不教訓他們，他們不知道我姓啥！

俞老師說，你可是林老師樹的轉化典型呦！咋還動手打人呢！

路見不平一聲吼，該出手時就出手！俞老師，請你平時也管好你的嘴，你要是再在背後說林老師的壞話，要是讓我聽到了，我對你照樣不客氣。路海龍說著舉起拳頭朝俞老師比畫了一下，然後轉身離去。

俞老師看路海龍走了，來了勁，嘿！你小子還想打我！你來打啊！

陳英傑拉上徐光平和劉剛就走。徐光平故意仰著頭，頂著那個包，跟著陳英傑直接闖進了數學教學組辦公室。林佳玲見徐光平額頭那裡鼓著個大包，不知道發生了啥事。

林佳玲問，徐光平，你咋啦？

陳英傑說，妳的好學生路海龍打的，沒想到，林老師還有私人保鏢！

徐光平說，都是妳縱容的，要不他敢光天化日之下打人，妳要不處理他，我們就找校長！

徐光平和陳英傑說完，氣哼哼地走了。

林佳玲追出辦公室，徐光平！你別走，我陪你上醫務室！

俞老師無辜被路海龍搶白，心裡老大彆扭，他沒跟陳英傑他們去找林佳玲，而直接去找了王海清。

校長，路海龍又打人了，你知道嗎？

王海清一驚，打人，他打誰啦？

打了陳英傑和徐光平，徐光平額頭上鼓起饅頭大一個包。

為啥打？

路海龍說他們鬧著要去8（1）班，是給林老師添亂，搞得林老師和崔老師矛盾，說跟別的老師搗亂他不管，誰要是對林佳玲不敬，就是對他姐不敬！

嘿！這小子還挺義氣！

他打傷徐光平，我不過批評了他幾句，他還想打我！

俞老師，你就別忽悠了！以後說話注意點，有一說一，有二說二，別誇大其詞。

校長！你看看，我這是正兒八經來跟領導報告情況啊！是我親眼見親耳聽的呀！

親眼見的也罷，親耳聽的也罷，遇事要解決問題，不能光看熱鬧。我知道了，你去吧。

林佳玲去教室找了路海龍，把他叫到走廊上，路海龍彙報了事情的經過。林佳玲痛心地搖頭，說他不忍，不說他又不行。

路海龍，我知道你是好心，想幫老師，可你這是在害老師哪！你這麼做，只能讓我傷心。

路海龍傻了，林老師……

換過來你想想，有人幫他們老師來打你，你是啥感受？

林老師，我錯了……

凡事要動動腦子，別再做傻事了。路海龍看到了林佳玲痛苦的表情，他心裡很難過，悶悶不樂地進教室回到座位上。路海龍偷眼看趙一帆，趙一帆繃著臉。路海龍坐在座位上，眼睛看著黑板，我錯了，一時意氣，沒想到反給老師幫了倒忙。

趙一帆也不看路海龍，感覺是不是挺英雄？

路海龍慚愧地低下了頭。

我感覺你骨子裡很野蠻，陳英傑他們是敵人還是歹徒？

以後我不會再打人了。

這種話你說過無數次了，我看你是管不住自個兒的手。

我現在就去道歉。路海龍立即跑出教室。

9

方卓然又一次贏了陳大平，康妮喜盈盈地把判決書給方卓然，方卓然不以為然地流覽了一下，不無驕傲地說，一切都在意料之中。他交代康妮，晚上按慣例慶賀一下，方卓然發現康妮很猶豫。

晚上有約？

我約誰啊？我是替你考慮。你們這麼彆扭下去，可真有七年之癢的危險喲！

妳這維修工還有啥高見呢？

如果放棄自我你做不到的話，那我建議你換一種方法。

啥方法？

包容對方。

我已經很包容了。

如果你對她仍有不如意的感覺，那就沒有完全包容。

那要包容到啥程度呢？

不計較她的一切，包括她的缺點和你不欣賞的優點。

這可真不容易。

所以愛，有時候是痛苦的。

康妮，妳不戀愛，是不是有過教訓，而且這麼有經驗。

經驗和教訓，不一定要親自實踐。

來自書本？

來自觀察。感覺是客觀現實的直接反映。

方卓然辦公室的門突然被推開，方卓然和康妮一驚，進門的是伍志浩。

方卓然故意冷淡地說，政府官員是不是都這德行，橫行霸道。

我跟你之間，沒有禮貌可言。康小姐對不起，我不知道妳在。伍志浩點頭致歉。

沒關係，你們談。康妮禮貌地走出辦公室。

方卓然主動進攻，我以為你再不敢來見我了。

我有啥不敢來見你的？那天在商場為了掩護你，我差點吃你嫂子的閉門羹。

活該！誰讓你整天纏著佳玲的！

你別搞錯啊！我纏著佳玲？我要不纏著她，你們兩個今天都不知成啥樣了！

得得，就是因為你整天向她獻殷勤，才比得我老是不如你。

感覺錯誤啊！你們的問題在這裡嗎？

你說在哪？

我看你跟康秘有點形影不離啊！

方卓然立即小下聲來，別搞錯啊，她是我事務所的祕書。

那她有沒有這意思？

方卓然矢口否認，不可能。

我相信你，你可別騙我，要是騙我，我對你真不客氣。

你來就是想教訓我啊！

前兩天我到城北中學去瞭解民工子弟轉學後的情況，我看佳玲心情挺不好的。

我知道她不開心，但她就是不跟我交流。

你是男人啊！男人的愛是呵護，你呵護她了嗎？別整天端著大律師的架子，你實實在在做丈夫行不行？多愛一點老婆，多讓一點老婆又咋啦？

行了行了，你沒完沒了了！今晚一起吃飯咋樣？我請客。

叫上佳玲啊？

誰知道她有沒有空啊！

你的問題就在這裡。為啥不會主動關心一下呢？為啥要先設想她沒空呢？

方卓然會意地一笑，隨即拿出手機撥電話，林佳玲一口答應了，方卓然收起手機。

咋樣？佳玲挺隨和的，你讓人家晚起，人家就為你改了點；她按時能回家，總是把飯菜做得香香的；我看她在外面要強，進了家就是個賢妻良母。當務之急，你們趕快要個孩子，有了孩子，一切都會好的。

伍志浩的話戳到方卓然的隱痛，他忽然神祕起來，哎，志浩，她生理上會不會有問題呢？

那還不簡單，上醫院檢查一下不就行了。

這有啥？夫妻之間就怕啥事都瞞著，越瞞越有問題。兩個人的心應該像窗戶玻璃那樣透明。透明了就沒有事，藏著掖著肯定出問題。

方卓然、伍志浩和康妮已經在四人桌上坐下，伍志浩和康妮坐一邊，方卓然這邊給林佳玲留著位置。他們先要了一壺茶，一邊喝茶一邊等林佳玲。

伍志浩故意想給康妮一點暗示，主動挑起話題，康妮，你們老闆，作為律師，是出類拔萃的，作為丈夫，妳覺得咋樣呢？

康妮不假思索，作為丈夫，也挺優秀的。

依據呢？

方卓然含笑聽著，林佳玲正好來到，她盡力壓下心中的煩惱。女人總有女人的敏感，首先奪林佳玲眼球的是康妮，她就先主動跟她打招呼，這是康妮小姐吧？

康妮坦然面對，上次在商場尷尬地見過了，林老師沒誤會吧？

林佳玲說，女人嘛！碰見丈夫跟別的姑娘逛商場，不生氣那才真是怪呢！

伍志浩說，我正在考康妮呢！問她老闆作為丈夫咋樣，她說也挺優秀的，我正等她說依據呢。

林佳玲假裝很有興趣，我也想聽聽康小姐的評價。

康妮，我說老闆做丈夫優秀，依據有兩條。一，為人本分，人品是男人立身之本。二，事業有成，成就是男人立業之本。不過好丈夫不一定沒有缺點。

伍志浩說，缺點是啥？

康妮說，骨子裡有點大男人主義，有點咄咄逼人，少點寬容，少點自我放棄。林老師，不知我說得對不對？

林佳玲聽了康妮的話，感覺很慚愧，妳這祕書十分稱職，對你們老闆非常瞭解，比我瞭解得還深。

康妮毫不在意，老闆，恕我直言，可別生氣喲！

方卓然說，言之有理，聞者作戒。小姐上菜上酒！

林佳玲說，今天為何這麼高興？

康妮說，判決書來了，老闆又贏了。

林佳玲說，這麼說，我們現在的高興是建立在別人的痛苦之上囉？

伍志浩立即勸阻，佳玲，妳可別掃興啊！咋今天又有煩心的事？

林佳玲說，今天正式與我們崔老師交鋒了一番。

方卓然問，交鋒？

不掃你們興，不說了。

伍志浩說，佳玲，剛才康妮給卓然提了意見，我給妳提條意見行不行。

不是行不行，而是非常歡迎。

伍志浩說，我有些不明白，妳為啥要把學生看這麼重？

林佳玲沉默，可能跟我自個兒的經歷有關。小時候，我爸在部隊，我和媽在老家，媽經常出差，從幼稚園開始，我幾乎是跟老師過的，這輩子老師給我的愛比母親還要多。

方卓然也是第一次聽她這麼說。

康妮說，林老師，我看妳對學生有慈母一般的愛。

伍志浩說，老師愛學生沒有錯，可那也不能不顧家啊！學生一茬兒一茬兒沒有完結，丈夫卻只有一個啊！

林佳玲有點內疚，這也是難兩全的事，我是個不稱職的妻子！

方卓然說，嗨！不說了，來喝酒！

酒喝得很爽快。方卓然把伍志浩的建議真放到了心上，他覺得原來自個兒是有誤會，有許多事總悶在肚子裡不說，這對林佳玲來說其實是不尊重。吃飯回來，趁相聚高興，方卓然主動跟林佳玲親熱，事後，方卓然伸過胳膊摟著林佳玲，兩個偎依著躺床上。

佳玲，妳調來有半年多了吧？

是啊，快一學期了。

咱們這麼多年沒有孩子，妳說生理上會不會有問題呢？要不咱抽空到醫院檢查一下。

佳玲，妳調回來之前，我去檢查過，我沒有問題。

林佳玲一愣，她略有思考，哦，那我也抽空去檢查一次。

10

就要期末考試了。王海清把林佳玲叫到辦公室，直截了當跟她談了一項決定。

林老師，老主任退休通知下來了，年級組長接主任的班，學校領導研究，也報局裡批准了，妳接任年級組長。

林佳玲聽校長說完決定，一點沒有喜悅之色，校長，這個決定對外宣佈了沒有？

還沒有宣佈。

要是還沒有宣佈，就不要宣佈了，我不能接。

王海清十分不解，咋啦？還生我的氣？妳摔我的門，我都沒計較，妳還生氣啊！

林佳玲坦誠而平靜，校長，我不是生氣，也不是謙虛。一則，我畢竟來的時間短，崔老師、呂老師、俞老師他們都是城北中學的老教師，讓他們當年級組長比較合適；二則，本來就有人誤解我，說我一天到晚創造業績就是想當官，要是這樣安排，正應了這種說法，等於讓我背黑鍋。

人際關係是要考慮，但我們首要考慮的是工作。妳就不要推辭了，局裡已經批准了。妳有這個能力，只要把教學品質搞上去，誰還能說啥？

林佳玲仍堅持，校長，我跟你說過，調平海來，除了當好普通老師，我別無他求，只想好好安個家，我真不想當年級組長。

家是要顧，但妳是顧家的人嗎？當普通老師妳不照樣閒不住，不照樣顧不了家嘛。

我不知道是咋回事，總是事與願違，這段時間老是遭遇尷尬的事，說真的，我和丈夫的感情，還不如兩地分居的時候。

妳當了年級組長，我也要勸你別那麼玩兒命管社會的事，你們的確該要孩子了。

是啊！一想家裡的事，我也挺苦惱的。

別想那麼多了，妳是個敬業的人，讓妳少做事都不行，就算妳不當年級組長，還是有人會對妳有看法。有看法就有看法，我們自個兒對得住自個兒就行了。

校長這麼堅持林佳玲也不好再堅持。

林佳玲剛當年級組長就趕上了期末單元考試。這次考試很重要，是他們調整人員後的第一次正式測驗。當了年級組長，就得負起年級組長的責任，她不但要負責數學試卷的閱卷，還要看其他各門課的試卷，在學校幹不完，她把卷子帶回了家。吃過晚飯，收拾好衛生，她坐在沙發上再沒有起來。

佳玲，卷子批完了嗎？十點多了。方卓然已經在催她了。

林佳玲沒抬頭，繼續統計各班的成績。卷子批完了，我要統計一下各班的成績，明天要在學校張榜公佈，各班要講評，你先洗漱吧。

方卓然一笑，收起他的卷宗，轉身上廁所洗漱。

林佳玲統計完分數，心情很沉重，她們班有十五個人不及格，其中有十一個人語文數學雙主課不及格。但她沒有把這告訴方卓然，怕影響他的情緒，她要盡好妻子的義務。林佳玲對方卓然盡完妻子的義務，側起身子輕輕地吻了方卓然，她還是忍不住開了口。

卓然，我要出去一趟。

方卓然十分驚奇，現在？

對。我們班的成績從五個班的第一，掉到了倒數第一。

現在著急有啥用？

我要去見王校長。

看一下表，都快十點了，算了吧，明天再說吧。

卓然，不行，我睡不著，這事拖到明天，老師們要炸鍋了。

林佳玲坐起穿衣，下床。方卓然非常無奈，他厭倦地側過身睡。

林佳玲愣是拿電話把王海清叫到了學校。王海清走上樓，林佳玲已經站在他辦公室門口等他。

王海清無奈地搖搖頭，林佳玲啊林佳玲，真拿妳沒辦法，幸虧學校只有妳這麼一個，要是再多幾個，我這條老命非丟在學校不可。

校長，沒辦法，誰讓咱攤上了呢！

王海清打開門，拉亮燈，林佳玲把考試成績表擺到王海清面前。王海清拿起表一看，立即就著了急。

8（1）班倒數第一！

你再往下看。

王海清看著看著皺起了眉頭，十一個人兩門主課都不及格！路海龍倒是及格了。這十一個不及格的，有幾個是民工子弟學校轉來的？

都是民工子弟學校轉來的。

王海清放下表，佳玲啊佳玲，明天一公佈，大家會咋說呢？崔靜會咋說？

老師們說啥無所謂。

無所謂？我告訴妳，這分數報到局裡，會直接影響咱們升重點！

我倒是沒想這，明年他們就初三九年級了，咋迎接中考啊！

妳就別想那麼遠了，我是想這事會有人藉機說事。

這是沒辦法的事，你不是說了嘛，一個人做事，總會有不同意見。我想的是這幫學生，我想從班裡選考試成績在九十分以上的學生與不及格的學生結對子幫學，從頭開始補課。

這是個辦法，這樣一對一幫學，是更實際的個性化分層教學。

第二天，林佳玲一到學校，立即召集趙一帆和郭小波商量，趙一帆和郭小波認為結對幫學的辦法好，林佳玲讓他們兩個商量一個結對子幫學的方案。

林佳玲沒料到，結對子幫學方案一公佈，竟遭到一些同學的反對。有一個城市男生，不接受民工生幫學，他要求跟趙一帆結對。有一個城市男生藉口自個兒還要努力，不願意幫助民工生補課。還有一個男生問，平均不夠九十分的學生不參加幫學，是不是就是差生？有一個女生羞羞答答表示，她不願意跟男生結對。夏青苗也提議，結對幫學最好自願結合，這樣硬性分配不合適，要是相互不願意，學習效果也不會好。還有一個民工學生提出，結對幫學補課，要不要繳補課費，引得全班哄堂大笑。

林佳玲當場宣佈，要取消優生和差生的概念，不能單純以考試成績來分優和差。幫學是相互幫助。考試不及格的同學，不等於他沒有別的優長。還要取消城市生和民工生的概念。城市出生的學生要是歧視來自農村的同學，跟白人歧視黑人是一個性質的問題。她宣佈這個方案只作為參考，有不合適的，請與班長聯繫，可以自願調整。

為了調整大家情緒，林佳玲讓趙一帆跟夏青苗商量，利用週末搞篝火晚會。

11

8（1）班的週末篝火晚會在城北中學操場的一角舉行。夜幕降臨，路海龍、郭小波幾個男生把篝火點燃，8（1）班的全體學生隨著篝火的升騰活躍起來。夏青苗笑容可掬地走到圈子中間。

尊敬的伍處長，尊敬的林老師，各位同學，咱們8（1）班由原來的同學和我們從民工子弟學校轉來的二十名同學組成，為了增進我們的友誼，加強全班的凝聚力，今天咱們聚集在這篝火旁，舉行聯歡晚會，下面請林老師講話。

林佳玲站起來走近篝火，她有些激動，看著這熊熊的篝火，我彷彿又回到了學生時代，篝火是青春的象徵，也會給我們留下青春的記憶，我想今晚一定會在同學們心中留下難忘的記憶。我們相聚相識，是一種緣分；世上有兩種情義令人終生難忘，它甚至超過親情，那就是戰友情和同學情。我希望大家珍惜這友誼，留住美好的青春記憶。今天，我特地把教育局的伍處長也請來參加咱們的晚會，下面請他講話。

伍志浩站了起來，我沒有啥好講，林老師已經把我的心情都表達了，我們跳舞吧！我先請你們林老師跳一支探戈。

學生們歡呼起來。音樂起，林佳玲和伍志浩進入篝火旁的空地，他們隨著音樂，跳起了探戈，他們的舞姿一下把學生們驚住了，他們根本沒想到老師能跳這麼好的舞蹈。舞終，學生們歡呼又鼓掌。

音樂再起，林佳玲讓大家跳舞。學生們都有些不好意思。夏青苗站起來主動邀請郭小波，郭小波說不會跳，害羞地往後躲。夏青苗硬把郭小波拉進舞場，同學們起哄地鼓掌。林佳玲藉機把學生們一個個都叫起來，要他們相互結對，互相教。學生們被叫起來了，有的男生跟男生跳，有的女生跟女生跳，但沒有一個男生請女生跳。路海龍看著趙一帆猶豫著，他還是決斷地走向趙一帆。

班長，我請妳跳行嗎？

趙一帆不好意思往後躲，我可真不會跳。

路海龍很沒趣，他突然自個兒跳起了街舞，一下把學生都吸引住了。林佳玲為他鼓掌，路海龍跳得更加盡情。有幾個學生也立即加入，晚會氣氛活躍起來。夏青苗頭一次向路海龍投去了好感的目光。林佳玲發現全班更多的同學十分拘束，不會跳舞，她皺起了眉頭……

第八章

損

（下兌上艮）

象曰，損，損下益上，其道上行。損而有孚，元吉，無咎，可貞，利有攸往。

象曰，山下有澤，損。君子以懲忿窒欲。

——《周易》

注：

艮，（音ㄍㄣˋ）八卦之一，象徵山。

《象傳》說，所謂損，就是減損下方，增益上方，其規律是從下向上去。減損如果有誠信，就會大吉大利，沒有禍患，可以守正，利於所往。

《象傳》說，山下有沼澤，就是《損》卦的卦象。君子（觀此卦象），自覺懲戒憤怒，克制私欲。

1

《校園仙子》是牛猛的心肝寶貝，仗著他父親牛鑫財力支持，他想在網路遊戲界一鳴驚人，決定引進最先進的綁線攝影設備，用真人做形象模特兒，採用綁線攝影技術製作這個遊戲。幾番周折，就是找不到理想的模特兒，這個女主角是清純又漂亮的中學生。牛猛正犯愁，電視裡播出了白妹牙膏廣告，夏青苗讓牛猛兩眼定了神，他心目中的校園仙子就是夏青苗。

這小妞真不錯，嫩得像藕尖尖，一掐就能流出水來。

技術人員也覺不錯，要是讓她當模特兒，準能迷倒一片網蟲。

剛才好像下面注著學校，你們看清是哪個學校了嗎？

兩個技術人員都沒注意，正遺憾著，電視又出現白妹牙膏的廣告，夏青苗再一次出現在螢幕上。牛猛定睛看是城北中學，他非常激動，走，咱這就上城北中學。

夏青苗走進傳達室，牛猛一見夏青苗本人，更是激動，簡直跟他心目中的仙子一模一樣，比他設想的還要好。他立即笑容可掬地站起來掏名片，作自我介紹。

夏青苗同學，我是青春網站的牛猛。

夏青苗十分疑惑，網站？你們找我有啥事？

這裡說話太不方便，能不能請個假，咱們找個地方談？

陌生人讓夏青苗警惕，看牛猛也就二十七八，這麼年輕就是網站總經理，更加戒備，不行，我要上課。

那咱們在學校門口簡單說一下行嗎？

啥事？

是這樣的，我們網站有個「荳蔻年華」的欄目，需要找一個形象代言人，我們看了妳拍的「白妹牙膏」廣告，覺得妳美麗、清純，很符合我們的要求，想請妳做這個欄目的代言模特兒。

夏青苗這時才認真看他的名片，他們的網站叫「情愛坊」，夏青苗沒想到會有這種好事，她很激動，但心裡又沒有底，網站上很亂，她不敢流露激動之色。

夏青苗拍廣告後有了一些經驗，這形象模特兒咋做呢？

很簡單，請妳到我們攝影棚，拍一些照片，我們放到網站上就行，只是我們的照片不是平面，是三維立體的，拍起來複雜一些。

咋個複雜法？

這妳可能不懂，要用「綁線」技術攝影，這是目前最先進的高科技攝影技術。

你們的報酬是多少？

牛猛看著夏青苗，覺得這小丫頭不一般，可以給妳一萬塊錢。

夏青苗心裡很激動，但卻做出很不以為然的樣子，一萬塊，太少了點吧。

其實很簡單，不過拍幾張照片而已。妳要是嫌少可以再增加五千，再要多我們就只好找別人了。學生有的是，不要錢的都有，我們不過看妳拍過廣告。

夏青苗心裡已經很滿意了，這事我得報告老師，由老師來安排。

幹嘛要報告老師呢？報告老師就複雜了，弄不好老師學校還要抽頭哪！妳請一天假，咱悄悄地拍了就行了。

夏青苗還是保持警惕，不行，這事必須告訴老師。

牛猛怕搞僵，只好退讓，沒問題，妳願意告訴老師就告訴老師。這上面有我的電話，妳跟老師商量好了，給我打電話就行。

林佳玲沒碰上過這種事，網站上代言模特兒她還沒聽說過，她只好請教方卓然。方卓然告訴林佳玲，目前網站管理比較亂，沒啥特殊規定，拍照片的種類，使用的方式、範圍、時間、報酬，都只能通過協議來約定。

林佳玲直接參與了合同的洽談，學生還小，她不能不管。牛猛帶來了所謂的制式合同文本，林佳玲逐條逐句看了之後，她發現這合同有些糊弄人。

牛先生，你是不是欺負我們是外行啊？林佳玲故意往虛裡說。

林老師，這哪兒話呢？

為啥合同的條款寫這麼籠統呢？

林老師，哪兒要改妳說？我帶著電腦呢。

其實哪兒應該寫具體寫詳細你們清楚得很。

妳說，妳說。

你看，第二條，光說拍攝三維立體照片供乙方使用。既沒有說拍啥樣的照片，也沒講條件限制，沒有講使用方式、使用範圍、使用的時間。

牛猛很有些意外，沒想到林佳玲懂這麼多，他立即和氣起來，妳說咋改就咋改。

這不應該要我說，你應該按政府有關網站內容規定和行業的規則要求，把條款如實地寫清楚。還有報酬，應該根據使用照片多少來確定吧，籠統一萬五千塊是個啥概念？

牛猛有些著急，林老師，網站的廣告不比電視，網站本身還在賠錢呢，廣告費沒那麼高。

那你是不是把合同改好後咱們再談。

我就在這兒改，馬上就好。

那你改吧。我先去辦我的事，改好後咱們再談。

林佳玲這一招讓牛猛誠實了許多，他立即把合同重新作了修改。慎重起見，林佳玲又拿給校長看。牛猛跟夏青苗說，這個林老師太厲害了。夏青苗也挺有心眼兒，她故意告訴牛猛，林老師的丈夫是有名的大律師。這還真讓牛猛一驚，他意識到林佳玲參與，對他們沒一點好處，但牛猛太喜歡夏青苗了，他覺得這個遊戲離開了夏青苗一定失敗。於是他只好硬著頭皮跟林佳玲賭一把。

2

夏青苗穿著露臍褲和短T恤走出化妝室，露臍褲讓她感覺很不習慣，彷彿周圍都是眼睛，讓她不敢往前走。

夏青苗很羞澀，牛老師，這褲子的襠太短了，能不能換一套服裝？

牛猛卻十分滿意，青苗同學，這是現在最流行的露臍褲，現在女孩子時髦的不是豐胸，而是靚臍。

夏青苗不好意思，靚臍？肚臍還有靚不靚？

肚臍有各種各樣，也分單眼皮雙眼皮，有人的肚臍就一個黑坑，有人的靚臍像帶旋的酒窩。

夏青苗第一次聽說，肚臍還帶旋，像酒窩？

少見了吧，妳的臍就不算太靚，不過還湊合。現在美容整形，最熱門的不是割雙眼皮、去眼袋去皺紋，而是整臍。

肚臍還可以整？

那當然啦！妳的臍要是去整一下，妳就更靚了，到位置那裡吧，放開一點啊！

夏青苗站到位置上，牛猛喊著讓她做走路、跑步、跳、站、蹲、側、臥各種姿勢，攝影師不停地拍。拍完這一組，他們又給夏青苗換了一套裙服，繼續做各種姿勢進行拍攝。拍完裙服，他們讓她換上三點式泳裝。夏青苗逃出了化妝室。

牛老師，合同上可沒有寫穿三點式泳裝。

牛猛哄她，我們是為妳著想，這不好往上面寫，寫了讓別人看見，不給人留話把了嘛！其實泳裝有啥呢！在游泳池妳不穿泳裝嗎？

到時候老師知道了不好。

妳不說，誰能知道呢！拍完照，我把這些衣服都送給妳。快去吧，快去！牛猛推夏青苗進化妝室，夏青苗站那裡沒有動。要是妳在網站上火了，前途無量哪！影視公司會來找妳的，妳不成明星啦！快去！夏青苗還是不想穿三點式。牛猛看勸不管用立即悄悄地哄她，我另外再給妳一千塊錢。還是錢有誘惑力，夏青苗平時從她爸手裡要十塊錢都非常費勁，現在穿一次泳裝另外就給一千塊，她沒法再抵抗，身不由己地進了化妝室。

夏青苗再一次拿到報酬，渾身輕飄飄地幾乎忘了自個兒姓夏，好像感覺是姓毛，姓鄧，姓江，或者姓胡；也似乎忘了她爸是只有一條腿的修鞋匠，而是省委書記這一級幹部，或者是五百強企業的大老闆。當夏青苗背著錢踏進家門時，一下意識到她姓夏，是缺腿修鞋匠的女兒，她那小嘴立即就噘了起來。他們家是跟路富根租的房，就一大間屋，擺了兩張木板床，一個破櫃，一張桌子，幾個凳子，一臺14寸的小彩電，把屋裡擠得滿滿當當。用夏青苗自個兒的話說，他們家哪怕敞著門小偷都不會進來，沒啥東西可偷。夏青苗回來，家裡沒人跟她打招呼，夏本柱在門口修鞋；她媽秦梅珍在屋裡洗衣服，夏青苗沒叫他們，他們也沒理睬夏青苗，生活的重負讓他們對一切都變得麻木。本來屋裡就擠，兩個小妹妹又在追著鬧，屋裡就更亂。夏青苗抬手在她們頭上一人打了一下。

出去玩去！

兩個小妹妹都非常怕夏青苗，乖乖地出了門。

夏青苗從書包裡拿出兩萬塊錢，從一疊錢裡數出兩千，與另外給她的一千塊錢合到一起，裝進書包裡，把剩下的錢給了母親。

喏！這是一萬八千塊。

秦梅珍疑惑地看著夏青苗，不是說兩萬嘛！

夏青苗理直氣壯地說，我要用。

妳顯啥闊啊！也不看看自個兒是啥家庭。

咋啦？我哪點比城裡人差啊？我長得不如她們漂亮，還是腦子不如她們聰明？妳難道要我跟妳這樣過一輩子嗎？

妳買啥要花兩千塊錢哪？

告訴妳也不懂。

妳花錢我還不懂？

行了，我夠可以的了，爸爸修鞋一年才掙多少錢？

夏本柱說，別跟她吵了，錢是她自個兒掙的，她想買啥就讓她買吧。

秦梅珍說，就讓妳慣得不成樣。

夏青苗說，我不掙這錢，家裡就不用過啦！

她爸媽都沒了聲。自從在網站攝影室穿了那套露臍裝，聽了牛猛那套肚臍美容的理論，夏青苗就經常偷偷獨自看自個兒的肚臍。過去從來沒有注意過肚臍，讓牛猛這麼一說，夏青苗再看，竟越看越醜，真就是一個毫無特色的凹坑。從此她就一直鬥爭，鬥來鬥去，她沒能鬥過心中那個自我，她暗暗地決定等拿到報酬後，一定留一些錢去把肚臍整一下。

3

夏青苗上美容院整臍是五一長假裡的事。她早計畫好了，趁長假整臍，既不要請假，同學們也不知道。那天，她按醫生約定的時間，也沒跟爸媽說，獨自騎自行車去了美容院。

林佳玲趁長假，去了婦女兒童醫院。林佳玲從醫院出來，心情特別舒暢，醫生的結論讓她激動無比，她一切都正常，內心的擔憂頃刻煙消雲散。

林佳玲騎著車回家，老遠見夏青苗從美容院出來，她好生奇怪，漂漂亮亮的小姑娘，她來美容院幹啥呢？

夏青苗！林佳玲停住了車。

夏青苗抬頭見是林佳玲，十分意外，有些緊張地叫，林老師！

妳到這裡來幹啥呢？

夏青苗學會了應變，她撒謊說，我爸讓我來問問，臉上的痦子能不能去掉？

妳爸臉上有痦子？

我爸臉上好像沒有痦子，也可能是別人讓他問。

他們說能去嗎？

他們說痦子最好不要隨便弄掉。

就是啊，身體上正常長的東西，最好不要隨便動它。

我也就幫他打聽一下。

好，咱們一起回去吧？

夏青苗不想跟老師一起走，她立即找藉口，林老師，我要去那邊商場買點東西。

那妳去吧，騎車小心點。

哎！老師再見。

夏青苗看著離去的林佳玲，伸了一下舌頭，乖乖，嚇死我了！

林佳玲心情很好，經過菜市場，她特意進商場買了餃子皮，買了薺菜，買了肉，還有活蝦，她想起，好久沒吃餃子了，方卓然最愛吃她包的三鮮餃子。林佳玲一人在家很有情致地剁餡、和麵、擀皮包餃子，一只只餃子排得整整齊齊，非常好看。方卓然開門進屋，直接來到餐桌前，看林佳玲包的餃子非常高興。

有老婆在家，生活才有滋味，還是日本好，女子一結婚就不工作，在家相夫教子，多好啊！

別太自私啊！女人一輩子就在家裡圍著鍋臺轉啊！

人家山口百惠，國際影星，結婚後不照樣退出影壇，在家做賢妻良母嘛！

林佳玲開玩笑，你當初應該娶個日本姑娘。

可是，我碰見了林佳玲啊！方卓然刮了林佳玲一個鼻子。

你這麼年輕有為，現在也來得及啊！

是說話給我聽吧？

林佳玲包好最後一只餃子，好了！卓然，你看，皮，餡，不多不少正合適。

喲，這是好兆頭啊！

林佳玲想起了事，卓然，我去醫院了。

方卓然一喜，檢查了？

檢查了。

咋說？

一切正常！

好！那咱們就加油吧！

方卓然說著一下把林佳玲抱起來，兩人熱烈地親吻。

4

也許夏青苗是刻意追求這個效果，她是全班最後一個走進教室。夏青苗一進門，就像主演登臺亮相一般。

同學們！長假過得好嗎？

全班同學的目光刷地聚焦在夏青苗身上。夏青苗穿一身時髦的露臍裝，褲襠短得幾乎大半個雪白的小肚子露在外面，全班同學無論男生還是女生，眼睛裡全是驚異，竟沒有一個回應她。夏青苗一邊嗑著瓜子一邊朝課桌走去，同時把兜裡的瓜子抓給就近的同學，還悄悄地向人顯擺，這是最新的時髦款式，露臍裝！好幾百塊呢！夏青苗，隨意吐皮，走一路瓜子皮撒一路。路海龍實在看不慣她那樣，默默地來到夏青苗跟前。路海龍很有禮貌地小聲對夏青苗說，校花，這瓜子皮是垃圾，這麼隨地吐，有損妳校花的形象啊！

夏青苗愣然地愣眼看著路海龍，路海龍，你是說我嗎？我這不站在妳跟前嘛！

夏青苗很不高興，喲！眨眼變成優生啦？

林佳玲正好來到教室門口，她沒有立即進教室，在外面注視著他們。

路海龍小著聲指了指胳膊上的袖章，我不是優生，是值日生。

夏青苗陰陽怪氣地說，跟班長坐一起，神氣多了啊！

接受了夏青苗瓜子的幾位女生也橫眼看路海龍，夏青苗直接走向座位。路海龍遭幾個女生的冷眼，非常氣憤，他想忍沒忍住，轉身拍了兩聲巴掌，大聲喊了起來。

同學們！同學們！夏青苗是咱們城北中學的校花！拍了廣告，又當了青春網站的形象代言人，是未來的名模影后，大家看，她的露臍裝多漂亮啊！讓我們以熱烈的掌聲歡迎她亮麗到校！

全班真的熱烈鼓掌。夏青苗居然沒有聽出路海龍的諷刺之意，反而得意地站起來向大家點頭招手。

郭小波看著很不順眼，回座位經過夏青苗課桌時，他扔給夏青苗一句話，真丟人。

夏青苗生氣了，老帽兒，懂啥呀！沒見我整臍了嗎？三千塊呢！

全班學生一片驚詫。夏青苗這時才發現林佳玲站在教室門口，她沒好意思再說下去，老實地坐了下來。班裡立即議論紛紛，許多學生還是頭一次聽說整臍這個詞兒。

林佳玲一直在教室門口默默地站著，這時她才明白，假期裡夏青苗去美容院做了啥，她居然對她撒謊是打聽做痦子，她撒謊。

林佳玲走上了講臺，教室裡立即一片寧靜。

同學們！今天上午，我想，跟大家一起來研究一個字。

同學們都一齊好奇地望著林佳玲。

同學們也許會好奇，林老師是數學老師，咋跟我們研究起文字來了，研究文字是語文老師的事情啊。可今天，我特別真誠地想跟大家一起來研究研究這個字。

林佳玲轉身在黑板上寫下一個大大的「性」字。

同學們一看，意外而又吃驚。

這個字咋發音，我看是不用教了。那麼這個字是啥意思呢？有沒有同學能夠回答我。

趙一帆摸不著頭腦，困惑地望著；郭小波不好意思，害羞地望著；路海龍認真地思考著；夏青苗有些緊張，忐忑地看著林佳玲……

同學們，你們已經長大了，男生們開始變音，開始長鬍鬚，有的可能會出現夢遺；女孩子有了月經，乳房開始豐滿，這都是性開始成熟的標誌。你們已經進入了青春期，開始愛美，注意修飾，喜歡異性的關注和讚賞，這都是青春期的正常心理反應。但是，對性的理解，大家可能還處在朦朧的好奇狀態。對性的含義，大家可以通過組詞來理解。比如，性質、性格、性情、性別。林佳玲一邊說一邊在黑板「性」字的右邊寫下這些片語。也可以用它在右邊組詞，比如，人性、獸性、個性。林佳玲又在黑板上的「性」字左邊寫下這些片語。還可以組成哪些片語呢，有同學能回答嗎？

趙一帆說，秉性。

林佳玲在左邊寫了下來，很好，秉性。

夏青苗故意表現，男性、女性、同性、異性。

林佳玲又在左邊寫下來，很好，還有嗎？

路海龍說，性趣。

林佳玲一愣，興趣的興不是這個字吧。哦，對，很多路邊宣傳單上會有這個片語「性趣」。這說明路海龍同學很注意觀察生活。

同學們哈哈地笑起來，有些同學抿著嘴壞笑。

路海龍急了，笑啥笑，難道你們沒見過。

窗外，俞老師正好路過，一看林佳玲在黑板上寫的那個字，再看8（1）班裡的狀態，他收起腳步在窗外側耳傾聽。

林佳玲很嚴肅，對，路海龍說的對。難道你們沒見過？我這裡可以再接著給你們列出一些片語。說著，林佳玲換了另一顏色的粉筆在黑板上接著寫下了，性趣、性愛、性交、性行為、性生活、性教育、性心理、性健康、性器官。這些片語，難道你們沒見過？

路海龍十分坦白，就是啊！偷偷地看多了！

很多同學都害羞地低下頭。

路海龍，你能解釋一下這幾個新片語嗎？

路海龍抓耳撓腮地說，我……我解釋不了……

我們是學生，碰到不懂的問題，不理解的，就應該把它們弄明白，對不對？所以，今天，我在這裡，想跟大家談談這幾個片語的意思。你們都長大了，應該跟你們談談這些詞的意思了。

俞老師推開王海清辦公室門，王海清正在看文件，俞老師急匆匆，卻又神祕兮兮地走進來，啥也沒說，拉起校長就走。

哎，你這是幹啥？拉我去哪兒？

俞老師喘著氣說，你快跟我來，出事了！

王海清一聽，急忙跟著他一起走出辦公室，出啥事啦？

去了你就知道。俞老師只顧在前頭走。俞老師把王海清領到了8（1）班教室外，王海清發現崔靜和呂老師也在那裡了。

林佳玲坦誠地在跟同學們說話，我也有過你們這個年齡，我那時瞭解的性知識，不是生理衛生課的老師講的，學校老師上課講的那點生理衛生知識不夠塞牙縫的。

全班學生都笑了。

大部分性知識是從書本上、電影裡、廣播裡看到聽到的，更多的是偷偷地從雜誌上看到的。你們現在可能更多的是從網路上看到，是不是？

一部分學生笑了。

這不奇怪，這是人性的本能。啥是性，用孔子和墨子的弟子告子的話說，「食色，性也。」食和色，就是人的本性本能。用荀子的話說就是，「今人之性，饑而欲飽，寒而欲暖，勞而欲休。」

全班學生慢慢集中起精力聽著。

我們想瞭解這些詞和知識很容易，但更重要的是如何培養健康的性心理。從邁入青春期的那一刻起，你們都是大人了，男孩子有了夢遺咋辦？女孩子有了月經咋辦？

窗外，老師都認真地聽著。崔靜向王海清傳去疑惑的目光，王海清卻朝她點點頭。

進入青春期，女孩子愛打扮了，男孩子開始喜歡注意女孩子了，這些都是正常的性心理反應。但擺在你們面前的一道重要課題是，如何以健康的性心理，扼制自然的性欲衝動。同學們，你們都是我的弟弟妹妹。我不但想做一個稱職的老師，而且想做你們的知心姐姐。今天，我很希望我們之間有一份君子協定。不是簽合同，而是擊掌為誓。我保證像對弟弟妹妹一樣關心你們，你們也保證有問題隨時來找我，好嗎？如果同意的就跟我擊掌為約。

林佳玲走下講臺，來到同學們中間。第一個與林佳玲抬手擊掌的是趙一帆，趙一帆有些激動，含著淚花，她跟林佳玲雙手擊掌，發出很清脆的啪啪聲。靜靜的教室裡，發出一聲又一聲的啪啪……

窗外，王海清長長地舒了一口氣，然後緩緩轉身離開，其餘的老師也都默默地跟著離開了。

5

牛鑫頭戴安全帽，在路富根的引導下，走進了轟轟隆隆塵土飛揚的拆遷工地。民居一幢一幢被推土機蹂躪成了廢墟，但有幾座孤零零的民房在推土機張牙舞爪的轟鳴中，蔑視地傲然挺立著。牛鑫一看，立即沉下了臉。

那幾幢房子是咋回事？

牛老闆，這幾家的門檻都讓我踏破了，茅坑裡的石頭又臭又硬。

這哪行啊！要是耽誤工期問題就大了！啥問題啊？

一個字，錢啊！路富根抬手做了個點錢的動作。

牛鑫小下聲，你可別壓得太低啊。

誰嫌錢多？錢多不咬人啊！我就算一分不壓，照樣有人搗蛋。先拆的壓了，後拆的反倒抬高，理上講不通，要是給這些刺兒頭抬高折舊價，已經拆了的不造反啊！

那就強硬一點，不是有政府的紅頭文件嘛！限時，不行就用推土機推！

有你這句話我就有底了。

牛鑫忽然想起了一件事，哎，老路啊！

路富根現在完全成了牛鑫的聽差，他立即湊過來，老闆，啥事？

好像方律師家住在關帝廟巷吧？

關帝廟巷還在東面，還沒拆到那裡。

他的房拆遷，你就不要管了，我直接跟他談。

我知道，我沒找過方律師。

那幾幢孤零零的危房，其中一幢是趙一帆家。路富根帶著兩個手下，敲趙一帆家的門。劉玉英端著飯碗拉開門，見是路富根，她故意站到門框裡，非常明確地表示不想讓他進屋。

妳也打算跟我作對是不是？

你搞清楚，不是我要跟你作對，是你們不想讓我們活。

哎，我就不明白，妳幹嘛要跟我作對呢？說啥咱不是還有點交情嘛！

我跟你狗屁交情都沒有！我對你只有恨。還欠你一千多塊錢，過幾天我就還你。

別好心當做驢肝肺啊！已經定了時限，我是特意來跟妳打招呼的，別怪我不通氣。

嚇唬誰呢？

我可真不是嚇唬妳啊！到時間不搬，工程隊可就用推土機推了！

我不信政府能逼我們死！

路富根一副無奈的樣子，好好好，該說的我都說了，聽不聽由妳。

牛鑫從工地回到公司就打電話把方卓然請到辦公室。

方律師，這段時間我忙著工程啟動，沒顧得上考慮你的事情，聽說你的宿舍也在拆遷區？

是啊，他們一直也沒找我。

上次我想給你解決住房，你不願接受我的幫助，但我記得你的話，你說買嶺岫花園的房子是你的奮鬥目標，是吧？

我是說過。

現在機會來了！

現在我還買不起嶺岫花園的房子。

買得起，你可以以舊換新哪！

嶺岫花園也有搬遷房？

你是我的常年法律顧問嘛，我們有個規定，集團公司的員工，可以以舊抵新在嶺岫花園買房，你要嶺岫花園的房子應該是名正言順的啦。

咋折算呢？

我想這樣，你的舊房面積可以抵新房面積，超出的面積，按內部職員價算，五千元一平米。你可以在正施工的E座挑選。牛鑫隨手拿出E座的平面圖，給方卓然看。

那得謝謝牛老闆。方卓然接過平面圖挑選。方卓然看了半天，他對房子結構不是太懂。牛鑫直接幫他選了房。

我看你在這方面不是太在行，你選一八零八好了，跟D座是一個圖紙，一百五十平米，三室兩廳，兩衛，樓層好，客廳、兩個房間都向陽，通風也好。

一百五十平米，不小啊。

你原來的房多大？

八十平米。

那麼你再付三十五萬就可以住進嶺岫花園，要是手頭現款緊張，貸款按揭也行。這不算是我的恩賜吧？

方卓然滿心歡喜，謝謝牛老闆，我可以接受。

我跟銷售部打個招呼，你先去繳點訂金，跟他們辦個手續就行。

行，那我儘快租房搬遷。

6

林佳玲打算到夏青苗家做一次家訪，問她家的住址，夏青苗很緊張，她藉故爸媽下班很晚，不想讓老師去她家。林佳玲她說這是兩碼事，跟學生家長交流，是當老師的責任。夏青苗無奈，只好把地址寫到林佳玲的本子上。

林佳玲找到三十二號，是一座居民宿舍樓，一共六層，沒有電梯。林佳玲一層一層爬上了四樓，來到四零六門前，按了門鈴。開門的是一位肥胖的中年婦女。中年婦女一臉不高興，說她找錯了，不知道誰叫夏青苗！中年婦女關上了門。

林佳玲怕夏青苗寫錯了單元，把這座樓五個單元的五個四零六都找了，沒有一家知道夏青苗這個人。沒辦法，林佳玲只好回家。林佳玲悶悶不樂回到家，方卓然已經主動做好了晚飯，樂呵呵地哼著歌把做好的菜從廚房端到客廳的餐桌上，兩菜一湯。林佳玲發現方卓然今天特別高興。

卓然，今天這麼開心，有啥好事啊？

是有好事，我對夫人的承諾就要兌現了。

林佳玲跟方卓然進廚房洗手洗臉，承諾？你給我啥承諾啊？

方卓然裝出不高興的樣，妳看妳，我說的事妳一點都不重視。咱們就要告別貧民窟，搬進嶺岫花園啦！

嶺岫花園？你不是拒絕人家了嘛！

這一回情況不同，咱們是以舊換新。

那咱也買不起嶺岫花園的房啊！

舊房面積抵新房面積，超面積按公司員工內部價付差價。

你不是不接受牛老闆的恩賜嘛！

這次不是他恩賜，我是他們的常年法律顧問，享受他們集團公司的員工待遇理所當然。

我聽說拆遷戶的意見很大，他們把舊房價壓得特別低，無商不奸，你小心別陷入牛老闆的圈套。

方卓然十分自信，他想要我，還不是那麼容易吧。這事妳就不用管了，咱得趕緊想辦法租房搬家，咱這兒很快都要拆了。

兩人端著飯一起走出廚房，林佳玲看方卓然高興，就沒提找不到夏青苗家的不快。第二天一到學校，林佳玲先到教務科查看學生登記表。夏青苗家應該是太平路二十三號，她為啥要把二十三號寫成三十二號呢？

林老師，我家住太平路二十三號呀！

昨天在我本子上咋寫三十二號？

夏青苗一點都沒有驚慌，林老師，對不起，我可能寫錯了。路海龍來找林佳玲。林老師，我想跟妳彙報一件事。

林佳玲立即結束與夏青苗的談話，告訴她，這兩天她會再抽空去她家。夏青苗看出路海龍是故意打斷她跟林老師說話，心裡老大不高興，但她只能離開。林佳玲問路海龍找她有啥事，路海龍就跟她彙報了自個兒的打算。

林佳玲十分奇怪，為啥要回8（3）班呢？

我在8（1）壓力太大。

壓力大是好事，有壓力才有動力哪！說明你已經有了明確的奮鬥目標。要沒有這個奮鬥目標，你就不可能有壓力。既然你確定了目標，那麼壓力就是你實現目標的動力。對不對？

我在這裡只會給妳丟臉。

你進步很大，沒給我丟臉啊！如果你用回8（3）班這種方式縮小與同學間的距離，減輕壓力，實際是在放棄奮鬥目標。你想放棄嗎？

我不會放棄。

那麼就拿出毅力來，把壓力化為動力，小夥子得有點勇氣，開弓沒有回頭箭。再說，你這樣回8（3）班，人家要你嗎？人家又會說你啥呢？又會說我啥呢？你要是回8（3）班，只能證明咱們都失敗了。

路海龍沒想到這一層，聽林老師這麼一分析，他明白了，林老師，我想得太簡單了，那我就在8（1）班不動了。

林佳玲找到太平路二十三號，這是一座回字形四層小樓，在路北的二期規劃工程之內，滿牆寫著拆字，旁邊的房子已經在拆。夏本柱在樓的大門口擺了個做鞋修鞋鋪，旁邊豎一小塊三合板做的招牌，上面寫，五代祖傳，做鞋補鞋。

林佳玲沒在意他，推車直接進了這回字形小樓的大門，天井裡一幫光著膀子的民工坐地上在打撲克賭錢，四個人打，五個人圍著看。

路富根手裡拿著收據和計算器，仰著脖子在喊，三零二！下來繳房租！這房子下禮拜就要拆了，快下來繳！拆了，我上哪去找你們啊！

林佳玲抬頭往上看，回字形天井的每一層空間魚鱗片一樣掛滿了洗的衣服，風一吹，五顏六色像萬國旗一樣隨風飄蕩。

路老闆！

路富根扭頭見是林佳玲，哎喲！這不是林老師嘛！啥風把妳給吹這兒來了？

有個同學住這裡，我來看看。這樓是你的？

是啊是啊，下周要拆樓了，有些住戶上兩個月的房租還沒繳。

我來看學生的家長。

誰啊？

她叫夏青苗。

我還不認識誰叫夏青苗呢！

他們住四零六！

噢，是夏瘸子啊！他就在門口修鞋呢！

林佳玲有些意外，是他啊！

林佳玲背著包回到大門口，夏本柱在埋頭修鞋。林佳玲發現他只有一條腿，心裡一緊。

夏師傅，您好！

夏本柱沒抬頭，繼續修鞋，修鞋還是做鞋？

我是青苗的老師，我來看看你們。

夏本柱立即停下活，慌忙拿拐想站起來。

林佳玲慌忙制止，別別，你別站起來。

夏本柱不好意思，立即收拾工具，把一切都裝到他那只箱子裡，然後要把箱子往肩上背。林佳玲奪下那只箱子，幫他背起來，夏本柱很不好意思地拄著雙拐走在前面，林佳玲背著沉重的箱子跟在後面。看著夏本柱拄著拐一瘸一瘸上樓，林佳玲心裡一陣陣發酸。林佳玲跟著夏本柱爬上四樓，箱子把她的肩膀勒得痛，她咬牙堅持著。夏本柱一上樓就朝自個兒住的屋吼，要她們快來幫背箱子。跑出屋的是秦梅珍，她見是林佳玲，愣了，林老師！妳咋？秦梅珍趕緊接過林佳玲的箱子。

夏青苗家的門開著，屋子裡正上演著一場鬧劇，眼前的情景讓林佳玲驚訝。靠門口，一個五六歲的女孩跟一個三四歲的女孩在爭一本小畫書，夏青苗正側身朝裡面依著被子躺在床上聽MP3。夏青苗突然一聲吼，吵死了！兩個小女孩被她震住了，不再爭小畫書，大的讓給了小的。

夏青苗聽到老師在說話，慌忙地從床上跳下來，十分尷尬，但她腦子反應特快，哎呀！林老師，妳真的來啦！妳看這臨時宿舍亂死了，爸，媽，林老師來了往哪兒坐啊？

秦梅珍很不好意思，林老師，屋裡亂得連坐的地方都沒有，真不好意思。

林佳玲看著眼前的情景也很尷尬，夏青苗立即代替父母應酬，她先把兩個小女孩趕出去。兩個小丫頭似乎都怕夏青苗，她一吼，立即都爬起來出了屋子。家境的窮困讓夏青苗滿臉通紅，她急忙向林佳玲解釋，林老師，真不好意思，這房子下周就要拆了，妳看亂得不像家，坐這兒吧。夏青苗搬過一張舊木凳讓林佳玲坐。林佳玲不想坐，但為了不讓他們尷尬，她只好坐了下來。夏青苗立即像主人一樣指揮她媽給林老師倒水，再向林佳玲解釋二期工程完了他們就可以買新房了。夏本柱在一旁只能含糊其辭地跟著應付。

青苗，妳出去照看小妹妹，讓我跟妳爸媽說說話。

林老師，妳誤會了，那兩個小丫頭不是我妹妹，是我媽愛管閒事，鄰居農民工的孩子，進不了托兒所，大人一出去總得到天黑才回家，家裡沒人管，我媽就幫人家捎帶著看孩子。

林佳玲感覺夏青苗的話不真實，拿眼睛看夏本柱，夏本柱也順著女兒說，她媽就是這麼副好心腸。

那妳也出去幫著照看這兩個小妹妹。

夏青苗無奈，很不情願地走出屋子，耳朵卻還聽著屋裡的聲音。

夏本柱和秦梅珍在林佳玲面前都很拘謹。

青苗在學校學習還是很用功，我來主要是想認認你們的家，瞭解一下家庭情況，另外有些事情跟你們溝通一些，希望家長與學校配合，一起幫助學生健康成長。

秦梅珍有些緊張，青苗在學校出啥事了嗎？

沒有！她沒有出啥事。只是有一點我想請你們要注意她，青苗生活上有些嬌氣，你們是不是挺嬌慣她？

夏本柱說，是啊是啊！自從拍了廣告之後，這孩子變了，一點不節省，老愛吃零食。我想錢反正是她掙來的，她要花，就讓她花吧。

這是一個方面，我還發現青苗有點虛榮愛面子。

秦梅珍有些不安。

7

林佳玲組織學生學跳交誼舞的念頭是那天篝火晚會上產生的。在篝火晚會上，她發現全班很少有人會跳舞，越是學習成績好的學生對跳舞越抵觸，視跳舞為男女間的不良行為，倒是路海龍和幾個所謂的調皮學生反而毫無顧慮，跳得瀟灑，玩得盡興。她還發現，那些抵觸的學生，並不是真不想跳舞，他們投向路海龍的目光裡全是羨慕，這種表面行為和內心情緒的反差，讓林佳玲感覺是個問題。

林佳玲沒想到，這件事在班裡遭到抵觸，她把這項任務交給趙一帆和夏青苗兩個負責。趙一帆首先不積極，她說不會跳舞，也不喜歡跳舞，沒法組織這件事。林佳玲要她明白，學跳舞不是組織大家玩，是一項任務。趙一帆不理解老師為啥突然要組織大家學跳舞。林佳玲這才告訴她，全班學生雖然跟她擊掌有了君子協議，但大家對她不允許他們交男女朋友理解上有偏差，她想禁止的是早戀行為，而不是禁止男生女生做同學朋友。中學生不會跳交誼舞，這跟新時代不相稱。

讓林佳玲更沒想到的是夏青苗也消極抵制。林佳玲單獨找了夏青苗，夏青苗說她教不了，這種出風頭的事還是讓別人去做。林佳玲說這是文藝委員分內的工作，夏青苗說她本來表現就不好，再要教大家跳舞，更成反面典型了。林佳玲這才明白，夏青苗是因她家訪跟她父母說了她虛榮愛面子。如果她要這麼去認識看待缺點，的確是個不小的問題。她跟夏青苗進行了一次長談，毫不客氣地指出她的問題，她把教人跳舞看作出風頭，把跳舞看成不正當娛樂，本身就是虛榮的表現。林佳玲告訴她，教員由她當，只需要她協助示範，幫助組織。夏青苗這才接受。

學校的大會議室成了8（1）班的學生學跳交誼舞的舞廳，林佳玲親自當教練，讓夏青苗和路海龍示範。男同學看路海龍的舞步，女同學看夏青苗的舞步。

路海龍與夏青苗兩個有了長假後那天的摩擦，站到一起很不自然，但這是老師的安排，路海龍很認真。

請大家注意，男女準備動作的姿勢，男生是帶，女生是伴；男生上身要保持自然放鬆的立正姿勢，目光從女生的右肩上方看出去……

林佳玲組織8（1）班學生學交誼舞，在教師中引起了議論。

崔老師，我看林老師是瘋了。那天講性知識，這會兒又在教全班學生跳交誼舞！

呂老師卻不以為然，跳個舞用得著這麼大驚小怪。

俞老師說，中學生早戀本來就防不勝防，再讓他們摟抱著跳舞，這不是沒事找事嘛！

呂老師說，這才叫引導。越禁，越神祕，好奇心越強！越放鬆，越公開，越習以為常。

崔靜說，這倒是有道理，人往往有逆反心理。不過讓這些情竇初開的男生女生摟抱在一起，引導不好，可真是會出問題的。

大會議室裡，迴響著慢四音樂，路海龍與夏青苗在音樂中翩翩起舞。同學們驚奇的是，路海龍學習一般，跳舞卻是把好手，夏青苗驚異路海龍的舞步瀟灑，帶得自如輕鬆。郭小波站在圈外很自卑，他沒一點樂感。趙一帆也很慚愧，她老聽不出節奏。

第三天學舞結束之後，大家一起往大會議室外走。夏青苗和路海龍走在後面。夏青苗挨著路海龍走出大會議室，悄悄地塞給了路海龍一封信。夏青苗的神色很緊張，路海龍也很突然，但他接了夏青苗的信，立即塞進了褲袋。

林佳玲在後面看得一清二楚，她會心地一笑。課間，林佳玲把夏青苗叫到了學校的池塘邊。林佳玲像位大姐一樣問夏青苗，青苗，上次到妳家家訪批評了妳整牓，妳心裡是不是一直在生我的氣？

老師，我心裡是不舒服，可我沒有生妳的氣。

是不是讓妳在父母面前丟了臉？

我也說不清，反正是不舒服。

實際上這種不舒服就是虛榮心在作怪。如果老師批評得不對，妳可以解釋或者反駁，如果批評得有道理，為啥要不舒服呢？

可能是覺得妳故意在我父母面前說我的缺點，要我難堪。

林佳玲突然轉換主題單刀直入，中午，妳是不是給了路海龍一封信？

夏青苗很緊張，他交給妳了？

沒有啊！如果妳把老師當大姐的話，應該把妳心裡的話告訴我。當然，如果妳不想讓我知道，我也尊重妳，我不會強求妳。

夏青苗猶豫了一下，老師，我是給他寫了一封信，向他道歉，上次他不讓我吐瓜子皮，我對他態度不好。另外……我誇他街舞跳得好……夏青苗低著頭，等待著老師的批評。

林佳玲微微一笑，她沒有批評夏青苗，反伸出雙手摟住了夏青苗，我們的青苗長大了，漂亮了，有了想與男孩子交朋友的心願了。

夏青苗驚奇地抬頭看著老師。

林佳玲發自內心地感慨，妳知道嗎？老師現在的心理跟當媽媽的一樣矛盾，既盼著你們快長大，可又為你們長大擔心，所以既高興，又操心。

老師，我沒有別的意思，以後我不理他就是了。

為啥要不理他呢？青苗，妳沒理解老師的心情。女孩子長大了，漂亮了，想交男朋友了，老師和當媽的哪個不高興呢？操心的只是擔心你們還太幼稚，沒有生活經驗，生怕你們走錯路。

夏青苗很認真地聽著。

就拿拍廣告的事說吧。拍廣告是好事，但拍廣告之後給妳帶來的負面影響，又讓我很擔心。

老師，我知道妳是為我好。

老師一點不反對男女同學之間交朋友，我說了，同學間的友誼是十分珍貴的，一輩子都值得珍惜。但交朋友得有個度。妳想過沒有，妳上學的目標是啥？

我想上大學。

妳現在初中還沒畢業，還要上高中，然後再考大學，這期間有七八年漫長的時間，這期間每一階段妳都會有很大的變化。就說路海龍吧，他是個基本素質不錯的男孩子，但他目前的學習情況和現行的考試制度，他很有可能上不了高中，現在你們要是交男女朋友，不覺得太盲目了嗎？

老師，我明白了。

8

8（1）班學跳舞，在全校引起強烈反響，連陳英傑和徐光平幾個也覺得奇怪。他們不明白，林老師對學生要求那麼嚴格，咋會教學生跳舞呢？中午，路海龍按約早早向大會議室走去，他發現夏青苗比他還早，她已經在大會議室等他。

陳英傑和徐光平也來到大會議室外，他們從窗戶往裡看，會議室裡就夏青苗跟路海龍兩個。路海龍在跳街舞給夏青苗看，陳英傑非常羨慕，街舞他也會跳一點，只是沒機會跳給夏青苗看。

光平，夏青苗當校花，我看當之無愧。

老大，有想法了？

陳英傑從褲袋裡摸出一顆釘子，在大會議外的牆壁上寫下了，「夏青苗，未來的明星，我愛妳。」

徐光平接過來寫，「敢愛才是男子漢。」

陳英傑又寫，「真想變成一陣風，常常撫摸妳的臉。」

徐光平再寫，「小心，風也會迷眼。」

兩個人正寫得起勁，沒料到路海龍會出來。路海龍一看牆上的字，嘿嘿一笑。

好小子！膽兒不小啊！

陳英傑和徐光平嚇一跳，兩個人想溜，被路海龍叫住了。

陳英傑你別走，我有話跟你說，徐光平你走吧。

這時，趙一帆領著一幫同學向大會議室走來。路海龍小聲對陳英傑說，走，到那邊拐角說話。陳英傑扭頭看了看，趙一帆和其他同學陸續來到，他就跟路海龍走向拐角。那邊有人看到了牆上的文字。

哎！快來看啊！

路海龍和陳英傑來到大會議外走廊的拐角處，左右看了看，發現沒人，對陳英傑說，你喜歡夏青苗？妒忌啦？我看你比我更喜歡她，要不跳這麼多汗？

俞老師正好走來，看到路海龍和陳英傑那神祕樣，他停住腳步，站到牆邊偷聽。

我跟你不一樣，不是我喜歡她，而是她喜歡我。路海龍挺得意，但我不會理她。

因為趙一帆？

不，因為郭小波。

郭小波？

你不知道夏青苗是郭小波的馬子？

他不是不承認嘛！

俞老師一驚，他聽得更認真。

路海龍嚴正警告，你別跟我裝傻！那是人家不好意思。今天之前算你不知道，現在我正式告訴你了，夏青苗是郭小波的馬子，你離夏青苗遠點。要不然，我會對你不客氣，我的脾氣你是知道的。

哎！海龍，郭小波是你啥人哪？

我告訴過你，郭小波是我哥們兒，哥們兒的事我不能不管。你要對他不尊重，那就是對我不尊重；你要是欺負他，等於欺負我；我不願意別人不尊重我，更不會讓人欺負，誰要不把我當回事，那就是在我面前橫行；有人敢在我面前橫行，我就要擋橫！

說完，路海龍得意地朝大會議室走去，陳英傑愣在那裡。

路海龍再回到大會議室，學舞已經開始，林老師還沒有來，夏青苗讓同學們先自個兒練習。路海龍走進會議室，夏青苗主動地請路海龍跟她跳舞示範。夏青苗感覺路海龍突然有點不對勁。

你咋啦？剛才還好好的。

我有點累。

是不是剛才跳街舞累的？

有點。

學舞按時結束。林佳玲把路海龍留了下來，路海龍隨林佳玲走向大會議室走廊的那一端。

路海龍，我發現你有點舞蹈天賦。

路海龍很高興，這是我到城北中學後頭一次受到老師表揚。

路海龍，你覺得夏青苗咋樣？

路海龍心裡咯噔一下，老師，妳是問她跳舞，還是……

我問你對她的印象。

路海龍有些警惕，是不是有人跟老師說了啥？

沒有誰跟我說啥呀！

老師，我哪裡做得有不對的地方，妳就批評吧。

這哪跟哪啊！我問你對夏青苗印象如何，你沒回答，卻要我批評你，無緣無故我批評你啥呀？

老師，我知道妳有事要找我……

我這是想瞭解你的真實想法，你真話不說，疑神疑鬼的做啥呢？
路海龍有些摸不著林佳玲的底，要說印象，夏青苗人漂亮，也聰明，挺好的。
你是不是很喜歡她？
路海龍很坦白，沒有，我絕對沒有！她是很漂亮，但我並沒有喜歡她。
林佳玲點破事實，她給你寫信了？
路海龍有些不好意思，老師，我本來不想說這件事。
為啥？
有些人對這種事太敏感，讓大家知道了，對夏青苗不好。
你倒是挺仗義。
我沒想到老師知道了，信我已經燒了，沒別的內容，她就是向我表示道歉，說一直看不起我；另外說我街舞跳得好。
我知道了，夏青苗已經跟我說了。
老師，她跟你說了？
是的。
老師，我沒向妳報告，妳是不是不高興？
她給你寫信，這有啥錯呢？問題不在寫不寫信，而在你們究竟咋想。
路海龍不完全明白，老師，男女同學寫信，是不是道德品質不好？
林佳玲笑了，你說哪去了，這牽涉不到道德品質，老師不反對同學之間寫信，我只是想知道你們寫信的動機和目的。你接到這封信是咋想的？

說實話，接到信，我很高興，我知道她一直看不起我。

你回她信了嗎？

沒有。

不想跟夏青苗交朋友？

我交不了夏青苗這樣的朋友。

為啥？

夏青苗跟我不是一路人。

但是你還想保護她，是吧？

不瞞老師，夏青苗喜歡郭小波這樣的男生，我很可能連高中都考不上。

我明白了。你好好努力，只要你繼續努力，我想你會考上高中的。

林老師，我知道了。

9

崔靜從實驗樓出來回教學樓，迎面見夏青苗背著書包站在松樹下，崔靜特看不慣夏青苗，人長得是很不錯，但崔靜就是不喜歡她。

路海龍背著書包從教學樓下來，他跟崔靜碰面也沒打招呼。崔靜已經跟路海龍錯了過去，夏青苗嬌滴滴的聲音把她給拽住了。

咋這麼長時間啊！人家腳跟都站酸了！

崔靜忍不住轉過身來瞅夏青苗。

路海龍正抱歉地向夏青苗解釋，夏青苗同學，對不起，班長要幫我補課，我不能去了。

討厭！你早說啊，讓人家白等。

對不起。

夏青苗立即跑向校門，一邊跑一邊喊，郭小波，等等我！

崔靜看了這一幕非常生氣，要是夏青苗在她班裡，非把她叫回來訓一頓不可，一個女孩子家，整天跟男生泡在一起，成何體統，但夏青苗不是她班的學生，她就懶得管，只是在心裡討厭她。

崔靜回到辦公室，把心裡的不滿告訴了俞老師。

俞老師正憋著一肚子話不敢聲張。

咋不敢說？

問題鬧大了！

有啥事，你就說嘛！

夏青苗已經在談戀愛了！

你可別瞎說。

這還有假！不只是戀愛，都搞成三角啦！

崔靜表示懷疑，俞老師，這你可不能開玩笑啊！

開啥玩笑？我親眼見親耳聽到的。你們班的陳英傑也愛上了夏青苗。

陳英傑？

是啊！陳英傑把愛她的心裡話都寫到大會議室門口的牆上了，啥夏青苗，未來的明星，我愛妳！不信妳去看看。

真他媽混蛋！

陳英傑要追夏青苗，結果半路上又殺出個路海龍替郭小波打抱不平，要陳英傑離開夏青苗，說夏青苗是郭小波的馬子！

簡直亂七八糟！成何體統？林佳玲她就一點沒發覺？這事你跟校長說了嗎？

我哪敢說，校長都批我了！我再去說這事，不是屎殼郎爬尿壺裡，找挨呲嘛！

俞老師還是憋不住找了王海清。

校長，你別走，你批我也好，訓我也罷，這事我得跟你說。

8（1）班結對子幫學和跳舞的事必須立即停止！

為啥？

你一點都沒聽說？

聽說啥？

夏青苗都搞成三角戀愛啦！

王海清很不高興，俞老師，你說話咋總是不著邊際，才多大點孩子。捕風捉影，你這毛病咋就改不了呢！

校長，這回你真冤枉我了，絕對不是捕風捉影道聽塗說，是我親眼見親耳聽到的。路海龍出來打抱不平，都要跟陳英傑動手了！

王海清還是不信，我看你是唯恐天下不亂！咋又冒出個路海龍呢？

路海龍是郭小波的哥們兒，原來夏青苗跟郭小波好，現在是陳英傑要第三者插足！真是亂彈琴。

校長，你可別小瞧現在的學生，他們的膽子大得嚇人，你去看看，都寫到大會議室外面牆上了，走廊的牆上、廁所裡到處都寫著，早戀防不勝防，結對子跳舞更給他們提供了方便！

王海清一下嚴肅起來，真有這事？

校長，不信你可以去看看。事情我彙報了，鬧出問題只要不說我知情不報就行。

王海清不高興了，你是老師，不光要發現問題，更重要的是解決問題。你跟林佳玲老師說了嗎？

她？我沒法說……

王海清認真起來，咋不說呢？這事可不能馬虎！

8年級年級組的老師全都集中到會議室，王海清很嚴肅地在講學生早戀的問題。

中學生早戀問題，咱們不能掉以輕心，必須引起大家高度重視。林老師，這些情況妳都掌握嗎？

林佳玲十分坦然，早戀的苗頭有，而且夏青苗給路海龍寫了信，陳英傑也把自個兒心裡的話寫到了牆上，這都是事實，但俞老師誇大其詞了……

俞老師流露不滿的神色，崔靜忍不住出來幫他說話，我覺得林老師這樣說俞老師不合適，俞老師也是對學校負責，重點中學已經出事，女學生都上醫院流產了！到那時候再總結教訓就來不及了。

王海清也有些不滿，重點中學出的問題教育局發了通報。林老師，這事妳咋從沒跟我提過？

我已經分別跟他們都交換了思想，他們之間根本算不上戀愛，不過是一種好感，在好奇心驅使下，一種很幼稚的行為，我們既不能不管，更不能草木皆兵，只能加以誘導，否則弄巧成拙，弄不好會影響孩子們的一生。

呂老師說，我同意林老師的意見，我們只能因勢利導，不能採取任何強制手段，這樣會傷害孩子……

夏青苗若無其事地來到會議室外。她前後張望了一下，發現沒人，迅速從褲兜裡拿出一支粗黑簽字筆，就在會議室門口的白牆上飛快地寫下一行字，俞老師，你上課老盯著我看，你好可愛！我好愛你喲！女生。夏青苗寫完後，仍若無其事地離開。

會議結束，崔靜第一個走出會議室，她一轉身，看到了夏青苗在牆上寫的字，哇地大叫一聲，這寫的是啥呀！

林佳玲、王海清和老師們都急忙走出會議室看牆上的字。

林佳玲說，咱們進會議室之前還沒有呢！

俞老師一看，急得跺腳，校長！你看看，這是啥呀！

崔靜說，太不像話了！這是污辱！

俞老師說，一定要查出這個人來！不查出來我決不甘休！

王海清不耐煩了，行了！行了！這不是明擺著嘛！我們在開會研究學生早戀問題，學生趕到會議室門口來寫她愛老師！這說明啥？這是對我們提抗議！

崔靜說，那也太無法無天了！

王海清換了態度，俞老師你也別抱怨了，看來學生們都知情，是故意跟你惡作劇。趕緊擦掉，別鬧了！

10

8（1）班教室裡很靜，學生在上自習課。林佳玲坐在講臺上批作業，遇到有錯的同學，她就悄悄地叫他上來，給他講錯題，然後學生拿回去改。放學鈴聲響，林佳玲也批完了作業，同學們開始收拾書包，林佳玲站了起來。

同學們，現在已到放學時間，但我要耽擱大家一點時間。

同學們忙又靜靜地坐好。

在咱們城北中學的各種牆壁上，我們會看到一些文字。內容我不想重複，大家都一定知道。有人說它是「牆頭文學」、「走廊文化」對不對？這些創作者用這樣的方式來發表自個兒的作品，很令人感歎。

同學們笑起來，低聲議論。

但我不認為那是啥文學、文化。那些文字給人帶來啥呢？真嗎？善嗎？美嗎？我看既不真，也不善，更不美，如果稱它是文學和文化，那是對文學和文化的褻瀆！我這麼說，並不是說寫這些文字的同學品質有多麼壞，他們之所以寫，或許心裡有話沒處傾訴，或許或多或少有點抱怨，或許心中有煩惱，或許因為周圍的人不理解不關心他，他反其道而行之，所以選擇這種方式來傾訴，以這種方式強迫別人來傾聽……我感到很悲哀。

同學們都認真地聽著。

我悲哀啥呢？我悲哀作為一個老師，沒能取得你們的信任，沒能成為你們的知心人，沒能幫助你們把心裡的煩惱一一解開。我很失職啊……我不是一個好老師，但我很想成為一個好老師。同學們，如果你們可以給老師一個機會的話，老師一定會努力，讓我們兌現咱們的擊掌協約，讓咱們的師生直通車來代替那些牆壁，讓我聽到你們的心聲，幫助你們消除煩惱……

有的同學眼淚在眼眶裡打轉。

我想聽到你們的回答。能不能這樣做?!

同學們不整齊地喊，能！

同學們動容地望著林佳玲。

林佳玲含淚鄭重地點點頭，謝謝同學們！雖然有的同學沒有回答，回答得也不太整齊，但我還是要謝謝大家！

第九章

兌

（下兌上兌）

象曰，兌，說也。剛中而柔外，說以利貞，是以順乎天而應乎人。說以先民，民忘其勞。說以犯難，民忘其死。說之大，民勸矣哉。

九二，孚兌吉，悔亡。

象曰，孚兌之吉，信志也。

——《周易》

注：

《象傳》說，兌，就是喜悅的意思（說，即悅）。剛爻居中而柔爻在外，令人喜悅且利於守正，因而能上順天心下合民意。凡事先使民眾悅服然後進行，民眾就會不畏勞苦。讓民眾先心悅誠服，即便有危險，民眾也會把生死置之度外。喜悅的重大作用，就在於能勉勵民眾啊。

第二爻（九二），誠實而和悅，吉祥，悔恨自然可以消除。

《象傳》說，誠實和悅之所以吉祥，是因為可以伸展志向。

王海清和崔靜談崩了。

王海清一提林佳玲，兩個人的談話就針尖對上了麥芒。結對幫學的辦法再好，但它是林佳玲創造的，換了別人可以商量，要按林佳玲的意願做事，她崔靜就是不能接受。她回校長話，每個班有每個班的情況，每個老師有每個老師的辦法，何必強求一致。王海清態度很堅決，反問她已經證明的好辦法為啥不學，自個兒沒辦法，又不學，是啥工作態度。崔靜讓這話嗆暈了頭，已經談不上理智了，這種一對一幫學我就是不想搞，一定要搞，另請高明！沒等王海清再說話，崔靜就跑出了校長辦公室。

8（3）班的學生都看到了崔老師那張難看的臉，滿臉火絲迸射，連陳英傑幾個也不再多事。課上到一半，崔靜挺身子抬手往黑板上寫字，上腹部突然一抽，疼痛立即讓她直不起身子，頭上直冒冷汗。陳英傑和前面的幾個同學跑上講臺，扶住了崔靜。崔靜忍著痛說，大家自習……

陳英傑和另一同學扶崔靜走出教室去醫務室，正巧林佳玲經過，她急忙過來攙扶崔靜。崔靜不願意接受林佳玲的幫助，林佳玲卻不管，她攙扶著崔靜下樓，讓陳英傑立即跑去叫出租車。

林佳玲把崔靜直接送到醫院，她扶崔靜下車，崔靜不要林佳玲扶，想自個兒下車。林佳玲不管這一套，她連抱帶架幫崔靜下了車，接著半蹲到崔靜面前，兩手向後伸去，摟住了崔靜的兩條腿，背起崔靜就往急診室跑。崔靜無力反抗，只好隨林佳玲擺佈，但她趴到林佳玲背上如同趴在針氈上一樣難受。

林佳玲拿著化驗單跑回急診室，把化驗單交給醫生，醫生確診為急性闌尾炎，必須立即住院手術。崔靜忍著痛輕聲反對，說沒帶錢，孩子還要吃奶，愛人出航，還是保守治療，等愛人返航回來再說。林佳玲接過醫生開的單子，耐心地勸她，要尊重醫生的意見，孩子快周歲了，可以斷奶了，她告訴崔靜，她負責給她家裡打電話。住院費她與學校聯繫，讓學校送支票來。林佳玲沒等崔靜表態，她直接去辦入院手續。

林佳玲協助護士，把崔靜轉入內科病房。崔靜到這個時候，仍沒能拋開恩怨，林佳玲為她做這些，她感覺非常彆扭，她連林佳玲的說話聲音，她的笑，她的穿戴，林佳玲的一切都看著不順眼。

林佳玲知道崔靜對她有看法，但不知道她究竟為啥，她不管這些，像對自個兒親人一樣為崔靜料理著一切，這種反差讓崔靜心裡更不舒服，卻又沒法說，她乾脆一直閉著眼睛。

林佳玲在病房陪著崔靜，崔靜肚子很痛，但她不當著林佳玲面前哼，她咬著牙忍著。林佳玲的手機響，怕影響崔靜休息，拿著手機到病房門口接電話。電話是方卓然打來的，方卓然告訴她，他已經租到了房子，今天整理，明天就搬家，希望她能早點回家一起整理東西。林佳玲生怕崔靜聽到，她小著聲把崔靜的病告訴了方卓然，讓他請事務所的人幫個忙。

林佳玲接完電話回到病房。崔靜總算找到了拒絕林佳玲的理由，她忍著痛輕聲說，妳回去吧，這裡有醫生護士，為我耽誤了妳的事，我心裡不舒服。

林佳玲完全體諒崔靜的心情，崔老師，我知道妳並不願意我在這裡，我在這裡妳心裡可能很不舒服，甚至反感。可是，現在我管不了這麼多，妳現在是要動手術的病人，妳先生不在家，你們組俞老師呂老師都是男同志，讓他們來陪床也不合適，妳身邊沒有人，我必須在這兒，妳就是對我有天大的意見，這個時候，妳啥也別想，治病是第一位的，我們不能拿生命開玩笑。

林佳玲要了崔靜丈夫的電話，她又給崔靜丈夫單位電話，把崔靜的情況通報給他們，請轉達她丈夫。

林佳玲默默地坐在崔靜床前，一會兒給她倒水，一會兒問她要不要上廁所，崔靜不搭理。林佳玲看著崔靜緊鎖的眉頭知道她很痛，額頭上還冒汗。林佳玲就勸她，要是想哼就哼，這樣可以分散痛的注意力。

方卓然家裡成了工廠。凱瑞和一個小夥子在包裝傢俱，方卓然拿來兩只大拖箱，他和康妮整理衣服。

康妮一邊整理著林佳玲的衣服，一邊跟方卓然聊天。

老闆，我覺得林老師是個矛盾的人。

發現什麼了嗎？

看她的穿戴和趣味，與她的年齡是一致的，比較現代；但她的心理觀念卻太陳舊，很像五六十年代出生的人。

可能是受她父親的影響，他父親是軍人，她自小在軍營裡長大，那個環境跟社會有很大區別。

原來是這樣……

崔靜的手術做了近三個小時，林佳玲一直守候在手術室門口。林佳玲坐椅子上不一會兒就睡著了，太睏了，昨天夜裡她幾乎一夜沒睡。護士打開手術室門，喊病人家屬，林佳玲才被驚醒。林佳玲接過護士的擔架車，和護士一起推崔靜回病房，護士告訴她手術很成功。

崔靜慢慢醒來，靜靜地躺在病床上。崔靜醒來後，胃裡開始內訌，有幾股東西在胃裡衝突，衝來撞去衝到嗓子眼那裡探路，試圖要往外泄。崔靜很難受，可她動不了，又不願對林佳玲說，人情是要還的，她努力少欠她的情。胃裡一鬧騰，嘴裡的唾液也跟著湊熱鬧往外滲，崔靜越來越感到控制不住了，不由自主發出痛苦的呻吟。林佳玲立即探過身子問她有啥事。崔靜沒能開口，一口髒物已經吐在了枕巾上。林佳玲立即拿起洗臉盆，一手端著臉盆，一手輕輕托起她的頭，崔靜不停地嘔吐。林佳玲等崔靜吐完，先撤掉沾滿污物的枕巾，然後用熱毛巾幫她擦淨臉，再輕輕托起她的頭，端起水杯，讓她喝水漱口，再幫她洗了臉，弄好這些，她再去倒臉盆裡的污物。

林佳玲叫來醫生。醫生看了看崔靜，試了試脈。醫生說不要緊，是手術後藥物反應，正常，夜裡可能還會吐。醫生給她開了止吐的藥。

林佳玲拿回藥，餵崔靜吃藥，崔靜沒有說話，她只能聽憑林佳玲擺佈。林佳玲兌好一杯水，輕輕托起崔靜的頭，把藥片塞到她的嘴邊。崔靜剛張開嘴，又忍不住嘔吐起來，污物吐在了林佳玲的手上。林佳玲把崔靜輕輕放下，先拿毛巾給她擦臉、擦被子，然後再上廁所清洗。不想欠情還是欠了，而且欠了許多，崔靜很過意不去，話卻說不出口。

林佳玲再給她餵藥，崔靜說先不吃了。

夜一點點走向深處，醫院裡寂靜無聲，偶爾傳來值班護士經過走廊時清晰而又節奏分明的腳步聲，給這寧靜的世界增添許多活力。林佳玲坐椅子上靠著病床醒來再睡去，睡去再醒來。崔靜醒了，她轉臉看林佳玲，林佳玲睡得很香。崔靜沒再闔眼睡，她沒法闔眼，她的小肚子裡鼓著一泡尿，鼓得小肚子痛，她咬著牙忍了又忍。夜在崔靜這裡過得特慢，特別難熬，崔靜已經受不了了。她用兩隻手撐著床墊，咬著牙，勻著勁，一點一點想坐起來。她想自個兒下床，剛拿手掀開被子的一個角。林佳玲醒來了，她急忙站起來制止。

妳咋啦？咋能坐起來呢！這樣會弄裂傷口的，快躺下。林佳玲的話已經很不高興。

崔靜沒有辦法，只好老實說，我想小便。

那也不能下床，快躺下，我來拿尿盆。

崔靜只好躺下。林佳玲幫崔靜把尿盆塞進被子裡，崔靜很不習慣，傷口那兒也痛，儘管尿很急，可咋也尿不出來。崔靜說躺著尿不出來想下床蹲著尿。林佳玲勸崔靜，不行，尿不出，其實不是躺著的原因，是傷口，它讓神經高度緊張，不聽大腦的指揮。她勸她不要緊張，閉上眼，別想著要尿，放鬆，分散精力，想別的事情。林佳玲勸完，她一手拿過水杯，一手再拿起暖瓶蓋，她拿杯子裡的水慢慢往暖瓶蓋裡倒，發出嗒啦啦嗒啦啦的水聲，倒完了再拿暖瓶蓋裡的水慢慢往杯子裡倒，讓水聲引誘崔靜排尿。

崔靜微微闔上眼，聽著林佳玲倒水的聲音。不知道林佳玲把水來回倒了多少遍，屋裡嗒啦啦的水聲一直不斷。倒著倒著，崔靜笑了。她說，林老師，妳不要倒了。林佳玲停下，問，尿了嗎？崔靜微微點了一下頭。林佳玲幫崔靜拿出尿盆，進了廁所。林佳玲清洗後回到床前，崔靜憋不住開了口。妳咋知道用這個法？林佳玲說，我在原來的學校，一位同事做了痔瘡手術，尿憋得痛，就是尿不出，醫生說用兩個杯子來回倒水，弄出水聲引誘她，我就是用這法引她尿了。

崔靜和林佳玲都笑了。林佳玲端過水杯，餵崔靜吃了藥，這一夜，崔靜睡得很安寧。

又一天過去了。林佳玲正在給崔靜餵水吃藥，病房門打開，崔靜丈夫走進了病房。崔靜丈夫是位海軍少校，聽到他喊崔靜，林佳玲轉過身來，她和海軍少校兩人都愣了。

是妳！林老師！

是你！

崔靜奇怪，你們咋認識？

海軍少校說，媽來平海，一路上就是林老師照顧的。

崔靜很是慚愧。

海軍少校說，林老師，謝謝！謝謝妳！

這麼巧，真是緣分。自個兒同事，又是熟人，這就更不要客氣了。好了，你回來就好了，一切都很正常。我也該回學校了。崔老師，妳安心養病，我回學校了。醫生說了，明天開始，可以吃流食了。

海軍少校說，好的，妳不知熬了多少夜，眼睛都紅了，快回去睡一覺吧。謝謝，林老師。

林佳玲說，別客氣，崔老師，那我走了，再見。

交代好一切林佳玲離開了病房，海軍少校送她到門口，讓林佳玲擋了回來。海軍少校回病房，直接來到病床前，心疼地抓住崔靜的手。

靜，咋樣？

崔靜流下了眼淚，沒有事。手術那天夜裡藥物反應，吐了好幾次，吐在她手上了，都是她收拾的。

林老師，真是個好人。

崔靜低聲近乎喃喃地……越瞭解她，我越慚愧。

妳在家裡總說林老師的不是，我不知道就是她，我敢斷定，肯定是妳的不對。

2

林佳玲坐出租車回到關帝廟巷，這裡已經面目全非，房屋被推倒，拉瓦礫的大卡車進出不斷，機車轟鳴，塵土飛揚。計程車沒法再往前開，林佳玲下了車，這才想起他們已經搬家。

卓然，咱們的家搬到哪兒去啦？

妳在哪兒？

我在關帝廟巷啊，我忘了已經搬家。

妳別走了，在那兒等我，我去接妳。

你要是忙，我就先去學校。

晚上回來妳還是不知道上哪兒啊！妳在那等我一會兒。

好吧。

方卓然把林佳玲送到租的新家，打開門，屋裡堆滿東西還沒整理。新租的房子也是兩室小套，進門多了個小餐廳，小餐廳北面是廚房和廁所，南面是帶陽臺的房間，房間裡面有門通右面的臥室。傢俱大體都到位，進門的小餐廳和做客廳的房間裡堆滿了亂七八糟的東西，無法插足，林佳玲十分過意不去。

你受累了。今天我不去學校了，我來整理。

咱們一起整理。

你去忙你的吧。

妳一個人也整理不了啊！

傢俱的位置都擺好了，我慢慢整理吧。

妳可別累著。

林佳玲推方卓然出門，方卓然藉機抱住她親了一口。把方卓然推出門，林佳玲睏意全沒了，她像螞蟻搬家一樣忙碌起來。

方卓然下班回家，進門一驚，該幾天整理的活，林佳玲一天就整理完了，而且方卓然進門就聞到了飯菜的香味。方卓然沒顧放包跑進廚房，林佳玲在做飯。

佳玲，這一天妳累壞了，我來，妳到沙發上躺一會兒。

腰很酸痛，飯我已經做好了，吃飯吧。

那吃了飯，我好好給妳按摩按摩。

兩個美美地吃完飯，方卓然主動讓林佳玲到客廳看電視休息，他收拾廚房。方卓然收拾好廚房走進客廳，林佳玲已經倒沙發上睡著了。方卓然看著過分疲勞的林佳玲，有些心疼。方卓然怕她著涼，又不想叫醒她，他急忙去臥室拿了毯子來給林佳玲蓋上。林佳玲醒了，她坐起來揉了揉眼睛。

卓然，能不能陪我出去溜一圈？

累得這個樣，今天就算了吧，明天再出去溜。

我是想讓你開車出去溜。

想上哪？

我想上崔靜老師家去一趟，她住院孩子只能斷奶，家裡就她婆婆在，我想去看看。

佳玲，我真服妳了。在我印象中，妳跟崔靜的關係好像很一般，為啥要這麼關心她？

就因為關係一般才更應該這樣啊！

這叫啥？以德報怨？

我啥也不想報，她婆婆就是跟我一起來平海的那位大娘。

是嗎？我看妳快成佛了。

我才不信佛呢！我雖然看南懷瑾的書，但我不通道，也不信佛，我只學習他們的思想和知識。

好吧，我陪妳去溜一圈。

方卓然陪著林佳玲還沒進崔靜家門就聽到嬰兒哇哇的哭聲。孩子一邊哭，一邊含混不清地喊，媽媽。崔靜婆婆沒一點辦法，只能抱著孫子在屋裡轉，一邊轉一邊哄，媽媽病了，明明餓了，明明吃奶吧……大娘拿奶瓶的奶嘴塞到明明嘴裡，明明還是哭。

林佳玲按了門鈴，大娘抱著孫子打開門，她以為兒子回來了，沒想到是林佳玲。林佳玲推門進屋，大娘定睛看，哎喲！這不是林老師嘛！妳咋知道我在這兒？

林佳玲提著一兜奶孩子吃的東西，我跟崔老師在一個學校！這是我先生，他姓方。

方卓然說，大娘妳好！

快坐，快坐。哎呀！還買這麼多東西。

一點給孩子和妳吃的東西。

明明繼續哭。林佳玲很喜歡孩子，她急忙抱孩子，大娘把孫子給林佳玲，立即給他們泡茶，一邊泡茶一邊問林佳玲的孩子有多大。

林佳玲很不好意思，我們還沒有孩子。

大娘很奇怪，啊！咋還不要孩子呢！

準備要，準備要。林佳玲抱著孩子一抖一抖，孩子竟不哭了。

大娘好奇怪，嗨！這孩子跟妳有緣啊，到妳手裡就不哭了。

林佳玲說，崔老師可以吃流食了。

啥叫流食？

就是軟的，容易消化的主食。妳給她擀點麵條吃，有蕎麥麵最好了。

林老師，妳想得真周到。

林佳玲突然覺得手上有異常感覺，抱孩子一看，哎喲！他尿了！

大娘趕緊過來接孩子，林老師，妳今年要有喜了！

方卓然和林佳玲都笑了。

大娘說，娃兒尿，貴子抱。

林佳玲很高興，那就借大娘的吉言啦。

3

崔靜住院，王海清讓林佳玲把兩個班一起管起來，正好藉機把結對幫學的事抓一下。

林佳玲說幹就幹，她把8（1）班和8（3）班召集到一起開會。趙一帆帶著8（1）班的學生列隊依次走進大會議室。趙一帆對排頭郭小波說，我們從最後一排往前坐，把前面留給8（3）班。郭小波就領著隊伍走向最後一排。8（3）班的隊伍從另一個門走進大會議室，陳英傑發現8（1）班發揚風格坐到後面，他走出了隊伍。

哎！趙班長，這不太合適吧！兩個班在一起開會，8（1）班發揚風格坐後面，讓我們8（3）班坐前面，這不顯得我們8（3）班不懂規矩，處處要別人照顧嘛！

趙一帆向他解釋，先來的坐後面，後來的坐前面，挺合適的。

不行，這樣坐著我們心裡不舒服。誰也別讓誰，一家一半，從頭排坐起。

這樣也好，那你們在左，我們在右。

趙一帆立即下口令，8（1）班的注意！起立！從過道右側第一排往後坐！8（1）班的隊伍很有次序地一排一排坐下。

陳英傑自告奮勇地站出來指揮，8（3）班聽我的！全體起立！徐光平當排頭，從最後一排開始，跟著徐光平，一個緊跟一個，從後門走出去！

陳英傑在走廊裡把8（3）班的隊伍重新整理好，給他們訓話。

兩個班都歸林佳玲老師管了，咱們學習不如人家，別的不能不如人家，不能啥都讓人佔上風，我們要雄赳赳氣昂昂地進會議室！誰他媽要熊包，我跟他沒完！徐光平！你他媽給我把頭領好了！

你擎等著看好吧！

徐光平當排頭甩著香港員警式胳膊走進大會議室，引得8（1）班的學生忍不住笑。林佳玲這時來到大會議室，她看著8（3）班學生進教室的樣子確實好笑。等8（3）班的學生坐好後，林佳玲上了講臺。

今天是8（1）班和8（3）班頭一次一起集會，不管是8（1）班還是8（3）班，咱們都是城北中學的學生，應該不分彼此。因為崔老師病了，8（1）班和8（3）班暫時都由我來負責。崔老師得的是闌尾炎，已經順利手術，很快就會好的。兩個班既然暫時由我來管，那就成了一個整體，一個整體，就要有整體觀念。8（1）班搞了結對幫學，效果很好；8（3）班也可以搞，你們先在自個兒班裡找對子，如果自個兒班裡解決不了，可以找8（1）班沒有結對的同學結對，有這個要求的可以直接找趙一帆班長聯繫。結對子幫學，就不只是單方面的誰幫誰，而是你幫我，我幫你，互相幫助，取長補短，攜手進步，共同提高。

學生們都認真聽著。

我想在這周的周日，兩個班一起搞一次放風箏比賽。

學生們一聽，有的立即喜形於色。陳英傑特別感興趣，夏青苗則故意保持平靜。可能同學們會有各種想法，是不是林老師故意迎合8（3）班玩啊？要這樣想就錯了。放風箏，不只是玩，裡面有許多知識。不管啥造型的風箏，它的內在結構都與幾何知識分不開。

路海龍、陳英傑、郭小波和周圍的學生都產生了興趣。

這次比賽，可以個人獨立參加，也可以兩個人合作參加，但有一條，凡是參加比賽的風箏都必須個人親手製作，不准到商店買。

一下課，陳英傑立即找了正在跳繩的趙一帆。

陳英傑摸著後腦勺有點不好意思，林老師不是說可以找你們班的同學幫學嘛！

可以啊，你想跟誰結對幫學？

陳英傑羞於開口地說，我，我找夏青苗行嗎？

趙一帆一愣，想了一下，可以倒是可以，不過，你可不能抱那種不良企圖。

我不會，絕對不會了。

那我徵求一下夏青苗的意見再告訴你。

謝謝趙班長。

趙一帆當即找了夏青苗，把陳英傑的請求告訴了她，問她啥態度，夏青苗不假思索地說可以。夏青苗離開趙一帆走向操場，她把操場掃了一圈，發現郭小波在球場邊的白楊樹下看書，她走了過去。

怪不得成績這麼好呢！課間還這麼用功。

我看的是小說，我們一家子，郭敬明的小說。

你還挺趕時髦的。聽說是抄人家的，你還看啊！

我是看小說，又不是跟他交朋友，管它誰寫的呢，好看就行。

這倒也是。哎，陳英傑找我結對子呢。

郭小波故作姿態，那不好嘛！他不是愛妳嘛！

你不同意啊？

誰說我不同意啦？是妳跟他結對子，跟我有啥關係呢？

夏青苗笑了，吃醋了是吧？

郭小波很不高興，妳自我感覺太好了吧！咱們都是同學，有啥吃醋不吃醋的？

郭小波說完撇下夏青苗走了。

夏青苗受不了了，對著郭小波吼，郭小波！你小心眼！你不是男子漢！

路海龍打算與郭小波一起合作，在這次風箏比賽中好好露一手，他們一下課就到風箏商店去開闊眼界。不想一走進風箏商店，發現陳英傑已經在買風箏。老師強調必須自個兒做，他買風箏幹啥呢？路海龍把郭小波拉到一邊，看看陳英傑搞啥鬼名堂。

老闆把一只蝴蝶風箏取下來給了陳英傑。陳英傑接過風箏，他不檢查品質，而是反過來復過去地看風箏的骨架結構。店老闆看著不高興了，哎，小夥子啊！這風箏哪經得住你這麼擺弄！你買不買啊？陳英傑其實本沒打算買風箏，他是來學習的，看半天，也沒能記住蝴蝶風箏的結構。老闆一急，打亂了他的計畫，他乾脆就買。店老闆見他買就變了態度，蝴蝶風箏呢，是風箏裡最漂亮的一種，上天後就更好看，跟真蝴蝶一樣。

陳英傑付了錢，剛要拿風箏，背後突然伸過來一隻手壓住風箏。陳英傑一驚，扭頭看，見是路海龍和郭小波，他的臉刷地紅了。

陳英傑，你夠聰明的啊！路海龍當然不會放過這種機會。

你們不是也挺聰明的嘛！陳英傑畢竟沒做虧心事，他很快就恢復了平靜。

我們是來開闊眼界的。

那我是來打開思路的。

風箏你都買了，誰還不知道你那點小聰明？

我買也是學習。不信，你問老闆，我正向他請教呢。

店老闆當然是要幫買他東西的人，買個風箏去玩，你們還較啥勁啊！

4

一對一結對幫學活動讓林佳玲發動了起來，陳英傑沒一點顧忌地天天找夏青苗到閱覽室給他輔導。夏青苗給陳英傑輔導完，問起陳英傑做風箏的事。

陳英傑看了看夏青苗，暫時保密。

夏青苗噘起了嘴，有啥了不起的，你就保密吧。

夏青苗背起書包站起來往閱覽室外走，陳英傑立即跟了出去。

那妳知道郭小波做啥風箏了嗎？

他現在不理我，你不知道啊？夏青苗更不高興。

我是想給妳個驚喜，做好了，一定第一個讓妳看。

夏青苗的臉這才放鬆下來，那幫我也做一個。

沒問題。

夏青苗看到郭小波和路海龍迎面走來，她立即撇下陳英傑，朝郭小波走去。陳英傑一看來了氣，轉身跑開了。夏青苗從書包裡拿出作業本，非常有禮貌地說，郭小波同學，勞駕你幫我看一看化學作業。

郭小波沒有停下，妳找真正的男子漢看吧。

夏青苗不管，伸手攔住他，輕聲說，小心眼永遠成不了男子漢！

夏青苗不管郭小波的反應，也不管他同意不同意，把作業本塞到他手裡就走了。夏青苗的作業本掉到地上，郭小波看了看夏青苗的背影，毫無辦法地撿起了作業本。

放學的時候，學生們成群結隊擁向自行車棚。郭小波去取自行車，他看到夏青苗也在取車。郭小波從書包裡拿出夏青苗的作業本，走向夏青苗。他沒有把作業本直接交給夏青苗，而是放到她車筐裡。

夏青苗很不高興，你看了沒有啊？

郭小波沒有回答夏青苗的問話，只管去取自行車。夏青苗拿起作業本翻看，郭小波已經把她的錯題改在另外的紙上了，臉上流露出高興的微笑。夏青苗把自行車推出車棚，有意在前面等郭小波。郭小波只當沒看見，只管推著自行車往前走，夏青苗推車靠了過來。

風箏做了嗎？

暫時保密。

哼，你們這些男生！

他也沒告訴妳？郭小波有些奇怪。

郭小波，你這麼聰明，為啥要這麼猥瑣？

郭小波一怔，我猥瑣？啥叫猥瑣?!

猥瑣就是沒有男生氣，小裡小氣。林老師早都講過了，家庭是命運的安排，由不得自個兒，自個兒究竟咋樣，得靠自個兒，你知道女生最討厭男生啥？

我就猥瑣，我就小裡小氣，咋啦？討厭我，離我遠點就是了。夏青苗揭了郭小波的短，郭小波有點下不了臺，他騎上車就走了。

夏青苗在後面喊，我想讓你幫我做一只風箏！

郭小波和路海龍兩個在路海龍的房間裡忙著做風箏，路富根對兒子做這種事特支持，要啥買啥。他們兩個面前茶几上擺著一張圖紙，路海龍拿裁紙刀在刮竹條。茶几上一盞酒精燈燃著藍色的火苗，酒精燈旁邊放一碗水。郭小波兩手捏著竹條的兩端在酒精燈上方熏烤，他拿竹條在火苗上方熏烤一會兒，再拿竹條在碗裡蘸水，一邊再看圖紙，讓竹條彎出的弧度跟圖紙上一樣。

路海龍問，這一手你是跟誰學的？

我們村上有幾個大人會做風箏，我看他們就是用這種方法把竹條做成各種形狀的風箏。

老天爺真幫忙，風箏比賽那天風和日麗，秋高氣爽。兩個班的學生給這原本寂靜的郊野，平添了許多熱鬧。別看這小小的比賽，兩個班的學生真摽上了勁，一個個把風箏都裝在袋子裡，不到亮相的那一刻，誰都不露聲色。從外表看，郭小波和路海龍的袋子最大，陳英傑、徐光平都挺關注，不知道裡面裝著啥傢伙。

郭小波和路海龍放好自個兒的袋子，郭小波從大袋子裡提出一個用紙包好的小風箏，他朝夏青苗走去，來到近前悄悄把風箏放到夏青苗身旁。夏青苗拿起來，去掉包裝紙，裡面是一只很簡單的月亮風箏，夏青苗不很滿意，她立即走過去找陳英傑。陳英傑也給她準備了風箏，夏青苗看是一只章魚風箏，個兒不小，她很滿意，立即把郭小波的月亮風箏扔到一邊。

郭小波看在眼裡，他不露聲色悄悄地走過去把夏青苗扔掉的月亮風箏撿了回來。郭小波發現趙一帆沒有風箏，她正在幫助林佳玲組織。郭小波把月亮風箏給路海龍，路海龍不明白他的意思。郭小波讓他去送給趙一帆。路海龍覺得太簡單，拿不出手。郭小波說，禮輕情義重，關鍵在內涵，他讓路海龍說，友誼不在禮重禮輕，月亮代表我的心，趙一帆準會喜歡。

路海龍拿著風箏來到趙一帆跟前，路海龍沒按郭小波的話說，他只說，班長，月亮雖小，但表達我的一種心意，請妳收下。趙一帆很高興地收下了風箏，還謝了路海龍。

風箏比賽開始了。林佳玲宣佈，先展示觀摩風箏！8（1）班在我左側，8（3）班在我右側，請你們依次把風箏都亮出來吧！8（3）班先展示！

陳英傑第一個舉起了他的蝴蝶風箏。

林佳玲一邊看一邊講評，大家看，陳英傑同學做的是蝴蝶風箏！造型漂亮，色彩鮮豔。

同學們都為他鼓掌，夏青苗鼓得格外起勁，陳英傑十分得意。

徐光平做了個很滑稽的大頭風箏，一個大笑的大和尚頭，下面飄了紅黃藍三條彩帶。劉剛做了個鷹。郭小波和路海龍非常沉得住氣，他們的風箏一直藏在大紙袋裡沒有拿出來，故意排到了最後。

林佳玲宣佈壓軸戲出場，郭小波和路海龍打開他們的大紙袋，兩個拿出了一堆東西，大家都沒有看明白是啥風箏。郭小波和路海龍兩個像在變戲法，郭小波拿著一頭，路海龍拿著尾，兩個一下拉開了他們的風箏。

同學們不約而同發出一片驚呼，林佳玲也非常震驚，趙一帆、夏青苗完全被他們驚呆了。郭小波和路海龍的風箏由十二個古編鐘組成，像一條蜈蚣。

同學們！郭小波和路海龍的風箏創意太好了，放風箏本來就是我們民族的民間傳統，他們用古編鐘做風箏，造型別致，構思獨特，創意新穎！下面開始放風箏！

路海龍嚼著口香糖來到陳英傑跟前，主動打招呼，陳英傑，這蝴蝶做得的確漂亮，讓我學習學習。

陳英傑挺謙虛，不如你們的創意好啊！可能不能上天又是另一回事了。

路海龍拿起陳英傑的蝴蝶細看，路海龍笑了，不聲不響地把嘴裡的口香糖拿了出來。路海龍再來到夏青苗跟前，路海龍拿起夏青苗的風箏仔細看，故意說，做工挺專業，跟商店裡賣的差不多啊！夏青苗不耐煩了，快去放你們的編鐘去吧！別中看不中用。

郭小波已經把每個編鐘的平衡翅檢查好，準備讓它上天。路海龍搖搖手說，讓他們先放。

為啥？

有好戲看。

好戲？啥好戲？

我看出來了，陳英傑的蝴蝶，不是自個兒做的。

咋會呢？

竹條和綁的線都是專業店的，他沒注意，那根中心脊骨的竹子上還有商店的標記。

陳英傑的蝴蝶一脫手就往右側折跟頭，折騰半天，就是放不上去。陳英傑很著急，他搞不明白，在家試得好好的，咋到這兒就見鬼了！夏青苗跑過來幫他，夏青苗拿著風箏，陳英傑拽線。風箏一離夏青苗的手，還是往右邊折跟頭。路海龍捂著嘴直樂。

徐光平的大頭風箏，在地上看著不咋樣，放上天空卻非常有趣。大頭風箏搖著頭，三條彩帶飄飄蕩蕩，非常好看。劉剛的鷹也飛上了天。

陳英傑折騰來折騰去，蝴蝶的一個翅膀扎破了，陳英傑氣得跺腳。他心痛地拿起蝴蝶修復，一下發現了黏在蝴蝶一側翅膀上的口香糖，他想到了路海龍。

陳英傑氣哼哼地來找路海龍，路海龍！你搞啥鬼？

路海龍不急不火，慢慢站起來悄悄跟他說，別沉不住氣，我這是幫你。

往我風箏上黏口香糖，有你這麼幫的嗎？

這你就幼稚點了，別光看表面現象，要看本質啦！

本質個毬啊！

傻了吧！說穿了就沒勁了，你這蝴蝶真要是放上天得了第一，不害你啦！

得第一咋就害我呢？

哥們兒，別鬧了，傻瓜都看得出來，那蝴蝶的骨架是你自個兒紮的？

陳英傑被路海龍擊中了腰眼。

還有夏青苗的那個章魚，你知我知得啦。

陳英傑沒了話。

夏青苗的章魚風箏放上去了，夏青苗高興得跳著樂。趙一帆的月亮也放上了天，月亮在天空晃來晃去，非常可愛。夏青苗看著趙一帆的月亮很生氣，故意牽著章魚風箏往趙一帆那裡靠，跟她比高低。看到自個兒的章魚在趙一帆的月亮之上，十分得意。

林佳玲跑過來催郭小波和路海龍，讓他們趕緊把編鐘放上去。路海龍這才精神起來，他拿著風箏的尾巴，郭小波拽著線，拉開有近三十米的距離。郭小波喊一聲放，路海龍把風箏高高拋起，郭小波側身跑了幾步，編鐘風箏像龍一樣扭動著升高。郭小波一邊拽拉一邊放線，他們的風箏漸漸升上高空。所有同學都仰著頭看這條龍。趙一帆情不自禁讚歎真有氣魄，夏青苗也看得激動人心。

郭小波看陳英傑沒再放蝴蝶，灰溜溜地坐一邊看別人放。他把風箏交給路海龍，跑去找陳英傑。

咋不放呢？

一隻翅膀劃破了。

郭小波從褲袋裡拿出了一卷透明膠，既然做了，就應該讓它上天，咱們來修一下。

陳英傑沒有精神。郭小波蹲下來，用透明膠把蝴蝶翅膀開裂的地方黏好。郭小波舉著蝴蝶，讓陳英傑拉線。蝴蝶終於飛了上去，飛得很高，但郭小波的古編鐘飛得更高。

碧藍的天空，飄蕩著各式各樣的風箏。那一只只風箏像一個個精靈，讓學生們神往，那一根根線，牽動了他們的心，隨著風箏一起飛上藍天，遨遊在白雲間，大家開心得忘掉了一切。

經過無記名投票，林佳玲宣佈評比的結果。郭小波、路海龍合作的古編鐘風箏獲一等獎，陳英傑的蝴蝶、徐光平的大頭風箏獲二等獎，劉剛的鷹、夏青苗的章魚、趙一帆的月亮風箏獲三等獎，其餘都獲紀念獎。林佳玲宣佈完結果，大家熱烈鼓掌。

陳英傑突然猶豫地舉起了手，林老師！我和夏青苗的風箏不能得獎。

林佳玲好奇怪地問，為啥？

這兩只風箏是我從商店裡買的，只是重新糊了紙。

夏青苗氣得跺腳。

陳英傑同學在榮譽面前能夠實事求是，這種誠實的品質非常可貴。風箏雖然是買的，但還是自個兒動手重新糊了紙面，已經參與了製作，還是要給予鼓勵，獎勵可以降一等。蝴蝶風箏為三等獎，章魚風箏為紀念獎，劉剛的鷹風箏，升為二等獎，大家說好嗎？

全體同學一齊喊，好！

夏青苗從來沒有在同學面前這麼尷尬過，讓她上去領紀念獎，她卻不上去，林佳玲叫了三次她才上去拿。夏青苗拿著紀念獎的本，來到陳英傑面前，把本扔給了他。

真丟臉。我這麼信任你，你卻作假。

陳英傑不能不服軟，這次是我弄砸了，可我不認輸！

你輸多了！說完轉身離開。陳英傑心裡很不滋味。

5

林佳玲儘管把起床時間推遲了四十分鐘，她還是全校第一個到校。聽保安說來了新老師，她立即進傳達室招呼新老師。林佳玲進門直呼簡丹，簡丹很覺奇怪，她咋會知道他的名字。

林佳玲立即帶簡丹到學校對面的早餐店吃早餐，簡丹不好意思，推說不用吃早餐，他帶著麵包。林佳玲沒讓，實實在在地帶他去了早餐店。林佳玲領著簡丹走進早餐店，老闆娘跟林佳玲很熟，見面就先打招呼，林佳玲沒徵求簡丹意見，直接給他要了兩根油條，一碗豆漿，一個茶葉蛋，還有兩個肉包子，一碟小菜。豐富的早餐一下勾起了簡丹的食欲，林佳玲給簡丹買好了早餐，讓他慢慢吃，吃完後直接到行政辦公室辦理報到手續。簡丹一到學校就碰上這麼熱情的林老師，真有到了家一樣的感覺，慶幸自個兒碰著了好人。

新教師都要講三次公開課，由評判小組評分，學校領導也參加聽課，三課平均得分在八十分以上才能正式上講臺任課，公開課由林佳玲負責具體安排。校長跟簡丹談完話，林佳玲幫簡丹一起背著行李和大包小包，直接去了學生宿舍樓。這個宿舍樓是專門給畢業班預備的，到最後一學期，畢業班實行封閉式管理，平時宿舍是空著的。林佳玲一路上跟簡丹交代，公開課對新老師來說非常重要，要他重視，讓他從七年級物理第一冊的第二單元講起，備三課講三課，希望他好好準備，需要啥資料就找她。

林佳玲咋也沒想到簡丹的公開課會砸鍋，她看過他準備的教案，也提了意見讓他作了修改。修改之後她又看過，覺得不會有啥問題。那天王海清、主任、林佳玲和評判組的老師都參加了聽課，他們坐在教室的最後一排，他們一走進教室，氣氛一下嚴肅起來。

簡丹走上講臺，他一眼就看到校長和坐在後面的那些老師，心裡好緊張。

簡丹說，同學們！上一單元我們已經瞭解了物理學的內容，物理學研究的是啥呢？物理學是研究聲、光、熱、電、力等形形色色的物理現象……

簡丹的眼光不由自主地投向坐在後面的王海清，他的目光剛落到王海清臉上，他看到王海清繃著臉，一走神，腦子裡出現空白，課卡了殼。他急忙拿起教案，結果一時找不著接茬兒的段落，有些手忙腳亂，嘴裡還自言自語說上哪去了呢，學生被他的滑稽樣逗得哄堂大笑。林佳玲卻替他著急，她幾乎要站起來走上去安慰他幾句，王海清和所有老師都皺起了眉頭。學生一笑，簡丹的額上冒出了汗。

簡丹連頭也不敢抬了，他雙手捧著教案，認真地照著教案講，不再與學生交流。

學生們開始控制不住地議論起來。課堂的秩序一亂，簡丹更沒有了自信，他努力提高念教案的聲音。

簡丹一口氣把教案念完，同學們，我們的眼睛白天為啥能看到物體形狀，看到物體的顏色；而在黑夜，我們為啥看不見任何東西。看不看得到東西，不在眼睛，而在有沒有光。今天的課就講到這裡。

教室裡學生又是一陣哄笑。

簡丹一看表，啊，還有十四分鐘啊。簡丹非常尷尬地站在講臺上，他有些手足無措。簡丹急中生智，下面我佈置一下作業……

林佳玲推開簡丹的宿舍門時，簡丹正在流淚。見林佳玲進來，他更是無地自容。林佳玲非常同情他，因為她也曾經有過同樣的感受，開始她也失敗過、無助過。上第一堂數學課，二十分鐘就念完了準備好的教案，還有半節課，咋辦？她就教學生唱歌，數學課竟成了音樂課。學校的領導和其他老師不知發生了啥事，都趕到他們教室圍著看，這事一直當笑話說。簡丹聽了林佳玲的故事，心裡才鬆了一口氣。

林佳玲安慰簡丹，你比我還強，你還知道佈置作業，而我卻只能教歌。根本問題是緊張、缺乏自信。當然，課的內容上也要做些調整。講課前，老師要做好兩個充分準備，一是要想好這一課我要告訴學生啥知識，這個知識跟我們生活有啥關係。二是要想盡一切辦法，以最能讓學生接受的方法講課。不要緊，好好總結教訓，認真準備，重新上課。

6

林佳玲發現陳英傑是8（3）班的黑老大。

崔靜住院後，林佳玲想應該讓班裡派幾個代表去看望崔老師。那天上完課，林佳玲跟同學們商量，推舉三個人代表全班去看望崔老師。

有學生舉手推薦丁燕，有的學生喊徐光平，有的提名劉剛。林佳玲想，這也不是選班幹部，也不是評選先進，於是她就按大家的提名，讓丁燕、徐光平、劉剛三個當代表，等第三節課完了之後，去醫院看望崔靜老師。

林佳玲一說，發現徐光平側頭看陳英傑，陳英傑搖了頭，徐光平立即舉手，說他去不了。林佳玲問他有啥急事，徐光平說，作業還沒做完。接著劉剛也舉手，說他的作文還沒寫。

林佳玲故意不露聲色，說作業晚上可以做。徐光平和劉剛都說晚上有別的事，林佳玲發現徐光平和劉剛兩個完全受陳英傑操縱，於是她想試試陳英傑影響力究竟有多大。

既然你們兩個都有事就算了，陳英傑！你有沒有事？

陳英傑立即站了起來，老師，有事我可以克服。

那麼你和丁燕，另外再叫一個人，一起代表全班去看崔老師好嗎？

陳英傑回答非常爽快，行！沒問題。

陳英傑話音未落，徐光平和劉剛幾乎同時都站起來說，老師，我們也能克服！林佳玲笑了，看出陳英傑在這個班，還是很有號召力，於是她就順水推舟，你們兩個要是也能克服，那就四個人一起去吧。

陳英傑提著一個花籃，丁燕、徐光平、劉剛隨後，四個人一起走進病房，四個人一起喊，崔老師好！

崔靜好感動。陳英傑他們三個平時最讓她頭痛，居然拿著鮮花來看她，她做夢都沒有想到。崔靜已經能下床活動，她趕緊起來拿椅子，讓他們坐。陳英傑把花籃放到床頭櫃上，崔靜問他們班裡的情況。陳英傑就把林老師組織兩個班搞放風箏比賽的情況向她作了彙報，劉剛告訴她，他和徐光平包攬了兩個二等獎，陳英傑是三等獎，他們班得的獎比8（1）班還多。徐光平說，要是陳英傑不發揚風格也是二等獎。

崔靜問發揚風格是咋回事？陳英傑不好意思地撓頭。徐光平替他解釋，陳英傑本來也是二等獎，他主動放棄了，說他的風箏是買的成品再重新加工的，不完全是自個獨立製作的。陳英傑說，林老師表揚他誠實。

崔靜非常驚喜，這樣很好，這樣很好。

陳英傑接著彙報，林老師在班上搞了結對子幫學，還成立了數學學習小組、物理學習小組、化學學習小組、語文學習小組，讓每個同學根據個人的特長和學習興趣選擇參加。

崔靜一聽擔心起來，哪課咋上呢？

丁燕接著彙報，課還是按課程表上，小組利用自習和做作業的時間討論難點和難題。除了學習課本知識外，還成立了文藝組、體育組、美術組，學習其他專業知識。她參加了文藝組，他們三個都參加了體育組。

崔靜這才鬆了一口氣。

公開課讓簡丹絞盡腦汁。他把教案重新修改了好幾遍，自個兒站在宿舍裡對著牆壁講了好幾遍，課的內容差不多都背下了，可他自個兒都感覺，這些物理知識他沒法讓它生動，也找不到吸引學生的辦法。

林佳玲急於想要簡丹開竅，想幫他捅開腦子裡那層窗戶紙，她反覆跟簡丹說，老師講課，要像說書人那樣把知識變成生動的、讓學生發生興趣的、又能喚起學生思考的故事語言來傳授。簡丹還是苦笑，不知道勁該往哪使。弄得林佳玲都沒了辦法，簡丹說也許他天生不是當老師的材料。

林佳玲也為他著了急，急中生智，她想起了一則寓言，於是她把這個寓言說給簡丹聽。她說有一個先天性盲人，一天到晚聽人說太陽，但他不知道太陽是什麼樣，他就問別人太陽是什麼樣。別人跟他說，太陽是圓的。盲人那天摸到一只盆，盆是圓的，於是盲人就說原來太陽就像這盆一樣。別人又告訴他說，不對，太陽不光是圓的，太陽還能像蠟燭一樣發出光來。於是他又琢磨蠟燭，那天他摸到一根笛子，他感覺這笛子跟蠟燭差不多，於是他就說原來太陽跟笛子差不多。她讓簡丹想一想，別人說太陽是圓的，太陽能發光，一點沒有錯，而盲人卻為什麼會把太陽理解成盆和笛子呢？

簡丹想了想說，主要是說得不夠形象。林佳玲說，不是他們說得不夠形象，如果要說得再形象，無非再加上太陽能發熱，那麼盲人很可能把太陽理解成燙盆子。她要簡丹好好想想，想明白了再說。簡丹想了半天，他終於悟出了一點道理，他問林佳玲這是不是說明語言有局限性。林佳玲笑了，說他終於有點明白了，這不光是語言有局限性，同時說明聽覺的局限性。儘管人類語言已經非常豐富，但單靠語言來描述事物，講述知識，都有它的不確定性和不準確性，往往無法做到形象逼真。老師上課如果只用語言表述，只發揮學生的聽覺功能，效果肯定不會好。老師應該盡力發揮學生的視覺功能，聽覺、視覺再加上語言、文字、實物，再加以思維，才能讓學生完整地理解所要講述的知識。

簡丹終於找到了問題的要害，他答應再好好消化一下。林佳玲要他在發揮聽覺和視覺的綜合功能上下工夫。簡丹非常感激林佳玲，他重新修改了教案。

簡丹重新備好課後，林佳玲到他宿舍聽他試講。

簡丹十分感激，先喝了口水，拿起了教案，做一次深呼吸，為自個兒提了提氣。簡丹拿著教案，站到了林佳玲面前。簡丹放鬆而又瀟灑俐落地走上講臺。

同學們，上一單元大家已經瞭解了物理學的內容，物理學研究的是啥呢？哪位同學能回答？

林佳玲舉手。

簡丹說，好！請說。

林佳玲站起來說，物理學是研究聲、光、熱、電、力等形形色色的物理現象。

簡丹說，很好！請坐下。請同學們注意。

簡丹拿起一節電池，同學們，這是啥？

林佳玲回答，電池。

簡丹又拿起一只纏了小銅絲的小燈泡，這是啥？

林佳玲回答，小燈泡。

請大家注意看。簡丹將小燈泡與電池正負極連接，小燈泡發出亮光。

簡丹說，大家看到了啥？

林佳玲回答，燈泡亮了。

林佳玲臉上露出了微笑，她覺得簡丹已經摸到了門。簡丹給林佳玲試講之後，林佳玲和他一起把內容稍作調整，立即安排簡丹重上公開課。簡丹有了試講成功的經驗，再走上講臺就顯得相當自然。他從容地先做了小燈泡與電池連接的試驗，讓學生們看到了燈泡接觸電池發光的現象。接著他繼續做試驗。

請同學們再注意。簡丹舉起一只裝著無色液體的玻璃杯，同學們請看，這玻璃杯裡盛著透明的無色液體，大家知道裡面盛的是啥嗎？

學生集體回答，水。

同學們，杯子裡的無色液體不是水，是硫酸。請大家注意。簡丹把一些小鋁片放進杯子裡，杯子裡立即冒起氣泡。

大家看到了啥現象？

學生集體回答，冒氣泡。

好，剛才大家看到了兩種現象，一是燈泡與電池接觸，燈泡就發出了光；另一個是把鋁片放進硫酸裡，硫酸就冒氣泡。這兩種現象，都是啥現象呢？

一部分學生回答，物理現象！

簡丹提高嗓門，回答錯誤！這兩種現象不都是物理現象。燈泡接觸電池發光，是物理現象；鋁片在硫酸中被腐蝕產生氣泡，是化學現象。

王海清、老主任、林佳玲等，都被簡丹的課吸引。

簡丹一揮手，舉起了一支藍色粉筆，同學們！我手裡拿的是啥？

學生集體回答，粉筆！

是啥顏色？

學生集體回答，藍色。

請這位女同學回答，妳為啥能看到我手裡的粉筆？

這位女學生站起來，因為我有眼睛。

為啥能看出這粉筆是藍色？

因為眼睛能辨別顏色。

簡丹進一步再問，要是在漆黑的夜晚，妳能看到我手裡的粉筆嗎？能看出這粉筆是藍色的嗎？

可能看不見，肯定看不清是什麼顏色。

黑夜裡，妳同樣有眼睛，為啥就看不見看不清呢？

女學生回答，因為黑夜裡沒有亮光。

說得很對！請坐下。同學們！大家能看到我手裡的粉筆，而且能分辨出它是藍色，不只是因為有眼睛，而且是因為有光。那麼，我們這一單元，就學習光的知識！

簡丹在黑板上寫了一個漂亮瀟灑的光字。

簡丹的這堂課不知不覺結束了，而且結束得恰到好處，他的結束語話音剛落，下課鈴聲正好響起。

林佳玲隨著王海清、主任一起朝辦公室走去。王海清對簡丹的課非常滿意，感覺與上次判若兩人，他問林佳玲用了啥妙法。林佳玲回答他基礎素質好，只是教了他一點教書匠的基本功。主任認為簡丹是個好苗子，不但知識豐富，而且口才很好。很善於演講，說話很有點鼓動力。王海清問，你們評判組給了他多少分呢？林佳玲說，九十五分。王海清點了點頭。林佳玲認為簡丹這一課上得好，理論觀點簡明扼要，實物事例貼切形象，內容陳述準確生動，語言表達有張有弛。王海清點頭首肯，認為這個評價比較貼切。三次公開課，簡丹平均得分八十八分，完全具備任課教師的資格和能力，評判組結論可以立即任課。意見報到王海清那裡，王海清批覆，簡丹的綜合素質很好，好好培養，會是個優秀的老師，我們培養一個優秀學生，只能是一個學生優秀，假如培養一個優秀教師，他可以帶出無數個優秀學生。

林佳玲把消息告訴簡丹，簡丹非常感激林佳玲的幫助。

8

綠燈亮，汽車、自行車和行人一齊向前湧去。路海龍挨著行人，沒法上車，他推著自行車跟著行人過馬路。路海龍突然吃驚地發現前邊一個十來歲的小男孩，明目張膽地拿刀片割破前面一位女士背在肩上的包，錢包從開口處掉出。

路海龍忍不住大喊，抓小偷！

割包的小男孩立即轉身將錢包轉移給後面的人，路海龍一看，那個接錢包的人竟是老對手黃毛，本來舊帳還沒算，這回可有了機會。路海龍放下自行車不管，奮不顧身衝上去雙手扭住了黃毛的一條胳膊。

那個小男孩掉頭就跑，被偷的女士發現小偷逃跑，急忙讓身邊的丈夫追趕，黃毛扭頭發現是路海龍，他立即掏出小刀威脅路海龍，你放不放手？

路海龍憤怒地說，偷人錢包，你還有理了?!

旁邊圍過來許多圍觀者，但他們都只看不管，既不幫說話，也不動手幫路海龍。黃毛看路海龍不放他，圍觀的人越來越多，他急了，揮起手中的彈簧刀，一刀劃破了路海龍的胳膊。路海龍不顧胳膊上流血，一拳打在黃毛的臉上，趁他捂眼的同時，路海龍雙手抱住了黃毛。黃毛更加急眼，拼命掙扎，拿小刀扎了路海龍的手。路海龍咬牙不放，死抱住黃毛不放，不讓他動，手上又受了傷。

這時才有人喊，巡警快來！小偷行兇了！

被偷錢包的女士回過頭來，跑到黃毛身後，用手裡的包打黃毛的頭。路海龍趁黃毛躲閃時，拿腳別住他腿，把他摔倒。巡警趕來，抓住了黃毛，銬上了手銬，搜出了偷的錢包，交給了女士。女士十分感激。

巡警問路海龍，小夥子，你叫啥名字？

我是城北中學的學生。路海龍爬起來騎上自行車飛快地離開。

林佳玲騎著電動自行車下班回家，迎面一男士在追趕一小男孩，男士一把抓住了小男孩，揚起胳膊接連抽了小男孩兩記耳光。小男孩喘得哭不出聲來，嘴裡流出了鮮血。林佳玲停下車過去勸阻。

你咋好這樣打孩子呢？

男士氣憤異常，打是輕的，這種壞孩子應該扔河裡淹死！

小男孩說，林老師！快救救我！

林佳玲一驚，她看小男孩，並不認識他，你是誰呀？

我叫包小天，是原來城北民工子弟學校的學生，我認識妳，教室倒塌是妳救我去醫院的。

林佳玲問男士，他是你孩子嗎？

他要是我的孩子，白天沒工夫，夜裡我都會掐死他！

他咋啦？你要這樣打他？

他是小偷！你問他啊！男士又不解恨地踢了包小天一腳。包小天哇的一聲慘叫。

林佳玲氣憤地擋住男士，你咋這麼野蠻！他還是個孩子，你不能這樣打他啊！

虧妳還是老師呢！教出這種學生！你們是啥學校？偷盜學校啊！專門培養小偷啊？

孩子有錯，你可以批評，可以罵，但不能這樣打他，他畢竟是孩子。他偷你啥啦？

男士的妻子追了過來，女士叫男士，好了，錢包拿到了，那小偷讓巡警帶走了。

林佳玲從包裡拿出餐巾紙給包小天擦嘴角上的血。

你咋偷人家的錢包呢？

黃毛很凶，有彈簧刀，誰不聽他的，他就拿刀割誰的肉，真割。

你咋會認識他呢？

我們去的也是民工子弟學校，學校教室不夠用，每個班六十人，我們去的人都坐在教室後面，上課聽不到，老師在黑板上寫的字也看不見，他們根本不管我們，我們就離開了那個學校。

你們分去多少人？

一百多。

你們都離開那學校了？

離開了一半多。

學校沒有找你們？

他們高興還來不及呢！

你們沒重新找學校？

沒有學校要我們。

咋要學小偷呢？

我爹讓我自個兒掙錢吃飯。我們太小，沒有人要我們幹活，只好自個兒找事做。

你就學小偷啊！

肚子餓，沒辦法。

他們給多少錢？

一天給十塊錢。

林佳玲心情十分沉重，我送你回家。

林老師，不用，我去找他們，今天的錢還沒領到呢。

那我陪你去找他們。

林老師，妳去不行，他們會打死我的，真的，妳走吧，謝謝老師救我。

林佳玲心痛地看著包小天，她想了想，那你去吧，我不陪你去了。

林老師，謝謝妳。

包小天走了，他一步一回頭地看林佳玲，林佳玲等他走出有五十多米才上電動自行車。林佳玲騎著電動自行車，遠遠地跟著包小天行駛在街頭。包小天走著走著跑了起來，林佳玲就加快速度跟蹤。包小天找到了他要找的人，一個理了寸頭的大孩子，他正領著三個小男孩走在街邊，包小天喊著跑了過去。林佳玲下了車，推著自行車慢慢跟著他們走。寸頭立即給了包小天一些東西，對他作了交代。然後他們一起往前走，包小天等四個小男孩走在前面，兩人一邊，成四角形朝前走，寸頭跟在他們後面。林佳玲悄悄地跟著，看他們究竟做啥。

他們上了人行道，寸頭一邊觀察，一邊喊，貼！

四個小男孩同時彎腰，往地上貼了啥，繼續朝前走。寸頭每喊一次貼，四個男孩彎腰往地上貼東西。林佳玲走過去看，他們經過的人行道上，貼滿了「辦證、發票、刻章、上網」的小廣告。林佳玲放下電動自行車，追了上去。

誰讓你們貼小廣告！

寸頭竟也跟著林佳玲對包小天他們四個小男孩喊，誰讓你們貼小廣告！

林佳玲對寸頭，我說的是你！

寸頭扭頭，妳說我，妳算老幾啊！也來管我？

私辦證件，私開發票，私刻公章，你不知道這都是違法的嗎？

寸頭沒有火，笑咪咪地從包小天手裡拿了幾張小廣告給林佳玲，這上面有手機電話，妳可以帶著員警去抓他啊！寸頭一揮手，帶著四個男孩飛逃而去。

林佳玲拿著幾張小廣告，看著跟寸頭逃跑的四個孩子，毫無辦法。林佳玲無奈地騎車回家。前面到了天夢大酒店，大酒店門前人行道上人來人往，絡繹不絕。林佳玲很在意地注意觀察，她發現有許多人在向過往的人發各種各樣的廣告。有年輕的姑娘、小夥子，也有像包小天這樣的小男孩。

林佳玲停下車，走向酒店前的人行道，她發現有三個小男孩手裡都拿著卡片在向行人發送，動作很快。有的送到人家手裡，有的扔進人家車筐裡，有的塞進人家提著的袋子裡。林佳玲走向一個小男孩。

你發的是啥？

小男孩好奇地問，妳也要？

我要。

小男孩給了她一張。

林佳玲拿起來看，卡片上是位年輕姑娘的半裸照片，上面印有天堂休閒娛樂按摩中心的廣告詞和聯繫電話，都是些拉皮條的淫詞穢語。

你才多大？

小男孩挺老到，妳管我多大幹嘛？又不是我要小姐！我只是提供聯繫辦法。

後面突然有人朝她後背狠狠地踹了一腳，林佳玲一點沒有防備，一下被踹倒在地上，後腰痛得她喘不過氣來。周圍的人看著，沒有一個人出來幫忙干涉。那人拉起小男孩跑了。林佳玲躺在地上扭頭看，只見那人腦後紮了馬尾小辮，分不清是小夥子還是姑娘。

周圍的人都圍著看林佳玲，林佳玲悲哀地爬起來，拍打掉身上的泥土，走向自個兒的自行車。

9

路海龍走進家，母親發現路海龍小臂和胳膊上綁著白紗布，手上也有傷，他母親急了，問他咋會受傷，是不是又跟人打架了。路海龍笑笑，說不小心受了點小傷。路富根正好回來，一看路海龍身上有傷，立即來了火，責問他是不是又跟人打架了，路海龍理直氣壯地回他沒有打架，路富根不信，沒打架咋會受這麼多傷。路海龍反問父親，難道有傷就一定是打架，解放軍、員警負傷難道也是打架？問得路富根反而沒話可說。路富根警告他別蒙他，這段時間他忙著拆遷，沒工夫管他的事，他突然要檢查路海龍的作業本。路海龍笑父親高小畢業生咋會檢查他中學生的作業。路富根非要不可，路海龍沒有辦法，就把數學作業本給了父親。

方卓然見林佳玲在找藥。他問她咋啦，林佳玲騙他不小心扭了腰，讓他幫她貼止痛膏。方卓然掀開林佳玲的衣服，一驚，這哪是扭了腰，分明是外傷，後腰那裡一片青紫。方卓然問她到底是咋回事，林佳玲只好如實把事情告訴了方卓然。方卓然非常氣憤，但她只是搖頭，他沒法再說她，他也不想再說她。

林佳玲明白方卓然為啥不說她，他不說，她倒想說。吃過晚飯，林佳玲手撐著腰，把小廣告放到方卓然面前的茶几上。方卓然拿起看，是小廣告和休閒俱樂部的招客卡片。
方卓然一愣，妳這是從哪弄來的？
民工子弟學校那些失學的學生就在幹這種事。
方卓然不以為然，火車站、汽車站、商場酒店門口，到處是發這種廣告的。
林佳玲十分心痛，他們都只有十來歲啊！
大量的農民帶著老婆孩子湧進城市，把問題也帶來了，他們得吃飯哪！
林佳玲非常憂慮，政府咋不管呢？
政府不是不管，政府要管的事太多了，管不過來啊！
這麼小的孩子，都流浪在街頭幹這種事，他們將來咋辦？
方卓然感慨，還是法不健全啊！我們的社會也只有靠法律才能治理，靠妳一個教師咋能管得了呢？
我是管不了社會，我愁的是那幫孩子，有的已經讓人培養成小偷了。
現在我們是沒有這方面的法啊，聽說新加坡抓著小偷不關不罰，但剁掉小指，這樣誰還敢當小偷？

10

路海龍走進教室，趙一帆一眼就看到了他小臂和胳膊上綁著的白紗布。
趙一帆問他，你胳膊咋啦？
路海龍毫不在意，負了點小傷。

趙一帆很不高興，昨晚咱們分手的時候還好好的，又打架了？

路海龍沒有回答。

趙一帆很生氣，你這人，死不改悔啊！真是狗改不了吃屎。

路海龍望著她笑了笑，沒作任何解釋。

林佳玲陪著員警和丟錢包的那位女士走進8（1）班，教室裡一片驚異。趙一帆似乎很緊張，她下意識地看路海龍。員警和女士一眼就認出了路海龍。

女士指著路海龍，就是他！

同學們立即議論紛紛，郭小波也一驚，覺得路海龍這回犯的事不小。趙一帆回頭問路海龍到底做了啥，路海龍卻只是笑。

林佳玲微笑著走上講臺，同學們，我們班的路海龍同學，昨晚在放學回家的路上，發現小偷扒竊，他見義勇為，不畏強暴，不怕流血，抓住了小偷。當員警問他名字時，他只說是城北中學的學生！這是我們城北中學的驕傲，也是我們8（1）班的驕傲！我們以熱烈的掌聲向他祝賀！

全班同學熱烈鼓掌，趙一帆鼓得情不自禁，郭小波一邊鼓掌一邊朝路海龍點頭，路海龍非常害羞地低下了頭，從來沒有這麼多人為他鼓過掌。

林佳玲正在班裡講事，路富根開著他的車氣勢洶洶地來到城北中學。

路富根上得樓來，氣哼哼地夾著個包來到8（1）班教室門口，他往裡看。學生們在做作業，林佳玲在課桌間的通道裡走來走去。路富根愣頭愣腦地一下推開教室的門，把身子探了進去。

路富根小聲喊，林老師，能跟妳說個事嗎？

全班的學生都被這突如其來的聲音一驚，一齊抬起頭來看路富根。林佳玲立即迎向門口。趙一帆也抬起頭來看那人，這一看不要緊，驚得她目瞪口呆，她一眼認出，探身進來的就是逼她母親的那個壞人。

趙一帆問路海龍，這人是誰呀？

路海龍一看也急了，哎呀！他咋跑這兒來丟人！

趙一帆不相信自個兒耳朵，他是你爸？

是啊，妳認識我爸？

趙一帆的臉一下變了色，氣得兩隻手打顫。

林佳玲來到路富根跟前，找我啥事？

路富根非常生氣，這小王八蛋在學校又犯啥事了？昨天我見他胳膊上有傷，問他他咋也不說。

林佳玲走出教室，路富根用懷疑的目光看著林佳玲。

路海龍沒有做錯事，他是見義勇為做好事，他抓住了小偷，負了傷。

路富根不敢相信，嘿！這小王八蛋還有這造化！

路老闆，對自個兒的孩子說話也要講文明，父母是孩子最直接的老師。

是是是，妳看我，我注意，我注意。林老師，這是咋回事啊？路富根翻開路海龍的作業本。

林佳玲看了作業本，沒發現啥問題，作業本咋啦？

路富根很不滿，我知道自個兒兒子是塊啥料，就算妳林老師神通，妳下了工夫，那也不可能幾個月就讓這個笨蛋轉眼變成天才呀！

林佳玲更不明白他的意思，你究竟想說啥？

路富根責問林佳玲，妳看看，為啥兒子作業本上都是對鉤，沒有一個叉？他會一道題都不錯？

林佳玲忍不住笑了，你是說這個啊！

妳這不是糊弄我嘛！他肯定是抄人家的！

林佳玲忍住笑，我沒有糊弄你，我負責任地告訴你，這些作業都是路海龍自個兒做的。

他真的一道題都沒錯過？

林佳玲耐心地解釋，不是他沒有做錯過題，是我批作業的方法跟別的老師不同。

咋個不同法？

我採用的是面批面改的方法。

路富根不懂，面批面改？咋個面批面改啊？

學生做錯題一般有兩種情況，一種是粗心大意失誤，不是他不會不懂，而是做題不細緻出錯；另一種是真的不懂不會，沒有弄懂原理和公式，完全做錯。

是這樣的。

這兩種錯都必須讓學生自個兒明白產生錯誤的根源在哪裡，然後有針對性地幫學生去認識問題。

對，要不然會一錯再錯。

讓學生明白錯題的根源，不是批個對鉤或打個叉就能解決的。

那咋辦呢？妳還能再給他們上課？

不是上課，這樣要耽誤其他同學的學習時間，我是採取個別交談的方式。碰上錯題，我都先空著，然後直接找學生談，他明白後自個兒再重做，改對了我再給他批對鉤。

路富根恍然大悟，噢，是這樣！

這樣不好嗎？

路富根非常抱歉，林老師，對不起，我好久沒看海龍的作業本了，昨天一看，我氣壞了，在家罵妳糊弄，真對不起。這輩子，我沒見過像妳這樣負責的老師。

當父母的也應該真正瞭解自個兒的孩子，你看看他的師生直通車就知道了。

路富根沒聽懂，「時事直通車」，那不是鳳凰臺的節目嘛！

路海龍跑了出來，他推父親走，你快走吧，別在這裡丟人了！

路富根對兒子很不滿，嘿！這小子，剛有點進步就不把老子放眼裡了，我這不是在請教林老師咋看「時事直通車」嘛！

路海龍說，是「師生直通車」！林老師自個兒拿錢給全班的學生一人買了一個本，本子由每個學生自個兒保管，師生之間用這個本子交流思想，有電腦能上網的用郵件交流，這個本子叫「師生直通車」。

路富根有些慚愧，林老師啊！為了學生，妳真是耍盡了心機。

路海龍糾正父親，啥話！應該叫費盡心血。

路富根真的感到兒子學好了，嘿！這小子，教起我來了！

11

安息堂裡一片肅穆。趙一帆跪在父親的遺像前，痛苦地流著淚。趙一帆抬起淚眼望著父親的遺像，跟父親說著心裡話。

爸，今天我看到那個壞人了，他竟是我同學路海龍的父親！我一直真心誠意地在幫助他，可他竟是仇人的兒子！爸，你叫我咋辦？我咋能幫助那種人的兒子呢！

趙一帆痛苦地流著眼淚。

第十章

巽

（下巽上巽）

九五，貞吉，悔亡，無不利。無初有終。

象曰，九五之吉，位正中也。

——《周易》

注：

巽（音ㄒㄩㄣˋ，音同徇）。八卦之一，代表風。

第五爻（九五），因能守正而得吉祥，悔恨也已消除，沒有啥不利。施行教令最初儘管不太順利，但最終總會成功。

《象傳》說，九五的吉祥，在於他居位端正、能行中道。

方卓然和康妮、凱瑞還有工作人員一個個都出了大門，凱瑞負責鎖大門。方卓然向康妮他們招手告別，轉身走向他的汽車，他抬頭看見趙一帆站在那裡。

方卓然好奇地問，趙一帆！妳咋在這兒。

我放學正好路過。

妳是不是找我有事啊？方卓然一下意識到啥，主動走了過去。是妳找我，還是你們林老師有啥事？

趙一帆十分為難，方大哥，林老師沒有事，是我有事……

方卓然想起了上次的事，趙一帆，上次那份證據，我錯怪妳了，對不起。

趙一帆抬起單純的眼睛看著方卓然，她認為方卓然能幫她，於是大膽地開了口，方大哥，上次的事是我多心了，我今天來，是想求你件事。

啥事？妳說。

趙一帆猶豫了一下，你能借我五百塊錢嗎？

妳借這麼多錢幹啥？

趙一帆如實直說，我爸病的時候，有個同學給我家捐了五百塊錢，我昨天才發現，這個同學的父親很壞，我不想欠他的情。

妳想還他？

趙一帆點點頭。

錢，我可以借給妳，我只是不明白妳，妳咋不跟林老師借呢？

林老師要是知道了，她不會讓我這麼做。趙一帆說著，眼睛裡已經有了淚。方大哥，以後我一定會還你的。

方卓然很同情，他拿出五百塊錢給了趙一帆，他沒接趙一帆的借條，妳拿著吧。

謝謝方大哥，錢我一定會還你的。

妳快回家吧，路上騎車小心。

趙一帆認出路富根那一刻，心裡被針扎一樣，路海龍卻完全蒙在鼓裡。路富根今天特高興，路富根破天荒給兒子也倒了一杯啤酒，父子兩個喝著酒，有了一次正兒八經的對話。

海龍啊，林老師真是個好老師，開始她幫那些民工子弟打官司，我挺討厭她的。我對她也發過壞。

人啊不能不講良心，如今，老師給學生補課都要收錢！她這麼面對面批作業，要費多少心血哪！她要求我們不帶著問題上新課。

我辦學校的時候，變著法向學生收錢，你們林老師卻拿自個兒的錢給學生買筆記本搞師生直通車。林老師還自個兒花錢買獎品獎勵學生呢！

你得過獎沒有？

路海龍很慚愧，我正在努力。

路海龍母親卻為兒子自豪，風箏比賽不是得了一等獎嘛！

路富根瞪了她一眼，妳懂啥！那是玩。路富根望著兒子，感覺到兒子長大了，很感慨。你小子真運氣，碰上這麼好的老師，要不你早被學校開除漂街上了。林老師待你這麼好，你可得好好給林老師爭氣。

你錯了，林老師說了，不是要給老師爭氣，是要給自個兒爭氣，要給自個兒的人生爭氣。

兒子啊！將心比心，我都不配見林老師，不能只讓老師給學生花錢，咱也得給老師花點錢。

路海龍母親說，人家林老師才不是那種佔小便宜的人呢！

妳懂個屁！錢咋啦！錢能咬人啊！

爸，林老師絕對不會要你啥錢，你要真想感謝她，要幫老師做有意義的事情。

那是那是，小子你也幫我想想。路富根端起酒杯，跟兒子碰杯。小子，你能懂事，我很高興，好好用功學習吧，要不，你真對不起林老師，咱都對不起林老師。

2

趙一帆走進數學教學組辦公室，默默地來到林佳玲辦公桌前。林佳玲看趙一帆蔫蔫的，不知道發生了啥事。

一帆，妳咋啦？愁眉苦臉的幹啥呢？

趙一帆低著頭，林老師，給路海龍調一個座位。口氣不是商量，而是提出要求。

林佳玲不明白，為啥要調座位？

我不想跟路海龍坐在一起。

林佳玲很覺奇怪，咋啦？一帆，這段時間，路海龍進步很大呀！幾乎變成了另一個人，好好的為啥呢？

從今以後，我也不想再跟他結對子幫學了。

林佳玲更是奇怪，一帆，他咋啦？做啥對不起妳的事了嗎？

沒有？

是不是有人說閒話了？

沒有。

那為啥呢？妳總得有個理由啊！

沒有理由，我就是不願意再跟他接觸交往了。

他欺負妳了？

沒有，他啥也沒做。

我都讓妳搞糊塗了，啥都不為，無緣無故，這可能嗎？

趙一帆沒話回答。

一帆，妳是班長，妳要是這麼做，全班同學會咋想呢？妳不為自個兒著想，也應該為路海龍想一想啊！他會是啥感受呢！

我顧不了那麼多。

一帆，我把妳當妹妹，妳還有啥不能對我說呢！難道我不值得妳信任？

趙一帆突然流下了眼淚。

別哭，好好跟我說。

逼我媽、欺負我媽的壞人，就是路海龍他爸……

林佳玲的腦子裡嗡的一聲，她傻了一樣不知說啥好。林佳玲從辦公桌前站了起來，她雙手扶住趙一帆的肩頭，她沒法說啥，一下把趙一帆攬到懷裡。她把趙一帆帶出了辦公室，一直來到池塘邊，她拉著趙一帆一起在一塊假山石上坐下來。林佳玲扶著趙一帆的肩頭，推心置腹地跟她聊。

一帆，妳真讓我好為難。手心手背都是肉，你們都是我的弟弟妹妹啊。妳好不容易剛從悲痛中走出來，路海龍也剛剛走上正路，你們兩個要是反目為仇，妳和我付出的心血就都前功盡棄了。

要不，我咋對得起我爸。

我完全理解妳的感受。但是我要勸妳換個角度想一想，妳這樣對路海龍是不是也太不公平？

誰叫他爸流氓。

是路富根做了壞事，並不是路海龍做壞事呀！

趙一帆咬定牙根不鬆口，我顧不了他的感受，看到他我就會想起他爸，看到他就會想起我媽，我受不了這種折磨。要我再去幫助他，我絕對做不到。趙一帆說著激動起來，說完她流著淚起身跑了。

路海龍進教室來到座位上，見趙一帆不在。他立即拿出自個兒的書包，從書包裡拿出一個漂亮的髮夾。路海龍看看左右同學，沒有人注意他，他悄悄地把髮夾塞進趙一帆的抽屜。路海龍非常得意地拿出書看書。趙一帆回到教室，來到自個兒的座位上。

路海龍發覺趙一帆的眼睛是紅的，他非常關心她，班長，妳咋啦？

趙一帆十分冷靜，你跟我出去一下，我有話跟你說。

路海龍走出教室，看到趙一帆神情嚴肅地站在走廊的拐角處等他，路海龍立即走了過去。

班長，出啥事啦？

趙一帆沒說話，把一個信封交給了路海龍。路海龍接過信封展開往裡看，是錢，他十分驚奇，妳給我這麼多錢幹啥？

還你。

還我？妳啥時候借我錢啦？

你給我家捐的錢。

捐款咋要還呢！

別人捐可以不還，你捐的必須還。

路海龍完全讓趙一帆說傻了，這是咋回事！我咋啦？

你沒有咋著，從今天起，我們結束結對子幫學，最後一排還空著一個座位，你上那去坐，你要是不想去，我去那裡坐。

路海龍被這意外打擊搞得莫名其妙，班長，我做錯啥啦？

你沒做錯啥。

那為啥要這樣對我？

那是我的事。

妳總得給個理由啊！

沒有理由。

定罪得有犯罪依據，槍斃人也得讓人死個明白呀！

你沒有記住這句話嗎？志士不飲盜泉之水，廉者不受嗟來之物。我不需要這種不乾淨的錢。

路海龍越聽越糊塗，非常痛苦地懇求，趙一帆，我請妳把話說明白好不好？我究竟做錯了啥，妳這樣無緣無故突然給我當頭一棍，妳把我憋死也是個冤鬼。

以後你慢慢會明白的。

路海龍想起了啥，他掏出錢包，從錢包裡拿出他一直保存著的趙一帆寫的紙條，他把紙條拿出來給了趙一帆。

趙一帆看著痛苦的路海龍，回家找你爸去！他會告訴你他做了啥傷天害理的事。

趙一帆說完把路海龍扔在那裡，自個兒扭頭進了教室。路海龍被趙一帆說暈了，他站在那裡不知道自個兒該幹啥……

路海龍回到課桌前，默默地收拾書包，心裡非常痛苦。趙一帆故意不看他，為避免尷尬，她離開了教室。路海龍收拾好東西，到最後一排角落裡的一個位置上坐下。郭小波發現了路海龍的舉動，好奇地走了過去，全教室的同學都向路海龍投去奇怪的目光。

郭小波說，你搞啥名堂？咋坐這兒來了呢？

路海龍強忍下滿肚子委屈，極勉強地擠出些笑來，跟女生坐一起總是有些彆扭。

彆扭？鬧彆扭了？

沒有的事。

郭小波忽然明白了啥，他小下聲來，噢，是不是有想法啦？

去你的！我哪像你啊！學習尖子，人家上趕著追。

哎，別狗咬呂洞賓，不識好人心啊！你惹她啦？

咋會呢！班長真心誠意幫我，我謝都來不及。

這麼說是她的事，她不幫你，有事找我。

啥事都沒有，我只是不想給她添更多的麻煩……

就在這時，林佳玲走進了教室，她看到路海龍失神地坐在最後一張課桌上。林佳玲來到路海龍跟前，

路海龍，到我辦公室來一下。

路海龍默默地跟林佳玲進了數學教學組辦公室，懊喪地站在林佳玲的辦公桌前。

是趙一帆讓你搬的座位？

林佳玲這麼一問，路海龍滿肚子委屈一齊湧了上來。他盡力克制自個兒，忍受著極大的痛苦，眼睛裡已經有了淚，他避開林佳玲的目光，點了點頭，我給她家捐的錢她也退給我了。

你不要多想，是老師沒做好工作。

老師，沒有事，坐哪兒都一樣。要不，我還是回8（3）班吧，我不想讓老師您為難……路海龍說到這裡再也說不下去了，眼淚止不住地往下流。

路海龍，你沒有錯，是趙一帆一時想不開。

路海龍更是不解，老師，我究竟做錯了啥？

你沒有做錯啥。

我真不明白她為啥突然要這樣對我，我不想讓全班人看我們的笑話，說真的，老師，還是讓我回8（3）班吧。

你回8（3）班能解決問題嗎？你回去會引起全校的議論，只能說明我們三個都失敗了。她啥也不願說，讓我回去問我爸，說我爸做了傷天害理的事。我爸跟她素不相識，咋會傷害她呢！

林佳玲不想傷害路海龍，你們都還小，你們的任務只有一個，學習，你們不應該去管大人的事，你們也管不了大人的事。課桌搬就搬了，那就先這樣坐著吧，我慢慢來做趙一帆的工作。

老師，妳不要勸班長，她這麼做，總有她的理由，她已經夠不幸的了，妳找她，只會讓她更加生氣，更加怨恨我，她會更不開心的。

林佳玲很為路海龍的心胸感動，海龍，你像個男孩子樣。好吧，那就過一段時間再說。

趙一帆回到座位時，路海龍已經搬走，她伸手到抽屜裡拿書和作業本，手碰著了啥東西，把東西拿出來。趙一帆心裡一跳，是一個漂亮的髮夾。趙一帆情不自禁地扭頭看路海龍，路海龍沒有在座位上。趙一帆拿著髮夾猶豫了一會兒，把髮夾裝進了自個兒的書包。

放學時，林佳玲故意等趙一帆一起離開學校，兩個人推著車，一邊走一邊說話。

那五百元錢是跟妳媽要的？

趙一帆感覺瞞不過，我跟方大哥借的。

林佳玲非常吃驚，妳去找了他？

趙一帆點點頭，上次丟證據的事，他向我道了歉。

林佳玲心裡感到欣慰，錢是他給妳的？

我寫了借條，他沒收，問我為啥不跟妳借，我說妳不會讓我做這件事，他就把錢給我了。

林佳玲更為路海龍擔心，他很難過，但他體諒妳，他不讓我找妳，擔心妳會更不開心。

我也沒有想要這樣。

看路海龍那痛苦樣，真想把真相告訴他，可告訴了他，他和妳還咋相處？他可能會退回到過去。

那就不要告訴他吧。

我理解妳。但我希望別再把事情鬧大，我可以讓郭小波幫他，可平時妳還應該像同學一樣對他，絕對不能再做出對他歧視和怨恨的事來。

趙一帆點了點頭。

3

林佳玲來到三層精品服裝，世界名牌服裝在這裡都有代理店面。

林佳玲背著包，提著兩個服裝袋，喜氣洋洋地走進家門。方卓然已經回家，先在廚房準備做晚飯了。

卓然！我給你買了件風衣，你快來試試，要不合適，可以去換。

方卓然從廚房出來，咋又給我買衣服。

正巧路過百貨商場。

方卓然脫了外衣試風衣，喲，名牌哎！

方卓然穿上風衣，林佳玲前後看，非常滿意，挺合身的。

方卓然也很滿意，不錯，款式也不錯，謝謝老婆。哎，妳沒給自個兒買啊？

我也買了一件。林佳玲拿出自個兒的風衣，穿上給方卓然看。

合身倒是挺合身，樣子也還不錯。這是啥面料啊！多少錢？

你猜猜看。

方卓然看了看，妳這件超不過三百塊，差不多是我的四分之一吧？咋樣，沒錯吧？

林佳玲笑了笑，我整天騎車，穿好的也浪費。

方卓然滿足地說，妳呀！給自個兒花錢總是捨不得！

習慣了，穿名牌高檔衣服，彆扭！好，收起來，我來做飯。

方卓然笑著摟過林佳玲肩膀，親暱地說，佳玲，有時候，妳真的好可愛。

林佳玲一愣，有時候？那我大部分時間是不可愛嘍？

都可愛，有時候格外可愛。

兩個人笑了。

林佳玲和方卓然開心之際，路海龍跟他爸吵了架。路海龍心情鬱悶地回到家裡，路富根又在自斟自飲。他媽立即招呼他洗手吃飯，路海龍生氣地說不吃，背著書包進了自個兒的房間。這下他媽急了，跟著兒子進了房間，問他是咋啦，哪裡不舒服。路海龍說心裡不舒服，他有事要跟他爸理論。他母親問他發生了啥事，他就把趙一帆不再幫他的事說了。他媽立即回到堂屋，問路富根對趙一帆做了啥壞事。路富根一聽火了，說兒子胡說八道，趙一帆他認都不認得。

路海龍從房間竄出來，衝著父親吼，你沒對人家做傷天害理的事，她為啥突然跟我斷絕關係？

路富根很不高興，小子哎，你別得一步進一丈啊！稍有那麼一點兒進步就要上天啊！毫無來由！我見都沒見過這丫頭，我對她能做啥傷天害理的事呢？

路海龍不依不饒，她不是不講理的人，我相信她，她絕對不會冤枉你。

你相信她，不相信我啊！我是你爸！那你讓她說啊！我做啥傷天害理的事啦？

你做沒做傷天害理的事，自個兒心裡有數。

路富根生了氣，哎，你小子是咋啦？為了那小丫頭片子的一句話，回來跟老子過不去，我告訴你，你是我養大的，是我辛辛苦苦掙錢供你上學，供你吃穿，再要胡鬧，小心我敲你的頭！

路海龍挺強，就算你沒對她做傷天害理的事，你肯定是對她家做了啥壞事！

她家？她是誰家的孩子啊？

她爸叫趙漢山，得了癌症跳樓死了。

路富根一怔，她是他的女兒啊！

是啊！你認識她爸？

她爸我當然認識，他在我們學校當過老師，我從沒虧待過他呀！他住院我借給他家好幾千塊錢哪！現在還沒有還清，她應該感謝我才對啊！

那你認識她媽嗎？

她媽？……我當然認識啊，她媽是我們學校辦公室主任啊，學校解散，她才離開的啊。

那趙一帆咋會說出這種話呢？咋就突然不理我不幫我了呢？

她不理你，你就怨我啊！

她讓我回家來問你。

路富根心虛，但他咋能跟兒子坦白那種事呢！他只能搪塞，我對她家只有幫助，她感謝我才對。

4

路海龍的心情糟透了。不用心學習，有人跟他過不去，讓他心裡不開心；用心學習了，還有人找他的事，心裡還是不開心。路海龍決定啥都不想，不管趙一帆討厭他也好，遠離他也好，他一定要把五百塊錢退給趙一帆。不管她要不要，他都要退給她；她要真不接，他就當她面扔地上，愛咋著咋著。在學校他沒辦法這麼做，他怕事情讓同學們知道，他不想同學們知道他們倆之間發生的事，這樣會給趙一帆惹麻煩。有了這決定，路海龍暗自笑了，他笑自個兒這顆心還是在想事，還是在想人，還是想累。但他想，把這宗事累完了就不再累了，只要自個兒活痛快，別人的啥都不管了。

路海龍通過郭小波知道了趙一帆的家。放學後，他立即離開學校，搶先趕到趙一帆家。路海龍推著自行車，遠遠地看到她家的房子立在那片廢墟中，正要推車過去，突然發現他父親悠悠蕩蕩從另一邊朝趙一帆家走來。路海龍立即架好自行車，躲到另一幢房的牆角邊，貼著牆角盯著父親。路富根悠蕩到趙一帆家門口，扭頭左右看了看，然後抬手敲了門。門開了，路海龍看著父親進了屋。這麼說，他爸跟趙一帆母親有來往！路海龍的心怦怦亂跳，他的頭都要炸了。路海龍悄悄地來到那屋門口，確認是趙一帆家，他就守候在門口等著。

趙一帆家裡已經擺滿了捆幫好的東西，顯得亂七八糟。路富根自由自在地到沙發上坐下，習慣地掏出菸。

你別在這裡抽菸，到處都是捆好的東西，你想把房子燒了啊？劉玉英拿著裝錢的信封從裡屋來到客廳。我把最後的債還給你。

哎，妳女兒跟我兒子在一個班呢！

我不知道，你咋知道？

妳女兒還一直在幫助我兒子。

胡說八道！

兩個人還挺要好的。

別不要臉啊！

不信妳可以問妳女兒啊。

有你這種父親，兒子好不到哪去。

那可不一定！不過最近我到學校去了一趟，讓妳女兒認出來了，她跟我兒子翻了臉。

你跟她說啥啦？

我沒見她，是她認出了我，丫頭還挺有骨氣，把我兒子捐給妳家的錢都退了，我看讓妳女兒給我們海龍做媳婦算了。

放你娘的狗臭屁！喏，把借據給我，我們的債清了。

路富根接過信封，把錢放在沙發上，錢真的無所謂，玉英，我是真對妳好，這房子拆遷我會幫妳的，但我不能做在明處，只能做在暗裡，要是做在明處，其他拆遷戶攀比我沒辦法。我是喜歡妳，老趙走了，妳現在一個人多孤單，何必要這樣絕情呢？

路富根向劉玉英挨過去。劉玉英眼快，正好有一把剪刀放在捆好的傢俱上，她一下操起剪刀。

你要是再敢靠近我，我立即死給你看。

別，別……

路海龍在門口聽到屋裡有說話聲，可他沒辦法進去。正著急，趙一帆騎著車來了。路海龍看到趙一帆立即招手，讓她趕緊過來。趙一帆驚奇路海龍為啥站在她家門口，非常不高興。

你咋在這兒?!

快！趕快開門！

趙一帆不解，突然屋裡傳出劉玉英憤怒的吼聲，我用不著你關心，你死了那個念頭吧！

趙一帆立即掏鑰匙打開門，路海龍搶先進了門。劉玉英靠著捆好的傢俱，手裡舉著一把剪刀，路富根在苦苦搖手求她。路海龍忍無可忍，衝上前去一拳打到父親臉上，接著，他拿頭狠狠地撞父親。趙一帆和路海龍的突然出現，讓劉玉英手足無措。趙一帆也傻在一邊。路富根不知是理虧，還是捨不得打兒子，他沒有反抗。

路海龍跺著腳朝父親吼，我沒你這麼個父親！然後扭頭跑出門去。

路富根追出門，海龍！

5

路富根在家裡急得團團轉，兒子兩天沒回來了，他給林佳玲打了電話，求林老師幫他。

路富根開著他那輛奇瑞，在街上緩緩地行駛。林佳玲在車上向兩邊的街面搜尋著。林佳玲讓他停下，她下了車，走進街邊的一個網吧。不一會兒，林佳玲空手走出網吧，讓路富根繼續往前開。林佳玲和路富根不知找了多少家網吧，沒有找到路海龍。

路海龍曠課，趙一帆心裡很不安。昨天的那一幕，來得太突然，突然得讓她完全傻了。當時她站在那裡幾乎沒了思維，直到路海龍揮拳打了他父親，後來又逃避災難一般跑出她們家。她這才想，路海龍咋會到的她家門口，他是發現了父親的行蹤跟蹤而來，還是無意中碰上？他是專門來找他父親，還是來找她？這些在她心裡攪成了一團亂麻，理不出一個頭緒。趙一帆不由自主地回頭看了看路海龍的座位，座位上自然是空的。趙一帆的心也跟著空起來，她那顆善良的心懸在了半空中，沒了著落，沒了底。她細細想，自個兒所做的一切，可能過分了，這等於拿自個兒的痛苦傷害了他。

趙一帆正鬱悶的時候，林佳玲走進了教室。林佳玲沒有注意趙一帆，她的目光越過所有學生的頭頂，直接落到路海龍的座位上。那個空著的座位，把林佳玲的心一揪。她用苦心好不容易把路海龍拽回教室，讓他重新開始認識生命和人生，但意外的事情發生了，讓他沒臉再見趙一帆，沒臉再見她，也沒臉再見班裡的同學，他又退回到了從前。林佳玲的心情十分沉重。

趙一帆遲疑地站起來，她想聽聽老師的意見，做點力所能及的事情。但她落後了，郭小波離開座位，他先找了林老師。

郭小波沒在教室裡跟老師說話，而讓老師到教室外說話。趙一帆不知道郭小波要跟老師說啥，她想肯定與路海龍有關。

郭小波在走廊裡告訴林佳玲，路海龍這兩晚上住在了他家。林佳玲問郭小波，路海龍為啥不來上學。郭小波說，他說沒臉見人了，不想再上學，要他發誓不告訴老師。

林佳玲聽了，心裡一沉，這事在她心裡整整懸了一天，一放學，她立即帶著趙一帆隨郭小波一起騎車去他家，自個兒找的各種廢材料搭的簡易房。郭小波家裡沒有人，他估計路海龍有可能跟他爸一起去了工地。林佳玲和趙一帆隨著郭小波來到工地，工地上一片繁忙，幾臺推土機在平整拆遷後的地，還有兩臺掘土機在挖舊房拆下的瓦礫裝車，一輛一輛重型卡車有的在裝瓦礫，有的滿載而走。另一邊，一群民工在挖溝埋地下管道。郭小波看到父親和一幫民工在埋水泥管，路海龍也在挖溝。郭小波、林佳玲、趙一帆走了過去。

郭小波說，海龍，林老師來了。

路海龍抬頭看到了林佳玲和趙一帆，不好意思地低下了頭。

郭全民立即停下手裡的活，跟林佳玲打招呼，林老師來了，這孩子趕都趕不走。

路海龍放下工具，爬上溝來，轉身要走，郭小波一把拉住，海龍，林老師昨晚和你爸找到半夜，你好意思走！老師找你說事呢。

郭全民說，海龍啊，老師來了，跟老師回學校吧。

林佳玲說，走吧，有啥事回去再說。

趙一帆有些內疚，她主動開了口，路海龍，我不該怪罪你。路海龍看著趙一帆，不知道說啥好。趙一帆又說，這事不是你的錯。

路海龍低著頭，我爸不是好人，對不起。

這事不應該牽連你。

路海龍不相信地抬起頭來，看著趙一帆，妳能原諒我？

我本來就沒有恨你。

如果妳真的肯原諒，先把這五百塊錢收回去。

趙一帆很為難地看著林佳玲，林佳玲點了點頭。

那你必須答應，明天就回學校上學。

路海龍點了點頭。

林佳玲走上前，一手撫住一個，好了，大人的事，讓大人自個兒去處理。你們不要多想，你們該做自個兒的事情。

路海龍進教室時，教室裡還沒有人，他來到最後一排自個兒的座位上，拿出書來看書。趙一帆來得也很早。趙一帆徑直走到路海龍跟前，輕輕地說，髮夾，我收下了。你要是願意，還是坐到原來的位置上吧。路海龍說，不了，我還是坐在這裡踏實。趙一帆沒再說啥，回到自個兒的座位上。

6

路海龍人回到了學校，但他無法再跟原來那樣面對趙一帆。他寂寞地坐在最後一排，目光不由自主地會從後面注意趙一帆，他發現趙一帆從來沒回頭注意過他，他感覺趙一帆再不可能跟從前那樣幫他了。路海龍很不甘心，他很想有趙一帆這麼一位同學朋友，他忘不了這些日子她給他的幫助，他也忘不了這些日子他們在一起的美好，他下意識地想試探趙一帆。

路海龍拿起數學書站起來走向夏青苗，來到夏青苗的座位前。趙一帆看到了路海龍的舉動，她表現出毫不在意的樣子。

路海龍不加掩飾，夏青苗同學，這一道數學題我搞不懂，想請教妳。

夏青苗奇怪地抬頭看路海龍，你要我？

是真的請教，我現在沒有對子了。

我有幫學對子，你可以問郭小波啊！

小波也有對子，我又沒要求妳跟我結對，只是臨時問問妳。

夏青苗無奈地看題，然後把作業本給了路海龍，你看一下我的作業本吧，一看你就明白了。

路海龍滿意地拿著夏青苗的作業本回到座位上，他順便看趙一帆，趙一帆根本不注意他，埋頭在做作業。路海龍看完，拿著夏青苗的作業本又來到她的座位邊。

夏青苗同學，我看懂了，作業本還妳，妳檢查一下，有沒有搞壞妳的作業本。

夏青苗拿起作業本，感覺裡面有東西。她翻開作業本，裡面有一封信，信封上寫夏青苗同學親啟。

夏青苗把趙一帆約到了學校池塘的假山邊，夏青苗神神祕祕的樣子，趙一帆不是很喜歡。

啥事啊？神神祕祕的。

夏青苗美滋滋地把路海龍給她的信給了趙一帆。

趙一帆接過信，十分疑惑，這是啥呀？

妳拿出來看一下就知道了。

趙一帆打開信，看起來。

青苗同學，這些日子我非常苦悶，總想找個人說說內心的煩惱，我想來想去，只能找妳。妳曾經也向我說過心裡話……

趙一帆立即繃起臉，把信還給了夏青苗。趙一帆不以為然，他寫給妳的信，為啥要給我看呢？

夏青苗有些得意，妳是班長，這種事我當然得先向妳彙報啊！

這種事，別跟我說，我也不管。妳想交流，應該在師生直通車上跟林老師交流。

夏青苗有意試探，那要不要向林老師彙報啊？

這與我無關，妳自個兒看著辦吧。

趙一帆立即離開。

午間，8（1）班與8（3）班進行籃球對抗賽，林佳玲也在現場。陳英傑和徐光平是8（3）班的主力，路海龍和郭小波是8（1）班的主力。兩個班的學生都來觀看助陣，趙一帆和夏青苗也在看。簡丹在給他們當裁判。

雙方實力相當，比分咬得很緊，三十六比三十八，8（3）班領先兩分。陳英傑和徐光平兩個打邊鋒。陳英傑接球，帶球進攻，路海龍緊逼防守。陳英傑把球傳給徐光平。徐光平帶球前進，郭小波盯住他防守。陳英傑穿插接應，接球轉身運球起跳投籃，被路海龍擋下。郭小波搶到球，立即回傳給路海龍，路海龍單槍匹馬打快攻，三步上籃，投籃命中，陳英傑打手犯規，還要追罰一次。

夏青苗和8（1）班的同學為路海龍熱烈鼓掌，趙一帆卻沒有鼓掌。

路海龍罰球，夏青苗等同學都喊路海龍加油，趙一帆沒喊，結果路海龍沒罰中。

趙一帆一個人悄悄地離開操場，趙一帆一離開，路海龍似乎沒了情緒，終場鑼響，8（3）班以五十五比五十勝了8（1）班。林佳玲來到球場邊，她朝陳英傑招了招手。陳英傑跑出球場。

林老師，啥事？

崔老師明天就來學校上班。林佳玲拿出一百塊錢給陳英傑，你們買一束鮮花迎接老師。

陳英傑沒接，林老師，知道了，錢，我們有。

路海龍悶悶不樂朝教學樓走去，夏青苗追了上來。

路海龍！

路海龍收住腳，回頭看是夏青苗。

夏青苗來到路海龍跟前，後來幾分鐘你咋一點情緒都沒有了？是不是因為趙班長走了？

路海龍否認，跟她有啥關係？

你的信我看了，我知道，其實你的不高興都是因為她。

我也就是心裡悶跟妳說說。

我把信給趙班長看了。

妳咋給她看呢！

我是為你好啊，好讓她知道你因為她而苦悶。

路海龍很好奇，她看了？

她一看是你寫的，沒看完就給了我。

她生氣了？

看不出來，一副滿不在乎的樣子。

路海龍裝作無所謂的樣子，無所謂，班裡這麼多同學呢！

哎！路海龍，週六是我生日。

路海龍聽到之後，一時沒有反應。

小樣，我沒有讓你請客。

夏青苗，我給妳開生日派對！

夏青苗立即激動起來，真的？

誰跟妳開玩笑！把妳要好的同學都請上。

那一桌不夠噢……

一桌不夠就兩桌。

夏青苗高興無比，路海龍！你真偉大！

7

林佳玲放好車從車棚出來，老遠就看到崔靜背著包走進學校大門，林佳玲欣喜地走過去接，崔老師！

崔靜也看到了林佳玲，她立即跑了過來。崔靜發自內心要感謝林佳玲，林佳玲也真誠地為她康復歸來高興，林佳玲和崔靜雙手緊緊相握。

全好了？

全好了！

白了，也胖了。

都快躺傻了。

那走吧！

林佳玲向前面的老師和同學喊，哎！崔老師出院回來啦！

前面的老師和學生都回頭，一齊走過來把崔靜團團圍住，問這問那。崔靜跟他們一一握手，她好感動，眼圈都紅了。

上課前夕，學生們都還在走廊裡玩耍。陳英傑主動在教室門口招呼大家，讓大家進教室。陳英傑似乎很有權威，他一吆喝，8（3）班的學生都進了教室。

陳英傑站到了講臺前，咱們崔老師出院了，今天就來班裡上課！大家要遵守課堂紀律，拿出點新樣子給老師看看！另外，崔老師跟咱們分別了這麼長時間，咱們得給她一點驚喜，我有個主意……

崔靜拿著教案走進教室。教室裡一片肅靜，每個同學都端坐在位置上，崔靜很新奇。崔靜走上講臺。班長喊，起立！全班學生刷地站了起來，非常整齊。全體學生喊，老師好！崔靜很感動，同學們好！崔靜奇怪同學們沒有坐下來，同學們坐啊！

陳英傑從後面雙手捧著一束鮮花走向講臺。徐光平舉著雙手指揮著大家鼓掌，一邊鼓掌，一邊喊，歡迎老師出院！祝老師身體健康！陳英傑把鮮花獻給崔靜。崔靜接過鮮花，她感動得流下了眼淚……

崔靜到數學教學組辦公室找林佳玲，趙一帆正在林佳玲的辦公桌前流眼淚。

要我像以前那樣對他，我真的做不到。

一帆，妳純潔，妳有自尊，這都是好的，可妳不覺得太固執了嗎？妳這樣對妳媽，對路海龍，都欠公正，也不夠理智。

我忘不了這事，我不能對不起父親。

人一生中會碰到許多事情，一個人要學會寬恕，對人不會寬容，跟人就很難相處。

崔靜走進了辦公室，這次病，讓她感悟了許多東西，她對生活多了熱情，對別人也多了關心，她關切地問，一帆，妳咋啦？

林佳玲說，沒有啥，跟同學之間有些小誤會。

趙一帆收住淚，看老師們有事，她就先告辭走了。趙一帆離開辦公室，崔靜立即伸出雙手握住了林佳玲的手，非常鄭重地說，謝謝，謝謝妳。

這兩個字讓兩個女人心中的隔閡頓時冰消雪化，兩個人相對而視，突然不約而同伸出雙臂相互擁抱。

8

自習課，夏青苗又一次當著全班人的面喊了郭小波。郭小波扭頭看了看夏青苗，夏青苗熱情地在朝郭小波招手，郭小波無奈，只好離開座位去夏青苗那裡。

又啥事？

這道題，你給看看，對不對？

郭小波只好躬下身去看。

夏青苗小聲對郭小波說，週六是我生日，我要開生日PARTY，請你參加，地點定了我再告訴你。

郭小波總那麼毫無表情，沒事啦？

沒了，去吧。

郭小波轉身回座位，夏青苗望著他的背影，忽然意識到了啥，後悔告訴了他……

課間休息，是學校最熱鬧的時刻，學生都借這機會活動，校園的操場上到處是人。有的在打籃球，有的在踢足球，有的在打乒乓球，有的在打羽毛球。郭小波在單槓上練臂力，路海龍悠悠蕩蕩走過來。郭小波打浪上了槓，一個翻身下了槓。路海龍給他鼓掌，主動走上前來。

小波，你準備送啥禮物？

郭小波沒有反應過來，禮物？

別裝蒜了。夏青苗過生日，你不送禮物？

郭小波真沒想到要送夏青苗生日禮物，他不無自卑，是你給她開生日派對吧？

是啊！那你也得給她準備生日禮物啊！

郭小波推著一輛沒牌照的破舊自行車，沿路順便撿著易開罐和礦泉水瓶，自行車筐裡已經有了好幾個礦泉水瓶。郭小波來到廢品收購點，把撿的易開罐和礦泉水瓶給收破爛的。收破爛的給了他一塊多錢，郭小波沒數，裝到衣服袋裡。

郭小波回到家，窩棚裡支了兩個鋪，一個大鋪，一個小鋪，兩個鋪把窩棚擠得滿滿當當。郭小波在角落那張小鋪上點錢，一堆碎票，他先把兩塊挑出來，沒幾張；再點一塊的，有十幾張紙幣，剩下一堆鋼鏰兒；點完五角的，剩下的全是一角的。

郭小波點完後笑了，不容易啊，五十一塊多了。

郭小波正高興，屋外傳來了郭全民說話的聲音，他跟民工小張在說話。

郭師傅！咱們的工資有信了嗎？

今天俺又找了路富根，他說牛老闆那裡還沒回話。

頭兒，你得直接找牛老闆問問啊！

俺這個破組長哪見得著人家牛老闆！路富根說他跟牛老闆說幾次了，一直沒給回話。

家裡已經第二次改日子了，我領不到工資還是沒法回去結啊！

是啊，俺也著急哪，這哪是人過的日子啊！

我只能指望你啦！咱泥工班哪項活兒差啦！活幹了，不給錢，還講不講理啊！

明天俺再找路富根。

他們他媽的一個工程下來，錢賺海了，住洋房、養二奶、請客送禮，花錢像流水，不顧咱們死活。拖欠我們的工錢，逼急了咱們上政府告他。

你放心，真到了那一步，俺豁出去跟他拼，也要把弟兄們的工錢要回來。

郭小波慌忙把錢裝進一個塑膠袋，塞到枕頭底下。郭全民進窩棚，發現兒子慌裡慌張地從鋪上下來。

你不看書不做作業，在做啥？

我剛做完作業，想去娘那裡幫她洗碗。

活用不著你幹，你把書給俺讀好，要是考不上高中上不了大學，俺就敲碎你腦殼！

路海龍的隨便一句話，卻讓郭小波一天一夜不得安寧。他手裡是積攢了五十一塊多錢，那是他為下學期準備的學費，現在突然蹦出了夏青苗的生日，還要送禮物，拿這錢去給夏青苗買禮物，郭小波真有點捨不得。不是說這五十一塊錢來之不易，是他丟掉自尊、不顧笑話、抹下臉皮撿垃圾一毛錢一毛錢攢起來的，讓他捨不得的是爹娘的難，家裡連住的房子都租不起，一家人住在狗窩一樣的窩棚裡，還給女孩子花幾十塊錢買生日禮物，真是太奢侈了。可夏青苗已經發出了邀請，路海龍也提醒他要買禮物，到時候別人都送禮物唯獨他不送，太丟人現眼了。反覆權衡，左思右想，最後郭小波咬了牙，準備奢侈一下，拿自個兒攢下的學費給夏青苗買一樣禮物。

郭小波在百貨商場的文具禮品櫃檯前徘徊了半個多小時，他還是拿不定主意，櫃檯裡的禮品都太貴了，他根本買不起。決心下了，不買又不甘心，他只好請售貨員幫他參謀。

大姐，有沒有五十塊錢以內的禮品？

送啥人呢？

郭小波不好意思，跟我一般大的女生。

做啥紀念用呢？

生日禮物。

送女孩子生日禮物，五十塊錢以內……哎，你可以送這種相冊。售貨員拿來一種相冊，你看，這相冊既高雅，又大方，還上一點檔次，放上你們的相片也有紀念意義，女孩子準會喜歡的。

郭小波一看的確比較理想，那好，就買這相冊，多少錢？

整五十元。

郭小波又多了個心眼兒，要是不合適，可不可以退？

不能退，只要不損壞，可以調換別的東西。

售貨員很細心地把相冊包好。郭小波小心地把它裝到禮品袋裡，再把它裝進一個不顯眼的塑膠袋裡。

9

郭小波為夏青苗準備好了禮物，週五下午第三節課完了，夏青苗卻沒告訴他生日派對的時間和地點。

郭小波以為夏青苗忘了，他忍不住頭一次主動找了夏青苗。

郭小波來到夏青苗課桌旁，主動地問，妳的物理作業做了嗎？

夏青苗若無其事，做了，你給我檢查一下吧。

郭小波看了一下題，小聲跟她說了一道錯題，說完題沒有走，等著夏青苗告訴他生日PARTY的地點。

夏青苗抬頭看了看郭小波，謝謝。你去吧。

郭小波忍不住提醒她，今天是週五了吧？

夏青苗故意迴避，噢，對，祝你週末愉快！

郭小波失望地轉身離開。一直到放學，夏青苗也沒告訴郭小波生日PARTY的時間和地點。放學他跟路海龍照了面，路海龍也沒告訴他夏青苗生日PARTY的消息。

郭小波跟往常一樣，去那家餐館接母親下班，要是飯店生意好，有沒洗完的餐具，他就幫母親洗。那天走進餐館廚房洗刷間，郭小波見水池裡堆滿了盤子，郭小波讓母親到一邊休息，自個兒洗盤子。郭小波正洗著，老闆探進頭來，讓他幫把手，把炭火鍋一起送桌上去。

郭小波跟老闆一人端一個炭火鍋走進餐廳，路海龍和陳英傑一幫人正圍著夏青苗在唱生日歌，夏青苗在吹蠟燭。郭小波一下傻了，他立即把炭火鍋就手放到旁邊的桌上轉身離開。老闆吼他，讓他端過去。

夏青苗和路海龍都看見了郭小波，大家都很尷尬。路海龍跑過去一把拉住郭小波，哎，既然來了，幹嘛走呢！路海龍很不滿意地說老闆。老闆！他是你的服務員？

老闆有些窘，不是。

他是我們同學，你讓他給我們服務，讓他在同學面前難堪，你得道歉。

老闆一看這架勢惹不起，連忙給郭小波道歉。郭小波扭頭跑進後院，他說不上是生夏青苗的氣，還是在同學面前丟了臉，他沒再幫母親洗碗，也沒等母親，一個人獨自跑回了家。

郭小波到家後立即提著相冊去了百貨商場。他來到商場的文具禮品櫃檯。默默地辨認著售貨員，他沒認出那位售貨員，售貨員倒認出了他。

咋啦？相冊不合適？

郭小波非常窩囊，大姐，能退嗎？

那天我跟你說了，只能換，不能退。她嫌不好？

郭小波不好意思地點點頭。

郭小波他看到了筆記本，問筆記本多少錢一本？服務員說一塊錢一本。郭小波換五十個筆記本。

郭小波提著一捆筆記本走進教室，非常慶幸教室裡還沒有人。他連自個兒的書包都沒放，先發筆記本，每個位置上放一本筆記本。他發得很快，看得出來，他不想讓班裡的人知道他給大家送筆記本。郭小波正放著本，夏青苗走進了教室，立即一起幫他放。

咱班發的？

郭小波看都不看她，只顧往課桌上放本。郭小波放到夏青苗，隔過了她。

哎！我的呢？

只有五十本，沒有妳的。

是你送的！你給全班同學每個人送一個筆記本？

郭小波大方又爽快，我不能送妳生日禮物，還不能給同學送個本？

不是不能送，我不知道這是為啥。

妳為啥要知道為啥？

嘿！你這人，總得有個送的理由啊！

送一個筆記本，還要啥理由呢？

路海龍這時也進了教室，他好生奇怪，郭小波，給大家送本，你家發橫財啦？

你家才發橫財呢！發得錢都快沒處花了！

這時趙一帆走進了教室，趙一帆也奇怪，是林老師讓發的？

是人家郭小波個人買了送大家的。

郭小波，這為啥呀？

夏青苗說，是啊，我也這麼問來著，人家火了。

郭小波放到路海龍的位置，對不起，不夠了，也沒你的。

夏青苗看郭小波綳著臉，她一下明白了，他是賭氣給她看。

路海龍把本子舉起來，哎！同學們，這筆記本是郭小波送的，他不願說理由，那麼咱們大家鼓個掌，表示感謝！大家鼓掌。郭小波反而不好意思了。正好林佳玲來到教室，她覺得事情有些蹊蹺，她招了招手，把郭小波叫了出去。

你花了五十塊錢？

郭小波點了點頭。

你爸知道不知道？

郭小波遲疑了一下，不知道。

這事裡面肯定有原因，你把情況寫直通車上給我。

自習課，夏青苗拿著作業本來到郭小波課桌前，神不知鬼不覺地把一個小紙團放到了郭小波的課桌上。郭小波沒吭聲，把紙團攥在手心裡。郭小波待夏青苗離開，悄悄地展開紙團，上面寫，放學後，求知書店見。

夏青苗在求知書店隨意翻看著書架上的書，但她的眼睛不時地朝書店門外張望。學校已經放學，不少學生走進書店。夏青苗有些急，她來到了書店門口探頭向外張望，看到郭小波推著自行車朝書店走來，心裡一喜，立即若無其事仍回到書架前翻書，眼睛卻注意著門口。夏青苗覺得郭小波該到了，可沒見他走進書店。夏青苗又來到書店門口探頭張望，郭小波已經騎著自行車過了書店的門，夏青苗急忙走出了書店。

夏青苗騎上自行車拼命追，她緊蹬了幾腳追上了郭小波，郭小波只當沒看到她。

夏青苗生氣地喊，郭小波，你下車！

郭小波剎住車，沒下車，騎車上一隻腳點地停在馬路邊。

夏青苗下車氣憤地說，你幹嘛？為啥突然不理我？

對不起，我急著要回家幫我媽去洗盤子，妳找有錢的人玩去吧。郭小波說完騎上車就走了。

夏青苗受不了了，對著郭小波的背影吼，郭小波，你是個猥瑣的小男人！

郭小波正做著作業，郭全民氣哼哼地進了門，郭全民著急又生氣，小波！俺包裡的五十元錢是不是你拿了？

父親的話讓郭小波非常震驚，他睜著吃驚而又不解的眼睛看著父親，一句話不說，他不想說話。郭全民沒注意兒子委屈和憤怒的表情，兒子不回話，心中的怒火立即爆發，他順手拿起掃帚，一下抽到郭小波身上。

你這不學好的東西！俺辛辛苦苦出力出汗，掙錢養活你，供你上學，拿不到工錢還要加班幫人幹私活掙生活費，你還偷錢！俺打死你這沒出息的東西！

郭全民接二連三拿掃帚抽打郭小波。郭小波擋都不擋，他賭氣地梗著脖子，憤怒地瞪大眼睛瞪著父親。

郭全民更火，偷了錢還硬！俺怕你不成！俺打死你！俺打死你！

郭小波骨子裡有一種自卑。這種自卑同時轉化為自尊，他把面子看得特別重，他寧願死也不願擔那種屈辱的名譽。父親這樣冤枉他，這樣看不起骨肉，他氣憤到了極點，任父親咋打，一聲不吭。

郭全民拿他沒辦法，一邊打一邊吼，你說！你偷錢幹啥去了？

郭小波忍無可忍，突然怒吼，我——沒——偷！

郭小波的突然怒吼把郭全民嚇一哆嗦，他立即對著郭小波吼，你沒偷！這錢能飛啊！

郭小波帶著滿肚子委屈到了學校，他絕不會把家裡發生的事跟任何人說，只在心裡難過。

林佳玲上數學課。林佳玲發現郭小波聽課不專心，在紙上畫著啥。

林佳玲故意提問，郭小波，老師剛才講啥啦？

郭小波站了起來，他回答不出來。

你咋啦？上課從來很專心，今天咋心神不安的，有啥事，寫到「直通車」上，坐下。儘管林佳玲批評提醒了郭小波，但郭小波始終心神不定。下課之後，林佳玲把郭小波叫到辦公室。郭小波拿著「師生直通車」本跟著林佳玲走進辦公室，來到林佳玲的辦公桌前。郭小波低著頭立在辦公桌前。林佳玲見屋裡沒別人，將一把椅子拉過，讓他坐下。

郭小波默默地把「師生直通車」本交給林佳玲。林佳玲翻開郭小波的「師生直通車」本，本子上沒寫一句話。

小波，你一直是班裡的學習尖子。昨天，無緣無故給全班每個同學贈送筆記本，今天上課為啥始終不能集中精力，我讓你在「師生直通車」上跟老師交流，你一個字不寫，究竟是為了啥？

郭小波的眼淚在眼睛裡打轉，就是不開口。

家裡出啥事了嗎？

郭小波搖頭。

你為啥要關閉心窗？有苦惱為啥不想跟老師交流，你這樣沉默，上課又心神不定，老師咋能放心呢！

郭小波仍不做聲。

我知道你是個懂事的孩子，不管發生啥事，老師都會盡力幫你，我隨時在這兒等你，好嗎？

郭小波點頭。

郭小波的異常讓林佳玲特別警惕，她不放心，放學後去了郭小波家。林佳玲來到民工窩棚街，這裡已經是一片廢墟。路高低不平，到處是垃圾，沒法騎車，林佳玲只好推著車走。林佳玲終於找到了郭小波家的窩棚，林佳玲把車架在他家門前。

郭小波家的門開著一條縫，林佳玲直接推開了那扇破門。窩棚亂得讓林佳玲走不進去。林佳玲探進身子，屋裡光線很暗，但她看到郭小波正趴床上寫著啥，見老師來，立即把紙塞到疊好的被子底下，郭小波的驚慌引起了林佳玲懷疑。

小波，你在寫啥呢？

郭小波局促不安。

你要是相信老師的話，就把你寫的東西給我看一看。

郭小波僵在那兒不拿。

我已經看到了，老師不好自個兒拿。

郭全民渾身泥灰進來，他看林佳玲在問兒子要啥東西，兒子卻不給，立即又來了氣，老師問你要東西，你咋不拿出來？

郭小波仍僵在那裡。

俺咋養這麼個木頭！郭全民說著自個兒伸手從被子底下拿出了郭小波寫的東西。

林佳玲接過紙一看，驚呆了，紙上寫著，絕命書。

爹，你為啥要看不起我，我從小沒偷人家一只桃，沒偷摘人家一顆杏，也沒偷吃人家一只瓜，我在你眼裡竟是小偷，連父親都看不起我，我活在這個世上還有啥意義——

林佳玲慌張地問，郭師傅，你咋說小波是小偷呢！

俺好不容易幫人家加班掙了五十塊錢，突然不見了。

林佳玲一震，小波，那五十塊錢是不是給全班買了筆記本？

郭全民一下抓到了證據，你這混帳東西！還抵賴！郭全民又抓起掃帚要打，林佳玲一下擋住了。

俺不是只心痛這五十塊錢，俺也不反對他為同學做好事，氣人的是他竟瞞著俺偷。

郭小波呼一下竄到桌子前拿起了一把菜刀，他舉著刀憤怒地吼，我沒偷！你再要說我偷錢，我立即就死給你看！

林佳玲慌了，急忙過去奪下郭小波手裡的刀，那你買筆記本的五十元錢究竟是咋回事？

郭小波委屈地哭了，這是我每天放學路上撿破爛一點點攢的，是準備做下學期學費的。夏青苗過生日，別的同學都準備了禮物，我只好咬牙拿出五十塊錢給她買了相冊，結果她沒請我參加，商店不讓退，我只好換成了筆記本。老師，從小到大，我沒做過一件損人利己的事，連父親都看不起我，我活著還有啥意思！爹，你要是再說我偷錢，我就不活了！

林佳玲被郭小波感動得哭了，郭全民傻了。郭小波媽正好下班回來，推開門，一看明白了咋回事，她生了氣。你別冤枉兒子了！喏！給你錢！郭小波媽從櫃子裡拿出用布包好的一把碎票子給郭全民。

郭全民一愣，妳從哪找著的？

下雨你怕濕了，塞在雨鞋裡自個兒忘了。

郭全民一下抱住兒子哭了，兒啊！你爹俺窮昏頭了！爹冤枉你了！

郭小波大聲地哭出聲來，林佳玲含著淚轉身走出屋去。林佳玲出門，她的電動自行車不見了。林佳玲有些急，左右看，沒一個人。郭小波、郭全民也跟出門。

我的電動自行車咋不見了！林佳玲心裡著急，卻還不敢大聲張揚，怕給郭全民添為難。

郭全民急了，剛才俺回來還在門口放著呢！郭全民直著嗓門吼起來。哎！誰拿林老師的電動自行車啦！別鬧懸啊！別跟俺開這種高級玩笑啊！郭全民吼著不見有人回應，他急了，變了腔調。誰拿了電動自行車！你他媽偷東西也長點眼睛啊！要是讓俺知道了，俺跟你拼啊！

林佳玲一看郭全民的急樣，反有些擔心，郭師傅，別急，破財消災，郭師傅，你別著急。

小波，還不快騎車送林老師回去。

林佳玲慌忙阻止，別別別，我打電話讓我先生來接我，你們快回去吧！

萬一要是有人送回來，俺馬上告訴妳。

好的，你快回去吧，我到路口等我先生。

方卓然把車停到林佳玲面前，他在車裡為林佳玲打開副駕駛的車門，林佳玲上了車。林佳玲很內疚，卓然，對不起，電動自行車讓人偷了。

方卓然啥也沒說，轟一腳油門，小車飛駛而去。

妳把車放哪兒啦？

就放在學生家門口的。

你上這兒來幹嘛呢？這種民工聚集的地方，不光小偷，流氓、強盜、搶劫犯、殺人犯都有。

我要不來，我的一個學生可能就自殺了。

自殺！為啥？

父親說他偷了他五十元錢。

方卓然十分驚奇，為五十元錢就自殺！

不是錢多錢少的事，這孩子學習非常好，因為貧困，心存自卑，因此自尊心特強，又內向，他把父親的信任，看得比生命還重要。父親說他偷錢，他比死都難受，這不可貴嗎？

這是自卑心理的極端反應，沒啥可貴的。

林佳玲很不高興，我知道這是你送我的生日禮物，我賠你行了吧！

10

林佳玲拿著教案走進教室，她大吃一驚，全班只來了路海龍等十幾個學生。路海龍說，城北今天到處都亂糟糟的，好像今天是拆遷的最後期限。

林佳玲跑進王海清的辦公室，王海清說其他班也是這個情況，已經讓他們分頭去瞭解情況，畢業班更得抓緊。

林佳玲立即離開學校去找學生。

第十一章

蹇

（下艮上坎）

象曰，蹇，難也，險在前也。見險而能止，知矣哉！

上六曰，往蹇來碩，吉，利見大人。

象曰，「往蹇來碩」，志在內也。

——《周易》

注：

《象傳》說，蹇（音ㄐㄧㄢˇ），就是行走艱難，險阻在前。遇見險阻能夠停下來，這才是明智。

第六爻（上六），前進艱難，歸來可建大功，吉祥，利見大人。

《象傳》說，前進艱難歸來可建大功，說明上六志在聯合內部一起濟蹇。

林佳玲把方卓然的生日禮物丟了，很過意不去，她只好悄悄地買輛普通自行車騎。林佳玲騎車來到城北趙家墳居民區，幾臺推土機正在把這裡的民房全部夷為平地，一位老太太坐在路邊張著喇叭一樣的嘴在號，一邊哭訴一邊怒。折壽哪！強拆人家房子斷子絕孫哪！……林佳玲遠遠看見路富根戴著紅胳膊箍在工地上指手畫腳，林佳玲走了過去。

路富根告訴林佳玲，都搬到西區拆遷周轉房那裡去了。民工家也搬去了。

林佳玲沿著塵土飛揚的馬路向西區騎去，她遠遠地看到了那一片拆遷周轉房，輕型磚砌牆、玻璃鋼當瓦，比窩棚好不到哪去。沿路不少民工在馬路邊的空地上搭簡易窩棚。林佳玲來到拆遷房區，下車推著自行車一家一家找。趙一帆正在從平板車上往新家搬東西。

一帆！

趙一帆扭頭看到了林佳玲，不好意思地迎過來，林老師，房子硬讓推了，我也來不及請假。只去了十幾個人哪！

我下午就去學校。

看到其他同學，都通知一下。

劉玉英從屋裡出來，見林佳玲跟見著姐妹一樣，林老師，妳來啦？我讓她去上學來著，她也不聽我的。林佳玲和趙一帆一起抬著一包衣物往屋裡走，劉玉英過意不去。林老師，不用啊！我們馬上就搬完了。林佳玲走進周轉房，發現房子品質很差。

這房子跟帳篷差不多啊。

沒辦法，臨時拆遷周轉房，他們還能給妳弄好材料啊！有間房住就算不錯了。

這房子冬天肯定冷！

這幫人黑心黑肺，黑天黑地呢！大家為啥抗拆？舊房的折價壓得太低。

政府沒有規定嗎？

都跟妳打官腔，說是市場經濟，企業行為，政府不好插手。其實，幕後不知道他們咋串通一氣呢！坑的就是咱老百姓。

那也不能不管老百姓死活呀！

那些民工更慘，租不起房，住的地方都沒了。

那咋辦？

都自個兒在找材料搭窩棚呢。

一帆，我去找找郭小波他們。

林老師，我陪妳去。

別了，快幫妳媽整理，下午早點去。

郭小波正在幫父親搭窩棚，窩棚的架構是從工地弄來的舊腳手架鋼管，搭好房架，父子兩個正在往房架上拉塑膠布。郭小波見林老師走來，立即告訴了父親。

林老師來啦？一個人實在沒法幹，只好讓小波幫把手。

馬上要期末考試了，學習正緊張。

下午就讓他上學校去。

林佳玲看窩棚太簡陋，這房子下雨不漏嗎？

只能混到哪算哪兒了。

小波，看到夏青苗他們了嗎？

都在這一片。

我去找找他們。

林老師，讓小波陪妳去？

不用了，你們快搭吧。

林佳玲找到夏青苗家時，他們家的窩棚差不多搭好了。夏本柱拄著拐，繞著窩棚在檢查。牆是廢石膏板拼起來的，頂上蓋的是油氈紙。夏本柱拄著拐檢查，發現不堅固的地方，停下來加固。一邊幹著活，一邊還窮開心哼著戲文。林佳玲來到門口，兩個小丫頭在門口玩泥巴，秦梅珍正在屋裡整理東西。

你們的房子搭好啦？

秦梅珍見林佳玲來到，非常局促，青苗已經到學校去了。

我來看看，不光她，好多同學家都在搬家。

林佳玲發現他們沒有床，地上鋪上一層塑膠紙，上面再擱上鋪板當床，林佳玲看著心裡發酸。

這樣睡太潮吧？還是租房子住好一點。

秦梅珍歎了口氣，林老師，租不起啊！妳別聽他們爺兒倆瞎吹牛，買房子，那是青苗騙妳。

林佳玲並沒有多少意外，那天青苗的話是讓我不大相信。上次不是賠到一點錢嘛！

別提了，他自個兒的腿砸斷後，賠到十萬塊哪！他做夢想發財，去給人家洗浴中心投資，那種地方哪是正經做生意啊！讓公安給抄了，一分錢沒拿回來，這條腿白斷了。紅雲賠到五萬塊，他手又癢癢，去炒股，全砸進去了，還不如扔河裡，扔河裡還聽個響。

秦梅珍一肚子苦水，青苗愛面子就隨她爹，他老封建，不生男孩不甘休。人家有權的能拿權抗著生，有錢的可以用錢買著生，咱們窮光蛋，只能玩命逃著生。這幾個孩子就是逃著生的，家裡的房子都讓村裡扒了，回不去了。

林佳玲勸她，青苗人挺聰明，只有讓她上學，才會改變她的命運啊。

我知道，可是鼻子上的肉拉不到嘴裡吃啊。

她還小，不上學也幫不了妳多少忙，咬咬牙，讓她也不要再亂花錢。

林老師，我知道妳的一片好心，不到萬不得已，我不會讓她停學。

2

林佳玲回到學校，把學生家的情況向王海清作了彙報，有一半以上的學生都沒了家，尤其是民工，都只能自個兒搭窩棚住。王海清覺得這種社會問題，學校無能為力。林佳玲擔心這種生活環境，會直接影響孩子學習，她建議讓學生集中住校。學校只有畢業班的學生宿舍，只能讓畢業班集中住校，其他班沒辦法解決。王海清讓林佳玲跟年級老師開個會，好好研究安排期末考試的複習，一定要把成績搞上去。

伍志浩來給林佳玲送《教學與研究》雜誌。他的一位同學在這個雜誌當編輯，請伍志浩幫他組稿，伍志浩鼓勵林佳玲結合實踐，寫一些體會文章。林佳玲在他的鼓勵下，把結對幫學的事，寫了一篇《園丁·泥土》，文章發表了。雜誌放在林佳玲面前，林佳玲沒有多少激動，見了伍志浩，她又想起了包小天他們。

伍處長，那些重又失學的學生，局裡想辦法解決了嗎？

咋解決啊？無能為力啊。

林佳玲看了看伍志浩，從抽屜裡拿出了那幾張小廣告和休閒俱樂部的招客卡片給了伍志浩。

現在不少失學的孩子就流浪在街頭發這些烏七八糟的東西。

伍志浩有些沉重地放下手裡的小廣告，這一百多孩子都在幹這個？

不光發小廣告，還當小偷。

他們這麼小，咋敢當小偷呢！

是一幫十七八歲的社會小青年在訓練他們，一天給十塊錢，偷多了還給獎勵。咋辦？學校不讓他們上學學文化，別人就教他們當小偷，教他們搶，教他們做這些事。

的確是個嚴重的問題，可現在有啥辦法呢？

你們教育局應該想想辦法，這些孩子的上學問題不解決，將來是個大隱患。

期末考試再一次給林佳玲沉重打擊，成績統計出來，8（1）班那十一名民工子弟的成績儘管有所提高，但仍有八名雙主課不及格，他們班的平均成績仍是年級倒數第一。

方卓然坐在寫字臺前忙他的案子，沒注意到身後林佳玲的情緒。林佳玲對著那張成績統計表犯愣，心情沉重，她閉上眼睛仰靠在沙發上。林佳玲靜了一會兒，懶懶地站了起來。跟方卓然說她要出去走走。

方卓然無奈地搖了搖頭，都快十點了，早點回來。

夜晚的街道一片沉靜。昏黃的路燈推不開濃重的夜幕，把路燈擠壓成一個極小的光環，一盞盞路燈像泡在霧裡，朦朦朧朧，夜色包裹了這座城市。街上的喧鬧已經退去，行人稀少，不時有響著鈴鐺的自行車經過，偶爾也有汽車呼嘯而過。

林佳玲在林蔭道上走著，她走得十分沉重，不時抬頭仰望夜空。夜空沒有月亮，也沒有星星，只有墨一樣的黑。

林佳玲一邊走一邊在想，又是全年級倒數第一……是我疏忽？我從來沒有懈怠過啊，那些面批面改的錯題知識，他們仍沒能鞏固。是同學們不努力？他們誰都很努力。或許我想簡單了，看來他們完全不適應城北中學的教學方式，一時半會兒不可能跟上城北中學應有的水準……這個成績會直接影響學校升重點，升不升重點，直接關係到學校的發展，關係到每個老師的切身利益……我惹的事，應當由我來承擔起責任，不應該影響學校建設，不應該影響同事們的個人利益……

林佳玲漫無目的地朝前走著，她又想起了包小天，想起了那些發小廣告的孩子，想起那個踹她的流氓……

林佳玲繼續往前走著，前面是音樂噴泉廣場，音樂停了，噴泉息了，燈也關了，廣場上一片寂靜。林佳玲獨自走進廣場，她走在寬廣的廣場上，忽然感受到，社會就是個大舞臺，人人都可以在上面一展身手。我為啥就不能試一試呢？林佳玲情不自禁地在大廣場上旋轉出一串優美的圈……

3

林佳玲把期末考試的成績統計表送給了王海清。王海清認真地看起來，林佳玲不等王海清開口先主動告訴他，他們班仍是年級最後一名。王海清放下統計表格。

妳去掉這些民工子弟學生的成績統計一下。

有啥實際意義呢？

我明天直接去教育局，看看民工子弟學生的成績能不能不跟咱學校的學生一起統計。校長，算不算咱們學校成績是小事，我是想，既然咱們接收了他們，咱們就得對他們負責。要是下學期，他們還趕上不來，中考咋辦？咱們的教學方法是不是該改一改了？

王海清也消極起來，妳就別折騰了，這一幫學生底子太差，妳就是為他們累死，也改變不了。

我們不能扔下他們不管啊！

妳說咋辦？

我想在我們班搞分層教學。

分層教學是有人在搞，但都是民辦私立學校。

既然有效，咱們為啥不能試試呢？

不是我不想搞，現實沒有這個條件。我承認個性分層教學是未來的方向，可我們現在搞得了嗎？教材呢？師資呢？教室呢？考試制度呢？這些我改得了嗎？上面沒有讓搞，誰敢搞，出了問題誰負責啊？

校長，你啥時間重新回到教育崗位的？

一九七五年落實政策才回到學校。

當年你在七五幹校，身遭厄運，在勞動之餘，自發地義務教孩子們學文化，你想的是不能讓這些孩子成文盲，想的是這些孩子長大以後咋辦？現在這些學生面臨的，不同樣是這個問題嘛！

王海清沉重地站了起來。佳玲，不當家不知擔子的分量，不管妳多麼有理，一句話，分層教學絕對不能搞，妳還是用趙一帆幫路海龍那法吧。

林佳玲只能苦笑了。

王海清上教育局不只是為了學校升重點，他也考慮到林佳玲的處境，讓她一個人承擔這種壓力，於心不忍，要是局裡同意這些民工子弟學生的成績不計入學校成績就好了。但是，教育局長一口否定了王海清的如意算盤。局長說，不管這二十名學生是咋去的，只要進了你們學校，他們就是你城北中學的學生，是你們城北中學的學生，那就得計入你們的教學品質。

王海清沒趣地走出局長辦公室，憋了一肚子氣，他經過伍志浩辦公室，伍志浩熱情地打招呼。他本來有氣沒地方出，正好找著了對象。

都是你出的餿主意！

校長，我咋啦？見面沒頭沒腦就訓我。

那幫民工子弟，我說不能接受，你夥同林佳玲非要接受，現在好了。

他們咋啦？

十幾名不及格，八名雙主課不及格，把我們的分數拉下一大截，升重點沒戲了！

我以為是啥事呢！

這事還小啊！升不成重點，我還不讓他們罵死啊！

誰敢罵你啊。

你痛快了，不合格學校撤銷了，學生分流了，兩嘴唇上下一吧嗒，交差了，我們可讓你給害苦了！

有這麼嚴重嘛！

我剛剛從局長辦公室出來，讓他給訓了一通。哎，你可得給我們說話啊，絕對不能讓這十幾個學生把我們學校的大事給攪了。

我肯定會幫你說話。

要不，林佳玲的壓力就太大了，她可是你推薦來的人。

我當然會負責的。

王海清是個非常有掌控能力的校長，他預感到這事在學校會產生反響，他沒讓不滿情緒蔓延升級，從教育局一回到學校，他立即召集全體老師開會。

王海清沒有繞彎子，開門見山。

期末考試結束了，從全校整體來看還是穩步提高，但八年級的成績直接讓這些民工子弟學生拉了分。林老師，妳把考試情況說一下。

林佳玲沒看成績表，情況已經在她心裡，八年級的問題主要出在我們班。8（1）班本來是五個班的第一，這次成了倒數第一，有十一名學生不及格，其中八名學生的語文、數學雙門不及格，主要責任在我。客觀上，我們接收了民工子弟學校二十名學生，但主觀上，尤其是教學方法上還沒有真正適應我們班的現實情況，作業我面批面改了，但沒能杜絕他們修改中的抄襲行為……

在討論中，崔靜作了客觀分析，8（1）班平均分數雖然在年級是倒數第一，但是年級前十名，他們仍然有六名，我看了統計表，這八名雙門主課不及格的學生，都來自民工子弟學校，如果去掉他們的成績，8（1）班的平均成績仍然是年級第一。林老師把二十名學生全部接收到自個兒班裡，就是為了不影響其他班學生的學習成績，她一個人為大家承擔了社會責任，其中有九名同學已經趕上了咱城北中學的學習水準，這是不可否認的事實，也是別人難以做到的事情。

崔靜的話讓俞老師吃驚，但得到了一部分老師的贊同。

4

林佳玲沒有按崔靜這個角度來給自個兒安慰，她去教育局找了伍志浩。林佳玲突然出現，伍志浩以為兩口子又鬧了啥矛盾。

林佳玲開門見山，非常平靜地跟伍志浩說，伍處長，我想離開城北中學。

事情讓伍志浩沒法理解，他沒想到林佳玲找他會是這種事。

出啥事啦？

沒出啥意外事。

那為啥？

我想改變一下自個兒的狀況。

妳現在不是挺好的嘛！王校長都跟局裡說了，要妳接教導主任的班呢！今後校長還不是妳的？一切都好好的有啥要改變呢？

我想辦學校。

啥！辦學校？為那些失學的民工子弟辦學校？

他們只是一部分。說實話，要不是我堅持，我們學校不可能接收那二十名民工子弟學生；要是我不找你，局裡也不會硬把他們分配給城北中學。

這沒有錯啊！

我想簡單了，我是想幫助他們，但沒想到他們的確給學校增加了負擔，也影響了學校的教學品質。就城北中學現在的教學制度，那些民工子弟不可能適應。他們達不到學習的目的，還要影響學校的建設。既然我想幫他們，責任就應該由我來負，而不應該影響學校和其他老師。

妳想辦學校，按自個兒的意願進行教學？

我想給這些孩子提供適合他們的教學環境和教學方法。

開啥玩笑，妳這是異想天開，妳咋能辦學校呢！

路富根都能辦學校，我為啥就不能辦學校？

佳玲，別意氣用事了，辦學校，談何容易！校舍哪裡來？資金哪裡來？教師哪裡來？

當然啥都不會從天上掉下來，事在人為，我不是在徵求你的意見嘛！徵求你意見是讓你給我出主意，而不是要你給我潑冷水！

伍志浩態度堅決地說，我還真得給妳潑點冷水，讓妳的頭腦別發熱。這事妳跟卓然商量了嗎？

沒有。你不是主管部門的專家嘛！我得先跟你諮詢。

跟我諮詢，好，我不贊成，不支持妳這麼做，好好當妳的班主任、年級組長，別異想天開，好嗎？

我的話你過腦子了沒有？

過了腦子我才這麼說，妳這是扔掉鐵飯碗，去捧要飯碗，妳腦子沒出問題吧？

林佳玲失望地搖頭，你真讓我遺憾，我們竟連路富根都不如。他雖然是為了賺錢，但他起碼給三百名民工子弟提供了上學機會。如果我們大家都只顧著自個兒捧鐵飯碗，只顧自個兒有飯吃，有錢花，而對那些流浪孩子視而不見，聽而不聞，我們的社會還咋和諧？

那妳的可行性有啥依據呢？

第一，有辦學的實際需求，這一點成立吧？

這點成立，城北區不要說辦一所學校，辦兩所三所都滿足不了需求。

好，這一條是最基本的，有需求是先決條件，其他啥都是第二位的。

這算一條。

第二，我有責任心，有教學經驗，有辦學熱情，有社會責任感，我會對每個學生負責。這一條不是吹吧？

這一條沒問題。

有這兩條，學校就可以辦了。其他都是工作，即使有困難，那是可以想辦法解決的。沒有校舍，可以去找；沒有資金，可以吸收投資；沒有師資，可以聘，院校一時進不來，可以先在退休教師中聘。

伍志浩笑了，叫妳這麼一說，這學校幾句話就辦起來了？

當然有困難，但人活著就是解決困難的，只要我們去努力，只要我們去找解決困難的辦法，啥事情都能成功。我要的是你的支援，只有你支援，我才可以跟卓然商量，才可以向學校辭職。

伍志浩的態度軟了，我勸妳還是再冷靜地考慮考慮。

沒有想好的事我不做，我想要做的事，一定會做，而且一定要做成。我的決心已定，我需要你支援幫助，我需要你幫我申請辦學的一切手續，需要你幫我一起找校舍，需要你幫我一起找投資，需要你幫我一起招聘退休教師。孟子說，挾泰山以超北海，語人曰，「我不能」是誠不能也；為長者折枝，語人曰，「我不能」，是不為也，非不能也。我說的這些事，對你來說，不是不能，而是你肯不肯做的事。

我真讓妳說得沒話可說了，妳讓我考慮一下行不行？

可以。給你一周時間，只有一周。

牛猛對《校園仙子》非常上心，技術人員說有一大遺憾，遊戲到最後高潮，校園仙子選定的白馬王子勝利後，男女主角狂歡要偷吃禁果，沒有模特兒的裸體照片缺少刺激性，對玩遊戲的人就少一種吸引力。

這事讓牛猛犯了難，要拍夏青苗的全裸照片，不是一件容易事。技術人員說要是全裸當然是最好，沒有全裸，半裸也比不裸強。牛猛讓他們借用外國那些裸照剪輯，技術人員說體形和年齡不一樣，一眼就能看出拼接的痕跡，不可能有那種純情少女的魅力。牛猛只好讓他們先拿三點式做著，看情況再說。技術人員說要是能搞到裸照，這遊戲一定火爆。牛猛被技術人員說得心裡癢癢。

牛猛禁不住技術人員的鼓動，他被遊戲效果的渴望攪得寢食難安，他知道這事的困難和危險，於是他絞盡腦汁設計好了一個陰謀。

牛猛來到夏本柱攤前，夏師傅，還認識我嗎？

夏本柱有種本能的防備，鞋不合適嗎？

牛猛蹲了下來，你忘了，我是給青苗拍廣告的呀！

夏本柱立即咧開嘴，哦，對對對……牛導牛導。

牛猛小聲說，我又給你送錢來了。

夏本柱喜不自禁，有這好事？

我又給青苗找了個出名掙錢的機會，讓她再拍一次廣告。

謝謝牛導還想著我們青苗。

我先付你一萬元訂金，拍完了再給一萬。這是合同，你簽了字，我就給你先付訂金。

那好那好，你看我這腿不俐落，咱就在這裏簽吧。

路海龍走進閱覽室，他看趙一帆也在，拿了一本《青年文摘》故意坐到夏青苗旁邊。趙一帆毫不在意，坐了一會兒，然後悄悄地離開了閱覽室。路海龍看著趙一帆走出閱覽室，裝作不以為然的樣子，借換雜誌的機會，拿了一份《中國青年》坐到了另一邊。

牛猛在閱覽室的窗戶外往裡探望，他發現了夏青苗，拿手輕輕地敲窗戶玻璃。路海龍發現了他。

夏青苗，那人是不是找你？

夏青苗抬頭看到了窗外的牛猛，立即欣喜地起身跑出閱覽室。

牛老師，你好！

青苗啊！妳可真不好找啊，連個電話也沒留。

我沒有手機嘛！

幾天不見又漂亮了。

夏青苗最愛聽這樣的話，一歪頭笑了。

又來好事了，我領妳去見一個導演，要拍一個網路短片，想叫妳去試試鏡。

夏青苗很激動，是嗎？

這還有假，走！他在錦繡江山飯店等著呢！

我去跟老師打個招呼。

妳真是個傻姑娘，跟老師說啥呢！事情還沒定，先張揚有啥好呢？試完鏡定了再說也不遲啊！走，趕緊走！

那我去拿我的書包。

還要書包幹啥啊！快走快走！

書包哪能丟！我還得上學呢！

夏青苗跑回到閱覽室，一邊收拾書包一邊跟路海龍打招呼。

我有點急事先走一會兒，林老師要問起來你跟她說一聲。

路海龍看牛猛有點鬼鬼祟祟，妳上哪兒啊！

我去見導演，他在錦繡江山等我呢。

路海龍有些警惕，妳不跟林老師說啊！

他說也就見個面，啥也沒定，等定了再跟老師說。

我覺得還是該告訴林老師，那人我看著彆扭。

就見一下面，也定不了，我去看看再說吧。夏青苗背起書包走出閱覽室。

說不上啥原因，路海龍鬼使神差地悄悄尾隨夏青苗他們兩個出了學校門。路海龍見那人拉著夏青苗有說有笑地上了他的車。路海龍跑出學校，急忙招手要了一輛出租車，讓出租車司機跟著前面的車。

夏青苗隨牛猛在錦繡江山飯店停車場下了車，兩人一起朝飯店大門走去。路海龍也下了車，牛猛警惕地發現了跟來的路海龍。

那個男孩是誰啊？他跟著咱幹啥？

夏青苗扭頭也發現了路海龍，她很生氣，朝路海龍跑過去，路海龍你幹啥呀？

我感覺這人不正。

你別神經過敏了，快回去，別把好事給我砸了！

路海龍讓她這麼一說，沒了情緒，我是為妳好，如果需要，我可以陪妳去，如果妳不想要我幫這個忙，我死皮賴臉也沒意思，妳自個兒當心吧。路海龍扭頭上出租車走了。

牛猛打開房間，裡面沒有人，只有電視機、DVD影碟機和照相器材。

進了房間，夏青苗下意識有點緊張，牛老師，導演呢？

不是原來那個導演，是位新的導演，他還沒到，妳坐，先看會兒電影。牛猛給夏青苗打開電視和影碟機，我打電話聯繫一下，牛猛走出房間去打電話。

夏青苗有些莫名地拘束，一部三級片，女主角似曾相識。上來男女主角在山坡上飛奔，一直奔到坡下的湖邊，兩人就開始脫衣服，兩人竟把衣服全脫光了，他們一起跳入水中，在水中嬉鬧。夏青苗看得滿臉通紅，呼吸急促。牛猛突然回到屋裡。

夏青苗非常難為情，這是啥呀！快關了。

你不認識啊，這是臺灣當紅明星，這是她初期的三級片，大明星都是這麼過來的。

關了關了，我不看。

好。牛猛把機器關了。青苗啊，導演臨時有個應酬，讓咱在這兒等他一會兒。我已經要了餐，咱們先吃飯，邊吃邊等他。

他要是忙，改天再見吧。

說妳傻，妳還真傻，妳以為約個導演這麼容易啊！

服務生敲門送來了兩套速食，一份是魚、米飯，一份是漢堡包、炸雞塊。

牛猛把一份漢堡速食端給夏青苗。

夏青苗接過速食，謝謝。

牛猛從包裡拿出一個舊手機，青苗，沒手機太不方便了，沒法聯繫，妳先拿著這個舊的用著，等以後我給妳買個新的。

夏青苗不敢接，我咋能用你的手機呢！

嗨，一個破手機算啥。牛猛把手機擱到夏青苗面前的茶几上，夏青苗沒拿，只顧先吃飯。兩個正吃著，服務生敲門，又送來了啤酒和果汁，收走了速食盒。牛猛給夏青苗倒了一杯啤酒。

牛老師，我不喝。

啤酒一定得學會喝，以後這種應酬多著呢，不會喝啤酒咋行呢！牛猛把啤酒杯端給夏青苗，上次合作愉快，預祝這次合作成功！來乾杯！

牛猛乾了一杯啤酒，要夏青苗也乾。夏青苗只喝了一大口。牛猛讓她乾了，夏青苗只好硬喝了，牛猛又倒滿啤酒。

青苗，坐著沒事，還是看電影吧。沒等夏青苗開口，牛猛就打開機器。電影接著開始，男女主角在湖水裡做愛，夏青苗捂著眼不看。

青苗，這有啥呀！這也是表演的必要基本功。妳看，這是人家大明星的作品。夏青苗先是從指縫裡往外偷看，慢慢地拿開了手，看著看著就沒有開始那麼緊張驚慌，心裡一陣一陣發緊，那情景讓她好害怕，卻新鮮好奇，讓她驚心動魄。牛猛突然關了電影，換上了CD唱盤。

青苗，妳不愛看三級片，那咱們跳一會兒舞吧。

夏青苗半推半就，讓牛猛拉了起來，兩人一起跳舞。牛猛開始跳得很規矩，跳著跳著，夏青苗就放鬆起來，而且心裡美滋滋的。

牛猛開始引誘，青苗，妳想不想進廣告影視圈？

我啥都不會，咋進啊！

有我啊！只要妳好好跟我配合，我包妳能進這個圈子。

夏青苗感覺牛猛一點一點在把她摟緊。她掙了一下懷疑地看著牛猛，牛猛發現了她的眼神。

妳不相信我是吧？這也難怪，因為妳不瞭解我。妳知道我爸是誰嗎？

我咋會知道。

我爸是鑫源房地產開發集團公司的總裁，妳不會沒聽說過牛鑫的名字吧？

夏青苗一怔，牛鑫這名字聽她爸說過，對了，她爸就是在他的工地上砸斷腿，她爸告贏了他，但夏青苗不敢說，為啥不敢說，她心裡很複雜。也許因為她爸讓他爸賠了十萬塊錢，也許怕砸了自個兒以後的好事。她搖了搖頭。

我一個學生，哪能知道呢？

我告訴妳，我爸的資產有好幾十個億。

夏青苗又是一怔。

我不是說空話的人，妳做了我們欄目代言，欄目的點擊率一路飆升哪！是嗎？夏青苗有點驚喜。

妳不上網啊？

我家沒有電腦，在學校也沒時間上。

妳想想，網上是多大的空間啊，我保證妳會出名的。這次要是拍了短片，妳就踩上影視圈的門檻啦！

牛猛已經把夏青苗貼到身上，夏青苗有些受不了。

牛老師，歇一會兒吧。

牛猛不放夏青苗，歇啥，有妳這樣漂亮的舞伴，跳一天都不會累，青苗，妳知道嗎，妳好漂亮哪！

夏青苗臉上不好意思，心裡卻很美。

妳放心，只要妳聽我的話，我可以花錢為妳包裝，我一定會把妳捧紅，還上啥學呢！紅了，出了名了，大學會搶著請妳去上呢！高考都不用參加！

是真的嗎？

這還有假，好幾個中學生拍了電影，不都直接上了大學。

那是拍電影。

等著啊！這個短片拍好了，咱就拍電影，投一部電影不就幾百萬、上千萬嘛！跟我爸一說就行。

夏青苗美得快忘了姓啥，牛猛感覺到了她的陶醉，那隻摟著夏青苗後背的手慢慢下移，開始了擴張侵略。夏青苗清清楚楚感受到那隻令她心驚膽戰的手，已經在撫摸她的屁股。

夏青苗懇求，牛老師，你別……夏青苗的懇求太溫柔了，她說這句話的同時，內心裡卻又充滿著好奇，那電影的畫面已經把她刺激得心裡生出許多小蟲，那些小蟲在她心裡吶喊，鼓動著她體會神祕。夏青苗的懇求被牛猛理解為情竇初開姑娘的正常反應，那懇求進了牛猛的耳朵裡，成了撒嬌，成了裝樣，成了半推半就。牛猛把夏青苗摟得更緊，他順著夏青苗的聲音，也慢聲細氣地把話吹進她的耳朵。這有啥，剛才妳沒看見嗎，人家大明星拍床上戲的時候，也才二十來歲。牛猛說著就把臉貼到夏青苗粉嫩的臉上。夏青苗嚇得氣都不敢喘，她一下掙脫出來。

牛老師，你別！

牛猛一點沒在乎。嘿！這有啥大驚小怪的，為了咱們合作好，加深一下感情是十分必要的，說白了，咱要沒有點特殊關係，這種賺錢的買賣，我給誰不行啊！

我不拍了。夏青苗背起書包想往外走。

牛猛沒攔她。好啊，不過妳聽我把話說完了再走！

我不想拍了。

牛猛拉下了臉，現在是法制社會，一切都要依法行事。現在妳說不拍已經不行了，妳爸跟我簽了合同，一萬塊訂金他都拿走了。

把訂金退給你就是了。

牛猛不慌不忙從包裡拿出合同，退金當然是可以的，不過妳好好看看，退訂金還不行，這上面白紙黑字，寫得清清楚楚，任何一方擅自違約，賠償投資的百分之五，這個短片投資不大，也就二百來萬，百分之五，小意思，就十萬塊錢。

夏青苗嚇得目瞪口呆。

牛猛看夏青苗被他鎮住，得意地走上前來。就你們家這個窮樣，別說十萬，只怕一萬都拿不出來。聽話，不是上次我請妳當代言人，妳能得到兩萬塊錢？妳能去整臍？能這麼漂亮？

夏青苗沒了話。

妳這種漂亮女孩，是要拿錢養的，有錢才會更漂亮。跳個舞有啥，只要妳聽話，錢有得妳賺。

牛猛一下把夏青苗摟住，繼續跳舞，他的手無恥地撫摸著夏青苗。他突然摟住夏青苗瘋狂地吻起來。

夏青苗想反抗，心裡那些小蟲卻瘋狂地撓她的心，撓得她心裡非常癢癢，她的心臟狂跳，渾身燥熱，氣也喘不過來了，突然渾身無力，慢慢暈眩……

6

同學們誰都沒有發現夏青苗有什麼異樣。

夏青苗在飯店的床上醒來，她知道在她身上發生了什麼事，她哭了。牛猛用甜言蜜語和錢，再加上名聲和利益威脅把夏青苗說糊塗了。她只記住牛猛這句話，只要她不說，連鬼都不會知道他們做的事，她仍然是美麗純潔的少女夏青苗；她若要說出去，她就身敗名裂，一輩子連對象都沒法找了。夏青苗想了半夜，她覺得牛猛的話是對的，她不能毀了自個兒，她連爸媽都沒說，只當做了個噩夢。

第二天，夏青苗到了學校，她特別注意了路海龍。她發現路海龍沒有異常舉動，這才安下心來。事情還是讓路海龍發現了。路海龍在網吧玩新遊戲《校園仙子》，他頓時驚呆了，夏青苗穿著三點式突然出現在螢幕上。路海龍帶著好奇心玩起來，玩著玩著竟玩上了癮，一連幾天，他終於把遊戲打完了。玩到最後，仙子的白馬王子擊敗所有對手，博得了仙子的愛。夏青苗竟脫光衣服，成了裸體，跟白馬王子偷吃了禁果，路海龍驚呆了。

午飯後，路海龍走出飯堂，見郭小波走向操場，他跑了幾步追了上去。

哥們兒，上那邊我跟你說點事。

我回教室有事。

我知道你對我有意見，我告訴你，夏青苗生日派對是我不讓她通知你的。我是為你好，我怕大家都有禮物你沒有禮物難堪，誰知道你準備了禮物。我問你你也不說。另外，我接近夏青苗是鬧著玩，是故意做給趙一帆看的，我想試探一下她是不是還真心幫我。

你試出來了？

試出來了，她再不會幫我了，是我自作多情。我跟夏青苗的玩笑結束了，我也不會再接近她了。

這跟我有啥關係！

又來了！你就這點不好，沒有男孩子的灑脫。那天，夏青苗是要請你的。過來，我跟說件秘密的事。

啥事？

路海龍十分神祕，哎，我只跟你一個人說啊！夏青苗去網站，不只是拍代言人廣告。

她做啥啦？

我在網上玩遊戲玩到她啦，她當了遊戲模特兒。

你玩遊戲玩到她了？

我騙你幹嘛？玩到最後高潮，她跟男主角還有性愛動作，全裸。

你胡說，這不可能！

不信是吧，那你可以進「情愛坊」青春網站，到遊戲欄裡找《校園仙子》，一打開就能看到她。

郭小波有些茫然若失。

郭小波沒有直接找夏青苗問，他開不了這口。郭小波真的進了網吧，他打開了情愛坊網站，點擊遊戲欄目，他在主頁上找到了《校園仙子》，點擊進入。那仙子出來，真的是夏青苗……

郭小波心裡非常苦悶，他真的很喜歡夏青苗，看了遊戲，他很為她痛苦，他一點都不理解夏青苗為啥要這樣，難道就是為了錢？郭小波考慮再三，他沒法找夏青苗說這件事，他找了林佳玲。林佳玲聽了郭小波的彙報，她的驚駭超過面對包小天數倍。林佳玲不只驚駭，還很內疚，她感覺自個兒沒盡到責任，她發現了夏青苗的虛榮，卻沒能管好她，保護好她。

林佳玲非常嚴肅地向郭小波交代，你反映的情況事關夏青苗的名譽和她的一生，絕對不要再跟任何人說，路海龍也是，我立即處理。郭小波點頭做了保證。林佳玲再交代，你跟夏青苗是一個學校來的，你不用跟她說這事，但這段時間，你要暗中保護她，千萬不能出意外。郭小波答應了老師的要求。

林佳玲立即找了路海龍，批評他為啥不及早彙報。路海龍如實地彙報那天他發現的情況，因為夏青苗不願意他管這事，他只好迴避。發現遊戲後，想彙報，但又怕傷害夏青苗。林佳玲也要求路海龍絕對注意保密。事情瞭解清楚後，林佳玲才向王海清報告。王海清覺得事情太嚴重了。

林老師，我不反對妳愛學生，但這事不能遷就，一個初中生做出這種事，學校絕不能留她。

可她畢竟才十五歲，肯定是被人威逼利誘啊！

就算學校不開除她，她也沒臉在學校待下去了，紙是包不住火的，她咋跟同學們相處啊！

校長，她是咱們的學生哪！當務之急是保護她的名譽和權利！至於如何處理她本人，我建議先別定，以後聽聽她和家長的意見再說好嗎？

這工作得過細，千萬不能出事。

林佳玲把夏青苗叫到辦公室，夏青苗很緊張，林佳玲沒有跟她繞彎子。

他們拍妳的裸照妳不知道？

夏青苗沒開口就哭了，我當時嚇昏迷了，醒來才知道他把我……強姦了……

林佳玲拿紙巾給她擦眼淚，妳咋不跟我說。

我害怕……

好了，別只傷心，事情發生了，咱們得維護自個兒的權利。

同學們是不是都知道這件事了？

不，只有路海龍和郭小波知道，他們絕不會告訴別人，可那個遊戲在網路上營運，必須立即制止。

7

夏青苗獨自走向操場，她在找人。她看到路海龍跟幾個同學在玩單槓，她不緊不慢地在操場蹓躂。夏青苗一直等到路海龍他們玩完單槓，他們回教學樓時，她才叫了路海龍。

路海龍見夏青苗找他，他停住了腳，問她有啥事。

夏青苗不好意思地從書包裡拿出一個MP3盒子，我送你一樣小禮物。

路海龍接過看，是MP3。

請你收下我的一點心意。

路海龍沒接盒子，他真誠地說，夏青苗，謝謝妳的一番心意，但這禮物我不能收，請妳送給郭小波吧。路海龍轉身向教學樓走去。

夏青苗咽了幾口唾沫，沒能再說啥，她看著離開的路海龍，眼睛裡冒出了淚花。

學校放學了，教室裡只剩下夏青苗和郭小波。郭小波收拾好書包站起來，看夏青苗還坐在座位上。

夏青苗，回家吧。

小波，路海龍跟你說了啥？

郭小波無法迴避，他在網上玩遊戲時，發現《校園仙子》中的仙子是妳。

還說啥？

還說，最後有裸體……

還有呢？

還有，妳自個兒不知道嗎？

我不知道被他拍了照，我當時暈過去了，我啥都不知道，有啥不好說的？

他，他說，玩到後面還，還有性愛動作……

你走吧。家裡沒法看書，我看一會兒書再走。

那我先走啦。

郭小波離開教室。夏青苗一下趴到課桌上，輕輕地抽泣起來。天漸漸地黑下來。城北中學的校園裡空無一人，夏青苗背著書包，心事重重地在操場躑躅。操場上寂靜無聲，只有牆邊白楊的樹葉，在一陣一陣微風中發出沙啦沙啦的響聲。夏青苗低頭看著自個兒的腳尖，毫無目的地順著跑道走著，心裡各種念頭一齊在翻騰。

路海龍怪不得不接受我的禮物……前些時候他對我這麼好，給我開生日派對……他跟蹤到飯店，是關心我，是想保護我……他們在背後，還不知道說啥呢……耳邊又響起牛猛的話，妳要是說出去，妳就把自個兒毀了，一輩子別想找對象……

夏青苗走著走著，眼淚不停地湧了出來。這時她正好走到單槓底下，她仰頭望單槓，暗藍的天空橫著一道黑棍。夏青苗的眼前突然閃出了趙一帆的臉，她在對她譏笑；忽然又變成路海龍的臉，路海龍鄙視地看著她；路海龍又變成了郭小波，郭小波一副憐憫的神情；接著又換成了陳英傑、徐光平，他們兩個朝她哈哈哈地狂笑……夏青苗發出一聲尖叫，雙手捂住臉，一屁股坐到地上哭了起來。

夏青苗坐地上趴自個兒膝蓋上不知哭了多久，哭著哭著她不哭了，她默默地趴在自個兒膝蓋上好久好久。後來她站了起來，不慌不忙地從書包裡拿出了一條圍巾，然後把書包放下，拿著圍巾的一頭，往單槓上一拋，把圍巾搭到了單槓上，然後高舉著雙手，把圍巾的兩頭繫到一起，繫成了一個圈。她舉起雙手，用勁拉了拉這個圍巾繫成的圈，她的腳都空了，她感覺這圍巾挺結實。做好這些，夏青苗停下一動不動，或許她在作最後的思考，或許她在想還有啥事情要做。一會兒，她從單槓的一端爬上去，雙手吊著單槓，再一點一點移到圍巾處，她把下巴骨伸進圍巾圈裡，然後雙手再吊住圍巾，把頭伸進圈裡，讓圍巾完全勒住脖子，她兩手突然一鬆，把自個兒吊在了單槓上。

這時從遠處飛過一個黑影，他直撲單槓處。夏青苗的雙腳已經在掙扎。黑影一下抱住夏青苗的兩條腿，使勁往上一送，夏青苗和黑影一起摔倒在沙坑裡。

夏青苗慢慢睜開眼，她慢慢看清了，在她眼前的是郭小波。

夏青苗哭了，你為啥要救我！你為啥要救我！

妳這是幹啥？這樣死值得嗎?!

夏青苗一下摟住郭小波的脖子，唔唔地哭起來。

8

牛鑫知道兒子找他不會有好事，天不塌下來，牛猛不會找他。果不其然，他又惹下了這種罪惡。

啥女人你不能搞！去弄這種小丫頭！

牛猛裝作很乖的樣窩在沙發裡不吭聲。他接到了夏青苗的電話，說學校和老師都知道了，她哭，罵他流氓，說老師一定會把他送進監獄的。牛猛害怕了，只能來找父親。

她老師的丈夫是律師，他們一定會告我強姦未成年少女的。

她老師是誰啊？

叫林佳玲。

林佳玲？她不是方律師的老婆嘛！

啊！是方律師啊，那我不完啦！爸，你得救我！我不想坐牢！

你這種人，本事沒有，膽比天大，該到裡面蹲幾年，該受受罪，要不成不了氣候！

爸！我錯了，我要是進去，這輩子就完了，對你也沒有好處啊！爸，你快想法救我！

牛鑫轉過身對著窗戶，悶頭吸著菸，這簍子捅大了，強姦未成年少女，製作傳播淫穢遊戲，至少得判五年，方卓然要是插手，這官司百分之一百輸。他在琢磨這事咋挽救。

你給我立即把網站給關了，要搞遊戲軟體，你就老實搞遊戲。這些日子，哪也不要去……

吃過晚飯，方卓然在客廳看電視。林佳玲收拾好廚房，她坐到方卓然身旁。

卓然，我得請你義務為我的學生夏青苗再跟牛鑫的兒子牛猛打一場官司。

牛猛！他咋啦？

我的學生叫夏青苗，是我們班的文藝委員，就是上次拍白妹廣告的那個女孩。

不是挺好的嘛。

她被人騙了，牛猛用金錢和名譽誘逼強姦了她，還拍了她的裸照，用三維動畫技術製作了遊戲，而且裡面有做愛的鏡頭。學校要給孩子處分，孩子也無臉見人，已經沒法上學了。

方卓然一怔，按說這個忙我應該幫，但是我畢竟在牛鑫那裡當著法律顧問，我要出面告他兒子，確實不太方便，再說後天又要出差去北京？

這事你不想幫？

不是不想幫，而是很為難，要不讓康妮幫著處理？

她行嗎？

這種事情，最好庭外協商解決，打官司會影響女孩子的聲譽，對女孩子心理傷害太大。

康妮處理過這種事嗎？

庭外協調康妮是嫩了一點。

林佳玲很失望，那你忙你的事吧，我再想別的辦法。

方卓然猜透了林佳玲的心思，是不是還叫伍志浩？

到時候看吧。

這樣吧。明天我抽點時間，把庭外協商解決的協定文本幫妳搞好。關鍵一條，這種協議要三方簽字，可以用我們事務所名義做監督方，合同文本全部存在我律師事務所，事後洩露真情影響也非常大。有了協議，誰去處理都無所謂。妳看好不好？

謝謝你想得這麼細，那就這麼辦吧。明天我不能送你啦，要去多長時間？

咋也得一周，等妳回來再說吧。

有事你就說。

林佳玲和伍志浩一起去了夏青苗家，林佳玲把打算一說，夏本柱竟一口謝絕。

伍處長、林老師，謝謝你們的好心，這事還是不找算了，家醜不可外揚。

秦梅珍也說，這種事一找就沸沸揚揚，孩子咋見人哪！

夏本柱說，這種事見不得人，我們認了，吃個啞巴虧吧。

伍志浩說，好多罪犯就是利用當事人的這種心理為所欲為。

夏青苗說，林老師，這事要是宣揚出去，我還不如去死。

林佳玲說，你們這是咋啦？

夏本柱說，謝謝林老師，這事我們不想追究了，孩子還小，丟不起這臉。

林佳玲急了，不追究，不制止，讓這個遊戲天天在網路上營運，青苗還咋成長，還咋做人？

伍志浩說，你們要明白，找他並不是要上法庭打官司，是找他庭外私了。

夏本柱說，伍處長，咋私了法？

伍志浩說，你們給律師事務所一個委託書，你們用不著出面，也用不著見這個流氓，更不用上法庭，我以林老師丈夫律師事務所的名義來找當事人庭外私下裡解決，讓他從網站撤掉遊戲，賠償精神和名譽損失。

夏本柱和秦梅珍面面相覷。

夏本柱說，人家能承認嗎？

秦梅珍說，青苗回家沒說，也沒告訴老師，他要是反咬青苗為掙錢願意的呢？

林佳玲說，青苗，妳是願意的嗎？

夏青苗說，我、我怕……

林佳玲說，青苗不要說是因為害怕。別忘了，青苗是未成年，他是已經結婚的成年人！

夏本柱說，那你們讓他把遊戲銷掉就算了，賠償就、就算了……

林佳玲說，怎麼算了呢？

夏本柱不好意思，他們給、給、給了兩萬……

原來，喬師傅已經拿兩萬塊錢堵了他們的嘴，還威脅他們，要是夏青苗將來不想嫁人就鬧騰，打官司他們也不怕，倒楣的是他們，方律師是公司的法律顧問，他絕不會幫他們，只會幫牛猛，他們會反告夏青苗變相賣淫掙錢，勾引牛猛。夏青苗為啥不告訴父母，為啥不告訴老師，因為她是自願的，是掙錢。輸官司不說，還會丟盡臉，在平海待不下去。夏本柱一家被嚇住了，不敢再提這事。

伍志浩說，你們不應該上這種當，這事要不解決，他拿遊戲到處散佈，孩子這輩子才真讓他給毀了。林老師的丈夫把協議都起草好了，一切由我來辦，我自然會讓他乖乖地認錯賠償的。你們看一下協議。

夏本柱說，逼他賠償，他要是把事情張揚出去影響不是更壞啦！

伍志浩說，條款中有限制，雙方都不能洩露，協議由律師事務所來收存監督。他是有崗位的人，牛鑫父子比你們更重視名譽，他們比你們更輸不起。

秦梅珍說，那就拜託麻煩你們了。

伍志浩說，賠償方面，你們有啥要求呢？

夏本柱說，我們也不懂，給點錢就行了，你看著辦吧。

伍志浩說，請你先在這委託書上簽字。

伍志浩和林佳玲從夏青苗家出來，伍志浩感到十分悲哀。卓然說得一點沒錯，太愚昧了，老跟這些人打交道，聰明人也會變傻。可是，中國百分之八十都是這樣的農民。

建設文明社會，談何容易啊！

怨誰呢？沒文化，必定貧窮，貧窮必定落後，落後必定愚昧；反過來愚昧會導致更落後，更落後就更窮，更窮就更沒有文化。如果這樣往復迴圈，我們的民族成啥啦？要不把孩子們的文化素養提高上去，改變落後和愚昧只能是一句空話。林佳玲感慨萬分。

不愧是靈魂工程師。

辦學校的事你考慮好了嗎？

考慮不考慮我都沒法拒絕妳，也沒法不支持妳。我跟局長反映了，批學校沒有問題。

林佳玲非常激動，伍處長，我沒有看錯你，只有你瞭解我，謝謝你。

9

考慮到不給方卓然添為難，伍志浩沒有在卓然律師事務所見牛猛，他和林佳玲一起把牛猛約到了一個茶館的包廂。

牛猛進包廂，見伍志浩和林佳玲已經在等他。牛猛本來對林佳玲就犯怵，現在做了這種事，心裡更沒了底，有些忐忑，伍志浩示意他坐，牛猛收斂地在他們對面沙發上坐下。

伍志浩遞給他一張名片，牛猛看了，肅然起敬，立即欠身起來，大律師，請多包涵。

別客氣。伍志浩單刀直入，牛先生，對你自個兒所犯的罪行有異議嗎？

牛猛對犯罪的字眼不習慣，罪行？

利用金錢和名利威逼引誘強姦未成年少女，又偷拍未成年少女裸照，製造淫穢遊戲，你說這些是啥性質？構成啥罪行？你應該清楚。

牛猛額頭上一下冒出一層汗。

我告訴你，判你五年有期徒刑是輕的，你自個兒可以看一下刑法。

牛猛乾咽了幾口唾沫，端起茶杯喝了兩大口。

你作案的地點，錦繡江山飯店一零一零房間，見證人，夏青苗的同學路海龍和飯店服務生曹金生。偷拍少女裸照，擅自用她的形象製作淫穢遊戲《校園仙子》，未經本人同意就在網站上傳播使用，侵害肖像權，這些事實你有沒有異議？

牛猛摸菸，伍志浩主動遞給他一支，並打火點著。林佳玲的眼睛像兩把劍一樣一直盯著牛猛，牛猛都不敢看她。

牛猛緊抽了一口，有這事。

你承認以上事實，那麼你再選擇，是上法庭解決，還是庭外協商解決？

牛猛毫不猶豫，庭外協商解決，庭外協商解決。

那咱就談庭外協商解決的條件。

啥條件？

一、銷毀和刪除所有照片以及製作的所有作品，不得以任何形式保存和傳播，一經發現保留起訴權；二、賠償五萬以上十萬以下精神損失費；三、雙方必須保護對方名譽，不得向外洩露事實真相，若有違約，保留追訴權。

錢多了一點，我已經給了兩萬了。

林佳玲忍不住插話，那是你想封人家口，一個未成年女孩的純潔和名譽是啥價值，你心裡應該有數。

牛猛歎了一口氣，唉，怨自個兒糊塗，本來只想拍照做遊戲，自個兒沒控制好，就五萬吧，不要再以上了，損失太大了！

林佳玲很氣憤，你要是這麼總結教訓，這次不進監獄，以後免不了還要進監獄，你知道嗎？你可能毀掉這女孩子的一生幸福！

牛猛抬起頭懇求，《校園仙子》能不能做些修改，刪除一些內容，能不能製成光碟銷售？

伍志浩態度堅決，這沒有商量的餘地。本來說是欄目代言廣告，結果是做遊戲模特兒，這是欺騙、侵權、傷害，必須立即全部刪除，並銷毀所有資料照片。

牛猛十分心痛，開發這個遊戲，投資沒法說，那套設備就上千萬哪！

林佳玲毫不客氣，那是你自找的！年紀輕輕的，正經事不做，去做這種下流的東西，你不只是傷害夏青苗，你是在毒害青少年！毒害社會！

牛猛讓林佳玲說得抬不起頭來。

伍志浩接著問，還有一個問題，這個遊戲能不能下載？

這你放心，《校園仙子》不能下載，為了保證我們的利益和點擊率，只能在網路上玩，不能下載，這我可以保證。

那你們必須在六小時之內全部刪除！

這你們放心，網站已經關閉了。我只是想修改後銷售遊戲光碟，要不損失太大了。

林佳玲追問，要是你的妹妹，你也同意這樣做嗎？

牛猛無言。

伍志浩把協定給牛猛，這是協議，要是沒有異議，你就簽字。要是不同意，對不起，那咱就法庭上見。

牛猛沒有任何理由不接受，他看完協議，立即簽了字，伍志浩也簽了字。

伍志浩說，原來的合同帶來了嗎？

帶來了。牛猛從包裡拿出合同。

伍志浩接過合同，拿出另一份，你看一下，這是你跟夏青苗父親簽的協議，現在當場銷毀。這協議由我們事務所擔任中裁，對你們雙方負責監督，一旦有問題，你們雙方都可以找我們。

一切都由你吧。

事情解決之後，伍志浩和林佳玲再一次去了夏青苗家，把私了結果向他們作了介紹。伍志浩把五萬塊錢給夏本柱時，夏本柱的雙手竟打哆嗦不敢接。

林佳玲擔心的是夏青苗上學問題。

夏本柱說，林老師，我們商量了，夏青苗不能再去學校丟臉了。

林佳玲說，她不上學咋行呢？

秦梅珍說，看看能不能轉個別的學校，要是不行，女孩子有初中文化也就湊合了。

夏青苗說，林老師，我不能再去城北中學了，不知道多少同學玩過這個遊戲呢！

伍志浩跟林佳玲交換了個眼色。

林佳玲說，好吧，妳先在家休息調整一下再說吧，反正期末考試也考了，馬上要放假了。

10

林佳玲滿面春風提著一套雅戈爾西服回家，正掏鑰匙開門，門輕輕地打開，方卓然微笑著在門裡迎接她。林佳玲十分欣喜，方卓然卻沒有激動，沒有擁抱她，更沒有吻她。林佳玲舉起手中的西服，讓方卓然試試。方卓然接過西服沒試，卻問她咋又給他買西服，林佳玲說感謝他為夏青苗討了公道。方卓然苦笑了，說夏青苗的事情，她來謝，說明他們之間已經到了凡事都要相互感謝的程度了。林佳玲感覺方卓然情緒不好，但剛見面，她也不好細究原因。

辦學的事情是林佳玲和方卓然親熱之後才說的。林佳玲偎依著方卓然說了這事。

卓然，我要辭職。

如同霹靂，方卓然十分震驚，誰傷害妳啦？

沒有。

工作出大錯啦？

沒有。

領導不信任妳？

沒有啦。

方卓然不解，那為啥？

當然是有原因，可是說出來，你或許要笑我，你可能會覺得不可理解。

不管是啥原因，肯定是有妳的理由，不妨說出來聽聽。

我想辦一所學校。

又是一個晴天霹靂，方卓然再一次震驚，辦學校？

林佳玲一直微笑著，如同她決定要買一件衣服，製作一樣傢俱一樣輕鬆，是啊，辦一所學校。

方卓然仰過身子，兩眼看著天花板發愣，他啥也沒說。林佳玲反倒奇怪了，她側起身子。

卓然，你咋不說話？

我說啥呢？這是妳自個兒的人生選擇，妳也不是小孩子了，妳肯定是考慮好了才做的決定，我說啥都是多餘的了。

咋會呢？

咋不會呢？如果妳真打心裡想要跟我商量，真的尊重我的意見，妳就不會到今天才告訴我。我沒有猜錯的話，這件事妳已經跟伍志浩商量好了，妳跟我說，不過是讓我知道而已。

林佳玲像遭了一擊，一下跌躺下來。

是的，我是跟伍志浩商量了，他開始堅決反對，後來讓我說服了，因為我做這件事，需要他的全力支援幫助。

方卓然心灰意冷，那你們就辦吧。

林佳玲仰躺著，有些委屈，又有些遺憾，卓然，其實我心裡最需要的是你的支援。

方卓然已經很失意，我能幫妳啥呢？我只能跟妳慪氣，只能讓妳傷心。

你這是氣話，你完全知道我需要你啥樣的支援。別看我說得那麼輕鬆，其實我心裡愁著哪！辦一所學校不是做一頓飯請一次客，難著呢，需要校舍，需要資金，需要師資，需要教學設備，但我現在只有一雙手，還有一顆同情心，我不過是不忍心看著那些孩子流落街頭，他們的真正人生還沒有開始，需要人幫助……

方卓然側過身子背向林佳玲，他再沒有說啥，可是他並沒有入睡……

林佳玲默默地仰躺著，她眼睛裡閃著堅定不移的神采。

11

王海清看完林佳玲的辭職書，無法控制地從辦公桌那裡站了起來。

妳！妳這是幹啥?!

我這是認真考慮後做出的決定。

我不過就說了妳那麼幾句嘛！老師們不是都非常通情達理嘛！妳咋要辭職呢？

林佳玲十分平靜，校長，我辭職不是因為我們班掉到倒數第一。

學校哪個地方對妳不關心，妳有啥困難，都可以說，咋要辭職呢！

校長，你對我非常器重，老師們對我也非常關心，我辭職不是因為這些。

那為啥？有啥事不好商量呢？我還想報妳當教導主任，等妳將來接我的班呢！

校長，我不是鬧意氣。說心裡話，我來城北中學，還沒有幹啥事情，本應該好好為城北中學做些事，但是，我真的有比這更急的事要做。

工資低，咱可以想法在補助上彌補；家庭有啥困難，我們一起來幫妳克服；我絕對不會放妳走！

林佳玲有點哭笑不得，校長，感謝你對我的信任，也感謝你對我的關心。我要做的事你幫不了。

啥事我幫不了？

林佳玲不得不說，校長，你能在咱們學校增設民工子弟小學班嗎？你能把社會上的流浪孩子都收到咱學校來上學嗎？

妳，妳想去辦學校?!

林佳玲點了點頭，校長，一切都還沒有開始，請你暫時不要對外說。

王海清十分痛心，佳玲啊！妳這是要毀自個兒哪！妳這是幹啥呢？

我既不想去賺大錢，也不想成就啥偉大事業，我只是想做一個普通教師該做的事情。

妳想得太簡單了，光憑妳那一股體恤之情是辦不成學校的，辦一個學校要幾千萬，上億。海清沉重地站了起來，佳玲，我知道妳是一個有責任感的教師，也是有事業心的人，但是，我們做啥事情，都應該量力而行。

校長，我要做的這件事對我來說的確很難，有點不自量力，但是這件事該做，該做的事不做，就是失職。現在人人都在感歎社會風氣差，其實問題嚴重的不是犯罪，不是道德敗壞，而是許多該做的事情，大家不去做。

王海清被林佳玲的話觸動。

我們的大眾多數人不會去犯罪，也不會去做傷天害理的事，但對人對工作對社會，缺少應有的熱情和責任，遇事不是主動承擔，而是報以麻木和冷漠，見油瓶倒了都不扶；對別人都是牢騷和指責，而很少想一想，自個兒對我們的社會該做啥？自個兒又做了啥？

王海清讓林佳玲說得無言以對，他對林佳玲是真誠的，也是負責的，他真不想讓她走，也不願她去冒這種風險。王海清想了想，退了一步，妳說的道理很對，對社會的問題認識也很深刻。這樣好不好，妳別辭職，我給妳停薪留職，妳去試一試，要是行，妳再辭；要是不行，妳還是回來，妳說好嗎？

林佳玲十分感動，她不好拒絕校長的好意，但越是這樣她越不能給校長添為難。

校長，你這是一片長輩的好心，可城北中學不只我和你，有上百位員工，你這樣照顧我，會給你添麻煩的，我不能讓別人拿我說事，也沒有理由讓學校為我擔風險。你就上會研究吧！

王海清走過來握住林佳玲的手，佳玲，我啥也不說了……

林佳玲辭職的事在城北中學引起了轟動，林佳玲正在辦公室整理自個兒的東西。崔靜、簡丹、呂老師、俞老師等一幫老師一齊擁進了辦公室。

崔靜有些生氣，林老師！你這是幹麼呢？

呂老師說，領導讓妳停薪留職，妳就停薪留職嘛！

俞老師說，林老師，我那些話不過自個兒一樂，妳可別當真啊！

簡丹說，林老師，要是學校辦不起來咋辦？

林佳玲非常感動，謝謝大家！要是學校辦不起來，我就去給人家當家庭教師啊！飯碗總會有的。

崔靜聽了很心酸，林老師，說別的都是空話，只要有用得著我的地方，妳只管開口。

呂老師說，是啊，要是老師一時找不到，我們去給妳兼課。

林佳玲的眼睛濕潤了，謝謝，我有困難，一定會找你們的。

趙一帆、路海龍、郭小波，還有陳英傑、徐光平等學生也一齊擁進了辦公室。

林佳玲很感動，你們都長大了，不用我再操心了，有更多需要我操心的孩子。小波，辦學校只是我的一個設想，現在連影都沒有，你咋能跟我走呢。就算學校真的辦起來了，我會讓那些學習跟不上趟的同學跟我走，你必須留在城北中學，這裡才能幫你走向成功之路。

12

伍志浩陪林佳玲一起去了趙家墳村委會辦公室，伍志浩已經跟他們聯繫過了，趙支書十分過意不去。

他們真想合作，但村裡的大部分土地都被二期工程規劃了，沒有現成的房子可以做校舍。

跟趙家墳村委會沒能合作，村支書卻幫了大忙。他把事情向鄉里作了彙報，鄉里很重視，正巧太平路小學跟城北小學合併，太平路小學的校舍空了出來，鄉里願意拿出來辦學校。意想不到的事情讓林佳玲萬分感激，她有點相信命運了，她想，這肯定是她的心感動了上蒼。

鄉里分管教育的何助理立即陪林佳玲和伍志浩去看了太平路小學，校址就在太平路南側，不在開發區二期工程規劃之內。進園臨街是一座四層板樓，樓朝南，教室都向陽，教室門前是走廊通道。一層是學校老師和行政辦公室，二層至四層都是教室和會議室。

林佳玲一走進學校院子，高興得跟孩子似的跳了起來，他們跟鄉里一拍即合，立即簽約，鄉里就以校舍作投資。伍志浩堅持不是投資，而是鄉里主辦。他們立即分工籌備，鄉里負責向市教育局和市教委辦理辦學的全部申請手續，決定鄉里派人出任法人，林佳玲擔任校長。林佳玲和伍志浩負責招聘老師，他們同時向外聯繫，吸引投資。籌備處就這樣成立起來。

13

自從發生那件事之後，路海龍一直不跟父親說話，那天路海龍突然叫了爸。

爸，你不是一直想要幫林老師嘛！

路富根喝了杯中酒，放下杯子，好奇地看著兒子，今兒個日頭從西邊出來啦？我以為你這輩子再不認我這個爸了呢！他給路海龍倒了一酒杯。是啊！我是一直想報答林老師的，可是一直沒找著機會。

咱們家有多少錢？

你問這幹啥？

有錢你才能幫林老師，沒錢我就不說了。

錢當然是有一點，不過大錢都不在手裡，在牛老闆那裡還沒給咱。

你要是有錢，現在就有幫林老師的機會。

啥機會？

林老師想自個兒辦學校，把這些失學學生收到學校上學。

要是咱的學校不被規劃，我讓她來當校長多好啊！

現在林老師正在找校舍，找合作單位，找投資。爸，咱家要是有錢，投資林老師的學校多好。

咱的學校和交易市場的地產和房產可以折一千多萬呢！我明天就去找牛鑫，我把錢要來投資林老師的學校，她辦學校準沒有錯。

路海龍很高興，對，爸，投資林老師的學校，不光是做好事，將來一定會有利的。

你小子很有經濟頭腦哎！

路富根去找牛鑫，牛鑫碰上了麻煩事，拆遷戶聯名把牛鑫告了。市紀委要派聯合工作組到鑫源房地產開發集團公司調查，牛鑫急得像熱鍋上的螞蟻，他立即召青山綠水商量。

有消息嗎？

青山綠水說，拆遷戶告狀屬實，老頭子已經出面了，派不派工作組還沒定。

那妳得盯緊了，讓領導干預，一定不能讓工作組來，工作組一來，沒有問題也有問題了。

這個時候，老頭子不宜出面。

要不干預，讓他們來折騰，萬一要是叫他們查出了蛛絲馬跡，可不是鬧著玩的？

青山綠水出了個主意，辦法倒是有一個。

啥法？

告的主要問題是拆遷房的折價過於偏低，懷疑上面有人吃了工程的回扣。

這他媽都是路紅旗和路富根兩個搞的。

但名義是咱集團公司。

妳的意思是把他們甩出去？

把他們甩出去也救不了你，是你委派路富根當的拆遷辦主任，他是為你壓價。

妳是說取消壓價，把他們的差價回扣直接還給拆遷戶？

青山綠水點點頭，你跟路富根有協議嗎？

只有口頭約定，沒有文字協定。

沒有協議就好辦，你立即向拆遷戶宣佈調價，把責任推到路富根那裡，說是他壓價。至於調多調少你自個兒掌握，這樣你不吃虧還可能有得賺。對路富根，你就抬出紀委，他也說不出一個不字。

嘿！不錯，讓路家兩兄弟空歡喜一場！

路富根大搖大擺正朝這邊走來，青山綠水正好從牛鑫辦公室出來，路富根一眼就認出她，面熟，一時想不起，她不屑一顧地走過去，路富根卻回頭瞅不夠。

路富根繼續大搖大擺進牛鑫辦公室，牛鑫見路富根來，根本不把他當回事。

你不在工地，咋跑這兒來了？

咱親兄弟也得明算帳哪！工地開工了，咱們得把帳算算了。

牛鑫裝傻，算帳？算啥帳啊？

哎！牛老闆，你動員我拆學校和商品交易市場的時候可不是這個態度哪！

學校和交易市場的房地產折價早了結了。

路富根一聽急了眼，你啥時間跟我了結的啊？

路紅旗不是你的全權代表嘛！這話可是你說的，對吧？

我是說過這話。

牛鑫不慌不忙打開保險櫃，從裡面拿出一份合同，放到路富根面前，你看看，白紙黑字。

路富根拿起合同看。

牛鑫說，上面那簽名是路紅旗的親筆吧？

路富根十分驚奇，他把這些款全投給了商品交易大樓！這麼大事，他咋沒跟我商量？

那是你們兄弟的事，我就不知道了。

那拆遷房壓價的差價回扣呢？

路紅旗沒告訴你？

路富根更驚詫，告訴我啥？

回扣沒有了。

路富根急了，呼地站了起來，你咋能這樣呢？你這不是騙人嘛！卸磨就殺驢啊！你也太黑了！

不是我黑，是上面不讓搞回扣，你一點不知道嗎？都告到紀委去了，回去問問你那哥吧。

你太欺負人了！產權是我的，沒有我簽字，誰簽都不管用！

路紅旗簽字也不管用？

路富根也急了眼，打了官司後，他也學到了一些知識，他跟你簽合同，有我的授權嗎？沒有我的授權，我親哥簽也不管用！不要說他還是堂哥。

那你找不著我，他全權代表你，是你當面親口跟我說的，現在你說他簽字不管用，那你們兄弟兩個去打官司吧，與我無關。對不起，我還有事。

路富根面對這隻狡猾的狐狸，他警告自個兒不能心軟。

牛老闆，你是久經商場的老手了，我把話說清了，是你先不給我臉面啊，那就別怪我不講交情。我咋不講交情啦？

合同的法律效用在法人那裡，這你不會不懂吧？我這些地產和房產，業主產權都是我的，而不是路紅旗，我是說過他可以全權代表我，但那只是談生意，上千萬生意的合同，沒有我簽字授權，他簽字能管啥用呢？說句不好聽的話，我說你們同流合污，合夥侵權一點都不過分！你要這麼不講情義，那你就等著。

牛鑫沒想到路富根還有這道行，但牛鑫不會在他面前示弱，他做出一副偽善的笑容，我隨時恭候。

路富根走出牛鑫辦公室就給路紅旗打了電話，路紅旗正開車經過北門，他讓他立即過去，他在北門等他。路富根趕到北門，老遠見路紅旗的奧迪車停在路邊，他立即下車上了他的車。

哥，這是咋回事啊！壓的差價，牛鑫說不給就不給啦？

出事了！有人把二期工程告到市紀委了。

告才好呢，我又不是領導，也不是公務員，也沒有行賄，他們告的是牛鑫，告翻天跟我也沒關係啊！

搬遷房壓價牟取暴利是你幹的呀！

我才不怕呢！牛鑫一分錢都沒給我，我他媽給他白出力了！

路紅旗眼睛一轉，好！從今天開始，你就別再提差價回扣的事。

不提？不提太虧了！

你傻啊！這回扣要不得，這事肯定要打官司，你不拿錢不就沒你的事了嘛！他們要是找你作證，你就說是牛鑫讓你壓的價不就完啦，反正你沒得一分錢。

哥，這事虧就虧了？可是，你咋跟牛鑫簽交易大樓的投資協定呢？

不是你讓我簽的嘛！

我看牛鑫這傢伙不是個好東西，奸商一個，咱們哪能玩得過他，到時候他再耍手段，我這上千萬資金就打水漂了！

咱不是想大發一把嘛！想發財，總得擔風險啊！

不行，不能跟他合作，得讓合同作廢。

路紅旗不高興了，咋能作廢呢！我簽了字了！

哥，這傢伙吃人都不吐骨頭，絕對要離他遠點。

哪也不能簽字不算數啊！你這樣不是讓我為難嘛！

路富根憋不住了，哥，這可是我的命根子錢啊！你也不跟我商量……

路紅旗十分不滿，你是埋怨我嘍！好，既然這樣，你的事我再也不想管了，你愛咋辦就咋辦。

路富根不再說話，也一臉不高興，哥，你得他好處了嗎？

路紅旗更不高興，我得個屁！

路富根下了決心，你沒得他錢怕啥？我就以你不是產權所有者的理由，讓那合同作廢。

你愛咋辦就咋辦吧！我不管了。

路富根反教訓起路紅旗來，哥，我看你是聰明一世糊塗一時，牛鑫是個啥人你不清楚，他讓那丫頭搞人大主任你也不是不知道。這錢是我一輩子的心血哪，是我們全家的活命錢哪！我還得給兒子買房娶媳婦哪！這事你一點都不用為難。既然他要咱們，咱們咋就不能要要他呢？

我是簽了字的，咋要他？

你要是得了他好處費，那也不要緊，你把得的好處費都退給他，就說你沒有得到授權，簽了字也無效。等我要回錢來，那好處費我給你。你給他來軟的，往我身上推，說我翻臉不認人了，宣佈合同作廢了，他能拿你咋樣。你既然掐著他用丫頭拖人大主任下水的事，你就用不著怕他！

路富根真讓路紅旗刮目相看，他覺得他說得有道理，但他不滿路富根對他的態度。

你自個兒看著辦吧，你的事以後也別再找我了。

14

王海清悶悶不樂地走進語文教學組辦公室，崔靜他們見校長進來，不知道有啥事。

王海清說，有林老師的消息嗎？

崔靜說，沒有啊！聽說她正在到處找校舍。

她的確是個好人，雖然離開了咱們學校，咱也不能不管，你們抽空去看看她，看看有啥咱們能幫上的，要是真不行，你們還是給我把她勸回來，咱學校需要她。

崔靜很感動，校長，好的，我抽空去找她。

城北實驗學校籌備處設在原太平路小學的一層，屋裡很簡陋，就兩張寫字臺和幾把椅子。何助理跟林佳玲正在商量事。

何助理說，佳玲實驗學校多好！

林佳玲不好意思，咋能用我的名字命名學校呢！還是城北實驗學校好。我們不光是小學初中同校，還要專設外語，把外語作為小學和初中主課，進行分層因人施教，一定要辦出特色來。

伍志浩急匆匆進屋，看他的急促樣，林佳玲和何助理擔心學校申請遇到了麻煩。

林佳玲說，伍處長，申請有消息了？

必須得有註冊資金，沒有註冊資金上面沒法批。

何助理說，最低要多少？

伍志浩說，不能少於五百萬。

林佳玲說，這上哪去立即弄五百萬呢！

康妮畢業到大平律師事務所就給方卓然當助手，算起來也有五年了。五年之中沒見康妮談戀愛，別人給她介紹朋友，她總是認真不起來，好像有人在等她，或者她在等人。其實這與方卓然有直接的關係，康妮在不知不覺中已經把方卓然當成了她心中的偶像，康妮意中人只有一個，那就是方卓然。康妮她根本沒意識到，她暗戀他。康妮對方卓然的一切都十分盡心，也十分在意。

老闆，你有心事。

方卓然有意想試康妮的眼力，妳發現啥啦？

今天你的眉宇之間，積聚著一團疑雲。我沒有猜錯的話，你和林老師之間是不是又發生了啥事？

方卓然非常痛心，她辭職了。

康妮也十分吃驚，辭職！她辭了老師？

她想自個兒辦學校。

康妮略有思考，佩服，她看似柔弱，骨子裡是個真正的女強人，她是堅硬如水啊！

方卓然意外，妳欣賞？

如果說過去我對她只是一般理解的話，那麼今天，我對她應該肅然起敬。

方卓然更意外，妳敬佩她？

是啊！就現在咱們的國民素質，誰想放棄事業單位職員的待遇？敢放棄的都是有真本事的人，一般人誰願意扔棄鐵飯碗？

方卓然琢磨著康妮的話。

她敢做出這樣的選擇，證明她有膽量，也一定有把握，她相信自個兒。

方卓然還是擔憂，她畢竟是個女人，何況她手裡並沒有錢。

這更證明她有自信、有能力。

她白手起家，想辦學校談何容易，沒有上千萬的投資，咋能辦學校呢？

是需要投資，那就需要你的幫助哪！

我從哪去給她拉投資啊？

事在人為，辦法總是人想出來的。

就在這時路富根走進了事務所，他是專程來請教方卓然的。路富根儘管在牛鑫那裡攤了牌，但他心裡仍沒一點把握，他對路紅旗也翻了臉，別看他說得有理有力，但他心裡沒一點底。他不知道咋樣才能從牛鑫這條老狐狸手裡把錢要到手，說啥都是空，要到錢那才是真的，把錢攥到自個兒手裡那才是自個兒的，現在他真是左手沒法相信右手。

路富根沒有別的路可走，他只能求方卓然。方卓然正心情不好，他在為林佳玲的事鬱悶。方卓然問路富根跟牛鑫要著錢沒有，路富根說要是要著錢就不來麻煩他了，正是為這事來求教他。路富根把情況前前後後一說，方卓然看到過路富根和牛鑫之間的那份協議。

拆遷之前你們不是談好了嘛！

是談好了折價，但沒談他們咋給我錢。

拆遷那份合約我看到過，你房地產折價兌現方式好像是另行協定。

問題就出在這另行協議上。

出啥問題了？

我堂哥，背著我，跟牛鑫簽了協議，把我學校、交易市場和那些出租房的房產地產折價都給牛鑫的商品交易大樓作了投資。

簽協議，他沒跟你商量？

沒有啊！

你不同意投資牛鑫的商品交易大樓？

這人黑心黑肺黑天黑地，說好居民拆遷房壓的價歸我收益，事情做好了，房子都拆遷了，他的工程也開工了，我的利他一句話就一分錢都不給了。

當初你們沒有協議？

沒有啊，他說這是潛規則，不好簽協定。

投資的事，牛鑫沒有跟你具體協商？

他忽悠過我，我這人講實惠，當時我回他話了，抓在手裡的才是我的，我不要看不見摸不著的空頭支票。

那你咋到現在才想起來呢？

我聽說林老師要辦學校，我想從這筆款裡拿出一部分錢投資林老師的學校。結果，牛鑫說早跟我哥簽了投資協定。

你跟你堂哥有正式書面授權嗎？

沒有。我只是口頭說讓我哥全權代表我跟牛鑫交涉，但他們簽合同根本沒徵求我意見，連簽字都沒有告訴我。

只要你沒正式授權，你可以通過法律來解決。

我可以讓這合同作廢嗎？

你可以讓合同作廢，你是業主，簽這份合同既沒跟你商量，你也沒簽字，你又沒正式授權路紅旗，他們的合同是無效合同。但牛鑫可以告你堂哥詐欺。

我懷疑我堂哥跟牛鑫背後有交易，我顧不了這麼多了，我一定要讓這個合同作廢，要不我一無所有了！

可以，你可以委託我們事務所幫你辦這件事，但我不能出面，因為我是鑫源房地產集團公司的常年法律顧問，可以讓我們凱瑞出面來幫你解決。但你要想好，這樣你可能要惹翻你堂哥。

我跟他打招呼了，他把我上千萬的資本都不當回事，我還顧啥兄弟情分呢！

好，那你給我們事務所寫委託書吧。

路富根是拿著卓然律師事務所的律師函去見牛鑫的。路富根還是大搖大擺走進牛鑫辦公室，進門還跟牛鑫幽默了一下，說牛老闆，我沒有讓你等得太久吧。路富根說著，畢恭畢敬雙手把律師函交給了牛鑫，然後得意揚揚不邀自請地坐到牛鑫老闆臺前抽起了菸。牛鑫看完律師函失態地把律師函摔到老闆臺上。

你！你跟我來這一套？

路富根像掐住了牛鑫致命的穴位一樣得意，牛老闆，你久經商場，論這，你比我懂啊！

牛鑫像傻瓜一樣，讓路富根說得無話可說。

這律師函是方卓然幫你寫的？

不是，方律師是你們集團公司的常年法律顧問，我咋會請他幫我給你集團公司寫律師函呢？我請的是凱瑞律師。

那咋會是卓然律師事務所的印呢？

卓然律師事務所不只方律師一個律師啊！凱瑞律師也是卓然律師事務所的律師哪！我不能請嗎？

牛鑫又讓路富根佔了理，你能請，你長進得很快呀！

牛老闆，我知道你這會兒心裡不痛快。但你一點都用不著心疼，這錢本來就該著歸我哪！你得先把我的房錢和地錢付了，我跟你是有協議的。

牛鑫有點蠻不講理，我告訴你，現在我沒有錢，等我二期開盤後，我肯定給你。

牛老闆，我剛才給你的是律師函，給錢是有時間限制的喲，你是按合同按時給錢，還是要通過法庭解決，你自個兒定吧！

路富根說完，得意揚揚地站起來朝外走。牛鑫氣得把自個兒的茶杯砸到路富根身後的地上。路富根頭都沒有回。

15

城北實驗學校招聘老師的事情已經鋪開，人手實在太少，林佳玲把原城北中學退休的老主任請來幫忙。一下來了四個應聘的，三男一女，林佳玲立即熱情地招應他們，四個應聘的人一起向林佳玲諮詢。林佳玲先給他們一人一份應聘表，讓他們把表先填好，但他們都要先詢問了情況再填表，林佳玲就只好先一一回答他們的問題。

學校批下來了嗎？

正在審批之中，教育局的伍處長是我們的顧問。

資金到位了嗎？

實話跟你說，資金還沒到位，正在談。

那我得考慮考慮，上來就開白條受不了。

我們很需要你這樣有教學實踐經驗的教師。資金也一定會到位的。

正說著，路富根突然闖了進來，他一聽那些應聘老師的疑問，比林佳玲還急，他當即拍胸脯，資金一定到位，我就投五百萬！

屋裡的人都看著路富根。

看不上我是吧？不相信是吧？鑫源房地產集團公司你們相信嗎？我的學校、商品交易市場還有三座公寓樓都讓他們規劃了，房產地產要給我一千多萬，我決定先拿五百萬投這個學校！卓然律師事務所正在出面幫我交涉，看看，這是我給鑫源房地產集團公司的律師函，這還假嗎？

一男士說，我是退休教師，教中學物理的，我現在就簽合同。

林佳玲很高興，可以！

一女應聘者說，好吧，我拿回去跟家裡商量一下。女應聘者拿著學校介紹和應聘表離開。

另一男士說，表我填好了。

林佳玲說，那你把表留下，我們會及時跟你聯繫的。

路富根說，林老師，我是怕妳著急，先來打個招呼，錢肯定是會有的，牛鑫要不給，我就讓凱瑞律師幫我打官司。

路老闆，謝謝你，你投資，就是我們學校的股東，你到鄉里找何助理具體談，好嗎？

我這就去鄉里。

路富根前腳走，崔靜和呂老師後腳就進了籌備處，林佳玲見一幫同事來看她，十分激動，趕緊把他們迎進屋子。崔靜和呂老師見老主任也在，更是高興。

林佳玲說，我一個人不行啊！只能請老主任出山。

呂老師說，王校長挺惦記妳的，讓我們來看看妳。

崔靜說，校長說，看有沒有需要我們幫忙的，他說，要是不行，妳還是回學校。

林佳玲感動地流下了眼淚，謝謝校長！謝謝你們！

16

牛鑫站在辦公室的落地窗前，凝視著遠處，他一口一口地吐著菸，他沒想到，竟會讓路富根這種人給治了。他的辦公室門響，方卓然拿著律師包來到他辦公室。

方律師，這事你知道嗎？牛鑫回到老闆臺前，很不滿地把那份律師函扔給方卓然。

方卓然沒有拿律師函，我聽說了

那你處理吧。

很簡單，按人家的要求劃款唄。

劃款我還要叫你來啊？

那你想要我咋辦？

想法把它駁回去！

對不起，沒法駁。

正面攻不行，可以側面攻呀！

側面攻？你是說讓路紅旗來改變路富根的主意？

牛鑫點頭。

路富根他要顧忌路紅旗，就不會請律師寫這律師函了。

那你說咋辦？

你跟路紅旗的合同是無效合同，只能按你跟路富根簽的合同執行，再說，路富根不是跟你做生意，是咱們用了他的地，拆了他的房，給人家錢是理當的。

突然冒出一千多萬，我從哪去找啊！

要是上法庭，咱們必定輸。唯一的辦法，只能跟路富根協商，分期付款。

牛鑫沒了一點情緒，這事交給你處理了，原則是能拖則拖，能少付則少付。

可以。

方卓然回家，林佳玲已經做好飯。方卓然十分稀罕，耶！今天回來咋這麼早？

學校沒正式批下來，卡在投資那裡了，直接影響老師招聘。

我給妳帶來一個好消息。

啥好消息？

你們的投資快要落實了。

卓然，你幫我拉投資啦？

不是我拉，是路富根自個兒想投資妳的學校。

你幫他跟牛鑫要到錢啦？

是的，路富根的學校和交易市場的房地產值一千多萬呢。只是牛鑫不會一下給他錢。我會想辦法讓牛鑫先付三百萬。路富根同意把三百萬都投到你們學校！

林佳玲高興地跳了起來，她伸出雙手吊住方卓然的脖子，卓然，謝謝你，只有愛人才會這樣默默地傾心幫助。

方卓然並沒有激動，看來，我只有在事業上幫妳，才會博得妳的歡心。

你對我是這樣的感覺嗎？

兩人相對而視，林佳玲主動吻了方卓然。

17

城北實驗學校第一次董事會在學校會議室舉行。林佳玲、伍志浩、路富根、何助理和幾個企業家在座。何助理主持了董事會。

今天是我們城北實驗學校第一次董事會。學校已經註冊批准，建校工作正式全面啟動，今天董事會的議程第一項是委任校長，經充分醞釀並徵求大家的意見，我提議林佳玲同志擔任城北實驗學校校長，提交董事會討論。

路富根搶先發言，林佳玲老師當校長，再合適不過了，她除了有教學能力，最重要的是她有一顆為別人服務的善良之心，我沒有一點意見。

幾個企業家附和，都沒有意見。

伍志浩說，作為顧問，我也沒有意見，我相信林佳玲同志會是一位優秀的校長。

何助理說，要是大家沒有意見，咱們鼓掌通過。

在座的都熱烈鼓掌。

林佳玲起身向大家鞠躬，謝謝大家信任。

何助理說，下面請林校長介紹學校章程和招生簡章……

林佳玲騎著自行車來到天夢大酒店前，這裡依然人來人往，那些發廣告的依舊在向行人塞小廣告，那幾個孩子也依舊在發「黜卡」。林佳玲停下自行車，拿著一疊學校的招生簡章走過去。給過林佳玲「黜卡」的小男孩看到了林佳玲，想躲避，林佳玲叫住了他。

林老師，我要掙錢吃飯啊！

林佳玲把招生簡章給了小男孩。

林老師，妳也失業發廣告啦？

我沒有失業，我辦了實驗學校，是專門為你們這樣沒地方上學的孩子辦的。你不想上學嗎？

我學習不好，沒有學校要我。

我們學校要你，到實驗學校來上學。

小男孩不相信地看著林佳玲，妳真的讓我們去上學？

真的，學校就是為你們這些孩子辦的。你把這些招生簡章發給你那些同學夥伴，讓他們都來上學。

小男孩沒有信心地說，我已經不習慣上學了。

孩子，你還小，你長大了一輩子就幹這種事嗎？你應該上學，而不應該幹這種事。把招生簡章給你爸爸媽媽看，快回家吧。儘快到學校報名，我在學校等你們。

小男孩看著林佳玲離去。林佳玲騎著自行車繼續在街頭尋找，她看到孩子們就把招生簡章給他們。林佳玲繼續騎自行車在街上找，她終於找到了包小天，他正和幾個小夥伴在發小廣告。

包小天！

包小天看到林佳玲，他竟扭頭就跑。林佳玲騎上車追。林佳玲一邊追一邊喊，包小天！你站住，我來找你去上學！

包小天站住了。林佳玲把車子架好。

你跑啥？

我，我怕妳……

怕我啥？

怕妳送我去派出所。

我咋會送你上派出所呢！我是來找你去上學的。我們辦了新學校，是專門為你們這些民工孩子辦的。

包小天一點都不高興，我不想上學。

為啥不想上學？

我笨，上學老受罰，不如現在舒服。

你現在舒服嗎？偷人東西舒服嗎？被人打舒服嗎？你要再這樣下去，是要進少教所的！長大了會進監獄！不是我嚇唬你。

包小天低了頭，已經是小偷了，別人會看不起我。

你還是小孩子，是受人欺騙，只要你學好，沒有人會看不起你！

林佳玲把招生簡章給了包小天，你把這些招生簡章發給那些失學的同學，拿回去給爸爸媽媽看，明天就到學校去報到，我等你。你要不去，我還會來找你。

包小天默默地看著林佳玲騎車離去。

趙一帆和郭小波帶著一幫原民工子弟學校轉到城北中學的民工生一齊擁進林佳玲辦公室。

趙一帆說，林校長，我要跟妳在一起，妳讓我轉到這裡來上學吧？

郭小波說，我也要轉到這裡來！

民工生說，我們都要到這裡來上學！

林佳玲很高興，別急別急，聽我說。上次期末考試不及格的同學，可以轉到這裡來上學，你們不想來，我也會動員你們來。但是一帆和小波，你們不能轉到這裡來上學。

趙一帆急了，我一定要跟妳在一起！

妳一年一年在長大，上完初中要上高中，上完高中要考大學，妳咋會一直跟老師在一起呢？我要負責任地跟你們說，實驗學校是新辦的學校，教學條件和學習環境，都不如城北中學，你們還有一學年就要中考了，妳和郭小波都是優秀學生，轉學只會影響你們學習。我絕不會同意，你們其他人可以辦理轉學。

民工生都高興地嗷嗷叫，他們一邊往外跑一邊喊，我們可以到實驗學校來嘍！

林佳玲追出來，哎！你們先別走！

民工生都折回來，老師！現在就報名嗎？

我要請你們先幫我做一件事。

民工生說，林老師，啥事？妳說。

原來你們學校分流出去的小學學生，好多又失學流落在街頭，都在發小廣告，有的在家待著，你們去幫我找，動員他們都來上學。

民工生說，好，這沒問題。

他們已經流浪街頭一些時間了，很散漫，有的甚至不想上學，要好好勸他們，告訴他們將來沒有文化，無法生活，把他們勸到學校來。

民工生說，都是我們原來學校的同學，我們會勸他們來的。

林佳玲送趙一帆和郭小波出來。

剛才人太多，還有一個理由我沒有說。你們學習好的同學，不能轉到我這裡來，要是這樣，我不是挖咱老學校的牆腳嘛！你們願意老師背這樣的黑鍋嗎？

趙一帆和郭小波都抬頭看林佳玲，他們無話可說。

他們走著，林佳玲一愣，她看到路海龍遠遠地站在校園裡。

海龍！你咋不過來啊？

路海龍跑了過來，他有些不好意思，剛才我看這麼多同學在，就沒來湊熱鬧。

海龍，沒有你爸出資，這學校就批不下來。

路海龍反而不好意思。

趙一帆說，你爸這回算是做了一件該做的事。

我跟我爸說好了，我轉到這裡來上學。

海龍，我歡迎你轉過來，我還想讓你當初三班的班長呢！

林老師！我哪能當班長啊！

你能。你還要幫我先做一件事。

啥事？

幫我把流落街頭和失學在家的兒童都找來上學。

這事我絕對能辦！路海龍十分高興。

18

方卓然穿著睡衣躺床上依著床頭在看書，林佳玲洗漱後上床溫柔地偎到方卓然身邊。

佳玲，明天我又要去北京出差。

啥時間回來？

得一周。

哎喲！那你參加不了我們學校的建校開學典禮啦！

那我就提前祝賀了。方卓然吻了一下林佳玲。祝妳成功！

也祝你成功！林佳玲也親熱地吻了方卓然。

林佳玲是開學前去夏青苗家的，她鑽進夏青苗家窩棚，夏青苗正在跟母親學做皮鞋。

秦梅珍說，林老師咋有空來的？

我來請青苗去我們學校上學。

城北中學？

不是，我離開城北中學了，跟鄉政府一起辦了一所實驗學校，九月一日舉行建校開學典禮。我們學校有初中班，原來從民工子弟學校轉到城北中學、成績差一些的學生，我都讓他們轉到我們學校來了，我們會搞分層因人施教。青苗學習很好，咋能不上學呢？

夏青苗說，媽，我想到林老師的學校去上學。

等她爸回來，我們商量一下。

別再猶豫了，人一生中總會出錯，要為孩子的一生著想，千萬別耽誤了她。

到林老師那裡上學，我一百個放心，只是……

就這麼定了，明天上午，青苗先到學校把名報了。

我爸一定會同意的，林老師，明天上午我去找妳。

城北實驗學校建校開學典禮儀式簡樸而莊嚴。全校師生集合在校園，林佳玲、伍志浩、路富根、何助理、教育局長、鄉政府領導都來了。夏青苗和路海龍站在側面，夏青苗莊嚴地雙手捧著國旗。包小天和那發小廣告的失學兒童都來了。

典禮儀式由何助理主持。

何助理說，城北實驗學校建校開學典禮現在開始！升國旗！

夏青苗手捧著國旗，路海龍在後，兩個人邁著整齊的步伐走向旗杆。夏青苗展開國旗，路海龍與夏青苗一起綁好國旗。

何助理說，升旗！唱國歌！

全體師生莊嚴地唱國歌，起來，不願做奴隸的人們……

路海龍隨著國歌旋律慢慢拉動旗繩，國旗在嘹亮的歌聲中徐徐升起。國歌旋律中，林佳玲肅然起敬地看著徐徐上升的國旗唱著國歌，學生一張張純樸可愛的臉龐，帶著一片敬意一邊唱著國歌一邊看著國旗升空……

第十二章

夬

（下乾上兑）

彖曰，夬，決也，剛決柔也。健而說，決而和。

九五，莧陸夬夬，中行無咎。

——《周易》

注：夬（音ㄍㄨㄞˋ）決除的意思。

《彖傳》說，夬，就是決除，陽剛君子決除陰柔小人。決除小人既要剛健有力，又要讓人心悅誠服；既要毫不猶豫，又要和和氣氣。

第五爻（九五），像斬除莧（音ㄒㄧㄢˋ，一種草。）陸草一樣去決除小人，若能以中道行事，不會有災禍。

1

林佳玲走進家門，感受到了累的滋味，兩條腿沉得抬不起來。她打開門，屋裡靜靜的，燈她都懶得開，連飯都不想吃了，一頭紮到客廳沙發上躺下就不想再動。

方卓然穿著睡衣從臥室出來，打開燈，看林佳玲閉著眼睛仰在沙發上，一副勞累不堪的樣子。他輕輕地說，佳玲，妳回來啦？

林佳玲嚇一跳，她睜開眼睛的同時，呼地坐起，一看是方卓然，有點喜出望外。

卓然，你回來啦！咋也不打個電話？

方卓然手裡拿著一個精緻的盒子。

佳玲，我從北京給妳帶了一件禮物，請妳收下。

林佳玲接過禮盒，盒子很漂亮，上印著拉丁舞模特兒，盒子上寫著紅舞衣。林佳玲立即拆盒子。

這是我到舞蹈學院那裡的專業店買的，妳試試合身嗎？

林佳玲喜滋滋地拿著舞衣立即進了臥室，不一會兒，穿著紅舞衣從臥室門口一溜旋轉轉到客廳，紅舞衣的下擺飛了起來，轉成一個圓。林佳玲一直轉到方卓然面前戛然而止，她展開雙臂一下摟住了方卓然的脖子，主動熱烈地吻方卓然。方卓然應和著，慢慢被林佳玲的激情感染。方卓然不由自主地把林佳玲抱起來，一邊親一邊走向臥室……

林佳玲和方卓然親熱地躺在床上。

佳玲，建校開學典禮搞得好嗎？

搞得挺好的，簡樸又莊重。

妳的事業終於成功了，祝賀妳。

裡面也有你的一份功勞和心血。

妳別安慰我了，我更多的是干擾。

咋這麼說呢？我沒能很好地持家，沒能很好地照顧你，這就是你對我的支持了。

要這麼說就太牽強了。佳玲，妳還記得明天是啥日子嗎？

林佳玲思考著，明天？明天有啥紀念意義嗎？

這麼重要的日子妳都忘了。

啥重要日子啊？

明天是咱們結婚七周年。

哎喲！誰還記這種日子啊！

是啊，這日子對妳來說或許太無所謂了。

不對。記住這日子就珍惜愛情，不記得這日子就不珍惜啊！

明晚咱們到外面去吃飯，我負責訂餐，咱好好紀念一下。

好啊！

方卓然在天夢大酒店訂了包廂。包廂裡只有林佳玲和方卓然兩個人，餐廳特意為他們兩個換了一張小方桌，鋪上了潔白的桌布，關掉了電燈，點上了兩支蠟燭。

林佳玲和方卓然相對而坐，林佳玲一直忍不住笑，方卓然則含而不露。服務員送進來一盤蔬菜沙拉，一盤燒鵝，一碟烤蝦，兩塊牛排，給他們倒上了紅酒，然後彬彬有禮地離開。

林佳玲有些驚奇，吃西餐啊！

不好嗎？

我吃西餐總是吃不出味來。

不妨改變一下口味，妳嘗嘗這燒鵝，還有烤蝦、牛排，都非常嫩的。

林佳玲嘗一塊燒鵝，嗯，還不錯。

方卓然舉起酒杯，祝賀咱們兩個攜手走過了七年的歲月，也祝賀妳辦學成功事業興旺發達！

林佳玲也舉起杯，也祝賀你事業如日中天！

兩個人碰杯乾杯。

方卓然為林佳玲倒酒，林佳玲為方卓然夾菜，兩人幸福地吃著。

佳玲，妳看還要添點啥嗎？

不要了，我已經吃撐了。

方卓然非常自然又極平常地說，佳玲，要是吃好了，我想跟妳商量件事。

啥事？

咱們分開一段時間好嗎？

一片柳丁剛塞到林佳玲嘴裡，她停住了，兩眼疑惑地看著方卓然，顯然，方卓然這決定是經過深思熟慮後才提出的。林佳玲把柳丁從嘴裡拿出來放到碟子裡，卓然，你是說咱們分手？

方卓然十分坦然，我感覺咱們在一起，兩個人都挺累。妳竭盡全力創造業績的同時，還要想著努力湊合我；我也是一面創家立業，一面又想著要盡力適應妳，大家把這個家當成了負擔，這樣過一輩子，對妳對我都太不公平了。

林佳玲沒有衝動，她認真地聽著、琢磨著。

佳玲，妳確實是個好女子，善良，社會責任感特強，關心他人勝過一切，工作特別有韌勁，妳想做的事情，不達目的，誓不甘休，一般女子做不到。

林佳玲有些內疚，遺憾的是，我缺少女人的溫柔，我沒能為你生一個孩子……

我自個兒也是個要強的人，不認輸，不服輸，啥我都要最好，追求完美。這樣咱們兩個就不可能不碰撞，我非常渴望工作之餘，有一個溫馨的家，像遠航歸來的水兵，需要一個平靜的港灣，渴望溫情。咱們分開試試，好嗎？

林佳玲完全理解了方卓然的內心願望，她非常爽快地端起杯子，站了起來，卓然，對不起，我真沒有想到咱們不能白頭偕老，更沒有想到咱們會分手。但我必須承認，我的確是個不稱職的妻子，沒能給你家庭的溫暖，也沒能給你一個完美的家。既然你已經感到疲倦，那咱們就分手吧，感謝你為我付出的愛，我為曾經有你這樣的丈夫而驕傲！來，我敬你，祝你早日找到幸福！你準備好協議，想啥時間簽字，我就簽字。

兩個碰杯乾杯。

2

第二天清晨，林佳玲依舊按時走進學校大門，她還是樂呵呵地走進傳達室。傳達室保安跟往常一樣跟林佳玲打招呼。

校長早！

早上好！小王，今天你們誰抽空去給我買一張折疊床。林佳玲從包裡拿了五百塊錢給保安，買帶床墊的那一種。

林佳玲在學校吃了中午飯，然後找了一輛三輪車，獨自騎三輪車回了家。

林佳玲神情漠然地把自個兒的衣服一件一件裝進旅行箱，把日用品裝進旅行包。她只用了不到一個小時的時間，收拾完了自個兒的全部東西。一只旅行箱，一只旅行包，兩紙箱子書，還有兩只盛滿了小零碎東西的小包，一捲舖蓋，這就是她的全部家當。她有些傷感，沒想到在這世上生活，原來她就這麼簡單。

收拾好東西，林佳玲把這個並不熟悉的家掃視了一周，她本想就這麼離開，但覺得還是跟方卓然打個招呼好一些。於是，林佳玲趴在茶几上給方卓然寫了一封便信。

卓然：

謝謝你的好意，既然分開，我還是走開好。走到這一步，主要責任是我的，我一點都不怨你，我的確不是個稱職的妻子。我走了，學校辦公室可以住。鑰匙我放在茶几上。記住，吃飯要按時，別老是湊合，你的胃不是太好。謝謝你給我七年美好的回憶，我會珍藏這青春的記憶。願你幸福，我覺得康妮是個很不錯的姑娘。

……

林佳玲把她的家當一件一件從樓上搬下來裝到三輪車上。院子裡過往的行人奇怪地看著她，她的行動讓鄰居們有點費解。

林老師，妳這是要出差還是……

搬家。

鄰居不解地看著林佳玲騎著三輪車出了院子，他好疑惑，搬家？搬家只用三輪車……

林佳玲蹬著三輪車，迎著風，向東方駛去。林佳玲的三輪車愈走愈遠，愈走愈小……

3

方卓然忽然蔫了，他提著包走進律師事務所，康妮已經在崗位上處理信函，看到方卓然到來，立即起身打招呼。

老闆早！

方卓然沒精打采，康妮早。方卓然徑直進了辦公室，康妮為方卓然泡好茶端進來。

方卓然從包裡拿出麵包，康妮，給我泡杯咖啡好嗎？

康妮愣眼看著方卓然，你沒吃早點？

方卓然點點頭，咬了一口麵包。

康妮有些不解，咋啦？

從今天開始，我加入你們的行列，成為快樂的單身漢了。

林老師出差了？

我們分開了。

康妮非常吃驚，她以為方卓然開玩笑，分開！啥叫分開？

前天晚上我們吃了分手宴。

康妮若有所思地端著咖啡杯走出方卓然辦公室。

太陽還是按時從東邊升起，天空也還像原來一樣蔚藍，白雲也還像從前一樣微笑，人們沒有感覺出任何異常。老主任走進城北實驗學校大門，看到林佳玲已經在校園的操場上慢跑，他微微一笑，很羨慕林佳玲對生活的熱情。老主任走向教學樓的一層走廊，林佳玲結束跑步，向老主任走來。

老主任，早啊！

還是妳早啊！妳都鍛煉完了！

林佳玲來到一層走廊，打開自個兒的辦公室。她的折疊床還沒有收起，林佳玲趕緊收拾被褥。

佳玲，妳住到學校來了？

林佳玲極其平常，老主任，我跟卓然分手了。

老主任一驚，分手！為啥？

不為啥，與其兩個人在一起相互遷就，相互拖累，不如讓雙方都擁有更大的空間。

老主任完全不解，佳玲！妳不是這種人，是不是他喜新厭舊了？

林佳玲依然微笑，老主任，你想哪去了！我們啥都不為，只是覺得兩個人在一起感到累了。

沒有挽回的餘地了？

林佳玲搖搖頭，他是說，我們先分開一段時間試試，夫妻情感到了這一步，已經不可挽回，即使挽回也沒有意思了。

4

哐啷！林佳玲的門突然被撞開，夏青苗、路海龍、包小天一群學生擁了進來。

林老師！

這間小屋被學生擠得滿滿當當，夏青苗撲到林佳玲身上，她緊緊地抱住林佳玲。路海龍和包小天這些學生也都眼淚巴巴站在屋裡。

林老師，都是因為我！

林佳玲強忍住心裡的酸痛，沒有啥，這是很正常的事情，跟你們沒有一點關係。

事情是老主任打電話告訴崔靜的，吃完中午飯，崔靜帶著簡丹和趙一帆、郭小波一起來到實驗學校，又把林佳玲的辦公室擠得滿滿當當。崔靜進屋就雙手抓住林佳玲的手。

咋會這樣呢？

我也沒有想到會這樣，與其給人家痛苦，不如讓人家解脫。

趙一帆、郭小波不約而同一齊喊，是我們害了老師！

林佳玲再也忍不住了，眼淚止不住地流了下來，她泣不成聲，別，別這麼說，是我們過不到一起了。我沒有事，你們快回去吧。林佳玲推大家走。

崔靜看到林佳玲這樣更難受，她也勸大家走，大家這樣在這兒，林老師更難過，咱們都走吧。崔靜讓趙一帆、郭小波和簡丹先走，他們都戀戀不捨，崔靜留了下來。

林佳玲抹一把眼淚，崔老師，妳也回去吧。

崔靜忍住心酸，佳玲，這樣住辦公室不是辦法。

學校已經倒出一間倉庫給我做宿舍。

我們兼課的計畫安排好了嗎？

已經安排好了。林佳玲擦掉淚，找出一張課程表。崔老師，這裡以小學為主，初中只一個班，我就先不打算進初中新教師，只好辛苦你們了。

崔靜接過課程安排表，沒有關係，沒有一點問題。

林佳玲很感激，崔老師，替我謝謝他們。

方卓然匆匆回到律師事務所，進門就習慣地叫康妮，結果沒有聽到康妮的回應，就直接進了辦公室。方卓然放下包，從辦公室出來，他找康妮要交代事情。

凱瑞從另一個辦公室出來，一副非常遺憾的樣子，老闆，康妮她走了，這是她留給你的信。

方卓然驚奇地接過信，走了？她幹啥去啦？

她辭職了。

老闆：

對不起，請原諒，我只能這樣不辭而別。我離開的原因，無法與你當面說清。當我得知你跟林老師分手的消息，我有一種負罪感。我沒能為你們加深感情起一點加溫的作用，或許反而產生了負面效應，我非常內疚。

林老師是個優秀的女性，她待人善良寬厚，做事執著勤奮，意志堅強剛毅，生活節儉樸素，而且樂於奉獻。這種人現實生活中太少，太難得。你跟她分手，是人生中極大的錯誤。我在你身邊，只有愧疚，所以，我只能選擇離開。我從你身上學到很多東西，相信你事業會蒸蒸日上，我很敬仰你，但我不想做罪人。

康妮　即日

方卓然無力地仰靠到椅子上，康妮的信從他手裡滑落，飄到了地上。此時，康妮正拖著旅行箱走在機場候機大廳，走向安檢口……

5

城北實驗學校的保安把黃毛、寸頭、小辮三個攔在了門口，保安一看他們三個那樣，發自內心的厭惡，一看就不是正經東西。

上課時間，不准找人。

黃毛退了一步，那好，你不讓我們進去找，你幫我們把他叫出來。

你找誰？

包小天。

那得等下了課才能叫。

黃毛無奈地跟寸頭、小辮交換了個眼神，那好，我們在外面等。

下課了，學生們從教室擁向操場。黃毛一眼看到了包小天。

黃毛說，已經下課了，你幫我們叫他出來。

保安無奈地去叫包小天。

包小天來到門口，一看那三個人，嚇得臉頓時就變了色。害怕歸害怕，他又不能不見，他膽怯地跟在黃毛三個身後，心裡忐忑著跟他們走向校門外的馬路邊。

黃毛在馬路邊站住轉過身來，咋，拿了老子的錢，說不幹就不幹啦？

包小天的小手在顫抖，我們已經上學了。

寸頭說，上學就沒有放學的時候啦？

小辮說，放了學可以繼續跟我們幹啊！

包小天說，老師不讓，爹娘也不讓。

黃毛掏出了那把彈簧刀，那我要是不讓，你們打算咋辦？

包小天害怕了，不敢說話。

黃毛突然一聲吼，你告訴他們，誰要是不幹，我就斷他的小指！

包小天嚇一哆嗦。黃毛見嚇住了他，收起彈簧刀，用刀背刮著包小天的臉。

黃毛說，聽清楚了，明天吃了午飯，在老地方集合，誰要是不來，我就先斷你的手指。

6

方卓然丟了魂一樣回到家，進門就頹喪地坐到沙發上，一歪身子又躺到沙發上，兩眼盯著天棚，啥也不想幹。林佳玲走了，康妮也走了，這世界似乎塌了半邊天，他心裡也空了。這種殘缺感讓他心神不寧，他無法做事，也無法生活。

方卓然突然坐起來，拿起話筒撥了電話，電話一通他就吼。

伍志浩！你混蛋！

伍志浩在電話那頭讓他吼得莫名其妙，卓然，你咋啦？是不是又喝醉啦？

你不是我哥們兒！你不顧我死活！

卓然，你到底咋啦！

我跟佳玲分手了！你沒盡到當兄長的責任！

方卓然一下掛了電話，又仰躺到沙發上。沙發上似乎撒滿了麥芒，方卓然躺著渾身不自在，他只好坐起來。方卓然看到了寫字臺上的手提電腦。他心灰意冷地打開電腦，立即進入ＱＱ聊天室，他發現了青山綠水，立即加了她。

青山綠水，妳是個教唆犯！

暴風驟雨，你今天咋啦？

從來沒有人能左右我，我卻當了妳的俘虜！

你當我的俘虜？你不會是愛上我了吧！

我對妳沒有愛，可妳左右了我，我真的結束了七年之癢。

青山綠水哈哈大笑，暴風驟雨你真逗，你還真的當真了？

妳高興了！妳勝利啦！我恨妳！

好啊！有生以來，還沒有一個恨我的男人，我倒是很欣賞你這第一個恨我的男人。

外面響起了一遍又一遍的門鈴聲，方卓然下了線。方卓然拉開門，闖進來的是伍志浩，伍志浩一看方卓然那懊喪樣，心裡有些慌，也不換鞋，就在屋裡找，佳玲！佳玲！

方卓然氣憤地吼，她已經搬學校去了！

伍志浩一怔，非常不解地朝方卓然走來，為啥？為啥？你為啥要跟她分手！

我們沒有共同語言！只有互相應付！只有互相湊合！

你是不是移情康妮了！

你放屁！

你別不承認，你喝醉酒，在睡夢中都喊康妮的名字，佳玲聽到了，為了你的面子，她一直沒說。康妮也離開事務所走了！你沒有給我幫助！你沒有給我支持！你只知道幫佳玲做事，你只知道跟她跳舞！你沒有起好作用！

伍志浩十分生氣，夠了！方卓然！我沒有你這個兄弟！

伍志浩氣沖沖地轉身離開了方卓然，直接去了實驗學校。伍志浩敲林佳玲辦公室門的時候，林佳玲正趴在床前的三屜桌上批作業。門外響起了敲門聲，林佳玲沒有站起來，誰啊？

伍志浩！

林佳玲急忙起身開門。伍志浩進了屋，一臉不高興。

為啥不告訴我？為啥不提前告訴我?!

林佳玲走過去搬椅子，事先我也不知道。

其實你們兩個都很痛苦！是不是？

在一起，他可能更痛苦。

既然痛苦，為啥還要同意？

對他來說，也許是解脫。

他也同樣痛苦！剛才我去他那裡了，他像瘋了一樣。

長痛不如短痛。

妳準備咋辦？

我有做不完的事，別為我擔心。

伍志浩十分遺憾，我幫你們調到一起，是想讓你們倆建個和美家庭，結果，你們卻這樣……

伍處長，你已經盡到責任了，你回去吧，不早了。

伍志浩無話可說，現在，妳讓我咋說？

謝謝你的真誠。

伍志浩很難過，有事，有事給我打電話。

有事，我肯定會找你的。伍志浩一離開，林佳玲一下趴到辦公桌上哭了，她說不清為啥，反正她很難過，她忍不住要哭。

7

包小天和十幾個學生一齊曠課，林佳玲十分吃驚。林佳玲感覺事情有點嚴重，她意識到有人在跟她爭奪這幫孩子。林佳玲立即向何助理彙報。

事情讓路海龍知道了，他決定要好好管管包小天這幫小子。第二天，路海龍早早來到學校，到學校門口他沒有進校門，背著書包蹲到學校校門外的路邊，兩眼不時瞅著來上學的同學。不一會兒，包小天跟幾個小夥伴背著書包，有說有笑地朝學校大門走來。路海龍迎著包小天他們走了過去，一直走到他們跟前。

包小天！你們幾個過來！

路海龍喊完，直接朝路邊走去。包小天幾個愣住了，他們不知所措地相互看著，再看看路海龍。路海龍不見他們過來，又扭過頭去喊，叫你們過來，你們沒聽見嗎？包小天幾個只好朝路海龍走去，來到路海龍面前，一個個蔫蔫地站住。

昨天下午你們幹啥去了？

包小天幾個面面相覷，沒人回答。

路海龍火了，昨天下午幹啥去了?!

包小天幾個都嚇一哆嗦。

包小天低著頭說，他們叫去做事了。

路海龍十分嚴厲，他們是誰?!

包小天依舊低著頭，黃毛、寸頭跟小辮。

去幹啥啦？

貼小廣告……

還做啥啦？

就貼小廣告。

上學的時候我咋跟你們說的？

包小天可憐巴巴，要是不去，黃毛說要剁我們的小指。

你們就不怕我剁你們的手?!

包小天幾個都害怕地抬起頭看著路海龍。

我告訴你們，你們要再敢跟黃毛他們去幹那種事，我就剁你們的手?!

包小天幾個又一哆嗦。

聽到了沒有?!

包小天說，聽是聽到了，可黃毛他有把彈簧刀，好快好快，他真拿刀割過我的手，都出了血，一個禮拜才好。

是不是要我現在也剁你們的手啊！

包小天膽怯地說，他要是再來找我們咋辦？

他們要再來，你們就叫我。

包小天說，這我就不怕了。

第二天上學，路海龍沒有直接到實驗學校，他去了城北中學。路海龍推著自行車來到城北中學門口，學校門口圍了一大堆人。他放下自行車，走近前去。連路海龍都沒認出陳英傑他們三個。陳英傑把頭髮染成了紅色，徐光平染成了黃色，劉剛染成了藍色，三個大搖大擺進學校大門，保安沒認出他們，把他們攔住了，他們三個就跟保安吵了起來。周圍的學生一片譁然，議論紛紛。

陳英傑對保安十分不滿，哎！把眼睛睜大了！我們每天在你眼皮子底下進進出出，你居然不認識？

路海龍聽到了他們的聲音，擠了過去，陳英傑！你們出來一下！

陳英傑說，喲！海龍大哥，你咋想起我們來了！

路海龍看到了他們的彩髮，哎，你們倒挺時髦啊。

陳英傑說，有點新追求而已。
路海龍說，我有事要求哥們兒，咱們到那邊說。
林老師遇到啥麻煩事啦？
這與林老師沒關係，你們最近跟黃毛他們較量過嗎？
你走了，我們搞不過他們，有段時間沒跟他們碰面了。
這幫傢伙是壞蛋！
你看，上次我想給你出氣，你不去，他們又欺負你啦？
不是欺負我，他們在教一幫小孩子做小偷。
哪兒的小孩？
都是我們學校小學的孩子，不讓他們上課，跟著他們去作案。
這麼明目張膽！
我想去跟他們交涉，需要你們哥幾個幫忙，你們幹不幹？
咱們誰跟誰！流血掉腦袋，一句話。
這回你可不要臨陣脫逃。
這你就不對了，揭人不揭短嘛！你說啥時間？
今天放學之後，咋樣？
成，一言為定。
你得多找幾個弟兄，咱們這次非把他們整服不行！
成！我們多叫幾個弟兄去。

這時，崔靜從學校出來找陳英傑。路海龍立即離開，崔靜把他們一個個領進了學校。

8

一輛警車拉著警報器，呼嘯著向城北中學開來。保安不知道出了啥事，慌忙跑出。員警在警車上探出頭來，凶巴巴地吼開門，保安不敢怠慢，立即打開門。警車開進學校，從車上跳下四名員警。王海清已經聞聲跑下樓來，立即迎著員警跑去。全校的師生一齊跑出教室，教學樓的每一層陽臺上都擠滿了人。

王海清主動跟員警打招呼，員警同志，啥事？

員警說，你們學校有三個染紅黃藍頭髮的學生嗎？

王海清一怔，他們咋啦？

昨晚網吧發生案件，有人舉報是他們作案。

王海清頭皮都麻了，會是他們嗎？

員警說，現在是作為嫌疑犯拘留協助調查，是不是他們，我們會依法認定。請你把他們叫來。

王海清毫無辦法，只好上樓去叫。陳英傑和徐光平、劉剛三個剛來到員警跟前，員警看他們臉上身上也都有傷，四名員警一齊動手，不由分說把他們三個人戴上了手銬，帶上警車。

陳英傑蔫了，叔叔！我沒有殺人！

徐光平也害怕了，叔叔，我也沒有殺人！

員警兇狠地推他們，閉嘴！有話到派出所說！

王海清和崔靜眼睜睜看著員警把陳英傑三個帶上了警車，看著警車呼嘯而去。

就在這時另一輛警車開進了城北實驗學校，老主任領著兩名員警走進初中班教室，學生們一片驚慌。路海龍卻主動站起來走向員警，他臉上手上也有傷，但他毫無畏懼地走向員警。

我是路海龍，昨天網吧的事我參加了。

夏青苗和全班同學都驚懼地看著路海龍。

員警說，你被依法拘捕，協助昨晚網吧兇殺案調查。

另一名員警立即給路海龍戴上手銬。

路海龍毫無懼色，他扭過頭來對夏青苗吼，夏青苗！妳告訴林老師，我沒有做壞事，我是為了學校！

夏青苗和全班同學驚愕地看著兩名員警把路海龍抓走。林佳玲在路海龍抓走後才回到學校，她到鄉政府去了，是為了包小天他們的事，她想讓鄉里出面與派出所協調一下，希望他們採取措施扼制黃毛他們這些人的違法行為，何助理立即和林佳玲去了派出所，直接反映了情況，不謀而合，派出所也正在打擊亂貼小廣告。林佳玲一點不知道學校發生的事情，回到學校，正好夏青苗在操場，她看到林佳玲，立即飛跑過來，一邊跑一邊喊，林老師！出事啦！

老主任也跑來告訴她，昨晚在網吧裡發生殺人案，有人舉報是路海龍和陳英傑他們幾個幹的。

林佳玲倒吸了一口冷氣，她絕對不相信路海龍他們會殺人。

老主任說，舉報的人親眼目睹，是染了紅黃藍頭髮的三個人幹的，陳英傑他們幾個頭髮染成了紅黃藍。

林佳玲還是不相信，不可能，絕對不可能，他們還是孩子，他們不可能殺人。

老主任說，路海龍臉上的確有傷。

林佳玲說，不行，我得去派出所。

老主任擔心，妳去能有啥用？

林佳玲說，我必須立即見到他們，就是真的犯了罪，我也要聽他們親口跟我說，老主任，你立即通知路富根。

林佳玲氣喘吁吁跑進派出所，要求見學生，遭到了員警無情地拒絕。林佳玲說這些孩子是她的學生，她是校長，員警提醒她別妨礙公務。林佳玲急了，問員警咋樣才能見到學生。員警告訴她，除非是這些學生的代理律師。林佳玲憋了一肚子氣離開了派出所。

9

路富根嚇得六神無主，硬著頭皮給路紅旗打電話，路紅旗竟跟路富根打官腔。

我跟領導在外地，觸犯法律的事，我出面影響不好啊。

路富根求他，我就這麼個兒子，你要不救他，誰還能救他？

路紅旗推卻，犯法的事情，應該去找律師，你不是挺有辦法的嘛！

路富根知道他記著合同作廢這筆帳，但他畢竟在市領導身邊，他說句話比律師更管用，路富根不要臉了，苦苦哀求，他是你親侄子哪！你咋能見死不救呢！方律師跟林老師離婚了，他不會再幫她了。

路紅旗的話已經沒有人味，你找林老師啊！她不是神通得很嘛！

哥！我求你了，給派出所打個電話關照一下，要不孩子在裡面會受苦的。

這渾小子早該讓他吃點苦頭了。

路富根氣得嘴唇發抖，你是王八蛋！

林佳玲抹下臉，領著路富根去了方卓然事務所。方卓然十分意外，他立即放下手裡的卷宗，問發生了啥事。林佳玲把情況向他作了介紹，路富根撲通給方卓然跪下，求他救救孩子。

方卓然領著林佳玲和路富根一起去了派出所，直接見了所長。所長告訴他們，路海龍對所犯罪行供認不諱。方卓然向所長要求見當事人。所長看了方卓然的律師證，同意他見路海龍，但林佳玲和路富根不能見。林佳玲請所長幫忙，讓她陪方律師一起見一下學生。方卓然也請求所長，他需要她當助手。

兩個員警正在審問路海龍，一個員警站著在盤問他，一個員警在做紀錄。林佳玲和方卓然進隔離室。

站著的員警揪著路海龍的耳朵問，彈簧刀究竟是誰帶的？

路海龍死不改口，刀不是我的。

員警火了，揮手給了他一記耳光。

住手！員警被林佳玲吼得一愣，林佳玲氣憤異常地說，咋隨便打人呢？別忘了，你們的職業前面有人民兩個字，是人民警察。

所長走進審訊室，你們兩個先出去一下。

兩個員警離開了審訊室。

方卓然來到路海龍面前，他嚴肅地問，人真是你殺的？

是我殺的，林老師！我對不住妳，我本想幫妳，結果又幫了倒忙。

林佳玲蹲下，兩手握住路海龍的胳膊，瞪眼看著路海龍，你抬起頭來，看著我的眼睛。

路海龍慢慢抬起頭來，毫不膽怯地看著林佳玲的眼睛。

林佳玲目光像劍一樣盯著路海龍的眼睛，你看著我的眼睛說話，人究竟是誰殺的？

路海龍看著林佳玲的眼睛，他的目光有些軟，抵不過林佳玲鋒利的目光，他只能躲避。

林佳玲厲聲問，你說！你說啊！是誰殺的？

路海龍流下了眼淚，林老師！是我請陳英傑他們幫忙，我、我願意承擔這個責任！

林佳玲抓住路海龍的胳膊不放，你想拿自個兒的生命開玩笑？

我不能讓陳、陳英傑他們承擔……

究竟是咋回事？

路海龍說出了事情的全部經過。他帶著陳英傑、徐光平、劉剛等六個人，去找黃毛和寸頭、小辮他們交涉，制止他們再找包小天等人發小廣告。走進網吧，黃毛他們三個正在玩遊戲。路海龍帶著他們幾個來到黃毛跟前，黃毛對路海龍不屑一顧。路海龍認真地跟黃毛說，我不想跟你打架，咱們把話說清。黃毛說有屁你就放。路海龍說，你再不要到我們學校逼包小天他們做那些烏七八糟的事，他們還小，要做你們自個兒做，他們要上學。黃毛笑他，問他憑啥管老子的事，有啥資格教訓老子。陳英傑來了氣，說他別不識好歹！這是教唆兒童犯罪。黃毛來到陳英傑面前，指著陳英傑鼻子說，你他娘才是教唆犯。黃毛的手指一下戳在陳英傑鼻子上，陳英傑急了，捅了他一拳。寸頭立即在後面給了陳英傑一腳。路海龍見他們動了手，喊了一聲打，上去給了黃毛一拳。寸頭和小辮子一齊動手。陳英傑仗著人多，一聲招呼，大家一齊衝了上去。

黃毛一看寡不敵眾，立即掏出彈簧刀，不停地揮舞，逼近路海龍。路海龍赤手空拳，一下被黃毛割傷了臉。陳英傑過來幫路海龍，黃毛拿刀劃破了陳英傑的衣服，肩膀也被劃破。路海龍從後面抱住黃毛，把黃毛摔倒，陳英傑趁機奪下了他的刀。寸頭發現，從背後踹了陳英傑一腳，陳英傑一下摔趴在黃毛身上，刀正好扎在黃毛的後背上，鮮血直流。寸頭揪住陳英傑說他殺人，陳英傑嚇得尿了褲子，渾身哆嗦。路海龍拔出刀，大聲吼，是我刺的！

方卓然和林佳玲隨所長進了另一間辦公室，林佳玲衝動地跟所長說，我的學生是無辜的。所長說，老師同志，請別感情用事！受傷的黃毛正在醫院搶救，生死未卜！妳為傷者想一想行不行？方卓然說，所長，群架事端是黃毛他們挑起，他受傷也是自食其果。剛才路海龍的話不管真假，我想你們應該查實，應該將寸頭、小辮子一起拘捕協助調查。

所長說，請放心，現在正在調查，我們會找當事人和目擊證人進一步查證。

一員警進來說，醫院那邊來電話，黃毛已經脫離危險。

林佳玲說，黃毛他們教唆我們學校小學生貼小廣告、偷盜，是我親眼見的，這些人本來就是擾亂社會治安的不良分子。

10

一周之後，城北中學和實驗學校同時接到了派出所的通知。林佳玲和王海清一起到派出所去領他們四個辦完手續，天黑了。路海龍走出派出所，沒叫父親，卻雙膝跪到林佳玲面前，陳英傑和徐光平、劉剛也跟著跪了下來，林佳玲把他們一一扶起。

夜幕已經降臨，街上的路燈和高大建築物上的霓虹燈，把城市裝扮成另一種模樣。路海龍讓父親先回去，他們一起陪林老師回學校。路富根看到兒子出來也就放了心，他要開車送林佳玲回學校。林佳玲說她想跟他們一起走走，路富根開車送王海清先走了。

林佳玲領著他們四個默默地走著，林佳玲走在他們四個中間，伸出雙臂，一下把他們四個都攬到身邊。

路海龍哭了，林老師，在裡面關的這些日子，我才明白，啥叫度日如年……

陳英傑說，我嘗到了罪犯的滋味。

徐光平說，我們差點就當了冤鬼。

林佳玲說，你們覺得很冤是吧？儘管你們的動機是好的，可你們好好想想，為啥這種事不發生在其他同學身上，而發生在你們身上？你們用這種方式能解決問題嗎？

路海龍說，我們有意要當另類。

林佳玲說，你們平時的舉止行為，在別人眼裡，已經接近罪犯。就說染髮，球星、歌星和藝人，是追求個性，社會青年染彩髮是追求時尚，人們心理上能接受，而你們是學生，你們還要靠爸爸媽媽供養，這麼盲目地跟著社會青年去追求時髦，就模糊了自個兒的身分，就不像個學生。

三個人不再說話了。

陳英傑說，林老師，我們想上理髮店。

現在就去？

徐光平說，要不，我們明天沒臉去學校。

好吧，我陪你們去。

林佳玲和路海龍陪著他們三個一起走進髮廊，立即受到服務人員的熱情歡迎，一位小姐主動迎上來，請問，是要洗頭還是理髮？

陳英傑說，把我們三個的彩髮理掉，推光頭。

小姐說，喲！染這麼漂亮的彩髮，理掉了多可惜啊！

林佳玲說，小姐，不理光頭，幫他們三個把頭髮都重新染成黑髮。

四個人一齊轉身看著林佳玲。

林佳玲說，今天，老師請客！

三個人都笑了。

陳英傑說，林老師，我們三個再回城北中學，學校不會要我們了，我們上妳的學校好嗎？

這事，我跟王校長商量之後再定。

第二天林佳玲去了城北中學，專門與王海清商量陳英傑三個人上學的事情。她提出他們三個本來成績就差，出事後再回城北中學心理上有負擔，不如趁機讓他們轉到實驗學校上學。

佳玲，妳把差生都帶過去，對咱學校當然是好。可他們都去了妳那裡，妳的負擔太重了。

我們那裡基礎本來就差，就讓他們在同一起跑線上努力吧。

佳玲，我知道妳是在幫咱學校。

學校不也在幫我們嘛！

好吧。我想，物理化學，你們那裡也沒有實驗室，咱這兒的一切設備，妳需要啥就用啥。

謝謝校長，我們可不付費啊！

妳就別跟我客氣了。

好的。

11

城北中學畢業班要實行封閉式管理，吃住要繳錢，這給貧困家庭出了難題。

那天放學，西邊湧起一片烏雲，突然就佈滿天空，天霎時昏暗下來，接著響起隆隆的悶雷。郭小波飛車趕回家，他爸正救火一樣把窩棚門口的一堆蜂窩煤往家搬。郭小波扔下書包立即幫父親一起搬，一家三口好歹把一堆蜂窩煤都搬進了窩棚。三個人渾身是汗，滿身是黑煤。一家人一句話都沒有，只有喘息聲，雨在外面嘩嘩地下。郭小波緩過神來，非常為難地開了口。

爹……

郭全民心裡很煩，叫啥叫！

學校說，這一學期，九年級畢業班的學生要封閉式管理。

郭全民沒聽明白，啥叫封閉式管理，把你關起來啊？

所有學生都統一寄宿，吃住都在學校。

那好啊，還省幾個飯錢呢！也省得在家擠，住校就住唄。

吃住得要繳錢……

弄半天是變著法收錢啊！要繳多少錢？

一個月差不多要三百塊。

郭全民呼地站了起來，熱昏頭啦！三百塊哪！一月就三百塊，一學期要多少啊！俺半年沒拿到工錢了，上哪去偷啊！

郭小波低下了頭……

住家裡就不能上學啦？

是學校的規定，好集中時間複習，迎接中考。

放屁！那些考上高中的，人家就都是住校的？

又不是我要住校，是學校的統一要求。這裡有學校的信。郭小波這才想起有通知，他從書包裡拿出了學校的通知，遞給父親。

郭全民接過通知就撕了，告訴老師，俺住不起，俺窮，沒錢。

郭小波嘟囔，我沒臉說，要說你自個兒去說……

啥！就這麼句話你就不能說啊？還要俺去說！一上午的工錢誰給啊?!

趙一帆也心事重重站在簡易拆遷房的窗口，默默地看著窗外密密的雨絲。劉玉英在擦桌子，看著趙一帆的背影，看出她有心事。

一帆，學校有啥事嗎？

趙一帆不吭聲。

不管妳認我也好，不認我也罷，妳都是我身上掉下來的肉，啥事要瞞著我呢？

我的事用不著妳管。

劉玉英心裡酸酸的，女兒至今不原諒她，她也沒法跟女兒交流，她很悲哀。

郭全民到學校找校長，王海清的辦公室已經站滿了家長，都說家裡困難，孩子沒法住校。郭全民一看這麼多人找，他就不著急了，跟校長說，他一個月才掙幾百塊錢，而且半年多都沒拿到工資了，他沒法讓兒子住校上學。說完他就上了工地，怕扣他工錢。

郭小波找趙一帆商量，想一起轉到實驗學校去上學，趙一帆本來就想去那裡，兩個想到了一起。放學後，趙一帆和郭小波一起去實驗學校找了林佳玲，把學校搞封閉式管理的事告訴了她，說他們兩個解決不了住宿和生活費，想轉到實驗學校來上學。林佳玲很為難，她給他們兩個分析，像他們現在的住宿條件，能住校學習是個好辦法，錢的確也是個問題。他們正說著，路海龍正好從樓上下來，聽到他們在說話，他沒有進林佳玲辦公室。

郭小波說，我爸到學校找王校長了，想讓我還是走讀，學校不同意。

林佳玲看了看趙一帆，這事，跟妳媽商量了嗎？

趙一帆低著頭，沒告訴她。

一帆，這就是妳的不對了，這事咋不跟媽說呢？跟她說也白搭，還能讓她再去跟別人借錢？

林佳玲說，我想，郭小波的情況可以考慮，一帆妳是城北中學的優秀學生代表，妳不能因為家裡困難就離開，我們一起來想辦法解決困難，你們先回去吧，我跟王校長商量一下。

路海龍聽到這裡，明白了是咋回事，他就沒再進林佳玲辦公室。

12

趙一帆還是沒有跟母親商量住校的事，她離開家的時候，給母親留了一張便條，說畢業班要實行封閉式管理，統一住校，從今天開始，不回家了。

路海龍一到學校，立即去了林佳玲辦公室，進屋後，他從書包裡拿出了三千塊錢。

林老師，兩件事。一件是我想辭掉班長，讓郭小波當班長，他成績好，班長應該他當，我協助他。

林佳玲很欣賞，好，你能這麼想，真是想幫老師。這錢是咋回事？

趙一帆住校繳不起食宿費，我爸同意幫她，我想，要是我直接把錢給趙一帆，她絕對不會接受。

林佳玲很讚賞，你讓我轉交給她？

路海龍已有打算，她要知道是我給的，也不會接受，能不能以妳的名義給她。

我要是這麼給她，只怕她也不會接受。

那你就以借的方式給她，她會接受的。到她還你錢的時候，你再告訴她實情。

林佳玲很有感觸地望著路海龍，海龍，難為你的一片真情。

我想來想去，只有這個辦法能幫她。

好的，就這麼辦。

林佳玲特意去了城北中學學生宿舍樓，學生們進進出出，看到林佳玲，都親熱地叫林老師。林佳玲碰到了李莉，她讓李莉把趙一帆叫下來。趙一帆立即跑下樓來。

林老師！妳咋來了？

一帆，妳過來一下。林佳玲把一帆帶到一邊。一帆，食宿的錢還沒跟媽說吧？

趙一帆點點頭。

林佳玲從包裡拿出裝了錢的信封，塞到趙一帆手裡，這是妳的食宿費。

林老師，這咋行呢！

咋不行呢？既然住校，就得要用錢。算妳借我的，等妳有錢的時候再還我，行嗎？

趙一帆流下了眼淚。

等等，別急著哭。我可是要還的喲！別怪我摳哦。

趙一帆忽又被她逗笑了。

別再為這事分心了，好好學習吧。

趙一帆親暱地攙著林佳玲胳膊，一直把她送出學校大門。出了校門，林佳玲和趙一帆都愣了，迎面劉玉英朝學校走來。林佳玲趕緊讓趙一帆去迎接，趙一帆遲疑著，她叫不出口。

劉玉英來到跟前，責怪地說，這麼大的事，妳咋不說？

我不想給妳添麻煩。

林老師妳聽聽，她真的是不想認我這個媽了。

一帆，這是妳的不對。

我留了紙條。

集中住校，吃住不要錢啊？

我已經跟林老師借了。

劉玉英有些傷心，妳糊塗啊！老師有這麼多同學呢！妳真讓我傷心，別說三百塊錢一個月，再多我也得供妳上學啊！妳不認我這個媽，我可認妳這個女兒！劉玉英說著從包裡拿出錢來。這是六百塊，先拿兩個月的，到時候再回來拿，不能回家就打個電話，我送來。

趙一帆沒接。

林佳玲說，她的食宿費已經解決了，妳就先留著吧，做生意要周轉金呢！林佳玲走了過來推趙一帆。妳要是再這樣對妳媽，我真生氣了。一個人要是無父無母，無異於禽獸。這是孟子說的。

趙一帆接了劉玉英的錢。

一帆，妳回去學習吧，我跟妳媽一起走。

劉玉英推起自行車和林佳玲一起離開學校大門，趙一帆站那裡看著母親和林佳玲離去的背影，心裡說不出是啥滋味。

13

郭小波到了實驗學校，他和路海龍結對幫學，路海龍也拿出了渾身解數。郭小波正在跟路海龍講三元一次方程式，郭小波母親哭喊著進了教室。

小波啊！不得了啦！你爹爬大吊車上要往下跳啦！你快去吧！

郭小波一聽嚇傻了。

林佳玲隨著郭小波和他母親一起來到城北二期工程工地，工地的大吊車下面圍了一片人。郭全民爬在工地大吊車上，手裡拿著一張大白紙，上面寫，以死討工錢！

郭小波哭喊，爹！你快下來！

郭全民理都不理，郭全民在喊，路富根！你告訴牛鑫！三點鐘之前他不來給工友一個交代，俺就從大吊車上跳下去！

路富根也慌了，郭師傅！你下來吧！有事好商量！

商量半年多了！一分錢沒給！小張的婚期推三次了，再推人家姑娘就不等了！俺沒法向工友交代！他們是俺找來的人！拿不到工錢俺沒臉對他們！

林佳玲來到路富根跟前，你給牛鑫打電話了沒有啊？

路富根說，越有錢心越黑，我打好幾遍了，他不在辦公室，手機關機。

林佳玲說，趕緊報一一〇啊！

路富根說，一報一一〇，問題不就鬧大了嘛！

林佳玲說，要不報，出了問題，你能負得起這個責任嗎？

路富根說，是啊！我哪負得起這個責任啊！本來這也不是我的事。

林佳玲立即拿手機報案。

牛鑫早接了路富根的電話，他根本沒當回事，一個破民工，也不過就想嚇唬嚇唬他，真讓他從大吊車上往下跳，他有這個膽嗎？路富根又來電話，說咋勸也勸不下，郭全民真橫下心了，三點牛鑫要不到，他就往下跳。路富根還說，有工人見證，他已經打三次電話了，本來這事與他毫無關係，來不來讓牛鑫看著辦，他等到兩點半，牛鑫要是不去，他也走人了，反正拆遷辦主任的任務已經完成了，他也不是集團公司的人，這事與他無關，他不過是看不下去可憐民工兄弟。

牛鑫一看已經兩點十分。他接受不了路富根這口氣，哪敢讓他走，他本想讓他當替死鬼，沒想到這小子精得很，他說這不是拆遷房子引起的矛盾，是他拖欠人家工資，他不過是多管閒事。

牛鑫沒轍，立即把青山綠水叫來，兩人還沒商量，一一〇員警電話追了過來，牛鑫不敢接，把電話給了青山綠水，他伸著脖子在一旁指揮青山綠水接電話。

青山綠水說，員警同志，請別急，我們馬上跟老闆聯繫，我們一定會派人去處理的！一定！一定！你放心，請你們先制止爬大吊車上那個工人，我們立即就去人。

青山綠水放下電話，牛鑫和喬師傅都盯著青山綠水。

咋說？牛鑫已沒轍了。

員警已經到了現場，路富根還在現場，要你立即到現場，不然，出了事一切後果要你負責。

牛鑫一臉愁苦，我咋能去呢！

我這不是給你鋪墊了嘛！我知道你不能去，那你得派人去啊！這種沒文化的農民一根筋，他們的心眼就針鼻那麼大，沒有思維空間的，三點之前要不去人談判，他準會跳下來。他真要從大吊車上跳下來，那就完啦！你不是有法律顧問嘛！讓他出面啊！

牛鑫茅塞頓開，急忙拿起電話，撥了電話，方律師！你趕快開車趕去二期工程工地！

去工地有啥事？

一個泥工班的工人爬上大吊車要跳吊車！

啥原因啊？

唉！咱集團銀根有點緊，拖欠了一點工錢。

拖欠多少？

也就半年多一點。

這麼長時間啊！

你快趕去現場，以法律顧問的名義，代表我全權處理這事，答應他們，一周後開始付工錢。

好吧！

你動作要快，三點前不到，那傢伙就要跳下來了，員警已經在那裡了。

郭小波母親，在下面朝著天哭喊，求郭全民別做糊塗事，他要跳了下來，她和孩子都沒法活了。路富根也跟著喊，說員警同志都來了，有話好說，牛老闆已經派方律師來處理了，快下來，有事好商量。郭全民堅持不下來，他說一定要當眾給個說法他才下來。

方卓然駕車飛速趕到現場，他下了車抬頭看到郭全民真的站在大吊車上。員警瞭解了方卓然的身分，要他趕緊處理這事，絕對不能出事！路富根也過來勸方卓然，他說牛鑫太不像話，民工們已經半年多沒拿到一分工錢了，這種人心太黑。

郭全民在大吊車上看到了方卓然，他對著下面喊，方律師！牛鑫他今天要不答應立即付工錢，我立即就從這裡跳下去，我死了，請你再給我們民工討個公道。

大吊車下的民工們情緒激昂，都舉著拳頭喊，郭師傅要有個好歹，我們一起到市政府去討公道。

方卓然看著大吊車上的郭全民，看著大吊車下憤怒的民工們，他下了決心，仰起頭對大吊車上的郭全民喊，郭師傅！你聽著！牛老闆答應了，一周內絕對付清全部拖欠工錢！

郭全民在大吊車上喊，沒聽清！

方卓然拿雙手合攏做揚聲器，一周內付清全部拖欠工錢！

林佳玲也幫著喊，一周內付清全部拖欠工錢！

郭小波和郭母也喊，一周內付清全部拖欠工錢！

郭全民拉長聲，他要不付咋辦？

方卓然也拉長聲，你找我！我負責！

郭全民高聲向下面喊，工友們！你們大家都聽清了！一周內付清全部拖欠工錢！要是說了不算！咱們就找方律師！

牛鑫生氣地站了起來，他瞪眼看著方卓然，不相信地問，你剛才說啥？

方卓然十分坦然，一周之內付清全部拖欠工資啊。

你咋能隨意篡改我的話呢！一周後開始付工錢，和一周內付清全部拖欠工錢，這是兩個啥概念？你當律師的連這點都不清楚嗎？

牛老闆，你別急，你沒到現場，要是不這麼承諾，郭全民現在已經死了，你也不可能安然無恙在這辦公室裡坐著。

你這麼一篡改，我在一周之內必須籌集好幾百萬哪！我從哪去調啊！

方卓然也不高興了，你本來就不該欠工人這麼多工錢！他們是拼苦力吃飯，這都是他們的活命錢哪！

牛鑫一怔，他頭一次用懷疑的目光看著方卓然，他馬上聯想到路富根給他的律師函，他一下意識到方卓然跟他完全不是一條心，從來不幫他考慮，他等於花錢養了個家賊。

這麼說，你是故意這麼說？

當時員警也在場，工地上工人一片呼聲，郭全民提出當天就得付工錢。你既然委託我全權處理這件事，我應該有權作出合理決定。

對，你有這個權，你的決定很合理，我無話可說。好吧，我來想辦法吧，你可以回去了。

方卓然已經走到牛鑫辦公室門口，就要開門出去，牛鑫又叫住了他。哎！方律師，嶺岫花園已經開始辦理購房手續了，你抽空去銷售部把手續辦了。

方卓然回過頭來，好的，謝謝。

方卓然是隔了一天之後去鑫源房地產開發集團公司銷售部的。他湊齊了超面積的差額款，直接去了鑫源房地產開發集團公司銷售部。

方卓然把銀行卡遞給了工作人員，工作人員把卡插入收銀機，發現款不足。

先生，上面只有三十萬哪！還有卡嗎？

是三十萬，一八零八是一百五十平米，我的老房是八十平米，超七十平米，五千塊錢一平米，三十五萬，我付了五萬元訂金，不是正好嘛！

先生，對不起，你需要補交八十四萬元才能辦理購房手續。

方卓然一驚，不對啊！我是鑫源的員工，不是說可以享受成本價嘛！

那是搬遷房，嶺岫花園不是搬遷房，同意你舊房抵面積，已經是很大照顧了，超出的面積必須按一萬二千塊一平米付款。

牛老闆說話不算數啊？

董事會否決了牛總的意見，你必須繳八十四萬，才能買一八零八室。

方卓然的臉都氣得發青，流氓！

工作人員不滿了，哎！你罵誰啊？

我罵該罵的人！方卓然要回銀行卡，提起包就離開。

牛鑫沒有兌現方卓然給郭全民和民工的承諾，但他又必須安撫民工不再鬧事，他跟財務部門商量，拿出了辦法，在工地貼出了一張告示，民工都圍到廣告欄前看公司的那張告示。人太多，後面看不見的人急了，要前面的人大聲念。郭全民最關心這事，他手拿著安全帽搶在最前面，他大聲念了起來。

領取工資的通知：本公司全體工人同志，自本週一開始，按班組，到財務處先領取兩個月工資。

郭全民一看就火了，他娘的，牛老闆的嘴是啥呀！說話等於放屁啊！說好一周內付清全部拖欠工資，眨眼就變成兩個月了！走！咱們找他去！

有幾十個工人回應，對！找他去！

路富根正好在一旁，他趕緊跑過來攔住，郭師傅！你聽我一句勸，牛鑫是條狡猾的狐狸，這樣去鬧，你只會吃虧。你們不妨先把兩個月的工資拿了，然後再想辦法交涉。

郭全民懷疑地看著路富根，你是不是跟他穿一條褲子？

郭師傅，這話你就說錯了。我又不是他們公司的人，我是拆遷辦主任，是他的臨時工，現在房子早拆遷完了，我房地產的三分之二的款也還欠著哪！我現在不走，就是在盯著我那些錢。

那你跟我們一起去找啊！

我的問題跟你們不一樣，做事情要講策略。方律師不是答應你們了嘛！你應該通過方律師去找。

這話有道理，咱們先去把兩個月的工資領到手再說，然後再找方律師。

路富根出主意，實在不行，你們可以集體給他停工啊！看他急不急。只有把事情鬧大，政府才會管，小打小鬧是沒人管的。

15

崔靜來實驗學校上課，林佳玲正在給郭小波、路海龍、夏青苗、陳英傑幾個開會，原來在城北中學調皮搗蛋的人，在這裡卻成了骨幹。

城北中學已經實行封閉式管理，學習成績肯定會有大的提高。他們沒有這個條件，只能早晚增加複習時間。林佳玲讓郭小波和夏青苗要積極發揮學習小組的作用，要具體落實到人。

崔靜走了進來，林佳玲說，崔老師，下一節才是妳的課哪。

我那邊沒課，早點過來，看有沒有我能做的事。學生跟妳沒一點距離，陳英傑和徐光平兩個也都完全變了樣，妳跟他們處的時間也不長，學生們跟妳都這麼親，妳是用的啥法啊？

林佳玲笑了笑，其實，老師對學生，只要有一個字就夠了。

一個字？啥字？

愛。

愛……

道理很簡單，妳想想，為啥父母對孩子，姐姐對妹妹，哥哥對弟弟，咋打，咋罵，他們都不會離心？因為有愛。學生也是如此，如果老師對學生付出真愛，妳咋管他，批評他，他都會聽妳的話的。

崔靜完全聽進了林佳玲的話，她打心裡敬佩，怪不得呢！學生啥事兒都找妳，啥話都跟妳說……

林佳玲說著話突然感到噁心，她捂著嘴往外跑，崔靜跟著追了出來。林佳玲幹嘔了幾下，沒有吐出啥東西來。

崔靜有些擔心，妳咋啦？

一個多月了，老是噁心，吐又吐不出啥東西來。

崔靜扶林佳玲回辦公室，身體的事可不是鬧著玩的，我看妳做起事就啥也不顧，一個人住在學校，也沒人關照，妳可真得注意身體。

林佳玲笑笑，不會有問題吧，像我這樣還能染上肝炎不成？

還是小心為好，抽空去醫院檢查一下。

16

方卓然讓牛鑫這一招治得心裡窩火，可他又找不出破綻來出這口氣，思前想後，他感覺自從林佳玲調回平海後，他就沒順過。事務所掛牌泡湯，兩口子分手，買房被人欺騙，越想心裡越窩囊，這氣沒處出，他又忍不住給伍志浩打了電話。跟林佳玲分手兩人吵了之後，他們再沒見面。

好朋友就是好朋友，伍志浩接了方卓然的電話之後，立即去了卓然律師事務所。伍志浩聽方卓然把事情一說，他也非常氣憤。

太流氓了！他咋能做出這種事來呢？

方卓然頭一次顯得無奈，整個兒一個奸商，頭上長瘡，腳底流膿，他真的壞透了。

那你咋辦？

我從哪兒去弄八十四萬啊？

那你不買房啦？

舊房折的錢，連五十平米都買不來。

你有啥打算？

我不受這窩囊氣了，退房！反正還沒辦手續，讓他把我的舊房折價退給我，我想辦法到別處買二手房。

這也算是個辦法。

第二天，方卓然像上法庭一樣提著律師包走進了牛鑫辦公室。牛鑫這老狐狸居然裝作啥事都沒有發生一樣，格外熱情地站起來迎接，還主動伸手。方卓然卻沒跟他握手，他從包裡拿出房子的所有鑰匙，放到牛鑫的老闆臺上。

方律師，你這是幹啥呢？牛鑫裝傻。

董事會不是否決了你的個人意見嘛！這房子我不買了，謝謝你費心。

方律師，我牛某為人你是知道的，這事還可以商量嘛！

用不著再商量了，你現在請我買我也不買了，請把我原來房子的折價付給我，我不求你幫啥忙，只希望今天就把折價款和訂金退給我。

方律師，這你比我懂，真要是無故取消訂房，你的訂金就沒了！再說，退房手續哪能這麼快呢？你的舊房子原來是抵新房面積，沒給你估價，現在房子都拆了，咋給你計算啊！

這個樓不只我一戶，我沒有特殊要求，別人啥價，我也啥價。

這個具體業務我不大清楚，我讓銷售部研究後再通知你好嗎？

房子拆了，主動權在你那裡，你看著辦吧，告辭。

方卓然去牛鑫辦公室時，城北二期開發工程工地開始罷工。方卓然開著車經過二期工程工地，見工地上一片寂靜，幾個大吊車都死了一樣杵在那裡。方卓然扭頭看，工地上有一條特別顯眼的大標語，不付工錢，絕不開工！方卓然搖下車窗，見民工們都坐在工地上，方卓然會意地一笑。

牛鑫辦公室裡亂了，青山綠水和喬師傅都圍著牛鑫，青山綠水建議，還是讓方律師出面協商比較好。牛鑫已經辦了缺德事，他沒法再向方卓然開口。青山綠水認為，派其他工程部的人，民工根本不會聽他們的；牛鑫要是親自出面處理，很可能會出更大的亂子，到了這步田地，軟話也只能說了。牛鑫推車撞到壁，沒了迴旋餘地，他只好硬著頭皮拿起電話。

方律師！你在路上吧？你趕緊回來，工地工人又鬧事了。

方卓然不急不火，這種事你還是親自去處理吧，別像上次那樣，我篡改了你的決定，再讓你生氣。

牛鑫砸掉牙齒只能往肚裡子咽，你別忘了，你是在我們這兒拿工資的法律顧問啊！這種牽涉法律的事，你不處理讓誰處理啊！

我這法律顧問形同虛設，沒有實權，說話不算數，你想讓我去找罵還是找打啊！我自個兒的房子讓你拆了啥都還沒著落呢！我能管得了別人的事？

牛鑫只好軟下來，你的事好說。你快過來吧！你想買嶺岫花園的房，還是按原來說的辦！

牛老闆，你的話，哪句是真，哪句是假呢？我沒法相信啊，我也不想再被人耍弄了。

你要是不買，我馬上通知銷售部，立即給你結算舊房款，訂金也退你，行了吧？

那好啊，我把銀行的帳號發簡訊到你手機上，讓他們把款直接匯入我帳號裡，我再去。

沒問題，你快過來！

方卓然故意拖了一個半小時後才去的鑫源房地產開發集團公司。牛鑫在門口已經等急了，方卓然夾著律師包再一次走進了他辦公室。

你可來了。

退房退款手續都辦好啦？

辦好了，已經匯入你的帳號裡了，你可以打電話查詢，這是為你破例了！

手續呢？

都在這兒呢！牛鑫把一應手續全部給了方卓然，把劃款手續單也給了方卓然。喏，這是銀行轉帳劃款手續單，新房的訂金也退給你了。

方卓然看了一下單子，嗯，不錯，謝謝。方卓然從包裡拿出一個信封，鄭重其事地交給牛鑫。

這是啥？

這是我辭去貴集團公司常年法律顧問的律師函。

牛鑫倒吸了一口氣，你，你他媽搞啥名堂？

牛老闆，請你注意風度和形象。經過這一段時間的合作，我已經發現貴集團公司經營缺乏起碼的道德誠信，也沒有法律觀念，我無法再為一個無法無天的企業當法律顧問，你另請高明吧，再見！

你混蛋！

這兩個字，送給你自個兒正合適。

方卓然揚長而去。牛鑫氣得無法忍受，又抓起杯子向他辦公室的大門砸去。杯子砸在大理石地上，發出清脆的碎裂聲。青山綠水正好推門進屋，把她嚇一大跳。

你這是咋啦！

方卓然這小子要壞事！必須立即扼制他！

喬師傅也跑了進來，一看牛鑫那氣憤樣，有話也不敢說。

你趕緊想想辦法，咋能讓方卓然對咱構不成威脅？

喬師傅獻計，讓陳大平治他啊！咱立即請陳大平當集團公司的常年律師啊！他們兩個是死對頭。

牛鑫猶豫，陳大平！他能吃回頭草？

青山綠水說，對，立即以比方卓然高的待遇請陳大平當常年律師，讓他想法製造方卓然違反司法公正的證據，直接告到司法局，他就沒法對你構成威脅了。

好！哪怕能讓他陷入調查，他也就顧不了咱們的事了。這時他看到喬師傅站在一邊。哎，你剛才匆匆忙忙的，啥事啊？

民工都還在工地上坐著，公安已經派人去了。

領頭的是誰？

還是那個爬大吊車的，叫郭全民。

牛鑫咬緊了牙根，露出一臉兇狠，你做事一點都不得力！我不是讓你們安撫安撫他嘛！

喬師傅很為難，老闆，這種窮坑是填不滿的。

我就不信，啥坑填不滿？你這麼死心眼啊！填不滿你不會鏟平啊！

要不，把他調離工地，讓他到大樓裡搞維修？

不行！咋能讓他待在我眼前呢！我看到他心裡就不舒服！牛鑫站了起來，一邊走一邊琢磨著。你就不會動點腦筋，稍花點錢養著，也比整天來找麻煩強啊！

我明白了。

帶上保安，跟我一起去工地現場！

17

林佳玲做夢也想不到，她不是病了，醫生告訴她，她懷孕了。

林佳玲不是高興，而是震驚，她完全不相信自個兒的耳朵。等醫生給她化驗單看時，她激動地流下了眼淚，她一下抓住醫生的手，一個勁地謝她，彷彿這孩子是醫生給她的一樣。醫生告訴她，已經兩個多月了，要好好注意營養和心情，要定期檢查，買本孕婦須知看一看。林佳玲一個勁地點頭，這個時候，讓她幹啥她都會答應的。

林佳玲回到學校，崔靜正好下課，是崔靜硬逼林佳玲上醫院的，見她回來，崔靜立即迎上來問，檢查咋樣？

林佳玲喜不自禁地抿著嘴笑，崔靜一下敏感地反應來，悄悄地問，不是病，是不是有喜啦？

林佳玲滿心的歡喜往外溢，她含笑點點頭。

崔靜也跟著高興，那趕緊告訴方律師呀！

林佳玲一下沉下了臉，不告訴他。崔老師，這事不跟人說，妳知我知，好嗎？

崔靜不明白，那為啥呢？你們不過是分開一段時間試試嘛！分開也才一個多月，方律師要是知道妳懷孕，他馬上會來接妳回家的。

該是妳的跑不掉，不是妳的拽也拽不回。

那妳可不能再像先前那樣拼命了。妳聽我的，一要增加營養，二要休息，三要適量活動，四不能生氣，五不能隨便打針吃藥……

林佳玲又恢復了燦爛的笑，好好好，我聽妳的，現在要上課了，我另找時間請教。

是的，我得好好地教教妳，妳先去上課吧。

18

喬師傅開著牛鑫的寶馬車來工地接郭全民去見牛老闆，工地上的工人都好生奇怪，郭全民更覺得莫名其妙。喬師傅說牛總要見他。郭全民說，俺不去，把欠俺的錢給了就中。喬師傅說，牛總就是商量給工人發工錢的事。郭全民最關心的就是發工錢的事，他拍了拍渾身的泥灰，上了高級轎車。

郭全民一個人在會客室很彆扭，他爬大吊車威脅牛老闆，領著大夥罷工，牛老闆咋還會見他呢。他懷疑裡面有啥陰謀，他很是不安。

喬師傅回來了，他進門就說，對不起，牛總突然碰上緊急的事要處理，讓我跟你說。

啥事啊？

拖欠工錢的事牛總完全不知道，是財務科沒有及時向他彙報，他很生氣，批評了財務科長。牛總說這事讓你為難了，特意讓我代表他向你表示歉意，也請向工人說明情況，這一周一定會想辦法發給大家，希望大家不要再鬧事。

為難不為難俺無所謂，只要立即把工錢算給大家，讓大家鬧事他們都不會鬧事，出來就是掙錢的，鬧事是沒有辦法。

一人不知道一人的難啊！你以為牛總是故意拖欠你們的工錢啊！二期工程的科技大廈、圖書館、音樂廳都是政府投資的專案，上級撥款沒有到位，這可不是一百萬一千萬的事，上億啊！要是政府的撥款能到位，哪還能欠你們工人的工錢呢！

政府沒有錢，蓋這麼多大樓做啥？

政府也有政府的難處哪！所以牛總請你來，讓我把情況跟你說明，請你向工人同志解釋一下。

這種事，俺咋能說清呢！還是牛總自個兒向工人說清好。

牛總也知道你的難處，他很關心你，說你在工地風吹日曬的，很辛苦，想給你換一下工作環境。

郭全民好奇怪，給俺換工作環境！讓俺做啥？

你呢，到公司大樓來上班，搞辦公大樓的維修。這裡多好啊！吹不著風，淋不著雨，日頭曬不著，有需要維修就修一修，沒有活幹你就歇著，工資照發。

郭全民不信，有這等好事？

那是牛總關照你！已經跟行政辦交代了，他們很快會通知你。喬師傅從口袋裡摸出錢。上次搞得你爬上大吊車，家人擔驚受怕的，這一千塊錢，是牛老闆給你們的精神安慰費。

俺只要俺的工資，別拿錢堵俺的嘴。

這有啥呀！你拿著吧。

那就算付工錢吧，俺先拿著。

好，就算先給你一部分工錢，到發工資的時候再扣。

那就謝謝你啦！

別客氣，我還要送牛總去開會，就不能送你回去了，只能辛苦你自個兒走回去了。

沒關係，這點路怕啥呢！

郭全民揣著一千塊錢，狐疑地走在馬路上，他自言自語地琢磨著。牛老闆平白無故給俺這一千塊，分明是想堵俺的嘴，俺才不上你的當呢！給錢就先拿著，拿一千是一千……

過往的路人忍不住扭頭看這個自言自語的郭全民，郭全民也不管，他只顧琢磨著往前走，有一輛無牌照的吉普車一直緩緩地跟在他身後，他一點都不知道。當郭全民前後無人時，吉普車突然加速，一下把郭全民撞倒，右側後車輪從郭全民的左腿上碾過去。郭全民一聲慘叫，頓時就昏過去了。吉普車飛速離去。

離肇事地點不遠處，方卓然開車過來，與飛速逃竄的吉普車相遇。方卓然急打方向盤躲避，差點兩車相撞，方卓然破口罵了吉普車司機。方卓然沒注意到吉普車的車牌，他只看到開車的是個小夥子，戴墨鏡，耳朵上有耳環。吉普車飛速逃遁，方卓然從後視鏡裡發現，吉普車沒有車牌。

喬師傅開著寶馬從前面快速趕來，他發現郭全民倒在路邊，緊急剎車把車停到路邊。喬師傅一邊拿手機報警，一邊走向郭全民。方卓然也駕車來到出事處，發現喬師傅在救郭全民，立即把車停到對面路邊。

喬師傅說，方律師！你來得正好，剛才有車把他撞了，你開車過來碰上沒有。

方卓然一愣，剛才我碰上了一輛無車牌的吉普車，差點讓他撞了，我看他弄不好是醉酒駕車？

他傷得很重，得趕緊送醫院，他是咱們集團公司的工人，咱不能不管，你在這裡等交警，我送他去醫院，好嗎？

好的，那你快送他去醫院。

不斷有人圍過來。方卓然和喬師傅一起把郭全民抬上喬師傅的車。郭全民甦醒，痛得慘叫。喬師傅剛離開，兩名員警趕到現場，立即進行現場調查。

員警說，那個郭全民你認識？

認識，他是鑫源房地產開發集團公司建築隊的工人。

肇事車是吉普？

是，沒有牌照，超速行駛，差點把我的車撞了，當時我並不知道出事，到現場我才聽寶馬車司機告訴我，是吉普車肇事逃跑。

你認識吉普車的司機嗎？

不認識，我只注意到他戴墨鏡，耳朵上有耳環。
是你到了現場報的案，還是寶馬車報的案？
是寶馬車司機報的。
你和寶馬車司機認識？
認識。
咋認識的？
我曾經是他們集團公司的常年法律顧問。
好，方律師，紀錄請你過目，要沒有出入你就簽字。
方卓然看後立即簽了字。
泥工班的小張領到工資，他打算回去結婚，特意到郭全民家打招呼。他來到郭全民家，郭小波告訴他他爹還沒有回來。就在這時有人來報信，說郭師傅被汽車撞了，送進了醫院。郭小波媽一聽急得哭了，小張立即領著他們去醫院。

19

方卓然打來電話時，林佳玲正滿心喜悅地在看書。今天她心情特別好，自從醫生告訴她懷孕的消息後，她就一直沉醉在幸福之中。她說自個兒真無知，例假沒來也沒管，以為是累的，一點都沒往這方面想，還懷疑染上了肝炎。檢查後，她才感覺小腹已經有些異樣。

林佳玲不是在看教材，更不是在讀小說，她在看孕婦須知。就在這時方卓然來了電話。

佳玲，我是方卓然。林佳玲十分意外，卓然，你咋有空打電話來？

妳好嗎？

林佳玲差點脫口告訴他懷孕的事，話到了嘴邊她又咬住了，她立即改口，我很好，你呢？

我也很好，妳要注意自個兒身體，不要太累。

謝謝，我身體好得很。你也注意，要按時吃飯。你打電話有別的事吧？

我是要告訴妳，妳學生的家長郭全民被一輛無照吉普車撞斷了腿，現在已經送到市人民醫院了。

他家裡知道不知道？

我不大清楚，所以告訴妳。

謝謝你。

妳太客氣了。

林佳玲收起手機，重撥了電話。

伍處長嗎？我是林佳玲，一位學生的家長被汽車撞了，你能陪我去醫院看一下嗎？

伍志浩騎摩托車載林佳玲去了人民醫院。晚上依然有很多病人，急診室外走廊裡到處是急病號。林佳玲和伍志浩來到急診室，郭小波和母親愁眉苦臉地在急診室外等候，郭全民正在裡面搶救。

林佳玲一聽情況，她斷定是人為肇事，我想，這事肯定是牛鑫報復。

伍志浩說，他敢目無王法？

你想想，郭師傅爬上大吊車逼他付工錢，又帶頭罷工，牛鑫肯定恨透他了，絕對是他的陰謀。

真要是這樣，這人該殺。

現在有些地方，錢就是法，錢就是天，有錢沒有辦不成的事，這是啥風氣！

可是我們手裡沒有證據啊！

20

青山綠水坐沙發上看電視，牛鑫坐在一邊剝小蜜橘，一瓣一瓣餵青山綠水吃。門鈴響，青山綠水起來去開門。喬師傅匆匆走進客廳，有點喘。

老闆，事情辦了。

利索嗎？

挺利索的，不過，碰上方卓然了。

牛鑫一驚，方卓然！他看到啦？

他到，吉普車已經沒影了，方卓然沒看到司機。我送郭全民上醫院的，讓方卓然等交通警察。

人咋樣？

腿斷了。

他不是敢跳大吊車嘛！不是視死如歸嘛！讓他嘗嘗痛的滋味，以後就老實了。

殺一儆百，這回大家一定老實了。

方卓然在網路上流覽。他在「新潮」網站上發現了一個新欄目，這個閃紅的欄目叫「曬客」。曬客！太新鮮了，博客、播客、閃客、換客，還有曬客，方卓然立即點擊曬客，進入曬客主頁，專欄琳瑯滿目，有祕聞廊、隱私廊、時尚廊、家居廊、收藏廊，圖文並茂，方卓然目不暇接。

方卓然點擊祕聞廊，一下發現了「青山綠水」的名字，他立即點擊進入。青山綠水的文章是《權、錢、色是咋交易的》。方卓然立即讀起來。

方卓然的視線離開顯示螢幕，仰靠到椅背上，他想這個青山綠水跟聊天的那個青山綠水是不是同一個人……方卓然又坐起，點擊了「隱私廊」，裡面也有「青山綠水」，方卓然又點擊了青山綠水，奪目的是一對豐乳的照片，文章是《婚姻是沒有必要的，性愛是一天不可缺少的》。方卓然一怔，這不正是那個青山綠水的觀點嘛！她是誰呢？她所說的事，跟牛鑫、跟城北二期工程太相像了，難道青山綠水就是那個申盈小姐？

就在這時司法局的兩名工作人員走進了卓然律師事務所，方卓然在嗎？

凱瑞立即從裡屋出來，請問你們……

司法人員說，我們是市司法局的。

方卓然從辦公室出來，我是方卓然，裡面請。

司法人員說，我們不進去了。有人檢舉，你在辦案中，無視法律，偽造證據，庇護罪惡，自即日起本律師事務所停業整頓。你明天上午九點到司法局去一趟。

方卓然十分驚愕。兩個司法人員留下通知，立即離去。方卓然拿著通知書，不可思議，他一下意識到是牛鑫在報復他。牛鑫啊牛鑫，既然你敢挑戰，好，那咱們就較量較量。

當晚方卓然進了ＱＱ聊天室，他加了青山綠水。

青山綠水，妳跟新潮網曬客裡的青山綠水是不是同一個人？

暴風驟雨，你產生興趣了嗎？

是的，妳寫的是真的嗎？

假的拿出來曬，有啥意思呢？

妳說的那個她是誰呀？

你以為是誰呢？

那隱私廊裡的照片也是妳的？

美嗎？性感嗎？

不堪想像。

想像就是一種享受！這麼美的東西，為啥只給那糟老頭和那狗娘養的看呢？還不如讓大眾欣賞呢！你覺得美嗎？

的確很美。

比你夫人的咋樣？

比她的還美，但沒有她的純潔。

你別跟我談純潔，要談純潔，你去跟幼稚園的小女孩談去。

好，我不談。請妳說實話，妳在哪個城市？

我在平海市啊！你呢？

方卓然略考慮，我離平海市不遠，兩三個小時就到，我要是去平海，妳願意見我嗎？

白天可以，晚上不行。

為啥晚上不行呢？

這還用說嗎？說不定哪天晚上領導光臨啊！

那妳能把手機號碼告訴我嗎？

你要是真來平海，提前打電話告訴我，約定地點我去見你。

第三天，方卓然真的約了青山綠水，他沒說他在平海，只說他要去平海。方卓然駕車趕到岫水公園，拐彎把車開進停車場。老遠見申盈停好寶馬跑車，從車裡出來。方卓然非常吃驚，難道青山綠水真就是申盈。方卓然不由自主掏出手機，他從窗戶裡看著走過來的申盈，按了號。電話接通，他見申盈從包裡拿出了手機。

喂！青山綠水！

你到了嗎？申盈從方卓然車前面的過道走過去。

我已經進城了。青山綠水，真的對不起，咱們只能改日見了。

咋啦？

我剛接到單位的電話，出了點事，有人誣陷我們公司，上級主管部門要我們停業整頓，我得立即趕回去。

青山綠水站住了，很生氣，你不會耍我吧？

哪能呢！真的對不起，非常抱歉，下次見面我請客補償。

見了面，我饒不了你！

妳咋懲罰，我都樂意接受，老天有意作弄，讓咱們不得相見，好事多磨嘛！我得掉頭了，拜拜。

拜拜，路上開慢點。

21

城北中學可以向市重點高中推薦保送一名全優學生，決定正式推薦保送趙一帆，通過關係打招呼的二班王汀作為附加也整理資料一起報送。

林佳玲正在給初中班複習數學，趙一帆來找她。原來城北中學上了牛鑫的當，牛鑫給市重點中學運動會贊助了十萬塊錢，市重點想淘汰趙一帆。林佳玲一聽比趙一帆還急，她立即陪趙一帆一起去了重點中學。

副校長看了看趙一帆，林佳玲明白副校長的意思，讓趙一帆到外面去等候。

副校長說，我們只能接收一名保送學生。

牛鑫不是說王汀不佔學校推薦名額嘛！

他是聯繫過，還給我們學校運動會贊助了十萬塊錢，但我們並沒有有過這樣的承諾。

我認為應該以學校推薦的為準。

王汀的檔案也是你們學校送來的呀！是蓋了你們學校公章的。

林佳玲十分氣惱，牛鑫這個人咋這樣，沒有他不伸手的地方，現在真是有了錢就有了一切嗎？

現在學校送來了兩個人的檔案，一個是學校推薦的，一個也是你們送的，但又是政府有關人員打了招呼的，這叫我們也為難呀。

那總得講個主次吧？

你們這是給我們出難題哪！為了公平起見，搞一次公平競爭，我們出卷子，讓他們兩個搞一次測驗，以分數定乾坤，免得別人說你們走後門，說你們搞包庇。

林佳玲非常有把握，我看可以，這樣更有說服力。

林佳玲咋也不會想到趙一帆會考砸。不知是意外沒有準備，還是壓力，趙一帆考試特別緊張，她沒有考好，而王汀卻考得很好。林佳玲再見那位副校長，副校長公事公辦有了依據，說只能淘汰趙一帆。林佳玲一聽，頭都要炸了。副校長很理解她的心情，但成績擺在那兒，不能不讓人懷疑學校弄虛作假啊！林佳玲強調她的檔案在那兒擺著。副校長認為檔案說明不了啥，別人不會看檔案，人家只看分數，事實是推薦的不如沒推薦的考得好，讓人家咋服呢？考試是事先約定的，只能刷掉趙一帆，要不，對上、對外、對學生的家長都沒法交代啊！

林佳玲著急了，跟副校長討論了半天，副校長問她趙一帆是她啥人，林佳玲說趙一帆和王汀都是她的學生，老師都希望自個兒的學生上個好學校，並不是她偏心，這樣對待趙一帆太不公平。學校推薦的是她，因為王汀有市政府的關係，擠進來憑一次偶爾的考試就把學校保送的資格給取消了，同學們會咋看她，她會是一種啥心情，這對她反是一個打擊，甚至會影響她考學，她請副校長慎重考慮。副校長反問林佳玲，要是她處在他的位置會咋處理。林佳玲想了想，提出建議，如果真要以考試成績來決定，這已無異於普通中考，就是考試，也不能只考數理化一張卷子，還應該考語文和英語，這樣才能全面反映一個學生的真實學習成績。

副校長被林佳玲說服了，覺得她的說法能站得住腳，於是同意加試語文和英語。林佳玲還給副校長提了個建議，王汀也是城北中學不錯的學生，如果兩個人考試成績都能達到他們學校招生的要求，提前多收一個學生又有何妨呢？副校長頻頻點頭，說林佳玲是天下最稱職的老師了。於是，學校破例，讓趙一帆和王汀同時加試。

第十三章

未濟

（下坎上離）

象曰，火在水上，未濟。君子以慎辨物居方。

六五，貞吉，無悔。君子之光，有孚，吉。

——《周易》

注：

《象傳》說，火在水上，這就是《未濟》卦的卦象。君子（觀此卦象）仔細辨別各種事物，使他們各歸其類，各得其所。

第五爻（六五），守持正道自得吉祥，絕無悔恨。君子的光輝品德，能為民眾所信服，吉祥。

超市結算處三百六十天沒有一天不排隊。方卓然提著一筐食品在排隊結帳，正要輪著他時，一年輕人提著東西，連招呼也不打，硬插到他前面搶著結帳。方卓然想說他幾句，一抬頭，他愣了。年輕人戴墨鏡，耳朵上晃蕩著顯眼的耳環。方卓然沒有聲張，若無其事地看著他結帳。小夥子結完帳匆匆離去，方卓然跟了出去。

小夥子到停車場，推出摩托車，上車一踩油門馳出車場。方卓然開車緊跟，小夥子沒任何防備，直接駕車拐彎去了鑫源房地產開發集團公司的院子大門，一直繞到大廈的後面。

方卓然第二天與接案的員警作了聯繫，方卓然及時提供了線索，員警希望他能配合，方卓然一口答應他們一起研究了拘捕肇事司機的具體方案。

方卓然按員警設計的方案，驅車進了鑫源房地產開發集團公司大廈的院子，他辭職時忘了把鑫源集團公司的停車證退給他們，這會兒正派上了用場，他從進院到進大廈地下停車場一路暢通。方卓然駕著車熟練地繞了一下地下停車場，車場裡靜悄悄的沒有人。方卓然下了車，挨個尋找那輛吉普車。方卓然在地下停車場最裡邊的角落裡發現了那輛肇事的吉普車，已經上了車牌，他先記下了車牌號。

方卓然正回自個兒的車，身後有腳步聲。他扭頭看，是那個戴墨鏡戴耳環的小夥子。方卓然不露聲色繼續朝前走，沒走幾步，前面又出現一個戴墨鏡的人。方卓然見勢不妙，他不露聲色轉身進入停車道。兩個戴墨鏡的人立即跟過來。方卓然突然拔腿跑向自個兒的車，一邊跑一邊開門鎖，搶前一步上了車，立即鎖死車門。

兩個戴墨鏡的傢伙站在他車頭前，那吉普車司機突然抬腳踹他的車燈，車燈被他踹碎。方卓然發動車，一腳油門把兩個傢伙嚇到一邊。他開車出庫。吉普車司機立即跑回吉普車，發動車緊跟而出。方卓然一邊開車一邊拿手機給員警報告，他已經把他引出，正沿城北開發區志新路向東開！方卓然發現吉普車跟來，加大油門，吉普車緊追不放。方卓然看到了前面的警車，立即緊急剎車停下。

吉普車見事不妙，緊急剎車倒車掉頭。後面的警車已經趕到堵住退路。小夥子跳下車企圖逃跑，員警沒費多大勁就扭住了吉普車司機，連車帶人一起帶走。

2

趙一帆拿到市重點中學錄取通知書，沒有回家，直接去了實驗學校。林佳玲看到通知書異常高興，趙一帆卻忍不住哭了，她實現了父親第一個願望，她咋會不激動。

一帆，告訴媽媽了嗎？

趙一帆搖搖頭。

一帆，妳該懂事了。

趙一帆抬起淚眼，望著林佳玲。

我陪妳一起回家告訴媽媽。

趙一帆點點頭。

還有件事我要告訴妳。

啥事？

那三千塊食宿費，是路海龍讓他爸幫助妳的。

趙一帆非常吃驚，這，咋會是他呢？

路海龍是一片誠意。

趙一帆很感動。

林佳玲陪趙一帆一起騎自行車回家。沒到趙一帆家，林佳玲先下了車，她想讓趙一帆自個兒一個人進去把消息告訴她媽。林佳玲扶著自行車，用目光催趙一帆進去。趙一帆仍有些為難。

一帆，世界上的一切都不可能完美。人無完人，金無足赤，是人都會犯錯誤。人與人之間和諧，這個社會才會安定祥和，人人都應該學會寬容。妳媽她是妳唯一的親人，是愛妳的母親！快去吧，她的心早就碎了，妳要是再這樣下去，媽媽會很痛苦的。

趙一帆猶豫地走向家門，她忍不住扭頭看林佳玲，林佳玲用溫暖的目光望著趙一帆，趙一帆決斷地推開了家門。

趙一帆進家門，劉玉英正在做晚飯，聽見開門聲，她忙扭過身來，見是女兒回來，她沒有再驚喜。她已經受了太多次打擊，她盡了許多努力，但始終得不到女兒的原諒，她的心已經冷了，也不再指望女兒原諒。劉玉英見是趙一帆，極平常地打招呼。

回來了，吃沒有？要沒吃，一起吃吧。

趙一帆默默地走上前，把錄取通知書擺在母親的面前。

這是啥？劉玉英拿起錄取通知書看，她突然欣喜若狂，一帆，妳考上重點中學了！我真為妳高興，妳爸在天之靈也一定會為妳高興。

趙一帆走上前，低著頭靠到母親肩上，劉玉英愣住了。

媽，我能有今天，離不開媽的愛，媽！

這一聲久違了的輕輕呼喚，讓劉玉英淚如泉湧，她伸出雙臂把趙一帆緊緊摟住，心肝……妳能認我這個媽，媽真高興。不說了，一切都過去了。來，吃飯，咱們吃飯。

媽，我在學校吃了，是林老師陪我一起回來的。趙一帆忙走向窗前。劉玉英也跟到窗前，窗外，林佳玲還站在那裡等她。劉玉英看著外面的林佳玲，淚水嘩嘩地流下來。她拉開門，跑了出去。劉玉英雙手握住林佳玲的手，林老師，妳叫我咋謝妳呢？

林佳玲很欣慰，一切都好了。

走，快進屋坐。

媽，我還得回學校。

林佳玲高興地摟住趙一帆。

媽，我和林老師回學校了。

劉玉英喜不自禁，好！好！快回學校吧。

林佳玲洋溢著輕鬆的微笑，和趙一帆一起向劉玉英招手。

3

方卓然拿輪椅推著郭全民走進了醫院的花園，他一直把郭全民推到樹蔭下，方卓然把輪椅停到樹蔭下的一條聯椅旁。方卓然坐到聯椅上，開始他的調查。

這次住院的醫藥費都是牛老闆給你付的？
是啊，是那個喬師傅來繳的。
牛老闆是生意場上的人，工地上幾百號工人的工資他拖欠半年多不給，卻為啥要給你付醫藥費呢？
俺知道，他是要俺不帶頭跟他作對！那天喬師傅把我叫去，給了我一千塊錢。
如果他只要你不帶頭跟他作對，他給了你錢，為啥還要給你付醫藥費呢？
郭全民愣了，你是說不合情理？
完全不合情理，除非他是蓄意派人撞你，怕你追究責任。
他派人撞俺？
我告訴你，撞你的人已經抓住了，他是牛鑫房地產集團公司的司機。
郭全民一驚，真的嗎？
是我配合員警抓的，司機現在已經拘留，員警會來調查你的，你應該照實把情況告訴他們。
郭全民有些害怕，方律師，這麼說牛鑫是想害我！
他已經害你了，你的腿都斷了，再上不了工地了。
郭全民很著急，方律師，你得幫我。
看來他並不想要你的命，只是要教訓你，讓你喪失跟他作對的能力。這事只有依靠法律才能保護自個兒。現在員警正在調查，如果確實是牛鑫指使，你可以委託我當你的律師，起訴他傷害你，說出全部真相。為防止萬一，你不能再在這裡住下去，也不能再跟牛鑫他們任何人接觸。
那我上哪？
你的骨頭已經接上，趕緊出院，我給你找個地方住。

好，我聽你的。

方卓然當天就跟醫院聯繫，幫郭全民辦了出院手續，把郭全民轉移到了一個安全的地方，安排好郭全民的住處，方卓然才回律師事務所。

方卓然回到辦公室立即上網找青山綠水。

暴風驟雨，你為啥這麼多天不理我？

我公司的事鬧得我焦頭爛額，沒能顧得上。

現在咋樣了？

還停業著，現在有些事讓你無能為力，想要誣陷你，一封匿名信就會把你的一切都搞亂，那真叫癩蛤蟆爬腳上，不咬你，但能膩歪死你。

那是因為法制不健全。

妳在曬客上說的事確實屬實？

你懷疑？

如果確鑿，那妳既是富翁，又是乞丐。

何以見得？

物質上妳現在應有盡有，其實妳啥都沒有，他們給妳的啥都不屬於妳；感情上妳可能天天不缺性愛，但不過是人家的一個玩具，得不到一點真正的愛。

你錯了，人家玩我，我為啥不能玩他們呢？我也可以把他們當小狗一樣玩啊！

但一旦讓他們感覺妳不好玩的時候，他們會像扔一塊抹布一樣把妳扔掉。

你的意思是……

聽我一句勸，適可而止，妳還年輕，一切都還來得及。

我是有點膩歪了這種生活，但平常的生活我已經過不了了。

享受也算是一種生活，但那是一種虛無的生活，不會給妳留下美好的記憶，而只會讓自個兒墮落；真正的生活要自個兒創造，只有自個兒咀嚼甘苦的生活才會有真正的滋味，也才能給妳留下值得終生回味的記憶，虛無一生只能留給妳一張白紙。

你好深刻吱！我聽你的建議，你說我現在該咋走？

妳現在不需要走，也走不得，妳只需要清理，一邊清理一邊等待時機。這種權貴，他們面前沒有金光大道，只有一道道溝和深淵，他們一天到晚在跳溝，有真本事的也許會一輩子跳下去，但大都有失足的時候，說不定哪天他們就會掉到溝裡，甚至萬丈深淵，妳要清醒的是，別跟他們挨得太緊，免得被他們一起拽下去。

有點提心吊膽的感覺，謝謝提醒。

方卓然與青山綠水聊完天，他上了菜市場，買了一兜菜，去了郭全民的臨時住處。

4

吉普車司機被拘，郭全民突然不知去向，搞得牛鑫心驚膽戰，他立即讓喬師傅行動起來，搞清情況。

打聽清楚了嗎？

在，在，還在派出所。

你見到他沒有啊？

見，見著了，花了點錢。

你跟他說話了嗎？

說，說了。他還沒、沒說。

你封他嘴了沒有？

封了。我警告他，讓他好好在裡面待著，別忘了家裡還有個老娘。只要不說，老娘會過得很舒服；要是說了，就再也見不到老娘。

他咋說？

他明白，拜託我多關照他老娘。他要求把他弄出來。

牛鑫的賊眼骨碌碌轉，沒出人命，頂多判幾年，為這種人用上面的關係，不值，封住他嘴就行，讓他吃點苦也無所謂。告訴他，出來有他的好日子過的。查到郭全民的下落沒有？

還沒有。

他可至關重要啊，不管白道黑道，動用一切關係，一定儘快找到他。

我懷疑是方卓然這小子幹的。

是不是逼他太狠了？你可以探探他的底。

伍志浩不知道方卓然的事務所被停業，他到卓然律師事務所看方卓然，大門關著，門口的牌子用紙封著。伍志浩走了進去。

伍志浩為他著急，卓然，這是咋回事？

方卓然非常無奈，停業整頓。

停業整頓！出啥事啦？

啥事也沒出，有人告我無視法律，製造偽證，庇護罪惡。

是誰啊？

還能有誰？肯定是牛鑫利用陳大平搞的。到今天我才明白佳玲為啥要這樣替老百姓說話，為老百姓辦事，為民請命。自古以來，天下受苦難最多是老百姓，天災、人禍、王權、官患，一切災難最終都是落到百姓的頭上。你必須幫我做一件事。

啥事。

讓我儘快恢復營業。我已經認真核實了我經辦的所有案件的證據。儘管有些是利用了對方不懂法律知識的弱點，但證據都是真實的。沒有製造偽證。我的自查報告已經寫好，你能不能找到司法局的領導，面承我的報告。

可以。我看你也需調整觀念，從事法律工作，不能只講證據，也要講道德。

伍志浩在方卓然事務所商量事的時候，林佳玲在學校出了事。

5

林佳玲的肚子已經挺了起來，臉色有些蒼白，但她只要一站到講臺上，渾身就充滿激情，這成了她的職業病。

同學們，我們腦子裡要堅定一個信念，卷子上所有的題都是有解的。第一要認真審題，明確求啥？然後再找出已知因素，找出已知因素與未知因素的關係……

林佳玲回頭在黑板上寫，轉身中她突然覺得頭暈，她想扶講臺沒扶住，一下歪倒在講臺上。

學生們大驚，路海龍和郭小波、夏青苗等同學一齊衝到講臺上，路海龍扶住林佳玲。

林老師，妳咋啦？

沒關係，可能沒有休息夠。

正好崔靜來到，她慌得扔了手裡的包，跑進教室，發現林佳玲臉色慘白。

林佳玲扭頭，郭小波，你把卷子上的錯題都給大家講一下。

林佳玲無力地躺到床上，仍然頭暈眼花，渾身無力。

崔靜坐到床前，握住林佳玲的手，還有別的感覺嗎？

有些日子了，老感覺乏力，有時候還暈眩。

妳就是老不注意身體，藥不能吃，針不能打，但妳要看醫生啊！走，我陪妳去醫院檢查一下。

林佳玲仍沒當回事，別聲張，喝點糖鹽水就好了。

得上醫院看看，不知道原因咋行呢！

一到醫院就要打針吃藥，影響孩子咋辦？

那也得查清原因再說啊！

沒事兒，不就是虛嘛！我注意休息就行了，再增加點營養。妳快去給他們輔導吧，馬上就要中考了。

妳自個兒可得當心啊！崔靜不大放心，出了林佳玲房間，她想了想，給伍志浩打了個電話。

林佳玲躺不住，她還是爬起來回到了教室，學生們都心疼地看林佳玲。

同學們！我沒有事，現在我要供兩個人的營養，我可能沒有注意，造成營養不良，那麼增加點營養就行了。同學們，你們很快就要走進考場，你們意識到了沒有。自個兒真的長大了，昨天的少年，今天成長為青年了……

林佳玲在講臺一邊慢慢走動，一邊繪聲繪色地講著……她看著眼前是一張張充滿憧憬的臉，格外親切，格外可愛……林佳玲站在講臺上一邊講一邊在黑板上寫下，人生三大步，學業、工作、婚姻……林佳玲的動作越來越慢，她幾乎站在原地不再走動。

下課鈴響。

林佳玲很吃力，同學們，我可能暫時不能再給大家上課了，希望你們抓緊最後複習的時間。同學們，今天老師就不說下課了……

林佳玲講完話，一時挪不動腿，她有些頭暈，她閉上了眼睛，定了定神。艱難地坐到椅子上。郭小波、路海龍、夏青苗等學生們都圍過來。

夏青苗說，老師，我扶你回去休息。

林佳玲說，不要緊，我先歇一會兒就好。

林佳玲回到辦公室，坐在椅子上，抬起腳蹬在另一把椅子上，她感覺腳有些麻，她捋起褲腿用雙手輕輕地揉。林佳玲低頭一看，自個兒嚇一跳，她的兩條腿腫得跟水蘿蔔似的，用手指按，一按一個凹坑，按下的凹坑半天鼓不起來。林佳玲悲哀地閉上了眼睛，她十分沮喪，眼淚止不住地往下流淌。她腦子裡閃過一個疑問，難道我會是真的得了病？

老主任進來，看到了林佳玲的腿，佳玲，妳別再強了，快上醫院檢查一下吧。

我去，我去……林佳玲又感到暈眩，老主任急忙扶住她。

林佳玲在急救室慢慢甦醒過來，發現崔靜焦急地坐在她身邊，林佳玲有些驚慌，崔老師，我咋啦？

妳又暈倒了。

韓志善拿著化驗單走進急救室，他問崔靜，妳是林老師的同事？

是啊，咋樣？

林老師丈夫沒來嗎？

林佳玲心裡更慌，悄聲說，我們分手了。

韓志善對崔靜說，那妳來一下。

林佳玲承受不了心理的壓力，忍不住問醫生，是不是有問題？

韓志善鄭重地告訴林佳玲，是有點問題，需要作進一步檢查。

林佳玲說，啥問題？妳跟我直接說好了。

韓志善看了一眼崔靜，崔靜點點頭。

妳的血色素只有四克，妳懷著孕，不適宜做核磁共振，需要做進一步檢查。

林佳玲更是緊張，問題很嚴重嗎？

現在不好說，要檢查之後才能確定，明天就來，不要耽誤。

6

郭全民看完方卓然給他寫的起訴書，抬起頭，他有點疑惑。

方律師，能告倒牛鑫嗎？

他還有別的罪惡，這種壞人必須繩之以法。要沒有問題，你在上面簽名按手印吧。

好的，他不想讓俺活，俺也不能讓他活得太快活！要不把他抓起來，他肯定還要害死俺。郭全民簽了名，按了手印。

是這個道理。反動派你不打他，他就要打你，跟壞蛋的鬥爭就是你死我活的鬥爭。

方卓然從郭全民那裡出來，天已經黑了。他想起了下午伍志浩的電話，一邊開車一邊給林佳玲撥了電話，林佳玲還在學校宿舍裡整理複習資料。

佳玲！我是卓然。

林佳玲有些意外地說，卓然！你在哪？咋想起給我打電話？

志浩告訴我，妳身體不大好，咋啦？

林佳玲的眼淚一下湧出，她努力克制著……血色素有點低，明天去復查。

那我明天陪妳去。

不用，你忙你的吧，崔老師會陪我去的。

方卓然略加思考，有啥情況一定告訴我。

好吧，謝謝你的電話。我還有件事要拜託你。

啥事？

牛鑫是個十惡不赦的壞蛋，他坑害的人太多了，你幫幫郭師傅和那些拆遷戶吧，你要為民除害！

他也坑害了咱們，我不買他的房子了，也已經辭掉那裡的法律顧問，正著手幫郭全民他們起訴呢！

真沒有想到，你能為郭全民做這件事，我很高興。

佳玲，我過去對妳所做的那些事，沒有完全理解，請妳原諒。

這沒有啥要原諒的，有啥事再聯繫。林佳玲收起手機，再也抑制不住了，她一下趴到床上哭起來。

不打不成交，韓志善對林佳玲的病特別關心，他一直親自過問，檢查完畢，韓志善與醫生們作了研究會診，然後，他親自跟林佳玲和崔靜談結果。崔靜扶著林佳玲進韓志善辦公室，心裡很緊張。

林佳玲急於知道結果，院長，咋樣？

韓志善說，復查結果出來了，情況很不好。

韓志善把診斷書遞給了崔靜，崔靜拿過診斷書，上面寫，再生障礙性貧血，待查。崔靜驚傻了，嘴張著沒能說出話來。林佳玲看崔靜的反應更加緊張，她站起來從崔靜手裡拿過診斷書。林佳玲看到了那個診斷結果，像當頭挨了一棒，渾身一下子軟了，她跌坐下來，沒坐到凳子上，屁股坐空，幸虧崔靜手腳快，抱住了她，沒直接跌坐到地上。崔靜和韓志善一起把她架起。

哎喲！這是咋啦？崔靜抱著林佳玲坐到凳子上，扶住林佳玲。院長，那，那咋辦？

韓志善說，需要進一步再復查，如果確診，必須立即治療，化療放療，再配以中藥治療。問題是她還有身孕，要先做人流手術——

林佳玲像老虎一樣站了起來，不！誰也別想碰我的孩子！

林佳玲說著就往外跑，崔靜急忙追出。醫院門診部走廊裡到處是人。林佳玲一邊哭一邊往外跑，崔靜追過來，一下把林佳玲抱住。林佳玲無助地抱住崔靜，像個孩子一樣哭起來。

不！我要我的孩子！

崔靜哄孩子一樣地說，對，要孩子，要孩子，誰也不會動妳的孩子。崔靜扶著林佳玲坐到旁邊的椅子上，拿紙巾替林佳玲擦眼淚。放心，誰也別想動妳的孩子。崔靜摟著林佳玲，林佳玲慢慢鎮定下來。佳玲，就是保孩子，咱也先得把病查清，醫生還沒有說完，妳坐著別動，我去把病歷和醫囑拿來。

林佳玲乖了許多。

崔靜再回到韓志善辦公室，院長，對不起。

韓志善深深地被感動，林老師是大愛之人，本來不應該立即讓患者知情，因為她沒有親人。這對她打擊太大了，可以理解。

崔靜難過地說，我一點都不能接受！這麼豁達大度的人，咋會得這種病呢！不可能！病是不以人們的意志為轉移的，所謂善有善報，惡有惡報，那只是人們的願望。

有啥好辦法呢？

如果她不願意拿掉孩子，那就無法用藥物治療，只能靠大量輸血來維持她的生命，保住孩子。

好的，我們商量了再說。

崔靜從院長辦公室出來，林佳玲立即迎了上來，院長咋說？

崔靜說，他說，如果要保住孩子，只能靠大量輸血。

林佳玲很高興，那就輸血吧。

7

學校已經放學，樓裡空空蕩蕩，一個學生也沒有了。林佳玲邁著沉重的腳步上樓，整座樓裡迴響著她沉重的腳步聲。林佳玲面無表情，木然地走著……

一縷夕陽從窗戶斜射進屋子，陽光把窗戶的影子拉成矩形印在略顯灰暗陳舊的白牆上，光影和牆明暗的反差顯示出屋子已經老舊。林佳玲穿著拖鞋在地板上沉重地緩緩走著，她的這雙腳已經浮腫，腳面把拖鞋撐得滿滿的。

林佳玲來到桌子前，伸出雙手。她的雙手在微微顫抖，她毫無目的地扶正了寫字臺上的電子鐘；摸了摸疊在桌子上的書；她的手在診斷書前停留片刻，但她並未拿起來；她看到了診斷書上自個兒的名字，還有一些檢查和病症的紀錄，最後那行字像針一樣扎眼，再生障礙性貧血，待查。

她的手劃過診斷書，繼續撫一撫放在書籍旁邊的教案；毫無主張地順手拿起了一本書，《挑戰生命》……林佳玲無力地一屁股坐到寫字臺旁的床上，她的手裡還抓著那本書。就在她坐下時，書一下掉到地上，她沒有彎腰去撿書……她抬起頭，面對著牆，一堵陳舊的白牆，牆上啥都沒有……空蕩蕩的屋裡除了能聽見電子鐘的刷刷聲外，靜得令人感覺十分沉悶。林佳玲內心思緒萬千……生命要是能像黑板那樣該多好啊！它可以寫出各種各樣的文字，展現各種各樣的圖畫，畫了寫了擦，擦了再寫再畫，永無止境，永無完結……可是，生命卻像粉筆，它那麼有限，寫完了磨完了，只留下一堆塵埃。寫得越快，磨得越快，結束得也越快……

林佳玲又回到床前寫字臺前，她忽然站定，眼睛死死地盯住窗外的夕陽，她突然吼了起來。

我正在做許許多多的事情！為啥要給我這樣的厄運？我咋向愛我的學生告別？我咋向愛我的同事告別？我咋向愛我的親人告別？我咋向這個世界告別？我只有三十四歲啊！老天爺，你不覺得太殘忍了嗎？為啥要這樣對我！為啥要這樣對我！！為啥要這樣對我！！！

窗外依然一片寂靜，林佳玲的精神氣一下離她而去，她撲到床上，嚶嚶地抽泣起來。

方卓然拿著手機在屋裡亂轉。拿起手機再撥電話。

志浩！你有佳玲的消息嗎？

沒有啊！

她說今天去醫院檢查，一直不接我的電話，難道有啥情況？

那還猶豫啥！趕緊上學校看看她去啊！

王海清和崔靜先到了實驗學校，崔靜從醫院回來，把林佳玲送回房間，她就回學校向王海清作了彙報，王海清立即跟崔靜趕到實驗學校。

佳玲，面對這樣的病，我們跟妳一樣痛苦，現在，我們能做的只能面對，並且要正視。要自信，要尊重科學，除此，我們沒一點別的辦法。

佳玲，聽校長的，聽醫生的，明天就去住院。

林佳玲還是固執地搖頭，不，我要我的孩子。

門一下被推開，方卓然和伍志浩同時闖進門來。

佳玲！咋回事？妳咋不接電話？

王海清拿起病歷診斷書，給了伍志浩。方卓然也湊過來看，他們立即驚愕。方卓然不顧一切撲向林佳玲，雙手撫住她的肩頭，吼叫起來，咋會這樣?!咋會這樣?!

林佳玲反而鎮靜下來，生死由命，富貴在天。我的生命也逃不過命運的安排……

方卓然痛苦異常，佳玲！怨我！我該死！是我讓妳承受痛苦的煎熬！我對不起妳……方卓然滿臉是淚，他摟住林佳玲。佳玲，走，咱們回家，明天就去住院。

林佳玲一扭身子，絕無商量地吼，不！我要我的孩子！

方卓然驚駭萬分，孩子？

崔靜說，林老師懷孕了，已經七個多月了。

方卓然完全傻了，他站起來，他伸著雙手，不知是在問天，還是在問地，這是咋啦？為啥要這樣？為啥要這樣懲罰我？方卓然突然撲通雙膝跪到地上，抱頭無聲地哭起來。

伍志浩、王海清、崔靜都跟著流眼淚。伍志浩和王海清一起扶起方卓然，方卓然轉身走過去一下拉起林佳玲。

佳玲，我再不會離開妳，走，咱們回家。

我沒有家了。

咱們只是暫時分開，咱們沒有離婚，妳不要讓我犯一輩子都後悔的錯誤好嗎？我的事務所也讓人家停業了，除了妳，我已經一無所有了！

林佳玲也被方卓然的消息震驚。伍志浩立即向林佳玲解釋，是牛鑫指使陳大平誣陷卓然，卓然的自查報告司法局已經審核了，事務所很快會恢復營業的。

方卓然痛心疾首地跟林佳玲說，我知道自個兒已經錯了，我也知道自個兒現在該做啥了。

林佳玲欣喜地抱住方卓然，方卓然雙手輕輕地扶起林佳玲，老婆，咱們回家好嗎？

林佳玲放開方卓然，我不住院，我要咱的孩子！

對，咱們不住院，一定要咱的孩子。

林佳玲扭頭看伍志浩，看王海清，看崔靜，他們三個都朝她微笑點頭。方卓然雙手托起了林佳玲，林佳玲伸出一條胳膊摟住了方卓然的脖子，他們一起回家。

林佳玲躺到家裡的床上，她安定了許多。林佳玲偎依在方卓然胸前，牽引著方卓然的手摸她的肚子。

方卓然非常驚喜，孩子在動！

林佳玲滿心喜悅，他很不安分，老拿腳踢我，肯定是個男孩。

男孩一定像妳，特別漂亮。

應該像你，跟你一樣聰明。

也像妳，也像我，像咱們兩個。

方卓然又忍不住吻林佳玲。

卓然，我有好多好多事情想做，但我最想做的一件事，是做母親，我一定要把這孩子生下來，這是我來這個世界要做的最有意義的事情。孩子再有不到兩個月就可以出生了，我肯定能活過兩個月，我一定要把孩子生下來。

咱們聽醫生的。

不！我要自個兒做主。為了孩子的健康，不要讓我去醫院，不要打針，不要吃藥。病不就是個魔鬼嘛！我要跟它鬥一鬥，看到底誰能鬥過誰！

佳玲，這樣對妳，我就太不負責任了。

一百年是愛，一年也是愛，一天也是愛，真正的愛，一次就夠了。荊棘鳥一生就只愛一次。你剛才給我的愛，勝過一百次，勝過一千次，勝過一萬次，我已經心滿意足了。

方卓然很受感動，佳玲，我答應妳，但我們要借助醫學。孩子咱們自個兒說了算，但咋有利於孩子的健康，咋有利於妳的身體，咱們得聽醫生的。

卓然，你要明白，要是沒有這孩子，我多活一年兩年，有啥意義？只要我能生下這孩子，我死而無憾！

方卓然把林佳玲緊緊抱住，蒼天有眼，一切都會順利的。

卓然，不要靠天，不要靠地，一切靠自個兒。相信我，為了孩子，我一定能戰勝這個魔鬼。

對！我們要跟一切魔鬼鬥！

我一定要再活一百天，我要把我最後一百天的分分秒秒都預約出去，讓每一秒鐘都活得有價值。我要做母親，我要做合格的妻子，如果不能實現這個人生願望，活一百歲也毫無意義！

方卓然把林佳玲緊緊抱住。

卓然，明天你要送我去城北中學。

去城北中學幹啥？

畢業班要去城北中學參加中考。

好，我開車送妳去。

8

方卓然雙手攙著林佳玲，一步一步上了樓，走向考場。方卓然攙著林佳玲一邊走，一邊勸她，聽話，考完試，就去住院。

林佳玲很固執，不，等舉行完畢業典禮再住院。

生了孩子，身體好了，啥事都能做。

林佳玲很聽話地說，哎，知道了，你去吧！

中午，我來接妳！

學生已經在考場外，看到林佳玲，郭小波、路海龍、陳英傑、徐光平、夏青苗都跑過來圍著林佳玲。夏青苗扶著林佳玲，大家一起圍著林佳玲走向考場。

夏青苗說，林老師，我的脈搏好快。

沒啥好緊張的，所有知識都在你腦子裡。你們記住三條：一、審清題目再做；二、謄寫要細緻整潔；三、有時間要檢查驗算。老師相信你們一定會考好——林佳玲又有點眩暈的感覺，她立即不露聲色地靠到牆上。崔靜領著王海清走來。

王海清說，佳玲，妳咋還來呢？

我要送他們進考場。

鈴聲響。學生們開始進教室。郭小波、路海龍、夏青苗、陳英傑、徐光平都向林佳玲招手，林佳玲也向他們招手，他們一一走進考場。

實驗學校畢業班的畢業典禮是中考結果出來後舉行的。大會議室裡的一面牆上掛著「城北實驗學校首屆初中畢業生畢業典禮」的會標。兩面牆上分別拉著長標語，空間都拉著花聯。

林佳玲、伍志浩、何助理和老主任在門口迎接。同學們領著自個兒的父親或者母親走進大會議室。

王海清、崔靜、俞老師、呂老師、簡丹等老師來了，林佳玲像見了親人一樣迎接他們。

林佳玲拉住王海清的手，校長，你能來，我非常高興，謝謝校長！

王海清說，還有啥事能比自個兒的同事成就事業更高興的呢！

林佳玲與王海清、崔靜他們一一握手歡迎。

郭小波領著母親來了。郭小波母親握住林佳玲的手，林老師，謝謝，孩子能考上重點高中，都虧了林老師。

小波，你爸的腿好了嗎？

還沒有好。

夏青苗領著秦梅珍來了。

秦梅珍握著林佳玲的手，流下了眼淚，林老師，青苗也考上了高中，青苗能有今天全靠妳的幫助。

別那麼說，青苗本來就很聰明。

夏青苗一下摟住了林佳玲，流下了眼淚。

趙一帆領著劉玉英也來了。

劉玉英抱住林佳玲哭了，是妳讓女兒回到了我的身邊。妳這姐比我這個媽還好。

路富根指揮著工人嗨喲嗨喲把一架鋼琴抬進了大會議室。

林佳玲拍著雙手，同學們！路海龍同學的父親，給咱們學校捐贈一架鋼琴，讓我們以熱烈的掌聲表示衷心的感謝！下面請路富根先生講話！

路富根緊張地站到麥克風前，我，我路富根雖然是實驗學校的校董，但我今天是為了兒子要感謝林校長。路海龍能考上職業高中，是林老師的恩德，我一輩子要感謝她！

全場熱烈鼓掌。

典禮進入了聯歡。林佳玲換上了方卓然給她買的紅舞衣，她走到前面。

林佳玲說，今天是我們實驗學校首屆初中畢業生畢業典禮，實驗學校之所以有今天，跟教育局的支援分不開，跟我們的母校城北中學的領導和老師們的幫助分不開，跟每一位家長的支持分不開，跟每一位同學的努力分不開，這是個永遠值得紀念的日子。為感謝大家，我今天要邀請伍處長再為大家跳一支舞，以表達我的心情。

王海清等在座的領導和家長、學生非常感動地熱烈鼓掌。音樂響起，林佳玲和伍志浩跳起了華爾滋，隨著旋律的起伏，他們翩翩起舞，他們的舞蹈把在座的老師、學生和家長帶入歡快和神往的意境。最後結束動作與音樂一起戛然而止，全體師生家長爆發熱烈的掌聲。

在抒情的音樂聲中，夏青苗走到前面，她代表學生向母校贈言。

夏青苗說，九百多個日日夜夜，我們在母校和老師的懷抱中成長！九百多個朝朝暮暮，母校和老師為我們編織了一個又一個美麗而甜蜜的夢。母校、老師，我們就要走出校門遠行，我們沒有啥可以留給母校和老師，我們只想給母校和老師留一句話，我們因母校而驕傲！母校因我們而榮耀！

夏青苗激動地高高舉起雙手。臺下掌聲雷動，學生和老師喜淚縱橫。

林佳玲走上講臺，孩子們，你們都長大了！林佳玲突然停頓了一下，她強忍住。你們就要離開學校走向新的人生之旅，天高任鳥飛，海闊憑魚躍。在這分別之際，老師沒有啥送給你們，我只希望你們記住，學子遠行千里，母校永遠是你們的家！學生浪跡天涯，老師終生為你們牽掛！同學們！老師永遠愛你們！

又是一陣雷鳴般的掌聲。趙一帆、夏青苗、路海龍、郭小波、陳英傑、徐光平等都流下了眼淚。他們身不由己地一齊站起來，走上前。趙一帆和夏青苗一起抱住林佳玲。林佳玲一下暈了過去。

趙一帆、夏青苗驚叫，林老師！

全場的人都驚慌地站了起來。

9

方卓然與青山綠水約在岫水公園的茶館見面。方卓然約青山綠水沒有挑明身分，他要讓她在毫無準備的情況下見面。方卓然戴了一副墨鏡走進岫水公園，走向水邊的茶館。他遠遠地看到了茶館裡有一點鮮紅，那鮮紅在他眼簾中慢慢清晰，那鮮紅就是青山綠水——申盈。

方卓然徑直來到青山綠水茶桌的對面坐下，他一下摘下墨鏡，青山綠水一怔。

青山綠水十分驚奇，方律師，你咋來這兒？

申小姐，沒想到吧？妳就是青山綠水，對吧？

青山綠水更驚，你是暴風驟雨！

方卓然含而不露，妳說呢？

真沒有想到。

申小姐，時局是不是有點變化了？

你指的是他？

指你，指他，還有他。

你還是偵探？

記得我在網路上的提醒嗎？我說這幫人的面前都是溝和深淵，他們每天每時每刻都在跳，但說不定啥時間一不留神就掉溝了，甚至墜入深淵。我勸妳別挨他們太近，也別挨太緊，別讓他們把妳拽下去了。

記憶驚人，佩服。

是時候了，我想為申小姐在溝上架一座橋，不知妳願不願意走？

那要看妳架的是啥樣的橋，要是堅固又安全，我當然願意走啊！

那好！我說說妳現實的處境，首先我要告訴你，你參與了誣告我製造偽證庇護罪惡的勾當……

牛鑫要出事的消息，是路紅旗主動告訴路富根的。他拿出姿態，路富根就不好再計較，他去了路紅旗家，兄弟畢竟還是兄弟。

你跟牛鑫的帳了結了嗎？

了結啥啦！就給了三百萬，投資實驗學校了，其餘一分錢還沒見呢？

能要錢趕緊要錢，要不著錢立即要房。

路富根有些意外，咋啦？他是不是要玩完？

喬師傅抓進去了，他身邊已經到處是陷阱，說不定哪天就掉下去了。領導也已經在警惕他疏遠他了，嶺岫花園中小姐那裡已經不去了，他送的那些禮，真正入他老婆帳的只有五十萬，前幾天，領導已經把這筆錢捐給了古鎮修復工程。那丫頭的錢也處理了，捐給她家鄉水利工程一部分，捐給希望小學一部分。

他要是不給新房咋辦？

房子他不會不給，真要不給，你把剛才的話說給他聽。他要是還不給，你就找方律師兜底，但還是要見機行事，先瞭解他已經掌握了牛鑫多少證據，如果方卓然真能把牛鑫掀翻，你就全兜；如果還不到火候，你就應付。

我明白了。

10

畢業典禮一結束，方卓然就開車把林佳玲送進了醫院，韓志善親自主持為林佳玲做了全面檢查。檢查之後，他們像一家人一樣商量。

韓志善說，婦科的報告我看了，孩子一切都很正常，但是離生產還有五十多天，血色素太低，會影響孩子的發育。

林佳玲說，有啥辦法呢？

韓志善說，妳必須住院，隨時輸血。

林佳玲說，我是時常發暈，但我能堅持。

韓志善說，妳的意志和精神的確過人，但不能光憑個人意志。對不起，我能單獨跟妳先生談一談嗎？

林佳玲依賴地抬頭看著方卓然，方卓然朝林佳玲點了點頭。方卓然扶著林佳玲，妳先跟護士去休息一下。護士扶林佳玲離開。

韓志善說，她的情況很不好，她必須立即治療，你不能為了孩子，不顧大人的生命。

院長，請你理解她渴望孩子、渴望做母親的心願。她決心拿自個兒的生命，換這個孩子。要沒有這個孩子，她覺得活再長也沒意義。我請求你們想想辦法，如果能保住孩子，又能儘快讓我愛人得到治療，傾家蕩產我都願意！我相信你們一定會創造奇跡的！方卓然已經聲淚俱下。

韓志善被感動了，他也流下了眼淚，好吧！既然你們這麼執意，我們找有關專家一起來研究。

要保住孩子，醫院能採取的唯一辦法就是輸血，靠輸血維持林佳玲的生命。

消息傳開，學生、家長、民工把醫院抽血處擠得水泄不通。趙一帆、路海龍、郭小波、夏青苗在醫院抽血驗血處負責接待前來獻血的人。趙一帆負責查對血型，不知道自個兒血型的安排驗血。路海龍負責組織獻血人填表排隊，夏青苗和郭小波負責接待。

劉玉英、路富根、秦梅珍一批家長來了，也排到了獻血的隊伍裡。郭全民拄著拐領著一幫民工也趕來了，民工們身上手上還都是泥灰。護士不知道他們是幹啥的，民工小張說他們都是來給林佳玲老師獻血的，說別看他們身上髒，他們的血最健康！崔靜、簡丹、余老師、呂老師等一幫老師也來了，也都排到了獻血的隊伍。方卓然拿輪椅推著林佳玲經過，看到排隊為她獻血的隊伍，她流著淚感謝，謝謝大家！謝謝大家！我和孩子一起謝謝大家！

林佳玲勝利了，她終於熬到了預產期，婦科主任為她作了產前檢查，胎兒一切正常。韓志善告訴林佳玲，林老師，妳的精神真讓我們感動，為了保證你們母子平安，我們聯合有關專家研究了一個方案，準備做剖腹產。

護士顧麗麗推著擔架床來到病房，三十六床！林佳玲。

林佳玲呼一下從床上下來，我在！我都等急了。林佳玲下了床就往外走。

顧麗麗說，哎，哎，妳上哪？

上手術室啊！

妳急啥？脫鞋，上擔架床。

林佳玲笑了，還要躺在這上面去啊！又沒有事，走去不就行了嘛！

顧麗麗也笑了，看妳那著急樣，倒像要去領獎似的。

林佳玲上了擔架床，看著護士很可愛，護士，妳貴姓？

顧麗麗說，姓顧，叫顧麗麗。

這名字好，那妳好好鼓勵鼓勵我。多大了？

方卓然推著車，妳咋啦？想給人介紹對象啊？

妳真聰明，顧護士，真的，有對象了嗎？

顧麗麗笑笑，沒有，妳還是先安心做手術吧。

來到手術室門口，顧麗麗擋了一下方卓然。方卓然會意，他跑到前頭，輕輕地吻了一下林佳玲的額頭，佳玲，我就在門口，等著咱的孩子出世。

林佳玲笑了，笑得很甜。

方卓然雙手捧著頭坐在手術室外的椅子上，伍志浩和崔靜也趕來了。伍志浩一直握著方卓然的手，讓他不要緊張。方卓然說，不緊張是假的，或許我潛意識自私，我不應該讓她冒這麼大風險。可是她太真誠了，她要實現做母親的願望，我不能不滿足她，真的太難為她了……方卓然哭了起來。

伍志浩沒法安慰他，他只能默默地摟著他。

顧麗麗打開手術門，林佳玲家屬！

方卓然跳了起來，在！咋樣？

三個人都急切地盯著顧麗麗。

顧麗麗說，母子平安！顧麗麗也流下了眼淚。方卓然雙手握住顧麗麗的手，謝謝！謝謝！！謝謝！！！方卓然轉身，一下抱住伍志浩哭了，他哭得好感動人。

林佳玲安詳地躺在病床上。方卓然坐在床前，專注地看著她，顧麗麗悄悄地走進來，朝方卓然招了招手，方卓然悄悄地離開病房。

去看一下你們的孩子。

是男孩還是女孩？

男孩子，將近八斤呢！

男孩女孩都好。

方卓然跟著顧麗麗來到嬰兒房的窗外。顧麗麗指給方卓然看，右邊數過來第三個。方卓然看到了躺在嬰兒房裡的孩子，眼淚止不住地往外流。

顧麗麗說，該給孩子起個名。

他是個幸運兒，就叫他方幸吧。

挺好的。

等我愛人醒過來，我徵求她意見後再定。顧護士，拜託妳照顧她，我要去參加庭審。她醒來，妳告訴她。

沒有事，你去吧。

方卓然走了一個多小時，林佳玲醒了。林佳玲醒來，一時沒反應過來，她聽到了臨床孩子哭，一下想起來了。

顧護士，我的孩子呢？

是男孩，在嬰兒房呢！

能抱來我看看嗎？

現在不行。挺好，將近八斤，一切都很好。

林佳玲喜淚橫流，我真想看看他。

要過兩天，讓他適應過來才行。主任說了，孩子就不吃妳的奶了，吃奶就讓他吃牛奶和嬰兒奶粉。

林佳玲固執地說，不，我要讓他吃我的奶。

妳的身體不允許啊！

那起碼得吃一天。

說好，就吃一次。他爸給他起名了。

林佳玲這才發現方卓然不在，他人呢？

他去參加庭審了，讓我告訴妳。

他給孩子起了啥名？

他說孩子是個幸運兒，就叫他方幸，妳說好嗎？

林佳玲十分滿意，方幸，很好。

我也覺得挺好。

方卓然到天黑才回來，走進病房，發現林佳玲醒著，他跑過來雙手握住她的一隻手，佳玲，妳是英雄！是英雄媽媽！

林佳玲感動地流下了眼淚，我們勝利了，這是第一仗，接著再打第二仗……

佳玲，我看到咱們兒子了，挺好，這都是妳的功勞。

也有你的功勞。

兩個人都沉浸在幸福之中。

佳玲，我還要告訴妳一個好消息，牛鑫判了二十年。

你終於給老百姓申了冤，為老百姓除了害……

第三天，顧麗麗把方幸抱來，讓他們母子見了面。方卓然扶林佳玲坐起，她看到了自個兒的兒子，激動得不知咋好。

林佳玲說，我能抱抱他嗎？

顧麗麗說，可以，不過要小心傷口。顧麗麗把孩子輕輕送到林佳玲懷裡。

林佳玲抱著兒子，兒子睜開了眼，看著林佳玲，突然笑了。

林佳玲激動萬分，兒子笑了，兒子笑了。

方卓然拿出相機給顧麗麗，請幫我們照張全家福。

方卓然和林佳玲一起抱著方幸，一家三口都微笑，顧麗麗按下了快門。

我可以給他吃奶了吧？

可以。

林佳玲欣喜地給兒子餵奶，兒子饑渴地吮吸著，林佳玲幸福地笑了。林佳玲笑著笑著，突然頭一歪，暈了過去。方卓然頭髮都豎起來了，孩子立即哭了，顧麗麗連忙抱走孩子。方卓然按下緊急呼叫按鈕……

11

趙一帆搭車趕到人民醫院，夏青苗、路海龍、郭小波、陳英傑、徐光平等人都到了，他們都按時在醫院門廳聚齊。

趙一帆說，咱老師得的是血癌……趙一帆沒說完就哽咽起來，她咬了咬舌頭止住。孩子出世了，可老師的病情已經惡化。我們一定不要在老師面前說病，進病房，都叫姐，誰都不許哭，一定要笑，要逗姐笑，記住了嗎？

陳英傑說，要是忍不住咋辦？

路海龍說，大家不要想咱姐的病，見面都說咱現在離開姐以後的新鮮事。

趙一帆說，對，就講跟咱姐分別後的事，不提一個病字，記住啊。

大家點頭。

方卓然默默地坐在林佳玲床前，兩眼凝視著林佳玲，他忽然難過起來，任眼淚靜靜地往外流。林佳玲醒來，慢慢地側過臉來，她看到了方卓然。

卓然，你哭啦？你為啥哭呢？

讓妳受這麼大痛苦，都怨我啊！我不是個好丈夫。方卓然又止不住哭了起來。

林佳玲反而很鎮靜，卓然，你要這麼自責，我心裡反而不安了。你是天底下最好最好的丈夫。我沒有事，我已經做媽媽了，我完美了。

醫生說，明天就化療，再配以中藥治療，醫生在給妳找骨髓。

好！我們再跟這魔鬼打一仗。

病房門輕輕推開，趙一帆等一幫學生擁入，一齊高喊，姐姐！學生們向林佳玲的病床撲來，他們一個個都笑著，不住地叫姐。方卓然受不了這場面，只好離開病房。林佳玲也受不了了，她的眼淚止不住流了出來。

陳英傑說，姐，我們職高的專業可多了！

你選的啥專業？

我選的是新聞出版專業。除了數理化之外，還有編輯校對課。那天上校對課，讓我們找錯別字。我分到的那本書稿是笑話集，姐，我說一個妳聽好嗎？

好啊。

陳英傑振作了一下，小明每天一放學，媽媽就逼他練鋼琴。一天，小明剛做完作業，媽媽就說，小明啊，你咋不練琴啊！小明說，我不喜歡彈琴，不想練。媽媽說，小明啊，一招鮮，吃遍天，鋼琴天才都是從小就練琴，你把練習曲彈一遍，媽媽獎勵你一塊錢。小明說，我還是不練的好。媽媽問，給你獎勵還不練啊！為啥呀？小明說，對門的爺爺跟我說了，只要我不練琴，他每天給我兩塊錢！

大家都笑了，林佳玲也笑了。

陳英傑說，到下課了，老師問我找了幾個錯別字啊，我傻了，只顧看笑話了，我一個錯別字都沒找出來！

大家更樂。

林佳玲笑出了眼淚，大家還別光笑，陳英傑說了一個知識。

大家不解，知識？啥知識？

林佳玲說，這說明，搞校對，只能辨錯別字，不能看內容。

顧麗麗這時走進了病房，一看這麼多人，立即勸他們離開。這哪行呢，病人還咋休息。學生們一個個依依不捨地離開了病房。林佳玲的病房裡擺滿了鮮花，林佳玲躺在鮮花叢中。

顧麗麗檢查了輸液情況。

林老師，看得出來，妳的人緣真好，這麼多學生來看妳。

他們是來給我安慰的，看來我的時間不長了！

妳性格真好，人開朗，有病也會轉好的。

林佳玲轉到了正題上，顧護士，妳真的還沒有男朋友？

我畢業才兩年。

我給妳介紹一個咋樣？

顧麗麗不好意思，我還小。

小？有二十三四了吧？

顧麗麗有點難為情，二十四。

二十四不小啦。

兩人正說著，病房門推開，簡丹滿頭是汗走進病房。他提了兩包東西，一包水果，一包營養品，一進門看到林佳玲，喊了一聲林老師就哭了，手裡的東西也顧不得了，兩手一鬆全掉在地上，他直接跑到床前。

林老師！妳咋樣啊！妳咋會得病呢！我想來看妳，可抽不出時間。

顧麗麗好奇地看著這大小夥子，他竟哭得像個孩子似的，東西都不顧了。顧麗麗把他扔地上的兩包東西拿起來放到櫃子上。

我挺好，你看你，急啥呢！

簡丹笑了，沒事就好！簡丹這才想到自個兒帶的東西。哎，我買的東西呢！

顧麗麗說，在這兒呢！

簡丹不好意思地說，醫生，對不起，麻煩妳了。

別客氣。顧麗麗好奇地看著簡丹。

簡丹提過東西，我也不知道該買啥東西，各式各樣都買了點。

你想把商店都搬來啊！

只要妳好，我就放心了，林老師，我得走，十點還有課。

你快回去吧，不要再來看我，挺忙的，你把電話給我留下。簡老師，這是顧護士，這是簡老師。

簡丹說，顧護士，辛苦妳啦。林老師，我走啦，妳多保重！

林佳玲向簡丹揮手，顧麗麗也看著這來去匆匆的小夥子。

顧護士坐會兒，我跟妳說件事。

啥事？

剛才來看我的這位老師妳覺得咋樣？

這人挺逗的，看樣子挺實在。

對了，我想給妳介紹的就是他。

顧麗麗有些意外地說，就是他啊！

他叫簡丹，比妳大兩歲，是咱們城北中學的物理老師，在大學一直是物理尖子生。

老師的工作是不是挺忙的？

是挺忙，不過兩個假期是別的行業都沒有的。

這倒是。

其實，醫生和教師的工作，都是為人的生命服務。

顧麗麗感到新鮮，是嗎？

我記得魯迅先生寫過一篇關於做父親的文章，他說所有生物，一生都只在做三件事。

沒看過，做哪三件事？

一是保存生命，二是延續生命，三是發展生命。

人也是這樣？

是啊。人吃飯、鍛煉和你們治病，是保存生命；找對象、結婚、生孩子，是延續生命；養育孩子、教育孩子，是發展生命。

這麼說，我們醫務工作是保存生命，你們教學工作是發展生命。是這樣的。

這觀點我還是第一次聽說。

所以咱們的工作是同一目的，為人類生命服務。妳要是覺得可以就認識認識，請妳把電話給我，我讓他找妳。

顧麗麗有些害羞，我一會兒給妳。

12

林佳玲形銷骨立地躺在病床上，方卓然在一邊坐椅上已經睡著，顧麗麗給林佳玲換了藥水後悄悄離開。夏青苗拿著刷乾淨的尿盆輕手輕腳回到房間，趙一帆拿毛巾在給林佳玲擦臉。趙一帆摸林佳玲的腳，一驚，青苗，姐的腳和手又涼了，咱們再給她搓。

哎。夏青苗立即擦了擦手，跟趙一帆一人捧著林佳玲一條腿，不停地揉搓著。

路海龍和郭小波走進病房。

路海龍問趙一帆，同型骨髓找到沒有？

趙一帆說，還沒有。

郭小波說，姐夜裡咋樣？

趙一帆的眼淚湧了出來，不太好，她的手腳發涼，我們一直在給她搓。

郭小波說，你們回去休息吧？一夜沒睡了，我們接著搓。

夏青苗說，要不停地搓，只要手腳熱，就沒有事。

趙一帆說，今天夜裡是誰的班？

路海龍說，是陳英傑和徐光平的班，我會告訴他們，一定讓老師的手腳是熱的。

郭小波說，你們快回去休息吧。

趙一帆拉醒方卓然，方大哥，你這樣熬下去，身子會累垮的！回家好好睡一覺，這裡有值班的。

路海龍也勸方卓然，哥，我和郭小波值班，你回去睡一覺吧。

方卓然說，沒有事。方卓然靠到床頭看林佳玲，林佳玲醒了。

林佳玲說，這回恐怕打不過它了，好不容易團圓了，我要先走了，真對不起……

傻話。不管妳跑到哪裡，我都會去追妳！

下輩子，我們還做夫妻不？

做，一定，無論海角天涯，我一定會找到妳的。

兩人說著悄悄話，四目凝望著。

再把孩子抱來我看看好嗎？

好的，我去抱。

趙一帆和夏青苗陪著方卓然抱著方幸回到病房，趙一帆和夏青苗一邊走一邊逗方幸。方卓然來到床前，把孩子抱給林佳玲。

幸兒，媽媽抱抱你。

方幸哭了，林佳玲想抱著他哄他，但動不了，方幸越哭越厲害。林佳玲也哭了，幸兒，媽媽哄不了你了。

方卓然幫她抱著哄，方幸不哭了，接著就嘿嘿地笑。林佳玲也笑了，她輕輕地親兒子。

王海清、崔靜、伍志浩、簡丹一起走進病房。

王海清說，這孩子真可愛。佳玲，妳是真正的英雄！佳玲，咱們城北中學終於升為重點中學了，這裡面有妳一份功勞！

林佳玲伸過枯瘦的雙手抓著王海清的手不放，我多想再回到講臺上！我不甘心！我不甘心哪！

崔靜過來握住林佳玲的手，妳先好好治病。

伍志浩和何助理也一起來到，把鮮花放到林佳玲的床頭。伍志浩心情很沉重，我等妳站起來，咱們再跳一曲。

我多想再跟你跳一曲華爾滋。志浩，何助理，你們答應我，一定要把城北實驗學校辦下去。

伍志浩說，佳玲，妳放心，鄉里已經決定，妳治病期間，由何助理代理校長，全職負責學校的工作，我繼續當學校的顧問。

何助理，學校就拜託你了。

何助理說，林校長，妳放心養病，學校的一切都很正常。

簡丹拉著顧麗麗一起來到林佳玲床前，林老師，我們還等著妳證婚呢。

林佳玲看著他們笑了，她點點頭，沒有說話。

劉玉英、郭全民、秦梅珍和路富根也來了，人擠滿了病房。他們一個個都拉著林佳玲的手不想放。方卓然悄悄地抱起孩子，這時凱瑞領著康妮進了病房。

康妮一下跪到林佳玲床前，林老師！我對不起妳……康妮泣不成聲。

林佳玲拉住康妮的手，卓然，把幸兒抱來。方卓然抱來方幸，林佳玲拉住康妮的手。康妮，我拜託妳，幫我帶好我的兒子……康妮一邊流淚一邊不住地點頭。

王海清來到了病房的窗前，林老師，妳看學生們都來看妳了。

方卓然把方幸交給康妮，他輕輕地將林佳玲扶起。林佳玲朝窗外看，她被窗外的情景驚住了。醫院的院子裡站滿了學生，他們整整齊齊排成隊，一人手裡捧著一束康乃馨。

崔靜說，林老師，這是學生自發的，他們知道妳住院後，都要來看妳，商量給老師送啥，有人提議送康乃馨，說是要表達祝妳早日康復的心願……這些花都是學生自個兒湊錢買的，一共九百九十九朵，他們送九百九十九朵康乃馨，是要表達祝妳永久平安的心願，同學們的心願都寫在每一束花的小卡片上。林佳玲一邊向窗外的學生招手，一邊流淚，謝謝，謝謝……

一群學生送上來康乃馨，林佳玲在萬花叢中微笑，她的笑容像陽光一樣燦爛。林佳玲的微笑在萬花叢中定格。

13

這是一次別開生面的追思。趙一帆帶著原9（1）班的全體同學，一個跟一個沉痛地走進9（1）班教室，一個個默默地在自個兒原來的位置上坐下。康妮抱著方幸跟著方卓然站在教室講臺一側，伍志浩、王海清、崔靜和路富根、劉玉英、郭全民、秦梅珍等家長，還有簡丹、顧麗麗、俞老師、呂老師等人都站在教室的最後面。

教室後面牆上白紙上寫著黑字：林老師，我們好想再見妳一面！

講臺上立著林佳玲的遺像，黑板上寫著：同學們，老師今天就不說下課了。

趙一帆說，起立！

全體學生起立，整齊地喊，老師好！

老師好的聲音飛出窗外，傳向天空，四周不斷響起「老師好！」的回音。

林佳玲在講臺上微笑著，她的笑容像陽光一樣燦爛……

後記

《今天，不下課——一個教師成為母親的最後一步》初始是命題作文，不是我自覺依據已有生活積累由感而作。

三年前，電視劇《宰相劉羅鍋》製片張國軍，透過導演田迪一起約我見面，說鄭州第22中學有一位教師叫吳玲，倒在了崗位上，把自己畢生精力獻給了學生，溫家寶總理有個指示：「中學教師吳玲事蹟感人，應該廣泛宣傳。」問我有沒有興趣搞電視劇。我看了資料後，覺得有兩點很有挖掘的價值。一是她的人生觀。她把「讓他人因自己的存在而幸福，讓自己因今天的努力而無悔」作為人生信條。她把自己的生命與人生融入了社會，自覺地把自己作為社會的一員，為他人幸福而幸福，有了這種人品基礎，她做什麼都有了根。二是她對學生真誠的愛。她從教27年，主張教師不僅是園丁，而且是熱土，不但要把愛獻給花，也同樣要獻給草；在她眼裡，所謂「差生」，是優點未被發現的學生；她認為教師的責任不是培養幾個高分尖子，而要幫助每一個學生成為合格公民。鑒於這兩點，我接受了邀請。我們一起去了鄭州第22中學，開了教師座談會、學生座談會，到了她家庭，跟她丈夫作了深談，所見之人沒有一個不誇她好，回憶起她都流淚。考慮到真人真事的局限，我決定只以吳玲事蹟為基礎素材，重新構思一部有藝術價值的電視劇，同時寫小說。

完成初稿後，再次去鄭州第22中學徵求意見，區教育局和22中學的師生都給予了很好的評價，在徵求意見的基礎上，又作了調整，進一步打破真人真事的局限，篇名也由《燃燒的紅燭》改為《燦爛無華》，但因合作影視公司出故障，電視劇被擱置，我就先寫了小說。

今年初，卓越海外有限公司的張健文女士看中了這個題材，她拿了大綱和前三集劇本徵求了十多個電視臺的意見，都說這個題材很好，願意投資拍攝，於是又重新起動。

兩年多的醞釀和修改，這一命題慢慢激發了我的創作欲望，人物已不再是那位吳玲老師，而漸漸成為我心中的小說人物。這一變化來自於方方面面的意見和本人對社會現實的感悟與思考。當今社會階層格局發生和正在發生著前所未有的變化，大量農民湧入城市，在各城市的城鄉接合部，形成了一個新的社會——城市邊緣社會。這個邊緣社會中生存著一個特殊的群體——城市平民、農民土地工、民工混合而成的平民階層。這個新的邊緣社會和新的平民階層的凸現，讓政府和社會，包括人們的觀念都相形倉促突兀、應對不及。因此，由它而生產的一系列社會問題嚴重影響著社會的和諧發展，亟待關注解決。

許多有識之士已開始關注城市邊緣社會的特殊群落，國家意識、民族精神尚未泯滅，社會責任尚存的人們，當目光聚焦到這個邊緣社會時，內心的無奈與悲涼如沉水之石，無從獲取片刻的安寧。

就社會的大多數而言，道德缺失是目前社會問題的癥結。我們的大眾儘管不會去做傷天害理的惡事壞事，但面對周圍需要幫助、也能夠幫助的人和事，卻很少有人伸出溫暖的雙手，更多數人只報以麻木或冷漠。面對一些不良風氣，除了慷慨激昂的牢騷和指責，很少想過自己該做什麼？自己又做了什麼？

道德的缺失導致黨風、民風滑落。現實生活中，鑽營的小人常常春風得意，善良的君子卻每每四處碰壁，好人做不得已成相當一部分人的人生教訓。

和諧社會的構建，不僅需要行政力量主導，更需要公民精神的自我完善。每個人都能心存善良，心存敬畏，心存感激，心存關愛，我們的世界才會真正充滿愛，我們的社會才能更加文明和諧。考慮小說和電視劇的文學性和藝術性，人物和結構都重新設計，完全撇開了原先那個原型，確定聚焦平民社會、平民生活和平民英雄，塑造一位當代真正善良的有社會責任感卻又光而不耀的老師形象。

小說得到了《芳草》雜誌主編劉醒龍和花山文藝出版社張國嵐副總編的喜愛，在他們的熱情關愛下很快將與讀者見面。

就小說和電視劇而言，我還是愛寫小說，小說沒有那麼多功利性，可以完全按自己的意願放鬆地書寫。電視劇則不然，投資人首先考慮的是市場和投資回報，這樣編劇創作就無法進入自由狀態，而且誰都可以隨意改你的本子，你只能無奈。電視劇是集體創作，最後的決定權在製片、導演、演員那裡，到那時候，編劇已經被遺忘了。

《今天，不下課——一個教師成為母親的最後一步》小說與電視有很大的差別，文學性、藝術性與收視率始終是一對難以調和的矛盾，各執己見，那就只好各盡所能，聽憑自然了。再則小說與電視劇受眾不同，其內在規律和外在表現形式、要求和文化政策也有相當的差異。真正喜愛文學的人還是看小說，小說才能真正傳達作者的文學追求和藝術精神。

在小說出版之前，我在這裡感謝所有關心過這部作品的同仁、朋友，感謝閱讀這部作品的每一位讀者，謝謝大家。

國家圖書館出版品預行編目資料

今天，不下課：一個教師成為母親的最後一步 / 黃國榮著.
－－第一版－－臺北市：知青頻道出版；
紅螞蟻圖書發行，2014.8
面　；　公分－－
ISBN 978-986-5699-17-8（平裝）

857.7　　103010464

今天，不下課：一個教師成為母親的最後一步

作　　者／黃國榮
發 行 人／賴秀珍
總 編 輯／何南輝
美術構成／Chris' office
校　　對／周英嬌、賴依蓮
出　　版／知青頻道出版有限公司
發　　行／紅螞蟻圖書有限公司
地　　址／台北市內湖區舊宗路二段121巷19號（紅螞蟻資訊大樓）
網　　站／www.e-redant.com
郵撥帳號／1604621-1　紅螞蟻圖書有限公司
電　　話／(02)2795-3656（代表號）
傳　　真／(02)2795-4100
登 記 證／局版北市業字第796號
法律顧問／許晏賓律師
印 刷 廠／卡樂彩色製版印刷有限公司
出版日期／2014年 8月　第一版第一刷

定價 380 元　港幣 127 元

ISBN　978-986-5699-17-8　　Printed in Taiwan